清詩話全編

道光期六

張寅彭 編纂
張宇超 朱洪舉 點校

国家出版基金项目
NATIONAL PUBLICATION FOUNDATION

上海古籍出版社

第六册目次

橡坪詩話

橡坪詩話提要

《橡坪詩話》十二卷，據道光十三年癸巳刊巾箱本點校。撰者方恒泰，字象平，番禺人。屢試不第，課徒爲生。曾主修《恩平縣志》。此書記事最晚爲道光十二年，當即完成於此年。自序謂「昔之詩話尚簡，今之詩話尚繁」，一語劃出乾嘉前後詩話形式之一大變，亦屬本書「尚繁」之自覺也。然其録詩記事不專注於同時之人，而與本朝前期乃至前明、唐宋人通説之，此則不同於彼時長篇詩話記録評説當代之旨趣也。又頗津津於達官行跡、試場中魁、名家舉止、寶器名物，亦與彼時詩話之表彰窮隱稍異，故所録多爲存世之作，鮮及散佚。又不時述及族親父祖先人之詩事，雖云不拘體例，終覺忽古忽今，忽内忽外，令人目不能順接也。其説時有特識，如謂韓愈「餘事作詩人」，而「袁子才被天强派作詩人更無餘事」，（卷十二）誠有見於「詩人」之新義。然論詩則有牴牾處，如主性靈黜學問，却又要「詩文字字須有來歷」；既斥香奩詩可不作，又贊譚敬昭工此體，頗録同仁及自家之艷作，並無定見。故其評詩精粗不齊，或拾人牙慧，或似是而非，如謂漁洋《秋柳》詩非弔明亡；析尹繼善詩之「流水法」，謂其喜人吟己作勝於老杜之自吟，實尹詩非當行；卷十一以「不著一字，盡得風流」評《白粥詩》等，語多不得當。記事亦多不經，如卷六謂袁枚之隨園得自訟婦報恩惠贈，竟信以爲真；又好藉詩談怪力亂神，是皆欲莊反俗矣。方氏粤人，此書之可觀者，乃在搜采粤風粤俗甚爲詳備。如李環浦《珠江竹枝詞》二十首録八首，（卷四）馬鼎梅《邕筦竹枝詞》一百首録存二十四首（卷十一）；阮元學海堂落成，徐榮有七律六首録三首；（卷三）梁麟生（藥亭）七古《羅浮子日亭歌》（卷六），其自作《謁南海神廟》（卷六）亦爲七古，當日南邊之夏文蠻習，歷歷如在目前。又録李秋田《阿芙蓉歌》（卷六）、胡方朔《虎門觀海歌》等（卷十一），彼時中英鴉片貿易開戰在即，采風至此，誠可謂盡詩人之責矣。諸詩多爲七古長篇，此體全書録存最夥，亦不限於粤産，詩題琳瑯滿目，可見已入繁盛期也。自序曾戲以蓄骨董之「多寶廚」喻詩話，自詡本書爲「方氏多寶廚」，此語甚妙，庶幾亦自洽也。

橡坪詩話序

昔之詩話尚簡，今之詩話尚繁。余非能説詩者，時與及門諸子有所講習則録之，有所討論則録之。久而拉雜成帙，偶一繙閲，宛聚千百詩人於几席，自覺羅列可喜，或嗤以敝帚，勿忍摧燒也。嘗見富家巨室，每設多寶廚以蓄骨董，不拘漢、晉、唐、宋，無論鐘鼎、珮環，舉所玩好，悉行藏弆。巨細錯綜，位置參伍，既足娱心，又可悦目。始獨賞之，繼與賓朋親舊共賞之。因而遊目者有人，把玩不置者有人，辨其真贋，摘其瑕疵，形諸贊歎，加以呰謷，類皆淹博貫通，獨具隻眼。而爲主人者，聆其緒論，藉廣見聞，不亦快哉。余無力購求，因寄其興於説詩。自典重以至詼諧，一卷之中，約略具備。雖不能如骨董之娱心悦目，而古香古色，斑駁陸離，有非格古論、博古圖所能殫者。燦於金，潤於玉，凈於瓷，淡於竹，間發旃檀氣、蘭蕙氣，而總無一毫銅臭氣。余之寶，不猶愈於富家巨室之寶乎？諸子慫恿付剞劂氏，俾世之精賞鑒者得同此一觀。爰爲斟酌去留，删繁就簡，得如干卷，謂之雜俎也可，謂之五色線也可，即謂之方氏多寶廚也，亦無不可。

弁言

一、先後次序，此編本無成竹，有一人而叠出者，有一題而互見者。古今體雜然前陳，長短句燦然並列，本無凡可發，亦無例可起。

一、新詩之出，如四時花木，生發不已。成集成稿者，亦汗牛充棟，安能遍觀盡識，舍舊圖新？故編中所録，仍多膾炙人口之作。

一、此編就平日所見者録出，其或遠慕而未能搜尋，或過眼而竟難追憶，珠遺照乘，姑俟象罔求之。

一、所見異詞，所聞異詞，所傳聞又異詞。每有一稿而字句數易者，但據所見爲準，不敢以私意妄改一字，致蹈黄九日頭之誚。

一、説詩必詩，固非詩人，説詩非詩，又乖詩旨。編中有攔入語録、筆札、雜記體者，或以詩始，或以詩終，或無詩句而有詩意，總不離乎詩者近是。

一、佳詩有十數首全録，有摘録數首者，非披沙揀金，特取其要耳。

一、是編顯之在月露風雲，微之在身心性命。目以爲迂，誠多迂腐處；目以爲拙，儘有笨拙處。惟不敢外乎理，以取咎戾，則區區之心，所可共白者。

橡坪詩話卷一

乾隆戊戌，《御製全韵詩》分賜王公大臣。時彭文勤公元瑞任浙江學政，恭跋《千字文》進呈，恩賜獎諭，并研、墨、貂裘。謝摺中云：「雒誦百回，盥書全册。手胝口沫，久鐫識於中心；蠡測筦闚，思綴文於末簡。而日月在上，難爲螢爝之光；磬咸正鳴，敢效箏琶之響。麟經既作，言游莫贊其一詞；柏梁有詩，臣朔幾窮於末句。舌每撟而不下，手欲脱而難成。每繹小學之千文，重次頌言之四字。才原韈線，不遮襞績之痕。聲作窾蠅，自誚彭亨之蠢。撫衷窘蹙，奏御兢慙。何期布鼓之持，竟辱綸音之獎，特加渥賜，悉屬奇珍。」想見颺拜之盛。

惠天牧視學粵東，自康熙辛丑至雍正丙午，粵士德之，奉公配享韓廟。何西池《送天牧師還朝》云：「支硎山色鬱崔嵬，秀毓名賢曠世才。丹篆光分龍虎氣，紫霄人上鳳凰臺。家傳史記當周柱，榜放門生盡楚材。自注：師嘗主試楚闈。南海何從瞻北斗，文昌高座近三台。」「九重銜命出持衡，雙引朱衣向越城。六籍争吹孤竹管，百家人饌五侯鯖。青陽已遣和風布，碧落重磨水鏡行。借寇六年剛一瞬，珠江秋水若爲情。」

天台齊次風侍郎召南，充《一統志》館纂修時，撰《水道提衡》，於源流上下，縷析條分，使讀者如指諸掌。著《賜硯堂詩》。《午窗坐睡》云：「讀書花滿眼，憑几柳生肘。不如扶養和，一覺齊萬有。睡鄉鄰醉鄉，太古相傳久。趺坐遊華胥，至人或捧手。教我持斗杓，盡量飲天酒。導我餌丹丸，天地並老壽。形神豈長保，金石亦衰朽，葆真傳片言，長跪謹當受。人嗤晝作夜，我似浴去垢。醒來午□熟，疑值邯鄲叟。」雖于朽木糞土之禁，然短睡完神氣，實養生一訣也。

烏程嚴松瞻進士遂成，著《海珊詩鈔》。《三垂岡》云：「英雄立馬起沙陀，奈此朱梁跋扈何。隻手難扶唐社稷，連城且擁晉山河。風雲帳下奇兒在，鼓角燈前老淚多。蕭瑟三垂岡畔路，至今人唱百年歌。」響、爽、朗三字皆齊。集中如：「風通花氣全歸枕，月轉樓陰倒入池」、「雕盤大漠寒無影，冰裂黄河夜有聲」、「涼月滿樓人在水，遠烟着地樹浮空」、「涼笛生於無月夜，曉鶯啼及未花天」，句奇而創。

嘉慶丁巳，廣州知府朱公諱棟，別號顧渚山樵，郡試文童，悉心甄拔。既發案，集各縣前列諸生，會飲於種樹軒，賦七律二章爲贈云：「斗南樓畔校群才，陸錦江花副剪裁。三獻差同呈美玉，七年真比辨名材。文成鸑鷟占雲現，賦羨蟛蜞入夢來。天驥祇今新展足，伫看聲價重金臺。」「休誇玉尺握衡權，贏得冰心比洌泉。出海珊瑚齊耀彩，臨風桃李獨呈妍。雪窗好鑄桑公硯，雲路勤追祖逖鞭。鏡裏芙蓉他日兆，相期同上大羅天。」余時亦預其列，蓋三十年前事。

諸城劉文正公，書法剛健中正，雖源出孟頫，而筆力過之。伊墨卿太守得一札，裝潢作蝴蝶册，名公鉅卿，皆有題咏。韓城王相國七古一首：「昔年通籍親提命，讀書植學無枝詞。詩賦小道尚不言，那有餘論及臨池。間亦偶示作字法，左邊下筆須重垂。非同側勢工取媚，經營其右免傾欹。即此可悟心正語，短長肥瘦理不移。伊子何時得片紙，粉箋漫漶神無虧。人非書重書自矯，顔柳豈獨書堪師。題詩脈脈追往訓，更須何處求良規。」款云：「嘉慶三年季春，王杰敬題。時年七十有四。」大興朱相國七律一首云：「五十三年雪立舊，恒河沙數漏痕新。換鵝不獨右軍好，遺笏偏傳魏相珍。愛樹有心松柏正，片瓴無價吉光真。摩挲手澤應藏弆，誰賦梅花步後塵。」款云：「嘉慶四年已未二月廿五日，大興朱珪敬跋於知足齋。」王述庵侍郎跋云：「往余以内廷供奉侍劉文正者十餘年，每日寅而入，上已遣中使捧御製詩文藁至南書房，命公録於本上。熒熒官燭，公以小楷書之，多有數百字者。比日射觚稜，寫畢恭進，莊嚴整肅，無一字遺脱舛誤。蓋敬謹居心，故能如此。公嘗謂少時書仿趙承旨，中年摹文待詔，晚年不復求工點畫。然不求工而自工，斯天下之至工矣。余預修《通鑑輯覽》，公有所商榷，輒以片紙見示，故存者尚有數番。今墨卿能裝潢藏弆，珍比赤文緑字，閱者所當端拱肅拜，非可與曩昔書家並論也。乾隆横艾困敦星紀之月，青浦王昶敬題。」

前明湯鄰初先生以書名家，詹氏小辨稱其楷書行草並入能品。所著《書指》二卷，備述作書用筆之法。中有一段云：「世傳右軍好鵝，莫知其説。蓋作書用筆，其力全憑手腕。鵝之一身，唯項最爲圓活，今以手比鵝頭，腕作鵝項，則高下俯仰，前後左右，無不如意。鵝鳴則仰首，視則側目，刷羽則隨意淺深，眠沙則曲藏懷腋。取此以爲腕法，而習熟之，雖使右軍復生，耳提面命，當不過是，非謔譚也。想當時興寄偶到，且知音見賞，兼爲後世立話柄耳。或者以爲曇禳鵝群羽毛有異，故特好之，何殊説夢耶？」余謂欲换凡骨無金丹，鄰初此語可謂金丹矣，亦要人善於服食。

嘉定曹來殷學士督學廣東，刻《鳴韶集》，皆五言試帖，精采炫耀，悦人心目。其《賦妙嚴公主拜磚》云：「早謝椒塗習唄音，琉璃地土足趺深。生塵不學靈妃步，入石偏符面壁心。合向花龕供拂拭，未隨薛砌付銷沈。九蓮明孝定太后曾取入大内，復送還寺。異代同禪契，長護芳蹤到梵林。」不即不離，無斧鑿痕。

詩有温潤和平之氣者，定享厚福；有清閒超遠之致者，定享高壽。兼之，其吴縣潘榕臯奕雋先生乎。以乾隆三十四年通籍，膺詞選，操文柄，遽辭簪歸。年甫六十，卜勝地於緑畝山，林泉窈窕，生壙附之。至道光九年，重晏瓊林，晉階卿貳，文高福齊，洵有之矣。《題立厓司馬天遠歸雲圖》末段云：「題詩作記憶前塵，失馬塞翁真是福。因君我亦念行藏，輪蹄半世空馳逐。老矣身同退院僧，童焉心似新生犢。閒雲一片許相依，二老風流庶可續。試問爲霖天半飛，何如含雨巖前宿。」則出處澹定可知。《遊中茅峰》云：「寺僧八十餘，以静獲老壽。飢掘山筍燒，渴汲山泉嗽。爲言静中味，可會不可授。嗟哉塵世客，自愛實自寇。吾亦未離塵，蔣袁悟計謬。」則浮生得養可知。又《和袁簡齋消暑詠辭客》云：「閒門無剥啄，息影謝塵緣。梧院暑方午，竹窗凉自眠。屏看山過雨，琴聽石流泉。此味何人領，難邀世外仙。」《補竹》云：「疎影覆方池，移來竹數枝。清風環枕簟，緑意上鬟眉。鳥語客初去，日斜人未知。碧鮮良可賦，吟嘯坐忘疲。」《曝書》云：「三伏乘朝爽，閒庭散舊編。如遊千載上，與結半生緣。讀喜年非耄，題驚歲又遷。呼兒勤檢點，家世只青氈。」《滌硯》云：「拂拭晨窗硯，提攜更濯波。誰能加汝壽，未免受人磨。舊冢堆千管，新泉試一螺。書成聊自賞，不擬换群鵝。」詩情曠達，不減《遊仙》。

或問寇萊公厠所蠟淚成堆，可謂奢矣。而魏野贈公詩云：「有官居鼎鼐，無地起樓臺。」又何其儉也。余謂皆公之略處。

粵東學署東園，久生榛蕪，姚秋農師涖任，始修整完潔，賦詩以誌。《闢圃》云：「官跡天南暫寄居，未忘風味是園蔬。清齋早定三年計，隙地新開二畝餘。曉甕汲泉勞灌溉，寒榛當路快誅鋤。看他生意芃芃長，茂叔窗前草不如。」《開池》云：「池上風光好自娛，奈他强半屬泥塗。移橋已遣開生面，鑿地休令占一隅。要使澄清無障礙，不辭疏瀹費工夫。波摇竹樹娟娟影，吹袂輕飈似舞雩。」《種石》云：「佳石真宜倚杖看，多年踪跡嘆泥蟠。崚嶒漫道出頭易，安穩須知立脚難。自有星芒連北斗，好憑風力障狂瀾。此君誰是盟心侣，種得梅花耐歲寒。」《補桐》云：「托根最合近園池，小院梧桐帶露移。自愛清陰傳世德，敢遺嘉樹笑場師。脱身爨火柴烟外，結伴疎花秀石宜。好是三春新雨足，森森先見鳳凰枝。」《護樹》云：「曉圃呼童理桔槔，喜看雙柎拂雲高。百年雨露同沾受，萬劫風烟此固牢。擬插小籬編杞棘，早開荒徑剪蓬蒿。情知不是無情物，辛苦栽培敢憚勞。」

韓文懿公《涉江采芙蓉》試帖：「緑樹圍遥岸，新荷蔽練江。花鮮盈脉脉，霧隱隔淙淙。蓋似仙人掌，香聞玉女窗。粉紅和墜露，筒碧瀉傾缸。挹去湘波影，歌成樂府腔。兩情不得語，一葉倘飛艭。願作東西戲，原非風雨瀧。與君通並蒂，如鯉密遺雙。」一語百媚，似初唐人作。

東莞林鰲洲蒲封，雍正庚戌進士，官翰林院侍讀學士。作《保業》、《惜時》、《遠謀》、《重微》、《務實》五箴以獻，命書懋勤殿。奉旨督學江西，未行而卒。著《鰲洲詩文集》。《即事感懷》云：「柱腹詩書蓋頂茅，此生何處不嘐嘐。安危豈在營三窟，消息真當玩六爻。豪氣未除應理遣，古人雖往可神交。《解嘲》《客難》俱多事，論著《潛夫》手自抄。」《恭和御製落葉元韵》云：「千林獵獵醉霜紅，眺盡平蕪影欲空。點砌幾回疑夜雨，歸根原自異飄蓬。落同月晦堯階莢，飛似雲揚漢殿風。玉宇瓊樓秋更好，清光不隔月明中。」道學詩無迂腐氣，蕭颯題仍臺閣體，皆傑作也。

長洲布衣沙斗初：「雲端盤鸛鶴，樹杪出樓臺。」《瓜州城樓曉望》：「數行宿雁蘆中起，一片征帆樹杪來。」兩「樹杪」俱佳。

德定圃尚書保，滿洲正白旗人，著《樂賢堂詩鈔》。《春歸》云：「百計留春春亦歸，東君欲別更依依。空庭夜雨醒殘夢，芳草天涯怨落暉。繞樹乍聽鶯百囀，銜泥驚見燕雙飛。欲尋紅紫無踪跡，花點池塘絮點衣。」筆意輕倩。余亦有咏云：「廿四番風一瞥經，惜花牢繫護花鈴。漫云蘸影波全緑，尚有燒痕草未青。富貴歸鄉何太速，園林小住且娉婷。但教嘗遍新槽酒，定送輕裝出驛亭。」

鄒曉屏相國炳泰，律體清妙。《蓬萊閣觀海》云：「丹厓傑閣鬱岧嶤，放眼高秋積霧消。滄海一泓真可泛，神仙終古不堪招。估帆風定春通舶，列島天清午送潮。闉外朝霞飛不盡，壯遊重見赤城標。」五言如「疎梧不藏月，深竹解迎秋」、「潮聲到關盡，帆影上城來」、「人歸穀雨後，門掩竹風初」，七言如「山迴晴郭猶含霧，風定寒蘆不作秋」、「石磴茶香清暑後，書窗梧韵晚凉餘」、「破屋自聽蕉葉雨，平橋同試藕花風」、「霜後園林如我瘦，溪前門巷幾家新」，俱耐尋諷。

香山《天竺寺》聯珠體云：「一山門作兩山門，兩寺元從一寺分。東澗水流西澗水，南山雲起北山雲。前臺花發後臺見，上界鐘聲下界聞。遙想吾師行道處，天香桂子落紛紛。」金章宗：「半濕半乾花上露，飛來飛去嶺頭雲。」錢香樹：「報社鼓聯祈社鼓，落燈風接試燈風。水中坻與水中址，蓮葉西來蓮葉東。」盧文弨：「濕翠陰濃晴翠淡，外湖游遍裏湖還。」此等句，名手多有之，如暾江瑶柱，鮮脆異常。

陳眉公曰：「吾本薄福人，宜行厚德事。吾本薄德人，宜行惜福事。」語甚警策。

固始吴廷韓侍郎玉綸，制義高超，無絺章繪句之習。主浙江試，「逸民」一節，程墨獨得題神。著《香圃詩鈔》。《華陰道上》云：「嵯峨飛度碧雲環，百二雄封指顧間。白帝降精凝平華嶽，黄河倒影射潼關。秦川車馬勞孤客，楚國風花改舊顏。此去曲江亭上望，春波泛處浴鷗閒。」《山下晚行》云：「谷口無人野徑斜，秋風蕭瑟感年華。四山落葉亂飛鳥，萬樹遠松明夕霞。屢聽霜鐘尋古刹，擬沽春釀問誰家。歸來巖畔寒星掛，倚杖空林數暮鴉。」有軒軒霞舉之概。

吕祖生生數第二百四十三簽云：「可說則說，何須躭擱。銜珠弗吐誰識寶，當言不言謂之懦。」成王冠，周公使祝雍作祝詞曰：「達而勿多也。」頃見一楚傖作《遊南岳》詩，僅得二十字；又見一吴儂《賦得蜻蜓立釣絲》詩，作七言排律二十韻。

杜集《槐葉冷淘》題，試帖體也。句云：「願隨金騕褭，走置錦屠蘇。」或以爲屠蘇酒，非是。服虔《通俗文》：「屋平曰屠蘇。」劉孝威《結客少年場行》：「插腰銅匕首，障日錦屠蘇。」即此。

邵子「三十六宮都是春」，或謂乾一兑二，合之爲三；離三震四，加之爲十；巽五坎六，加之爲一十一；艮七坤八，加之爲三十六。但純卦止於八，如屋之棟宇有定，安能因其間架多而積數之乎？或謂乾畫三，坤畫六，震、坎、艮之畫各五，巽、離、兑之畫各四，合之爲三十六。但陽一陰二，萬物之象皆然。若以奇者爲一宫，偶者爲二宫，豈男一人而女乃二人乎？或又謂六十四卦正對者八，作八宫；反對者五十六，可作二十八宫，核算適三十六。但反對之卦各自有義，如字之爲上爲下，爲由爲甲，爲干爲士，倒之其義迴别。且如里巷之間，户户相對，明是兩户，可作一户乎？嘗深思其旨，而知爲月卦發也。地逢雷爲復，由是而臨、而泰、而大壯、而夬、而乾，陽爻二十一，陰爻十五。乾遇巽爲姤，由是而遯、而否、而觀、而剥、而坤，陰爻二十一，陽爻十五。是陽爻合之得三十六，陰爻合之亦三十六，孰非一氣之流行乎？舉陰陽三十六宫，悉謂之春，非寓扶陽抑陰之意乎？彼泥於春令之春，謂四分三十六春得其九，而不知三十六都是春也。春在是，實陽在是，而陰亦在是。天根者其陽耶？月窟者其陰耶？閒來往者，非太和元氣耶？

蘇子瞻曰：「吾借王參軍地種菜，不及半畝，而吾與子過終年飽菜。夜半擷而食之，味含土膏，氣飽霜露，雖粱肉不能及也。人生須底物而乃更貪耶？因作詩云：『秋來霜露滿東園，蘆菔生兒芥有孫。我與何曾同一飽，不知何苦食鷄豚。』」遂題其廬曰「安蔬」。又《題文與可畫竹》云：「料得清貧饞太守，渭川千畝在胸中。」余謂士人不知蔬筍味者，未可與議。

史以傳信，非以傳疑。詩亦史也，故事必有據，始可形諸咏嘆，否則御風縮地，幾成齊諧矣。彭文勤公嘗云：「古人繆悠浮夸，不出經傳之言皆可廢。况道聽塗説，物理所必無者乎？」

檢舊篋，得詞一闋，調寄《一叢花》云：「無端別緒轉縈縈，誰遣賦長征。曾聞醉可驅愁去，醉仍愁，只願長醒。何事堪憎，聽他鈴鐸，催促早登程。荒鷄茅店兩三聲，斜月柳梢橫。有人此際憐遥客，正衾寒、幽夢難成。料也依稀，夢來霜冷，人在板橋行。」對面着筆，甚妙。

「萬物皆受型，惟人好躍冶。」説理不腐。

許魯齋嘗云：「爲學以治生爲本。司馬温公爲相，每詢士大夫私計足否，非教人謀利也，勿使仰事俯蓄無所依賴而已。」胡敬齋詩曰：「終日觀書，聖賢在目。終身言談，不及利禄。若使稊稗不生，何愁五穀不熟。」

南城吴照南照，官大庾教諭。嘉慶乙亥遊粤，以畫竹長幅見贈。才情詄蕩，白眼傲世，詩特清雋。《於越訪友人》：「柴門依約傍江隈，雲樹多情喜再來。秋水船隨湖雁至，故人尊向桂花開。貧專丘壑原奇福，老閱風霜作散材。我欲買山同卜築，青松翠竹許分栽。」

「江南近事君知否，團扇家家畫放翁」，風致劇佳。余《咏團扇》云：「團圞扇影繫愁思，新製齊紈不自持。但願清風長在手，與郎閒坐説班姬。」

紀曉嵐尚書《題醉鍾馗》云：「一夢荒唐事有無，吴生粉本幾臨摹。紛紛畫手多新樣，又道先生是酒徒。」「午日家家蒲酒香，終南進士亦壺觴。太平時節無妖厲，任爾閒遊到醉鄉。」游戲之作，亦見三昧。

高宫詹士奇《消夏録》，於古名畫鑒別詳細。凡有題咏，無不備列，自作亦矜慎不苟。《題王右丞萬峰積雪圖卷》云：「詩中有畫畫有詩，摩詰落筆秀且奇。閻相吴生那足道，象外能將造化師。藍田輞川僅臨本，開元東塔跡已隳。山居圖識宣和字，今藏御府人難窺。我居京師頗留意，日尋斷幀收殘碑。琉璃廠西得兹卷，敗篋零亂縈蛛絲。長江峻嶺互合沓，叢竹古樹蔽嶮巇。山腰巍巍置層閣，橋根濊濊流冰澌。西風凌寒雪意勁，一天黯淡彤雲垂。斜行飛鴻失沙渚，犯冷孤客望酒旗。或掉扁舟或輕策，神理曲盡毫無遺。晴窗細觀拭病目，小字漶漫書王維。石田沈翁跋長句，謂如彩鳳輝朝曦。重裝錦標紫鸞鵲，草堂珍秘怡老資。炎天往往布几案，滿簾飛霰吹凉颸。右丞胸中自瀟洒，汪汪如有千頃陂。松針石脉藴靈異，雨晴寒暑隨形施。東坡生平頗倔强，亦於維也無間辭。」

葉夢得《詩話》載老杜「細雨魚兒出，微風燕子斜」十字，無一字虚設。細雨著水面爲漚，魚常上浮而淰，若大雨則伏而不出。燕體輕弱，風猛則不能勝，惟微風乃受以爲勢，故又有「輕燕受風斜」之句。至若「穿花蛺蝶深深見，點水蜻蜓款款飛」，「深深」無「穿」字，「款款」無「點」字，皆無以見其精微，然讀之似未嘗用力。若「魚躍練江拋玉尺，鶯穿絲柳織金梭」，便着迹矣。

「江山有巴蜀，棟宇自齊梁。」其遠近數千里，上下數百年，只在「有」與「自」兩字，而吞吐山川之氣，俯仰古今之懷，皆見於言外。子美工妙，固非人力可及。

《漁洋詩話》謂：「作詩者要講道學，自有《語録》在。」然「天生蒸民，有物有則。民之秉彝，好是懿德。」道學精妙語也，漁洋豈忘之與？

不剪窗前草，取其有生意也，若焚香掃地，實清心之一助。吴白華《覽懷》云：「勞生日衮衮，灑掃維民章。將以檢頹放，庶幾君子堂。遐哉郭有道，行宿每親將。詰朝墊巾去，見者生輝光。亦越第五倫，糞除及客程。奈何丱角年，藹然爲一荒。相士必於微，先民有周行。」書此可爲小子勗。又云：「校官七八品，師道嚴且尊。雖復以貲進，寧與纖兒論。大吏自東來，車騎隨跣跣。何哉黃髮叟，而伏河陽塵。一揮不復顧，召侮良有因。將軍有揖客，詎以宣驕論。」書此可爲廣文勵。又云：「淵明曠達士，骯髒咏荊卿。不有下潠田，難免乞食行。諸葛矢淡泊，少小南陽耕。成都八百桑，所志猶硜硜。相古有遺訓，學者急治生。既以附仁義，兼之保潔貞。龍門《貨殖傳》，千載有同情。」此則許白雲教人先謀生之意。寒士飢驅，蹉跎歲月。余嘗就幕潮州，有《登鳳凰岡》七律一首云：「登高遊子便思鄉，況際秋梧落葉黃。水複山重勞遠夢，家貧親老愧昂藏。謀生易使英雄困，作客纔知歲月長。望斷白雲天愈闊，鳳城如斗氣蒼涼。」爾日揮毫，百感交集，今更不勝風木之痛。

《碧溪詩話》云：「曲水修禊之會，人各賦詩。成兩篇者，自右軍、安石而下，纔十一人。成一篇者，郗曇、王豐之而下，十五人。詩不成罰觥者，凡十六人。古人持重自惜，不欲率然，恐貽久遠譏議，不如不賦之爲愈。」此論似爲惜墨者下一轉語，然確有至理。今之號稱名士相與俊遊者，大都連篇疊韵，求其不成受罰者，亦鮮矣。

「杜子將北征」、「甫也東西南北人」、「有客有客字子美」，仿吉甫作誦體也。後人言之忸怩，乃以賤子、鯫生作代。

士人榮悴，原有定數，但不可頹放自甘。昌黎《贈張道士》云：「詣闕三上書，臣非黃冠師。臣有膽與氣，不忍死茅茨。」讀之可當聞雞起舞。

宋吴邁遠好自夸，得稱意語，輒擲地呼曰：「曹子建何足數哉」貫休謂：「得句先呈佛。」皆詩人習氣，無足深怪。唐姚崇謁告十餘日，政事委積。崇既出，須臾裁決俱盡，頗有得色。問紫微舍人齊澣曰：「我爲相可比何人？」澣未對。崇曰：「何如管、晏？」澣曰：「管、晏之法，雖不能施於後，猶能没身。公所爲法，隨復更之，似不及也。」崇曰：「然則竟何如？」澣曰：「可謂救時之相耳。」崇喜，投筆曰：「救時之相，豈易得哉！」尚不免過自矜寵。

王少司寇述庵昶選《湖海詩傳》，搜羅極富。其《韓蘄王廟詩》云：「蘄王古廟傍城東，殘碣猶書舊日功。半壁江山經血戰，一家婦女盡英雄。中朝冤獄悲三字，絶塞蒙塵痛兩宫。驢背歸來無限恨，靈旂日暮捲秋風。」寫得英風颯爽。

《明月斜》，吕仙題於景德寺。其詞云：「明月斜，秋風冷。今夜故人來不來，教人立盡梧桐影。」曾賓谷先生「雷聲撼厓厓欲走，雨勢掣水水皆立」，句法本丁晉公「草解忘憂憂底事，花名含笑笑何人」。余《園居》詩亦有句云：「日暖綻花花嫵媚，露酣滋草草繁華。」

「小樓一夜聽春雨，深巷明朝賣杏花」、「人世難逢開口笑，菊花須插滿頭歸」、「倒垂不死千年樹，下拂奔流萬丈潭」，摘此類數十聯常諷之，亦一快事。

「瞥見新槽聞酒熟，始知小驛是楓香」，錢香樹句也。公詩雅善裁對。《靈谷寺》云：「覽古循鍾阜，青鴛落照中。嘉名靈谷舊，往事大江東。結構非初地，蕭條向晚風。千花餘寶塔，累刼自珠宫。

佛見毫光白，雲開日彩紅。皇心參妙諦，萬象證虛空。」健拔風韻，兼而有之。

尹望山相國《和袁子寄懷》云：「白下爭看新使節，青山仍伴舊書生。」《寄高東軒》云：「廿年豈易成知己，千里還應似卜鄰。」《失鶴》云：「海天自覺乘風杳，竹塢曾經對月幽。」下句俱用流水法。

南海程周量可則，順治壬辰會試第一，由職方郎中出守桂林。《與施愚山論詩》云：「漢魏邈千載，唐風委荊榛。晚近事鞶帨，無乃失其真。」又《奉使太原留別諸同志》云：「歸當操唐風，貽我同心友。」足覘宗仰之正。

程周量五律最矯健。《送許鐵堂赴安定令》云：「從來形勝地，西北是秦州。山湧羌雲出，天迴漢水流。詞人沿代見，遺跡至今留。到日褰帷望，還堪紀壯遊。」《七夕飲吴園茨宅》云：「鳴蜩初送夏，烏鵲已填秋。歲月他鄉迫，星河獨夜浮。客心長北闕，歸夢每南州。賴有延陵子，清尊散旅愁。」七言清麗，如《登南安東山寺》：「白雲引徑鶴孤往，碧水當門花亂飛。」《濟寧東王蘭陔方蛟峰》：「芳草夕陽人載酒，碧天涼月夜徵歌。」雄厚如《登虔州城樓》：「馬耳群山歸睥睨，虎頭全郡覽崆峒。」《送魏子存司理成都》：「銅梁舊枕秦山險，玉壘新連楚塞平。」《送張念瞿之夔州》：「三峽倒流開灩澦，大江春色帶岷峨。」《來青軒夜坐》：「絶頂雲霞生大壑，半天星斗落疎櫺。」皆工。

錢東生先生林《李代國刷馬圖歌》云：「四十珮銀印，與作開國公。垂鞭陰山還，顧盼生長風。即看未遇身在下，亦是縱横不羈者。百金腰下青脊劍，一匹階前紫騮馬。曹家白鵠非我儔，刷取毛片横雙眸。虬髯當時正在坐，四面山色凛若秋。固知愛馬如愛士，要令低頭聽驅使。嗚呼太原李公子，拂拭英雄亦如此。」嘉慶丙子，先生主粤東試，得余卷，已中式第三十四名，復抽落，先生蓋不勝惋惜云。

馮潛齋成修先生，幼牧牛假寐，見有持扇爲障日者，醒憶其筆畫，仿彿寫出，識者曰此「貴州學政」四字也。因奮志讀書，三十四歲始遊泮，隔一科登賢書，聯捷進士，官編修，改部郎，典蜀試。繼典閩試，得藍生彩元作解首。先是，爲王尚書安國典試所賞，必欲中元，與正主考争，不得。尚書曰：「姑置之，此人不中元，吾不信也。」閲二十年，果作解首。尚書喜極，而藍老矣。元文三篇，皆高渾精卓，至今猶傳誦不已。先生嗣出貴州學差，果應夢。旋罷歸，有「馮八股」之稱，壽至九十餘。乾隆壬寅，年已八袠，與夫人同庚，康健無恙。届合巹周甲之期，親友門生駢集稱慶，重行花燭交拜之禮。自署其門云：「子未必肖，孫未必賢，屢忝科名，祇爲老年娱晚景；夫豈能剛，妻豈能順，重燒花燭，幸邀天眷錫遐齡。」至壬子，再赴鹿鳴，洵人瑞也。

粤東藩署東園久圮，嘉慶庚申，常西林方伯延先孝廉爲之規畫一新。落成，讌集平遠山房，即席賦詩。督學萬和圃師七古一首：「佳時令節人歡顔，群仙相招蓬萊間。蓬萊主人鏘佩環，坐客新亭橋石灣。横窗曲檻互交關，北窗斜啓見諸山。望山心繫紫宸班，海邦重寄非等閒。舉杯宛轉念民艱，相期共蘇黎民瘝。但看此地昔榛菅，今日重門雙金鐶。馭民如此民無頑，亭下鹿呦鳥緡蠻。少焉素娥翹仙鬟，精光射人彩紛斒。燈火揚輝照市闤，熙春分賦巴箋殷。於熙春亭賦詩。九曜一角石難攀，南宮字跡苔斑斑。九曜石，其一在藩署，鐫米南宮「藥洲」二字。何時合浦珠光還。」先孝廉七律一首：「紅渠開遍暗香浮，文酒笙歌夜未休。竹影縱横工寫月，山光平遠最宜秋。遊魚乍躍波微動，宿鳥群安樹更幽。

賓主東南多樂事，一時清讌且勾留。」

崔公《入藥鏡》歌云：「先天氣，後天氣。得之者，長似醉。」百思不得其解，偶閱《佛説四十二章》，乃悟。

閨秀謝方端《秋晚閒居》云：「閒居無事絶塵埃，黄葉蕭蕭落鏡臺。三徑晚風寒蟋蟀，半階秋色老莓苔。閒成睡癖扉常掩，悟破疑團卷偶開。時爇沈檀簾箔冷，教兒爲檢古詩來。」饒有静致。

丁卯歲，余遊梧州。口占云：「魚龍跋浪水風腥，兩岸山排碧玉屏。快讀《離騷》浮大白，乘潮直欲問湘靈。」同舟一友好呰謷，謂潮水到不得湘江，余笑而不答。

嘉善黄霽青先生名安濤，以傳臚入翰林，出守潮州，著《詩娱室詩集》行世。嘗有友人寄書問候，籤題誤寫黄姓爲王，因戲占一律云：「江夏瑯琊未結盟，廿頭三畫本分明。他家自接周吴鄭，賤姓原聯顧孟平。須向九秋占鞠有，莫從四月認瓜生。右軍莫把涪翁代，恐負籠鵝道士情。」雖近遊戲，却極工雅。

唐王灣登先天進士第，開元初爲滎陽主簿，後爲洛陽尉。《江南意》云：「南國多新意，東行伺早天。潮平兩岸闊，風正一帆懸。海日生殘夜，江春入舊年。從來觀氣象，惟向此中偏。」商璠云：「『海日生殘夜，江春入舊年』，詩人以來無聞此句。張公居相府，手題於政事堂，每示能文，令爲楷式。」又《擣衣篇》云：「月華照杵空悲妾，風響傳砧不見君。」亦妙。

椽坪詩話卷二

趙雲松爲汪文端公所識拔，嘗自記云：「金鰲玉蝀新修成，橋柱須鎸聯句。余擬『玉宇瓊樓天尺五，方壺員嶠水中央』，自以爲寫此處光景甚切合。公改『尺五』作『上下』，乃益覺生動。又好獎借後進，代擬東岳廟聯云：『雲行雨施，不崇朝而徧天下；理大物博，祖陽氣之發東方。』時金檜門總憲謂必出自公手，公曰：『非也，乃門人趙雲松所集句耳。』又代和司馬君實『玉印』詩中一聯云：『不名符宿望，比德稱高賢。』上命内監持示南書房諸臣，謂：『畢竟汪由敦所作不同，諸臣皆宜師事。』蓋諸臣皆説『成名』印，此獨云『不名』，於『君實』二字較切耳。諸臣皆訣公，公又以余答。其説項如此。」云云，蓋不勝知己之感。

尹文端以南巡事，隔歲先入覲。傅文忠命司屬代作詩相嘲，趙雲松有句云：「名勝前番已絶倫，聞公搜訪更爭新。」文忠易「公」字爲「今」字，便覺醖藉。亦雲松自記。

歐陽文忠《醉翁亭記》起云：「環滁皆山也。」讀者咸作四面皆山解矣。寧波同知關南棠上謀有《登寺樓望醉翁亭》云：「滁州不見有山環，林壑西南獨耐觀。記首一言須善會，醉翁遺墨敢輕彈。」觀此知古人文字不可泥，山川閲歷不可無。正如「曉日潼關四扇門」，竟以爲四扇關門，可乎？南棠又有「山含雲雨峰全隱，樹閲星霜腹半空」、「萬里無雲天似水，一庭有月地如霜」，句皆爽健。

前明永樂時，宋禮用布衣白瑛議，遏汶水東流，合七十二泉，注於南旺。至龍王廟分而爲二，四分南流以接徐沛，六分北流以達臨清，爲利漕計也。張欒房太史《南旺分水廟》云：「汶流轟轟開地維，絶壑搜攬千蛟螭。巨鰲脊偃連尻脽，濺波跳沫紛離披。鉅野瀦澤今則移，蛟宫擘流兹比奇。兩龍掉尾揚其鬐，衆駿騰逵相背馳。大鵬下擊雙翅垂，虹霓競吸誰雄雌。南四北六無增虧，連江白粲攢高桅。千艘掠過揚輕颸，兩朝溝洫廊廟司。至計乃出大布衣，坤脉未斷人能爲。謀適不用誰復知，鶩精研慮功卒施。雲雷慘淡朝靈祠，兀然狂瀾一柱支。天吴左右供呵撝，北來扁舟疲挽綏。倏乘覆盎俯渺瀰，戲擲木柹漂河湄。劃如破竹隨鳧鷖，蜀山南旺湖如規。遠夾明鏡浮修眉，通洸入濟不踰時。我游汗漫無與期，回看颯颯靈風吹。」筆力健拔，能繪難狀之景。

叠韻詩非僅争擅勝場，實由才思横溢。尹望山相國最喜叠韻，《滄浪亭有感柬錢香樹》云：「一曲寒流抱小洲，荒亭散步亦優游。纔看紅葉偏經雨，未賞黄花已過秋。北去有人隨遠雁，宵來無語望牽牛。適逢扶杖鴛湖叟，笑問何時返八騶。」《再贈香樹兼以送别》云：「老年猶記鳳麟洲，小集空亭話舊游。笑口難逢開半日，交情誰似足千秋。懷人好藉傳書雁，念子同憐舐犢牛。自是歸心留不住，可因詩債一停騶。」《香樹臨行和詩留别仍叠前韻送之》云：「鴛湖迴勝百花洲，烟雨樓高足覽游。未去先愁難作别，再來誰料幾經秋。呼群空羡林間鳥，望遠應嗟日夕牛。俗吏行蹤君識否，風霜一路迓前騶。」《再送香樹》云：「長帆去路指滄洲，那得相從一溯游。最愛高風能絶世，寧誇老氣獨横秋。敲詩細酌舟中酒，納稼閒看隴畔牛。簇簇兒童迎杖履，門前猶記聽鳴騶。」每押一韻，意義層出。又《吴門重晤香樹率筆和韵》：「心清誰似心無累，筆健應知筆有神。」「却爲難逢頻握手，更因惜别一傷神。」「自來逸興原超俗，寧祇新詩妙入神。」「白社當今推齒德，清歌隨處寄心神。」四押「神」字，俱穆然神遠。

鄭板橋香奩體最佳，有神韵天然者。《白門楊柳花》云：「白門楊柳花飄飄，陌上遊人互見招。明瑺翠袖車中手，錦帶彎弓馬上腰。少年何必曾相識，好鳥名花天下惜。妾住青樓第幾家，映門桃柳方連刻。家有水亭新緑荷，東風不大生微波。願得晴明天氣好，郎來倚檻流清歌。郎意温勤自安妥，郎情佻薄誰關鎖。陌上遊人盡愛儂，儂得郎憐然後可。」又《長干女兒》云：「長干女兒年十四，春遊偶過南朝寺。頭髮纖鬆拜佛遲，低頭墮下金釵翠。寺裏遊人最少年，閒行拾得翠花鈿。送還不識誰家物，幾嗅香風立悵然。」

綿州三李，以墨莊主事鼎元爲最。五言警拔，壓倒袁、趙。《滴水厓》云：「人從厓下行，水自厓上落。迴風吹水飛，白雨灑林薄。馬滑進輒退，僕怨前且却。如入大漏天，羲輪避難託。又恐息壤移，不受五丁鑿。藤蔓正得意，層層肆纏絡。能令白晝昏，峻嶺變幽谷。真如陰險人，天或助其虐。殷勤語從者，此處防失脚。」《雞頭關》云：「雞頭高入雲，人與雲争路。夜行山不知，險隘未全露。月落烏亂啼，林黑馬頻顧。輿夫昧高低，亂踏滑石步。悄悄盡七盤，鼪鼯或驚去。微聞水濊濊，崖深自可悟。天雞鳴一聲，回望轉生怖。失笑謝僮僕，此險幸偷度。」《扇子嶺》五律云：「何來雲母扇，壁立插晴空。開閤陰陽異，炎涼歲月同。即今能却暑，終古不摇風。惟有新秋逼，凋騷起灌叢。」字字熨貼。

「紅顔一樹春，流年一擲梭。古人混混去不返，今人紛紛來更多。」看去輕倩，却極沉摯。

菊花瓣可煎可糖，其香不減，信可餐也。粤俗食魚生亦以此拌，爽而甜，味甚雋。吴穀人有《食菊花餅》作云：「摘從麃眼露猶盈，煎付牛酥味更清。自詡吾家工説餅，豈徒楚客慣餐英。圓移月影盤中墮，寒挾霜稜舌底生。此是詩人纔領得，世間空有縮葱名。」又玉蘭花瓣麪裹煎亦佳，但非落英，圖果口腹，則太煞風景耳。

前明舒文節公芬，武宗時數諫，予杖幾斃。世宗召，復仍伏左順門，哭争大禮，世稱忠孝。狀元有《探梅圖説》，先孝廉題云：「世間不朽事，文章與氣節。緬昔古聖賢，遠近同一轍。先生負奇偉，勵志凛冰雪。廷對第一人，垂紳正朝列。際明中葉時，國事已潰裂。宦閹肆荼毒，太阿柄屢竊。時非無臺諫，被責舌稍結。此獨抗疏言，血瀝中腸熱。幾斃廷杖下，創甚百不折。挺特表孤貞，廣平心似鐵。廣平愛梅花，梅花質幽潔。偶借探梅圖，闡邵先天説。陰陽造化機，剥復本更迭。一部義經義，端倪藉宣洩。乃知有本性，豈復畏寒烈。展讀發浩歌，景仰高山切。」

安南即古交趾地。前明時，其王黎利、黎維僤俱以黄金鑄像，代身入朝。乾隆庚戌，阮光平代黎氏，王其地，畏威歸化，躬自入覲，館留羊城十餘日。番禺崔鼎來有詩云：「代身無事鑄黄金，銜璧親看詣上林。騎象客來三島遠，織綃人望五雲深。承恩鞮鞻皆殊渥，賜部龜兹盡好音。歸語麋泠諸父老，果然堯顙類當今。」自注：「麋泠，交郡名。」

塞北他爾氣嶺，乃伊里之門户也。阿尚書克敦有詩云：「雪滿陰山勢亘横，中通一嶺類關城。飛泉百道從雲落，亂木千章繞澗生。巖仄有時難並馬，石欹無處不遮行。蠢頑恃此成巢穴，化洽行看險亦平。」能寫出陡峻之勢。

錢香樹尚書《出古北口》云：「遠勢晴添蒼隼健，輕程秋與紫駝驕。」「添」字「與」字，可悟句法。

震澤張貢生楝有「花爲故人留一樹，夢隨春雨到三更」之句。又「盡引山光歸小閣，旋移花影入清樽」、「樵子歸來花壓擔，漁扉開處竹連村」、「樹裏千燈銀錯落，花間雙管玉參差」，句法圓妥。

長洲彭尺木進士，爲芝庭尚書第四子，皈依禪悦。晚年怛化，朱石君相國稱其已登灌頂位。《過法雲庵贈杲堂上人》云：「閒行郭外路彎彎，寂歷庵居破蘚斑。古殿有鐙陪佛影，蒲團無夢落人間。茶烟斷處還留客，梵册開時自掩關。可愛新吟才脱口，深林幽澗瀉潺湲。」宛似九僧詩派。

吴中詩自歸愚沈宗伯後，首推吴企晉進士泰來，古今體皆明秀雅潔。有《蔣蓀湄招同諸子集繡谷出桃花溪水圖索題漫成五首》云：「闔閭城頭暑雨微，古堤楊柳烟霏霏。幽人招我出繡谷，方塘一曲摇紅衣。青溪宛轉深不測，千樹鴨頭遮舍北。仙源不遣誤漁郎，溪上沙鷗總相識。」其一「畫師好手不可遇，咫尺忽覩滄洲趣。桃花流水望杳然，想見伊人結茅住。紅雲夾徑翠影重，柳絲風急喧凫翁。隔溪欸乃一聲静，遥夜月明收釣筒。」其二「壓簷竹翠連梧葉，小院幽香蕩簾蘺。當年風雨宿秋聲，一鐙閒勘官奴帖。披圖忽訝春光好，照眼繁紅明翠沼。花前想見苦吟人，夢繞池塘生碧草。」其三「細林山人出世姿，少華。王郎斫地歌淋漓。鳳喈、德甫。曹侯委宛探仙籍，來殷。四賢迭奏瓊琚詞。溪水如雲香不斷，柳陰藏屋春星亂。何當浣筆試新圖，重向蘇齋呼舊伴。」其四「君家三徑我舊諳，閒庭巧石交參覃。

松關晝掩少剝啄，午風吹蝶春酣酣。圖成自擬輞川宅，茗椀罏香好留客。落紅如雨點清尊，醉掃花陰卧苔石。」其五

番禺劉樸石太史彬華，年十五登賢書，與肇慶百歲舉人謝啓祚同宴鹿鳴。一老一少，傳爲盛事。少年時，詩學漁洋，修飾盡善。《憶遊》云：「蘇堤二月春風顛，柳色碧於堤畔烟。十五女郎腰細裊，含情重樸孝廉舡。」「掛席名山未忍忘，東粱飛過即西粱。黑甜初飽江聲吼，二水分流又漢陽。」「雪花風剪不勝情，楚尾吴頭十日程。燕子磯前重回首，寒烟漠漠秣陵城。」

劉心香太史士棻，閩中名士，辛酉翰林，出宰廣東歸善縣。罷官後，詩名益噪。《嵇是軒致亮以鄭板橋詞屈指千秋青袍紅粉多少飄零骯髒十四字集詩人分詠心香得千青零三韻》云：「話到投荒各可憐，愁心聊復寄詩篇。神交得證三生石，韵事分題五色箋。中散遺音琴再鼓，都官偶感譜新填。青袍紅粉無窮恨，何處茫茫問大千。」「一笑司勳鬢改青，揚州賸夢可曾醒。買來繡佛三千線，掛盡憐花一萬鈴。眉語已教通脈脈，心盟兀自惜惺惺。鍾陵忍唱江東句，名士傾城掣淚聽。」「滿徑蓬蒿户久扃，年來旅食感凋零。難餬數口頻呼癸，不值分文枉識丁。春畹芳蘭吟楚些，秋江瑶瑟弔湘靈。片雲釀就催詩雨，撚斷吟鬚筆乍停。」哀艷之作，不可多得。

乾隆辛卯，粵東中丞德文莊公保監臨試院，賦詩云：「深沉鎖院斗牛傍，振肅文壇在絜綱。太乙杖燃東壁府，春闈人憶聚奎堂。月臨海國心同白，桂落風簾字亦香。多少英才期入彀，看誰選佛共登場。」嘉慶戊寅，阮芸臺大司馬兼攝撫篆，監臨試院，次韵云：「珠江試院蘂洲傍，又看茶煎第一綱。三

傍連元期兩省，五傳登第喜同堂。清風滿座隔簾影，明月照人聞茗香。一十八科成老輩，放闈又到少年場。」道光乙酉，武昌陳中丞中孚監臨試院，次韻云：「巀嶪奎樓棘院傍，相期約束整維綱。蜚聲待譜群仙曲，接踵來登大雅堂。令肅鼉更人語靜，風迴鱗舍墨池香。記曾橐筆當年事，觸境依然到獵場。」棘闈提唱，先後雍容，亦此邦佳話。

「服食求神仙，多爲藥所誤。」不誤則成仙矣。鄭安期生採蒲澗九節菖蒲服食，居山頂石巖上，久之仙去。或云姓鄭名安期，或云姓安期名生。按鄭仙本爲秦始皇求仙至嶺外，當戰國末列國之士，仍別以其國，猶今別以省分耳。即魯國仲連可以例推。況仙家如漢鍾離權，今但稱漢鍾離，亦其明證。

趙雲松云：「詩看用事，字看用筆，畫看用墨。」

益都李南磵進士文藻，官粵東恩平縣，有《我愛恩平縣》十首。余至恩平縣修志，楊大令學顔囑余次韻，並刊志中。南磵好奬拔士類，如張藥房、黄虚舟、黎二樵，皆經龍門，聲價頓增者。《舟中觀晬》云：「宅郎未週歲，萬里隨蓬轉。去年客濮州，三月五日産。今年遇此日，湞江方阻淺。卸帆無一事，孤悶賴汝遣。銅鑼當晬盤，什物客中鮮。其毋爲羅列，眼前忽已滿。先取惟紙筆，十指齊攏撚。傍有黑手本，瞥視不一展。大快老夫懷，俗吏或可免。長即授詞賦，希中瀛洲選。未用通今古，且用大字柬。皚皚兩銀錠，舉手何太懶。田園吾已棄，到汝無飯盌。汝又拙治生，誰復救哀喘。」真率可玩。《嘉應州》云：「風物隨方異，梅州二月天。沿溪鴉舅樹，近郭蛋孃舡。山色暮雲裏，兩聲寒食前。還須求老酒，爛醉寫蠻箋。」《丁橋》云：「翠鳥背山嘴，紅泉轉樹腰。行人將午飯，驛舍及丁橋。筍輿蠻兒舉，衣箱簻婦挑。何人教引灌，辛苦見秧苗。」

易秋河宏鶴山人著《雲華子詩集》。五言如《登飛狐嶺》云：「山勢連天峻，河流入地低。」《榆林衛》云：「元戎重搜套，長策在燒荒。」七言如《粤臺覽古》云：「亂世覇圖空草竊，成名豎子亦英雄。」《經郟縣孫百谷督師戰地》云：「内臣馬上頻催戰，驍騎關前已覆軍。」《居庸北望》云：「三秋白草黏天去，萬里黄河坼地來。」語皆壯朗。

《神農本草》止三百六十五種，陶宏景所增亦如之。唐宋以來，益至一千五百五十八種。新會胡大靈方《讀本草》云：「智非前聖少，病到後人多。」得隱刺之旨。又《謁白沙祠》云：「斂手本疑藏拙巧，高蹤原與釣名鄰。」其分别真僞處更細。

韋蘇州詩云：「書後欲題三百顆，洞庭須待滿枝霜。」蘇東坡云：「日啖荔枝三百顆，不妨長作嶺南人。」王右軍帖亦云：「奉橘三百枚，霜未降，不可多得。」言數多舉三百，何居？

白香山云：「文之神妙，莫先於詩。如夢得『雪裏高山頭白早，海中仙果子生遲』、『沈舟側畔千帆過，病樹前頭萬木春』之句，在在處處，當有神物護持之。」而夢得《題樂天集》云：「郢人斤斲無痕迹，仙人衣裳棄刀尺。世人方内欲相從，行盡四維無處覓。」真不愧聲同力敵。

「欲散白頭千萬恨，只消紅袖兩三聲。」不問而知爲白傅所作。

粤東省會東南四十里，爲獅子洋。出即虎門，經小虎、大虎至零丁洋，再出則海深水黑，爲黑水洋。入夜火光錯落，謂之海燈，雖遠隔百里可見也。余有《宿月溪寺觀海燈》云：「深入月溪寺，高出摩星嶺。寺藏嶺腹帶清溪，俯視雲山争秀猛。揭來小憩借禪床，佛龕燈火生寒光。披衣起坐夜無寐，推窗一望心茫茫。遠林沉冥響蕭瑟，苦霧迷漫暗黏漆。報更鼓三，東南角一，爛爛熒熒海燈出。燈疎燈密誰與攜，燈高燈下誰争持。前燈未隱後燈現，暗燈爲幻明燈奇。由青而紅紛錯落，眩眼作作金芒移。萬里長風吹不滅，疑有龍女秉燭夜游嬉。或云星飛躔，大珠小珠相輝聯。或云島上仙，内丹外丹戲熬煎。乃悟真火原從真水取，壬中有丙子應午。交媾鉛汞降龍虎，法之養身非小補。斯時絳河亘天月微吐，夜氣蒼茫逼窗户。海燈亦没無影泡，萬籟俱寂萬慮消。澄心内照玉毫在，起視日色横烟梢。」

南城姚匠門茂才廷掄，於曾賓谷先生爲鄉後進，時相唱和，賓谷深器重之。《寄兄》云：「秋風又見雁南征，無數離懷觸處生。落葉漸成催老物，吟蛩半是可憐聲。全輪尚戀閒中局，小隱猶談紙上兵。何日輪蹄歸計穩，一塍相與課躬耕。」

會稽徐薌圃秉義，商籍廩貢生，博學能詩。《咏蠏》云：「楓柏丹黄露遠洲，葦蕭一帶夕陽留。鯉魚風定晚潮落，蘆荻雨來沙岸秋。外骨祇應詳《爾雅》，無腸且莫怕監州。食單那用盧家富，隨分團臍足勸酬。」先孝廉《七夕席上同徐薌圃》云：「《伊》《凉》高唱入江雲，七夕尊前酒半醺。霜橘熟時頻贈我，海棠開日又逢君。花因月上愁千叠，人到秋來瘦幾分。回首去年風雪暮，可勝南浦悵離群。」可想見徐公之雅。

南海諸生黄葵之河澂，著有《葵村集》。《與山妻對酌》云：「矜持小節吾何苦，操作多年汝亦疲。」

《南海神祠》云：「凌虚臺榭觀初日，排仗魚龍候早朝。」《贈友》云：「名場老饜雞鳴飯，官路多霑馬足塵。」語皆真切。

杭州城隍廟在山上，柱聯徐文長作：「八百里湖山，知是何年圖畫；十萬家烟火，盡歸此處樓臺。」粤省三元宫北帝殿，柱聯蘇東坡書：「逞披髮仗劍威風，仙佛焉耳矣；有降龍伏虎手段，龜蛇云乎哉。」采石磯李白祠聯云：「我輩此來惟飲酒；先生在上莫題詩。」亦徐文長作。又夷齊廟聯云：「兄讓弟，弟讓兄，父命天倫千古重；聖稱賢，賢稱聖，頑廉懦立百世師。」至蟂磯夫人廟「思親淚落吴江冷，望帝魂歸蜀道難」，更顛撲不破。

吕晦叔不喜人博，曰：「勝則傷仁，負則傷儉。」

唐皋拒奔女，「餂破紙窗容易補，損人陰德最難修。」王華見「欲乞人間種」五字，以「恐驚天上神」對之，皆佳句也。

庾信《答王褒餉酒》云：「未能扶畢卓，猶足舞王戎。」信去戎、卓未遠，已援引若是。

無錫女冠王韵香清微，工詩善畫，一時名士過訪，每多贈答。余丙戌南歸，被俗士纏阻，不獲往晤。至庚寅春，遇姚玉虬於岡州署，出所畫扇見示，知清微被謗畢命，惋惜久之，其情節略見陸孝廉祁蓀繼輅輓詩云：「獨客殘春愴舊遊，蓮池相見正清秋。此時攬鏡猶濃髻，多負題籤許狀頭。弱腕自留千世蹟，顰眉端合一生愁。如何病榻都無分，海燕驚飛出畫樓。」「拊鶴棲鸞事有無，雲英一傳竟全誣。手揮故相扃禪闥，心許狂奴慟酒罏。粉本尚存仙蝶在，瑶田從此國香蕪。何人酹得憐才淚，慙愧江東孫伯符。」余和云：「回憶當年阻俊遊，蕭蕭遺憾滿湖秋。寄身十笏無多地，希志三清最上頭。覿面緣慳真欲惱，傳聞事異倍添愁。春風緑到江南岸，澹遠山横獨倚樓。」「入夢曾驚絶妙無，神交有約自嫌誣。賞心卞賽元都筆，欲辨文君蜀市罏。珠海半輪明荻蓼，錫山一路長蘼蕪。如何招得珊珊珮，費盡黄金願乞符。」時蔣稻香先生田、黄和亭明府金耀、張南屏少尉元恒，皆依韵和之。稻香先生云：「雲掩檽扉失夢遊，曇花一現萬山秋。佛緣枉卜釵聯股，人恨空燒香斷頭。俏美紅絲誰繡像，捐生黄土自埋愁。絶憐細雨瀟瀟夜，可有詩魂尚倚樓。」「洗水還須水洗無，憐才以外事嫌誣。美人香草英雄劍，菩薩楊枝鍊士罏。貝葉書殘烟麝廢，畹蘭寫盡沅湘蕪。多情肯著雲翹傳，千載金箱抵鐵符。」和亭明府云：「世内消遥方外遊，傷懷蘭刈錫山秋。品題佳士能青眼，淪謫香魂未白頭。跨鶴驂鸞空抱恨，調鉛吮墨慣含愁。惠泉一勺消清晝，急雨蕉窗掩舊樓。」「海山縹緲有疑無，仙去何關薄倖誣。夢幻也應留玉照，飛昇竟未剩丹罏。雲光黯淡疎簾月，花氣闌珊曲徑蕪。名士新詩難卒讀，多情哀怨總同符。」南屏少尉云：「錫山兩度未登遊，惆悵風前歷數秋。傳説鍾情齊側耳，細吟酸句屢搔頭。死如仙路還消恨，生入空門爲底愁。最是傷心巖下客，斜陽深鎖誦經樓。」「兒女英雄絶代無，敢將風月事相誣。鼠鬚搨就蘭雙畹，龍腦燒殘篆一罏。想像芳容紅墮淚，凄凉禪院緣平蕪。何時剪得招魂紙，擬乞天公續命符。」

番禺蘇茂才枝發，規行矩步於棘圍矮屋，與先孝廉訂交數十年，友誼老而愈篤。生平亦有不二色之操，以教書爲業。嘗作《設醴行》云：「穆生滴酒不濡齒，元王爲之特設醴。雖設醴酒不沾唇，設之所以示敬禮。區區一醴何足云，至今傳者以爲美。我聞書言享多儀，愛而不敬交如豕。傳之後王亦設醴，一日不設殆偶爾。穆生聞之歎息三，曰吾今可以去矣。且勸白生與申公，及今不去將鉗市。白申初不以爲然，轉盻果然遭胥靡。相彼雨雪微霰光，堅冰至矣清霜履。君不見，穆生一去不見辱，殷然轉見王待士。詩人反覆歎權輿，豈必沾沾在四簋。」足徵師範之嚴。

蘇輝垣廷奎，爲枝發先生冢孫，能讀祖書，爲榮兒受業師，詩才敏贍。《送陳孝廉北上應試》云：「文旌計日上崆峒，蟄起層冰百丈中。神駿應歸支遁廐，聲華直達景陽宮。離亭歷歷生春草，易水蕭蕭懷古風。此去漢庭逢薦者，勿憐辭賦似河東。」

南海李瑶山鳴盛，少負異才。遊泮後，赴北闈，薦不售，即棄舉業，作外洋生理，一時名士無不傾蓋相交。著《春雨樓集》，馬秋藥太常、錢次軒臬使、劉樸石編修，皆樂爲序之。《觀音巖》云：「重淵窅深黝，倒插青岝崿。孤根亘崇顛，欹側意尤惡。呀然裂峭壁，洞空匙出鑰。艤舟瑟縮入，難睎況敢摸。哆若虎牙磨，丱若鐵鑄錯。兩掌無巨靈，一卷足爲虐。度虛逐清梵，籠燭躡飛閣。上有石乳冰，纍纍勢將落。冥搜增怪腸，悚息轉歡樂。仰捫秋谷鐫，自注：岩口有趙秋谷詩刻。頗怪筆力弱。」《舟次寄懷里中諸子》云：「旅食關河不計貧，勞勞湖海寄吟身。青山只合埋狂士，白眼何曾到酒人。一曲江蘺幽渚晚，幾回叢菊故園新。夢魂不惜秋衾薄，又逐征鴻度嶺頻。」《春江即目同倪瑶圃寄黎二樵明經黃虛舟孝廉》云：「一棹春風江上還，輕陰如夢罨前灣。千條弱不勝烟柳，一點寒將作雨山。天覆穹廬足高枕，水開奩鏡照酡顏。畫圖欲借倪迂筆，招取高朋此買閒。」跌宕多奇，固非委瑣之流所能望其項背。

瑶山詹事長君雲屋觀察，與余訂莫逆交，述家事甚詳。詹事孝友性成，一門之内，雍睦無間言。其處族也，恤貧周急，尤喜培植佳子弟。族姪彪如少孤，將學藝事餬口，因見其資性可造，月給其母，俾得專心向學，竟登賢書。其他懿行，不可枚舉。《哭弟焕廷》云：「傷懷無計淚滂沱，修短人生可奈何。往返連朝心已碎，彌留終夜語無多。天倫樂事傷零落，壯志中年幾折磨。家業仔肩予敢貸，阿咸寧許任蹉跎。」即此足覘天顯之誼。

香山鮑逸卿太史俊，幼寄瑶山膝下，嘗畫竹贈之云：「昨夜雷聲動隔江，今朝風雨尚横窗。起來信筆揮尋丈，猶有凌雲氣未降。」又《八月十六夜送馬太常歸棹阻風畫竹》云：「昨夜月圓秋正中，今宵江雨雜江風。即看濃淡都成趣，聚散雲烟過眼同。」「漁舟似燕剪江波，波湧山移撼白鵝。潭名。維纜平安對修竹，茫茫烟雨寄情多。」瑶山畫竹直追板橋，得之者珍逾拱璧。次君小山筆墨灑落，饒有父風，時出新意，則烟雨雲露，變態百出，正如書家羲之之後復有獻之也。

嘉慶辛巳，有持端硯一方求售者。長三寸餘，闊二寸餘，長圓式，背面鐫：「舅氏從海上獲硯材，三琢成。分貽予兄弟，瓊章得眉子硯云。『天寶繁華事已陳，成都畫手樣能新。如今只學初三月，怕有詩人説小顰。』『素袖輕籠金鴨烟，明窗小几展吴箋。開簾一硯櫻桃雨，潤到青琴第幾絃。』己巳寒食，小鸞。」凡八十五字。硯雖不佳，詩却輕倩，似仿葉氏所藏爲之者。

寧波周用和先生鼎，與余訂交在揭陽縣幕中，天性曠達。幼咏《聞笛詩》，有「塞外征人淚，閨中少婦情」之句，汪芰湖先生見而嘆曰：「此詩人之詩，而其憨如鐵，真吾徒也。」因以女妻之，故自號鐵憨。《度大庾嶺》云：「峭壁立塵寰，何年闢此關。盤空一線路，開出萬重山。鑾鼓聲聲急，溪花樹樹斑。雁回人更遠，風雨洗愁顔。」《春日曲江送友人至滇南》云：「相送曲江濱，江花樹樹新。一杯今日酒，萬里異鄉身。蒙段多奇士，賓羌亦有人。勸君從此去，冰鑑礪風塵。」二律俱佳。《江樓感懷》云：「颯颯西風海國秋，潮聲夜撼禹王樓。金尊獨對寒江月，一酌何能散萬愁。」《珠江竹枝詞》云：「太平門外太平橋，橋下江潮接海潮。潮去潮來潮有信，郎何一去到今朝。」七言如《皂帽峰》：『龍虎奇形天外合，崑崙秀色日邊來。」五言如「草際蟲聲細，牀頭劍氣寒。」又《詠梅》有「一庭香細月留魂」之句，爲時稱誦。

韓昌黎《送桂州嚴大夫》云：「蒼蒼森八桂，兹地在湘南。江作青蘿帶，山如碧玉篸。户多輸翠羽，家自種黄柑。遠勝登仙去，飛鸞不假驂。」可謂老健。

陸放翁《航海》云：「我不如列子，神遊御天風。尚應似安石，悠然雲海中。卧看十幅蒲，彎彎若張弓。潮來湧銀山，忽復磨青銅。飢鶻掠舡去，大魚舞虚空。流落何足道，豪氣蕩肺胸。歌罷海動色，詩成天改容。行矣跨鵬背，弭節蓬萊宫。」指下泠泠，大有仙氣。

姜葦間云：「人情皆米董，吾意只鍾王。」可爲學書者圭臬。

寇萊公「水底日爲天上日」，楊大年對「眼中人是面前人」，即白傅聯珠句。

乾隆間，勅建藏書四閣。熱河爲文津閣，吴穀人先生奉命往校書，因作《雜咏》十六首，云：「萬峰紫翠互盤迴，歲歲曾經玉輦來。麗正門開初日照，五雲端裏現蓬萊。避暑山莊南爲三門，中麗正門，東德滙門，西碧峰門。其東及東北、西北門各一。」「東齊西晉客程通，關税無征襁負同。嘘暖不煩鄒子律，萬家烟火畫圖中。熱河地苦寒，無土著，多山西、山東流寓者。近以人烟湊集，寒亦漸減，古北口但譏察往來無税。」「三川匯合足烟波，武列淵源注不訛。留與經幢照奇字，磬棰峰上夕陽多。塞外固都爾呼河、茅溝河、賽音河，即三藏水，至温泉匯流之後，始名熱河。酈道元《水經注》：「三藏水又東南列谿，謂之武列水。東南歷石挺下，挺左層巒之上，南孤石雲舉，臨厓危峻，可高百餘仞。」按武列水，即今熱河，石挺指磬捶峰，峰側石幢一，鐫「尿涃棉𡆠」四字，不知何時所建。《説文》：「尿」古「户」字，「𡆠」爲武曌所造「日」字，餘二字無考。」「揉鼻無煩雪作團，今年暄暖萬民歡。君恩亦與温泉似，流到人間總不寒。元楊允孚《灤京雜咏》注：「凡凍耳鼻，即以雪揉之方回，近火則脱。温泉源出豐宁縣，有浴池在泉側，其水東繞入灤河。」「宫殿千秋儉德傳，不施丹雘任天然。堯階迴在層霄上，畫出松雲一片圓。山莊制尚朴素，無丹雘之飾。尤多喬松，諸勝景之以松名者，若「萬壑松風」、「松鶴清越」及「松壑高樓」、「松霞室」、「松雲樓」、「松巖亭」、「就松室」，其尤著也。」「瑶花天上散紛綸，葉落長松挺瘦身。頑石也成羅漢果，雪山面目本來真。落葉松，松葉杉身，生五臺及口外興安之地，秋冬凋落，與凡木同。羅漢峰，一名彌勒峰，在山莊東，岡巒曼衍如人趺坐坦腹。」「聞道秋風壯塞垣，衣冠此地會名藩。照人齊化光明燭，萬丈燈輪萬樹園。萬樹園倚山面湖，自西師蒇役錫宴、觀燈、馬戲，皆在於此。御製燈詞備極其盛。」「火種刀耕歉歲稀，炊烟一片動斜暉。尊前風味人人説，秔稻登場黄鼠肥。關外多闢山爲田，刀耕火種。黄鼠爲灤河奇品，見楊允孚《灤京雜詠》，味極肥美，元時曾爲玉食之獻。」「月黑腥風一道衝，路旁吹折幾枝松。明朝好試飛鎗手，一路寒山蹋虎蹤。蒙古謂虎爲巴爾圖，今承德府屬境内之山多名巴爾圖者，以有虎得名，今駐蹕山莊常命虎鎗人殺虎。」「僧冠著絮白雲屯，五指懸槌輪相存。忽聳雙尖更奇絶，大峰祖塔小峰孫。僧冠峰在承德府南，形如毘盧帽覆頂。土人以雲氣聚散，占晴雨之驗。五指山在府東南，五峰峭崒，儼如五指。雙塔山在喀喇河屯東北，大小二峰，矗立百餘丈，如窣堵波，高下相亞。其一峰中間三孔，表裏通明。」「林間俊鶻怒毛蹲，枯木寒烟畫裏論。何似《白翎》彈一曲，琵琶絃上黑河翻。《元一統志》：「建州土産鶻。」陶宗儀《輟耕録》：「白翎雀生於烏桓朔漠之地，雌雄和鳴，自得其樂。世皇因命伶人碩德閭製曲以名之。」楊允孚《灤京雜咏》：「白翎隨馬叫晴空。」」「新春白粲玉漿含，宿醞紅泥乍坼曇。鮮鯽無鱗蘑釘地，未須鰕菜憶江南。山莊産白粟，色純潔，味甘，性膩。其種得於烏喇樹孔中。熱河土酒味薄，惟越酒市中多有之，價亦與都中相準。灤河鯽有斑無鱗，食品中最美者。蘑丁形如猴頭者良，號曰口蘑，又曰營頭蘑。元周伯琦《上京雜詩》曰：「菌出沙中美。」」「皮褥山紬物價諧，兔肩鹿尾市門排。一條軟繡差堪擬，深夜籠燈買賣街。熱河出馬皮菌褥，毛色淺深相間，燦然可觀。山紬産建昌縣，熱河市中多鬻之。買賣街在山莊西，最稱繁富，南北雜貨無不有。」「丁丁響未斷樵風，木炭燒成脆似銅。恩被儒官皆挾纊，煮茶香裏地鑪紅。宋王曾《行程録》：「深谷中多以燒炭爲業。」《元一統志》：「大寧路産木炭。」蓋塞外多樹，故爲炭較易，所産視内地爲佳。此次校書者恩給炭火茗飲。」「凍梨含味妙於回，巴欖良尤號果魁。剥出勻圓榛實好，不愁枵腹厠群材。楊允孚《灤京雜詠》：「梨子受凍，其堅如鐵，以井水浸之，味回可食。」又詩：「杏子何如巴欖良。」注：杏子、巴欖皆果名。《元一統志》：「榛子，大寧土産。」今塞山皆有之，俗云十榛九空，惟此處不爾。查慎行詩「鷄頭剥玉差相似，飣餖曾無一顆空」是也。」「興桓左界接崔嵬，想見群山紫邏開。可惜不曾隨豹尾，霜風盤馬白龍堆。」

彭文勤公跋《龍洲道人集》云：「龍洲嘗在辛稼軒席賦羊腎羹云：『拔毫已付管城子，爛胃曾封關内侯。死後不知身外物，也隨尊俎伴風流。』《挽張魏公》云：『背水未成韓信陣，明星已隕武侯軍。平生一點不平氣，化作祝融峰上雲。』」今集中皆無之。

漢州文中山廷杰，嘉慶丁丑進士，出宰廣東，余己卯鄉試房師也。《賓江官署四十詠懷》云：「銅章初珮敢疎狂，匹馬馳驅到粵疆。四十年來疑夢寐，八千里外又高涼。東風碧草盈官廨，秋雨蠻烟護女墻。底事今朝添馬齒，只增吟興賦滄桑。」「篋箱重看舊宫袍，回首蓬山路已遥。有恨只因爲俗吏，無緣那得列仙曹。簿書終夜勞清夢，官鼓新秋雜暮濤。自笑書生太迂拙，也來東國試鉛刀。」「官閣蒲鞭響乍闌，夕陽紅處傍闌干。蠶業路闢思親遠，山縣民驕撫字難。忘却此身如傀儡，翻憐故舊尚儒冠。自注：謂俸課軒諸君子。無端秋思縈千縷，獨坐西風一夜寒。」「拋棄當年雪夜氊，微軀匏繫海雲邊。方愁有過誠難補，敢望清名或浪傳。衙静鳥鳴官閣雨，公餘人對一爐烟。頭顱未白君恩重，努力前途穩著鞭。」嗣由信宜調補新會，以廉能上注，丁外艱歸。余餞送賦詩四章，有「清風兩袖慰慈親」之句，師歎賞久之。

盧抱經學士文弨尊人存心先生，有詩稿十卷，其謄録有學士手書在。因落書肆，余以重價購得，珍藏之。有《祝王玉峰暨夫人雙壽》五古一首：「青扉開石室，幽巖當水涯宜。中有許由師，是名曰王倪。王倪齊齧缺，先生難可匹。捐棄名利心，而獨耀其德。其德令且嘉，其壽如之何。南山不崩騫，高遂等嵯峨。豈曰遂爲異，亦云德之至。不見彭公行，依稀誰與記。我感先生操，我知先生深。無人無我相，遇者愜素心。所以朋輩情，無異骨與肉。但觀之子厚，聊識世人薄。落落山上椿，青青歲寒松。以之貺先生，壽亦將毋同。美矣先生壽，况有萊公婦。」按《楚漢春秋》：三老董公八十二遂。

注：「遂」與「歲」同。

會稽諸生陶篁村元藻，《由紅橋至平山堂》云：「遥聞天半起笙歌，面面雕空瞰碧波。若計揚州二分月，紅橋應占一分多。」「亞字墻圍柳萬條，棗花簾北酒旗飄。不教尺地清閒過，更遣長廊接畫橋。」「平山堂接古名藍，太守遺蹤仔細探。山色有無何處領，一簾烟雨望江南。」風景如繪。

廣安鄧遜齋少廷尉時敏，乾隆戊午典順天試，得袁子才。後戊子榜發，子才寄詩云：「九月十日，戊子秋榜懸。門外車馬走，徹夜聲喧闐。群官一撤簾，諸生望頸延。得者眉欲舞，失者淚湧泉。恐此得失懷，聖賢難免焉。我今五十三，登榜三十年。翰林曾一入，花縣曾九遷。掛冠廿載餘，萬念附雲烟。惟逢榜發夕，猶心動不眠。棘院一聲鼓，神魂與周旋。並非望子弟，情胡爲牽連。祇緣少也賤，歷嘗考試艱。四上不中售，自信幾不堅。未知今生世，於榜可有緣。於今痛久定，思痛輒隱然。苦記戊午歲，待榜居幽燕。夜宿倪公家，昏黑奔躚躚。道逢報捷者，驚喜如雷顛。疑悟復疑夢，此意堪悲憐。皝皝鄧夫子，兩目秋水鮮。書我到榜上，拔我出重淵。敢云文章力，文章有何權。敢云時命佳，時命復究宣。父母愛兒子，不能道兒賢。惟師薦弟子，暗中使升天。豈非師恩德，還在父母前。吾師在何處，渺渺五雲邊。見榜如見師，感觸涕漣漣。有如駿馬老，重對孫陽鞭。又如燒尾魚，重過龍門顛。此恩此日酬，陸庄塹荒田。此恩異日酬，兩鬢驚華巔。不如歌一曲，聊寫心拳拳。無由侍絳帳，但憑鴻雁傳。」情真語摯，小倉佳構也。

宋紹聖中，東坡自惠州至儋耳，道經新會縣石瀑岡下，留十餘日。居人慕之，築亭於上，即古博里也。考《甄志》云：「東坡聞新會有仙，訪之至古博里。遇饁婦肩饁具，蓬髮短衣，胸露兩乳。口占詩曰：『蓬髮星星兩乳烏，朝朝擔飯去尋夫。』婦應聲曰：『是非只爲多開口，記得朝廷貶汝無。』言訖不見。」余嘗過其地，徘徊久之。

昔人稱李太白詩「仙翁」、「劍客」之語，今觀「刬却君山好，平鋪湘水流。巴陵無限酒，醉煞洞庭秋。」與「朝遊碧海暮蒼梧，袖裏青蛇膽氣粗。三醉岳陽人不識，朗吟飛過洞庭湖」如出一手。「七步以來誰抗手，六經而外此傳書。」漢陽戴思任題文選樓句。

王荆公愛俞秀老「有時俗事不稱意，無限好山都上心」之句，取其自然耳。

餘姚黄平甫徵乂，以乾隆己酉孝廉，至嘉慶己卯成進士。《揭曉》詩有「梁顥榜中臣未老，北山移後鶴終猜。論年同榜稱前輩，執贄師門作後生」之句，可爲晚達者解嘲。

黄平甫《賦菜花》云：「去年花發横江道，萬頃如圍孤嶼明。今日人行茗山路，黄花獨照白湖清。畫舡簫鼓香風度，村舍兒童丫髻盈。仿佛家園好風景，海鄉原是近雙城。」又「客到田家春色飽，人歸村外夕陽多」、「老去心情花事淡，古來風味菜根饒」，殊有淡遠之致。

孫文靖點送粤兵，赴臺勦匪，《諭諸將士書事》四首云：「于喁環海唱扶犁，蠻觸無端據蒺藜。帝簡重臣爰命度，民知大義竟歸磾。臺匪林爽文等作亂，群起助勦賊，戕其家口，故用邵續歸磾，其子又遇被害事。洪波百丈騰桴鼓，組甲三千耀水犀。忍遣么麽勞旰食，紅旗飛渡浙東西。」「樓舡東去斬長鯨，忽指鄞籤日幾更。渡臺以更紀程，六十里爲一更。天策竚膺圭卣錫，佽飛争赴彭鼙聲。平臺紀應紅羊劫，此番蕩平賊匪，應紀略宣示史館。唐克藩《賀平虜詩》：「記取紅羊換劫年。」是年爲丁未，今年干支適合，應即滅賊。渡海師傳白鹿迎。厦門配舡東渡，向多阻滯。此次粤兵全數起程，若有神助。《酉陽雜俎》：「海神每日以白鹿迎射磨。」爲道恩循多反覆，莫教輕築受降城。」「此日軍容步伐齊，甕中擾擾笑醯雞。赤嵌城名，即安平城，此指南路。月黑嚴刁斗，青鬫嶺名，隸諸羅。峰高吼鶻鵃。斷澗須防雙雉竄，謂林爽文、王芬二賊。游魂早向七鵾啼。一鵾直至七鵾，皆臺地險要。漫言柳往來應雪，笳鼓歸猶繡滿畦。」「自笑陳琳檄未工，也曾磨盾學從戎。己丑隨侍傅文忠公征緬甸。夢驚孟拱濤頭白，記駐兵孟拱道，夏鳩江秋漲。渴飲官屯戰血紅。老官屯。元請一丸封已足，頗遺三矢盻猶雄。感恩何處酬毫末，願得浮江比阿童。」格律峻整，不減義山學杜。

山陰吴尊萊《和孫補山制軍諭諸將士書事》四首：「輿圖清晏樂耕犂，豺虎寧容斷藿藜。海上黄巾方附角，陣前黑矟早驚磾。用于栗磾雪刃事，謂蔡遊擊攀龍。登壇此日抒心膂，列帳當年伏象犀。文武自來推吉甫，瀛東紀績滇池西。」「波濤鼙鼓鬥鏗鯨，穩度樓舡十二更。閭井同仇紛左袒，風雷夾擊奪先聲。休稽尺組營門縛，尚想壺漿島上迎。進剿兼防雙雉竄，東南坐鎮係長城。」「唐風漸被列編齊，臺番呼内地爲唐。往事銷沉驗草鷄。康熙年平臺，有長耳草鷄之讖，指鄭逆也。梗化勢危巢幕燕，分猷職凛在梁鵜。浮瓜歲熟常修貢，妖鳥時平敢逞啼。訓練夙嚴申誥誡，良田剔莠莫分畦。」「保釐百粤亮天工，敵愾情殷賦小戎。武庫群瞻巖電紫，捷旗遥盻海雲紅。圍棋决勝神同静，健筆裁詩戰角雄。千羽陳階綿壽寓，熙朝司馬識兒童。」

橡坪詩話卷三

先曾祖熙庵公精岐黄術，雖權貴，不以禮求，弗應也。某制軍召醫愛女，托故不往。時督署尚在肇慶府城，復遣材官賫諭帖到廣州府，敦促起行。至則仍辭不能醫。制軍怒，留禁西花園内，約醫好病人始得歸。居數日，以千金賄守者脱歸，終不爲發藥也。與會稽商寶意太史友善，常刻燭唱和。寶意官瓊南，寄柬云：「病婦垂危，非參苓拯救，一日不可支撑。但潦倒一官，口食且不能給，而一切貴重藥石何法以處？每思人生五倫，非錢財潤色之，則一倫亦不能完備耳。僕舊作有『夢回關塞心猶怯，貧戀妻孥愛亦輕』之句，當時每不自覺，今日尋思，方覺情真而理當矣。見寄參藥，可充數日之用，刻下專力走省補償價值，并覔一二種好藥，仍冀留意。」

余於骨董店中，得寶意寄徐夢蘭札云：「錢豹隱過湞陽峽，與君途次相逢，值扁舟又下韶石。凡四易星霜，偶得此雲痕水跡，亦可爲空谷足音矣。吾輩蹤跡，既不能常常聚首，而斷梗飄蓬，又無定向。不特尺一之書無憑郵寄，即半窗幽夢亦從何處覔君耶？每誦『夢中不識路，何以慰相思』之句，爲之惘然。」

世傳商寶意太史美鬚眉，善音律，鍾情粉黛，有元稹、杜牧之風。常得趙姬小憐，解碧玉連環贈之，易名環娘，珍愛特甚。有《環娘至淮》云：「迴身宛轉故依然，小别重逢似隔年。藥餌急須調病後，簪環親與卸燈前。但教好月當三五，豈惜春衣典十千。江北江南風正厲，護花人祝養花天。」未幾，玉碎蘭凋，賦《悼亡詩》，有「鬢影憶簪花第一，眉痕怕見月初三。錦機未斷纏綿縷，羅襪還留細膩塵。誰與修書添半臂，欲煩妙筆畫全身」之句。又《信步至萬柳堂是前姬舊遊地愴然久之》云：「彈鞚徐行不覺遥，鳳城寒食又今朝。地經前度增惆悵，人對芳辰轉寂寥。侍史年華傷錦瑟，故家别業問雕橋。真珠亭畔斜陽暮，翻恐無端拾翠翹。」屢形歌咏，悽悱動人。

梁文莊公詩正，著《矢音集》，《恭和御製征衣》云：「聞道長裾不利趨，用昌黎譜。況隨行獵歷川途。短衣佩劍風猶在，見《莊子》。缺袴從軍制未殊。見《唐書·高祖紀》。已喜跨鞍輕矍鑠，不憂舉步礙榛蕪。書生鞭弭周旋處，也製征袍與衆俱。」字字典愜。《地竈》云：「依山列幔隨疎密，因地爲罏各淺深。穿穴不須陶冶埴，拾薪端可溉烹鬵。升烟遥結千廬白，移壘空存萬突黔。漫説風餐兼露爨，自來增減重韜鈐。」語皆鎮紙。《蒲褐詩話》云：「公充《續文獻通考》總裁，屬予司總校，常宿其齋，每日庭户蕭然，自諸司畫諾外，更無停轍。進《和御製詩》，每逢劇韵，必蒙嘉奬。予異之，公曰：『昔蘇文忠公善次韵，每遇艱險處，恒以譬喻出之，是以信手驅駕，毫無窒礙。吾竊得此秘，故能游行自在，天然湊泊耳。』」

南海何西池夢瑶，雍正庚戌進士，受知於惠天牧，詩與杭大宗旗鼓相當。著《匊芳園詩鈔》。《即景》云：「即景何勞更費詞，一聯添字杜陵詩。淡紅綻雨肥梅候，小緑垂風折笋時。山色當樓晴見瀑，松陰滿院静聞碁。儵然長日渾無事，坐覺苔磚鶴影稀。」凌譽釗評遺山《淮右》詩：「五六全用韓致堯語，結乃點出。」此則入手揭明。三四渾含杜句，皆另創一格，以見巧者。

由玉山至杭州一帶，山青水緑，舡窗樂事，雖終日不逾數里，亦無厭心。惟往來舟密，不肯相讓，至彼此塞住，則煩悶起矣。江西由河口至常山，亦有此弊。粤東由英德至庾嶺，雖不塞江，往往阻淺，彼此相望，莫展一籌。余兒杰臣有《即事》詩云：「放舟舟擱淺，舟重水難浮。鄰舟亦膠滯，行歎復坐愁。望天天不雨，北風更打頭。束手竟無策，相視徒咻咻。不知衆擎易，因與舟子謀。曷先助彼力，報我又何求。一語醒愚鈍，衆舉争效尤。百夫齊努力，一一出沙洲。吾舡幸獲濟，且讓居中流。歡聲莫競發，恐驚彼岸鷗。」

李小山參軍應桂，瑶山先生次子。性篤孝友，與乃兄雲屋觀察怡怡唱和，詩筆秀穎非常。和余《喜雨》韵云：「首夏纔過汗似漿，幾曾沾檻見梅黄。三旬炎暍今朝雨，贏得新荷透水香。」「響滴蒼梧翠篠間，凉生小閣一開顔。斜陽憶昨同舟望，猶見歊雲壓遠山。」

展旗山在羊城西南，秀出雲表。躋其巔，高山拱揖，如天馬行空。癸未冬，李小山參軍招遊竟日，余因賦詩云：「峩峩江上峰，遠望似臺笠。横展兩界寬，小埠堆旗褶。風高景逾明，日暖翠堪挹。遊興發難禁，短衣輕不襲。勇策疲足登，舉步愧羞澀。公子裘翩翩，飛援殊敏捷。導我過山坸，異境開嶪岌。怪石壓千尋，巖口訝噓吸。齒齒露崿峎，箕張舌載翕。誰鑿混沌竅，定有蛟龍蟄。其陽瀦作湖，清水灧潗潗。客述某將軍，朝守羅蒙峽，夜復守此湖。一語動閭閻，往事足解頤。輾然開笑頰，小憩更躋攀。石滑蘚縈級，曾無半掌平，手捫足難躡。轉背作橦尋，失足怕蹇入。賴有健足僮，引之如用汲。磴仄徑漸寬，峰迴勢轉急。前者待弗能，後者睨弗及。一盤復一盤，陡上展旗立。騰踔蹋嶂雄，徙倚俯岡岦。椒樹簇薺根，江舟浮芥粒。顧視覺清高，罫角卑原隰。脉絡甚分明，條條相拱揖。就中一龍奇，上應房星駁。天馬本行空，脱鞅不受縶。撥雲落長阪，無乃被絆馵。我乏驅前驅，附尾素弗習。路轉過山陰，霜漬蘼蕪濕。炊烟出新村，人家約卅廿。款步沿長堤，苣蘭供採拾。回眺石巖巖，峰巔雲已集。結伴非浪遊，選勝歸稚什。相約南山南，呼童重負笈。」

阮芸臺總制兩廣日，欲復楊孚宅於珠江南岸，未果。尋登粵秀山，見山半有隙地，林木陰翳，遂創學海堂，課多士詩古文詞。落成日，漢軍徐孝廉榮得七律六首，録三首：「一夜移山生面開，十年樹木氣佳哉。青雲直欲相干去，碧海何曾不掣來。天許瑯嬛皆福地，人傳南極亦蓬萊。幾時預下珊瑚網，百尺當門見大材。」「行過長廊路更幽，高榕分翠滴人頭。鋤寬月地花成國，泊穩雲根屋似舟。直取好山爲遠拱，别從滄海看支流。潮來幾處摇文筆，點破江城萬頃秋。」「此地曾經霸主來，登高歲歲憶雄才。芙蓉金橘花間路，濁酒清歌江上臺。黑水劫灰無處認，青山文運有時開。梵宮雲與龍宮月，從此平分一剪裁。」

明僧懶雲《除夕》云：「半夜兩年夢，孤舟千里身。」極爲静細。近番禺韓進士海蒲《潤寺守歲》云：「不分乘除戰此宵，十年魂夢苦塵囂。只應佛火無今古，但有梅花未寂寥。樹影暗欹知鶴睡，澗聲潛入想冰消。蒼松白石平生志，領取春山第一朝。」頗饒禪趣。又太倉王蓬心太守「一盞同添今夜酒，雙燈已報隔年花」，亦工。

詩貴静細超逸，若但侈才華，非不沉博絶麗，如燒瓷窑，未經脱胎，終是粗品。「粧逢乍卸香尤冶，艷到能飛骨亦仙。」李梅友《落花》句。

余椒雲司馬瀚，本山陰人，隨其尊人品三先生遊幕湖南，遂以善化籍援例分發廣東。由縣丞歷知縣，屢任繁劇，有吏治才，多惠政。雅好談詩，但不多作。猶記其《即事》一首云：「平生心力半消磨，無限雲烟眼底過。昨夜月明今夜雨，來宵情事待如何。」過去見在未來，着着想到，具見用心之密。

椒雲三公子棨，有乃父風，援例得布經，需次山左。《除夕偶成》云：「了却今宵又一年，紛紛瑞雪滿庭前。耐他骨冷憑腸熱，醉到心寬轉自憐。彩换桃符新氣象，夢回珠海舊因緣。家人憶説親恩重，此夕曾分壓歲錢。」又《寄内》云：「劇談燈憶窗前共，顧影人憐月下單。」語皆真切。

鄭板橋《追憶莫愁湖納凉》云：「江上名湖號莫愁，納凉先報楚江秋。風從緑若梢頭響，雲向青山缺處流。尚憶羅襟霑竹露，可堪清夢隔沙鷗。遥憐新月黄昏後，團扇佳人正倚樓。」《憶湖村》云：「數聲桃桔隔烟蘿，是處西風壓稻禾。荻葦半含東墅雨，鷺鷀遥立夕陽波。買花人鬧橋邊市，得酒舡歸月下歌。擬向湖干築秋舍，菊籬楓徑近如何。」寫「憶」字頗細膩。《客揚州不得之西村》云：「自别青山負夙期，偶來相近輒相思。河橋尚欠年時酒，店壁還留醉後詩。落日無言秋屋冷，花枝有恨曉鶯癡。野人話我平生事，手種垂楊十丈絲。」寫「不得之」亦委宛，知天下無粗心才子也。

江陰翁霽堂照，以「風雨一身秋」咏簑衣句得名。《將之北河留别》云：「織就文禽作對飛，一篝燈火久相依。耦耕當日言猶在，佐讀終年計轉非。但使我能抛犢袴，肯教君更泣牛衣。料應不學蘇家婦，金盡歸來也下機。」愈質愈真。

桐城方敏恪公觀承《雨後夜坐》云：「歸雲不礙樹，淺水亦含星。」足徵胸次豁然。

漢州吴茂才春颿江，隨文中山師來粵，襄辦幕事。詩才敏贍，賀余《秋闈報捷》詩云：「一曲渝歌邀賞識，頻年知己感風塵。久徵珠海無雙士，屈作蟾垣第二人。詩思居然雄且傑，文章真箇老還醇。湖山養志栽桃李，定步花磚探早春。」

李雲屋觀察賀人試後入贅云：「丈夫科第尋常事，最快人間作館甥。簾外竹堅君子操，窗前蕉擅美人名。畫眉深淺看山遠，博議縱横計日成。飛速泥金爭報捷，莫教同夢忽心驚。」

廣西閨秀陸媛因所天不得其人，被逐回母家，以吟咏遣日。汪孟棠太守爲叙其集而刊之。有《送娥姐于歸》一首云：「同處蘭房獨有君，春風復此悵離群。明朝簫鼓催樺燭，今夜樓臺駐彩雲。楊柳堤邊愁秣馬，藕花時節約論文。眼前離緒終難遣，嗚咽灘聲不可聞。」

明張位《詞林典故》「五品不復推遜」，引《虞書》語，人以爲笑端。吴白華先生大考翰詹第一，擢侍讀。《紀恩詩》云：「丹翰親除寵命新，光明喜遇佛生辰。三升未信由司馬，五品先誇不遜人。報主文章徒夢寐，致身富貴孰精神。飛沉時數關前定，少賤驚心四十春。」

祖禰之「禰」，陳澔讀平聲。吴白華先生《送弟泉之就婚張莊》云：「泖濱風解凍頗黎，許掾全家燭影低。蘿蔦緣成寧待卜，珮環禮薄不堪齎。鄭衿新戴休佻撻，齊贅粗安戒滑稽。却爲告禰增百感，我今崇讓宅分栖。」

唐人以應制、應教，作爲二應體。

乾隆戊子大考，翰詹題「紫禁朱櫻出上欄」，得「圓」字。南匯吴沖之侍郎省欽云：「四月含桃熟最先，朝來蓉闕拜恩偏。瑛盤衹訝堆雲重，絲籠曾看瀉露圓。狀擬晶丸含赤暈，品兼石蜜映紅鮮。離離摘向唐梯外，的的羞從漢殿邊。豈有流鶯銜繡檻，可無歸騎壓金韉。洗心液比醍醐潤，照眼光同韎韐妍。消熱定須漿試飲，嘗新應配筍爲緣。江鄉唤買饒風味，那似分甘玉案前。」「萬顆玲瓏出御筵，者番細寫幸何緣。經春雨露三宵上，入夏園林百果先。綴葉每看丹粒重，垂梢不讓火珠圓。熟來信過花風後，擎出時乘麥候前。核自懷餘甘尚溢，蒂還黏處味尤全。光連瑪瑙盤分艷，色映珊瑚架失鮮。野老送曾憐蜀客，大官飽莫羨唐賢。末臣此日榮霑賜，歸證荆桃《爾雅》箋。」道光甲申大考，題「昨夜庭前葉有聲」，得「心」字。海鹽朱閣學方增云：「西風昨夜吹庭館，忽聽窗前颯颯音。落葉滿階驚曉夢，凉聲一徑動秋心。夕陽古渡仍紅樹，斜月疎簾尚緑陰。此日籬邊聞語蟀，舊時枝上憶棲禽。幽懷偶觸高樓笛，清韵還添小院碪。瘦碧半叢餘弱草，濃青十里減平林。迴思烟柳縈遥浦，又見霜楓染遠岑。獨有蒼松留勁節，曾霑雨露九重深。」武陟毛學士樹棠云：「參天茂樹檐前聳，常爲披書坐緑陰。昨夜忽聞風颯爽，閒庭頓覺氣蕭森。來從何處偏飄葉，散入凉霄竟滿林。淅瀝乍隨雲雁度，悠揚似和草蟲吟。秋生谷裏風初動，響到枝頭韵轉深。未向遠山驚落木，甚宜小院雜疎碪。一燈細檢堆床帙，三疊還宜貯月琴。讀罷怡然如有會，高情想見古人心。」各擅勝場，宜其木天翔步也。

新建裘文達公曰修《奉勅題江村草堂圖》云：「應是白蘋洲上，居然黄葉村邊。鹿門有客招隱，蓮社無心結緣。乍可浮家泛宅，兼之鋤雨耕烟。臣亦江湖舊隱，畫圖重與周旋。」六言出以自然，便悦目。

周鐵憨先生令嗣厚躬先生，世其幕學，亦工於詩。五言《清遠峽飛來寺》：「佛殿依危壁，飛從米處來。高樓巢鸛鶴，古碣長莓苔。峽水束逾急，山雲鬱不開。猿啼杳何許，絶頂有遺臺。」《登潮州城樓》：「臈轉氣初暖，層樓面面開。萬峰當户立，一水接天來。樹古藏幽鳥，江春長緑苔。故鄉書不到，惆悵獨徘徊。」七律《登鎮海樓》：「牽衣獨上五層樓，爲望鄉關散旅愁。故國徒添千里夢，風光又是一年秋。長松遠接江濤響，野菊叢開古堞幽。燕去雁來歸不得，憑欄目斷庾山頭。」皆清迥不凡。

晉安鄭荔鄉方坤，與兄石幢方城先後成進士，著《却掃齋倡和集》。荔鄉《暖焗》詩甚佳，云：「錮陰司頊冥，寒威變俄頃。夜卧衿生稜，晨書筆垂綆。癯儒尤貪食，非不列杯皿。朔風動地來，攢眉愁齒冷。嚼雪將奈何，水懦濟以猛。江南錫爲用，椎鑿出頑礦。巧匠琢成模，制與豆登等。燦燦白如銀，飾之苗山鋌。彭亨足有容，那復分畦畛。圓蓋一太極，幕首免露頂。帖妥鰲裙垂，不作鳧鶴脛。右挈而左提，兩耳弓乘檠。中央洞無物，無乃象廢井。阿奴策火攻，燄燄生稈秉。離上巽斯下，于卦名爲鼎。提視悦饞目，一一皆雋永。髖髀或解丁，鱗鬐倘出丙。受辛滋桂薑，抽甲芼藻荇。鱻薨儘收羅，聶切任斜整。沉焉星隕石，浮者桃斷梗。微沫噴珠璣，亂響聒蠅黽。老饕恣大嚼，衆客紛延頸。下箸揭長竿，舉匕泛小艇。蠶食豈割魏，狼吞乃入郢。藉此勸加餐，何嘗礙説餅。捫腹已果然，發言莫聽瑩。側聞古之人，每飯祝噎哽。酸鹹《洪範》陳，痞羶《内則》警。食單欠講明，心疾起蛇影。是物因驅寒，内熱亦宜省。動摇及齒牙，燀灼延項領。或作馬卿痟，或嘲杜預癭。譬彼嗜酒人，腐腸終不醒。寄語屬厨孃，此後亟當屏。和以冷淘槐，啜以甘泉茗。物候一轉移，習習清凉境。」詩意先揚後抑。余製暖鍋，先放水在底，更套錫鬲一層，中離銅心半寸，上仍蓋密，使水滚起不至溢出，則隔水暖物，無火氣之患。

廣州城西光孝寺即訶林，爲虞仲翔故宅。曾賓谷先生任藩司時，爲撰碑記，伊墨卿太守書之。辛未仲冬十有七日，賓谷招集詞人到寺，公祀虞仲翔。震澤任翰仙昌詩作七言一章，紀事云：「功曹姬孔之功臣，爻象消息窺天根。大抵作《易》有憂患，放逐遠處南海濱。後來韓蘇亦遷謫，千秋肸蠁懷明德。注傳彰彰在人口，講堂已作空王宅。荒庭寂寞蒼苔生，誰其弔客祇青蠅。訶林百尺風烟古，英姿颯爽神所憑。吾師當代文章伯，來旬望古思遥集。寓賢例合專祠祀，日月雙懸大手筆。公餘開讌集群英，特薦蕉荔陳瑶觥。鏤冰琢雪門新句，璨爛奇花開管城。詩也濫列門弟子，絳紗日坐春風裏。叨陪末席分光榮，附驥尾後良可喜。諸公才思盡翩翩，文字深於香火緣。臨風爲奏迎神曲，風馬雲車來儼然。」

秀水俞生文起，幼聰穎，從其師蘇輝垣遊，因得詩法。《詠竹簾》云：「書堂遥映柳纖纖，萬縷霜筠織作簾。踈透篆香銀押重，匀篩蟾影玉鈎尖。蕉窗微隔緣痕浄，蘭室低垂翠色添。雛燕誤飛啼鳥寂，頻窺苔繡落花黏。」

陳青厓《咏白丁香花》：「冷垂片片玲瓏雪，香送絲絲麗覈風。」高紉秋：「微風遠過鞦韆索，細雨斜分芍藥欄。」俱有風致。

連平顔惺甫大司馬五言如「巖岫野雲合，溪橋春水生」、「鳥啼知樹密，花落惜風多」，可謂萬物静觀皆自得。

羅石湖《送人還羅浮兼柬自覺家鍊師》云：「仙人弟子原依葛，海外名山本姓羅。」張對墀《韓山懷古》云：「身當九死猶驅鱷，山到三唐始姓韓。」

粵詩自南園前後五子、嶺南三家以來，近推張藥房、馮魚山、黎二樵三子。余謂藥房結體雄健，如吹鐵笛、唱「大江東」，非箏琶所能附和。《月夜泊燕子磯登絶頂》云：「危磯聳江麓，鵬噣兀孤撐。江流齧其根，勢欲相憑陵。不敵乃南徙，去若掉尾鯨。至今俯磯底，浩蕩猶江聲。秋色千里來，鬱鬱金陵城。遠視白浩浩，焉辨揚與荆。江介多悲風，風拂石燕鳴。孤根恐飛動，客棹將何憑。中宵更振策，不寐看月明。酣歌最上頭，應有蛟龍聽。」筆力足破餘地。

天津離都城甚近。丙戌春闈後，擬往遊眺，因右足病，不果。每讀張太史藥房《天津》詩，輒爲神往。詩云：「白日不見影，濁浪如雲屯。北來三百里，嚙斷長堤根。衛河南注之，浩浩方東奔。七十有二沽，滙流此其門。河海一以合，光景相摩吞。危樓俯渺漭，極目何渾渾。腥風撲面來，怪雨時飛翻。空闊魚龍入，破碎星斗繁。繞城十萬户，一一潮汐痕。乍洗京洛塵，載晞榑桑暾。豈惟物類錯，壯觀兹焉存。自從由海運，漕輓無驚魂。沿堤俱賈舶，犀象何源源。曰余家炎州，海氣無朝昏。巨浪溢寰宇，颶母中怒掀。蠔山與鬣帆，瑣屑不復論。溟漲等南北，呼吸通天閽。便欲乘巨鰲，歸看擊靈鯤。詎無六月息，羽翼誰爲騫。望若還入舟，嚴關夜濤喧。」直合韓、蘇爲一手。

《後漢・杜詩傳》：「造水排，鑄農器。」《魏志・韓暨傳》：「爲監冶謁者，乃作水排，利益三倍於前。」皆激水鼓之，以代人力。今之水碓、水車、水輪，仿其製而變通用之，又有戽水聚魚，以罶承之，名曰魚床，更屬不勞而獲。余賦《恩平縣雜詩》「水激能飛戽，魚跳不漏床」，指此。

桂林唐茂才虞臣，工五言。如「風來深巷直，月到小堂偏」、「草深難辨路，樹老不知年」，皆戛戛獨造。更善於集古，《咏春夏秋冬集曲牌名》云：「上林春色賞花時，嫩柳摇金鵲踏枝。晝錦堂前沽美酒，集賢賓客賦新詩。」「石榴花放鳳凰臺，競渡龍舟鮑老催。川撥棹時三棒鼓，瑞雲濃處小蓬萊。」「人月圓兮天下樂，菊花新對玉芙蓉。臨江仙子迎仙客，折桂蟾宮好事逢。」「刮地風摇金絡索，上林雪舞玉交枝。凝冰凍合江兒水，天净沙明景更奇。」又《寓目集事集曲牌名》云：「極目郊原喬木杳，相思祇覺園林好。江兒水從東海流，瑞雲濃淡巫山繞。」「滿江紅浸日邊霞，門前有女浣溪紗。年年未脱布衫子，誰繡衣裙錦上花。」可謂天衣無縫。

杭州沈衍象先生瘦仙，工詩，遊幕粤東，著《秋蟬吟》。《蘇城寓齋感懷》云：「文通本恨客，况復客中秋。寄幕危於燕，謀生拙甚鳩。當歌難破涕，可説便非愁。雙杵千家月，羈人尚滯留。」意味不淺。

沈瘦仙《送友人之西蜀》詩：「行矣莫回頭，男兒重壯遊。江山休浪過，落拓愈風流。今夜三更月，平分兩地秋。路旁沽酒店，好典鷫鸘裘。」

瘦仙有《郊外尋春》七律，能得放翁之神。「半角青山是故知，記曾前度俊遊時。攔街榕樹隨人老，撲面楊花與鬢宜。濯足休嫌泉混濁，尋幽不厭路參差。天然一幅輞川畫，歸去相尋老畫師。」

樂府至張、王而體一變，填詞至道情而體又一變。鄭板橋作《道情》十首，附刻詩集之後，頗自矜詡。近武當楊道人號丹元子，嘗見其《戒好色道情》一首云：「紅顔雖好，精氣神三寳，都被野狐偷了。眉峰皺，腰肢嫋，濃粧淡掃，弄得君枯槁。暗發一枝花箭，射英雄，應弦倒。病魔纏繞，空去尋醫禱。這煩惱，自己討。填精補腦，下手應須早。把凡心打疊，倣仙翁，學不老。」

唐人有詩云：「七條絃上五音寒，此樂求知自古難。惟有開元房太尉，始終留得董庭蘭。」朱長文《琴史》引薛易簡稱庭蘭不事王侯，散髮林壑者六十載。《唐史》載其爲房琯所昵，數通賕謝，爲有司劾治，房公由此罷去。而房琯貶廣漢，庭蘭詣之，公無愠色。亦可知庭蘭受惡名之誣，而房待故人之厚。

胡澹庵十年貶海外，比歸日，飲於湘潭胡氏園。偶作詩云：「君恩許歸此一醉，旁有黎頰生微渦。」謂侍妓黎倩也。後朱文公見之，題絶句云：「十年浮海一身輕，歸對黎渦却有情。世上無如人欲險，幾人到此誤平生。」因書以自警。

「圓覺全無山障礙，空靈祇有日回還」，西蜀劉臨《遊南澳》句。

馮養晦起，南海布衣。《謝雪峰惠山七》云：「瘴烟蠻雨日迷離，秘蓄山靈衆所知。蘿蔔氣粗消伐甚，文無名重奏功遲。頓將熱血融融化，并入枯腸暗暗滋。十載嘔心同李賀，多君投我正相宜。」「蘿蔔」即萊菔，能滲血，「文無」即當歸，能和血，固不如山七之散血養血也。引陪確切，五六寫藥性，亦細合。

番禺凌滄洲魚，乾隆戊辰進士，《郴州名宦志》稱公性和緩，而才敏捷。治事若不經意，而案無留牘，至今人猶思之。《官齋偶作》云：「當官只合挺雙肩，延譽剽聲總畫烟。一跌易於登白簡，半階難似上青天。賢勞於我何曾獨，富貴催人却未然。惟有桂薑風味好，喬林春暖聽鶯遷。」可爲熱中者下一砭。

武進錢文敏維城《定軍山行見田間蓄水有法禾黍暢茂即事述懷》云：「山田上下如劃棋，十步五步溝通池。農家婦子水爲命，蓄積升斗同金貲。節宣啓閉重分寸，兼察地勢分高卑。自然服習等卧起，非有智巧誇神奇。氣疎每至風雨好，潤澤并得癘札稀。揚州厥土惟塗泥，田實下下經所嗤。溝渠未失古遺意，東南財賦天下推。北方惰農亦鋤犁，禾生滿野無町畦。關門枕肘問晴雨，嗸嗸開口憑天時。禹勤畎澮首冀兖，誰其隳者不可稽。遐哉衛李安所責，荆吴亦豈當年基。屢煩明詔拯瘡痍，亦有使者紛驅馳。奉行豈必盡不善，事等創造驚愚黎。中丞崔公紀昔分陝，下令鑿井民猶咨。於今稍稍食舊德，樂成圖始理則岐。況今屯種踰安西，輪臺蒲海咸得治。遂人瀦舍職不講，奚取百萬供軍資。安得九扈官農師，赤墳白壤澤畢陂。遊談莫問是與非，滮池汩汩禾離離。男耕女饁不敢嬉，三錢斗米何足希。」此有關乎體國經野之作。

「神農藥不靈，扁鵲醫無術」，此讕語也。凡草兩葉對節齊出不參差者，皆可治病。且一物治一物，其理多不可解。有服斷腸草者，或言羊可治，因牽羊至，羊見人即奔赴，屈其前蹄，以羊口接人口，嘘氣良久，羊狀若醉，行不成步，而人欠申起矣。誤吞金鐶者，取韭葉成條，生嚼之，即裹鐶從大便出。

誤吞鐵釘者，研新炭皮，調粥三椀服，見《蘇沈良方》。或研磁石爲末，水調服之，亦從大便出。解砒毒方：防風一兩，研末，水調服之。又冷水調石青，亦解砒毒。嘉慶甲戌，山東、河南教匪滋事，婦女逃難，至采草根木皮而食。事定後，多患經水不調，瀕致於死。醫者以丹皮治之，雖危立效。種白芷、白鳳仙花，皆能辟蛇。凡瘡疽發背未成者，用活蟾蜍，繫瘡上半日，蟾必昏憒，置水中救其命，再易一個，三易則毒散，蟾蜍即癩蝦蟆也。烟管中油治蛇咬毒。木瓜治轉筋，患脚筋痛者，口呼木瓜即愈。魚骨哽者，將桌上盤椀略一旋轉，魚骨即下，亦奇。又如山藥搗成泥，塗一切腫，毒立消。對口初起，不論偏正，用蛇蜕一條煅灰，好酒調服，即愈。肺癰危急，橘葉絞汁一盞，服之，即吐出膿血。石灰水調敷漆瘡，一日除根。夏枯草一斤，水二碗，放甕内薰，流火痛立止。至若溺死，用鴨血灌烟薰，欲死嚼生蘿蔔可解。見《救急良方》，皆屢試屢驗者。近多霍亂症，由於受風受暑，停食發脹，甚至絞腸痧，但炒鹽以滚水冲，再加凉水對勻灌下，得吐，即可救。

武進劉文定繩庵，乾隆元年召試博學鴻詞第一，授編修。詞賦爲一時之冠，與劉文正同時大拜，稱「南劉相公」。嘗爲莊容可大參題惲壽平花卉册頁二十四幅，字皆小楷，瘦硬通神。先孝廉得之，藏弆數年，後爲人竊去，并其詩亦不能記憶，真可惜也。有《繩庵内外集》。《詠白菜》云：「北里初寒候，佳蔬入饌鮮。千畦風露足，一飽士農便。絶勝金虀味，疑參玉版禪。漢陰人笑我，廢圃剩吴天。」《西郊晚行》云：「亂蟬聲歇趁新凉，路轉神皋草樹香。却羡村翁豆棚坐，笑看秋稼比人長。」「雨潤條條寒玉鳴，風荷葉葉露珠傾。宵來欲借高僧榻，聽促蝦蟆續五更。」又《耕耤恭紀》云：「千畝桐華清蹕雨，一林鳩羽畫旗風。」《寫心精舍恭和》云：「能馴最是靈臺鹿，解舞都爲閬苑禽。」具見仙骨珊珊。

番禺梁王顧無技，以老明經掌教粵秀書院。大吏重其學，尤重其品也。歿後，門人裒集遺稿，請先孝廉點定，爲《南樵詩文集》。有《秋日病起齋中偶作》云：「病因飲酒得，病愈酒難忘。故人知我癖，貽我書八行。勸我申酒戒，毋爲狂藥傷。當此清秋夜，明月照我床。焚香不能寐，懷人天一方。此際若不飲，餘生何用長。」所言真實不虛，勝於具酒自誓。

新會歲貢生胡大靈方，潛心理學，何西池箋其《梅花四體詩》，謂皆寓言講學，如陳白沙之以詩爲教也。《前有一尊酒行》云：「前有一尊酒，無客自斟酌。狂歌自送酬，歌罷還自酢。少壯不力今已老，萬事欲爲終草草。但覺胸懷方寸間，一回醉去一回好。腐腸爛胃耽則那，無用之年何必多。」意主惜陰，轉作達語。

佛家説：「今日不食葷，天下殺生無我分。」此語最平淡。

五官者，耳、目、眉、鼻、口也。予謂眉附於目，猶若齒麗於口，不足當一官。然則一官安在？子輿氏言之矣。心之官則思，思則得之，猶耳目口鼻，各效其聰明聲臭之靈也。配以《洪範》五行，則目爲木，耳爲金，鼻爲土，口爲水，而心乃火焉。火最靈，能統四官，故稱天君。試觀人字之形，非加兩點即火乎？兩點維何？一點君火，一點相火。《黄庭經》云：「心典一體五藏王，動静念之道德行。清潔善氣自明光，坐起吾俱共棟梁。晝日耀景暮閉藏，通利華精調陰陽。」

南城曾賓谷方伯燠，官東粵數年，一時名下士皆被容接。其《飲慧山第二泉有感》云：「不汲鑪塘已十年，胸塵萬斛無由滫。眼明江上見九隖，我似渴驥來奔泉。泉底山光青倒出，泉邊水洞風蕭瑟。在山泉水竟常清，照我容顔非昔日。山僧爲我燒竹罏，示我孟端漁隱圖。品泉讀畫心眼豁，便欲相從漁隱居。我家麻姑神功水，釀爲冬醖清且旨。吾邑釀神功泉，謂之麻姑酒。自謀肉食出山來，不飲亦經十年矣。年華逝水乃如斯，歸買薄田幾時始。」

陳孟周，瞽人也。聞鄭板橋填詞，問其調，爲誦太白《菩薩蠻》、《憶秦娥》二調。不數日，即用《憶秦娥》調爲友填二詞曰：「光陰瀉，春風記得花開夜。花開夜，明珠雙贈，相逢未嫁。舊時明月如鈎挂，只今提起心還怕。心還怕，漏聲初定，玉樓人下。」「何時了，有緣不若無緣好。無緣好，怎生禁得，多情自小。重逢那覓回生草，相思未創招魂藁。招魂藁，月雖無恨，天何不老。」運意新，落字響，居然詞家上乘。

凡填詞，向以五十八字以内爲小令；自五十九字始至九十字止，爲中調；九十一字以外，俱長調。余謂長調不如中調，中調不如小令。李太白、李後主、閨秀李易安，詞家奉爲三李，那得長調傳世？蓋詞以鮮潤爲主，中調已難字字馨逸，若欲矜才鬥靡，儘有傳奇好做。

南曲將開，填詞先之，《花間》、《草堂》是也；北曲將開，絃索調先之，董解元《西廂記》是也。填詞盛於宋，至元末明初始有南曲；絃索調生於金，入元即有北曲。其接續之際，或遠或近，有行乎不得不行者。

橡坪詩話卷四

嘉慶壬戌，姚秋農師視學粵東。甫下車即考廣州古學，試以「庖丁解牛」賦，「列宿炳天文」五排。與試者八百餘人，余卷取超等第一。覆試以「大厦須異材」賦。余納卷，學使即取閱密圈。「如其五幹連標，定是竇家之桂；若使三株並起，應稱王氏之槐」四句，批云：「唐賦之遺。」并諭：「前日詩題，通場皆作『炳』字，惟兩卷作『列』字，故取冠場。賦亦流麗。」因取卷給視，批「才華瞻逸」四字。詩云：「辰宿分垣列，登臺敬測天。紫微皇建極，太乙帝司權。於穆龍躔啓，無聲象緯聯。三階平似砥，二氣亘如弦。織女遥臨漢，牽牛近在田。老人恒北向，大火乍西偏。朝野咸賅矣，郎官亦應焉。文昌珠貫朗，聖治仰昭宣。」是歲考一等第一，食餼。

李鄴侯泌，少賦《長歌行》云：「天覆吾，地載吾，天地生吾有意無？不然絶粒昇天衢，不然鳴珂遊帝都。焉能不貴復不去，空作昂藏一丈夫。一丈夫兮一丈夫，平生意氣多良圖。請君看取百年事，業就扁舟泛五湖。」見者莫不稱賞，獨張九齡戒之曰：「藏器於身，古人所重，今君早得美名，必有所折，宜自韜晦，庶幾成德。」泌因感悟。以泌才器，尚懼矜衒，故先行其言而後從之，斯謂之君子。

或問於某法師，笑而不答，良久乃云：「學道數十年，今始識羞。」因思作詩識羞亦非易事，昔人云：恥生於辱，辱生於俗。俗不可醫也。

阿文成公子阿彌達，乾隆壬寅窮河源，奏稱星宿海西南，有河名「阿勒坦郭勒」。蒙古語「阿勒坦」即黃金，「郭勒」即河也。其水色黃，迴繞三百餘里，穿入星宿海。又其面有巨石，高數丈，名「阿勒坦噶連素齊老」。蒙古語「噶連素」，北極星也，「齊老」，石也。壁上爲天池，流泉百道，皆作金色，入阿勒坦郭勒。此真黃河之上流也。金匱楊荔裳方伯揆，亦嘗親歷火敦腦兒，作《星宿海歌》云：「平沙浩浩丕無垠，黃霧四塞長風翻。憑高極眎目眩眴，漭泱巨浸圻混元。誰歟遠佩橐與鞬，直跨地首摩天根。十步九折愁攀援，瘴烟黯淡斿旗旛。我聞導河出崑崙，貫納忽蘭兼赤賓。寧知一脈遐荒存，灝氣磅礴相吐吞。皇輿地載窮垓埏，祀典崇列肸蠁尊。陳以卣罍投犧豚，遠超岳瀆陵厚坤。百泓所進萬馬奔，泡泡汩汩還渾渾。沮洳泂泬失曉昏，高瀉直欲浮中原。巨靈仲掌不敢捫，蓄束幸藉山爲門。陽烏咮縮鰲足蹲，下穴龍蜃蛟鼉黿。雄呿雌吟卵育繁，欲出不可層波掀。霜飈中夜迷征轓，衆星倒影何焞焞。車舍擔積勾陳垣，大若懸甕小覆罇。分野莫辨斗牛痕，有時天際生朝暾。白毫萬丈慘不溫，玉龍露脊遥蜿蜒，乃是太古堅冰嶟。漢家使者辭帝閽，遠過大夏經烏孫。枯槎安得通星源，沐日浴月摇星魂，鑿空御者乘鵬鵾。我行陟險隨戎軒，弓刀列帳千軍屯。窮冬草落山頂髡，斧冰鑿雪勞炮燔。馬蹄半脱驪與騵，車軸全折輗與軏。清角夜奏同哀猿，壯士僵立愁還轅。何如排風驅九鯤，手握斗柄凌雲鶱。下瞰大澤如盎盆，倘遇博望毋卮言。」此等詩真足開拓心胸，推倒豪傑。

某相國堂聯云：「放開肚皮吃飯，立定脚跟做人。」

學杜而得其悲涼壯闊者，於畢秋帆制府見之。七言如《咸陽懷古》云：「杜郵落日接孤城，古礎方花積蘚生。原廟精靈呼夜雨，河山灰燼愴神京。斷碑不辨何王號，破瓦猶鐫古殿名。多少興亡沿革淚，月明清渭咽無聲。」「陵闕荒凉古道邊，五原豐草碧芊芊。窮泉鏡隱秦時月，採藥風迷海上船。夜市有人沽玉盌，秋風無淚泣銅仙。霸圖王業銷磨盡，禾黍高低落日圓。」《寄趙二損之舍人昔嶺軍營三首》云：「蕭然吴下一書生，絶徼三年聽鼓鉦。虎帳拂雲朝草奏，龍泉壓雪夜譚兵。平淮功定資裴相，檄蜀文還仗馬卿。此日賜環人未老，好憑筆陣掃欃槍。」「月落威弧曉出芒，傳聞幕府運籌長。烽青劫外雙名士，頭白兵間一錦囊。人血醮題詩句健，鬼燐入帳夢魂凉。丈夫若遂封侯願，老死沙場儘不妨。」「插羽飛馳尺一書，開緘鄭重抵雙魚。古歡同結千秋上，病骨孤支百戰餘。兵革殘生詩卷在，江山狂興友朋疎。斑蘭嶺外今宵月，肯照吴淞舊草廬。」《荆州述事》云：「凉飇日暮暗凄其，棺翣縱横滿路歧。飢鼠伏倉餐腐粟，亂魚吹浪逐浮屍。神鐙示現天開網，聞水患前數日，江上時有神鐙來往。息壤難堙地絶維。那料存亡關片刻，萬家骨肉痛流離。」「浪頭高壓望江樓，眷屬都羈水府囚。人鬼黄泉争路出，蛟龍白日上城游。悲哉極目秋爲氣，逝者傷心淚迸流。不是乘桴便升屋，此生始信即浮漚。」「雲夢蒼茫八九吞，半皆餓口半游魂。鮫綃有淚珠應滴，鰲足無功極恐翻。救急城填成死劫，劈空刀落得生門。若非帝力宏慈福，十萬蒼靈幾箇存。」「手勅親封遣上公，勤民堂陛一心通。金錢内府催加賑，版築冬官記考工。直欲犀然窮象罔，肯教鶉結哭鴻濛。宵衣五夜批章奏，飢溺真如一己同。」「大工重議築方城，免使蚩氓祝癸庚。凉月千家嫠婦淚，清霜萬杵役夫聲。蟻生漸整新槐穴，虎旅重開舊柳營。我有孝侯三尺劍，誓將踏浪斬長鯨。」「江水茫茫烟靄深，紙錢吹滿挂楓林。冤埋魚腹彈湘怨，哀譜鴻鳴寫楚吟。南國鄭圖膏雨逮，西風潘鬢鏡霜侵。莫嗟病骨支離甚，匡濟儒生本素心。」諸作沉鬱頓挫，大言炎炎，小儒不能道其隻字。「劈空刀落得生門」句，尤堪動魄。「烽青劫外雙名士」，則指損之與王蘭泉也。

《野獲編》載：「汪伯玉司馬鄉人方于魯，故以造墨知名，亦頗學詩。一日，御新絨袍，謁司馬，時已及暮春，方矜莊就坐。汪口占誚之云：『愛着蘭州䟸達絨，便教星夜趕裁縫。寒同死守桃花雪，暖至生憎柳絮風。盡日𪾢瞍㨶細甲，有時抖擻挺高胸。尋常一樣方于魯，纔着毛衫便不同。』方面赤，急遯。又李本寧右丞流寓南都，曲水中妓朱福有時名，而齒已長，至新安訪舊，託云禮白嶽，爲所歡之婦率群婢痛毆逃歸。李亦立成誚之云：『獨步平康數十春，徽州何必强尋人。多應白嶽尊神厭，惹得黄山老婦嗔。背上揮來拳似鐵，鬢邊㨶去髮如銀。出門好訕連連叫，羞殺當年馬守真。原注：馬四娘所改名。』」二什俱流麗可喜。

鹽城知縣陸春圃樹英，因水灾罣議，戍伊黎，未幾賜環。《詠天山》云：「奇山豈受中原縛，走出窮邊始大觀。群峭摩天連不斷，層厓積雪暑猶寒。烏孫赤坂瞻雲拜，馬邑龍堆倚劍看。恰與逐臣行有約，朝朝飛翠送征鞍。」非身歷不能道。

荔枝有名「貴味」者，產番禺鹿步司屬之蘿岡。殼厚之而如鱗，味鮮美，與增城掛緑埒。順德温筠坡侍郎，用東坡韵咏之云：「野童蹻捷追都盧，穿林摘果如摧枯。蘿岡萬樹照初日，火雲墮地風爲驅。生綃半蹙鷩裂襦，鉛華洗盡雪作膚。粗頭亂服久山谷，豈知風味真名姝。昔人作譜曾見無，毋乃異種埋丘隅。不逢好事遠莫致，晚遇真賞忘其粗。冰壺表裏況瑩澈，蛟宫夜失千明珠。瓊漿一飲生百感，似到仙嶠餐琳腴。天教美實殿朱夏，氣壓斫玉秋風鱸。人間交臂恐易失，焉得畫手屬繪圖。」又有一種名黑葉，雖不及貴味、掛緑，而自初伏至末伏，纍纍唤賣，足供日啖，亦佳品也，遇穠核者尤悦口。

蘿岡之西北，有茗坑焉。由坑口至嶺巔，繚而曲，一水循山出，凡數折，清澈可愛。道光辛巳，奉先慈葬於嶺之陽，至己丑冬，始購茗坑。其中有堂有亭，植梅三千餘株，欖杉雜樹稱是，松則環山四面爲界，不下數萬株矣。余苦家累，不獲廬墓，每一至輒留數日。想隨園、囦園，真山真水，未必能過此也。嘗賦五律十首云：「節已交芒種，山中氣尚凉。一林纔過雨，萬卉各抒香。石罅泉流醴，池邊筍截肪。便燒松鬣煮，那更問瓊漿。」「小憩坐頑石，攜笻渡笮橋。亭荒留虎跡，澗曲逼魚跳。蔓走青絲葛，篁抽碧玉蕉。深叢巢翡翠，一一戲蘭苕。」「徑僻游蹤寂，誅茅自荷鋤。穿來新水活，放出小坪舒。杉挺雲攙直，巖凹月碾虚。考槃歌一曲，古調樂相於。」「百折螺旋上，平看鳥道低。灌園輸隱者，作寺勝花之。敢痼烟霞僻，彌殷廬墓思。焚黄何日事，兩鬢悵絲絲。」「晨起望波羅，堂坳一勺耳。村迷樹隙尋，帆列窗中咫。老桂蝕苔斑，新蒲團露紫。山空夜氣存，太古諒如此。」「有意風來榻，無心雲出谿。犬驚松杪鼠，麝瞰竹林鷄。盤谷懷韓序，斜川憶杜題。脆梨勞見贈，野老翠筐攜。」「千畝闢東南，曠朗何所蔽。山如破蕚叢，天爲養花霽。黄釀半青梅，丹凝掛緑荔。長歌《梁父吟》，八百桑可例。」「溪口擬築堤，生機增活潑。風漪漾轉深，嵐影倒微抹。而我坐小舠，乘流施一笪。掣出鯤鯨鰲，始信壺中闊。」「回眺神仙窟，羅浮縹緲來。西流千里滙，天半一峰開。豈有排雲術，原非詠蜆才。幽深香作國，於此得蓬萊。」「蘭芷穿沙緑，藤蘿掛壁青。晴光皴遠岸，爽籟透疎櫺。喚雨田鳩拙，棲雲野鶴靈。勞勞心欲息，陋室更書銘。」

「香泥雙屐滑，春草一庭寬」、「天接江湖白，春回草樹青」、「僧房堪結夏，客鬢早驚秋」、「微風竹外流清韵，急雨樽前送嫩涼」、「萬事逡巡成白首，一年容易又黄花」、「重尋水北誅茅處，轉憶窗西剪燭時」，沈沃田句也。解此對法，思自不窘。

惠州六如亭，東坡葬朝雲處。陶篁村詠云：「斷石闌干薜荔垂，夕陽亭外認荒碑。春風吹緑朝雲墓，一路空山叫畫眉。」風調如出漁洋。又《月夜憶揚州舊遊》云：「素月如規印碧空，吟壇盟主憶盧仝。藕花香裏燈船酒，回首揚州一夢中。」「扶胥江上露華新，那得笙歌畫舫春。楊柳紅橋今夜月，阿誰重憶舊詩人。」因乾隆丁丑，運使盧雅雨大會吴越名士於紅橋，凡六十三人，篁村與焉，有「誰識二分明月好，一分應獨照紅橋」之句，爲時傳誦，故云。

乾隆丁丑紅橋之會，盧運使首唱四律，諸名士多有和作。如鄭板橋云：「草頭初日露華明，已有遊舡歌板聲。詞客關河千里至，使君風度百年清。青山駿馬旌旗隊，翠袖香車繡畫城。十二紅樓都倚醉，夜歸疑聽景陽更。」吴白華云：「小敘幽情例丑年，莫言盧後異王前。雲浮蓋影朱闌外，風送鈴音白塔巔。」「楊柳調鶯討春騎，菰蒲放鴨渡江船。劇憐《水調》新歌起，又擲真珠串串圓。」俱清切不浮。

福建莆田黄桐石，著《戰古堂詩集》。《桃源》云：「草木自生無税地，子孫長讀未燒書。」語意明爽。

余蔭園楷，湖南名士，隨其尊甫椒雲刺史官粵，因獲訂交。嘗作《無題》上下平三十首，中多佳句。如「蕉心剥處抽難盡，蔗尾嘗來味漸濃」、「花到知名傷薄命，藥無靈種治相思」、「情至便通心裏事，愁多偏屬意中人」、「酒欺愁結真難對，人困情深祇自憐」、「世事多如潮不定，天邊幾見月常圓」、「隔花小立猧兒吠，卷幔雙飛燕子高」、「酒能酣夢寧辭醉，詩本言情拚入魔」、「好夢翻嫌容易破，良緣端的苦難并」、「擬教蝶翅遮春住，無奈桃根逐水流」、「鸚鵡尚知提舊恨，葡萄誰與破新愁」、「寒燈瘦盡今宵影，秋雨摧殘午夜心」、「風懷已逐飛花散，綺語還應懺佛芟」，皆情致婉麗。

丙戌春，余蔭園以援例知縣，在京謁選，寓粉坊琉璃街，與四喜班伶王雪意甚暱。余嘗過訪，雪意以扇索書，並乞名，因走筆贈云：「柔情工盜令，軟語學偷詩。臺上艷如此，樽前昵莫支。迴風梁燕舞，彈露海棠欹。小字勞人憶，心香一縷私。」聶蓉峰太史見之，笑曰：「『心香』二字最妙。」

昔人論詩，以爲學問、性靈，缺一不可。然拈韵之際，稍有一毫見學問之心，斷無好詩，所謂「詩有別才，非關書也。」余嘗教門弟子借學問以養性靈則可，藉學問以汨性靈則不可。

孫文靖公士毅，詩名振海内，吟成都不留稿。其征安南時，賦《南征》十首，云：「門開太乙曙鐘遲，是日黎明，禡祭出關。茶火軍容徼外知。未必過師同衽席，庶幾荒服見威儀。建旟已拜專征命，補牘應來選事疑。先是欽命許提軍世亨帶兵出關，毅力請勦賊，蒙恩准，令視師。爲語戎行須報國，早將犂掃達彤墀。」「團城襟帶接重洋，諒山城，一名團城，城外有江接重洋。上下思文景物荒。上文、下文、上思、下思，皆諒城屬七州郡名。寅霧蛟涎工掩日，安南多霧，土人謂是蛟龍噓氣，午前不能見日。丁男鴉觜慣耕霜。該國惟諒山百里内有霜，過此則無。其地一面下霜，一面耕種，土人謂之耕霜。入雲坂洞盤千折，夾道翁茶網四張。安南以官爲翁茶，出入四人舁網而行。最是馬前煩慰勞，梹榔滿榼當壺漿。」「羊腸留綫虎留蹤，聞說蒙茸路久封。母嶺群狙晨伏莽，母子嶺最險。鬼門燐火夜乘墉。鬼門關，一名畏天關。宣威竊欲方朱儁，來晚應知愧賈悰。多少佽飛齊藺足，敢因下馬便支筇。」「龍城新鑄赫連刀，要斫生鼉斷巨鰲。萬里戎王歸信杳，三江戍壘陣雲高。韋先鄭犒情原怯，幕有齊烏計必逃。烈炬連空遺窟净，妖狐競向朔風號。」「鬪虎聲中蹀血鮮，臨江士氣倍争先。欃星乍落三層外，礮火還奔五步前。豈有夜郎能自大，果然飛將降從天。戰場直已成京觀，此劫應消幾百年。」「獲醜紛難詰姓名，一時駢首動哀鳴。編籬那許羝羊觸，漂杵常教草木腥。人詫妖氛連四鎮，我憐殺氣壓三城。黎城内土城一，磚城二。軍門執法臣應爾，聖德如天本好生。」「左鞍右傘古交州，黎城左鞍子山，右傘圓山，富良纏抱左右。鼓角殷江野哭稠。搜粟幾時停校尉，立功畢竟數兜鍪。斬袪僅免思公子，國王同産弟爲刺客傷中，幾殆。解縛還應笑孟酋。一事尚教懸聖慮，前軍未送月氏頭。」「約法森嚴日幾巡，滿城焦爛痛遺民。師貞行指逋逃藪，巽命先加草莽臣。鉅鹿戰難忘每飯，有苗格或待經旬。出關事事勞宸斷，萬里還同几席親。」「金章翠軸雁飛翔，頫首殊恩下九閶。已分紀侯成大去，忽令衛國慶忘亡。租庸不税炎方土，帶礪仍延異姓王。底事烏孫消息斷，澄江無際望宣光。宣光發源雲南，教化長官司入交境時，盼滇省烏提軍大經信，不得。」「裘帶居然遍百蠻，洱河即富良江。恩許唱刀環。伏波蹟已埋銅柱，定遠心原戀玉關。二月花濃黄木渡，三年香染紫宸班。祇因妖鳥巢猶在，夢繞羅平未肯還。」

文靖又有《駐打箭鑪》詩四首，其三首皆就土風言之，羌無故實也。「莽莽山樓接大荒，桓桓士氣見飛揚。三邊鼓角鳴青海，九姓弓刀耀赤岡。赤喇岡在裏塘。將選龍城經百戰，令嚴虎旅趣宵裝。臣頗老矣空遺矢，馬革酬恩願未償。士毅籲請出師，未蒙恩允。」「烟蠻雨瘴掩朝曛，草寨風村訪舊聞。白草、風村，二寨名。納欵先憑工土婦，土婦工客係明正司蛇蜡吒吧之妻，康熙五年，首先造户口册投誠。寨祠争赴郭將軍。相傳武侯征孟獲，命將郭達在沙哇納地方設鑪造箭，故名打箭鑪。舡逢三渡難論價，自鑪出口由上、中二渡，過裏塘至下渡，水漲時俱用皮舡。鼓易千頭倘策勳。番人重諸葛鼓，即鼓體剥蝕，而聲碚碚者，可易牛千頭。謂軍中得此，則百戰百勝也。莫向碉房悲白骨，勝他烏雀啄紛紛。」「難牙逞瓦當軍持，番地號素珠爲逞瓦，率以金剛子爲珠，名難牙逞瓦。堪布喇嘛内管事者。朱巴道士之稱。共一師。釋道俱奉胡圖克圖爲本師。佈茄鬧比盂蘭會，土人稱鐃爲佈茄。玉斧劃疆成誕語，寶山空手笑癡兒。明正土司後山樹以竹柵，云有金穴，其實未嘗有。丫髻權侔市舶司。鑪城女子年十五以上，即受雇於茶客，名曰沙鴞。凡茶客交易，俱憑沙鴞定價。斜日柳楊風力緊，薄人多向竹關馳。鑪人呼番民爲「薄」，疑即「僰」字之訛。」「繩橋未敵索橋雄，二橋在雅安縣，爲赴鑪必經之所。上八休嗤下八窮。上八義、下八義，俱土百户。舊俗尚思沿鼠集，蠻地稱集場爲鼠街。華風漸已到烏籠。丹砂湯暖環鑪北，白雪峰高阻額東。佇聽托淞蠻語好，番語以勦賊得勝爲「托淞」。偏師早報過多工。地名屬西藏。」

《大學》「致知在格物」，言將「明德」、「新民」之理，格到極頂處，便有把柄。上文「物有本末」句，朱子注：「明德爲本，新民爲末」，已將「物」字作「明德」、「新民」看了。此處忽注「物猶事也」。而《補傳》

必使學者即凡天下之物，莫不因其已知之理而益窮之，以求至乎其極。至於用力之久，而一旦豁然貫通焉，則衆物之表裏、精粗無不到。試思紛賾之物，焉能遍格？況一物未格，即一知未至，將「物格而后知至，知至而后意誠，意誠而后心正」，是何年乎？恐《大學》始教，不如是迂闊。甚至求其説而不得，乃欲「致良知」删去「格物」，此非疑經之過，乃信《傳》之誤耳。但舍却「明德」「新民」而曰「吾致吾知」，不知所致者何知，所知者何理？不以目而能書，不以心而能詩，遁入禪學，其流弊可勝道哉！

湛甘泉學於陳白沙，所作詩歌不過自矜見道，其實無有是處。惟《詠岳武穆》一首，頗愜余心。詩云：「和議總國命，諸公與長舌。頗憾岳武穆，推轂義未徹。在軍不受命，金牌何叠叠。迅雷此席卷，封章拜望闕。成功乃歸死，義命兩無缺。」

張仙槎寶工畫，作《泛槎圖》，黄左田尚書題云：「曾經滄海難爲水，知是前身博望侯。我欲扁舟賦歸隱，一湖凉夢卧閒鷗。」

貴陽高青書太守廷瑶，由丙午解元大挑一等，以通判用。因在籍時，苗匪煽惑，公奉憲諭，安集九十餘寨，奏聞，恩賜六品頂戴故也。在安徽平反大案，洎守廣州，延余課子。歷叙經辦之事，凡數十起，彙爲一帙，皆有卓識定力者。告休回籍，年已七十。閱三載，訃至。余作輓詩云：「西風慘淡吹靈旗，傳説爲星應列箕。歲在庚寅八月望，傳來《薤露》歌傷悲。維公天挺鸞鳳質，盛世名元推第一。勸諭百寨苗無頑，論列軍功罕儔匹。大吏入告馳封章，恩賞優異褒賢良。分符典郡秩司馬，徽廬處處垂甘棠。帝曰咨汝作邦伯，惟汝宣勞懋厥績。畀守嶺外資拊循，漢廷禄重二千石。始自平樂轉潮州，兒童竹馬迎細侯。興利除弊罔弗舉，分巡肇慶恩膏流。薦郟羊城拜新命，首郡繁劇民刁競。寬以濟猛猛濟寬，一如子産之治鄭。發奸摘伏無遁情，愛養備至惟持平。整躬率屬凛箎簋，玉壺皎潔涵冰清。公餘更喜親風雅，錦囊萬斛珍珠瀉。曠懷論古氣如虹，經世文章董與賈。鵬翮暫息六月摶，起復入覲趨長安。珠江溶溶欣返旆，屬吏争迎舊長官。撫摩鞠育愛彌摯，仍復從容告休致。前後幾載淪浹深，召杜龔黄真可媿。抽閒坐我春風裏，縷述往事數十起。請付剞劂謝弗遑，紬繹言言皆至理。不朽之業端在斯，積善餘慶可預期。聯翩佇俟起科甲，後昆垂裕報非遲。前歲羈答致衷曲，遠道幾番馳夢轂。何期頓使隔幽明，天奪我公何太速。嗚呼，死生大矣可奈何，感恩知己原無多。山陽笛裏不忍聽，臨風空灑淚滂沱。」

高運副以廉爲青書太守長子，偕弟以莊，從余遊。温温然，無公子習氣，秉性純厚，詩亦雅潔。乙酉冬，送余北上，時年甫十三，有「惆悵一樽酒，淵源千古心」之句。

咏節烈詩，貴明白如話。《岩鎮志》載康熙戊戌蛟灾，歙縣古關黄右家被淹，有舟來救，諸婦女將就之，其姑曰：「若不見舟人皆裸體乎？寧死毋往也。」五婦二女咸遵誡，堅坐屋中，任其漂泊。屋破，諸尸逐洪流去。秀水盛子亨復初作詩弔之云：「康熙戊戌之歲潛蛟起，古關黄氏屋在水，裸體來救拏舟子。老母一言衆心耻，五婦二女同日死。嗚呼，如此芳烈可風世，何勿載諸彤管垂萬祀。」

吴蘭雪舍人常摘楊誠齋流水對句數十聯，吟咏不輟。其自作《紀恩詩》有「重扶白髮花前杖，來泊青山渡口船。」即做誠齋句法。

嘉慶初年，張船山太史出棧宿寶鷄店中，題壁十八首，有云：「嫠也横行起禍胎，桃花馬上看重來。不遺巾幗先逢怒，欲辨雌雄已自猜。黄鵠特翻貞女調，白蓮都爲美人開。請纓便是秦良玉，可惜征苗失此才。」爲賊婦齊黄氏詠也。又「才過黎州又鳳州，含情重問草凉樓。磨驢步步皆陳迹，風柳條條是别愁。花鳥三春經雨雪，關河千里見戈矛。元戎誰有書生胆，快馬輕刀自遠遊」。語帶俠氣。

湖北劉石幢增任英德縣。嘉慶丙子，分房得余卷，首薦已中式有名次，忽易去，余安之若素也。石幢師工詩，《闈中試藍筆偶成》云：「豈有江花入夢殘，揉藍分得鳳池翰。簿書十日勾稽少，文字千秋點定難。老我曾驚偕緑采，幾人真待出青看。最憐一硯隨身在，破墨淋漓蹟未乾。」

丙戌余下第南歸，與三水鄧同年吉士同舟。余曰有《咏金山》詩，不記何人作，因爲誦之，至「紅日射開金闕迴，碧蘿堆就翠峰尖」句，吉士笑曰：「即君作耳。」

南海蔡季材廷榕，以廩生遊成均。久困名場，少日奢豪，中年落拓，詩多寄託之言。《盤蘭》云：「崇蘭自孤標，生合戀空谷。一朝悔移根，含凄别松竹。魂愁飛舊山，影淡落華屋。綺石月低蔭，瑶堦露新沐。慚愧抱素心，把玩供醉目。入室誰聞香，因風自流馥。秋深衆芳歇，藤蔓被林麓。西園蝴蝶黄，斜光懶相逐。孤情何不言，湘簾伴幽獨。」非同泛泛咏物者。著《古琴室詩鈔》，五言如「孤花偏耐雨，遠夢不離春」，「食貧惟有儉，在野不言才」，「斷雲秋岸淺，凉月暮江空」。七言如「風雨一天欺破屋，鶯花三月鬧比鄰」，「白晝簾櫳雙燕睡，緑陰門巷一鴉飛」，「閒門似水流鶯早，小徑圍花度月遲」，句皆新警。

阮芸臺制軍以《初夏書齋四詠》，課學海堂多士。張刺史維屏《竹絲簾》云：「君平門巷亦清凉，誰剪波紋匝地長。頗惜笛材成小用，且教花氣駐餘香。映來暮雨千條碧，界破斜陽一段黃。銀蒜垂垂風裊裊，幾人詩思在瀟湘。」熊學博景星《葵葉扇》云：「龍皮鶴羽總虛名，何似蒲葵入手輕。羞學團圞媚兒女，也煩聲價藉公卿。纖莖妙解清涼意，片葉能消熱惱情。好語山中儲五萬，有人持爾慰蒼生。」謝孝廉念功《蒲草席》云：「織就風漪八尺長，紗幮六月沁寒霜。攤書似展桃笙滑，倚枕微聞薤葉香。知爾性情宜水石，有人魂夢入清涼。夜來捲向花間坐，恰好橫琴月滿床。」馬吉士福安《篛篾篷》云：「篛篾編篷蔭四周，先生真箇屋如舟。晴光却透三分影，暝色疑添一段秋。豆架花棚同點綴，紙窗竹屋倍清幽。晚來更喜空庭曠，捲看長天碧月流。」可稱合作。

東莞人尚勇，有並驅揖我之風。惟河田方姓，環以珊美、寮夏、溪頭、坑尾、葭汀山各村，皆其本支。講雍睦，敦雅誼，邑中稱禮義之鄉云。

某公官侍郎，祭告恒岳，方丈簡慢之。既出寺門，復進問曰：「某科名品行不落第二流，和尚胡簡慢若是？」僧曰：「大人職列清華，非執法官也。當沉滯時，想將來以名法出色，尋繹刑書，一十三年，元氣因此斲喪，上帝將降罰矣。」公嗒然歸，未踰年遽卒。夫官非執法，尋繹刑書，尚斲元氣，可見語爲吉祥滋厚福，即檢閱亦不可不擇。

東坡云：「近世人輕以意改書。杜子美云：『白鷗没浩蕩，萬里誰能尋。』蓋滅没於烟波間耳，而宋敏求謂余云：『鷗不解没，改作波。』改此一字，覺一篇神氣索然也。」觀此知妄加塗竄者，正所謂汝曹群兒，不足深責矣。

杜子美「歸州長年行最能，此鄉之人器量窄。」《水經注》袁崧曰：「歸鄉山秀水清，故多儁異；地嶮流絶，故其性亦隘。」廣東嘉應州亦然。

唐張彪《神仙詩》曰：「長老思養壽，後生笑寂寞。五谷無長年，四氣乃靈藥。」盎然有道之言。

宋張詠寢室中無侍婢服玩之物。李畋謂：「公寢禪室不如。」公哂曰：「吾往年及第後，寄高士傅霖詩曰：『前來失脚下漁磯，苦戀明時未得歸。寄語巢由莫相笑，此心不是愛輕肥。』」可爲變却本來者下一砭。

嘗見國手對局，移時方下一子，所謂「長日惟消一局棋」，其思慮深也。我輩爲之一日數覆局，是博奕，猶無所用心矣。

香山、澳門形如蓮葉，其嶺則蓮莖也。李瑶山詹事《由澳門返香山城作》：「濕翠迴看嶺上頭，歸帆霽景滿青洲。山名。重溟直使雙眸豁，遠島真如一髮浮。蠻語宵深來碇海，仙風何處訪丹邱。微茫曉色滄波外，又見高空結蜃樓。」

「皆」字謎云：「清新庾開府，俊逸鮑參軍。」比白也。

俗語四言如：「終日讓路，不枉百步。終身讓畔，不枉一段。」「與人不和，勸人養鵝。與人不睦，勸人架屋。」五言如：「欲求生富貴，須下死工夫」、「不將辛苦力，那得世間財」。「畫虎畫皮難畫骨，知人知面不知心」，與漢時「尺布可縫，斗粟可舂」等謡，正復相似。

凡僕人已去再來服役，其心必存不良。余被其竊書、竊玩器，受害屢矣，語云「好馬不食回頭草」，欲不信，不得也。

揚州仲柘庵振履，以進士宰博羅縣，病足灸火得痊，賦詩云：「柘庵一舸來穗城，夷於左股病莫興。筋骨拘攣肉酸楚，呻吟日夜無留停。㒓㒓偃卧不能起，剥牀以膚吾已矣。誰與醫者鍾積三，使我勿藥終有喜。搓成粒粒冰臺香，灸來灼灼金星芒。寒濕下達湧泉穴，病革有靈天骨張。此足頻年伸不得，仗君一旦挺然直。明朝聽鼓去應官，又復擎奇屈雙膝。」

新會李環浦上舍珠，性情和易，學問淹博，工楷法，詩亦超雋不群。賦《珠江竹枝詞》二十首，兹録其八：「玉虹如帶繞城流，競説繁華到廣州。海角自來稱福地，五羊仙令是滕脩。」「牙檣錦纜繫江干，朝暮絃歌合盡歡。莫向窗前窺日出，水晶宫内白蛟蟠。」「江心圓嶠樹離披，入夜光芒射斗奇。未許神龍争戲取，一泓澄碧養牟尼。」「梵王宫殿鎖寒烟，花木深深閣道連。惟有鐘聲闌不住，五更飛上白雲巔。」「古墓爲田長素馨，素馨斜畔草青青。採茶人唱花田曲，舟泊橋邊隔樹聽。」「夢迴斜日透窗紗，初試頭盤顧渚茶。岸上不如舡上樂，青山緑水是儂家。」「舡泊沙頭莫便開，卯潮纔退午潮來。請看魚藻門前水，流到琵洲也却回。」「黄木灣深粉蝶飛，白鵝潭漲錦鱗肥。今朝正好遊花埭，玫瑰花開夾紫微。」

詩以代柬，如樂天《寄夢得》云：「病後能吟否，秋來曾醉無。」退之《贈崔立之》云：「長女當及事，誰後出帨縭。諸男皆秀朗，幾能守家規。」皆委宛可誦。鄭板橋《寄許衡山》云：「江淮韵事許衡州，近日蕭疎似昔不。好事春泥修茗竈，多情小盌覆詩鬮。食眠消減緣花瘦，鶯燕商量怨水流。我有無題新脱稿，寄君吟向小朱樓。」杭大宗《促王欽州士瀚遊城西諸寺》云：「王郎一别幾春冬，許我閒坊共放慵。諒以同官共夙好，更因孤客壯遊蹤。花明不見開清醑，歲晚仍教負短笻。閒寫小詩當索笑，何時真聽寺樓鐘。」更曲折如面譚。

元末土豪倡亂，德慶李樵雲質率鄉人防禦，保障二十四州縣。及廖永忠南征，籍倉庫納款，授靖江王右相。詩帶俠氣。《多景樓》云：「自有江山有此樓，雄吞楚尾據吴頭。下臨天塹分南北，上倚星河摘斗牛。海内有槎通碧漢，人間無路問滄洲。斜陽未盡登臨興，城角催歸起暮愁。」又「細雨夢迴鴻塞遠，落花釀就燕泥香」，「十千一斗金盤露，二八雙鬟玉樹歌」，亦佳。

西江袁永伯隨其尊人官粤，與黎二樵簡友善。後復遊廣州，落拓不羈。番禺鄭萱坪爲荔鄉太守之孫，詩筆秀拔，亦懷才落拓。余常作《懷人詩》四十韵，每句一人，有聯云：「由來推此事，誰復念當時。」傷二子之不遇也。

萬和圃侍郎督學粤東，下車觀風，以菜重芥薑命題，余詩有「是山皆可納，每飯未嘗忘」之句，公擊賞，謂用史渾脱，必此間名士也。遂拔第一。

「就舍勿令人避席，過江莫與馬同船」，宋黄常明徹《送弟詩》句也，即逢橋須下馬，過渡莫争船之意。近懷寧翁立齋達善有《江行示同舟》云：「大江東去水連天，一棹同羈晝似年。客路平安遲亦好，風波無定莫争先。」語淺情真，可當格言讀。又宋詩「問人求穩店，下馬過危橋」，「人言野店休安枕，路入靈關穩跨驢」，皆此例也。

昔人稱子美詩拳拳君國，所以爲高。然飾章繪句，徒風雲月露者，固不足數，若篇篇無空文，句句必盡規，亦乖風人之旨。

顔蠋「晚食當肉，早眠當富，無事當貴」，語極平淡，非胸次浩然者不解也。先孝廉《發潞河》云：「人生貴適志，知足恒不辱。陟彼千仞岡，辨此涇渭濁。繡虎與雕蟲，誓將高閣束。達者觀化理，怡然悦心目。昨倦長安遊，今向潞河宿。俯仰集百端，渺兹滄海粟。田園胡不歸，荒蕪雜荼蓼。行行返故山，采采東籬菊。緩步以當車，晚食以當肉。」實得觀自在法。

陸放翁「偶忘塞馬寧非福，太察淵魚恐不祥」，入道語，亦入世語。前明嘉興屠漸山諭德，一日欲治僕某，怒甚，僕惶遽，求救於夫人。夫人笑謂：「置一大魚來。」莫測其指，漸山公嗜魚，見而詫其肥，夫人從旁哂曰：「但水寬耳。」僕以此獲免。談言微中，可以解紛，亦閨閣韵事也。

「失馬漫愁還得馬，識韓空喜莫追韓。人情薄似秋雲薄，世事難於蜀道難」，余贈陳伯顧句，有所感而言，不覺其過激。

彭文勤公《杏花十二韵》云：「簷外廉纖達曉零，如傳芳意遍郊坰。明朝隱約春堪賣，深巷依稀唱未停。宿潤飽霑將拆罅，霽光微烘乍含馨。料量已是繁花候，想像初逢昨夢醒。燕子飛時烟漠漠，牧童指處濕冥冥。繞迴曲檻簾猶押，響徹層樓户半扃。陌上泥沾高下屐，擔頭香過短長亭。出墻欲遣關難住，隔堰來看思未寧。搓絮垂楊同爛熳，抽芽新草共葱青。曾從范蠡湖中見，憶向慈恩塔畔經。送酪風光知近節，催耕消息到遥町。誰憐騎馬臨安客，暮雨瀟瀟不忍聽。」律諧韵雋，得之長排甚難。

余《詠秋雲如羅》云：「縹緲雲章錦不侔，膩光平貼向空浮。燕嵐縷縷絲能入，照水羅羅織未稠。寒碧滿堆千嶂夕，暖紅斜染一江秋。鷓斑點綴凝丹壑，鳳尾婆娑漾緑洲。玉葉有紋翻樣巧，金風難剪惜香柔。流霞艷奪天孫彩，疊雪輕披素女遊。帕擲璇霄虹作帶，帳開瓊宇月爲鈎。無心展布休嫌薄，也釀甘霖遍九州。」

宋王安石，饒氏甥也。舅以安石膚理如蚾皮，輕詆之曰：「此行貨亦欲求官耶？」後安石大顯，以詩寄之曰：「世人莫笑老蚾皮，已化龍鱗衣錦歸。傳語晉江饒八舅，如今行貨正當時。」蚾音播，蟾蜍也。

「偷臨畫稿奴藏筆」，顏秋水句也。「奴懷去志神先沮」，滿洲常建極句也。傳云：孔子家兒不知怒，曾子家兒不知駡。文中子曰：「能使僮僕懷恩，斯可與從政矣。」觀此知待僮僕之難。

某御史自書門對云：「兩間東倒西歪屋，一个千磨百鍊人。」紀尚書曉嵐見之，即書一聯，給對門鐵匠鋪粘上，云：「一間東倒西歪屋，兩个千磨百鍊人。」轉移一字，風趣横生。

汪太守孟棠師《池中白藕作花仿香奩體》云：「脉脉吟情在水隈，重重窗户對花開。香圍謝女青綾障，凉到温家玉鏡臺。弄粉蝶隨波蕩去，覓房蜂避雨喧來。輕盈一瓣誰遺舄，墮地無聲漬緑苔。」「湖陰記采一枝蓮，裼臂紅羅晚浴天。船載歌聲低度水，人侵花氣欲成烟。當門翠掩琵琶樹，隔岸青飛芍藥田。獨伴玉郎清不寐，夜深恐化縞衣仙。」「明鏡鴛鴦照並棲，怕看魚戲葉東西。秋容憺不關榮瘁，古意歌能代笑啼。長願君心識蓮苦，生憎妾命與花齊。玉闌干外消魂處，香霧濛濛碧一溪。」「花如人悄解聞謳，月墮風微夢亦幽。之子衣裳零露夜，當年簫鼓夕陽舟。素心寫照惟流水，舊事侵尋又小樓。消受清芬涼洗骨，黛眉添上一痕秋。」淡寫輕描，其秀在骨。

唐人以詩取士，亦用四子題，如「行不由徑」、「知者樂水」之類，後人罕有擬者。尤西堂乃喜爲之，録三首，以備一格。《久矣吾不復夢見周公》云：「赤舄風流制作才，小臣信宿幸追陪。咨嗟四國思文武，涕淚三家説定哀。西狩忽驚麟角去，東征不見衮衣來。蕭騷白髮長無寐，《洛誥》《周官》讀幾回。」《有婦人焉》云：「皇后稱臣才倍奇，龍韜豹略有家師。夫人城上單黄鉞，娘子軍前小白旗。久向河洲儀聖母，請從瓊室斬妖姬。可憐二女黄陵廟，日暮湘江泣竹枝。」《子樂》云：「諸生濟濟對吾師，百里賢人聚此時。四座春風圍杖履，一團和氣動琴詩。不關笑語天全得，纔解愁眉人已知。他日滿堂七十二，吹笙鼓瑟和塤篪。」

沈蓮池大師《七筆勾》，驚心動魄，指點多少迷人。尤西堂倣作《十空詞》，録三空，則一切皆空矣。「一國三公，車馬長安殿閣中。鼎爵分班奉，金印輪流弄。嗏，白首戀鳴鐘，青山木拱。華表銘旌，斷送黄粱夢。君看蓋世功名總是空。」「萬貫千鍾，篋蠹青蚨倉朽紅。合藥燒丹汞，掘土埋銀甕。嗏，金穴與陵銅，化成泥塚。雖有錢神，難買南柯夢。君看敵國貲財總是空。」「繡虎雕龍，彩筆吟成萬卷工。獻賦長楊重，問字元亭衆。嗏，何處哭秋風，凄涼文塚。一部《南華》，不過莊周夢。君看錦繡文章總是空。」每一空輒以一夢引之，黄粱夢、南柯夢、華胥夢、巫山夢、鈞天夢、芭蕉夢、熊羆夢、莊周夢、松風夢、蒲團夢，即謂之《十夢詞》也可。

橡坪詩話卷五

桂林相國陳文恭公，世居横山村，築培遠堂。嘉慶丙子，相第不戒於火。五世孫喆臣守叡，癸酉解元，至庚辰，臨塲夢狀元名繼昌，遂易名，領會、狀，年甫三十。本朝三元自乾隆辛丑錢湘舲後，至此再見矣。前明正德二年，雲南按察司副使都人包裕《游還珠巖》詩刻云：「巖中石合狀元徵，此語分明自昔聞。巢鳳山鍾王世則，飛鸞峰毓趙觀文。應知奎聚開昌運，會見臚傳現慶雲。天子聖神賢喆出，廟廊繼步策華勳。」後注云：「伏波巖有石，下生如柱，向離石二尺許。讖云：『巖石連，出狀元。』至是石將連矣。」詩後四語與喆臣名字悉合，亦一奇也。狀元夫人爲李侍郎宗瀚女姪，李《喜寄》云：「矯矯文恭五世孫，南交科第奪中原。三頭掌故今雙絶，千佛名經古幾尊。獨秀高擎天極柱，一枝青出桂林村。相期位業齊王宋，培遠詒謀屬相門。」「臚傳大宋已更名，世美家聲叶鳳鳴。剛道珠巖浮柱合，又傳石刻滿城驚。七千里外荒真破，三百年前讖早成。聖代得人方共慶，肯教温飽負生平。」「剥復天心未易量，祝融掃蕩亦嘉祥。重新上界神仙府，依舊平泉宰相莊。人羨唐天年始壯，我懷君子澤彌長。泥金漫説門楣喜，白叟黄童盡若狂。」

廣西貢院前大樓久傾，形家謂建爲祥。方落成，陳喆臣遂捷三元，改名與繼方伯適合。兩廣制軍阮芸臺詩云：「文運原因天運開，一枝真自桂林來。盛朝得士三元盛，賢相傳家五世才。史奏慶雲合名字，人占佳氣説樓臺。若從師友掄魁鼎，門下門生已六回。」自注云：「近科狀元吴信中、洪瑩、蔣立鏞、吴其濬、陳沆及陳繼昌，皆予門生門下之門生也。」

陳三元會試卷，爲第一房王楷堂比部廷紹所薦。薦之夜，主司黄左田大宗伯鉞，夢有人持阮元姓名帖來拜。及定元，竟以廣西卷書榜，知得兩元。主司盧南石大司農蔭溥謂黄公曰：「夢合矣。」楷堂札述其事，阮芸臺制軍以詩答之云：「第一房中蓉鏡開，薦賢我亦夢中來。事緣天定必成瑞，喜入人心真是才。魁首早知掄桂嶺，姓名本合借雲臺。憑君入格非常事，應有朱衣暗裏回。」

沈瘦仙《辭家》詩：「少婦怨離别，吞聲泣不止。見我將出門，反入深閨裏。」二十字中有無限深情。又《浙江道中》云：「霜花一夜濃於雪，緑橘千頭盡染紅。曉起推篷開倦眼，錯疑楓葉滿山中。」「擁鼻微吟雲水邊，篷窗開向晚晴天。青山也學詩人樣，日日臨流聳瘦肩。」風致如出鄭板橋。

咏梅最難脱俗，沈瘦仙句：「骨瘦並無寒乞相，神清原是碧虚仙」，「婢學夫人惟有雪，嫁非處士即無人」，「白雲有跡香何在，流水無聲夢正酣」，純用白描，鈍根人不能道也。

羊城番塔始於唐時，曰懷聖塔，高百六十五尺，光圓無級，亦名光塔。其穎標一金雞，隨風南北。塔下有禮拜堂。吴孝廉應逵詩云：「淩空一柱何巍峩，輪囷直上無陂陀。兀立積鐵風雨磨，腹有級磴如旋螺。金雞絶頂鳴駕鵝，迎風大叫海生波。懷聖古寺城西阿，唐初歲月同飛梭。堂上豐碑正不頗，字非篆籀非蚪蝌。云是教主名紛羅，觀者起敬不敢訶。坡山渡口番舶過，簇簇踵至無蹉跎。合掌禮拜聲嘍囉，但呼吸嘿兼吸駝。語不可辨理則那，一人扶杖雙鬢皤。上座宣教如懸河，時或涕泗雙滂沱。其俗質樸輕綺羅，食不置箸以手搓。鮭炙麥黍同一鍋，洒以薇露冰腦和。右手廢弃左手摩，尚鬼好潔原同科。無禮之禮且莫苛，此塔亦足供吟哦。五羊古蹟存無多，好事且復三摩挲。」盤空硬語，摹仿昌黎。

東莞王象坡進士《詠水烟》一首：「淡處求真味，相需意若何。象原占既濟，性喜協中和。焰向重陰出，香分一勺多。漫誇炎赫勢，持滿在無頗。」可謂言小喻大。

定安張探花岳崧詠物極工。《賦菸》云：「幾稜菸田弛禁初，溯來中夏勝於蔬。淡巴菰已家家種，擔不歸還處處鋤。一縷如烟同款客，四時非酒解愁予。近知利市恒三倍，爲藉金絲意自如。」

南海黄炳禺廷彪以蔭襲官守備。《詠龍眼》云：「荔奴誰喚此汙名，旁挺由來配側生。底事中郎曾譜荔，不將佳果入公評。」意本蜀都，不欲唐突龍眼，其亦以林檎爲兄，石榴爲弟，可乎？

尹望山相國《題不繫舟序》云：「金陵使院西偏有室三楹，製如半舫。丙寅春杪，余葺而新之，顔其額曰『不繫舟』，蓋取《南華》之義，亦以見宦轍東西飄流無定，如舟之放乎中流，聽其所止云爾。」「宦海茫茫豈自由，達觀身世復何求。雖云傳舍如匏繫，却哂塵寰似芥浮。葺得數椽摹畫舫，移來半榻點虚舟。公餘小憩憑闌望，好寄閒情付水鷗。」「寸心不繫本由由，物理休從迹象求。自去自來何罣礙，就深就淺聽沉浮。蘧廬信宿誰非客，萍梗飄流總是舟。參透漆園仙吏意，可知天地一沙鷗。」二詩擺脱一切，當作如是觀。

吴江陸朗夫中丞燿《偶感》云：「知己未妨當代少，浮名深恐後人聞。」《寓園同阮唐山作》云：「苛節刪於相熟後，淡懷長似訂交初。」冷寂似老僧語。

咏西湖如咏梅花，前人俱已説盡，幾於無可着筆。然山川無盡，詩亦無盡也。余《外湖八詠》云：「纔過錢塘又湧金，蓮花香送到湖心。朱闌倚遍鴉聲噪，楊柳絲絲散曉陰。」「西湖水浄漲初消，淺碧真宜染絹綃。怪底緑窗人愛着，者般顔色十分嬌。」「清浄慈悲大法門，色空空色許誰論。同游亦有癡兒女，拜遍阿難五百尊。」「名園一路長蘼蕪，鴛瓦空餘薄素鋪。轉向放生池畔立，菱花開遍水田腴。」「勝蹟追談紀聖因，湖山環繞畫圖新。晴光影落游魚唼，十里沿堤草色匀。」「小泊湖邊五柳居，當筵舉網試鮮魚。味酸最愛銀刀鱠，河鯉河魴總不如。」「爲慕精忠拜廟堂，南枝勃勃氣蒼蒼。靈旗風雨歸來否，細向墳丁詢岳王。」「翠掩松杉緑罨叢，南屏烟鎖夕陽鐘。上方天竺渺何許，月上飛來第一峰。」

東鄉吴蘭雪舍人嵩梁，著《香蘇館詩集》，游粤，付儀墨農刻之。其古體蒼蒼莽莽，獨出冠時。《和翁覃溪登岱詩》云：「日披岱史坐山麓，百讀不及身一登。連宵快雨天驟霽，筍輿出郭邀禪僧。磴道盤旋到林杪，老樹怪石森蒼稜。壺天一閣跨空立，徂徠俯視非岡陵。雷霆百戰怒龍出，劈開山骨青崚嶒。懸流忽斷萬松舞，孫枝亦縛千年藤。天門直上接翔鳳，絶磵欲下愁飢鷹。七十二家古封禪，芝泥玉檢神依憑。翠華所莅群岳拜，至今鶴嘯猿歡騰。是時山中日亭午，蔚藍鋪遍雲層層。長空萬里捲不去，破碎乃似春江冰。重陰蕩漾覆齊魯，彈丸隱約開田塍。全收滄海入盃底，混茫一氣晴嵐蒸。平生局促厭塵市，如鶻在籠蛟在罾。此間放眼九州隘，變化勢可褰鵾鵬。頗聞峰頂夜方半，海霞已擁朱輪升。金支翠旗白銀闕，蓬萊恨不仙槎乘。山氣蒼然滿城郭，斜陽斂盡天澄澄。入門未轉北斗柄，覓句急剪南窗燈。但將游覽豁胸臆，興酣落筆吾何能。公詩雄秀冠當代，墨妙況兼貽百朋。車塵十丈拂鞭去，山川奇勝歸行縢。名岳有緣許再陟，撰杖喜説今年曾。」

蘭雪至金陵，欲謁袁子才以後輩禮。子才聞其至，喜甚，遣劉霞裳往招之。蘭雪以其輕己也，怒，遂不果見，而詆隨園詩集之疵，謂不及心餘，無論甌北。且自許其七古如天風海濤，非子才所能望其項背。平心而論，子才以神致勝；蘭雪以魄力勝，本分道而馳。至蘭雪近體，如「吹笙易醒遊仙夢，擊筑難銷壯士心」，「幕府高秋張晏出，元戎小隊送詩來」，「十載論文交海內，群公傾蓋慰天涯」，「樓臺春晚頻移棹，絲管宵闌獨剪鐙」，「山横北固斜陽裏，寺在南朝細雨中」，「西泠花信遲三載，南渡風流訪六朝」，則與隨園如驂之靳。

丹徒郭厚庵《聽雪》云：「微飄陋巷驚厖吠，密灑孤篷大蟹行。」對奇而确。

詩貴渣滓盡去，清光大來。冶鐵者百鍊千錘，變成純鋼，鐵花爆盡，鐵繡不生，是其候已。

吴中金手山學蓮有詠云：「藏得珠簾上下鈎，畫眉小鳥唤梳頭。海棠花發丁香老，不是將離總莫愁。」風調酷似漁洋。

山陰陳賡颺世熙遊幕粤東，工詩，有《蓮塘詩草》。《春歸吟》云：「轆轤軋軋春風薄，楊花香冷鞦韆索。杜鵑底事促春歸，胭脂雨落緗桃萼。」「昨夜征人夢中見，醒來錯對春風面。含顰茹苦强生歡，拂拭豪犀佯整鈿。」「酴醾一架碧紗秋，捲簾反掛珊瑚鈎。凝眸斜睨渾無語，花影半痕窺妾愁。」婉麗中更饒沉着。

山左謝大令北海，雍正間歷任粤東劇邑，有政聲。與先大父子禮公交誼最厚。詩情豪爽，缽韵未殘，新篇已就。有《同方子禮芙蓉小窗聽雨次韵》云：「芙蓉葉蔭晚凉新，三徑由來遠俗塵。風雨一窗談勝事，圖書四面坐閒人。世情不慣因成懶，交道無嫌爲率真。只恐鵬程飛九萬，空堦獨聽合傷神。」又《和方子禮慧初僧舍茶話次韵》云：「暑日袪衣并脱冠，清言茶味沁心歡。黄粱夢裏人生幻，芥子窩中世界寬。悟到花香來蛺蝶，悔將泡影戀鵷鸞。野僧若肯開蓮社，莫學昌黎闢異端。」

詩有下一轉語而更妙者，如鄭板橋《法海寺訪仁公》云：「昔年曾此摘蘋婆，石徑欹危挽緑蘿。金碧頓成新法界，惜他荒樸轉無多。」「參差樓殿密遮山，鴉雀無聲樹影閒。門外秋風敲落葉，錯疑人叩紫金鐶。」「樹滿空山葉滿廊，袈裟吹透北風凉。不知多少秋滋味，捲起湘簾問夕陽。」

錢塘徐襄武先生廷發，詩情卓越。《渡揚子江》云：「豚魚吹浪送輕橈，鼓楫中流兩岸遥。瓜步浮雲歸島嶼，海門初日射金焦。雄風天塹懷三楚，勝蹟江山憶六朝。勘破興亡同逝水，不堪重聽廣陵簫。」《西陵懷古》云：「西陵西去即蠶叢，蜀道艱難在此中。雲雨不留神女夢，蘋蘩猶薦楚纍忠。遥連白帝懷夔國，鑿破黄牛著禹功。突兀瞿唐灘下水，行人頭白過巴東。」又「帆影連雲没，河聲帶雨微」句，亦細膩。

襄武曾孫子遠灝，詩有家法。《送王鶴齡表兄》云：「野色臨江千萬山，扁舟歸去意何閒。遥憐夜雨紅梅驛，回首秋風大散關。秦地故人今日少，東吴鄉夢幾人還。論交我亦思湖海，壯志如君可重攀。」其弟子深濬亦有《懷表兄》五律云：「四海飄零日，天涯尚有親。頻將勤苦意，相慰白頭人。消息雲中雁，忽忙客裏春。憐君不得志，雙淚欲沾巾。」

桐城姚琴南《咏桑田》云：「樹桑古良策，衣足民自安。千金置狐腋，禦得幾人寒。」藹然其言。

「遥看獨鳥下烟藹，時有數人耕翠微」，無錫丁玉藻句。

「涼烟浮竹屋，快雨過蘆洲」，金匱周掄仙《登黄州城樓》句，頗切。

成都蕭欖軒味諫《除夕抵化州》句云：「千門爆竹催年去，一路梅花送客歸。」其弟子封亦有句云：「日高溪正午，風肅樹皆秋。」

王公惠，江夏人。《七夕》云：「裊裊金風天上吹，夜看牛女動相思。銀河歲歲猶堪渡，不似人間久别離。」不落前人窠臼。

虞雄文，金匱諸生。《詠落葉》有「寒山屐響一僧歸」之句。

陽湖趙鷗北先生守廣州時，賦《南珍》云：「維粤宅南位離火，陽明所耀開菁英。凡百瑰瑋負奇質，咸不脛走來羊城。天寶既徵孕毓厚，人巧亦見工力精。不惟其産惟其聚，奇彩耀市目欲瞠。南烹食貨且勿述，試數服玩僕屢更。氈紋吉貝貢八筐，繭絲胡蝶繅滿籯。盤金繡毬龍鳳舞，蹴花文錦荇藻縈。不知鮫人在何處，方空織出涼綃輕。禽羽爲毳獸毛罽，艷殺血染紅猩猩。雕鏤肖形推象齒，圓爲牟尼方觚棱。蕉葉剪裁掩紈扇，椰瓢裝相抵兕觥。奩具斑浮玳瑁靨，屏風眼活孔雀翎。蟬翼燈清罥霧縠，龍鬚席軟輕桃笙。檀欏斲器訝笏滑，玻璃懸鏡涵水明。復有絶技出海外，能連天咫窺璣衡。機括測景針自指，橐籥按刻鐘輒鳴。其他珍異難殫述，硨磲瑪瑙猶嫌傖。密蜡净無雀腦白，琥珀瑩有虯松頳。蒸栗膚腴黄蠟石，落茄花映紫水晶。就中更貴珊瑚樹，鐵網絞得逾球瑛。丹幹磊砢枝鬱律，光賤絳燭高朱櫻。瓊州沉香亦佳品，黎母東洞最擅名。伽楠生結鴨頭緑，掐之指爪微痕生。是皆貴重不易得，市牙尚有價可評。賞鑑家且置勿道，别購骨董追姬嬴。土花斑攷古彝鬲，水銀皴辨舊玉珩。晉唐名畫丹碧絹，柴汝秘瓷翡翠甖。其晚出者寶益異，金剛鑽及貍貓睛。組母緑射彩華透，松兒紋裂鐵線横。青金石取烏斯藏，碧霞璽採猛密阬。更有珍珠似明月，月華入蚌胚胎成。合浦六池産有幾，販自番舶來重瀛。重或數銖大徑寸，形體圓滿光晶瑩。藺櫝雅宜玫瑰飾，玉盤肯逐琵琶傾。一握便可百千索，賈胡居奇恣取盈。計直不數金三品，誇富何論貝百朋。地大物夥信繁盛，匹夫懷璧徒硜硜。噫嘻乎，連城照乘古所艷，要祇一得難兼營。豈若此邦備衆美，始信奥區用物宏。從來物聚於有力，惟購者衆始畢呈。爲問粤中各官吏，其家豈必皆鄭程。朝廷制禄有定額，何以官橐多奇贏。伊余一雙書生眼，乍覩不覺適適驚。腸飢未蹈羊蹄菜，指動忍染黿鼎羹。竭民脂膏飽嗜好，不有人禍將天刑。吴隱酌泉表素節，包老投硯垂徽聲。雲烟過眼付一笑，蕭然氣味含孤清。」此篇命意布局，摛詞鍊字，色色俱佳，不愧鼎峙袁、蔣。

南唐宋齊丘云：「養花如養賢，去草如去惡。松竹無時衰，蒲柳先秋落。」譎詐人亦作後凋語。

「天目山垂兩乳長，龍飛鳳舞到錢塘。海門一點巽峰起，五百年間出帝王。」堪輿家傳是郭璞鈐記，至錢鏐果應，但不類晉朝人語。

陳希夷《贈毛女》詩曰：「曾折椶枝爲寶櫛，又編槲葉作羅襦。有時問着秦宫事，笑撚仙花望太虛。」

有少年子弟喜狎遊。一日於廣坐中，大言曰：「經書中有『也』字作『乎』字解者，公等知之乎？」衆愕然。乃言曰：「『子張問十世可知也』之『也』也。」復連舉數虛字有兩義者，以自炫。予徐曰：「尚有一『而』字作『私』字解者，足下亦知之乎？」少年愕然，請問。予曰：「《詩經》朱注『朝夕而往夏氏之門』之『而』也。」衆大笑。

「幾度木蘭舟上望，不知原是此花身」，語意超妙。「晏罷瑶池阿母家，嫩瓊飛上紫雲車。玉簪墮下無人拾，化作東南第一花」，亦此體也。余仿之云：「十五娉婷擊繡毬，客來驚避未曾收。迴風飄向玉闌外，幻作名花滿地稠。」

錢塘陳太常星齋兆崙，制義精湛，其選《體要一集》辨晰微至，爲後學津梁。所作古文詞不減三魏，詩與杭大宗齊名。大宗自粤東寄近什，即用大宗《光孝寺》詩韵酬寄云：「垂老歲益駛，塵勞苦糾轕。仰天思故人，見高不見闊。縱復魂飛揚，依然坐重闥。晨星何晱晱，懷舊凄心骨。有客驚朝眠，亟起拚一蹶。含烟字半銷，帶瘴紙微滑。來自梅衿殘，到及臘舍芟。誇我鐵塔文，不提鱷魚窟。時平身名泰，頗類精事佛。新詩讀千遍，清氣散林樾。詩盡語還長，無端此觸撥。炎風與朝霞，各變鏡裏髮。而我日以病，才思日以竭。每念聚書螢，不如鑽果核。初心似印板，久乃重剷剾。故應點畫訛，且恐篇第闕。《春秋》譏緩葬，中夜形影屹。遑問名山藏，棄去等涕沫。玆事有天授，韓蘇今未没。淪謫雖異數，前身證短碣。矧抱山水襟，陰陽互蟠屈。寧獨吾儕推，來秀亦僉曰。又聞北堂慕，行且謀休歇。至性激衷腸，醍醐喜新潑。歸帆卷秋雨，愛日及冬月。羨煞盍朋簪，相將理蠅拂。」其寓閩中，聞杭校試，喜極寄詩云：「聞説徵車八海天，羈魂延佇驛樓前。定知史稾餘三篋，獨占湖山已二年。過嶺日低晴戴笠，下灘風駛晚行船。自慚面目同猿鶴，把袖何堪對鄭玄。」語皆真摯。

羊城衆妙堂，今改名玄妙觀，宋道士何崇道德順所作。東坡爲之記，云：「眉山道士張易簡，教小學常百人。予從之三年。謫居南海，一日夢至其處，其徒誦《老子》『玄之又玄，衆妙之門』，予曰：『妙一而已，容可衆乎？』道士笑曰：『一已陋矣，何妙之有？若審妙也，雖衆可也。』」云云，并有《衆妙堂詩》可攷。先孝廉戊午同年漆東樵璘，爲人規行矩步，時復跌宕自喜。有《衆妙堂詩》云：「崇道太師作堂榜，顔曰衆妙將安放。青牛老子著真經，萬古玄門共瞻仰。燒丹鍊石彼何爲，能日損者斯善養。損之又損抱一真，玄之又玄該萬象。堂前尺地即紫虛，何必閬風縱幽想。東坡書夢作記文，雄飛雌伏心無兩。無兩方能衆妙生，赤水求珠從象罔。」於玄教有道着處。

祁門馬秋玉《竹西亭》云：「細雨斜廊還有井，夕陽蕭寺欲無僧。」對法活甚。

錢塘陳授衣章《早春農家》云：「爲農傍東皋，知時即生理。歲酒尚有餘，獨酌茅檐底。宿雨澹杏花，微風活谿水。珍重數日閒，作勞自此始。」當與《豳風》「歲晚務閒」參看。

梁山舟侍講云：「本朝不以書名而書必傳者，陳星齋先生也。」王述庵稱其稱法《蘭亭》，意致閒遠。余所見則意態雄傑，出入蘇、米，殆不名一格者耶。七言如「技到鳴驢真可笑，心關鬬蟻動成驚」、「中春漏促眠須早，老伴情多話轉深」，詩境亦高。

順德鄭給諫際泰《望羅浮山寄塵異大師》云：「撲面風塵覿面山，洞天翹首有無間。神仙可望不可即，吾道有忙須有閒。大藥已成丹竈冷，小乘無奈石頭頑。老人端坐飛雲裏，何日尋師扣竹關。」此學宋而出以峭拔者。

庚嶺上茶亭楹帖云：「且坐坐吃杯茶忙他怎的；少停停念聲佛問你如何。」又戲臺對有云：「看戲不如聽戲好，上臺終有下臺時。」鬧熱場作冷語，頗耐尋味。

李雲屋觀察爲霖《遊滴水巖》詩云：「身在千巖萬壑中，插天碧筍玉玲瓏。瀑訇奇勢風雷雨，石迸老根松栢桐。幽竇靈泉噴乳白，烟屏蘿幛綴花紅。晚鐘懊惱催人去，特地一聲蕭寺東。」三四奇崛。《雨村詩話》載，天台放憨和尚明愚有聯云：「山静不知年月日，春回始見雨風雷。」句法同此。

錢文端公香樹有《恭和御製焦山古鼎歌用沈德潛韵》云：「歊雲吐影金氣屯，如劍出匣刀出昆。此鼎鑄成自何氏，川珍嶽貢於乾坤。夏姒九鼎已沉泗，巋然靈光斯獨存。彌勒龕畔僧塔外，屓贔静卧蚩尤蹲。夜深月黑鬼車叫，神光自奪百怪魂。苔蘚剥落土花繡，古篆猶露蝌蚪痕。苦尋點畫識五字，如金人銘古慎言。東陽侍郎老而僻，心注密義復手捫。上溯混茫測年代，如飲河水窮崑崙。東坡從政見石鼓，退之蹉跎守四門。謫仙少陵不可作，淋漓天筆書渾渾。珠璣燦爛照江水，碑版萬禩留祇園。古來嚴器有顯晦，如以晝夜分朝昏。楚羋藍縷未許問，奸相攫取以盗論。小臣才薄氣力弱，雲夢到口安能吞。鴻篇一讀一屈伏，奚啻三舍却且奔。德潛慙白臣慙元，後先賡拜颺天閽。」又《恭和御製自金山放舟至焦山用東坡韵》云：「江流赴海何耽耽，由金而焦渡已南。却從瓜步望京口，行十里者餘二三。朝來有旨速鼓檝，水聲喓似食葉蠶。吾皐攬勝便濟勝，侍臣引領徒懷慙。嶺厓遥睇欲落石，灘畔俯瞰無底潭。蝘蜓夾輔馮夷導，風日正正饒清酣。考古已辨瘞鶴迹，探幽更接山僧談。鄒枚執筆未應召，一葦危坐同僧龕。眼纈方驚萬礎奇，舌本又覺中泠甘。江山於人有定分，辭也非廉取非貪。若以辭取課殿最，廉善上注臣所堪。北歸倘隨屬車後，獨往一訪仙人庵。」二詩似鶴翥天半，翩翾自如。

《水南翰記》：國子祭酒和詩，有以「瑚弓」作「弓瑚」者。監生嘲之曰：「瑚弓難以作弓瑚，如此詩才欠致標。若是此人爲酒祭，算來端的負廷朝。」可謂雅謔。

番禺凌茂才揚藻，選《嶺海詩鈔》數十卷，復裒其自作，另爲一帙。有《家慈生日采萱獨成》云：「昔讀循陔詩，夙慕芳蘭幽。邇來植萱草，濯濯殊輕柔。好風扇青畦，新碧延四週。清晨擷黄花，烹飪佐觥籌。紅日照北堂，那須號忘憂。祝嘏斟醁醽，氣味杯中浮。誰云嘗君羹，乃足垂千秋。」

鄭板橋《和高東軒斌相公給賑山東道中喜雨五日自壽之作》云：「相公捧詔自東方，百萬陳因下太倉。天語播時民盡飫，好風吹處日俱長。村村布穀催新緑，樹樹斜陽送晚凉。多謝西南雲一片，頓教霖雨遍耕桑。」「五日生辰道上過，山根雲脚水羅羅。衝泥角黍蓑翁獻，介壽蒲樽瓦盎多。馬上旌旗迷渤海，柳邊輿蓋拂濰河。愚民攀拽無他囑，爲報君王有瑞禾。」結構甚妥。

山陰倪大宗譔，與石門馬中翰俊良友善，中翰拾其遺稿刻之。《題扇贈沈生入泮》其一《杏林春燕》：「紅芳穠拂影差池，親見雕梁學語時。好趁和風調羽翮，占春須上最高枝。」其一《乘風破浪》：

「萬斛龍驤一羽看，蓬瀛咫尺海天寬。飛行全藉長風力，寄語書生莫胆寒。」《送蔡萬資北上》云：「送人底慣是吾家，舟去登仙路不賒。舊憶説經推賈誼，更緣問字識侯芭。漸磐早卜能霄漢，歷塊從知自渥洼。鑄鼎賦成環列宿，覆盂詞好動京華。似君不讓靈和柳，誤我真成博浪沙。那分先鞭輸祖楫，祇憐枯管愧江花。遥知鸞鳳丹霄上，看掣鯤鯨碧海涯。異日曲江題字罷，肯裁雙鯉到蓬麻。」

吴冲之省欽官侍講時，難弟泉之舉鄉闈。報至，賦詩云：「十日前排送喜錢，沿江風過姓名傳。携樽客就重陽會，注矢人看壹發穿。待與校書闕乙火，忍從負米話丁年。九原消息青衫苦，且薦花糕告几筵。」「鶴沙遷播小宗單，不耐浮華却耐寒。訓守菑畬經徧授，望重科第福難完。國恩先幸兄遨舉，家運偏逢叔罷官。誰向湖湘傳慰問，慇孫才地劇登壇。」按：「望重」之「重」，上、去聲，腫、宋二韵皆收，此作平聲讀。本晉《陶侃傳》「夢見天門九重，已登八重」之義。

某尚書欲方圓其宅。鄰畏勢，立契送之，作詩於後曰：「乾坤到處是吾亭，機械從來未必真。覆雨翻雲成底事，清風明月冷看人。蘭亭禊事今非晉，桃洞花神也笑秦。園是主人人是客，問君還有幾年身。」某得詩，愧謝不敢受。此詩之能彌隙者，與唐人「脱下御衣常得着，進來龍馬每教騎」，同一作用。但彼以譎制，此以正告耳。

釋教咒偈，有押韵，有不盡押韵者，而皆有靈驗。如《往生咒》，遇射生者，隨念之，即終日不能弋一鳥，奇已。又有《洗眼偈》，每旦取净水一杯，念偈語七遍或四十九遍，用以洗眼，凡積年障翳，近患赤目，無不痊者。偈曰：「救苦觀世音，賜我大安樂。與我大方便，滅我愚癡暗。賢劫諸障礙，無明諸罪惡。出我眼室中，使我視物光。我今説洗法，懺眼釋罪狀。普放净光明，願睹微妙相。」

蘇子瞻《跋二王書》：「筆成冢，墨成池，不及羲之即獻之。筆禿千管，墨磨萬錠，不作張芝即索靖。」又書所作字後云：「獻之少時學書，逸少從後取其筆而不可，知其長大必能名世。僕以爲不然。善書不在於筆牢，浩然聽筆之所之，而不失法度，乃爲得之。然逸少所以重其不可取者，獨以其小兒子用意精至，猝然掩之，而意未始不在筆。不然，則是天下有力者莫不能書也。」

昔人云：「寸寸積陰，日以當兩；分分積陰，日以當月。」人壽百年，或成千百歲之功，或不得一二年之用，可不戒哉。陳大受有句云：「進步嘗憑寸，流陰特惜分。」

門人趙鼎元幼穎悟，有過人之資，惜其年不永。《賦寒食修禊》云：「水邊修禊自年年，况復今朝值禁烟。蠟屐招遊沽酒市，餳簫催暖賣花天。右軍《序》足誇千古，《左傳》文能慰九泉。如此風光如此景，重三百五恣流連。」

嘉慶己卯順天鄉試，鎮平詩人黄香鐵釗獲雋。至丙戌春闈，都中會同年，余與香鐵一見如平生歡。短小精悍，雄辯高談，非齷齪者流能望項背也。詩筆雄駿，五古如《自南昌抵贛州》云：「白龍破峽來，萬嶂裂瑶碧。噴薄迴蛟涎，陡健落鵬翮。贛石三百里，一一皆龍脊。來船或誤觸，掉尾付一擲。千夫争性命，百鬼懾魂魄。山雨不一旬，江漲高十尺。嶙峋刻露狀，渾化漸無迹。平時鞺鞳聲，到此亦頓息。過客耳其名，所見異夙昔。本性甘蠖屈，虚聲致鼠嚇。舟人妙風刺，龍固不可測。」七古如《天寧寺塔歌》云：「般若寺中紫光起，普六茹堅作天子。一囊舍利何方起，九州學校何時毁。幽州古塔雄岧嶤，二十七丈高復高。傳聞石函甫安置，碣石山根常動摇。開山龍象鞭神力，獅座居然莫鼇極。想當工匠執役時，邪許聲中苦長日。開皇締造幾太平，身崇儉嗇寬徭征。如何天性不悦學，獨信釋氏裁儒生。佛書讖緯增誣飾，鬼仙禽獸俱荒忽。《高僧傳》裏續奇聞，三十三枚剃刀出。塔鈴萬个摇丁當，大野風沙折白楊。迷樓螢火彌山谷，不放阿儺舍利光。」皆有真氣磅礴。

王述庵《三泖漁莊圖》，一時名士皆有題詠。錢曉徵詹事大昕云：「葑中洞上好相待，可許主客圖成雙。」又《贈述庵》云：「誰能榮世兼名世，公是仙才又佛才。」殆非虚語。

狄武襄爲宋名將，善保功名，自來詠者鮮佳作。曹孝如宗丞學閔謁公祠云：「故鄉祠貌儼來歆，青史威名世共欽。帳下孫張才孰並，朝端韓富契偏深。大勳屢向巖疆建，浮議休愁末路侵。一種深沉傳智勇，要從慎密識公心。」「慎密」二字，爲將者當知。

勸學詩，三家村塾師皆能成篇，不難於去腐，難于確有見解。馮世則先生云：「晨雞窗外一驚呼，善利關頭判兩途。克念自持狂作聖，便宜獨占蹠之徒。臨財莫取非其有，俟命惟勤不可無。補拙倍勞稽古力，硯田豈餒上農夫。」

朱子《晝寒堂詩》墨蹟拓本後書：「乾道七年，歲次辛卯，三月朔後二日，新安考亭朱熹書於晝寒方丈。」是公生前固以考亭自號矣。周櫟園先生撰《閩小記》言：「世以考亭稱朱文公，余在建陽見晦翁後人所藏家譜，知考亭是黄氏之亭，文公居近其地，世因以考亭稱之。然公在日，實無以此自稱。」云云，想家譜失載，周亦未見此刻耳。

先祖母陸太孺人，葬白雲山麓之飛鵝嶺，對下即南社坑村。先孝廉嘗廬於此，因即其地構祠。丙戌北上，見郭蘭石師，請題祠額，師曰：「可倣考亭之例，尊翁别字藴圃，即以『藴圃書室』題額可也。」遂爲横書四大字，款寫「藴圃翁讀書處。弟郭尚先」。堂聯：「萬頃福田心地廣，三生慧業性天高。愚姪鮑俊拜書。」「擅嚴管李賴之長，理學兼精數學；纂孝慈悌友以訓，承家先在齊家。鄉愚姪蔣田拜書。」

法昭禪師曰：「同氣連枝各自榮，些些言語莫傷情。一回相見一回老，能得幾時爲弟兄。」「兄弟同居忍便安，豈因毫末起争端。眼前生子又兄弟，留與兒孫作樣看。」讀之令人敦天顯之誼。

今之業堪輿者，使圖吉地，皆知作環繞形。及登山驗之，砂飛水走，何明於紙上而昧於山上耶？「蹈破鐵鞋無覓處，得來全不費工夫。」明眼人自能辨之。惟分房之説累人，兄弟争妬，淹柩不葬，大損陰功。宋壺山《贈地理師》云：「世人盡知穴在山，豈知穴在方寸間。好山好水世不欠，苟非其人世不見。我見富貴人家墳，往往葬時本貧賤。迨其富貴力可求，人事極時天理變。」又錢仁夫詩云：「尋山本不爲親謀，大半多因富貴求。肯信人間好風水，山頭不在在心頭。」

伊小尹湯安觀察，滿洲正白旗人。《初冬雨霽郊行感賦》云：「閒曹無事任遊行，且喜連朝雨乍晴。破寺經年僧亦少，江城十月草還生。驚心節候同駒隙，到眼音書滯雁程。山色六朝看未足，臨行彳亍獨含情。」押生字，氣韵遠出。

陸放翁「鶴軀苦瘦坐長飢，龜息無聲惟默數。」此養壽妙訣也。若求長生，非得真傳者不能。吾邑黄蒼厓上舍，自謂眉睫間常現白光如月，此冷仙人所傳金丹内轉第四候也。南海謝澧浦太史，自謂於丘祖《西遊記》獨具隻眼，洞悉奥旨，小還丹工夫已畢，惟大還丹尚待時日。年逾七旬，步履輕健，月夜常登粤秀山遊眺，往返十餘里不倦。竊羡澧浦師與蒼厓皆有道骨，可希仙蹤。不意辛卯春，蒼厓奄化，澧浦師亦長逝，然後悟成仙了道，必得口傳，《黄庭内景》盡屬糟粕，老子寓言，莊生善譬，執卷而求，無有是處。他如《參同契》、《悟真篇》，雖云透發，仍未顯出。交易、變易，何以歸於不易？不易之理，何以必須交易、變易？善乎吕純陽《百字碑》曰：「養氣忘言守，降心爲不爲。動静知宗祖，無事史尋誰。真常要應物，應物要不迷。不迷性自住，性住氣自回。氣回丹自結，壺中配坎離。陰陽生反覆，普化一聲雷。白雲朝頂上，甘露灑須彌。自飲長生酒，逍遥誰得知。静聽無言曲，潛通造化機。都來二十句，端的上天梯。」字字真確，但索解人難得耳。

椽坪詩話卷六

吴白華侍郎任四川學政。《詠初喜亭》云：「衆生距菩薩，返照同一身。平地距山頂，實踐同一塵。聞香覓前路，貝多霏襲人。虚亭罥樹杪，曠望無與鄰。」「潭潭濯雲霧，爛爛披星辰。峩眉月爲鏡，平羌水爲紳。見在何可喜，過去何可嗔。寄言向禽侶，且學羲皇民。」超遠曠達，自關夙慧。

吕蒙正微時，於臘月祀竈日，作《送神詞》云：「一炷清香一縷烟，竈君今日上青天。玉皇若問人間事，報道文章不值錢。」近有趙節婦祭竈，作詩云：「再拜東厨司命神，聊將清水餞行尊。年年破屋多塵土，須恕夫亡子幼人。」後子成進士，豈亦竈君直奏上帝垂憫者耶？

先外祖王公諱洽，任花縣典史三十餘年。外祖母李止生先慈一人，享壽八十餘歲。嘉慶甲戌九月八日，届先慈八袠開一之辰，維時高太守廷瑶、余司馬瀚輩，製錦稱祝。文士以詩賀者，不下百數。姚教授璋七律一首云：「秋氣澄清映遠空，天南婺彩照堂中。緣知壽母恩無極，共羨麻姑酒正濃。晝荻嘗分歐氏字，丸熊詎讓柳家風。仙城桂殿香飄日，竚看綸音錫九重。」莫教諭元伯云：「瑶池高晏集群仙，滿眼秋光點壽筵。環珮早承夫子貴，詩書長付後人賢。杯斟萸酒香初熟，盤飣花糕色更鮮。明日重陽黄菊燦，慈闈分得一枝先。」余大令丹生楷，集葩經十章，章四句，云：「温温恭人，遹駿有聲。以引以翼，福禄來成。」「黄髮兒齒，德音孔昭。令聞令望，我歌且謡。」「方叔元老，既和且平。天立厥配，如鼓瑟琴。」「夙興夜寐，宜其室家。有孝有德，無不柔嘉。」「淑慎爾止，以莫不興。載用有嗣，生甫及申。」「令德來教，如圭如璋。兄及弟矣，金玉其相。」「從以孫子，維熊維羆。克昌厥後，莫不令儀。」「俾爾戩穀，長發其祥。濟濟多士，邦家之光。」「九月肅霜，稱彼兕觥。以介眉壽，申錫無疆。」「聿懷多福，罄無不宜。時純熙矣，作爲此詩。」姚星衢刺史華佐《演聯珠》四章云：「蓋聞壼儀足式，彰淑慎於柔嘉；坤道永貞，著輝光於篤實。是以星躔寶婺，耀三秋列宿之文；菊綻金英，釀八袠延齡之酒。」「蓋聞甘苦備嘗，乃見珩璜粹品；孝慈克盡，始稱巾幗完人。是以清白傳家，藜莧皆詩書至味；天和頤養，委佗昭翟茀殊榮。」「蓋聞尚希鍾、郝，懿範如新；雅慕鮑、何，仙風可繼。是以樽開北海，近浮珠海以澄清；屏擁南山，遠映樵山而挹翠。」「蓋聞福與德齊榮，適當乎介壽；祥因麻集典，更懋於選言。是以戛雲隊裏，幸分綵服之華；愛日庭前，競獻錦筵之祝。」其餘各體皆備，美不勝紀。

蘇東坡《寶繪堂記》云：「烟雲之過眼，百鳥之感耳，爲留意於書畫者發也。」余謂觸境生悟，進道之幾，藝事云乎哉。

寇萊公《六悔銘》曰：「官行私曲失時悔，富不儉用貧時悔，少不習藝長時悔，見事不學用時悔，醉發狂言醒時悔，安不將息病時悔。」富鄭公年八十，猶書坐屏曰：「防口如瓶，防意如城。」又「群居防口，獨坐防心」二語，最爲吃緊。

廣東巡撫李恭毅公湖治茭塘賊，剗盡根株，數十年蒙其福。因其地有鼠山，每出劇賊，鑄鐵貓鎮壓之。又因夷船不遵約束，將用草排燒之，外夷慴服，閱數十年猶憚公威。卒後，粵人思念不置。番禺布衣陳振之輓云：「遺愛歌傳載道聲，清風吹遍五羊城。雷轟瘴嶺龍蛇遁，鳳噦桐岡燕雀驚。午夜星沉天柱折，一朝民淚海潮生。滔滔百尺鵝潭水，終古難埋死後名。」

雷州府治，龍脉甚佳，窩中起突凡五，陳氏宅居其一。自清端後，觀樓先生繼起，由翰林任觀察歸，著述甚富。主講粤秀書院，諸生感其教澤，奉祀先賢堂側。常東馮魚山比部，有「彰身有具麒麟楥，抵掌能談鸜鵒車」之句。「麒麟楥」見《朝野僉載》，「鸜鵒車」見《六度集經》，屬對甚工。

龍欲致雨，黑雲下垂，水兀上如冰山，奇觀也。順德黎二樵簡《南海神廟觀龍取獅子洋》云：「木棉花如赤城赤，花外玄雲鐵爲壁。中有崢嶸雪山白，内洋水立天柱直。欲作波濤無暇力，九閽虎豹萬騎隨，二儀虛空一聲靂。羲和漲馭日濡軌，雨師無權冰雹石。聖人御宇神物馴，安堵萬族噓吸勻。天池不擾北溟翼，龍氣直朝南海神。雲中猶垂尾百丈，阿那欲上不得上。忽然竟入雲切平，一雨天下三日晴。百川得之皆倍盈，乃知江海下以益。龍屈神淵蠖一尺，二物相需乃謙德。」

南海神廟正對虎門，門以外爲零丁洋，門以内爲獅子洋。東流水西自苗洞三千里，北自庾嶺一千里，會於珠江，同入於獅子洋。西流水自河源龍川，經惠州全郡，凡八百餘里之水，亦匯於獅子洋。海潮出入，有呼吸百川、囊括四海之概。廟在獅山麓，相傳賴布衣至此，惜獅子無毬則不靈，夜登山右浴日亭，見四更日出如毬，乃瞿然曰：「借日爲毬，萬世香火廟也，非南海神不足當之。」余有謁廟詩云：「逍遥乎扶胥，幾不知天之函海海函天。大江東去無日夜，黄河西來自星宿，到此難與比量而争權。神君視赤廣，利膺王爵，試上龍堂貝闕。門者庭者跂者立者，翼翼侍衛如生然。荔枝黄木灣枕其側，焦崖二虎門排其前。孰朝宗是述職是，褒封崇祀開必先。惟唐天寶十載莫春月，李邕作記煩注箋。韓文之碑千古不磨滅，刺史陳諫重書鐫。至今苔蘚剥落土花繡，手捫口讀疑有怪氣凌轢挾飛仙。飛仙之筆擅揚厲，奚啻南嶽朱鳥祀孔虔。鄉人告語東廊銅鼓非祭不敢擊，緑作鷓鴣斑文纖麗絡索堆連錢。或云獅子洋中吼夜月，或云獅子嶺頭戲初日，琳宫矗壓高崖邊。噫吁嚱，幾不知天之函海海函天！兩水滙注波羅出，西流八百東三千。東溯河源西黔桂，一廟呼吸迴長川。乃知五嶺磅礴盡旋繞，水歸其壑占蒙泉。始分終合脈絡貫，益信振而不洩地底堅。尾閭沙綫渺何許，東西北海咸準焉。神之怒兮波嘯沸，神之喜兮波淪漣。每歲二月十三日，奉觴士女都且妍。春秋二祭有常典，薦以黄蕉丹荔烹羊炰豕，祇肅跪叩官承宣。錢塘來享鄱陽覲，又若洞庭柳毅相盤旋。豈伊未畢向平累，異事何復稗史傳。《太平廣記》載：張無頗爲神贅壻，後仙去。妖氛銷盡毒霧滅，紫瀾萬疊延清暄。黛螺貝錦炫雙目，蠻烟蛋雨酣平田。亭開浴日恣遊眺，五更日出痕如絃。由青而紅遞變易，震離之象誰釋詮。神非南方赤帝赤熛怒，冕旒端拱奚握金鏡圓。海市嘈嘈暘谷外，天鷄喔喔扶桑巔。噫吁嚱，幾不知天之函海海函天。小儒瞻謁氣益旺，三復沐日浴月生寶篇。」

程春海恩澤祭酒，幼夢遊海珠，其太夫人喜曰：「汝將來必持是邦文柄矣。」道光壬辰，果典粵試，稱得人。榜後，一時名士皆樂從遊讌。段紉秋構雲泉山館，先生遊之，賦七古一首。紉秋賦答云：「文昌珠氣貫南極，拱北樓前光彩徹。觥觥祭酒繼漁洋，王漁洋尚書典粵東試，歷官祭酒。銜命星馳操玉尺。扶桑日出天鷄鳴，丙夜搜羅未休歇。山川有竅辰有躔，《禮經》題「竅於山川」，策問天文。再試三試研經策。披榛采得喜無遺，七十英才齊破壁。鯫生見黜門未登，山館慰藉得良覿。入座春風盎盎和，忘却秋高退飛鷁。説經紛綸《詩》解頤，古學不墜詔探賾。聽泉賞竹重流連，蕭閒不管金烏昃。相期秉節再來遊，風度廣陵原一脈。阮芸臺宮保有詩，刻牓山館。前有紅豆後覃溪，督學此邦賴扶翼。大儒所至文教昌，今日珊瑚網盡赤。復以餘事振詩壇，高會名流欣拂拭。瑶琴響遏玉山雲，吉夢真符珠海月。就中尤愛在山清，紫茸蒲抽藻思發。鴻篇寫出换鵝書，瘦硬不數簪花格。盥薇展誦和韵難，韓蘇石鼓步則蹶。瓣香經師兼人師，立雪門牆猶冀或。」

嘉慶初年，粤東洋面多盜。如張保仔、鄭一嫂等，皆擁數百艘，往來碙碣。焦厓百菊溪宮保總制兩廣，設策安撫。籌畫初定，浮議四起，至有賊以三十萬金行間之語。公以静鎮之，蕩平全洋，詩以紀事，劉樸石太史和韵有「化成溪不仍名惡，心潔泉寧畏飲貪」之句。

《東籬詩鈔》，嘉興貢生陶璉作也。《弋陽道中次滄思韵》云：「一灣一灣復一灣，一灘一灘復一灘。灘高灣曲舟行緩，看盡春江多少山。」又七言「把酒但將杯送老，工書苦被墨磨人」、「掃花徑待琴僧過，種柳門容釣伴敲」，亦戛戛生新。

秀水盛百二，號柚堂。《望君山》七律：「雲夢何曾足芥胸，真令汗漫笑吴儂。不辭楚塞三千里，來看君山十二峰。馥郁微聞動蘭芷，徘徊空憶採芙蓉。長風忽引孤帆轉，興入蒼梧翠萬重。」顧視清高，不愧名下士。

寧洱知縣蕭曙堂霖《晚上安南關》云：「沐滂鋪畔草萋萋，極目雄關萬丈梯。兩郡咽喉歸控制，關爲大理、楚雄交界處。一天星斗接攀躋。晚風淅瀝羊裘薄，初月昏黄鳥道迷。陟盡坡陀尋夜宿，僕夫沉倦馬頻嘶。」行間有蒼老氣。

皈依阮亭、攻擊阮亭者，各有所偏。彭文勤跋阮亭《古詩選》云：「阮亭有禪機而無道力，其説詩處，多露才揚己之談，固宜來談龍之譏也。惟此選能獨出手眼，足爲學者端其塗徑。七言至金、元，全取題畫詩，亦是一病。」斯言最爲平允。

彭芸楣尚書跋《古今歲時雜詠》云：「全書四十六卷，其分目以時節。末四卷以十二月，每門前古詩宋綬所編次，今詩蒲積中所補。古今以時代，非以詩體。視近世《月令廣義輯要》、《日涉編》、《歲時類傳》諸書，較爲大雅。」

元人《六十種曲》久已鋟板行世。彭芸楣尚書《知聖道齋讀書跋尾》有「宋未刻詞一則」云：「於謙牧堂藏書中，得宋元人詞二十二帙，題曰『汲古閣未刻詞』，行款字數與已刻《六十家詞》同。每帙鈐『毛子晉』諸印，皆精好。余舊藏李西涯輯南詞一部，又宋元人小詞一部，合此二書，於六十家外，又可得六十二種。安得好事者續刻爲後集。」觀此知公藏書之富矣。

順治庚寅冬，耿精忠、尚可喜二王平廣州，屠城七日。居民有避入六脈渠者，復值大雨，淹斃。殆明末廣州奢侈已極，故降之罰，無所逃歟。止有七人，躲入大南門甕城關帝廟神像腹中，得免誅戮。今清海樓前街，有曾宗周硃墨店，其一人之裔也。是時，城内外三十里，所有廬舍墳墓，悉令官軍築廐養馬。梁藥亭作《養馬行》云：「賢王愛馬如愛人，人與馬並分王仁。王樂養馬忘苦辛，供給王馬王之民。馬日齕水草百斤，大麥小麥十斗勻。小豆大豆驛遞頻，馬夜齕豆仍數巡。馬肥王喜王不嗔，馬瘠王怒王撲人。東山教場地廣闊，築廐養馬凡千群。北城馬廐先鬼墳，馬廐養馬王官軍。城南馬廐近大海，馬愛飲水海水清。西關馬廐在城下，城下放馬馬散行。城下空地多草生，馬頭食草馬尾横。王諭養馬要得馬性情，馬來自邊塞馬不輕，人有齒馬服以上刑。白馬王絡以珠勒，黑馬王絡以紫纓。紫騮馬以桃花名。斑馬綴玉纓，紅馬綴金鈴。王日數馬點馬丁，一馬不見，王心不寧。百姓乞爲王馬王不應。」此詩沈文慤選入《别裁》，謂爲獨開生面之作。

遼陽戴遂堂亨，官齊河知縣。《宿來青軒》云：「月色緣階上，泉聲到枕邊。」《山行》云：「墟里澹斜照，烟蘿生暮陰。」第三字俱活。

吴縣諸生盛庭堅錦，著《青嶁詩鈔》。《蜀道寫懷》云：「辭家動作經年别，去國真成萬里遊。淚眼已枯猿嘯夜，鄉書空望雁來秋。蠶叢路險連雲棧，鹿角灘驚上峽舟。心折江陵灌園叟，黄柑千樹比封侯。」結語沉摯，出以輕快。旅客當轉念時，輒有此想，非親嘗不知也。《白帝城謁昭烈武侯廟》云：「天祖式憑傳詔夜，風雲變色出師秋。」《謁杜文貞南池新祠》云：「遇主名高《三禮賦》，懷人心折《八哀詩》。」《白蓮》云：「半江殘月欲無影，一片冷雲何處香。」雄健俊逸，各見其妙。《别兄弟》云：「未斟别酒已傷神，四海終輸同氣親。此去白雲天萬里，望歸無復倚閭人。」《别家人》云：「伏雌烹罷勸加餐，秉燭喃喃語夜闌。檢點篋中裘葛具，預知别後寄衣難。」又何其真也。

袁子才宰江南時，有訟婦七月生子者。太夫人呼進後堂，衣其子以錦繡，曰：「吾子即七月生者，將來功名未可量也。」得一言息訟。至罷官日，生子之婦已孀居，富於財，因感子才德，以隋園爲贈。享數十年清福，皆一念陰德基之也。況七月生子，原有之事。按《吾學編》，宋潛溪學士以七月生，黄岡陶廉訪珪亦然，生時顱骨尚未合。又李侍御某娶婦，七月生子，怒而出之。後再適，亦七月而生子，侍御大以爲悔。李文正云：「此是女子血氣有餘之故，往往以此蒙垢，不能自明。」前明邵武劉維正女嫁龔默，七月生子，默父應祥以爲先孕，出其婦。李賓卿守邵武，心疑之，偶讀《石室秘藏》，載有七月生子事，出以示人，於是群疑釋然，女冤乃白。折獄者，所以貴博證也。

曲江曾屏兼翰，余門生也。負雋才，髫年能書擘窠大字，尤工繪事。嘗畫山水册頁，諸名士各有題詠。潘伯臨户部正亨云：「宿靄晴光兩逗遛，飛泉流出白雲秋。何妨山斷雲連處，添我看雲在上頭。」張南山别駕維屏云：「短竿長綫足生涯，肥鱖香秔向客誇。涼雨半篷霜一被，夢魂長在白鷗家。」皆得畫意。

詩貴有言外無窮之感，如《二南》、《國風》，不讀《詩序》，焉知其妙。

余同懷兄益之先生素講詩律。舟至英德，暑甚，走筆賦云：「十日不雨江沙出，草木氣蓊銀龍鬱。甘爲蠖屈不飛騰，瀌瀌淺流洗鱗脊。縴夫牽纜登高巖，赤日行空驕復憨。南薰不到峽山窄，千檣禿盡無片帆。計程半月可踰嶺，今望韶關猶引領。我欲淩虚上九霄，雨師風伯齊招邀。四山雲氣大爲吐，深林密箐響蕭騷。阿香掣電來助勢，旱魃顧之紛竄逃。甘霖一沛水十尺，滌盡炎歊千嶂碧。推篷鼓枻放中流，欸乃一聲涼翠入。」

「東家吃飯西家宿。」「腰纏十萬貫，騎鶴上揚州。」均屬異想天開。湯雨生都閫貽汾，善畫梅，自題其詩稿曰「畫梅樓草」。李瑶山詹事畫竹送之，云：「旄旗西指劍光寒，別酒淋漓寫數竿。相憶受降城外月，秋風南雁報平安。」「枯腸得酒芒角出，下筆槎枒可似不。看取一枝斜更好，墨痕添上畫梅樓。」

李瑶山詹事跌宕自喜，嘗對酒云：「對酒持螯擘荔枝，月圓風定藕花池。銀箏緩度珠孃曲，黄絹新裁幼婦詞。壓夢癡雲凝雨黑，似人嬌柳弄烟欹。十千一斗無須惜，惜少年時有幾時。」

廖崑湖文英「花飛知浪暖，雨足覺春深。」王邦畿説作「雲低滄海水，潮上夕陽城。」語皆微至。

東莞張穆之善畫馬，因多畜名馬，以熟習其飲食喜怒之情，而審其筋骨所在，然後下筆。嘗謂馬腹前有兩蘭筋，嘗微動者則良。蹄後有竈，謂之寸金。奔馳時，後蹄能擊到寸金，謂之跨竈。高一寸者爲駿，低者次之。又言駿馬馳驟，僅蹄尖寸許至地。著《鐵橋山人稿》，有「漸老消妄緣，樂貧厲微節」之句。

番禺方九谷殿元，康熙甲辰進士，任剡城知縣，引疾去官，僑寓蘇州。時吴風競尚蘇、黄，九谷獨操唐音。沈歸愚謂其高華伉爽，依傍一空。著《九谷詩文集》。《離閨怨》云：「梅花對妾落，已自難爲情。何况玉關客，空聞笛裏聲。」又《晚登采石磯》句云：「天門新月三秋到，江介雄風萬里來。」《宫中行樂曲》云：「銀燭影前人似玉，碧梧枝上月如鈎。」均新穎。

湖南有釗姓，釗音丑，云自江南遷至。登賢書者二人，亦可謂「榜花一到滿城紅」矣。

辛卯秋，偕余芰薌，藕舲昆季遊楚。藕舲賦《登岳》詩二首：「水净沙明露潔時，中原回眺雁來遲。湖雲半罨蒸全楚，湘瑟雙清奏九疑。朱鳥配欽離位正，青蛇飛盼古仙奇。自注：吕祖有「袖裏青蛇胆氣粗，朗吟飛過洞庭湖」之句。俊遊五岳纔登一，開拓心胸不自持。」「遥循嶽麓上衡陽，身跨茅龍縱目望。江漢合流通渤澥，乾坤清氣塞瀟湘。湖光偏向南頭白，山色全開北面蒼。一路松濤答梵唱，青詞聽徹韵彌長。」上嶽燒香者，多三步一拜，兩句青詞，一唱佛號。

溯樂昌河而上，向稱九瀧十八灘。其實瀧有九，灘則逐節皆是，不止十八矣。從平石到韓瀧三十里，自韓瀧至樂昌一百六十里。曉發宜章，午至平石換船。翼辰上韓文公廟進香，隨即下瀧，計六十里，九瀧歷盡。又百里，到樂昌縣晚泊。余芰薌賦五律一首云：「徹夜瀨喧鳴，如斯天籟聲。一川流不息，萬物静爲榮。瀧直雲揉曲，峰尖月碾平。來朝越鄉國，倚枕不勝情。」

番禺何喦村教授紘《滕王閣》云：「閣涵山色冷秋光，獨倚層欄對夕陽。湖接九江浮日月，地連三楚控衡湘。文章有啖天難秘，絲管多情晝易長。今日太平重遊晏，更誰詞賦續三王。」此詩沈文慤已選入《别裁》，聞其尚存，復删去。雄健之作，固不可泯。

順德龍遯庵進士應時，宫贊沃堂師考，今宫贊莘田先生祖也。詩筆潤麗，著《天章閣詩鈔》。《新梧》云：「春半枝頭緑葉添，濃雲送雨灑簾纖。戎葵漸放荼蘼老，一院清陰上翠簾。」

三水王文錦《詠落葉》句：「飄墮亂於春後絮，愛憐情過雨中花。」

太倉王廷和觀察鳳儀，爲孝言中丞之孫，畫能傳其家學。嘗作《鐵畫歌并序》云：「蕪湖鐵工湯鵬能鍛鐵作畫。凡花卉草蟲，山水屏嶂，無不精妙。其山水巨幅，必曠年乃成，世不多見，見者皆尺幅小景耳。好事者爭購之，範以木，懸諸壁間。或合四面以成一燈，亦名鐵燈。每幅輒值數金，且不易得。湯既歿，他工效爲之，終不能逮。蓋錘鑪之巧，前後所無也。同年山舟梁編修作詩見示，賦此爲和：『良工使鐵如使筆，萬象紛紛躍冶出。鼂睛夜照昆吾寒，碎剪元金若無質。隔墻鼓韛疑有神，洪鑪百轉燒酣春。春枝婀娜春蟲撲，没骨新翻鏤銀簇。或爲巨嶂窮刻鏤，十日一石猶嫌促。界闌銜壁懸玲瓏，清光飛射秋屏空。蓮臺四照九微轉，蘭膏掩映星星紅。雲烟過眼千金换，那及青瓜鍊烏炭。巧匠爭傳丁緩名，寫生欲學嵇康鍛。梅根舊冶尚輝輝，不比當時老畫師。若教妙畫通靈去，雷雨應隨龍劍飛。』」

《巫山神女詞》詩，沈佺期云：「巫山高不極，合沓狀新奇。闇谷疑風雨，幽厓若鬼神。月明三峽曙，潮滿九江春。爲問陽臺客，應知入夢人。」王無競云：「神女向高唐，巫山下夕陽。徘徊作行雨，婉孌逐荆王。電影江前落，雷聲峽外長。霽雲無處所，臺館曉蒼蒼。」皇甫冉云：「巫峽見巴東，迢迢出半空。雲藏神女館，雨到楚王宫。朝暮泉聲落，寒暄樹色同。清猿不可聽，偏在九秋中。」李端云：「巫山十二重，皆在碧巖中。迴合雲藏日，霏微雨帶風。猿聲寒度水，樹色暮連空。悲向高唐去，千秋見楚宫。」白香山過之，但吟四詩而去，與太白不賦黄鶴樓，同一本領。

許觀察青士先生，於嘉慶戊寅掌教粤秀書院，造就人才，文風丕振。至道光壬辰，以肇羅道提調秋闈，登明遠樓賦詩云：「尉陀城古鬱崔巍，縱目層樓亦快哉。東壁文光通瑣院，南溟佳氣貫蓬萊。

誰爲五色江淹筆，此亦千金郭隗臺。好語白袍如鵠士，九重今日正需才。」「雲開雁路碧天長，突兀樓高坐晚凉。滄海迴潮秋得勢，羅浮曉日夜生光。自注：場中以「羅浮見日鷄一鳴」蘇詩命題。當年易爐三條燭，此境真如百戰場。文陣有靈蠻觸靖，從教苔繡緑沈槍。自注：連州猺匪將及投誠。」

惠州王紫詮太守，築羅浮子曰亭成，梁藥亭作歌云：「登山不到羅浮巔，舉足萬里真徒然。瑶房璇室七十二，群真笙鶴長喧闐。况支蓬萊一左股，金陵地肺遥相連。風雲雷雨出其下，上界漭沆涵澄鮮。夜來星宿照分野，有若榆樹垂金錢。齊州九點盡可數，中原一縷摇輕烟。就中飛雲更奇絶，天門詄蕩雲聯綿。銀河屈注倒在背，帝座豁落平當前。神霄斧鑿施不下，鳥道豈有藤蘿牽。何人築亭在其上，循州太守今豪賢。爲亭命名曰子日，意象直探鴻濛先。世間萬事起根本，黄鐘子氣無不全。静爲動本太極理，循環迭運非言詮。陰陽旋轉推晝夜，陽明玉燭光回天。紫微垣中日杲杲，太陰螮蝀安能纏。此山三更坐見日，高與泰岱齊比肩。天雞大叫海水動，海中湧出金盤圓。羲和整轡升若木，神人枉用迴秦鞭。太守名亭復爲記，二樓伐石爲碑鐫。大書年月人某某，千秋萬世名山傳。附書仙人海瓊子，倡和共掣雲霞箋。平生濟勝仗筋力，匡廬白岳隨攀緣。羅浮家山望咫尺，反似往昔遊幽燕。山靈待我謝招手，不久黄鵠來高騫。洞門借騎胡蝶入，峰頂或就桂父眠。煩君劚取龍葱七尺遺贈我，相酬先寄飛龍篇。」中段就亭名發出至理，尤擅勝場。五言如《京口》：「地形山勢截，天塹海門深。」《輓王説作》：「地闢詞人塚，天沉處士星。」七言如《雒陽》：「中嶽氣生朝日濕，黄河聲應夜鐘深。」《秋懷》：「斑竹至今悲二女，蒼梧終古葬重華。」《上徐健庵》：「忍使故人雞鹿塞，尚同寒雀紇干山。」《次嚴耦漁南歸述懷》：「山從泰岱千盤下，水抱黄河一線回。」皆奇勁蒼鬱，合北地、信陽爲一手。

盧抱孫運使見曾，因曾任四川洪雅令，遂别號雅雨。休致歸里，《留别揚州》云：「力憊宣勤敢自憐，薄才久任受恩偏。齒加孫冕餘三歲，歸後歐公又九年。犬馬有情仍戀主，參苓無效也憑天。養疴得請懸車日，五福誰云尚未全。」「平山回望便關愁，標勝家家醉墨留。十里林亭通畫舫，一年簫鼓到深秋。每看絳雪迎朱旆，轉似青山戀白頭。爲報先疇墓田在，人生未合死揚州。」情深文明，不寄其鄉漁洋籬下。

蘇東坡《北臺》詩用「尖」、「叉」二字爲韵，初作、和作皆韵險用易，論者咸詫縛虎手。荆公和韵至六次，而胡澹庵、趙章泉、晁公擇皆有和作，較原作總遜其神韵天然。近青浦周條梅先生鼎用「尖」、「叉」韵，觸手生春，凡一百二叠，彙爲《駐雲山館詩草》。陳存之謂「尖則與物多忤，叉則於事多岐。東坡唱之，而毁多於譽。條梅嗣之，則工而益窮。」非無所見也。余特愛其五十一叠韵，《廣州歸德門外閲倭子》云：「外夷鐘表準繩纖，度合天儀支理嚴。航海梯山多貨殖，珊晶珠貝少茶鹽。白褌似袋聯鞋底，皂帽如筒覆額簷。生長鬼方能技巧，一雙碧眼射光尖。」「澳門口上噪如鴉，雅片可裝百輛車。載得番錢通國寶，攜來倭婦賽唐花。高艄海舶盈千尺，環洞洋樓有數家。疾走十三行裏去，看他直腿似拋叉。」狀怪語奇，恰與韵稱。題詞即用「尖」、「叉」韵者，亦不下十家，而條梅之女映霞、鳳山則尤勝。云：「窗明晝静繡絲纖，餘課椿庭詩法嚴。傾慕蘇孃能製錦，遐思謝女勝吟鹽。每依講席春風座，常侍宵鐙霜雪簷。命和《北臺》愁未穩，毫尖遠不及鍼尖。」「微吟七字墨堆鴉，那得清華賦雪車。

弟有英姿期起鳳，兒無格力學簪花。聲同島佛希高品，才似坡仙真作家。自愧喁喁不成語，何能輕易鬭詩叉。」閨秀押險韵，於此僅見。

長白聯玉農秋曹璧，粤東藩憲常西林先生長君也。偕其弟聯綬、聯恩，從先孝廉學，與余相得甚歡。後常公内調，玉農援例入秋曹，不相問幾三十年矣。偶閲海昌查子珍冬榮《炊經酌史詩藁》，有《題玉農冰雪回春圖并序》云：「玉農姬曹氏，號梅卿，無所歸，育於秋曹家，遂有三生之訂。後以事阻不克，諧姬人茹苦飲冰，矢志相待，隔十四年，堅不他適。玉農聞而感之，因畫《冰雪回春圖》，而迎歸焉。」「一番冰雪一番春，離合悲歡有夙因。畢竟幾生修得到，梅花例合嫁詩人。」「綺窗日暖薄寒餘，美眷相携玉不如。花影珊珊人影瘦，萬株香雪護幽居。」「往事追思感萬端，暗香疎影曲闌干。今朝喜得珠還浦，説着離愁也共酸。」「有分鴛鴦共白頭，雙棲花下慣風流。蘆簾紙閣春如海，不夢青溪夢玉樓。」「種得情根本夙緣，關心明鏡缺重圓。花芳月滿千金夜，忍説飄零十四年。」「畫眉粧閣共徘徊，唱和篇工比《玉臺》。從此花應開笑口，粉垣春色近蓬萊。」

鴉片烟起於外夷，有五色。鴉血可爲酖，其糞最毒，夷人於鴉巢下挖其土爆乾，因名鴉片泥。迨後以罌粟花代之，而其名不改。罌粟花，外夷呼阿芙蓉。嘉應李茂才秋田有《阿芙蓉歌》云：「熏天毒霧白晝黑，鵠面鳩形奔絡繹。長生無術乞神仙，速死有方求鬼國。鬼國淫凶鬼技多，海程萬里難窮測。忽聞鬼艦到羊城，道有金丹堪服食。此丹别號阿芙蓉，能起精神痿憊夕。黑甜鄉遠睡魔降，晝夜狂嬉無不得。百粤愚氓好肆淫，黄金白鏹争交易。勢豪横據十三行，法網森森佯未識。荼毒先深五嶺人，遍傳亦不分疆域。樓閣沉沉日暮寒，牙牀錦幔龍鬚席。一燈中置透微光，二客同來稱莫逆。手執筠筒尺五長，燈前自借吹嘘力。口中忽忽吐青烟，各有清風通兩腋。今夕分携明夕來，今年未甚明年逼。裙屐翩翩王謝郎，輕肥轉眼成寒瘠。樓閣還如蜃氣銷，烏衣巷口斜陽白。屠沽博得千金貲，邇來亦有餐霞癖。漸傳穢德到書窗，更送腥風入巾幗。名士吟餘烏帽欹，美人繡倦金釵側。伏枕纔將仙氣吹，一時神爽登仙籍。神仙杳杳隔仙山，鬼影幢幢來破宅。故鬼常携新鬼行，後車不監前車迹。」秋田非過來人，何以道得如許透徹。

「願鵝生四脚，鼈着兩裙」，非智慧人不能作此語。

東坡云：「避謗詩尋醫，畏病酒入務。」「入務」者，絶酒不飲也。

如來出世，坐菩提樹，建大法幢，撾大法鼓，吹大法螺，演大法音。爲一切衆生，隨其根器利鈍，廣說、喻說、直說、豎說，成大藏法寶三乘十二分教五千四十八卷。直至末後一句，不過曰：「我住世四十九年，未曾説着一字。」以余觀之，何一非一，但不明一其一，遂覺百千萬億，總無是處。惟知仙佛同源，乃悟性命各正，紅蓮白藕，青荷一貫，如來猶病。

長洲沈歸愚尚書，年逾六十始登第，洊列卿貳，予告旋里，壽至九十八歲，終邀易名之典，可謂詩人有福命者。今觀《嘯竹軒全集》，昌明博大，字字和平。雖故作險語，仍復坦易。如《過牐》云：「截流利轉漕，險要閉版牐。奔流下丈餘，玉虹下石硤。驚霆擺礧硠，鐘懸響鞺鞳。未到耳先震，乍睹氣已讋。客舟排檣竿，喧豗亂鵝鴨。懦者櫂欲弭，勇者浪堪踏。長年理戙篙，鳴金衆夫集。退行索齊挽，逆上舡疑立。忘身與水鬬，性命輕於葉。人定終有濟，忽奪兩厓入。中流自在行，安危判一睫。出險更思險，心定膽轉怯。猛省戒垂堂，未敢輕利涉。前途浩茫茫，願言慎舟楫。」

南海梁石雲孝廉端正，《古別離》云：「空房淚如雨，終宵滴到明。安得淚成雨，爲君枕上聲。君不念妾淚，得不爲雨驚。雨滴有時盡，淚流無少停。哀哉千里目，詎可爲雲行。縱使化成雨，君應作雨聽。」一轉一意，結更悠然。七言「憂深珠桂衣頻典，冷入琴樽鶴不肥」，酷似賈閬仙。

陳古邨份，順德舉人。五言「細雨空江路，微雲遠樹村」，「溪深魚孕子，天暖鳥將雛」，得體物自然之趣。

嵇叔夜《養生論》：「從衰得白，從白得老。」鬚髮之白，固由氣血衰邁，亦有因血熱驟白者。彭文勤公年甫五十，鬚髮全白，壽躋耄耋，神明不衰，是其驗已。杜牧「公道世間惟白髮，貴人頭上不曾饒」，言之痛快。余年甫四十，鬚已變白。《勺芳園即事》有「九轉鑪青仙未學，一莖髭白婦先知」之句，蓋紀實也。

王逢原《晝睡》云：「蚊蟲交紛始誰造，一一口吻如針錐。噆人肌膚得腹飽，不解默去猶鳴飛。雖然今尚爾無奈，當有獵獵秋風時。」蚊之苦人，如宵小伺隙，雖用碧紗厨幃，不能免也。余亦有詠云：「明月上高堂，一綫侵簾額。殷殷起蚊雷，噆血妬清夕。結響鳴户庭，過伍於衽席。蝨處尚易搜，蚤跳猶堪釋。惟此驅復來，一似審所擇。睫朗詡巢螟，喙長類奮戟。一發不中時，妙手空自摑。因憶高郵祠，露筋光史冊。俗學競新奇，考據侈精核。或云鹿筋梁，或云路金驛。疑義紛前陳，闡幽忘在昔。

浩然發長嘆，後患恣辛螯。」

「竿頭已到應難久，局勢雖遲未必輸。」老大無成者，每藉以自文。究之醞釀不深，卒與草木同腐耳。「何不策高足，先登要路津。」爲少年人勉勵，慎毋以躁進二字，阻其鋭氣。但「青雲上了無多路，却要徐驅穩着鞭」，則白傅婆心，所宜諷誦。

余蕙纕少尉棻，少隨尊人椒園先生宦粤，因從余遊。風流自喜，其追和趙石鱗尚書《戒淫律》二十首，則老宿不能道，兹録其警句，以見一斑。《戒身染》云：「布入靛缸難返白，鹽拋金井便沉淪。」《婺婦》云：「若教一瞬非貞耳，便到重泉亦赧然。」《處女》云：「純束縱能欺死鹿，冀元難禁唱雄雞。」《女師》云：「削髮已嗟雲鬢杳，服緇何苦麝香温。」《情外》云：「花唱後庭休艷羡，田耕磽石枉耘耔。」《僕婦》云：「眷屬倘令儕肅肅，子孫定必混振振。」《使女》云：「養到瓜期纔及破，忍將情竇惹初開。」《青樓》云：「回面避之原太甚，聞聲足矣漫端相。」《納寵》云：「青春辜負花含怨，白髮新添鏡惹羞。」《目挑》云：「旁觀已觸鬼神怒，轉瞬空勞想像牽。」《口過》云：「便是真情親目睹，無非淫狀自供辭。」《心憶》云：「要知夢幻渾成昨，莫把風流錯到今。」《房室》云：「家釀豈能真不醉，新婚尤戒樂無窮。」《寫艷》云：「鏡殿曲傳污槧墨，春宫圖寫費丹青。」《防微》云：「點火延燒傾大厦，涓流不塞繞春城。」《遠害》云：「知情縱使貪資助，被害誰爲細按論。」《保玉》云：「養到玉毫生月窟，忍將金液付雲鬟。」《自新》云：「放下屠刀立成佛，悟來頑石亦成仙。」以温、李句，寫程、朱理，不愧翩翩之稱。

慶樹齋相國《題張仙槎泛槎圖》：「六朝名勝地，仙客擅風流。帆檣飛千里，輪蹄歷九州。山川供嘯傲，花月泛春秋。重覩江南景，秦淮憶舊游。」英煦齋大參云：「偶將遊跡寫生綃，壯志能傳畫筆超。歷鹿關山馳短轂，伊鵶水驛蕩輕橈。烟雲縹渺來千里，金粉蒼涼認六朝。正是秋中好風景，乘槎去問廣陵潮。」二詩皆清麗，無烟火氣。

橡坪詩話卷七

《茶餘客話》：「東莞尹之逵，順治丁酉舉人。至康熙丁酉科，以巡撫會先後同年，重赴鹿鳴筵晏。主司嚴思位贈詩云：『六十年前攀桂客，天留碩果到今時。已從石室傳丹訣，復與瓊筵泛玉卮。金粟山頭清白吏，珊瑚淵畔去來辭。非潛非見窮經術，百歲常爲後輩師。』」康熙庚午，上海人陸秉紹中副榜，有《和黄宫詹會先後同年》詩云：「車騎聯翩赴綺筵，鹿鳴歌後謁高年。却從蕊榜題名外，添得三朝一地仙。週甲科名曾有幾，鄉邦舊事却重新。東山久繫蒼生望，六十年前榜上人。」至乾隆庚午，黄崑圃侍郎即宫詹，又與趙雲松會先後同年。雲松至嘉慶庚午，又重赴鹿鳴，會先後同年，聯綿不已，亦奇。

乾隆丙午春，彭文勤公時爲禮部尚書，製寧壽宫、皇極殿燈聯十六副。左八聯南前云：「南斗炳珠弧，六旬御寓，萬禩頤和，堯封祝曰聖人壽；前星臨黼扆，九陛崇基，三元肇祚，周雅歌之君子寧。」北後云：「北極共皆朝，子帝爲帝，曾孫有孫，五福堂前歡舞綵；後天錫難老，長春如春，元夜不夜，九華燈下壽稱觥。」東左云：「東作穡關心，雪融隴麥，燭照田蠶，課雨占晴尚初志；左旋杓向角，節宴堯漿，燈詞舜軫，撫時行度有前規。」西右云：「西域被流沙，年班藩部，歲報屯田，照世杯圓里二萬；右垣通閣道，出震迪光，乘乾垂裕，和時燭朗界三千。」東南云：「東國舊戎衣，歙《豳》有籥，作岐有鼙，小物克勤詠糠燭；南邦昔車斗，恬海如鱗，翕河如鏡，民風可觀戒燈船。」西南云：「西園翰墨林，四庫積玉，七閣抽琅，太乙藜光燈以右；南宮禮樂地，兩舉制科，六開恩榜，文昌珠彩月同圓。」東北云：「東揖木公朝，十年慶典，千叟恩榮，洛社畫圖鳩杖集；北迎元日詔，五代齒繁，百家算倍，康衢燈火篠驂遊。」西北云：「西定噶喇衣，恭者我僕，偕者我俘，鑾目更番入春宴；北踰額濟勒，威曰歸降，德曰歸順，鴻臣來賀仰東朝。」右八聯南前云：「南面久仔肩，求衣問夜，秉燭待章，福用敷之次五極；前盟果如意，鳥篆鐫瓊，鴻文刻玉，古維稀矣四三皇。」北後云：「北戒拱論都，河得真源，淮得真源，九如咸頌川方至；後車勤覲嶽，岱猶望幸，嵩猶望幸，萬壽宜歌山有臺。」東左云：「東廂啓儒席，論敷奥旨，雅肆古歌，詩誦壽萬千無量；左海侑賓筵，句補吹笙，鄉觀飲酒，禮成月三五而盈。」西右云：「西叙溯成功，振以特磬，聲以鎛鐘，節序新詞卑火樹；右文卣鳴盛，《風》有干城，《雅》有髦士，科名舊事壓燈毬。」東南云：「東震旦最尊，樓湧萬佛，經譯三乘，歡喜園中法輪轉；南瞻部妙勝，印寫秘文，塔飄古帛，光明天上慧燈懸。」西南云：「西社賽春燈，市流帑鏹，酺溢倉糧，六十年逢年布惠；南榮曝朝日，户弛繆租，漕除玉粒，二千萬纍萬全蠲。」東北云：「東陸鳥司開，辛祈紺殿，亥耤黛轅，顒若躬親奕葉守；北辰象布令，秋獮上蘭，冬嬉太液，昭哉心法髦期勤。」西北云：「西來福德智，高六帝帝，享萬年年，典盛禮隆臚舊政；北向子臣民，受至尊尊，爲衆父父，天符人瑞遂初心。」上大嘉獎，恩賜黑狐端罩，文字之榮，曠古無比。

丹徒王探花文治，字與山舟齊名，詩與袁、蔣、趙並駕。余尤愛其五律《城南晚步》云：「最愛城南路，無人自往還。孤舟殘雪岸，獨樹夕陽山。黄竹圍池館，紅橋卧水關。戴公招隱處，幽絶未能攀。」《八公洞納凉》云：「白雲生古洞，赤日隔林丘。松籟千山雨，泉聲一壑秋。茗香閒自酌，花落坐還流。他日誅茅處，支公爲我留。」《舟夜》云：「旅客三更夜，空江萬里天。水涵星不動，帆正月同懸。遠樹攢春薺，平蕪入曉烟。近鄉無限意，倚棹未能眠。」平淡無奇，格律甚正。

番禺陳子常孝廉大經，生三十四年而殁。同邑梁香浦孝廉信芳爲之傳，述其病革時，自書輓聯云：「流水今日，明月前身。」又云：「萬種未完爲子事，百年空苦讀書心。」詩人無命，亦可哀已。

祝明甫，嘉興人。《咏繭蛾》云：「風化室初離，蜎飛力不支。前因成夢幻，相偶似情癡。栩栩形同寓，繩繩子亦宜。春愁更何限，鏡裏寫雙眉。」蠶蛾化蝶，翩翩者皆是。若羅浮仙蝶，其繭多綴槲葉上，收而貯之竹籠，懸廠處，日至則脱繭出。七華扇、九霞帔，不足數已。兩兩翻飛，縶其一，則或雌或雄，千里相隨。藏諸密室，亦相尋至。籠内籠外，展翅交錯，觸之飛而起，不即不離，非如義雁之交頸斷腸，過爲激烈，此蝶之所以仙也。又熱河東砂石坂地産黑蝶，大者五六寸，土人呼爲黑蛾，蒙古人呼爲額爾伯克伊，此又蝶之奇者。

辨岳爲中山最高處。又琉球屬島有麻姑山，産酒絶佳。王夢樓未第時，嘗因全侍講魁、周編修煌奉使琉球，束裝偕往。後在揚州逢琉球國謝恩使者，述别話舊，慨然有作云：「海天誰信此相逢，情話邗溝半夜鐘。萬里秘書歸日本，經年季子聘周宗。月高更酌麻姑酒，潮響還疑辨岳松。别後相思何處寄，瀛波春静卧魚龍。」「流水年華重感歎，隨槎曾向十洲居。暎花蠻女春鳴瑟，秉燭仙童夜侍書。

斷素零縑鴻爪在，紅塵碧海雁音疎。漁竿仍作滄江客，慙愧王門舊曳裾。」

平湖沈文恪雲椒翰林，散館以《八磚影賦》考第一，吴白華考第二，蓋一以氣韵勝，一以工麗勝也。文恪有《蘭韵堂集》。《遊仙四首》云：「湖上青山浸碧虚，鳳巖高處拓精廬。仙人最愛樓居好，蘸筆曾題閬苑書。」「玉匕晨餐挹露華，下方城郭任喧譁。等閒游戲抛瓊屑，散作人間六出花。」「木公金母記前盟，白鳳飛來路幾程。可得梅花消息否，雲窗霧閣不勝情。」「列岫窗中暮擁愁，宿雲檐下曉還留。吴山便是蓬山路，夜静春寒十二樓。」

陝西臨洮爲岳容齋將軍鍾琪故里，錦江城外安素園，則將軍林下舊居也。尹文端公督川時，常過訪。《留别》云：「臨歧頻握手，話别意偏長。虎帳降金甲，威名勝鐵槍。三年添白髮，一枕笑黄粱。莫戀璜溪釣，同心佐聖皇。」非岳公不能當，非尹公不能道也。

蒙古夢文子侍郎麟嘗云：「五言必由悟入，七言古詩忽起忽落，信手拈來，縱横如意，亦非妙悟不能。」著《大谷山堂集》。《白雲寺》云：「曉發蘇門山，晚憩白雲寺。晨昏辨朱樓，亭午行乃至。車輪軋犖确，砂礫軼軒輊。檜柏晝晦冥，叢薄鬱深閟。時聞風入松，灑然落青吹。遵闌步幽澗，雲構妥佈置。楂枒老樹醜，嵌空怪石墜。有泉出樹杪，噴薄不到地。跳珠落圓鏡，喧静源不貳。境古塵貌銷，谷邃日容避。其頂開華堂，佳木森静植。烟雲倏爽朗，巒陵雜虚翠。山春釀暄和，苔繡簇蘚媚。乃知林壑妙，明晦各有致。暫覿舒遐悰，重來綈餘思。無煩嘆于役，了悟静者意。」粤東省會鎮山曰白雲山，山頂有寺，亦名白雲寺。余詩云：「山脚雲繚繞，雲端寺崔巍。撥雲尋寺徑，曲徑傍山限。山空寺亦古，雲遊僧未回。入門白雲迎，在座白雲陪。倦隨白雲卧，醒戲白雲堆。佛目山欲活，日射雲始開。雲鶴恣飛舞，雲龍倘去來。猶龍本素願，跨鶴非仙才。裹雲出山寺，一步一徘徊。」

番禺方九谷先生長子還，貢生；次子朝，太學生。還字蓂朔，詩以雄傑疎快勝。朝字東華，詩以深遠古淡勝。稱「廣南二方」。因僑寓吴中，亦稱「吴中二方」。蓂朔《少年行》云：「不解《陰符》與《六韜》，似知名姓五陵豪。此身未識爲誰用，慷慨長歌看寶刀。」東華五言尤勝，《藐孤山》云：「日月愁關鎖，風雲亂見聞。」《詠菭》云：「托根多在石，爲性不知寒。」《江夜有懷》云：「江星動魚脊，山果落猿懷。」《峽口》云：「水并星河瀉，雲兼石壁翻。」沈歸愚選入《別裁集》。

曲沃知縣李卓揆，香山人。《寄友》云：「莽莽寒雲戍鼓催，千金買馬代州來。書生結束何曾慣，亦向前山校獵回。」猶有唐音。「風扶淺緑不歸樹，雨過輕黄欲上衣」，咏菜花亦善於取神。

《居易録》：「俗以鍾離權、吕洞賓等爲八仙。後蜀孟昶生日，道士張素卿進《八仙圖》，乃李耳、容成、董仲舒、張道陵、嚴君平、李八百、范長壽、葛璝也。詳見黄休復《茅亭客話》。又《圖畫見聞志》作李阿、長壽仙。」總之上八洞下八洞，凡夫不能懸擬，非如飲中八仙，確可指數也。

菊圃花農，余初從伯父也。詩好鍊句，惜不得其遺稿。《潮州大水》有句云：「樹向江心出，船從閣面挪。」

鄞汀王次雲起鵬輯《詩韵編義》，於一字兩音平仄均收者，必爲圈出，誠善本也。

有一字音義無所殊，而用之各别，如「無聲無臭」、「如惡惡臭」、「其臭如蘭」，或言冲漠，或言不潔，或言芳烈。

有同一叠字，而取義不同。如《螽斯》「振振」，言衆多；《麟趾》「振振」，言仁厚；《殷其靁》「振振」言信實。

「休休休，蓋世功名不自由。默默默，無限神仙從此得。饒饒饒，千災萬禍一時消。忍忍忍，債主寃家從此盡。」此醒世語也，連叠三字俱佳。

李長吉《美人梳頭篇》旖旎綽約，集中佳製也。余嘗擬之云：「緑雲蓬鬆羅幃開，呵欠不勝春夢回。丫鬟十二奉盤立，洗妝拭面遲未畢。薄敷宫粉輕點脂，巧持玉篦梳雲絲。回環臨鏡秋波轉，寶釵始上盤龍軟。重提側照雙引光，斜窺不覺眉頻展。銅盤易水盥纖手，纏臂硜聲止猶有。銀泥着體試弓鞋，半日無言自憐久。却臨書案重添香，小步仍歸坐象床。芙蓉褥上一塵絶，眼看繡枕横鴛鴦。」

百菊溪制軍詩集有《觀劇》七古一首，爲「女盜」一齣而作，即以齣中聲音笑貌，爲詩之頓挫抑揚，極酣暢淋漓之致。惜遺忘過半，不能録出。因思凡齣之有情趣者，皆可緯以詩，但靈緒不觸則不生耳。而詩之迷離惝恍、動與神會者，亦無不可演爲劇。《古詩十九首》中如：「凛凛歲云暮，螻蛄夕鳴悲。涼風率已厲，游子寒無衣。錦衾遺洛浦，同袍與我違。獨宿累長夜，夢想見容輝。良人惟古懽，枉駕惠前綏。願得常巧笑，携手同車歸。既來不須臾，又不處重闈。亮無晨風翼，焉能凌風飛。眄睞以適意，引領遥相睎。徙倚懷感傷，垂涕霑雙扉。」一篇之中多少關目，望遠興懷，獨宿入夢，良人枉駕，巧笑携手，至「又不處重闈」句，醒後追憶，流麗婀娜，耐人描寫，眄睞引領，癡情若揭，得名子弟當場演出，應十分好看。

朱朗齋文藻，仁和諸生，著《碧溪草堂詩稿》。有《妝域歌并序》云：「余見《樊榭山房》手稿曾有妝域聯句詩，謂是明神宗宫人兒戲之具。後於鮑氏知不足齋見有求售者，是雕漆所製，上刻神宗年號。今來泲上，黄司馬小松署齋出眎所藏，乃琢象齒爲之。其體圓徑二寸五分，面平而底稍隆起，正中有臍，六稜凸起，臍中卓一錐長三分寸之一，𪓐如燈心而不鋭，可使几上旋轉者，即此錐也。六稜周刻小楷字，自右而左順讀曰：『甲寅年七月二十四日造，李德仁。』蓋萬曆四十二年也。六稜之外，雲氣繚繞於仙山樓閣、琪花瑶草之間，下有二鹿，牝牡相倚，文顯而不深。其正面則樓館、山樹、人物，皆鏤空飛動。窪處大小二艇，舟子相待，老羽衣翩然。攜琴童子繼至，主人謂宜作詩紀之，遂爲此歌：『日月雙跳似丸轉，老大頭顱堆雪繭。書窗瞥見兒嬉物，少小情懷忽追緬。物名妝域始前明，神宗晚歲事遊晏。深宫晝閟寂不譁，宫人製此長日遣。切磋象齒三寸圜，中卓鐵錐五分淺。仙山樓閣雲樹重，二鹿馴行蹈蒼蘚。一面深刻藏壑舟，仙客攜琴方陟巘。甲寅七月二十四，李德仁造字可辨。此非鐘鼎及刀劍，款識何須倣彝典。朝家製器小亦謹，不使良工没其善。無如大事荒於嬉，玩弄江山任偃蹇。傳一二世乾坤傾，欲立錐無尺土踐。正如此器旋轉休，圜輪都付浮雲卷。百八十年物幸存，笑語疑聞聚婉孌。摛文紀事附金石，物不足多事須勉。腐儒不敢歲月荒，垂語兒曹戒游衍。』」小小題目亦説出關係。

《讕言》：「世嘗云：金井梧飄，以葉上有黄圈，文如井，故曰金井，非井欄也。」

昔有人《題驛亭》詩曰：「帆力劈開千頃浪，馬蹄踏破五陵青。浮名浮利過於酒，醉得人間死不醒。」可當棒頭一偈。

淮南諸生范秋塘因失繼母歡，謫戍伊犁。其妻雲貞致書萬里外，秋塘出示同人，約二千餘言，纏綿哀怨，如不勝情。後綴七言律四章，亦婉麗清和。因録其略云：「憶自楓亭分手，屢指幾十年矣。遠道風烟，空幃歲月，箇中滋味，領略皆同。然侍慈母之晨昏，撫兒女以歡笑，貞雖隱憂耿耿，尚有片刻寬慰之時。獨念夫子隻身孤戍，誰與爲歡？問暖噓寒，窺飢探渴，踽踽凉凉，不知消受幾許凄其？貞雖相距萬里，而清夢離魂，心實遍爲想到。九年中七奉手書，僅寄復三函。便果罕遇，筆尤難罄，零詞片語，不足以慰絶域盼睫也。去歲人自伊犁來，述夫子起居甚悉。並云每年若肯節省，尚可餘積三四百金，貞初亦不之信也。夫子天資機警，賦性疎狂，未能一展才華，輒遭大難，一朝失足，萬念都灰，又有何心矜持名節？且棲身異域，舉目誰親，回首家山，剛腸應斷，則花晨月夕，燈炧酒闌，擁妓銷愁，呼盧排悶；或三生石畔，五百年前，遇解渴之文君，值多情之倩女，書生結習，諒亦未能免俗。貞聞之，方痛憫之不暇，又何敢效妒婦口吻，引不近人情之語來相勸勉耶？惟夫子體素羸弱，性復過癡，彼若果以心傾君，亦何難情死。特患口餳齒蜜，腹劍腸冰，徒耗有用之精神，轉受無窮之魔障。私心遥揣，可惜可傷。况麯蘖迷心，能致疾病；樗蒲耽戲，更喪聲名，些小淌來之財，更何足計？貞酸鹹苦辣，色色備嘗，釜底餘生，尚知自愛，况夫子有爲之體，甘自頹唐，毫不念及，反待巾幗之規箴耶？十年難滿，我夫子斷非終老荒沙者，諸凡隨遇而安，兩地耐心静守，鏡合珠還，我兩人寧終無團聚時耶？每念弱草微塵，百年如夢幻泡影，内典所云，貞於生死兩途，思之爛熟。别來況味，不減楚囚；現在光陰，幾同羅刹。何難一揮慧劍，超入清凉，無如緣孽絲牽，牢牢縛定，不得不留此軀殼，鬼混排場，冀了一面之緣，不負數年之苦。他日白頭無恙，孺子成名，大事一肩，雙手交卸，貞心方爲安適。總之，夫子一日不回，此擔不容一日放也。淚痕在紙，神思遄飛，遥計書到開緘，正當黄梅時節，反復細觀，心與俱酸。附詩四章，聊以見意，信手拈來，亦是一幅血淚圖耳。言不盡意，伏惟珍攝。戊戌十二月一日，雲貞載拜上秋塘夫子几席。『鶯花爛漫門芳菲，底事傷心淚暗揮。鏡裏慚凋雙鬢角，客中應減舊腰圍。百年幻夢身如寄，一線餘生夢亦微。强笑恐違慈母意，竹笥偷典嫁時衣。』『十五年華付水流，緑窗不復唤梳頭。殘脂賸粉聲經閣，醉墨零箋問字樓。千種淒凉千種恨，一分憔悴一分愁。儂親亦未終儂養，似此空花合罷休。』『當時畫裏唤真真，豈料追隨若比鄰。每禱蒲團禮繡佛，常占榮落向花神。堪嗟失意飄零日，翻得關心屬望人。倩我憐才頻寄語，年來消瘦又關春。』『早自甘心百不如，肩勞任怨敢欷歔。課兒夜半燒殘燭，奉母春寒剪嫩蔬。豈有餘閒弄筆墨，偶因定省過庭除。萋菲休更縈懷抱，猶是堅貞待字初。』」

雲夢許秋巖方伯兆椿，精吏治，詩亦超邁。《曉渡吉林江》云：「渡口人初聚，波心鷺不驚。塞天風有色，江浦月流聲。截岸山屏壯，衝烟桂楫輕。大哉觀水德，千里總澄清。」

荆公「平日離愁寬帶眼，迄今歸思滿琴心。」東坡「見説騎鯨遊汗漫，也曾捫虱話酸辛。」屬對工緻。至曝書亭「后稷」、「王瓜」之對，李西崖、程篁墩在采石聯句「五風十雨梅黄節，二水三山李白詩」，更開人無限聰明。

桂彦良《誡子》詩云:「戒汝休貪酒與花,纔貪花酒便忘家。多因酒醉花心動,自是花迷酒性斜。酒後看花情不厭,花前酌酒興無涯。酒殘花謝黄金盡,花不留人酒不賒。」亦聯珠體也。

白玉蟾《天谷庵》詩:「夾道新松濤夜月,滿林幽竹唤秋風。」第五字鍊而活。

唐韓翃《寄柳姬》云:「章臺柳,章臺柳,昔日青青今在否。縱使長條拂地垂,也應攀折他人手。」按《章臺柳》,即劉禹錫《瀟湘神》仄韵。

羯鼓催花,其曲名《春光好》,正月用二月律催之也。因思凡曲十二遍,必各按月令始合調。若唐吴元濟女没入掖庭,易姓沈,名翹翹,配樂籍。本藝方響,以響玉爲槌,紫檀爲架,應二十八調,則又廣其調者。又樂工廉郊嘗臨池彈琵琶,奏蕤賓調,忽池中躍出方響一片,知蕤賓鐵也。調之不可不調,如是夫。

長洲劉小巖星工詩,著《畫禪室詩草》。試北闈不售,以例官江西參軍。《讀王荆公傳》云:「枚卜熙豐鼎獨調,人間無地不青苗。可憐一代皋夔望,更甚弘羊誤漢朝。」

杭州繆蓮仙艮茂才云:「袴之制,古無襠,自漢昭帝册上官桀女爲后,始令宫人皆有襠,且多其帶,名曰窮袴。《樂府》云:『愛惜施窮袴,防閑託守宫。』本此。」

七言有以峭刻勝者,如長洲鄭嵎谷廷暘「水底雲開浮月色,灘邊風過長潮痕」,「微雲乍過隔溪雨,返照忽明何處樓。」嘉定王通侯爾達「地罏温暖添藍火,漁艇蕭條罷釣綸」,「筐銷細蟻蠶初子,籜解新萬龍竹有孫」。崑山葛運乘景中「無事且傾棼尾酒，有情休續斷腸詩」，「錦囊句好題新畫，石鼎茶香讀異書」，「尚有故交留白社，更無殘夢到紅樓」。錢唐金壽門農「孤竹瘦於尊者相，野雲白似道人衣」，「萬翠竹聲非俗籟，一圭峰影見孤稜」，「水明于月宜同夢，樹老如人又十年」。皆冷然可誦。

大興朱石君相國講道學，兼講修養術，自號盤陀居士。《詠顏平原》云：「妖星照野海飛瀾，灑血何人首築壇。西望常山舌不爛，東流睢水齒先寒。論功千載汾陽郭，轉敗三齊即墨單。忠義神仙同脱屣，漫將尸解擬劉安。」大義凛然，非肆志黄老者所能道。

桐鄉馮孟亭侍御浩《兕觥歸趙一十六韵》注云：「前明萬曆初，常熟趙文毅官檢討，劾張江陵奪情，廷杖除名。歙許文穆官庶子，鐫兕觥以贈。歷經遷流，今仍歸公五世孫王槐明府。」「文毅拜杖時，陰雷動天異。墮肉腊而藏，中閨凝血淚。兕觥爲餞贈，銘勒廿四字。前輩潁陽生，論交初未貳。門户此萌芽，班聯紛擊刺。禍烈人凋殘，運窮國殄瘁。大端垂史書，遺物綴傳記。推移二百年，復始歸苗嗣。追溯收儲家，六七屢遷地。朋來競捧玩，酌彼或酣醉。斯須設輕脱，非意驚翻墜。諦觀色古深，沉黝溢温粹。感歎昔諸公，一一神所庇。拜藏欽祖澤，禋祀守宗器。舊侶玉杯亡，許文穆鐫《玉杯贈吴中行》，今已失。江東無有二。恒山並高門，忠毅鐵如意。」此詩製局緊密，而運筆寬綽，傑作也。

嘉慶丁丑，余納姬人李氏，字月嬌，年十七，性淑體肥，從無愠色。戊寅十月初四日，適予游粤秀山，不俟予歸而姬遽卒，悼之甚。檢香奩，得吕祖注釋《心經》一部，内夾詩稿二首，《詠素心蘭》云：「亭亭素影新秋露浥畹蘭滋，一箭離披不自持。願上净瓶虔供佛，此心惟有素娥知。」《詠秋荷》云：

出污泥，開向方塘一角遲。花不禁寒霜又逼，凋零辜負植根時。」

凡作詩文，字字須有來歷，不獨杜甫、韓退之爲然也。其有習用不知出處者，酌盈劑虚四字。鑑至明也，不自鑑而能鑑人；衡至平也，不自衡而能衡物。

順德陳元孝恭尹，著《獨漉堂集》。《栢舟行》云：「栢舟兩髦猶可儀，陶嬰黄鵠曾雙飛。夫人爲婦已頭白，眼中未識君容煇。自言生長大夫女，經史胸襟炳如炬。父母有命兒有心，縱不言承已心許。心期頡頏同一林，天教殊絶成辰參。人生意氣貴一諾，妾寧負天不負心。妾父有男妾有姊，君家大夫只一子。有妻於俗得立孤，無妻爲殤終已矣。素車白馬入君門，豨來爲義非爲恩。身安分命甘若薺，半生衣枕無啼痕。當年十五今五十，嗣子成立皆有孫。嗚呼，男兒陷胸絶脰死，容易就義從容人。所畏青閨冉冉盛年徂，寸心一許終不渝。千金之劍贈墓樹，至今談者猶區區。何况贈以千金軀，乃知未仕報韓者，古今所以爲丈夫。」此詩爲區母陳太君作。太君愧莪女，許適區見五之子，未嫁而孀，爲立後計。篇中將守節苦心曲曲傳出，凡世間未過門守清節者讀之，應於心有戚戚焉。

金匱孫平叔制軍爾準《月夜登北樓有懷》云：「共此青天月，高樓思不堪。故人渺天末，春色老湘南。鴻雁九霄斷，山河一氣涵。不知留賞久，更鼓聽撾三。」起四語軒然而來，不可湊泊，唐人中近王右丞。南海岑金紀《湖南秋興》云：「一雁下平蕪，天空楚月孤。西風吹落葉，秋色在南湖。欲學長沙傅，投書屈大夫。三湘哀怨地，懷古獨踟躕。」皆此格。

海幢寺僧今種《魯連臺》云：「一笑無秦帝，飄然向海東。誰能排大難，不屑計奇功。古戍三秋雁，高臺萬木風。從來天下士，只在布衣中。」樹骨堅蒼，如華嶽峰尖見秋隼，沈文慤選入《別裁》，久已膾炙人口。又《過徐州作》云：「百戰過豐沛，群雄問草萊。斬蛇留大澤，戲馬失高臺。山向彭城出，雲從泗水來。蕭條王氣盡，父老有餘哀。」《約遊山陰》云：「最恨秦淮柳，長條復短條。秋風吹落葉，一夜別南朝。范蠡湖邊客，相將蕩畫橈。言尋大禹穴，直渡浙江潮。」皆一片神行，不可湊泊。七言如《巫峽》：「朝雲終古疑神女，暮雨何年惑楚王。」《漢口》：「古屋龍蛇趨夏后，大江烟雨隔娥皇。」《夏口》：「青天表裏惟秋水，緑樹依微是漢皋。」《太白祠》：「烏棲豈寫亡吳怨，猿嘯惟傳幸蜀悲。」《杜子美祠》：「一代悲歌成國史，二南風化在騷人。」識力俱到。

明末流賊張獻忠入荆州，自稱西王。時惠邸樂户有瓊枝、曼仙者，以色藝擅名。獻忠召以侑酒。瓊枝罵賊不屈，賊脅以刃，瓊枝罵愈厲，曰：「汝技止此耳，吾何畏？」群賊臠之以飼犬。而曼仙則極其技能，爲獻忠所寵，遂乘閒置毒於酒以進，獻忠呢之，令先飲，曼仙色變，不得辭，飲之立斃。獻忠覺其毒，亦磔其屍。上海趙光禄璞函作《樂户行》云：「獻賊來，城門開。王早遁，官乞哀。西王府中畫宴啓，侑觴才人自朱邸。獻賊喜，瓊枝怒，樂户雖賤非賊伍。玉肌白刃兩如雪，一笑相從飛碧血。獻賊怒，曼仙喜，樂户誠賤堪賊餌。酖賊不飲命先飲，恨不宵來殺諸枕。噫吁嘻，罵賊賊怒一死輕，古有之，雷海青。昵賊賊喜一死遲，古有之，高漸離。堂堂兩樂工，千載耀青史。不謂江陵城，更有弱女子。」寫得雲鬟如生。

趙璞函詩各體皆工。五律《宋玉宅》云：「哀怨靈均弟，風流子美師。江山留舊宅，雲雨托微詞。過楚吾何適，經秋客更悲。蘭成今白髮，腸斷結茅期。」七律《茶烟》云：「庭院沉沉午悄然，風鑪妥帖屋西偏。更無人影惟簾影，纔和香烟又藥烟。偶著瓶花縈未定，忽吹鬢髮暈初圓。心知不自勞薪出，絶愛低徊病榻邊。」又如「沙步閒容村牸卧，烟帆低傍渚禽行」，「生花燭短渾無燄，刺水衾寒忽有稜」，「白髮已虚鉛鼎術，青山空憶草堂貲」，「老去評量絲竹肉，客來贈答影形神」，斷金碎玉，亦見真光。

梨園分崑腔、梆子腔，而粤中動以跌打擅場。攷宋隊舞有婆羅門隊，衣紫羅僧衣，操拄杖，婆羅門人儇捷如猱，刀不能傷，演劇者殆師其遺也。又《婆羅門引》即《霓裳譜》。

晷旡咎書《燈銘》云：「武子聚螢，孫生映雪。雪亦易消，螢亦易滅。惟此銀缸，不疚其光。黄簾緑幕，永夕煌煌。經史在右，子集在左。如或不勤，負此燈火。」語甚明切。

禪家詩家，各詡三昧真傳。談禪者每目詩爲綺語，工詩者又以禪爲啞羊，其實就詩談禪禪入妙，即禪論詩詩可通也。四始六義，其如來禪乎；漢魏六朝，其祖師禪乎；初盛中晚，代變新聲，其諸方禪乎。臨濟廣博，工部似之；雲門高遠，謫仙似之；曹洞縝密，右丞似之。他如法眼、潙仰，分流别派，亦猶蘇、陸諸家，鼎峙門庭，各建宗旨耳。未識方外能詩以斯言爲然否。

王笠舫衍梅進士，有《沁園春詞·咏醉司命》云：「稽首軒光，吾寧媚於，郭公有靈。怕中郎厮養，誤撞樓破；夫人卿忌，同踞觚聽。蔬且充羊，豆還撒馬，燭婢雙行跪在陘。牙餳少，把糟糠風味，奏上天庭。比鄰婦也傾瓶，怎絮絮叨叨念有經。願米鹽凌雜，團圞共爨；羹湯歡喜，火旺添丁。虞詡長增，孫卿休減，臣突黔於墨突形。神其醉，看朱衣赤髻，跨去松惺。」又《念奴嬌詞·詠掃晴娘》云：「帚姑風韻，記燈圓時節，紅裙曾繫。不道蕭蕭，連夜雨，望斷楚雲無際。小妹催妝，嬌兒添線，送上秋千戲。揉花風緊，美人箏影誰曳。遥看是也非耶，姍姍微步，做盡荆釵勢。綠怨紅愁，齊掃脱，一力擔承堪倚。屬與東風，傳言玉女，莫濕朝天髻。平明金殿，夕陽鴉背來未。」

陳成卿《衛生集》云：「醉者善念悉去，惡念熾發。醒時所不敢爲者，醉則悉爲之；醒時所不敢言者，醉則恣言之。故飲而能節者，謂之太和湯，謂之忘情友；飲而不能節者，謂之柔魔，謂之甘毒。」范魯公《戒子詩》曰：「戒爾勿嗜酒，狂藥非佳味。能移謹厚性，化作凶頑類。」曹月川詩云：「養性勿貪昏性水，成家宜戒破家湯。」

張詠「獨恨太平無一事，江南閒殺老尚書。」蕭楚改「恨」作「幸」，不但有遠慮，且添遠韻矣。潘安仁《河陽縣》作「徒恨良時泰，小人道遂消。」惜無改之者。

「飲食有節，脾土不泄。調息寡言，肺金自全。動静以敬，心火乃定。寵辱不驚，肝木斯寧。恬然無欲，腎水始足。」養生家語也，可作座右銘。

青浦徐澤農貢生薌坡，《詠牽牛花》云：「牆腰籬角碧茸茸，小草閒庭點綴工。弱質愛霑秋雨翠，芳心愁對曉霞紅。凉分銀漢迢迢水，香送苔階冉冉風。盼斷鵲橋人去杳，幾枝疎影伴吟蟲。」闕合處頗不着迹。

趙甌北先生有水銀瀉地，無孔不入之作。如《同顧北墅王漱田觀西洋樂器作》：「郊園散直歸，訪奇番人宅。中有虬鬚叟，欽天監正劉松齡等，皆西洋人。出門敬迓客。來從大西洋，官授羲和職。年深習漢語，無煩舌人譯。引登天主堂，有象繪素壁。靚若姑射仙，科頭不冠幘。云是彼周孔，崇奉自古昔。再遊觀星臺，爽塏上勿冪。玻璃千重鏡，高指遥天碧。日中可見斗，象緯測晨夕。斯須請奏樂，虚室静生白。初從樓下聽，繁響出空隙。噌吰無射鐘，嘹喨蕤賓鐵。淵淵鼓瑟壯，坎坎缶清激。錞于丁日寧，磬折拊復擊。瑟希有餘鏗，琴澹忽作霹。紫玉鳳唳簫，烟竹龍吟笛。連挏椌楬底，頻櫟鉏鋙脊。鞉耳柄獨摇，笙舌炭先炙。嘘吸竽調簧，節簇笳赴拍。箎疑老嫗吹，筑豈漸離擲。琵琶鐵撥彈，纂箏銀甲畫。空泉澀箜篌，薄雪飛篳篥。孤倡輒群和，將喧轉稍寂。萬籟繁會中，縷縷仍貫脈。方疑宫懸備，定有樂工百。豈知登樓觀，一老坐搊擘。一音一鉛管，藏機捩關膈。一管一銅絲，引線通骨骼。其下鞴風囊，呼吸類潮汐。絲從囊下綰，風向管孔迫。衆竅乃發響，力透衆理砉。清濁列若眉，大小鳴以臆。韵仍判宫商，器勿假匏革。雖難繼《韶》《頀》，亦頗諧皦繹。《白翎》調漫雄，《朱鷺》曲未敵。奇哉創物制，乃出自蠻貊。緬維華夏初，神聖幾更易。鸑鷟肇律吕，秬黍度寸尺。嶰谷截緑筠，泗濱採浮石。元聲始審定，萬古仰創獲。迢迢裨海外，何由來取則。伶倫與后夔，姓名且未識。音豈師曠傳，譜非氏制得。始知天地大，到處有開闢。人巧誠太紛，世眼休自窄。域中多墟拘，儒外有物格。流連日將暮，蓮漏報酉刻。自鳴鐘。歸將寫其聲，畫肚記枕席。」

中五兆定陽曲人，官知縣。中年學道，聞涇陽有李半仙得養生術，年可百四五十，親謁之，從容扣擊，爲其許可。有《登玉笥山》云：「岧岧上玉笥，直下窺汨羅。山風激潭水，嗚嗚聞《九歌》。」此種詩格不入魔，即有仙趣。余《詠呼鸞道》云：「木棉花發呼鸞道，百丈彤旗映日開。我放高歌誰擊筑，西風颯颯霸王來。」

橡坪詩話卷八

番禺莊滋圃大參有恭，乾隆己未賜進士第一人。嘗言坐虛室賞奇文，爲生平樂事。撫吴越久，數興水利，著有《三江水利紀略》。卒於福建中丞任内。回籍入城治喪，府在淩霄里。後爲何氏所得，入夜恒見公衣冠坐堂上。嘉慶甲戌，余僦居之凡五年，未嘗有影響。至戊寅移居德慶温莊亭，聚生徒數十人居之，又時見公衣冠儼然。豈河嶽英靈，固有不可泯者在耶？生平作詩不留稿，有《題定宗和尚梅花獨立圖》云：「色空參盡信行藏，獨愛清標老雪霜。味外味生尋解脱，傳心何亞木樨香。」似過來人語。

香山何亨齋天衢，少負詩名。有閨秀李桂泉能詩，善書畫，請受業。又有營妓精劍術，願爲女弟子。亨齋句云：「蟫能食字真英物，蟬解吟風亦可人。」想見和光同塵之致。

吴白華先生《楚江曲》云：「江波不西流，月華不東去。暮色紛徘徊，揚輝兩何處。憐君明月姿，拾翠漢江湄。無計要仙珮，多愁改鬢絲。瀟風儂船發，瀟雨儂船歇。望望岳陽樓，君山青一髮。流恨滿黄陵，行人朝暮行。明知行不得，多謝鷓鴣聲。」

《簷曝雜記》載《豆腐詩》一首：「傳得淮南術最佳，皮膚脱盡見精華。一輪磨上流瓊液，百沸湯中滚雪花。瓦缶浸來蟾有影，金刀割處玉無瑕。箇中滋味誰知得，只合僧家與道家。」

《千字文》，余愛「性靜情逸，心動神疲。守真志滿，逐物意移」四句。有僕人譚安投淨慈寺爲僧，請法名，余以「守真」二字贈之。

褚筠心廷璋，長洲人，官侍讀學士。《西域詩八首》釐其山川，如觀聚米。序云：「璋備員史局，承修《西域圖志》、《同文志》諸書，考索印證七年於兹，紀聖朝之疆索，闡前代之見聞。編纂之餘，爰成此什。志天山南北、都會城郭之大略，以補史乘所未備。且藉以咏歌盛烈，竊附於《江漢》、《常武》之義云」。《烏魯木齊一》：「額魯公孫此建瓴，地爲額魯特公族噶爾丹多爾濟之昂吉。天戈萬里下風霆。山圍蒲類分西谷，漢蒲類國地治天山西流榆谷。雲護沙陀拱北庭。唐爲北庭大都護府，北接沙陀突厥地。不斷角聲橫月白，無邊草色入天青。輯懷城新建城名。上舒雄眺，盡把耕疇換牧坰。」《伊黎二》：「人驅風雪獸驅烟，猶見烏孫立國年。爲漢烏孫建廷處，烏孫爲行國，逐水草。海氣萬重吞麗水，伊黎河，唐詩名伊麗河，亦曰伊黎水。西北流入巴爾喀什淖爾，彼中海也。山容三面負祁連。伊黎爲計騰格里山，即古祁連山，東西南三面分支環抱。盤雕紅寺朝鳴角，有海努克、固爾札兩廟。散馬青原夜控弦。紀績穹碑銜落日，固爾札廟東建有前後勒銘伊犁碑。英靈班鄂想迴旋。定北將軍班第、議政大臣鄂容安盡節於此。」《雅爾三》：「多邏川外夜吹蘆，雉堞新城接上腴。塞月已寒三葉護，唐三姓葉護地在北廷西北、金山之西。邊風猶動五單于。漢呼揭、車犁、烏藉、振閏、郅支五單于地。名藩甲卷烟消漠，西北接左哈薩大界，大兵追阿木爾撒納入其地，哈薩克撒帳數千里，因而内附。健將弓開血灑蕪。巴圖魯侍衛奇徹布克敵制勝於此。不是皇威宣北徼，春光誰遣遍墳墟。」《額爾齊斯四》：「西州直北勢憑陵，瀚海迢遥過白登。鈴澤風高奔怒馬，今烘郭圖淖爾，譯言鈴澤。金山雪暗下饑鷹。今阿勒坦鄂拉，譯言金山。曾傳舊壤開都伯，舊爲都爾伯特游牧處，四衛拉特之一也。都爾伯特，急讀則成都伯。僅見降王保策凌。都爾伯特有三策凌者，首先歸附，封王爵，今存。四部蟲沙成底事，好將忠謹化驍騰。」《吹五》：「梯空勁旅倚孱顔，巴圖魯阿玉錫以二十五人敗六千餘衆於格登山，在吹東境。徑出盤鵰落雁間。波浪遠翻圖庫水，圖斯庫爾，急讀則成圖庫，唐碎葉水也。風雲高護格登山。千屯此日開榆塞，自圖斯庫爾北岸傍吹河西，北行五百餘里，總名爲吹，今爲屯種之所。十箭當年阻玉關。唐沙鉢羅咥利失可汗分十部，部授一箭，曰十箭，居碎葉東西境。碎葉長川流不極，吹河爲唐碎葉川。猶懸邊月照潺湲。」《哈喇沙爾六》：「風雨猶疑鐵騎屯，至今沙戟有遺痕。焉耆鎮啓龍遊遠，唐設焉耆都會府，爲四鎮之一。都護城懸烏壘尊。西境爲漢烏壘城，都護居此，於西域爲中。弓掛輪臺飛皎月，西有地名王古爾，漢輪臺地。劍磨蒲海射晴暾。南有羅卜淖爾，爲古蒲昌海，河源至此潛行。戍樓高處分襟帶，山水遺經費討論。」《阿爾蘇七》：「天邊冰雪鬱嵯峨，木素峰高朔氣多。城北有木素爾嶺，多冰雪，回語木素爾，冰也。壕上射生城落雁，軍前饗士帳鳴鼉。東縈姑墨千年磧，阿克蘇東塔里木河北岸爲古墨國地。南走于闐一綫河。和闐河北流至此，入塔里木河。待把方言垂竹筆，回人用竹筆。阿蘇温宿漫承訛。阿克蘇爲古温宿地。」《和闐八》：「毗沙府號古于闐，和闐爲古于闐，唐設毗沙都督府，西倚葱嶺。葱嶺千盤積翠連。大乘西來留法顯，《水經注》：釋法顯至于闐，其國有大乘學。重源東下問張騫。《漢書》：河有兩源，一出于闐。漁人秋採河邊玉，于闐有緑玉河、黑玉河，即今玉隴、哈喇哈什諸河也。戰馬春耕隴上田。今日六城歌舞地，六城曰額里齊，曰玉隴哈什，曰哈喇哈什，曰齊爾拉，曰塔克，曰克勒底雅。唐家風雨漢家烟。」

曹壽奴：「百八菩提子，紅絲貫小纓。無眠後夜月，留記遠鐘聲。」二十字耐人玩索。

學漁洋而得其神似者，如張南山《旅懷雜感》云：「風緒烟光總可憐，罽袍欲卸試吴綿。雙柑釀暖聽鶯地，百草吹香射雉天。古刹客來談寶劍，芳郊人去拾金鈿。摩挲醉眼蘇臺近，土碧成花有鹿眠。」「破楚門空霸業銷，春山猶作翠眉嬌。生公法滅留頑石，伍相魂飛徙怒潮。扇影衣香三里霧，風廊水榭百枝簫。扁舟載得吴宫月，直到揚州廿四橋。」又「烟昏一水浮天去，風利千帆帶月飛」句尤俊爽。

《碩人》、「偕老」，香匳之祖也，至《玉臺》而盛，王次回竟以此名家。近譚康侯亦工此體，《艷詩》云：「羅襪生塵不自持，金環綰臂未相知。蠶綿分炷燒香曲，鸞鏡安臺拜月詞。百念千嬌春可惜，南樓北斗夜何其。空懷世世生生願，得似朝朝暮暮時。」余亦有艷體云：「鬟雲香逼夢初醒，情榻横鋪傍曲櫺。事憶秘辛春困劇，時窺屈戌月娉婷。鋈金帳奪雙飛彩，軫玉琴通一點靈。生怕檀郎慣饒舌，人逢薄倖莫教聽。」凌君揚藻選入《嶺海詩鈔》，謂得不節則嗟之意。

歙縣程晉芳，以素封之家汲汲求仕，凡三十餘年，家益落，以編修終。詩才敏贍，尤好聯詠。兹録《阿膠》聯句，以覘一斑：「濟流達阿城程晉芳，屢起屢洄洑。高環井布輪沈初，下汲瓶挈竹。清迅登茶經梁夢善，鍊煮稽藥録。彼哉長耳公晉芳，縶之小山麓。風聲引踔蹢初，雲氣覆黝黷。鳴應子午交夢善，色取壬癸獨。陰厓露草咀晉芳，寒徑雪花蹴。三年置閒散初，一旦催令僕。土人製膠，飼驢以北山之草，三年乃用之。皮存毛不附夢善，支解尾猶秃。火紅文武添晉芳，泉緑淺深掬。重燈耐細煎初，響雨雜微摝。滓融晷刻淹夢善，紋縐分寸縮。照面漆髹几晉芳，著手脂炙轂。牽連乃黐黏初，悦澤遂膏沐。凝爲堅固體夢善，割類方正肉。厥包附土貢晉芳，其用佐金肅。劑和宜朮苓初，價值過龜鹿。媚寧珮婭娥夢善，濁待止河瀆。客來偶停橈晉芳，市聚看列屋。粉書雙板扉初，青曳帘半幅。檢囊罄輕齎夢善，裹紙聽平鬻。瑣碎緡湯頭晉芳，鄭重藏録目。酒杯化醇醲初，夜睡益甜熟。真僞勿具論夢善，歸去遺姻族晉芳。」「山中老宿依然在，案上《楞嚴》已不看」，「試選苕溪最深處，仍呼我輩不羈人」，流水句一波三折。

方坦庵宫詹詩云：「老妻書至勸還家，爲數鄉園樂事賒。彭澤鯉魚無錫酒，宣州栗子霍山茶。牽茅已補床頭漏，扁豆猶開屋角花。舊布衣裳新米粥，爲誰留滯在天涯。」恬淡有趣。

樂府《白絲行》，河南郭泰機以白絲寒女自喻，而致憾於衣工之棄我，以冀相薦。其詩云：「皎皎白素絲，織爲寒女衣。寒女雖妙巧，不得秉杼機。天寒知運速，況復雁南飛。衣工秉刀尺，棄我忽若遺。人不取諸身，世事焉所希。況復已朝餐，曷由知我飢。」清亮可喜。

有箋漁洋《秋柳》詩，謂弔亡明而作者，支離附會，轉失生韵。

凡鳥皆有純白色者，惟孔雀獨無，殆秉炎精，不能全乎金化也。吴穀人《白畫眉》云：「絶無螺子描成樣，宛似蛾兒蛻出姿。竹密叢灘看雪早，絮迷隋苑出風遲。緇塵自愧輕沾後，清鏡相思淡掃時。放汝若乘明月去，春山叫遍有誰知。」

吴穀人先生《辛丑十月移居蒲褐山房即趙天羽給諫寄園故址》云：「我本識字耕田夫，一椽家居錢塘湖。自從釋褐注朝籍，破屋久向長安租。一年官俸抵不得，打門那免人追呼。中庭更無草木映，如人面目先焦枯。昨晨過客爲我説，有屋乃在城西隅。寄園名字耳所熟，況復價減千青蚨。天寒手指凍欲裂，移家連日忙妻孥。莫謂先生家具無，有酒在甕書在厨。蹇驢一頭車一輛，從以赤脚長鬚奴。入門老樹相顧笑,此間去住皆酸儒。趙家給諫老著述,墨痕四壁常沾污。當時談空説有處,滿窗落葉唏飢烏。後來名士尤作達,於此但結文字娱。村夫子相誰不識,今朝又入移居圖。牆陰手剔故人迹,尚剩健句追歐蘇。壁間有王蘭泉大臬《移居》詩石刻。先生自喜道不孤,檢書插架酒注壺。飲酣一吸盡江海,歌罷萬籟調笙竽。人生大抵如寄耳,能寄所寄唯吾徒。欲從莊叟論齊物,誰信柳子非真愚。來春坐待花樹發,繁枝壓屋清陰鋪。開簾無事日把卷,何必更憶秋江鱸。」

粤俗新昏,親朋各以聯對作賀,有寫「花徑未曾緣客掃,蓬門今始爲君開」句者,真匪夷所思。酒令近人多摘唐句作籤,注明座中人舉動有合詩意者,即飛一觥。如「人面不知何處去」,注大鬍者飲;「幾度呼童掃不開」,注近覷者飲,尚有謔而虐者。

打燈謎如「極」字云:「木了又一口,莫作杏字猜。若作困字猜,又是呆秀才。」「乜」字云:「不直非也,我且直之是也。」皆可就詞義思索。有將白金鑄一寸佳人,置燈棚下,約射中,即以此贈。一翁見之,不發言,遽取去。衆争問,翁徐曰:「奪之而已矣。」又有在燈棚前豎長竿丈許,上懸綵燈,約任人取,但不得用梯,不得放倒。一人見之,攫竿去,移至坊間太平井邊,將竿納井中,燈至井口,從容解得,亦狡黠矣。

古詩「行行重行行」,上「行行」應横説,下「行行」應豎説。

《群芳譜》以棉花、木棉爲一種,非也。木貝即吉貝,種出西洋,花時不綴一葉,紅照天外。余詠之云:「氣壓群芳色正殷,刺桐木筆漫追攀。西番種得洋之外,東粤栽從漢以還。夜有虹光射牛斗,日長霞彩綴關山。赤龍鬬寶憑神力，擎出珊瑚照九寰。」

恩平縣修志書，山西楊大令學顔聘余主其事，成於石大令仙圃。閱六年，仙圃官新會，延余閱試卷，其長君梅溪公子翩翩雅度，出泥塑小影囑題，圍以四寸小屏，一時名士歌詠幾遍。余以蠅頭小楷題其上云：「玉照寫丹青，毫髮懼差謬。五色藉土摶，細細香塵鏤。幾生修到身，丰韵天然就。一見便欽遲，光彩射人霤。合奉衆香國，群芳環輻輳。或向西湖邊，驚出花神又。他年勳業成，鬚眉重結構。顧此翩翩模，好待買絲繡。」

山陰陳簡齋尚書大文官粵東中丞時，母范太夫人迎養至署，值七十壽辰，僚友皆以詩祝。陳司馬寄園七律四首云：「侯甸綏猷棨戟開，星明南極越王臺。勳隆楓陛新綸渥，政布棠陰舊德培。懷保白修庭户令，法廉共阜度支財。提封茂對秋澄景，樂利同民舉壽杯。」「蕊榜聲華晝省薇，勤宣四國有驂騑。鑾鄉早攬觀風轡，荒服曾牽問俗帷。山好金陵延愛日，波澄珠海駐春暉。起居八座迎官閤，補衮絲新絢綵衣。」「冠綏孔雀錫彤墀，浪息鯨鯢副保釐。雲路輝呈鴻漸吉，軍門威覩鳳來儀。龍圖閣上賢君頌，燕喜堂前壽母詩。純嘏天申疇福備，金萱長映九光芝。」「清迴心含嶺海重，澄鮮景物入陶鎔。氣逾嚴肅秋逾好，月自空明露自濃。廈廣萬間開壽寓，樓高百尺倚晴峰。巴辭未敢迴鈞聽，願效三多祝華封。」酬應詩能得體便佳。

李空同督學江西，一生姓名偶同，李出對句云：「藺相如、司馬相如，名相如，實不相如。」應聲對曰：「費無忌，長孫無忌，公無忌，我亦無忌。」可稱敏妙。至紀文達公屬對之巧，更非思擬所及。浙人有父子同舉戊子鄉榜者，浙音父、戊同，因出句云：「父戊子，子戊子，父子戊子。」久無對者。後文達入都，往謁金壇于相國，座客舉此屬對。是時金壇方領户部尚書，門人金公簡在座，則户部侍郎也，文達曰：「是不難，本地風光亦有之矣。師司徒，徒司徒，師徒司徒。」又常集市上招子爲對：「神效烏鬚藥，祖傳狗皮膏。」「追風柳木牙杖，清露桂花頭油。」「博古齋裝裱唐宋元明名人字畫；同仁堂販賣雲貴川廣道地藥材。」

琴譜《漁翁操》：「漁翁夜傍西巖宿，曉汲清湘燃楚竹。烟消日出不見人，欸乃一聲山水緑。回看天際下中流，巖上無心雲相逐。」爲柳子厚作，截去末二句，調益高，選詩者每收入七絶内。「欸乃」者，二妃慟帝之餘聲也，凡作《欸乃曲》須得此意。又五言絶句有望夫意，便是《囉嗊曲》，作於唐妓劉采春，即《望夫歌》也。

嚴東有長明，江寧人。官侍讀，有《歸求草堂集》。《眼花》一首劇佳：「夙憶宋金華，文采爛宇宙。惟視不及尋，時作目童詢。余時當盛年，神明方在囿。内景既充腴，外象盡通透。洞垣雖未能，觀理頗不謬。一目竟十行，半面不重覆。暗中摸曹劉，空際測廣袤。時笑休復眵，每嗤仲賓陋。江鄰幾近視，見《宛陵集》，歐陽觀不能遠視，見《江南野史》。豈意閲歲時，半百甫接構。老態如有約，一一來輻輳。耳輪已樹塞，牙關倏開竇。幸兹雙琉璃，沆瀣盛未漏。誰知復有鬼，悄焉夢中姤。醒來覓舊觀，種種異狀候。喜時淚翻垂，暗裏光忽逗。遠者徑欲前，近反莫敢就。疎廼或褻狎，親則轉悖謬。守黑苦未能，視内反多咎。無計施斧斤，曷由假詛祝。爰效子羽責，歷歷與之呴。曾聞古人言，養虎自詒寇。計汝附我身，相待亦云厚。江山恣偉觀，英髦快遐覯。悦汝置圖書，逸汝屏篆籀。或恐昏汝神，中年戒淳酎。或恐摇汝精，外室却艾幼。汝惡我必防，汝好我必副。似我作居停，庶可誇邂逅。緣何中路間，如羿卸其彀。頓使大光明，一蝕不可救。年非卯酉克，《癸辛雜志》：凡人損目者，命多是卯酉克。占豈六三遘。有道或可原，無説頗難宥。雙瞳顧而譆，忽作反唇詬。格物子夙稱，兩端諒已叩。失養則銷亡，得養則老壽。自我附汝身，合契等先後。見子目一編，若烏哺其鷇。卷閲三萬餘，歲歷五十右。精爽已亡羊，樊籬更焉守。君看滿月光，終身眎若晝。所以葆貞明，不照句與讀。感兹意良殷，甘言姑弗誘。人匪形之妍，道在德之茂。有光而常韜，何異盲與瞀。况目於我身，如賓筵一豆。雖眊却非瞽，萬物尚可覯。縱瞽亦何尤，有用我輒售。古詩三百篇，中聲夢曾究。有召須瞽矇，大樂當入奏。外傳二十卷，韋注師所授。如欲繼左丘，長箋復堪就。形質有成虧，神理自通復。語罷視空庭，桑榆晚景秀。中有殘陽光，斜穿讀書牖。」

惠半農有《秋園》一首云：「野人居處好，生事入秋佳。晒藥香黏地，煎茶葉滿齋。露華凝碧甃，風勢束寒槐。擬欲登山去，吴僧昨寄鞋。」沖遠可愛。

工制藝者未必工詩，亦心無二用也。熊鍾陵《姑蘇懷古》云：「舊時江水舊時潮，難怪行人説六朝。飛過夕陽鴉點點，散來秋草馬蕭蕭。多年王氣山頭寂，昨夜鐘聲夢裏消。欲問興亡向何處，秦淮沽酒破無聊。」王巳山《虎丘題壁》云：「虎跡蒼茫伯業沉，古時山色尚陰陰。半樓月影千家笛，萬里天涯一夜砧。南國干戈征士淚，西風刀剪美人心。市中亦有吹篪客，乞食吴門秋又深。」二詩俱不愧作家。

武進程莘田相國景伊，七言如「每到醉鄉稱小户，恰於花國得閒身。」「片石剜苔新作沼，小樓拄笏飽看山。」琢句細緻。

江都申笏山副憲甫，乾隆元年與曹地山、錢籜石同薦舉鴻博。籜石畫《歲寒三友圖》，各賦詩題其上。笏山有「故人海内今餘幾，往事樽前話不窮」，「未敢便爲徵士老，不妨仍作布衣看」，「兩公視我如兄弟，三世論交到子孫」之句。他如「幾日閒眠關竹户，一番細雨長秋花」，「寒歸木末全無葉，暖入梅梢漸有花」，「何處借風吹好夢，有時聽雨度清宵」，「枯柳暮烟鴉陣陣，西風殘雪雁程程」，皆佳句也。

邵伯温少時讀《文中子》，有武侯不死、禮樂可興之説，乃著論以駁之，其意以武侯霸佐，恐禮樂未遑耳。康節先生見而大怒，欲杖之，伯温自是潛心討究，不敢輕論前人。觀古人詩集，須會此意。

物有别名，每入歌詠。陸放翁詩：「遊山雙不借，取水一軍持。」《古今注》：漢文帝履不借以臨朝，漢時已有草履矣。軍持，净瓶也，出佛書。賈島詩：「我有軍持憑弟子，岳陽江裏吸寒流。」隱背，爬背也。李鄴侯以松樛枝作隱背。養和，靠背也。放翁詩：「夭矯竹如意，鱗皴松養和。」偏提，酒器也，見《説郛》，唐詩亦有用之者。烟墩，一名戍瓶，蜀韓昭：「夜照路岐山店火，曉通消息戍瓶烟。」此類不可枚舉。但「娵隅躍清池」，未免蠻參軍作蠻語耳。

方希文秋白，南海布衣。《衡陽舟中望南嶽》云：「嶽勢隨湖大，湖流帶嶽移。一帆飛到處，九面轉相疑。照耀疎烟合，空青去島遲。芷蘭愁獨采，何處大夫祠。」起四語超。又《七洲放洋》云：「忽覺東南地軸浮，茫茫如粟縱孤舟。靈鰲浪湧中華大，黑水天圍外國流。兩耳風雷篷底合，一帆高下泡中抽。耽吟那管蛟龍得，擁被楂邊作臥遊。」設身處境，可以壯膽。又《祁陽竹枝詞》云：「鷓鴣塘下水生波，郎住塘西妾對河。恨煞兩邊行不得，斷腸聲裏唤哥哥。」醒甚。

駐防廣東旗籍舒趣園和，官保陽協鎮，以老乞休。好吟咏，與知名士遊，每月必招朋上酒樓暢飲數次。白鬚、朱履，飄飄然，猶自詡其健步也。有句云：「閒愁似草删難盡，客氣如塵掃未除。」「貧甚未甘捐故劍，衰成纔覺仗枯藤。」句皆穩愜。

湘楚港口驛堂有「歇心處」三大字，是董思白督楚學時書，今非其舊矣。梁階平相國有《過港口驛和雲巖侍讀韵》云：「歇心隨處足，小憩息群喧。不見銀鈎舊，誰同貝葉翻。萬年留寶刹，五字和慈恩。歲歲星軺過，溪聲客到門。」「謳吟將楚曲，要眇望湘烟。永夜南樓月，懷人北渚舡。前塵蓬梗合，客夢藕絲連。我亦忘情者，題詩任晏眠。」

「風急蹋開湖口浪，月明踏破水中天」，宸濠《鞵山》句。

丘瓊山《五指山》詩：「五峰如指翠相連，撑起炎州半壁天。夜盥銀河摘星斗，朝探碧落弄雲烟。雨餘玉筍空中現，月出明珠掌上懸。豈是巨靈伸一臂，遥從海外數中原。」雄傑之氣，溢於楮墨。

中時行《百字銘》云：「欲寡精神爽，思多血氣衰。少杯不亂性，息氣免傷財。貴是勤中得，富從儉裏來。温柔終益己，强暴必招災。善處真君子，刁唆是禍胎。暗中休使箭，乖裏放些呆。養性須修善，欺心莫喫齋。衙門休出入，鄉黨要和諧。安分身無辱，閒非口莫開。世人依此勸，災退福重來。」

字字可諷。

前明朱亮祖鎮粤，因省龍雜霸氣，致出趙佗、劉隱，遂就龍脊上起五層大樓，顔曰「鎮海」，以壓住龍脉。余少時曾登最上一層眺覽，賦詩云：「峰頂樓高百丈雄，登臨人在五雲中。趙王城郭劉王塢，千里河山萬里風。俯瞰魚龍争曼衍，平看星斗拓鴻濛。何須浴日亭邊望，早見朝陽射彩紅。」

《玉臺新咏》劉勳妻王氏詩：「千里不唾井，况乃昔所奉。」按：南朝宋之計吏瀉剉馬草於公館井中，且自言相去千里，豈當重來？及其復至，熱渴，汲水遽飲，不憶前棄草，草結於喉而斃。俗因相戒曰：「千里井，不反剉。」復訛「剉」爲「唾」，杜詩「畏人千里井」蓋用此。

《關雎》之詩「窈窕」二字，指閨門静深而言。《輯評》引《魯靈光殿賦》「旋室便娟以窈窕」，曹攄詩「窈窕山道遠」，葛穎詩「窈窕神居遠」，喬知之詩「窈窕九重門」爲證，極是。

和靖《招靈皎》云：「百千幽勝無人見，説向吾師是洩機。」東坡云：「人生此樂須天賦，莫遣兒曹取次知。」是自得其樂語。近遊一禪房，壁粘聯對云：「欲求去路須成佛，各有來因莫羨人。」是不願乎外語。

詩紀月日仿於「二月初吉」，「朔日辛卯。」至白樂天：「去年八月十五夜，曲江池畔杏園邊。今年八月十五夜，湓浦沙頭水館前。」又：「前年九月餘杭郡，呼賓命晏虚白堂。去年九月到東洛，今年九月來吴鄉。兩邊鬔鬢一時白，三處菊花同色黄。」言之條鬯醒豁。若東坡「古今正自同，歲月何必書」，又別具胸襟矣。

陳句山先生《叙高密單青侅烺大崑嵛山人稿》云：「凡詩文一篇之成，良復不易也；既成矣，出之亦復不易。善讀者亦然，不可以易而讀，又可以易而叙乎。宋初有見老杜底本者，猶得識其淺墨改字。香山晚年本，手自塗竄，甚至不留原文一字，此則詩不易成之明表也。至乎出奇共賞，而前此之經營慘淡爲已極矣。丁敬禮索點定於陳思，以時人無知之者耳，乃以植之才猶謙讓未遑；左太冲研都一紀，適得覆瓿之嘲，故遠道求序士安，士安亦遲而後報。此又不易讀之大凡也。惟不易作，故其道可貴，而足以自樂。惟不易讀，故其形於褒讚，足信今而傳後。抑又有説焉。名山之業，每難得之朝市。而在昭代澄叙官方大法小廉之日，則此事尤未易爲。何者？懃民事則無餘閒；砥清節則無私槖；徹嬉遊之歡場，則花鳥無與狎；斷倡優之巧笑，則風懷亦不生。故曰尤未易爲。然而狹邪既遠，三益以開，根性無戕，耆碩斯出。彼所稱江左風流，士大夫率多嗜慾，非但不矜名節，其年壽亦少得四五十者。由斯以談，則我聖朝之造就人才，乃所以斂華就實，而人之資學絶衆，其造詣從辛苦而僅有者，竊謂其可寶，當視古有加焉。」此雖句山獨抒己見，亦詩學津梁也。

江都程午橋編修夢星，著《今有堂集》。七言如：「十里烟深因近水，一年秋早爲多山。」「軒因惜竹三間小，樓爲看山四面寬。」皆頓宕有致。生平得力李義山集，見於《重訂箋注義山詩刻成題後》云：「西崑無鄭箋，遺山昔怊悵。況我千載後，敢窺秘密藏。虞山箋少陵，惟此亦推讓。朱氏本道源，注釋未云創。所惜作詩意，蒙昧若烟障。要非抉其微，何以發高唱。時從獺祭外，一洗優孟樣。楚雨縱含情，其義某竊諒。穿鑿固不免，論説或非妄。但求古人心，寧避世俗謗。想其不羈才，詎肯牛李傍。君臣朋友間，厚意誰與亮。美人怨芳草，遂至比浮浪。豈知寄託深，直追風雅上。荊公是知己，謂與少陵抗。杜箋匪一家，往往共頡頏。梅溪有蘇注，司諫更精當。疑誤藉改定，後先寧礙妨。管中窺豹斑，聊用志所嚮。」

會稽宗芥帆聖垣，少在范縣鄭板橋幕中，得其筆法，遂工書。有笑其婢學夫人者，不顧也。任雷州別駕時眷一妓，後因事罣議，妓出貲爲捐復，遂迎入署中。調任南澳司馬，地有學海書院，延其弟藕舡主講，院有樓額曰「更上一層」，登之足以觀海。乾隆庚戌重九日，芥帆設讌，集名士賦詩，得七律四首云：「螺角人烟海霧凝，却從浩蕩見崚嶒。山能鎮静鰲身穩，樓自盤空蜃氣增。留得青蒼秋未老，喜無風雨客同登。大觀應有玄虛賦，好占騷壇最上層。」「偏栽碧薤雜香芸，難得絃歌海外聞。雀雉沉潛争氣候，鯤鵬變化待風雲。陶鎔便見神明妙，悟學全歸願力勤。此日群英成雅會，且憑樽酒一論文。」「官同祈望守何如，暫借頭銜養拙餘。冰雪初心求不愧，虀鹽習氣恐難除。安淳最愛民風古，失學深慚治略疎。秋樹有根容坐卧，時還補讀少年書。」「登臨莫負此秋光，緑蔭迴欄倚夕陽。萬里波平蛟蜃伏，一樓風細菊萸香。官閑未了詩文債，句好還題政事堂。更喜故園親舊滿，依然蘭渚共流觴。」與山陰吴尊盤齊名，人稱「宗吴」，有合刻詩。

「紅橋愛看初三月，碧椀新嘗第五泉」，宗芥帆遊平山堂句。「肯留半角青山影，想見當頭明月時」，徐孝廉亮祖句。

三言詩起於散騎常侍夏侯湛。李東陽有云：「揚風帆，出江樹。家遥遥，在何處。」徐東癡云：

「轆轤鳴，井深淺。樓高高，去何遠。」

《詩經》「我送舅氏」章，朱注：「秦康公之舅，晉公子重耳也。出亡在外，穆公召而納之，時康公爲太子，送之渭陽，而作此詩。」《左傳》吕相絶秦曰：「康公，我之自出。」言康公爲穆姬所生，出即生也。後人相沿，不云某氏所生，而言某氏所出，本此。《禮記·檀弓》載：「子上之母死而不喪。」講家竟以爲子思出妻。「門人問諸，子思曰：子之先君子喪，出母乎。」又以爲孔子出妻。末句：「故孔氏之不喪出母，自子思始也。」似逆料孔氏代有出妻者，是何言與。愚謂先君子指大聖人言，因少孤，嫡母早不在堂，得喪生母顔氏，此中正有權在，故曰：「道隆則從而隆，道污則從而污。伋則安能。」若子思在堂，子上之母乃妾，不能行喪禮，故曰：「爲伋也妻者，是爲白也母；不爲伋也妻者，是不爲白也母。」非不願爲妻而出之，乃不得爲妻而齊之耳。自是孔氏父在堂，子不喪出母，所以定名分也，如此説較順。况丌官氏崇祀後殿，大聖人固無出妻之事乎？至「誰謂河廣」篇，朱注「母出與廟絶」，何嘗云出母。

吴曇繡俊，乾隆壬午江南鄉試第二名。至壬辰成進士，由部員外任放廣東糧道。浮沉十餘年，遷臬使，甫陞山東方伯，復緣事降六品頂帶，仍回廣東。於粤省情形，最爲諳練，詩亦老靠。《遊千像寺就僧飯》云：「山門故依然，斷紐懸危鐘。寺僧如猿猱，跳躍捧我笻。親切竹間路，狎熟林梢峰。經唄講堂歇，水磨齋厨舂。豌葉嫩勝剪，椒芽芬可供。彊彊鵲覓粒，窣窣鼠窺墉。師談往日虎，我怵鉢底龍。落日且辭去，花霧堆重重。」近體如《羅舊驛館》云：「行看嵐翠潑人衣，坐覺溪光冷入幃。境美最貪茶後睡，身輕差熟夢中歸。山銜楚雨黔雲起，鳥掠湖烟嶺樹飛。一曲芷江清徹底，美人不見思依依。」《與玉圃比部夜坐》云：「南院啼螿北院箏，商音凄霧不分明。二更秋自銀蟾吐，小語涼從冰去聲簟生。才子性靈盟楚畹，仙人樓閣寄瑶京。莫言一樹無情碧，會寫風聲更雨聲。」

《中山詩話》曰：「唐詩賡和有次韵，先後無易；有依韵，同在一韵；有用韵，用彼韵不必次。今乃有倒次原韵者，亦太炫才矜巧矣。」

韓侂胄既死後，忽降神曰：「早知泡影須臾事，悔把恩讎抵死分。」可謂死後聰明，生前懵懂。

蔡文忠倅濟州，日至醉。賈存道作詩貽之：「聖君寵重龍頭選，慈母恩深鶴髮垂。君寵母恩俱未報，酒如成病悔何遲。」文忠自是終身未嘗至醉。良友規勸，固不可少也。

宋丞相陸秀夫厓山之變，浮尸出海後，有函骨葬之者，墓在青徑口。黎川王簡亭鳳喈先生遊幕粤東，過其墓，作七古一章云：「嗚呼，碙州變後宋事益窮蹙，煢煢惟餘趙氏一塊肉。誰其立孤與扶危，亡者丞相陸公棐且篤。戎馬倉皇轉徙中，猶書《大學》日勸讀。厓山之遷誠圖存，誰料三軍更敗衄。君臣北去已爲朝廷羞，居者何可再受敵人辱。君死社稷臣死君，遂抱龍髯赴海瀆。茫茫萬頃怒濤飛，君臣願葬群魚腹。吁嗟哉，君不見，將軍志在别求趙，須臾颶發舟旋覆。又不見，信國心私更圖宋，黄冠終焉殺燕獄。要知三百祚已移，縱有孤忠孰恢復。惟公蹈海以身殉，淚溢滄溟恨猶蓄。大宋更無片土作行朝，但有鮫宫一着爲收局。往事距今數百年，炯炯丹衷如日曝。更識英靈來往無不在，厓山徑口無俟强分屬。今日屏營惕息拜幽宫，四顧山色長青水長緑。」生氣迴出，可稱傑作。

辭郎洲，在隆澳五嶼。宋景炎二年正月，帝次惠州之甲子門，都統張達率義勇扈從，其妻壁娘送至此，遂以名洲。其後壁娘寄達《平元曲》，眷念國事，悲憤感激。厓山之變，達殉節，壁娘亦不食死。王鳳喈《過辭郎洲》云：「蔓草萋萋蒙芳洲，悲風颯颯吹海頭。壁娘當日送夫處，仰視萬里浮雲愁。都統勇氣横九州，都統忠義無匹儔。甲子門邊親扈蹕，枕戈誓不忘仇讎。壁娘感憤涕未收，壁娘貞烈誰能侔。一曲《平元》寄遠道，如聽胡笳聲幽憂。芳魂已逝數百載，芳名尚與洲俱留。我聞夏屋山頭磨笄山，淚枯血漬傳邊陬。又聞武昌山北望夫石，形銷骨化空山丘。南澳山中餘地片，鼎峙應與垂千秋。嗚呼，辭郎洲畔波悠悠。」此詩可入遺山之室。

李氏者，番禺三元市人。順治庚寅平廣州，爲朔騎所得，不辱，賦詩十章自縊。有曰：「恨絶當時步不前，追隨夫壻越江邊。雙雙共入桃花水，化作鴛鴦亦是仙。」又有王桂卿，張參戎妾，臨危彈琵琶一曲，殉難。鄺湛若弔之云：「登樓未散香烟夢，被髮猶存石鼓歌。雁柱只今餘玳甲，爲憐落木晚風多。」

陸放翁「飯香貧始覺」五字，耐人尋味。宋王黼爲相，住宅與一寺爲鄰，其宅溝中每日流出飯粒，皆雪色。一僧日取之，洗浄曬乾，積成一囷。後黼獲罪，與家眷拘囚寺中，絶食。僧即將前米水浸蒸熟送食，老幼因饑食之，惟覺香美。僧指囷中乾米曰：「此皆相公厨溝中流出者。」黼聞而嘆曰：「吾位宰相，使家人暴殄若此，必不免矣。」尋伏誅。此可爲散棄五穀者戒。

尤西堂云：「詩之至者，在乎道性情。性情所至，風格立焉，華采見焉，聲調出焉。無性情而矜風格，是鶩集翰苑也；無性情而炫華采，是雉竄文囿也；無性情而誇聲調，亦鴉噪詞壇而已。」

詩之一往情深者，莫過於懷人不見，騷首踟躕。余嘗賦七律一首云：「不怨春潮怨石尤，如何轉送木蘭舟。憐渠易惹三生恨，比我還添十倍愁。夢路幸逢爭訴夢，秋期遠約況經秋。征鴻盼斷音殊杳，清曉無人獨倚樓。」

閨秀張桂英因家貧，許爲某紳妾。甫入門而河東吼，遽脱身歸。有《自歎》句云：「叨返秦庭璧，羞爲合浦珠。」於不安命之中，猶帶感恩之意，亦可云温柔而兼敦厚矣，收爲詩弟子。

橡坪詩話卷九

杭大宗世駿舉博學鴻詞，官翰林，以言事罷歸。沈文慤送之，有句云：「鄰翁既雨談墻築，新婦初婚議竈炊。」可爲越職者戒。大宗至粤，主講越華書院，著《嶺南詩集》。有《謝黄孝廉冏遣僮阿寶送鬼子餻》云：「荷蘭氊穩瞌睡鏖，推窗仰卧青天高。傳呼聲洶監門嚻，小史粉面如櫻桃。愛好闊裁幼布袍，花縵綴裹短襦裪。填金漆盝紅錦絛，珠江十里不用篙。玉腕抱送毋乃勞，開緘一笑驚老饕。甜香瀲瀲風騷騷，堵墻傳看鬼子餻。形製詭譎方法韜，嚴龜跼蹐劉休逃。鬼奴烏帽粘氊毛，尺八腿、縛行縢牢。右牽四足帖尾獒，畫幡招摇睠秀旄。鏦金打鼓雁翅濠，井華淅米溲且淘。重羅細濾聲溞溞，哥巴伊呱西洋國油名。净不臊。糖霜屑用金匕撓，孩兒柴皮慢火熬。霍霍拔切大食刀，波斯碧盌雙臂操。孝廉虚館墻上蒿，背癢時遺鳥爪搔。飽看群鬼騰獮猱，睒嵺雜襲婆蘭艘。番書皮紙金線橐，界畫城郭如牛毛。反覆讀之牙屢聱，呱離不解心煩忉。邀公往觀毋訾謷，役使神馬騰輪尻。雲中攫臂從盧敖，手卷龜殼酌挫糟。遠興欲釣滄海鰲，神仙隱現潮雞號。天瓢挹取金碧膏，爲子宛轉壯酒槽。容成務光應汝曹，垂珠雙耳生白毫。奚童翩翩舞翠翿，爛醉一吐胸中豪。而我俯仰類楔槔，又類絲輕風中繅。東西覓食無所遭，日落飽聽翠釜轑。食蓼之蟲食李螬，空腸與我同嗷嗷。天涯遠藉菜把叨，青衫淚濕番葡萄。槎枒意蕊不可薅，情瀾遮湧重洋濤。竹膜滑笏語噴嘈，突梯滑稽效朔皋。運斤誰削堊鼻獲，閃閃緑緂寒燈挑。令君讀之解鬱陶。」押險爭艷，猶不免少年習氣。然其光熊熊，固非才人不辦。

海康陳文煥中丞璸，康熙甲戌進士，卒贈尚書，謚清端。生平介節自持，所至官厨惟進瓜菜，聖祖皇帝有「苦行老僧」之目。著有《眉川集》。《偶遣》云：「贏得林居數載餘，何曾家計問盈虚。最宜終日長無事，掃地焚香讀道書。」

風霜雪月，凡有詩集，皆再三詠之，惟咏雷者，自唐迄今，名作未見。豈非以雷無可寫貌？即寫聲亦難得好語，「破山」、「劈海」，諸字齊來，欲不粗獷，不可得耳。「殷其雷，在南山之陽。」反覆詠嘆，而誠信「君子歸哉歸哉」，何等韵致，後之人不敢爲，亦不能爲也。司雷之神，見海康陳清端公璸重刊《雷祖志》。今附録其略云：「粤東原屬荒裔，至漢元鼎六年，伏波將軍路博德平南粤，置南海合浦九郡，復置合州，即雷州之舊名也。州西南七里，有村曰白院。其居民陳氏諱鉷者，妻吴氏。年五十，止生三女，弗嗣。三女對天誓曰：『女子三人，願不出嫁，事父母以終身，祈天賜父母一男，以紹來世。』鉷業捕獵，養有九耳異犬，耳有靈機。每出獵，皆卜諸犬之耳，一耳動則獲一獸，二耳動則獲二獸，獲獸多寡與耳動之數相應，不少爽焉。至陳朝大建二年辛卯九月初一日出獵，而犬之九耳俱動。陳氏喜曰：『今必大獲矣。』鳩其人十餘人，隨犬往。至州北五里東地，名烏崙山，有叢棘密繞。犬自晨吠至日昃，無一獸出。獵人奇之，伐木而視，犬挖地開，獲一大卵，圍有尺餘，殼色青碧。衆電交至，陳氏大恐。置卵於庭，盛以小桌，遂爲霹靂所開，内出男子，兩手有文，左曰雷，右曰州。陳氏將卵殼稟明州官，官收卵殻寄庫，男子交還陳氏養育，名曰文玉。貌相超常，武力絶倫，叱聲霆震，資質聰明，勤學不輟，嚴氣正性，不仕非君。且其性至孝，嘗自謂曰：『事君不能事親，願問寢視膳，以樂父母餘年。』父母享年百十有三歲，連没於唐貞觀二年，葬於馮村坡之原廬墓。三年終喪之日，豬羊祭别，雷祖時年已六十有一矣，氣色如壯。於貞觀五年辛卯，出就薦辟，即官本州刺史，教養並行，民皆富庶。貞觀八年，具疏改古合爲雷，建造郡城，鞭石鳩工俱屬捐俸，無費無財。於貞觀十五年正月十五日，率文武僚屬具題，城工告竣，彼時即生兩翼，白日升天，壽元六十八歲。聖姐三人終身不字，葬於馮村坡。雷民德之，徧立廟祀。」云云。因思洪荒甫闢，乾坤肇建，斯時豈有倫類匹偶，而生類緫緫，忽然而有是，非一氣之所爲耶？則偶以其靈異之氣，不假孕育而生偉人，夫亦何所不可？特難爲拘墟者道爾。

又陳清端《雷祖廟志》載：「後梁開平四年，黎賊發符孟喜等倡亂，不輸租糧。欽差都知司馬陳襄直發十二戈船伐黎，駐師於廟，屢戰不勝。因是虔禱，出榜於廟招兵，故曰英榜山。次日復戰，襄遠見雷祖與漢太尉將軍李諱廣旗號，協同助陰兵伐黎，遂獲大勝，仍未獲賊。至夜，襄夢見雷祖曰：『賊來降我，我收在廟，化爲石人。』黎明起視，果見石人五個跪在廟廷。襄等奏聞，勅命重建廟宇，立太尉廊廟於西，封陰兵護國顯應侯，誥曰：『功蓋漢室，褒封無聞。閲史深嘆漢王爲人，虧負本心，薄待功臣。今佐刺史協助陰兵，持劍能定天下之一，揮戈能退萬億之虜。赫赫漢陛，奕奕今兹。偉哉氣燄威靈，允矣毅德昭融。永承寵渥，益衍嘉祥。特封陰兵護國顯應侯。』元泰定二年，易封陰兵護國忠順侯，誥曰：『漢前太尉，才氣無雙，匈奴號爲飛將軍。景帝時常入侍從，奮武威而射石虎於没羽，鎮營壘而歛刁斗於不擊。北平居右，而數歲有不敢叛之心。漢鼎無争，賴有猿臂射殺之力。人神共頌，功巨難封。佐昭德以退虜，協奮靈以膺狄。捍禦邊疆，保衛皇圖，可易封陰兵助國忠順侯。』不侯於生前，而侯於千載以下，其英靈洵有不可泯者。誰作《迎神曲》以宣幽出滯與？」

宛平查儉堂中丞禮，七言如：「澄懷豈必常高卧，遠眺無妨出近郊。」「我數梅花登小閣，人隨臘雪到閒庭。」「小西寒食烟猶冷，門外梨花雨正多。」夷猶駘宕，頗似誠齋。

劉石庵相國《題曹麟學士天下名山圖》云：「不知雲夢芥吾胸，蓬島方壺有路通。曾倚鰲身看出日，又凌鵬背試培風。尚平婚嫁何嘗累，顧陸丹青未足同。他日窺窗誇曼倩，真形五嶽在囊中。」有呼吸萬里之概。又《題徐樹峰問僧圖》云：「有何不了更求僧，聾啞兼盲那解膺。聽取兩松常説法，居然北秀與南能。」可謂識居頂上。

嘗怪五祖傳衣鉢與惠能，能何以即往南逃，神秀之徒又何所争，至動殺機？久之始悟，傳衣鉢者，傳道之徵也。五祖傳道，有人可以寂滅，惠能得師真傳，可以無生，而神秀不得其傳，爲之徒者更無所望，故南逃以避其妬。欲殺者，究不能自已耳。夫道其所道，韓子未必能知之，即吾所謂道，韓子亦未必能知之。夫子曰：「朝聞道，夕死可矣。」子貢謂夫子之言性與天道，不可得而聞也。既已明明言之，何以不得而聞？此中消息甚微。朱注：「道者，事物當然之謂。」恐仍蹈空，未識把柄所在。

「澗草巖花自無主，晚來胡蝶入疎簾。」余仿其意，詠葵扇云：「棕櫚籜解扇風微，弱腕輕摇稱葛衣。修竹池邊銷盡暑，深紅蝙蝠故飛飛。」

富鄭公弼訓子弟曰：「忍之一字，衆妙之門。若清儉之外，更加一忍，何事不辦。」少時有詬駡之者，佯爲不知，或告之曰：「恐是駡他人。」曰：「明呼公名。」曰：「天下豈無同名者乎？」駡者聞之大慚。又某賦《觀潮曲》云：「世人涉險皆如此，忍耐平夷在後頭。」忍辱、忍事，皆忍也。能忍，占多少便宜，免多少後患。

《左傳》「一个行李」，今人多作「一介」。又《家語》：「子貢廢著鬻財。」人每訛「著」爲「箸」，再加「當食而嘆」四字，竟似喫不慣鹽虀飯者，可發一笑。

廣州城之東，新建北帝廟落成。里人以聯對請題，因敬書云：「帝亦勞乎，役龜使蛇彰化育；尊同皇矣，披髮仗劍顯神通。」關聖殿聯云：「漢室有仁，能伸大義；尼山並聖，克伏諸魔。」不求其工，但求其是耳。憶某縣城隍神廟有對云：「百姓果有良心，倘祈禱前來，肯回頭，何用你燒香點燭；官長若無道理，縱彌縫過去，看轉眼，也妨我鐵索銅叉。」句甚辣。而縣堂對亦佳，云：「眼前百姓即兒孫，毋謂百姓可欺，要留下兒孫地步；堂上一官稱父母，慢道一官易做，須盡些父母恩情。」

管藴山世銘，陽湖人。制義私淑靈皋，相題製局，不愧作家。詩亦穩愜，《送李雲巖大司馬世傑賜告還黔》云：「當代封疆第一流，奮身掾史出邊陬。精勤吏事陶公甓，風厲官方晏子裘。上藥起衰馳鳳嶺，公初在四川總督任内引疾，蒙賜人參一斤。安輿扶疾到龍樓。特旨肩輿入直。相臣請老司徒養，謂蔡葛山、曹竹墟兩先生。又見公歸擁八騶。」

《桑中》刺衛淫，《溱洧》刺鄭淫，《東方》刺齊淫，以憤時嫉俗之見，爲叙述贈答之言，語雖甚綺，忠則無邪，故聖人有取焉。若「待月西廂下，迎風户半開」，必求其人其事以實之，將「一犬吠形，百犬吠聲」，點綴鋪張，宛如目睹。所謂殺人三世者，其筆斷不可下。况十香焚椒，抑鬱受誣，其怨毒之氣，歷劫難消，苟有幽靈，豈無業報？故香奩之詩竟可不作。曾見有工此體而其子爲餓莩者，吁，可戒已。

劉賓客《誚失婢牓》云：「把鏡朝猶在，添香夜不歸。鴛鴦拂瓦去，鸚鵡透籠飛。不逐張公子，即隨劉武威。新知正相樂，從此脱青衣。」白樂天云：「宅院小墻卑，坊門帖榜遲。舊恩慙自薄，前事悔難追。籠鳥常無主，風花不戀枝。今宵在何處，惟有月明知。」又有《嘲失婢者》云：「撫養在深閨，嬌癡教不依。縱然桃葉寵，打得柳花飛。曉露空調粉，春羅枉賜衣。内家方妬殺，好處任從歸。偷瑣出深閨，風花何所依。想非隨月去，難道綽天飛。燭暗新垂淚，香凝舊舞衣。恩情如不斷，還向夢中歸。揭牓諱因依，千聲叫不歸。頭盤紅縷髻，身著紫羅衣。夾帶無金玉，窩藏有是非。請君看賞格，惆悵信音稀。」情景如繪。

長寧趙渭川希璜，官安陽知縣。《賦兒啼饑》云：「嬰兒失乳不能語，呱呱戀母啼饑苦。弱小由來肋似雞，嬌癡那省頑如虎。爾父官貧骨自清，十年爲令手持平。窮簷常痛斯民瘠，赤子誠求我淚盈。同此情懷更無告，况復頻年悲旱潦。赫赤驕陽水斷流，零丁苦雨蛙遊竈。兒尚食麋兒勿啼，眼前待哺滿黔黎。殷勤普問嗸嗸口，共説兒啼一樣饑。」父母斯民者，皆宜三復。

蕪湖韋約齋謙恒，年十九補博士弟子，越二年，舉拔萃科，又十七年，以奏賦授中書。當探花及第時，四十有四矣，不十年撫黔。《謁陽明先生祠并序》云：「祠在貴山書院左，歲久不治，余以俸錢新之。廼帥諸生行灌獻禮，兼紀以詩：天地苦榛狉，無由啓屯蒙。往往賴賢喆，聲教遂以通。夜郎古絶域，道學誰爲宗。豈知龍場丞，廼暢鵝湖風。苗犵雖錯處，性命理則同。良知本孟氏，諄諄提瞶聾。石洞玩爻象，草庵殊從容。但偕鹿豕遊，寧許魑魅逢。一時講學者，泝源流未窮。如彼潮陽人，至今師韓公。頑廉懦夫立，冠服何雍雍。我來瞻祠宇，亟爲勤垣墉。落成薦俎豆，逢掖諸生從。升堂尋微言，講道非虚空。致知與力行，相與爲始終。請看新建伯，磨厓紀豐功。徘徊竟日夕，皓月生前峰。」文成結草庵於龍場，又有玩易窩，在陽明小洞天。此詩徵引親切，比擬確當，藹然儒者之言。

孫補山相國節制兩廣時，有《寄袁簡齋七十壽詩》云：「讀書豈必窺蓬瀛，作吏難得稱神明。先生兼之妙遊戲，年三十三返柴荆。鍵户惟聞潔菜膳，登壇誰與争齊盟。欽遲於今五十載，馬牛風逆心怦怦。巖疆承乏勢更阻，莫愁那許湔塵纓。忽傳遠道擘香荔，還期密座搓秋橙。我似霜蹄頻北向，君類陽烏方南征。訪友有時墮蒼耳，當餐不免憎芋羹。星巖羚峽探已遍，乃復蠟屐來羊城。擁陌聚觀李北海，排闥直入費冠卿。我年六十君七十，嶺南纔唱《相逢行》。孫威譚易理遂屈，袁耽擲帽氣益盈。外道驚見獅子像，前身疑是蝦蟇精。款門取别語刺刺，郵籤細數灘江程。蠻烟箐雨甘枕葄，斷碑零碣珍瑶瓊。揎袖剔蘚日摹搨，空山到處聞丁丁。尺書寄我極矜詡，要與百一抗詮評。自注：百一山房，余齋名。更歷衡岳下湘水，雲罕翠被紛來迎。抵家一瞥歲伊始，青紅繞膝皆懽聲。芳辰僂指逢元巳，林淵錦鏡開晶瑩。嬉春繡履先呈樣，占花吉薺剛抽萌。先生顧之餐然笑，掀髯滿飲玻璃觥。吾聞小倉山高分兩脈，蜿蜒而下溪橋横。洞天隱隱通户牖，鸞鶴往往依軒楹。吹笙應來緱嶺客，搗藥倘遇丹丘生。人生得此亦奇福，奚事每咽須侯鯖。與君分手鷉蟀更，白雲蒼波空復情。詩成漏下天宇碧，少微朗照鍾山英。」敘述親切，不落套語。又畢秋帆制府寄祝云：「巋然江左一靈光，星宿羅胸句出芒。山水靜留真歲月，烟霞絢染好文章。何人御李思懷刺，此事推袁果擅長。春到杖頭元不老，雙丸物外任他忙。」「元相才名出禁傳，雞林紙貴艷新篇。筆雄繡虎詩兼史，影落飛鳧吏即仙。綠字養心花養性，碧山同壽鶴同年。回思上表成婚日，曾撤明光寶炬蓮。」「園裏樓臺江外山，盍簪曾記款雲關。地兼綠野平泉勝，人在青蓮玉局間。宦職拋纔全福占，詩名成爲半生間。別來未取紅衫浣，猶帶蒼山冷翠斑。」「半入名場半隱淪，鹿銜芝草伴長生。六朝風骨餘金粉，五岳真靈作主賓。燕喜樽開蘭渚會，鳳簫聲遠洛川濱。祝鳩寄語須珍重，已未詞臣有幾人。」四首褒獎如分，無一浮語，皆傑作也。

蔡虛齋曰：「禍莫大於縱己之欲，惡莫大於言人之非。」

「崚嶒漫道出頭易，安穩須知立脚難」，姚秋農師《詠九曜石》句也。公由狀元歷清要，使輶半天下，位至一品，其「崚嶒」、「安穩」爲何如耶？尹望山相國《詠一房山》云：「擬肖終南未足奇，勢分高下自逶迤。韶光日暖欣同賞，積累功難頗自知。草帶幽香餘舊種，樹沾好雨發新枝。危欄屈曲前谿杳，似轉山村路又歧。」玩第四句，聖賢學問、豪傑功名、仙佛因果，具見於此，知名臣胸次未有不同者。

錢籜石侍郎載，詩有蒼莽之氣。《游華山》云：「飛瀑見晴雪，旋螺聞妙香。僧言華山處，華擁支公堂。秋田石路遠，晚樹雲陰凉。高高穿鐵壁，寂寂轉盦房。脚踏菡萏瓣，動摇天風長。飄然不染心，不在菩提坊。」

大興翁覃溪先生，督學粵東，三任凡八年，所選拔皆知名士。先孝廉時應商籍試，以第一名入黌宫，旋食餼，深爲器重，以遠大相期。所刻《校士録》，至今猶津逮後人。嘗取唐人五言排律箋其句法，爲多士模楷。蓋自惠天牧後，又得公悉心校士，粤人咸知績學矣。公詩晚年專意學蘇，因顔其齋曰「蘇齋」。七言多遒折之句，《栖霞道中示謝藴山》云：「尚記城東並轡歸，詩情先逐曉雲飛。重陽細雨遲黄菊，六代精藍冷翠微。遠眺合教青眼共，深談喜未素心違。洞天且莫題名姓，苔蘚濛濛恐濕衣。」「峰巔一宿記吾曾，已覺塵勞句可憎。禪畫只添雲半幅，幽居豈在屋多層。儘饒泉響來供客，如許松陰可少僧。尚恨不逢新雨後，棲賢三峽豈能勝。」

馮魚山比部敏昌，欽州人。少受知於翁覃溪先生。遍遊五岳，發爲詩歌，有蒼鬱之氣。《立秋日登華頂作》云：「層霄誰共誇茅龍，絶頂遐觀盪芥胸。白帝西來行萬里，黄河東去避三峰。晴雲膚寸收蓮蕚，樓閣千尋建鼓鐘。莫問驚秋還有客，從來登華正難逢。」《與諸君登大别山》云：「金鰲背上得同遊，萬里山川縱目收。嶓冢荆衡來一氣，長江沔漢會雙流。元圭想見神功峻，翠栢仍聞夏代留。自向峰頭瞻小别，雲烟衮衮似含愁。」《登太室中峰謁中嶽祠》云：「懸瀑千尋殷怒雷，中峰萬仞矗龍堆。松頭㸷㸷層巖合，霞彩紛紛絶壁開。天外黄河真浩蕩，地中温洛自縈迴。飄然拂袂青霄上，仍擬重邀鶴駕回。」三詩俱挺拔。

謝北海大令《送范進士之京》云：「相送君行役，芙蓉照别筵。前程不可量，後會在何年。客路三秋雨，鄉心九月天。依依離索感，忍贈玉驄鞭。」風格宛然盛唐。

倪大宗《送王環峰夫子歸里》云：「長風天末遠，夫子促歸舡。祖帳臨秋墅，征帆落暮潮。揭來雲雨露，仰止隔烟霄。召杜留膏在，仁聲百里遥。」又：「望重身偏隱，官輕道自尊。」置之《長慶集》中，幾無以辨。

馮宗山大令《送周亦庵歸武林》云：「笠屐飄然賦遂初，送君南浦重踟躕。轉因官冷多携酒，莫謂囊空滿載書。種柳西湖娱老計，蔭棠薌水得民譽。未知别後幽棲日，肯惠故人雙鯉魚。」《送胥燕亭》云：「傾蓋逢君見性真，每於風雅得相親。天涯浪跡多吾輩，海内論交有幾人。書箑吟成唐律細，擘箋分出漢文珍。此情别後何堪憶，同是江湖一客身。」造句俱極自然。

「空聞猿化去，誰説寺飛來」，任秋浦清漣《詠峽山》句，以活筆寫實事，故佳。

香山、澳門，自前明賃與西洋人居住，今則暎咭唎等國夷人皆僦居矣。夷廟名大三巴，左峙鐘樓，三百餘年時刻無舛。其俗貴富而尚少，七日一拜禮，男女皆輟業詣廟聽講。或嬉遊竟日，大率似唐人旬休、道家戒戊之意。先一二日，夷婦相率浴於河，意在潔，而事近褻。往來行路，俱以青帕一方覆身首。杭州金采香有《夷婦拜廟》八絶句云：「三巴門内瑞烟開，夷婦殷勤禮拜來。席地跏趺忘日永，氤氲人氣繞樓臺。」「一雙纖手嫩於蓮，對佛持經志益虔。百八牟尼剛數罷，堂頭法語又傳宣。」「一聲棒喝碧天寥，静撫風琴古韵遥。仿佛魚山聞梵唄，群芳屏息謝塵囂。」「頰泛紅潮艷似花，盈盈秋水玉無瑕。青紗蓋却春風面，步障何須仿謝家。」「瓔珞垂胸半掩藏，冰肌耀雪暗飛香。愛他衫子袈裟布名薄，持較龍綃分外凉。」「梨渦絮語帶春情，小鳥枝頭若鬥鳴。識得卿卿相爾汝，解人祇是聽無聲。」「跣足凌波意欲仙，湘裙纏裹亦翩翩。洞藏春色深如許，漫道嫦娥愛少年。」「浪游鏡海正秋深，偶被情牽不自禁。莫訝詩成多綺語，死灰無復戀花心。」

黄山谷《跋湘帖群公書後》云：「李西臺出群拔萃，肥而不剩肉，如世間美女，豐肌而神氣清秀者也。」作排律詩須會此意。

趙清獻帥蜀，見官妓有戴杏花者，公偶戲曰：「頭上杏花真有幸。」妓應聲曰：『枝頭梅子豈無媒。」傍晚使老兵呼妓，忽高聲叫曰：「趙忭不得無禮。」喜其聰敏，幾至破戒，危哉。

慶椒園鎮粤將軍保，以年班入覲，恩賜紫禁城騎馬。因囑顧眉生繪圖，作紀恩詩云：「九霄晴靄護彤墀，最憶朝正待漏時。天語從容叨晝接，雲章糺縵拜春祺。緋魚捧出儲才袋，玉爵擎來獻壽巵。更爲衰遲憐聽履，鳳城一路送鞭絲。」「紳笏三朝侍禁中，先臣詩紀詔乘驄。馳驅總被龍光渥，矍鑠原資馬步工。敢詡識途思向日，每因伏櫪感追風。迴驄催出横門道，遍寫恩波粤海東。」

黎二樵簡，五言如「雨鯹魚嘯海，雲怪獸頹山」、「虚堂浮雨氣，高枕入江聲」、「蟬急日趨短，雲飛天欲秋」；七言如「多吟詩律相因細，少事門風轉自高」、「聖賢酒理持中論，詞賦生涯謝側篇」、「天明一點暮山碧，江白半帆斜照紅」、「關河霜雪朋儕舊，溟渤魚龍窟宅寬」，皆經百鍊而出。

謝照山光國，番禺舉人。詩學劍南，如：「綺語未忘難選佛，愁心乍脱即登仙。」「偶動機心緣看弈，亦知損肺尚焚香。」「紫芽薑辣添丁酒，黄耳蕈香供午齋。」「課兒讀《易》心偏静，聽客談兵氣轉豪。」於平易中見真味。

近海争沙田，近湖争蘆洲，同一弊也。吴白華侍郎有《蘆洲詩》云：「海縣紛奪沙，江縣紛奪洲。洲中蘆可薪，衣食民所鳩。五年一踏勘，坍長兩不猶。准長難准坍，各各滋營謀。其長若添線，其坍若滅漚。失勢遽坍塌，蛟鱷喧深湫。其甲報長去，其乙報長留。其丙亦報長，蘆課官可收。有課無有蘆，訐訟死不休。連年走對簿，破産供贓賕。得洲固可喜，洲坍還可憂。不如姑置之，忘機如白鷗。漁家賦漁課，漁樂君知不。」可謂深切著明。

江西貴溪縣馮宗山《除夕喜内子至署》云：「廿載牛衣相對眠，南來雙鬢已皤然。舉家聚首逢除夕，舊事酸辛憶往年。列坐圍罏香獸暖，開筵剪燭蕊珠圓。殷勤久别如賓敬，莫謂官貧有俸錢。」

王笠舫衍梅有《次汪孟堂池上白藕作花分得香奩體四首》云：「昨夜相思繞翠隈，爲誰珍重故徘徊。轆轤已自鳴金井，羅綺何嫌犯玉臺。公子風標紅芰邈，美人日暮碧雲來。王郎老去維摩詰，閒看幽花落古苔。」「嘗言妾貌勝紅蓮，花落花開總任天。澹白一枝初出水，空青十丈欲騰烟。多情南海生明月，恨事西湖少葑田。吹徹玉簫無處所，凌波塵襪去遊仙。」「朱雀航邊烏夜棲，儂家舊住石城西。花原薄命終無語，鶯自含愁不忍啼。深淺波光猶莫定，短長葉勢豈能齊。秋風秋雨相憐惜，一片雲帆一曲溪。」「知君高閣静聞謳，素女聲中鼓瑟幽。落月映空鷗似雪，長風吹夢鶴爲舟。緑承金掌三霄露，紅隱瑶池一角樓。我是冬郎工艷體，折花吟遍海天秋。」

河督世序黎公有《紀夢》五古一首，并自序云：「道光三年，歲在癸未，嘉平廿一日，封篆之期，予苦病魔纏繞，數日夜不成寐。是日忽睡着，夢帝錫予銅符，狀如古錢，長約三寸許，寬約二寸，上有『天雷』二字，下有『不但千金』四字。餘字不甚了了，又似『同節相孫制軍同閱』，不知主何吉凶。詩以紀之：道光癸未冬，病魔苦爲祟。痞塊填胸膺，腸胃復瀉痢。晝食苦難消，夜卧多不寐。參朮訖無靈，醫工術徒試。嘉平廿一日，就枕忽酣睡。夢帝賚銅符，珍重拜恩賜。方長不數寸，古篆渾難識。上有天雷文，下有千金字。其餘字尚多，模糊不記憶。既醒自尋思，蒼蒼是何意。或者河干走，尚有微勞勩。神人慰勉予，愛身毋自棄。抑或禄命盡，合作天雷使。君子安義命，達者一心志。堅定向道念，不以生死易。爰作五言詩，用記霄來異。」未幾公遂薨，亦一奇事。

方秋白《洛陽》句：「紅日影中天地正，青山呼後帝王尊。」

山陰盛秋谷明經復初《留别海南諸子》：「瘴海三年客，還家萬里程。關山愁遠道，風雨撼離情。會面知何日，銷魂是此行。不堪聞《折柳》，況復聽秋聲。」詩筆極熟，可謂來得去得。

玉山茶肆，過而不留者鮮矣。某孝廉題壁云：「夾路輿歌踏踏，沿溪草色緜緜。香風十里撩人戀，衣袂惜紅蓮。　翠鬟當罏十五，青山勸客留連。今宵小住爲佳耳，一縷裊茶烟。」

上海喬中丞光烈《虎丘遇雨》云：「山雨忽飛林影暗，波光斜漲寺門遥。」確切不移。

袁子才在日聲稱籍甚，殁後人多指摘。平心而論，《隨園詩集》不必深求，取其清新雋逸者賞之可也。如《水西亭夜坐》云：「明月愛流水，一輪池上明。水亦愛明月，金波徹底清。愛水兼愛月，有客登西亭。其時萬籟寂，秋花呈微馨。荷珠不甚惜，風來一齊傾。露零螢光濕，曝響蛩語停。感此元化理，形骸付空冥。坐久并忘我，何處塵慮攖。鐘聲偶然來，起念知三更。當我起念時，天亦微雲生。」

置之《長慶集》中，亦出色之作。但子才自謂《長慶集》始未寓目，則自欺，不能欺人。訾議叢生，適有以招之耳。

陳子洪官香山，《諸生詠濂泉》云：「片雲粘不住，山月没還浮。以此問心迹，杳然忘去留。巖飛萬古雨，人度四時秋。我欲攜瑶瑟，長歌天際頭。」幾欲御風而行。又《鐵城望海》：「香滿市頭椰酒熟，腥回天外蠶帆歸。」可敵陳獨漉「桄榔過雨垂空地，玳瑁乘潮上古城」之句。

鎮洋汪持齋侍郎廷嶼《詠素心蘭》云：「花葉淡如此，一庭風露深。炎埃吹不到，空谷杳難尋。潔白笙詩意，寂寥琴操音。虚堂冰鑑在，晤對有同心。」

先孝廉《詠墨蘭》云：「不向瀟湘九畹尋，托根如畫墨痕新。幽人只合宜空谷，鐵面從來本素心。難辨縱横新月影，可勝濃淡晚烟痕。緇塵若染原非染，何處光風覓賞音。」「寄跡山巔與水涯，松烟繚繞護輕紗。硯池洗罷香留葉，筆管開餘色染花。作佩定知甘黯淡，采芳先已謝鉛華。笑他辨别徒多事，守黑由來未盡差。」按墨蘭種出於閩，香稍遜而幽韵更勝，殆君子能沉默者，與金谷園中五色鬥艷，不可無此逸品。

德慶州謝茂才槐藏一硯，背羅鸜鴿眼凡十七。同州李孝廉清泰題云：「化工亦有《春秋》筆，不列當年許敬宗。」

武進黄仲則景仁，詩名久蜚海内，其古體酷似太白。《雨中遊桃莊看飛泉即東坡題聽泉處》云：「搜石乃得泉，泉流更洗石。石净作天青，泉飛化虹白。山中連日雨，深塢絶行跡。誰知穿雲來，乃有問泉客。左右聞澗聲，尋源固不隔。懸崖忽當面，飄沫時濺額。俯掇星迸潭，仰怖雷破壁。一與洞壑緣，分支已千百。稍戛旋翻銀，微渟頓澄碧。大海及汙潦，安知後所適。保兹在山心，莫忘初境窄。逝矣眉山翁，誰歟證心獲。」《黄山松歌》云：「黝山三十有六峰，峰峰石骨峰峰松。有時松石不可辨，一理交化千年中。丹砂琥珀共胎孕，亭亭上結朱霞封。人言松柏遜石相，即以松論何能窮。沐日浴月暈蒼翠，苔色散點周秦銅。窈峭上偃兩君蓋，糾結下固靈虬宫。鱗張鬣縮爪入肉，萬劫避過雷火攻。昔觀圖畫訝未見，到眼更覺描無功。懸崖嵌峒不知數，莘莘縱縱皆鬼工。及至觸手膏溢節，極瘦駁處春華同。清泉洗根瀉漭泱，瑶草分潤生蒙茸。翻疑石相奇太過，相助爲理論始公。青牛伏黽不可得，幾輩對此顔如童。明當遍覓茯苓去，短鋤碎斸千芙蓉。」既御空而行，復力破餘地，那得不推倒一時。

明婁妃屢諫寧王，不聽。王令題樵圖，其樵人回首與婦語者，題曰：「婦語夫兮夫轉聽，採樵須是担頭輕。昨宵雨過蒼苔滑，莫向蒼苔滑處行。」永樂命解縉題《虎顧衆彪圖》云：「虎爲百獸尊，誰敢攖其怒。惟有父子情，一步一回顧。」時太子久留南京，見詩有感，迎入禁中。主文譎諫，各達其忠愛之忱，一聽一不聽，非人所爲也。

明初德慶李樵雲之弟牧隱，嘗與宋濂唱和。《賦鶴骨簫》云：「林逋仙去胎禽化，遺蜕摩挲巧製成。度曲細聽音韵好，鳴皋剛及露華清。神交赤壁三更夢，怨入青田萬里聲。昨夜樓頭風月冷，倚闌吹罷不勝情。」又樵雲子伯震句云：「催科無恙千家足，爲政能寬萬姓安。」「花前起舞招黄鶴，竹裏行吟看白鷳。」亦工。

直隸制軍方問亭觀承，六衮舉一子，正值中秋侍晏之時，兩江制軍尹望山寄詩云：「燕樹重雲外，佳音達遠郵。喜聞蘭入夢，恰值桂當秋。戈印徵先兆，桑弧卜大侯。蒿生休恨晚，甲子數從頭。」「節鉞皇畿重，承恩廿載深。爲霖寰宇望，匪懈老臣心。燕樂陪魚藻，賡歌叶舜琴。嗈喈聲正好，雛鳳已鳴陰。」「未逢湯餅會，恐錯弄麞書。家瑞丁添户，鄉音喜溢閭。傳經心自慰，娱老事無餘。婚嫁偏多累，情牽或笑予。」「江干奔走客，塵思日紛紛。良會經年隔，新詩遠地聞。春回生意滿，花艷晚香薰。種玉今伊始，藍田歲歲耘。」可想見大臣和衷風致。

尹文端公爲袁子才題小棲霞額，後書「隋園太史」，子才寄札云：「太史之名，似是而非，請更舊吏二字。」公寄詩：「頭銜縱换成仙吏，香案曾經號秘書。」仍以太史之稱爲是也。

汪白岸後來番禺人，康熙壬午武舉，參軍事。著《鹿岡詩集》。五言《初春病起》云：「日華全在水，風色半開嵐。」《軍行》云：「竈烟薰澗鼠，弦響落山雞。」七言《春寒》云：「欲鳴且蟄蟲如此，應放還含花奈何。」《示隊長》云：「肯以衙官卑屈宋，且爲蓮社擬宗雷。」《賊平書報故園諸子》云：「椰瓢載飯分山鬼，羽檄封題寄友生。」《北江》云：「一片野雲開大纛，萬重山雨逼衡茅。」《雨氣》云：「陰陽澤物初無象，肌骨生寒不爲秋。」語皆戛戛獨造。

雷州有徐聞縣。其始，縣城逼近海壖，每潮汛洶湧急切，駭人聽聞。後徙築縣城，居民喜曰：「海邊潮至，庶徐徐聞乎。」遂以「徐聞」名縣。余謂取對「陌上花開，可緩緩歸矣」，諒無出其右者。

明末粤妓張喬葬百花塚，因一時名士環植百花，故名。余有「廿年紅粉歸黄土，萬古青山起白雲」之句，先孝廉爲改「起」字作「老」字。

朱提縣屬犍爲，出善銀，故銀曰朱提。《漢志》：「朱提銀八兩爲一流。」流即錠也。錠以螺紋面爲上，故又曰紋銀。今則貴光面，其成色以錠底蜂房深者爲高。外夷至中國貿易，惟用洋銀，又曰洋錢。體圓，徑寸，無孔，每圓以七錢二分重爲準，義取每日十二時，積六十甲子，共七百二十時，故準其數，見隨日隨時，皆流通可用也。其始一面範鑪紋，一面範燭臺紋，環以夷字，邊作合掌斜紋，謂之花邊錢。繼變爲鬼婆錢，將鑪紋一面改範其國母，頭面至肩而止，邊亦改作回字紋。今蘇杭等州猶用之，呼爲大頭錢。後復變爲鬼頭錢，則範其國王之頭面至肩，而銀色更低於鬼婆。聞其市中國白鉛，回國以藥傾出白銀，所剩鉛，斤色已變黑，仍帶回中國售賣，謂之黑鉛，技亦巧矣。順德歐陽達歲貢生《詠花邊錢》云：「點金無術笑迂儒，製出花邊鏹競儲。獻納漸通雙闕路，回環兼識九夷書。形分日月光常近，望重威權孰可知。若使登朝逢敬叔，也應相訝寳盈車。」

北路苦無鮮魚，至洪縣始得鯽供饌。杜子美《閿鄉姜七少府設鱠戲贈長歌》：「黄河味魚不易得，鑿冰恐侵河伯宫。饔人受魚鮫人手，洗魚磨刀魚眼紅。無聲細下飛碎雪，有骨已剁觜平聲春葱。」《潘淳詩話》：「韓玉汝云：河中府三面是黄河，唯有味魚，似鯽而肥短，味亦美。」似洪縣鯽即味魚。

戴文敏蓮士，與關閣學槐同在翰林時，常相戲謔。王偉人中堂聞之，笑曰：「關勝戴不勝，亦巧合也。」

己巳秋夜，偕高孝廉西山、鍾孝廉鳳石輩，在勺芳園分韵，同詠圓桌。余得一先韵，詩云：「團圞玉鏡照當筵，良夜樽開畫鼓傳。面面有情都是客，三三添箇也成仙。周旋東閣鑪烟繞，宛轉西窗燭影圓。風送金鈴簷際語，恍疑圍坐大羅天。」西山曰：「今後可改名九仙桌矣。」

杜詩「豈無青精飯，使我顏色好」。或以青精爲南燭，非也。陶隱居《登真隱訣》載太極真人青精乾石䭀飯法。䭀音迅，䭀之爲言殆也，謂以酒蜜、藥草殆搜而暴之也。亦作䃊。皮日休詩「半月已齋青䭀飯」，可證。

石門馬中翰俊良《詠雪團》云：「嵰山甜雪乍成團，除是仙人得飽餐。脱盡人間烟火氣，休將世上色香看。楞嚴讀罷如如味，鑪甕凝餘片片丹。於淡泊中存雋永，鐃工倖揣總疑謾。」孫補山次韵云：「當筵瞥見影團團，九九曾叨玉屑餐。往在都門消寒時，曾荷分餉。落手輕疑風絮結，堆盤涼擬月窺看。胚胎脱處嬰離殼，沉瀣融時腹轉丹。怪道朝來腰脚健，陶家服食語非謾。陶弘景合飛丹色如霜。」

秀水鄭虎文炳也太史，著《吞松閣詩鈔》。《即事》云：「半捲蝦鬚蕩玉鈎，蕭閒景物一庭幽。清池得雨青浮面，荒草無人緑到秋。落葉亂驚歸鳥疾，薄羅輕趁晚風柔。望中無恨飛鴻影，看盡斜陽下荻洲。」有閒遠之致。

橡坪詩話卷十

尹文端公貌類佛，而不喜佛法，聞人才後進，傾衿推轂，提訓孳孳。詩成，喜人吟，聽至頓挫處，手爲拍張，或半字未妥，必嚴改乃已。以故，清詞麗句，雖專門名家自愧不如。子美「新詩改罷自長吟」，固不若聽人吟其疵纇更易見也。《一品集》成，凡十卷。有《望太華山》云：「滇南山多平地少，一看太華山盡小。俯臨金碧帶昆池，峰頭不斷雲縹緲。」「笑我南來兩度春，春花秋月幾番新。眼底風光無限好，年年領略屬閒人。」「記因祈禱向山路，忙中林壑不知數。雲生石畔雨如飛，四野瀰漫盡烟霧。」「惆悵仙源水亂流，依稀恍似夢中遊。嶙峋體態未曾識，神魂鎮日長悠悠。」「清波倒映列屏障，翠壁層巒分下上。何朝古寺樹參差，半在斜陽山背向。」「緣知遠眺有奇觀，不似攀躋步步難。身入易迷真面目，世事應從局外看。」想見入世出世大智慧。又《昭通感懷》云：「行近黄昏尚未休，烏蒙遺蹟費尋求。孤城何處埋荒草，殘穴於今指亂流。瘴氣消時邊月苦，秋風起後野魂愁。蠻夷也要同胞與，著意安全是勝謀。」則濟時良相規模溢於言表矣。

余年十四時，塾師林豐泉先生授以《儀禮》。苦其難讀，因啓先生曰：「此經所載，俱古禮儀節，今時不合用。正如去歲時憲書，今年用不着。似不成誦亦可。」先生謂：「爾苦難讀，姑俟將來可也。」後應舉業，因取《儀禮》擇而讀之，并繹其言外之意，手録一卷。辛未歲，督學程鶴樵侍郎校士廣州，以

「揖所與立」命題，余講下一段有云：「賓闑西北面立，君闑東南面立，夫子爲擯，其以次立於君之東南西面乎。」學使密圈無縫。因認保新進文童詈誤，學使取余卷示代提調官沈明府寶善曰：「方生湛深經術，非梳爬字句者比，是不可革，現試優等第一，姑降三等五名之次，以示罰可也。」余竊喜治《儀禮》能解厄，信經術有用矣。後讀朱高安相國傳，謂公相業本經術，尤精《儀禮》，每畫地演習，如身歷焉。則又矍然駭不解其用所在。嗣有富室，因喪儀紊亂，藉以争産，至結訟連年，破其家。始悟「名不正則言不順，言不順則事不成，事不成則禮樂不興，禮樂不興則刑罰不中，刑罰不中則民無所措手足」，聖人之言，炳若日星，而用《儀禮》以宏相業爲不虚也。但不可習儀以亟耳。《詩》曰：「相鼠有皮。」可爲三復之矣。

南海邱浩川熺，精於種痘。其法傳自外洋，用童牛痘漿，點進小兒臂上種之，即能將内毒引出。依然上漿結靨，又將此小兒臂上之漿爲彼小兒種之，聯綿不絶。間有種出之後，仍復再出者，其毒亦輕矣。以是小兒受其福者，歲以千計。於城西荔枝灣中闢一小園，構竹亭瓦屋，爲遊人擘荔之所，外護短墻，題曰「虬珠圃」。阮公子賜卿福，攷《文苑英華》有唐曹松《南海陪鄭司空遊荔園》詩，云：「葉中新火欺寒食，樹上丹砂勝錦州。」定爲唐咸通詩人吟晏之地，舊謂劉漢「昌華苑」，特因荔園故址爲之，因溯古而名之曰「唐荔園」。阮芸臺大司馬詩云：「紅塵笑罷晏紅雲，二百餘載荔子繁。十國祗知漢花塢，晚唐誰憶咸通園。咸通嶺南鄭節度，風流曾見詩人言。曹松陪遊老文筆，丹砂濕濕露軒軒。前此英辭接扶荔，曲江一賦傳開元。荔香曲破妃子去，貢騎不復馳中原。後此年年荔支熟，那堪屈指巢與温。桑田有改荔林在，隱巖得地皆唐恩。茉莉不强牡丹勝，昌華苑廢成荒邨。方今承平嶺海盛，夷賓十倍唐崑崙。貢獻屏絶尤物賤，百蠻共仰朝廷尊。節使公餘但緩帶，荔灣一任開園垣。士民競赴半塘社，家家畫舫傾芳樽。燕支林外立白鴿，芙蓉塘底飛文鴛。所惜遊談但南漢，何曾買夏唐園論。劉家塹竊枝與葉，豈知本是仙李根。曹詩巋然見文苑，古園不泯因詩存。喜從新構得陳迹，社詩千首題園門。詩人精魄自千古，一亭便可乾與坤。更向夢徵追杜老，試擘重碧輕紅痕。」

《楊文公談苑》云：「唐朝宫中，嘗於學士院取眠兒歌。」眠兒歌者，即剃胎頭文也。前明翰苑有孔目吏，每學士制草出，必據案細讀，疑誤輒告。劉嗣明嘗作皇子剃胎髮文，用「克長克君」之語。吏持以請，嗣明曰：「此言堪爲長，堪爲君，真善頌也。」吏拱手曰：「内中讀文書不如是，最以語忌爲嫌，既克長，又克君，殆不可用也。」嗣明悚然，亟易之。黄山谷「身不出家心若住，何須更覓剃頭書」，其書不傳，玩詩意似非剃胎髮文。

姚秋農師視學粤東，得西寧馮生光華，深器之，贈詩云：「頭角相看漸老成，階前玉立倍神清。居然落筆驚先輩，未許隨人步後程。三日阿蒙當刮目，一時王粲已知名。半窗燈火秋分夜，佇爾扁舟到穗城。」「蛙井終嫌各一方，好隨學海問津梁。六經根柢宜搜討，五字工商費較量。芝阜醴泉寧有種，珠光劍氣總非常。即須望爾飛騰去，肯讓東坡眼力長。」

錢香樹尚書《恭和御製百花洲詩用宋曾鞏韵》云：「宸遊憩古亭，言尋芳洲路。蘭舟初停橈，雲亍一迴步。垣轉勢更寬，泬寥景多趣。舟逐鷗鳥飛，帆隨駿馬騖。漣漪散圓珠，晻曖挹朝露。遠水自生虚，春陰易爲暮。林碧澹人烟，袂香襲花霧。風詩懷古篇，瞻眺愜深顧。豈惟適方舟，亦足資秇稌。即事念民依，旨哉有餘慕。」又典試西江，試畢晏集百花洲，援筆賦曰：「繞砌秋英點點斑，天教勝地占蕭閒。皇恩只許經旬住，星節何妨一再攀。如掌平湖高士宅，當頭明月故人顔。不須更上滕王閣，已見江城雨後山。」霞舉軒軒，真有仙骨。

興化伊墨卿太守秉綬，由惠州轉任揚州，平山堂扁額易以隸書，雄秀可觀。詩筆亦遒媚。《夜雨宿西省同孫淵如員外賦》云：「畫省青綾擁宿酲，感人節物不勝情。春榆改火逢寒食，暮雨如絲閣禁城。幾處樓臺迷遠夢，誰家簫管咽新聲。年來最有田園興，三寸泥應叱犢耕。」

彭文勤公《恭和御製抽掄掇沈元韵》：「賢以喻珠玉，微乎鑒識微。泥塗非久閟，流折頓生輝。孔不患人莫，哂云知我希。相求亦相應，如式更如幾。勿恃書留粕，何憂相舉肥。竹薪裁玉笛，桐爨中瑶徽。鼎必自知愛，爵應思弗揮。丹砂求作令，行乃與言違。」通首渾寫題意，不點題面。

吴鬣濤俊由粤臬開藩山左，馮魚山送之云：「百二誇函秦，全齊得十二。東海爲噣鳥，亦不受楚制。紛紛宋衛韓，但若指聽臂。齊桓昔創霸，聲施滿天地。要惟天下才，實佐尊周計。德禮振長策，魚鹽興大利。一匡更九合，仁功匡一世。儒生好空譚，志士但夢寐。國家方全盛，定鼎在幽薊。南海堪要絶，萬里足横厲。屬者白蓮教，蔓連更恣肆。初從荆楚起，轉向西川熾。雍豫雖防微，民氣或凋弊。今皇受内禪，仁孝超千禩。經緯况分明，鋭思整神器。督撫與元戎，兼聞屢易置。吁嗟乾隆末，至此已七歲。邊省或瘡痍，粤東幸安庇。實惟大吏賢，止用清净治。我公在其間，盤錯特專萃。明刑如臯陶，達政比衛賜。相得乃益彰，不同實互濟。前年攝粤藩，兼權非小計。去年欣入覲，陳謨況宸契。遂令藩大東，實仗布嘉惠。齊民喜得見，粤士歌奚恃。惟公仁者心，同仁方一視。更將出奇略，拯救見經濟。富强雖霸術，論政所不廢。兵食既兼足，民信復非僞。用之赴湯火，罔不如厥志。東海更西河，穆陵並無棣。泱泱表海風，足以固藩衛。自昔燕齊合，比作常山勢。西可埒强秦，南將甦楚敝。朝家需公行，想此有深意。平生管夷吾，足肩天下事。規模異江左，風聲仍海裔。時當憂國暇，娱心或文字。將同岱雲起，不殊靈光巋。餘事尚詩人，依仁且游藝。自慚一馮諼，三敗同曹沬。濩落無所成，惟願甘粗糲。何用加磨礱，指南時一示。」

汪謹堂尚書由敦，詩有寬博之氣。《元夜》云：「村舍風光五夜過，春燈合岸射晴波。當頭璧月沉沉夜，勸客銀缸緩緩歌。對酒漸傷前輩少，追歡惟聽舊聞多。板橋霜重人初散，不醉其如曉漏何。」又「烟幂漁庄柳，風低蟹籪燈」，亦吴江佳句。

東莞祈珊洲文友《出郭》云：「桃花點點荻抽芽，出郭行吟到日斜。一夜東風吹雨過，滿江新水長魚蝦。」風調近漁洋。

烟草之種來自西域，今則分其品，别其名，各有題詠。惟鼻烟一種從未有詠者，余作七律四首，云：「嗅烟何必口流涎，金嗅狼胱習共沿。欲試運斤能削堊，竟争舒指學參禪。如塵物訝來塵外，不火名偏占火先。郁烈香疑花露潤，幾人擁鼻孔撩天。」「荷蘭氈褥織蛟毫，入座人揎短裲襠。彩艷鴨頭誇緑色，品高鵶片壓紅毛。忘形友互招腰送，如意珠同具眼操。刓玉貯將擕取便，紛綸雜佩襯觿刀。」

「搐鼻因何佮不離，壺鐫新様出參差。瓜蔓引蒂爬瓢巧，錐靶韜囊脱穎奇。解帶漫教童子佩，搴帷聊付美人持。祛寒辟穢兼除瘴，多食還防腦漸虧。」「問君食指動曾無，杵就元霜較美腴。奪氣正同耶悉茗，燃灰翻笑淡巴菰。珍逾玫瑰油難得，有鼻烟油烟藏久則乾，以銀簪醮油，插入罐中，即滿罐香辣如新。製做胭脂膏不沾。有鼻烟膏，鬼子珍甚，常與貿易者始送少許。鼻觀細參真癖好，縈喉一縷更何須。」

番禺張虎臣學博炳文，生十日而孤，事節母以孝聞，與先孝廉交最深。詩寫性情，不事雕琢。著《玉燕堂詩鈔》。《讀李鄴侯傳》云：「時聞空中香，記撥火中芋。本自神仙來，領取宰相去。從來位高者，多凶亦多懼。況處骨肉間，家事敢干預。即或批龍鱗，未必回天怒。維侯侃侃言，每諫君輒悟。孝慈克兩全，國本賴以固。運籌能料敵，保身免讒妒。學佛遜武侯，相業高謝傳。生平黄老言，意或有所寓。中和獻農書，歡樂共黎庶。年年釀宜春，應酹鄴侯墓。」

江蘇陳小麓茂才《遊仙八首》云：「我亦蓬萊舊隸名，琪花瑶草共平生。無端又到紅羊劫，剛試銖衣覺體輕。」「珊珊珮玉倚飈輪，碧落遥遥訪列真。丹藥未成功行淺，相逢誰是有緣人。」「塵寰何異大羅天，七寶裝成待謫仙。萼緑華來先齒冷，金鐶不肯付羊權。」「憶自明河送客槎，鈞天廣樂勝箏琶。我從弱水西頭望，難折真妃碧奈花。」「笑語荒唐有越巫，銅盤羞與飯雕菰。蔣侯三妹論行輩，又撰《真靈位業圖》。」「香霧溟濛半面迷，橘邊私誓月遲遲。中宵忽有罡風遇，知是鸞飄鳳泊時。」「何人細述董雙成，踪跡曾經住碧城。渾有癡懷消不得，欲騎鶴背聽吹笙。」「花氣爲雲隔遠津，拍肩挹袖事如塵。空留翠羽明珠在，祇拓瓊窗寫洛神。」風華旖旎，神似齊梁。

肇慶高要縣，要字每讀平聲，其實應仄。李南澗《謝趙寧庵惠嘉魚》詩：「嘉魚德慶産，網致自高要。郵送遍同官，歲費如干鈔。我來端州城，盤飧惟藿蓼。感君能饋生，勝於折柬招。在盤口猶噞，出水尾尚掉。事異子産畜，力省莊周釣。亟作中厨飭，烹作八珍犒。細膩玉截肪，側長刀脱鞘。鱭鱘雅俗别，鮹鱸秒撮較。豈有多刺嫌，且免啖茹誚。蔬惟塔脚菘，飯是南海秏。得此成三絶，俊味冠嶺嶠。我稽《蜀都賦》，丙穴有專號。腴美將毋同，乃出牂牁徼。既爲果腹資，又獲吟詩料。忽憶南有篇，烝然歌罩罩。」押韵俱響。

元末臨江原有王節婦，因被虜至清風嶺，投崖而死。楊鐵崖題詩云：「介馬馱馱百里程，青風嶺上血書成。祇應劉阮桃花水，不似巴陵漢水清。」後楊無子，夢一婦人語曰：「汝知所以無後乎？汝題王節婦詩，不能損節婦之名，但處心刻薄，天絶汝後矣。」楊既寤，更作詩云：「天隨地老妾隨兵，天地無情妾有情。指血嚙開霞嶠赤，苔痕化作雪江清。願從湘瑟聲中死，不遂胡笳拍裏生。三月子規啼盡血，秋風含淚寫哀銘。」詩成，復夢前婦人曰：「汝既悔過，應有子矣。」後果生一子。詩人可不講敦厚哉。

《中庸》「不誠無物」句，講家有「一事不誠，則一事無物；一時不誠，則一時無物」之語，竟把上文「終始」二字離却看了。試思忠臣辦事，説我辦了許多事，祇有一事不忠，尚得謂之忠臣乎？節婦守節，説我守了數十年，祇有一刻未守，尚得謂之節婦乎？故「終始」二字極細，下章純亦不已，正申明此意，而推言之也。

「上巳有風梨有蠹，中秋無月蚌無胎。」《本草》好句也。

鉛山蔣苕生士銓太史，具清新俊逸之才，多磊落嶔崎之作。逞其才力，復製《九種曲》，上接玉茗，殆有萬觔力，又兼廣長舌者也。王述庵稱其古體勝近體，七古勝五古，遇忠孝節烈事，輒長歌以紀之，淒鏘激楚，使人雪涕，洵知言也。《題表忠觀碑後》云：「不肯閉門作天子，願作開門節度使。西湖之水豈可填，有國百年吾足矣。妖賊紛紛盗赤符，公言赫赫傳青史。三世四王七十年，功名五代相終始。嗚呼，仙芝漢宏一亂民，黄巢嗜殺終滅身。可憐不識忠孝字，高駢董昌皆重臣。八州父老免塗炭，九死包容頒鐵券。由來信誓出殊恩，敢使兒孫罹國憲。雍熙納地倖免誅，南渡陰還土一隅。仁人再世且享國，佳兵好殺何其愚。勸忠異代推清獻，墳廟無虞還立觀。特筆誰如蘇子瞻，雄文壓倒羅昭諫。」又《吴節母》云：「三十五，未亡人；五十五，完節身。世德之家夫竟死，十一齡兒作孫子。兒讀書，母忍饑。饑腸文字五千卷，薺甘荼苦皆不知。猶記蘭閨笄總時，左圖右史娘所樂。禄命五行貌五官，不似娘身得天薄。兒不能娶母煢煢，神官夜半來夢中。我爾曾祖中書公，帝嘉爾節爾可終。母覺語兒含笑逝，成佛生天皆有自。母節當旌格于例，兩氏姓名矗可誌。生張嫁吴居丹陽，夫死子俊登縣庠。乾隆戊寅年，未亡人乃亡。」似一則小傳。

苕生七律，超逸不如子才，健技不如甌北，而俊爽之氣撲人眉宇，二公亦不如也。《一經齋小集送王德甫之山左同金檜門錢籜石二先生汪康古孝廉限經字齋字二首》云：「感遇傷離雜醉醒，摩空猶是未梳翎。已成鸞鳳仍飄泊，自古風雲有晦冥。旅食深知貧與病，才名虚指客爲星。鵲華山畔尋君路，夢裏還應一再經。」「明湖秋柳至今佳，打叠蜻蜓泛水涯。歷下山川名士地，江南風月旅人懷。文章事大期千古，主客詩成憶小齋。賦到登樓堪隕涕，此心容易付沉埋。」《夢中訪竇文貽都督有作篇成而醒》云：「十丈旌旗八面營，屯田都與戍人耕。陣雲風偃全軍肅，沙磧天圍一掌平。萬馬不嘶春縱牧，九邊無警夜論兵。兜鍪挂壁銜卮酒，猶是當時魯兩生。」《送王德甫給假歸葬二首》云：「幾年八座捧安輿，馨膳南陔奉起居。請息許歸于定國，臨歧同祖路溫舒。春暉正永仍將母，官舫無多半載書。笑指漁莊烟水闊，九峰青又到吾廬。」「河山遮護漆燈明，封樹焚黄禮並成。天以佳城藏長者，人誇孝子是名卿。圖書雞犬偕安吉，父老桑麻説太平。暇日花前展棋局，定知談笑一論兵。」游刃恢恢，真名士也。

南海周建白仲焜作《心目吟》，自序云：「意有所得，輒書示警。不敢拾唾前人，頗出己見，以俟後君子裁擇焉。」其一：「水積厚一寸，便鏡萬仞天。澄心苟片時，銜鈎出重淵。奈何握靈珠，刻受棼絲纏。無怪視吾舌，永不生青蓮。」其二：「詩書幼誦讀，長不復記憶。偶於几上觀，過目輒留臆。久暫亦何常，此故在心力。素絲染青黄，至黑難變色。所以斂精純，至人貴玄默。」其三：「夢境時變幻，不離童稚初。播遷屢易居，朦朧返故廬。翳木有本性，枯根不宜鋤。人生逐富貴，何遽甘絶裾。試於勞攘內，清夜驗華胥。」其四：「燈花結奇葩，死灰燃剛鐵。遥情緬千載，著述留心血。鬱鬱湛深思，菁華曠世洩。勿以技雕蟲，而同風飄雪。人身有榮枯，人心無生滅。」語皆戛戛獨造。余亦有《古意八首》，兹録三首。其三：「山下藤纏樹，山上樹纏藤。藤枯樹則萎，樹枯藤猶新。一朝被束縛，千載相依因。

女蘿施松柏，秀媚歲寒增。所結或非類，干霄氣難伸。豫章亦憔悴，造物豈不仁。」其五：「術士詡前知，覘色誇藻鏡。所官尚未分，拱手輒相慶。烏識相隨心，心正氣則正。形神妙與俱，中誠斯外應。至若壽而昌，一一由天定。所以古達人，水流心不競。」其八：「春日恣清遊，出門一何早。西望芙蓉城，東轉蓬萊島。緩步當蒲輪，細踏王孫草。錦帶與明璫，絡繹絢采藻。道旁誰氏園，花發正傾倒。相將一徘徊，所思各如搗。記得去年花，不如今年好。記得去年人，却比今年少。」吴蘭雪舍人謂氣味似李茶陵。

固始吴鑑蒼侍郎，爲先孝廉座師，瀹齋師又余座主，兩代皆出吴門。鑑蒼侍郎督課子姪甚嚴，以其字派者多入翰林。又錢塘許菊船師官粵東，知番禺縣日，童試得余卷，亟賞之。題爲「禹之行水也」，中二偶，一比作「之」字，一比作「也」字，嘗在撫署官廳聽鼓，爲同寅朗誦之。其訓子弟亦極嚴，以乃字派入翰林者，一時稱盛。因傳「錢塘多許乃，固始有吴其」之對。

某搢紳遍遊五岳，詩皆可觀。其殁也，門弟子爲撰行述，叙其《登華山極頂》有「手挾鐵棋子，二飛度而回」之句，并詳述某守於棋盤石上，鑄鐵棋子三十二，每棋重數斤云云。試思山頂磐石偶裂如棋枰，豈真有仙人對弈，煩太守爲鑄車馬砲象乎？某遊至此，付之一笑可也，竟挾二棋而返，與竊取人物何異？乃誇其身手快捷，宛如飛簷走壁之盜，是誠何心！又叙其廬於墓所，山水陡至，幾不能免，似於兵法全未寓目者。後復言其精究孫、吴，此等行述，不如不撰爲愈。

某先生講「人之所以異於禽獸者幾希」句，正義講畢，復贅云：「禽獸之同於人者有三：好食、好門、好色。」

《陰符經》：「火生於木，禍發必尅。」臨川湯若士注云：「惟至人抱元守一，猶木藏火，而不爲火所尅也。」

人身午時脈到心，宜静養片時。

蘇州河面太狹，杭州江面太寬。廣州城外帶水瀠抱，通各鄉村，間買小舟，頗饒樂趣。余姪兆祥賦《雜詠二十首》，録三首以見其概：「多修華屋少編茅，富庶人家傍水饒。底事到村河便窄，却緣庄岸各争高。」「桑畦蝴蝶爲尋花，飛遍岡邊又水涯。忽趁微風高處起，夕陽紅映木棉斜。」「打魚人返暮鴉歸，墟落炊烟一縷微。轉出前灣又海角，斷霞横抹遠帆飛。」

吴穀人祭酒《鬥蟋蟀限豪字》云：「仙蟲傳舊社，壇坫亦争高。殺氣乘時旺，童心爲爾豪。跳身行趯趯，側耳聽喓喓。籬落燈頻照，墻根鍤自操。選材從瓦礫，得意出蓬蒿。休沐冰甆託，傳餐雪粒叨。介雞差類季，相馬幸逢臯。尅日分朋局，連檣聚客艘。戎真由戲召，力欲與秋鏖。未奏中軍鼓，偏麾上將旄。人誇虓似虎，公請嗾夫獒。勇敢先聲奪，仇讎挾路遭。登臺看搏噬，横草策勳勞。取勢斜張翼，如神慣運尻。漫云姑翦滅，祇恐後號咷。再上徒懸布，三周竟伏弢。蠮螉全塞失，蠻觸一軍逃。知己堪酬死，成功合受褒。牙鬚矜此輩，機械感吾曹。蛙怒終何益，螳撐那不撓。錦標争目睫，金注擲波濤。萬古雌雄判，餘生日月滔。寒衣催迫促，落葉送蕭騷。葛嶺斜陽在，西風首屢搔。」纖小題亦妥貼排奡。

菱産西湖者，小而味美。吴穀人先生《觀采菱》云：「菱女茼香髻，菱童鴨觜舟。菱歌何處唱，菱葉可憐秋。斜照共人遠，碧雲如水流。西風容易晚，凉殺幾沙鷗。」羊城西二里許，其地名半塘，多蒔菱角。夏日水光花氣，頗稱遊觀。余賦《采菱曲》云：「十頃方塘砑似綾，塘心菱角笑棱棱。游魚幾隊淩波出，争聽珠娘唱采菱。」「瓜皮艇子蕩如梭，綰取菱絲俯素波。轉過半塘呼姊妹，稜稜采得較誰多。」「春風十里若耶溪，紅緑參差水面齊。郎祇愛紅儂愛緑，平分水色過橋西。」

南海熊篴江孝廉景星《遊桃花夫人廟》云：「細腰宫外香車來，細腰宫中歌管催。鶯啼柳暗花無力，息侯古塚土花碧。緑葉成陰乳燕飛，楚宫蕪没人亦非。月湖堤荒環珮悄，玉洞桃花見遺廟。大别山兮如翠羅，江漢之水遊女多。朝曳芙蓉裙，暮貼翡翠鈿，朝朝暮暮夫人前。焚香讀面歌咿啞，願兒顔色如桃花。夫人心事桃花知，春寒花骨難自持。日暮殘紅飛不起，羅薦香茵冷如水。年年花發桃結子，夫人不悲亦不喜。」言外見意，不即不離。

山海關詩易於雄壯，難得熨貼。貴侍郎慶有句云：「群山盡作窺邊勢，大海能銷出塞聲。」確不可移。

太倉陸公容拒奔女，作詩云：「風清月白夜窗虚，有女來窺笑讀書。欲把琴心通一語，十年前已薄相如。」品固足欽，詩亦可諷。

自大撓製甲子起計，至嘉慶九年，是第七十五甲子。吕祖詩：「世間甲子管不得，壺裏乾坤祇自由。」長生有術，則吾從之。

康熙辛亥之夏，吕祖降乩於壽民佟方伯之寄園。李笠翁過之，方伯曰：「文人至矣，大仙何以教之？」吕祖判云：「笠翁豈止文人，真慧人也。正欲與暢意盤桓，或旗鼓相當，未可知耳。可先倡韵，吾當和之。」笠翁云：「今古才人總在天，詩魂不死便成仙。他年若許歸靈社，願執諸君款段鞭。」吕祖和云：「聞説陰陽有二天，詩魔除去是神仙。相期若肯歸靈窟，命汝金門執玉鞭。」和畢，復贈一絶云：「瀟洒文心慧自通，無端筆下起長虹。波平雲散停毫處，萬里秋江一笠翁。」真脱盡烟火氣也。明孫紹宗《上陳眉公書》云：「自家姊丈錢立庵齋得聆大教後，忽又夏木陰陰，群芳既歇，知燕居多慶，步履日益康强，喜慰喜慰。尊齋之南，近構吕祖祠，想已落成。猶憶紹從先君宦遊東粵，得謁黄玉崙先生，出示吕祖《自序傳》，始知祖之出處，顯晦履歷，若指諸掌。恐我師尚未之見，敢録奉覽：『吕氏者仙也，有跡已傳於世久矣。諸子恐其未真，而又索余親筆以爲之傳。然余之逢諸子，與諸子之逢余，皆非偶然也。故不肯辭，乃直述之曰：余本唐之一宗人耳，名瓊，字伯玉。配金氏，生子四，長曰甘，次曰美，次曰豐，次曰充。余少也，有相士嘗相余眉稜目闊，鼻聳項長，面修而闊，鬚茂而疎，真儒者之氣象。但山林上一痣則當尅妻，太陰下一痣則當尅子，二者皆不善也。獨喜鶴行龜息，聲自丹田中出，是乃遇仙得仙，而非凡庸之比矣。時余尚未晤，後思余十歲能文章，十五好劍，二十即名時，五十始登第。且授官而治邑，惟以德化人。妻孥之胥慶也如彼，少長之皆榮也如此。於是始疑夫相者之人，爲劣於相者也。不意唐有日月當空之禍，凡我同宗，觸之者滅，遭之者亡。余甚恐，是以棄四子而携一妻，流移於山，卜築於洞。時維兩口，故更其姓曰吕，因在山下，故易其名曰巖，時處洞中，因聲其字曰洞賓。其後妻亦亡，而身亦孤，故扁其號曰純陽子。肆觀宇宙之間，寄傲烟霞之外。朝訪仙朋，暮謁道侶。瞻方壺，眺圓嶠，遊玩十洲三島，雲乘鶴馭，虎嘯龍吟。而功名富貴之私，理亂安危之冗，舉不足在余之念矣。於是始信夫相者之人，爲善於相者也。自今攷之，由唐而五代，而宋，而金，而元，而明，世代不覺其九遷。自艾而耆，而耄，而耋，而駘背，而期頤，壽已歷乎十變。則遇仙得仙之言，至是而益驗矣。於戲，以千載有餘之秘，而一旦爲知己者洩之，從此供奉吾、皈依吾者，亦知所宗矣。然余尚有十八字：「伏列在旁，似人而非人；挽拘在下，似天而非天。」未可以盡洩之也，必候諸子三與之契，而又至於十月之久，然後可以與言，然後可以與言。』此真人懸筆也。紹宗以其説多創出爲疑，玉翁云：『此爲先達葛公守禮、殷公士儋、楊公溥、王公家屏齋祓，以迓真人，真人鑒誠來臨，爰命勒石，以昭靈異。某郡守碑刻濟南趵突泉，汝未之信耶？』云云。併附聞，不一。」

粤詩以曲江爲正宗，至白沙以詩見道，乃謂詩之工，詩之衰也。率吾情盎然出之，匹夫匹婦，胸中自有全經，此風雅之淵源也。彼用之而小，此用之而大，存乎其人，「天道不言四時行，百物生」，焉往而非詩之妙用，此白沙之教也。湛甘泉嘗撰《白沙詩教》以示學者，究非詩之正宗。

王阮亭「三楚風濤杯底合，九江雲物坐中收」，較龔芝麓「伊凉北地聲原古，花月江南夢可憐」、吴梅村「龍生大溟雲方起，河出崑崙日正長」之句，更爲雄秀。至宋荔裳「山色淺深隨夕照，江流日夜變秋聲」，亦復沉酣獨造。

香山方子谷天根，少工詩賦。困童子試，石門馬中翰俊良言於彭竹林明府，拔冠一軍，府院試皆第一。院考古學，子谷賦《南漢宫詞八首》，茲録其四云：「淺絳羅襦蜀錦纏，木棉花底戲秋千。一聲風起花如雨，飛出宫墻撲畫舡。」「黄木灣頭曲晏張，水晶簾外晚風涼。詞臣獻罷紅雲賦，宫錦先頒第一行。」「水殿軒窗盡曲楹，繞欄低綰護花鈴。小娃解弄波心艇，偷採芙蓉贈素馨。」「歌殘《水調》碧雲流，紫玉紅牙夜不收。中使忽傳新樂府，大家齊唱《漢宫秋》。」

丙穴者，穴口向丙；汀州者，水出丁方也。

人能不作謊語，便是盛德。作詩者遊岳輒云登巔，泛舟即曰觀海，其實仍門外漢也。李南澗先生《洋邊》詩云：「生長北海官南海，未知海是何容顔。鞠獄陽江迫驅使，惴惴初上洋邊船。預想天吳出青嶼，龍宫貝闕相掀翻。倚楫瞪眎無所得，乃知海隔層層山。童子煎茶取勺水，鹹不可飲唇舌乾。徒嘗其味昧其貌，吾與海若緣何慳。去年去謁波羅廟，曾窮目力黄木灣。重峰叠嶂通蜃氣，浴日亭外惟雲烟。但見海舶不見海，摩挱銅鼓嗟空還。自分雕蟲本小技，溟涬大物何搏捖。見之手無玄虚筆，不如不見猶可原。黄河結冰度雙轂，揚子江水高連天。昔過不能道一字，其於祝融何恨焉。右肱支枕睡不穩，滔滔汩汩孤篷間。掛席須臾九十里，邨墅雞犬紛眼前。」此佛家所謂真實不虚，即吾儒所謂至誠無妄。

南澗近體，五言如「俸薄儉常足，官卑清自尊」，「春抛書帙裏，身寄藥鑪邊」，「夕陽明峽口，春雨没林腰。」七言如「柳色隨江圍郭緑，山光挾雨落帆青」，「每酌烏醪思紫露，且參玉版當黄芽」，「隔年竹蔗重抽葉，正月池漁已下苗」。俱清而健。

乾隆庚寅，粵東秋闈題「子在齊聞韶」二句，李南澗分校擬作，古雋而腴。其《奉調入闈》詩云：「自揣生來骨相貧，山城半載歷艱辛。才逢八月徵兵米，却把銅章讓與人。」「到日扃門先考試，愁持筆硯向羊城。老孃莫漫誇身手，定有孩兒倒入綳。」《入内簾呈同事諸君》云：「簿領沉迷劇可憎，喜來鍵户避喧騰。三朝手試治羹婦，獨夜身爲退院僧。未輟歌哦揮顯筆，久同甘苦是青燈。欲裁僞體須商略，周北張南慶得朋。自注：周樂昌、張永興與予比舍。」《薦卷》云：「薦卷憑君子細論，頻加顯色不留痕。久知世上京官貴，又道人間墨筆尊。」《闈中夜坐》云：「番禺山北越臺東，鎖院沉沉似蟄蟲。燭穗瓶笙支夜雨，寺鐘城柝遞秋風。要求神駿生前骨，須辨清音爨下桐。屈指恩門多未報，當年辛苦此宵同。」

南宋時，浦江吴渭立月泉吟社，得詩一卷，著録《欽定四庫全書》集部中。此開社選詩之權輿也。粵中黎牡丹、鄺鸚鵡，俱以社詩得名。邱浩川開西園吟社，以「唐荔園」爲題，得詩千餘首。時鄞縣童萼君槐，乙丑進士，在阮制軍幕中，爲定其甲乙，以順德廖生赤麟作壓卷，云：「凉風十里城西路，黛葉緗條不知數。荔火蒸霞照水明，千年勝蹟憑誰溯。」「霸粵當時記僞劉，呼鸞歌舞散岡頭。鬥花内殿嬉無度，品荔離宮樂未休。」「至今尚説昌華苑，斷港荒阡認池館。但惜雄圖轉眼空，那知名輩流風遠。」「作鎮還思五季前，元戎書記盡翩翩。庾樓清嘯東山醉，風雅流傳距百年。」「夢徵舊是詞壇彦，雅遊屢伴司空晏。吟到丹砂勝錦州，湖山早爲開生面。」「咸通韵事本分明，晶丸顆顆擘芳馨。如何買讌恣奢縱，翻使降玉獨擅名。」「揀樹招凉客懷古，一掬思分白天雨。草木憑湔霸氣腥，林巒別付騷人主。」「紅雲翠輦久蕭條，甘菊芙蓉並寂寥。曹詩七字金同鑄，不與銀楹鐵柱銷。」「西園此日新添勝，論古懷賢品題稱。結夏何人爲討詩，入林到處思留詠。」「擘荔問來越水濱，唐踪漢跡試重分。環堤風送荷香遠，轉憶紅蓮幕裏人。」

宋陳亞夫滑稽，蔡君謨以其名戲之曰：「陳亞有心終是惡。」陳即應聲曰：「蔡襄無口便成衰。」偶爾戲謔，亦必反脣相誚。彼掂弄筆墨帶訕含譏者，怨毒之於人甚矣，報復之爲禍烈哉。昔人云：「俗語近於市，纖語近於娼，諢語近於優。」作詩者慎毋涉此。

文徵明口不言人過惡，且不願聞人過惡，有道及者，輒以他語混之，使不得竟其説，誠盛德事也。宋李文靖公爲相，秘監胡旦以啓賀之，歷詆前罷職者四人，而譽文靖甚力。文靖慨然不樂，曰：「吾豈優於是者耶？亦適遭遇。乘人之後而議其非，吾所不爲，況欲揚一人而短四人乎。」觀此知好爲抑揚，亦是一病。

羅星橋辰，廣西臨桂人。工詩善畫，阮芸臺宫保稱其擅李思訓數月之功，得吴元道一日之蹟；以胸中之丘壑，抒筆底之烟雲。即以意匠之蟲魚，發詩情之藻績；彙董米徐黄爲一體，吏合温李元白爲一家。遺畫滄浪，楓生堂上；偶然題壁，曲唱黄河。是則詩中有畫，畫中有詩，率天籟之自鳴，而喁于刁調者也。《重遊勾漏山同蔣介亭明府》云：「仙人渺何許，仙跡尚依然。丹竈與藥罏，相傳不記年。中有靈竅鑿鬼斧，七十二洞相勾連。幽深直與羅浮並，嵐氣遠接蒼梧烟。入洞沉沉忘昏晝，出洞飄飄雲滿袖。重來汗漫憶昔遊，十年人老山如舊。屏風千疊翠黛凝，古木蒼蒼纏古藤。當年稚川曾令此，丹成白日已飛昇。吾儕未必無仙骨，祇今仙吏延賓朋。羅浮道士雲遊客，末座叨陪我亦曾。仙翁自受仙壇籙，空餘青山無管束。葫蘆倒洩數粒珠，一年一度丹成緑。」

陳蓮史殿撰掌教越華書院，服闋北上，羅星橋繪圖送别，並繫以詩。蓮史和云：「大羅仙侶老星霜，布韈芒鞋脱粟黄。八萬四千塵偈熟，笙簫隊裏壽眉長。」「醉鄉端的勝温柔，投老身如不繫舟。笑賦新詩作圖畫，催人火急上皇州。」《舟次衡湘却寄星橋》云：「魚敵江鱸蟹飽霜，湘灣快啖日昏黄。底須苦戀丹砂荔，一枕羅浮夢太長。」「酒酣坐使朔風柔，寒夜耽吟伴釣舟。便寄芙蓉舊池館，少微夜不照南州。」一催出，一勸歸，霖雨閒雲，不同如是。

橡坪詩話卷十一

于太史振《恭紀勅賜鮮荔枝》云：「天上三漿味，人間一品紅。移根來上苑，帶葉賜離宮。色映彤庭旭，香生紫殿風。侍臣歡捧日，長此勵丹衷。」「舊譜珍仙品，新恩拜賜嘗。所生元福地，得氣在炎方。不事徵飛騎，偏宜上小航。試看香色味，何異嶺南鄉。」「外具丹砂質，中含冰雪姿。君恩分及此，臣節凜如之。玉醴應同醉，晶丸未足奇。不須呈諫果，飽德太平時。」「日啖誇三百，斯言聞子瞻。入鹹翻覺淡，和蜜轉非甜。懷核心常喜，披圖手欲拈。還調金掌露，彩筆記恩霑。」言之醰醰有味。

邵子云：「萬物静觀皆自得，四時佳興與人同。」此學道有得之言。看他心地何等靈通，何等快樂，便是活潑潑地一箇神仙也。

金星士《勸世詩》：「有生有死自家知，人不回頭也是癡。傀儡一場雖好看，可憐終有散場時。」

喻母鄭太孺人，吾友用齋茂才禮和、芷齋禮敬之大母也。年及笄，隨父之崖州吏目任。母病篤，刲股投藥。母夢神告曰：「汝有孝女，可速回。」旋愈。昌化令堯章公聘爲子樂山先生婦。歸三載，樂山病瘵，復刲服投藥，愈之。朱石君相國紀以詩曰：「父兮官海外，母兮病萱萎。弱女夜呼天，天高潮聲悲。瓊山無仙藥，膏肓不可治。顧憐玉臂寒，引刀血淋漓。和藥跪進母，霍然神扶持。咄哉窈窕子，誠勇惟天知。秘之不肯説，異事喧鄰比。」其二：「瓊尉有孝女，瓊令敬且歎。爲子求佳婦，莫如此季蘭。結褵雙玉映，玉樹摇闌珊。堂上髮皤皤，閨中霧霙霙。哀禱無量慈，捨身非所難。含忍舊肉痛，再試深其瘢。一刲見聞慄，重割人天酸。應心菩提速，更生瓜瓞蟠。我詩揚幽淑，至行垂不刊。」阮芸臺宫保修廣東省志，採入《節孝傳》。

通州齊春浦進士元發，官崖州牧。封翁星垣先生，迎養至粤。襟懷坦蕩，如霽月光風，門下士無不樂與追隨。遊骨董市，得竹刻李太白小像，鬚眉如繪，以龕供之。旁鎸小楷對聯云：「謝宣城何許人，祗江上五言詩，令先生低首；韓荆州差解事，放階前盈尺地，讓國士揚眉。」

桂林黄竹山炳，天才俊逸，善畫工詩，各體俱佳。《銅雀台歌》云：「漢業傾，銅雀營。魏業了，銅雀倒。可憐紅粉淚，空濕西陵草。西陵草色自年年，歌舞聲停霸業捐。何處青山埋白骨，蓦地野花開杜鵑。」《對鏡》云：「攬鏡如初覺，相看倍結愁。瘦添身外影，霜壓鬢邊秋。眼底人俱老，平生志未酬。斷腸兩行淚，相對一齊流。」《徐約生太史索畫苦瓜荸薺並題》云：「酒座每煩消宿渴，山厨常得供朝飧。白將墨守非求寶，苦盡甘來任索瘢。入口便教人齒冷，相皮誰信爾心丹。多情未忍成抛棄，又把麋隃畫了看。」《珠江竹枝》云：「海珠石小小如瓢，來往潮痕總不消。妾身願似海珠石，争得郎如早晚潮。」又《沙面竹枝》有「好與麻姑誇閱歷，一朝兩度見桑田」之句。五言如「鳥啼青嶂樹，人下夕陽樓」，「千峰含霧立，一虹劃天開」，「夜聞新鬼哭，知是故人來」，「穿樹鳥聲碎，拂衣松影凉」，「四山沉夜色，孤月捲潮聲」，句皆新穎。

潮州韓文公廟，有吴制軍興祖石刻詩云：「過橋尋勝蹟，徙倚夕陽隈。水緑迎潮去，山青抱郭來。

文章誰代起，烟瘴幾時開。不有韓夫子，邦人尚草萊。」結語高渾。

劉樸石太史爲喻母鄭太孺人兩次刲股徵詩，余賦《古歌行》云：「心之苦者，肉必不甜。出以孝順，乃如飴然。一解肉甘於蜜，心苦於螫。女孝斯傳，婦順足述。二解體不敢傷，命可續長。刲股兩次，秀毓滎陽。三解季蘭奉阿母，一片兒所有。阿父泣季蘭，獺髓難愈瘢。四解相攸得坦腹，淑媛嬪清門。琴調絃柱促，別鵠哀絲繁。五解繁音感心，比翼將分林。仰事俯育懼弗勝，刀痕舊復新，見者聞者咸酸辛。六解以人治人，靈樞弗載。以天格天，精誠許代。一之爲甚，胡可以再。七解相國摛詞，宮保列傳。春秋奉祠，藻蘋殷薦。棹楔參雲雲不流，旌表寵賁煥千秋，俾熾而昌端有由。八解」

閨秀陳廣遜《咏曹娥》云：「慟哭聲徹天，馮夷亦心惻。羅韈自凌波，蛟龍吞不得。」

明季粤東詞人黎美周以《黄牡丹》得名，鄺湛若以《赤鸚鵡》得名，鄺有《赤雅》、《嶠雅》，可以不朽。黎之《蓮鬚閣集》，見者罕矣。備録《黄牡丹》十首：「一朵巫雲夜色祥，三千叢裏認君王。月華蘸露扶仙掌，粉汗更衣染御香。舞傍錦屏紛孔雀，睡摇金鎖對鴛鴦。何人見夢矜男寵，獨立應憐國后粧。」「宫額亭亭廿四橋，離披新柳弄春朝。柘枝帕待鶯喉囀，杏子衫匀蝶翅消。酒半倚欄浮琥珀，風前騎鶴聽笙簫。嫦娥桂殿堪同侶，貯艷頻勞覓阿嬌。」「寵詔封泥第一枝，賜袍簾外拜恩時。春風律應《清平調》，夜雨空留絶妙詞。天上有機遥織譜，河陽無影望漣漪。金罍玉瓚須携醉，任是蜂狂總未知。」「誰買長門作賦才，守宫砂盡故徘徊。燕銜落蕊成金屋，鳳蝕殘釵化寶胎。三月繁華春夢熟，六朝芳草暮霞堆。上尊合賜詞臣閣，邀賞還宜八駿來。」「梔子同心綴纈斜，融融宵露濕啼鴉。潘郎傍署移新省，姚女明粧見舊家。解珮臨風疑橘柚，《鬱輪》凝碧怨琵琶。微瑕莫笑閒情賦，錯認秋容詠菊花。」「掖庭昏靄怨春歸，叠帕匡牀悵望稀。窺浴轉愁金照眼，割盟須記赭留衣。梳成墮馬泥拖障，夢破徵蘭粉較肥。誰借橘媒生羽翼，可能鴻鵠似高飛。」「花陣縱横紫翠重，木蘭金甲繡盤龍。團圞月照蓮心苦，廿四風圍柳帶鬆。涿鹿戰場雲結幟，穀城兵法怒蟠胸。嬌嬈亦有王侯骨，一笑功成學赤松。」「誰寫春容出塞看，胡沙漠漠照衾寒。扶來更學靈妃步，睡起羞爲道士冠。鎖骨傳燈開五葉，鞠衣持繭獻三盤。相思莫誤朱成碧，燭淚熒熒蠟暈乾。」「憔悴西風夢不成，娉婷相見在春城。歡場九錫傳花瑞，隱語雙文贈鳥名。寶鏡背懸交吐燄，索鈴初護畫無聲。看多怕有香塵上，出浴依然媚晚晴。」「天寶何因便改元，尚憐芳影秘泉温。不同金鑑留丞相，多恐玉環蒙至尊。朱紫固宜當日賤，衣裳能得幾時恩。揚州芍藥看前事，功業綸扉並爾存。」

桐城胡小東太守方朔，著《果亭詩鈔》。《虎門觀海歌》云：「我從江南到海南，孤舟已歷千巉巖。不覩重洋意不足，凉宵月落開風帆。帆輕舟側波浪疾，推篷但見水四立。獅子洋接虎門山，混淪一氣歸呼吸。天垂直入滄溟深，日高猶帶雲霞濕。珊瑚倒接扶桑枝，珠光騰湧鮫人泣。忽憶三山安在哉，金支翠旗紛徘徊。我今乘槎逐岸回，世人或訝真仙來。到此詩心頓豪邁，陽侯爲我驅百怪。欲遣風濤赴筆端，盡掃烟雲落天外。側身却望西洋西，連舸高檣多島夷。由來百粤足珍異，尚憶前年聞鼓鼙。即今聖德彌荒服，欃槍不動鯨鯢伏。日落潮聲動地來，高高戍樓暮吹角。」逸情壯彩，霞舉軒軒。旋涖廣州守任，陽侯焉得不爲驅怪耶。

小東太守七律旋轉自如，《敝裘寄歸示弟》云：「堪笑人間壯大身，黑貂裘敝欲懸鶉。可憐慈母親縫線，贏得長安滿路塵。此日寄回遊子恨，到家應見淚痕新。姜肱有被何時共，歲暮相思倍愴神。」五律亦清新俊逸，《山中曉望》云：「開門忽無山，寒雲上堦石。松風靜不喧，竹露時復滴。行人偶聞語，飛鳥亦俱寂。不覺日輪高，千峰接天碧。」《春望》云：「寂寞風塵裏，登臺意邈然。草肥前夜雨，波暖夕陽天。驛騎遥通楚，江魚不到燕。可堪遊子恨，春去又經年。」又《雨後》云：「片雨過高樓，涼雲淡不收。草痕浮水面，山翠壓城頭。苔徑晴猶濕，禽聲晚更柔。野花開未落，春意若爲留。」

臨川李敬之郎中秉禮，別號韋廬，著有《浮湘草》，北溟侍郎之封翁也。當侍郎官湖南學使，迎養至署，有《衙齋來一白鷺口占示瀚兒》云：「鎖院深深滿徑苔，鷺鷥何處却飛來。老人愛爾身如雪，不肯沾汙些子埃。」其義方可知。《憶浦珠示瀚兒》云：「年逾六十欣生子，愛惜如珠掌上擎。兩月見人初解笑，三旬別爾倍牽情。且將嬉戲娱衰老，尚望科名繼阿兄。屈指還家及秋暮，應隨乳媪向門迎。」其厚福可知。

韋廬《弔宋玉》云：「生不逢時嗟杜甫，死憐同調有靈均。」又「招魂倉卒無才子，斷碣模糊誤宋王」，自注：「唐李群玉有『雨蝕玉文旁没點，至今錯認宋王墳』之句。」論斷引用俱佳。

《韋廬小草》有《風雨夜作效白體》云：「我有所感事，并作鬢上霜。我有所懷人，遠在天一方。霪雨無時休，西風凄以涼。木葉正摇落，烟波阻且長。何能當此夕，飄蕭激中腸。不寐還起坐，殘燈闇無光。所感或暫遣，所懷耿難忘。」又《聞蛩》云：「背壁一燈昏，寒蛩終夕語。凄凄感霜露，軋軋促機杼。徒令嬾婦驚，祇益羈人苦。晨起攬清鏡，鬢絲添幾縷。」置之《長慶集》中，幾無以辨。蘇子由至彭城訪東坡，作二小詩曰：「逍遥堂後千尋木，長送中宵風雨聲。誤喜對床尋舊約，不知漂泊在南城。」「秋來東閣凉如水，客去東山醉似泥。困卧北窗呼不醒，風吹松竹雨凄凄。」言外有難以爲情處。

余式亭栻，椒雲司馬之少子，幼從余遊，天姿聰穎。《詠蟋蟀》云：「玉宇潛踪小，金風得氣深。自邀壇畔賞，遂斷砌邊吟。鼓翅渾披練，劘牙欲淬鐔。雄姿良可挹，差比式蛙心。」「渺爾煩箋疏，良鶩亦細分。勝鳴期盡敵，鏖撲最超群。敢恤頭顱碎，將酬豢飼勤。錦標誰者屬，勉矣張吾軍。」

昌黎《記夢》：「夜夢神官與我言，羅縷道妙角與根。挈攜陬維口瀾翻，百二十刻須臾間。」金居敬云：「『羅縷』三句，意本《參同契》，角根、陬維，謂青龍處房六，白虎在昴七，朱雀在張二，皆朝於玄武虚危之位也。迎一陽之氣以進火，妙用始於虚危。在一日言，正當子半，故曰須臾間，又云百二十刻。須臾間，如《參同契》以十二律配十二時，陽火陰符之候，然一日之間有之，一刻之間亦有之也。公蓋深得金丹之旨。」云云。愚按：子時者，活子時也。進陽火、退陰符，無定之候也。

俗語「東禱喫羊頭，西禱喫猪頭」，本《容齋四筆》：「兩商人入神廟，其一陸行欲晴，許賽以猪頭；其一水行欲雨，許賽以羊頭。神顧小鬼言：晴乾喫猪頭，雨落喫羊頭，有何不可？」

「城外多少土饅頭，城中盡是饅頭餡。」語極警動。「在生難保百年身，死後難保百年墳。」語甚悱惻。黄正元官河南，與淮揚道朱象乾同詣吕祖壇，批云：「死者之有棺木，猶生人之有屋宇。郊外之人，每乘夜盜挖，以作桌櫈門扇釜蓋等具。拋其骸，平其地，復售他人。其子孫來拜掃，别指一墳，混之不知。死者含寃地下，且令生者錯認祖宗。予每校陰籍，赴訴累累，雖加以冥誅，驅入無間地獄，然陽報未彰，亦守土者之過也。有地方之責者，發慈悲心，設法禁止，功德無量矣。」

許汜不爲陳元龍所禮，見劉備稱之。備曰：「君有國士名，無捄世意，而求田問舍，言無可採，何緣當與君語？如小人欲卧百尺樓，卧君於地，何但上下床之間耶。」是欲卧百尺樓者本先主也，後人乃屬之元龍。

東坡喜禪，子由好道，「鬢絲祇好對禪榻」、「鬢絲禪榻兩忘機」，固屢形歌詠。其《别子由》云：「使人之意消，不善無由萌。」以進德相砥礪，而結云：「妻子亦細事，文章固虚名。會須掃白髮，不復用黄精。」則又順其意以道之矣。

山陰趙公權先生，年至九十，清健不衰。嘗謂少讀《論語》，學得三句：不多食、食不語、寢不言也。

長洲顧學士元熙，著《蘭修館叢集》。内《碎錦集》用詩牌集字成者，有《女遊仙》五古三首。録一：「精簾沈夜山，銀槎響秋瀑。蘭雪艷餠衣，松風舞旗足。一笛醒千花，百甌銷片玉。鋤月分金枝，梢霓浣黑竹。織屏蜃添綫，燒汞麟銜木。袖螢冷不飛，籠鳳媚纔宿。瓊窗鈎絳紗，坐笑雙星牧。」五律《女遊仙八首》云：「一笑横媧瑟，鳴泉入曲工。洞猿分竹雨，谿鶴洗蘭風。鎖館雲低白，温罏雪歛紅。楚天遲遠夢，星暗水窗中。」「綺閣凌波直，羅窗絡角重。蕙風薰襪嫩，花雨濺鈿濃。抽覃趨珠鳳，銷某贈燭龍。引觴吸湘淥，一曲映螺峰。」「密瓦懸鱗影，疎櫺背浪聲。井桐江倒濯，軒柳月斜行。蕙扇招鸞舞，芝田喚虎耕。瓊巵翻素珮，指甲戲拈箏。」「粧樹薰蘭渚，環輪印畫橋。雨燈巢玉燕，春頌賜金貂。帶舄扶鸞轉，鈿書眄雁邀。媧笙韵飛瀑，殿角聽鈞韶。」「釀露酣珊粒，斜梢拂釧樓。泉縈花磬午，風洗玉簫秋。語鵲移苔鑑，呼猿送茗甌。懷人楚湘碧，小鳳下雲頭。」「深淮當少室，關勢破澄鮮。南斗逢初度，西峰訪去年。鯨鐘敲百八，鴻路記三千。向晚榴門寂，邀題更浣箋。」「征雁扶輕輦，香虹度彩橋。葉書分島使，松管唱花妖。鳳倚寒簪立，龍垂寶鏡朝。羅衣惹丹氣，心劍十洲要。」「昨錫飛瓊珮，新儔蕚緑宫。掄才蟾拓筆，參服虎關弓。梅碎輕絃白，蘭披舞袂紅。檀床纔壓繡，丹洞吐銀虹。」又《小遊仙四首》，録一：「手捲銀河洗鶴翎，誤驚帝子倚花屏。迴眸一片支機石，飄墮桐廬化客星。」細膩熨貼，自關夙慧。

葯根和尚集詩牌成句云：「雨窗話鬼燈先暗，酒市論讎劍忽鳴。」

《歲時紀麗譜》：成都遊賞之盛，謂太守爲遨頭。田況嘗爲《遨樂詩》二十一章，以紀其實。而薛奎亦作《何處春游好》詩十章，自號「薛春游」，以從其俗。且因知開封府專以嚴治人，謂之「薛出油」，欲以「春游」易「出油」舊稱，適增笑柄耳。

岳武穆「潭水寒生月，松風夜帶秋」，是用活字倒裝法。孟浩然「待得重陽日，還來就菊花」，是用活字順遞法。

歐陽永叔「萬馬不嘶聽號令，諸番無事老耕耘」，可掃盡出塞作。

撫今追昔，有不能已於言者。香山云：「去秋共數登高會，又被今年減一場。」東坡云：「去年今日關山路，細雨梅花正斷魂。」余亦有句云：「記得去年今夜雨，小西湖畔夢紅樓。」

順德邱秀楠士超茂才《詠明妃》云：「色難何異乎才難，忍使琵琶馬上彈。王者自來矜小信，天家況復喜和番。玉顔若肯從胡俗，青塚焉能耐歲寒。老死朔方何足恨，恐教都尉等閒看。」五六顯微闡幽，論古有識。

題畫自曹子建始。

《簷曝集》載《白粥詩》一首：「煮飯何如煮粥强，好同兒女熟商量。一升可作二升用，兩日堪爲六日糧。有客只須添水火，無錢不必問羹湯。莫言淡泊少滋味，淡泊之中滋味長。」可謂不着一字，盡得風流。

「海水雖深，不如人心」，伊墨卿太守爲人題小照之句。

「愛文字飲者，與俗人沽酒同科」，宋張文潛語。

晉王羲之習書，寢興不輟。嘗於夫人腹上作點畫，夫人曰：「人各有體。」羲之乃悟字各有體。

韓昌黎《陸渾山火》句：「女丁婦壬傳世婚。」一作「夫丁婦壬」，謂夫丁者壬也，婦壬者丁也。但丁壬合而化木，以之寫燎原，似未精當。

王笠舫罷官後，《贈李芸甫水部》七律八首，録四：「蒲帆催我太匆匆，半載華堂讓蓋公。春在花光濃淡裏，官如山色有無中。銜泥已類將雛燕，落爪何論印雪鴻。久住園林最難別，更誰堪别主人翁。」「池養裴翁繡尾魚，門多通德往來車。雛伶恃寵求題扇，老僕嫌貧乞薦書。面目漸成村學究，功名猶自夢華胥。此行豐樂亭邊過，遠近青山盡繞滁。」「銀杏寺前楊柳橋，兒時長弄木蘭橈。十年南地經寒食，一夜東風想落潮。碑刻猶存牡丹賦，踏歌空憶小紅簫。飄零八口仍三處，争不相思瘦盡腰。」「前臨弘景三層閣，後闢香山五畝園。庭有幽蘭麋在牧，野無奥草鶴歸樊。疎鐘渡水來蕭寺，遠樹分鐙過别村。更與清泠池館約，朱藤花落待傾尊。」

桂林唐魯士先生孟賢，以厚德貽子孫。嘗有自壽句：「生平毫無一點事，紀年不覺八十春。」想見和光同塵，壽者之相。

唐槐亭紹欽，吾友虞臣之封翁也。健於文，至老不售。友人催赴科舉，翁辭焉，有「縱然文字逢青眼，不信嫦娥愛白頭」之句。

虞臣有《即景》一首：「萬柄荷開暑氣平，池光遥影白雲横。傾盤忽響珠光燦，一片斜陽照雨聲。」不减宋人手筆。

湘潭葛澗南錡《同虞臣對月》云：「泬寥邊地月，此夕好同看。去國渾忘遠，登樓始覺寒。露華凝竹杪，人影在林端。心跡俱清净，呼鸞我欲驂。」律法細甚。

《池北偶談》載「福建總兵楊富有孌童，生二子，楊子之名曰『天舍』、『地舍』。後楊歷官江西提督。又樂陵男子范文仁亦生子，余内兄張賓公親見之」等語。此亘古未聞、宇内必無之事。《詩》詠婉孌，乃先言「無田甫田」，朱注：「戒徒勞而無功也。」不能不斷章取義引之，以息邪説，距詖行、放淫辭矣。

近人有反《蜀道難》爲《蜀道易》者。《尚書故實》載：「李白嘗爲《蜀道難》，歌曰：『蜀道之難，難於上青天。』白以刺嚴武也。後陸暢復爲《蜀道易》曰：『蜀道易，易於履平地。』暢佞韋皋也。初，暢受知於韋皋，乃爲《蜀道易》獻之。皋大喜，贈羅八百疋。」云云。是《蜀道難》已有反之者，無所佞而踵其轍，徒貽識者笑耳。

黄從化徵乂輓壯烈伯李忠毅公詩云：「儒將風流裘帶翩，心書獨得古人傳。不逢宗慤乘風浪，誰蹙孫恩泣水仙。自注：公陣亡時，蔡牽已垂滅，越歲沈水死。石勒竇宮碑淚墮，自注：公修寧波府學，自爲文以紀。雲愁蓬島陣圖懸。自注：公以意創立水陣法。東南人士同悲憤，何獨軍營隕涕漣。」按忠毅在浙江洋面遏蔡牽，與粵海黄鎮臺標遏張保仔，皆天生以靖海氛者。

高州陸松亭兆麟，余表弟也。愛吟詠。《試茶》七律云：「瓷甌玉鼎門新奇，烹罷松蘿又武夷。匕椀嘗來消暑喝，二芽點出認槍旗。仙宮佛殿仝遊處，月白風清獨坐時。擬把《茶經》添一解，對花頻啜亦相宜。」又有「《心經》閱歷知甜苦，事到艱難悟變更」之句。

德慶州李子容茂才清彦，余友清泰孝廉之難弟也。詩才敏贍，《暹羅館觀貢象》云：「海東有國曰暹羅，通道時紀中華多。輸誠恐後獻琛速，雙象美説梁山阿。皇華館内居使臣，以帊束髮衣鮮新。遵王服餙中外一，表文金葉瞻來賓。孟秋之月日維戊，館内來看南越獸。三歲一乳形體詭，瑶光之星散豈謬。數牛其身豕其目，頭不可回頸惟肅。足既如柱色如栗，以鼻爲用任信縮。憶昔舞象曲初成，又思作樂象最清。何如此象逢盛世，鑾奴驅策上神京。長至典禮行郊天，寶餅負出朝門前。立仗每使儀衛肅，三品俸食皇恩偏。珊瑚明珠更翡翠，日南珍奇無不備。負重致遠巨象能，巴山之蛇漫吞噬。力大於身真可詩，作象繼象取義奢。但爲廊廟供器使，何慮材質終烟霞。」

綿州李雨村觀察調元《答遵化牧靳榮藩》詩云：「橡栗生涯住瀼東，由來喜怒似狙公。漫言勤學通今古，深愧爲人在下中。氣自錯磨顔遂俯，詩從摧折格愈工。平生頗笑子雲老，投閣空慙一世雄。」響爽可誦。

聖人不删淫詩，所以明致亂之由也。齊桓寵豎刁，不旋踵而亂作。若梁簡文帝親製孌童之篇，更無論已。

「定之方中」，中者，午位也。凡日中宵、中昏、中旦，中皆指午位言。高要劉墨池作《中星全表》，舉二十四節氣，每候十二時，中星遵欽天監量天尺，備細演列，可謂愈推愈密矣。

蔡裓華學士嘗謂：「詩古文辭，自漢迄今，是直的；時文制義，要看風氣，是横的。」

潯州李雨川茂才滄江，耽吟詠。《採茶歌》云：「笑語啁嘈各有情，隔山聽澈曼歌聲。雙關語好分明記，採葉留根等後生。」又五言「草深官路没，山遠夕陽横」，「風微蟬在樹，江静水浮星」，七言「只緣人事成波折，不道生涯竟陸沉」，俱佳。

詠錢詩太粘不得，唐虞臣云：「忽來忽去歸何處，擾攘塵寰寄此身。解向怨中翻作德，能於疎處買爲親。聚令貫朽偏相附，散若流泉恨不均。可笑杜囊空到底，杖頭常愛窘詩人。」又「人甘爲虜何妨守，我豈無兄肯浪呼」，繆連仙句。

虞臣《秋閨》五律：「凉風拂井桐，凉意到閨中。翠袖誰憐薄，紅顔漸覺空。下簾深見月，移燭暗聞蛩。縱有尋郎夢，郎身似轉蓬。」押空字，有誰適爲容意。

詩有元氣，培養到厚處，自盎然流露於楮墨之間，無迹可尋，不着一字，當與書卷氣、福澤氣參看。根行深厚人，要他行淺薄事，説淺薄話，勢必不肯。根行淺薄人，要他行深厚事，説深厚話，亦斷不能。

《遵生八箋》有一詩云：「昔有行道人，陌上見三叟。再拜向叟問，何以得此壽。上叟前致詞，室内姬麤醜。中叟前致詞，量腹食所受。下叟前致詞，暮卧不覆首。旨哉三叟言，所以壽長久。」惜未詳何人作。

鮑逸卿太史俊《題李小山修竹撫琴圖》云：「君胸有此君，筆下爲傳神。此君中有君，石上寄閒身。君之與此君，無乃爲一人。寫以七絃琴，相與契其真。濃陰滴蒼翠，古韵流春温。飄飄物外姿，清和藹冠巾。煩君一再彈，撲我三斗塵。」五言「可人黄鳥舌，生意緑楊條」，七言「擘窠有字能留石，擊缽無詩亦負山」，「青山依舊無今古，老樹迎人作主賓」，「放眼匡廬千丈瀑，置身兜率幾重天」，皆有清奇之氣。

詩有限韵與題不相涉者。《西涯詩話》載：「蛺蝶詩限船字云：『有時飛到江邊去，跟箇賣花人上船。』」又《㩳山詩話》：「餘姚楊軾在延慶寺，賦雞冠花，限魚字云：『若教夜半能三唱，驚起山僧打木魚。』」皆從本題生發以押之也。

前明慈谿令某公，下車欲厲威嚴乃進。里老戒之曰：「汝曹知諺云『滅門刺史，破家縣令』乎？」有桂姓者答曰：「邑士多習詩，吾儕小人惟知『豈弟君子，民之父母』，他未之前聞也。」令默然。

粵西土司多趙、李、岑、黄四姓，皆馬伏波、狄武襄偏裨授世職留鎮者，其各峝猺獞，悉祖盤瓠。桐城馬鶴臞刺史鼎梅官左州，賦《邕筦竹枝詞》一百首，録二十四首，以資多識：「風景蕭條一土城，數家烟火自爲鄰。荒街不用勤更柝，自有靈山黑虎巡。左州有黑虎一，不知所藏處。歲於春秋丁祭後，入城搏牛羊犬豕一而去，不噬人。」「萬里雙江一派收，遥源來自日南州。蠻夷亦有聰明水，解到壺關學字流。麗江二源皆出交趾，自龍州滙合，趨太平府，其流曲折，若壺字，故壺關以名焉。」「階前鬱鬱文章草，牆角叢叢吉利花。刺史莫嫌官署冷，也應雅稱讀書家。五城皮一名文章草。吉利，草之解蠱者也。」「清明時節插秧田，插得秧田竟靠天。幸是五風兼十雨，不教邊地欠豐年。邊俗習惰，當春插秧後，聽其自然。在山邊則種旱禾，謂之靠天收。又有冷禾，十月播種，二月末收穫。」「細雨春深長藥苗，瘴鄉到處易魂銷。踏青遊客休疑畏，毒草逢人自動摇。毒草隨地皆有，土人亦不能悉其名。驗之之法：遇人行近，其草動摇翕張者即是。」「無形火箭能穿石，匿影神鎗不畏針。能向蠻陬解淫毒，黄金不止結交深。州屬太平、安平、羅白三土司及諸土屬有火箭神鎗者。每朔望日未出時，婦女裸卧山上，作法良久，有氣自陰中出，隨風飄蕩，遇物即糜。輕者爲火箭佩針可解，重者爲神鎗，又謂之大砲，雖佩針不能禦。惟佩黄金者遇鎗箭則金上着響，如磁石之吸鐵，鏗然一聲，有黑點如蠅糞，滌洗不去，日出後則陰邪漸散，不能中人矣。」「毒霧濛濛路正賒，客行休宿野人家。夢迴半夜呼名姓，定是窗前人面蛇。人面蛇知人姓名，每於半夜呼之，應者腦即爲吸去。」「清晨碎浪過橋河，約伴金山去唱歌。猛樣不如古樣餒，過眉捫鮓古家多。諸蠻皆自倚歌擇配，左俗則於三月廿九日，男女會於金山之下，謂之歌圩。遠近奔赴，連臂踏歌。洗澡謂之碎浪。你曰猛，我曰古，餒者美也。戒指曰過眉，簪曰撊鮓。男女所贈答也。」「朱齦煜煜起丹霞，髻挽雙鬟茜染牙。待到歌期更修飾，携將勒嫂覓哥爺。俗於幼女十二歲後，即以茜草染其牙，令極紫黑，蓋鑿齒之爲也。呼女曰勒嫂，壻曰哥爺。」「歌罷同歸月滿山，入門條教記初諳。老拳擊得盈缸水，却返青廬覓野男。歌洽後即倩媒妁同至夫家，入門夫以拳三擊女背，女乃出擔挑水，畢，由後門歸至母家。另招野男同宿，既孕始棄野男，歸夫家偕老，故凡土人首子多非其本夫所生。當女招野男時，夫至其家，以姦論，孕後歸夫家，野男至，亦以姦論。俗呼野男，曰野郎，又謂之苦郎。」「蠻女娉婷意態妍，外江賈客莫情牽。臨行下得挑生蠱，縱使情長只十年。挑生蠱，以藥置飲食中，雖雞魚菜果入腹，皆可復生。賈客有與本地爲婚及相悦者，别時約定期候，計其遲早而下之，過期不至即毒發，不可救矣。其術甚秘，有自一年種至九年者，極遲亦不出十年外。」「端午臨溪降蠱王，鵝毛細管髮中藏。一般媚藥能爲毒，不問家郎與野郎。蓄蠱婦於午日至山溪中，貯盆水，裸形而咒，俟毒蟲畢至，取歸藏之。蟲饑相啖盡，取最後存者餵飼，拾其糞，和爲媚藥，與夫及野郎食之，即相和合。久而其蠱漸毒，能大能小，藏以鵝管，納之髮中，遂成爲蠱，遇毒發，無人雖夫與野郎亦不能免，惟别貯解藥以吐之耳。凡蠱毒爲害，多於飲食中下之，惟都結、結安、結倫四州謂之四結，其蠱即吃烟覓火，亦須防之，雖土人不敢輕入其境。」「蓄時容易遣時難，畢竟妖蟲不可貪。好是昏黄斜月上，村村簫鼓嫁金蠶。金蠶蠱能糞金，蓄者因以致富。然斯蠱久而益毒，金刃水火不能傷。遣之者以鮮衣美食裹置道傍，有拾之者即隨以去，名曰嫁金蠶。」「問名不學土人歌，納幣還憑遞結多。種得階前怕婆草，佳詞那用唱迴波。土司所娶皆土官之女，其納聘也，合境内之頭目，皆往婦家，出結自矢奉爲主母，無異詞。他日土司有故，則其妻可以襲職，而號令其民。故土官多畏其妻，而無敢廢嫡者。怕婆草，遇婦人喝之則葉垂，男子喝之則葉起，土司之所産也。」「粉項珠纓綬帶香，夫人掛印有輝光。散花廣袖珍珠履，不數當年雲髀娘。土司之娶正妻，以五色纓絡盛印爲聘。過門時，乃懸之於項，謂之掛印夫人。雲髀娘，明季土司之婦。」「護印夫人管鑰嚴，高樓簇簇砌花磚。深閨不用愁脂粉，笑數朱繩印色錢。土官娶後，印即掌於其妻，呼爲護印夫人。署後築高樓以居，謂之印樓。民間税契者，例價千錢之外，另錢一百五十文，名印色錢，即護印夫人脂粉錢也。」「官男承襲髮初齊，協理宗人暫借棲。一卷申符箝紙尾，五雲花押署官妻。土官故後，其子未及歲，則擇官族協理之，印仍歸於官妻執掌。每申文於尾後，協理銜名之側，書『護印官妻某氏』。」「漢官例議日交加，瑜瑾雖光不掩瑕。世長蠻夷稱刺史，嘉名不愧戴烏紗。上官雖有降罰處分，而例不革職。間有廢弛不法者，亦於奏革後，擇其子襲之，故俗謂土司爲鐵紗帽。」「踏猺唱罷博親雙，熊鼓蘆沙祀狗王。莫把金肩輕負戴，高辛原是丈人行。猺人倚歌自配，謂之博親雙。其負物以肩，女以首。謂男首乃狗王之頭，女肩乃高辛公主金肩，故皆貴之。」「郎火新正禱歲神，土杯十二列窪尊。一年旱潦須詳看，莫任村氓老眼渾。獠推一人爲酋長，謂之郎火。歲首列土杯十二，貯水禱之，集衆終夜閲視，如寅滿卯涸，則正月雨、二月旱也。」「産翁偃卧擁嬰孩，生子三朝入父懷。底事陰陽乖位置，異聞吾欲續《齊諧》。蠻婦生子，三朝授夫，擁被偃卧，少不謹即病，如産婦，號曰産翁。其婦乃力作以飼之，了無所苦。」「沙岸篷居逐浪痕，魚蝦獵取便生吞。共言螻蟻能封穴，争似沙人識水源。沙人善探地氣、識水源，土人視其所居，卜水之消長云。」「山子銜弧重插青，射工乘化育荒榛。世間鬼蜮休驚異，自是天生一種人。山子夫婦不同宿，擇晴晝入山僻處，盡一日之樂。插松竹於路口，謂之插青，人無敢繼入者。其交也，銜弩裸體而獸交，遺精草莽，嵐蒸瘴結，是生短狐，《詩》謂之蜮，即射工也。」「烟波立籍户稱龍，浩蕩還同鷗鷺踪。絶少靈源湧甘醴，至今猶説莫登庸。蛋人無定居，捕魚爲業，以舡爲家。能知龍居，故又稱龍户。莫登庸，其産也，爲安南王，傳數世。蛋人至今詩言之。」

李雨村嘗論「小姐」二字可以入詩。近有以「太太」二字入詩者。某洋商賦《黄埔竹枝辭》，有「丈量看到中艙貨，太太今年稅較多」之句，初不知所謂。偶閱粤海關報税單，開載某船太太一十二名，該税九十六元之數。始知外夷因中國婦人尊稱爲太太，故帶來夷婦，皆以太太報税，示矜貴之意。

橡坪詩話卷十二

漢元封三年作柏梁臺，詔群臣二千石有能爲七言詩，乃得上坐。其詩久不傳，後人乃以聯句體擬之。沈歸愚謂是七言古權輿，亦開後人聯句之祖，則爲所朦矣。其間自矜之句固不少，而「三輔盜賊天下危」、「盜咀南山爲民災」、「外家公主不可治」；皆非君臣晏享時所宜言，有乖《天保》、《卷阿》之旨。至「齧妃女唇甘如飴」、「迫窘詰屈幾窮哉」，更不成話，無庸深辨矣。

諸太史錦《恭紀御賜纖葛戴紗》云：「凉生殿閣透彤墀，白葛輕容出籞闈。玉局共誇紗縠第，襄陽休賦薜蘿衣。每慚袞職毫無補，再着朝衣願不違。今日薰風如立鵠，回思春服共沿沂。」又《南郊前一日雪》云：「寒凝取次回寒谷，六出争先迓六龍。」皆清麗出色。

沈文慤公云：「詩之佳者，在聲色臭味之俱備，如庾肩吾、張正見是也。詩之高者，在聲色臭味之俱無，如陶淵明是也。」

齊梁《捉搦歌》：「華陰山頭百丈井，下有流泉徹骨冷。可憐女子能照影，不見其餘見斜領。」「黄桑柘屐蒲子履，中央有絲兩頭繫。小時憐母大憐壻，何不早嫁論家計。」節拍甚緊。

南海黄敬山都閫烺，才思俊爽，嘗醉後高哦有「量闊同滄海，情豪薄紫霄」之句。「花氣清如初過雨，樹陰濃愛未經霜」，「欹枕夢喧蕉葉雨，捲簾香沁藕花風」，句皆清婉。

「藥靈丸不大，棋妙子無多」，語極老靠。

温庭筠《達摩支曲》曰：「擣麝成泥香不滅，拗蓮成寸絲難絶。」婀娜剛健，兼而有之。

唐牛僧孺《周秦行傳》載薄后、戚夫人、王嬙、緑珠、潘妃、楊太真諸詩，皆詠史下乘，粘煞不能翻空。惟自作云：「香風引到大羅天，月地雲階拜洞仙。共道人間惆悵事，不知今夕是何年。」語意灑脱可喜。

無錫鄒小山侍郎一桂，工畫，詩亦清麗自然。《翠雲山房恭紀》云：「行宫傍禪榻，欲雨更清幽。山翠當胸滴，林風與耳謀。吟雲心不住，點墨意俱流。尺幅融千象，披圖恣遠眸。」「鑾輿停蹕處，半里接松風。側磴欹行帳，遥旂渡晚峻。星燈烟霧裏，蓮漏雨聲中。忽聽村雞唱，雲歸萬壑空。」

慶將軍保鎮粤六年，將歸，蔣稻香先生賦七律十二首，録四：「政兼武績與文衡，持節當年赤嵌城。臺灣兵備道兼學政，赤嵌即郡城。柳玭儒謨能表海，梅林將略舊知名。前明胡宗憲平倭寇，威震閩越。公迭平臺灣水陸逆亂，尤著膚功。鷄番通賈槐槍掃，臺有大小鷄籠諸山，内俱生番，種類甚夥，有手足如鷄爪者，歲以香藤鹿皮易鹽茶等物，通販一次。鹿郡休兵瘴厲清。詔下褒功多拜錫，書生戎馬亦成名。幕中柯理齋、宋雲卿皆得軍功。」「更著膚勳六詔中，逆苗掃蕩等沙蟲。金江奏凱綏蠻貊，鐵柱重題等卧龍。諸葛武侯擒孟獲，立鐵柱紀功，公平苗即其地。宫輔升班綿世爵，邊陲安堵仗元戎。衮衣待詔文翎耀，燮理先儲斧鉞功。」「八旗勁旅控巖關，大樹風清靖百蠻。弊絶太倉申儆易，齒繁長府計餘艱。廣東旗營支放銀米，向多流弊。公莅任後，大加整飭，兵沾實惠。又以駐防生齒日繁，養餘之糧不足，奏請籌借藩庫銀兩生息，贍其室家。指囷幸飽呼庚室，挾纊同温擐甲班。彈指六年多建樹，一輪卿月唱刀鐶。」「心殷吐握禮爲羅，珠履三千樂飲和。夏雨及人膏本渥，春風坐我惠尤多。開樽屢飫侯鯖味，得句還讎帝虎訛。祇自龍門羞點額，泥塗何處報恩波。」學義山而有生動處，故佳。

挈眷遊幕而後起有人，無家園内顧憂，如蔣稻香先生，洵名士兼享仙福者。有《和姚筠州七律一首》，自序云：「筠州先生以『羡煞忘年張子野，鶯鶯燕燕熨貂裘』之句見贈，蓋以予鬑鬑白髮，尚攜房老同遊，先生燕爾新婚，兩地寒衾，獨夜感而有詠，用依元韵作答。」「芳年歸客詠河洲，鸞鳳從教比翼遊。底事玉臺容小别，獨來芸館未同儔。情憐杜牧三生夢，老賸朝風雨鬢秋。調笑尚勞鶯燕比，熨寒羞唱五雲裘。自注：李白有《五雲裘歌》，僕之老妾即號五雲。」

丁厓州「飽食緩行初睡覺，一甌新茗侍兒煎。脱巾斜倚繩床坐，風送水聲來耳邊。」陸放翁「相對蒲團睡味長，主人與客兩相忘。須臾客去主人醒，一半西窗無夕陽。」二詩風味相似。

司空表聖云：「名能不朽稱仙骨，理到忘機見佛心。」其實神仙不好名，屈晦翁已言之矣。

「鋤禾日當午，汗滴禾下土。誰知盤中餐，粒粒皆辛苦。」而牛尤有功於稼穡，殺之其孽甚重。《冥祥記》載晉庾紹之事，已有「宜勤精進，不可殺生。若不能斷，可勿宰牛。」此牛戒之最古者。《宣室志》載：「夜叉與人雜居則疫生，惟避不食牛人。」《酉陽雜俎》亦載之。今不食牛人遇疫，實不傳染，小説固非無據也。

外夷紀時以鐘點。丑初至午正，自一點遞加至十二點。未初至子正，亦然。從彼國至中國，適差十二點鐘，蓋中國夜半正彼日中矣。

黎二樵簡有《贈馬嵰山》七律云：「別夢初懸峽山月，歸帆秋轉峽山風。城頭夜角黃江白，竹裏吟燈青雪紅。占象誰能作都講，必傳君倘信揚雄。著書心力今鉛鈍，愧爾磨刀選石工。」自注：「端溪書院後堂多竹，翁覃溪題曰『青雪』。先生嘗命小胥抄簡詩，將入既見集，故有第六句；又嘗惠硯，故有落句。」

趙松雪少年時好畫墨梅，每用「水晶宫道人」圖章。或以「瑪瑙寺行者」戲對之，遂不復用，梅亦少畫矣。見解大紳《春雪集》。

「富貴榮華五十秋，總然一夢也風流。而今落拓邯鄲道，願向先生借枕頭。」「酒沽林外野人家，霽日當筵獨樹斜。小飲呼朋三面坐，留將一面與梅花。」二詩俱超雋，載《雨村詩話》。

招尤以言，致病以食。言謹其出，食慎所入。無病無尤，口腹之吉。

懲忿窒慾，是進德修業一大關鍵。但有懲之窒之之見存，則忿與慾之根猶未泯。必也不待懲忿，自無忿之可懲；不待窒慾，自無慾之可窒，然後可以鍊心。

滇南李彝卿學博《聞笛》詩云：「一笛出林樾，寥天生暮愁。美人渺何許，明月自高樓。鄉國經年夢，關山滿目秋。無邊摇落意，作客古潭州。」武陵胡少霞蔚《擬古一首呈方伯孫補山觀察徐雨松》云：「祥麟遊聖囿，威鳳鳴帝梧。德隅表群類，飛走咸于喁。大匠垂奬誘，未學承師資。努力報歲月，皓首寧廢書。遐方久淹恤，明德憐羈孤。衽席出水火，剔濯離泥塗。已割宣城氈，欲解司空舟。賢達重振拔，胞與原其初。貧賤幸際會，俯仰忽有餘。知己得君子，激昂衆所無。猗與麟與鳳，瑞豈在一隅。遥遥飢溺心，禹稷當無殊。」按此詩中資字、舟字，即支、微、齊、佳、灰、魚、虞、蕭、肴、豪、歌、麻、尤，無入之十三部通韵，非叶也。

「窮巷和歌徒有婦，騷壇書爵肯稱男」，孫補山《贈胡少霞》句。

《江漢》之詩曰：「式闢四方，徹我疆土。匪疚匪棘，王國來極。」言所辟疆土皆行徹法，無重斂以病之，無苟急以擾之，而取中於王國也。今雖徹法不行，而上忙下忙，取民有制，父母斯民者，其忍朘赤子脂膏以自肥乎。况征而曰忙，非忙於征，憫農之忙也。農忙而征與俱忙，忙忙兼顧，何以爲情。惟深耕易耨之時，農忙而官不忙，樂輸欣納之期，官忙而農不忙，庶上下兩忙，正有不忙者在。

貴溪令馮宗山爲修建學宫，三至上清謁張真人，并接見諸紳士。得詩五十韵，用柏梁體云：「上清之山山嶙峋，上清之水水漣淪。地本仙鄉多道雲，桑麻雞犬風還淳。太平何處有避秦，仿佛直入桃源津。我於此地來往頻，忘機鷗鷺咸相親。摳衣載訪張真人，上界宫闕無纖氛。寶幢翠蓋環勾陳，籀篆鏤刻丰稜新。大可四寸光澤匀，此即下玉秦璽分。上有巨紐蟠螭紋，蹙以錦匣韜以纁。小者盈握玻璃痕，章疏特用通天神。小璽色如玻璃，蓋用以拜章疏者。更有丹印凝千鈞，非銅非鐵非金銀。分列天蓬四聖君，蝌蚪不辨爲何文。丹印爲罏火所成，五金錯雜，不辨其爲何物。吴興書碣元名臣，千古道教垂貞珉。我來展拜瞻周巡，實以所見徵所聞。宫外有趙文敏公道教碑。主人款我羅奇珍，松肪筍脯山苓榛。醍醐灌頂仙醪醇，維駒投轄歡留賓。鼓吹兩部排神軍，曹司法服皆彬彬。更喜門外多簪紳，載酒問字來殷殷。忘却俗吏奔風塵，首以學校相咨詢。嗟自學宮歲久湮，湫隘卑濕連城闉。僉曰舊向仍宜因，經營創始當今春。諏吉六月惟良辰，慎選執事廉且勤。醵金量力惟其均，四方好義咸駢臻。工師得木多盤根，梗楠杞梓樟榆枌。斯文不墜争傳薪，菁莪遍植薌溪濱。自愧無德乎吾民，公等儒行信有真。」

小隱巖在貴溪縣，宗山大令題壁云：「面郭三里許，地名小隱巖。凌空矗奇石，四面環松杉。中有一古洞，小可容茅庵。簷溜滴如雨，苔蘚痕斕斑。相傳夏忠愍，讀書來閉關。同是讀書處，分宜有鈐山。何以鈐山堂，論者一筆删。乃知天下事，差念毫釐間。我來凡數次，躡屐藤蘿攀。摩挱舊碑碣，漫漶勞搜探。清磬一聲寂，老僧時出龕。瓜果更迭進，煮茗供清談。坐久明月上，照我開心顔。徘徊不忍去，兩袖輕風還。先生自千古，江水流潺湲。」寫景夾以議論，可覘學力。

人生幾見月當頭？十月十五夜月也。中秋天色陰晴，中外皆同。

秀水《感復初贈馬嵰山》句：「熱腸偏是功名冷，暇日都因著述忙。」

孫文靖題畫十二首：「睡起翛然整角巾，溪邊照影髮如銀。桃花已放柳初綻，從此嬉遊爛漫春。」「門前喬木欲参天，屋後琅玕戛晚烟。莫笑主人歸計晚，少陵郭外本無田。」「繞舍箖箊嘉客來，隔溪落日照樓臺。抱琴欲别不忍别，拚擬今宵蹈月回。」「緑樹重重罨畫妍，碧城十二望中懸。水亭枯坐尋常事，曾住終南四十年。」「屋前屋後皆春水，到處垂楊作態嬌。此地風光殊杜曲，休教錯認沈家橋。」「綽綽乾坤一草亭，髻螺山影露娉婷。夕陽到處皆金色，高樹清於野鶴形。」「溪風過處木葉響，茅屋暗時山雨來。想見閉門張仲蔚，任教三徑長蒿萊。」「夏木森森覆緑蘋，花如鵑血草如茵。茅亭莫被溪風捲，與蔭農田病暍人。」「落落長松蔭敝廬，偶來抱膝俯清渠。前身合是陶弘景，勾曲山頭號隱居。」「層巖俯瞰大江流，仿佛黄州月下游。有客推篷歌《水調》，神鴉驚起怒濤秋。」「平沙風緊雁行斜，網得銀刀兩槳划。如此急流須把穩，勸君沽酒泊蘆花。」「淰淰寒雲凍石泉，山腰老樹轉清妍。檀心本是和羹侶，先試冰霜骨更堅。」

文王演重卦，於上下皆坎，加一習字。任釣臺先生神遊太極，得「習坎有孚，維心亨」之象，此千古不傳秘篇。「識得陰陽顛倒顛，後天抽換見先天。生機動處融和甚，抱一無思法自然。」

梁山舟手書《呂祖活性靈詞》，中有一首云：「鹿角不可折，鼠牙不可穿。我家向住水晶洞，如今又在白雲端。白雲朵朵生烟岫，雲深不覺寒山瘦。老翁扶杖拄巖頭，欲墜不墜稱古叟。你道古叟是何人，不言不笑自生春。年年草緑王孫恨，夜夜猿啼處士嗔。獨有老夫長獨立，龍吟虎嘯不驚心。」

《呂祖雜詠》七絶，即景言情，偶成六十數。録三十：「層樓縹渺欲摩空，老鶴歸來寄此中。何必結廬人境外，翛然自不繫樊籠。」「野含梅雨谷鶯銜，曲水流珠鏡裏容。坐看山光天外盡，回頭疑是劍爲峰。」「浮雲半捲透天杠，玉麈輕揮濯錦江。把酒吟詩誰作侶，山吞夜月影摇窗。」「温泉獨有頗黎碑，絕妙文詞幾世垂。但見才人多賞識，聲華内蘊作箴規。」「灞水橋邊接紫薇，花開静待鵲南飛。溪雲遠度清池上，物外應參造化機。」「朱雀銜書到石渠，浪花飛濕翠華裾。鶯啼柳上驚人夢，負局先生騎白驢。」「憑空賜下赤靈符，巧扇留花雲漢圖。杖几凝香消萬籟，更聞鴝鵒勸提壺。」「芝樓蘭閣夜分藜，月上瑶階映浙西。偏坐金鞍調白雪，陳蕃下榻客星齊。」「搜來典籍滿高齋，適意行吟眼力佳。自古奇書摩不盡，別裁體格豁胸懷。」「雪花妬舞惹官梅，粉畫南峰獨占魁。留硯成方偏誤曲，披香學士到天台。」「問訊烟霞幾度春，空江百尺躍紅鱗。鶯啼暗識忘機客，石面棠風惹玉人。」「天葩宛轉吐奇芬，海燕雙雙啄水芹。絮語雕梁營舊壘，銜泥製巧往來勤。」「滿酌當年北海罇，孤燈照耀月黄昏。慈烏反哺歸棲急，緑水灣環静閉門。」「雲裏雙峰集鳳鸞，銜圖應瑞托身安。江邊静坐聞漁唱，水面鯨飛拂釣竿。」「玉函龍飛出層山，仙掌芙蓉未可攀。星動瑶階光欲墜，南林隱士不知還。」「倚竹敲松對月眠，樓頭倒影漾池邊。座中香作蓮花帳，咫尺雲山杖履前。」「策馬送君吹玉簫，穹窿島嶼出雲標。天開殿閣龍仙坐，伐鼓中流破海潮。」「千年古木鳳凰巢，飲啄翩翩負九苞。羽翮輝煌雲外舞，蹔時游憩泰來交。」「枉賜金盤五色桃，光華映帶在珠袍。昔年曾過藍橋上，石勢玲瓏集鳳曹。」「羽衣空挂玉山阿，葦暗汀洲蘸緑波。束帶仙人松下坐，抱琴彈劍和樵歌。」「衝天寶劍卧龍沙，打破真泉透佛茶。憑仗東風飛羽翥，誰知點化是丹砂。」「獨上瑶臺過石梁，荷鋤種玉氣蒼蒼。消磨萬古星猶在，留滯天涯醉不妨。」「玉漏初開空際鳴，驚聞蕭寺度鐘聲。知音便識心田事，雅愛宫商韵轉清。」「曲終人静數峰青，何處聲傳帝子靈。免入天中眉月裏，雲穿江底白蘋汀。」「歸到半山雲霧升，欲從蘭櫂入崑陵。天然瑶席誰來坐，積翠浮空滿樹凝。」「殘星幾點倚雲樓，水墨烟林金鏡浮。萬叠銀山蟬影碎，風摇桂魄一天秋。」「石室珍藏大寶箴，奇峰重叠彩雲深。悠然白鶴眠松上，留在西園寄好音。」「江陵貢酒得新柑，願享長齡問李耼。野水波紋遥漾碧，一時花艷淺浮藍。」「醉逐東風雀噪簷，松花落袖影穿簾。高情雅淡人間少，脱去浮文獨愛廉。」「誰從物外辨酸鹹，小結精廬自不凡。信手拈來成妙境，南苕可是吕翁邑。」仙翰淋漓，與景純後先輝映。

粵諺：「年穀豐熟不豐熟，但聽四月二十六。」是日不聞雷聲，主豐稔；若有雷聲，雖已結穗，亦多空殼。晚禾則聽八月二十六。此占豐歉最靈驗者。

粵臬吴曇繡先生《讌集藩署平遠山房》云：「春在華鐙皓月間，相看同是鬢毛斑。主人態度能平遠，座客詩篇忌險艱。繞圃縱横憐碧篠，依城親切得蒼山。行中書省秦佗國，酒緩更闌畫鼓閑。」

西川田石友少尉豫，精繪事，山水、人物、花卉、樹石，無不工妙。嘗畫蘭贈余並題云：「珍重深山一箭蘭，寫來芳露未曾乾。也知花品清高甚，不是幽人未許看。」「閒來無事對銀釭，學寫幽蘭向小窗。莫怪一枝開太少，從來國士本無雙。」又畫《棧雪圖》自題云：「寒天風雪路間關，遠道長征人未還。我亦江南倦遊客，萬重雲樹憶家山。」

嘉應楊滋圃游幕南陽，自書楹帖云：「勞形於詳驗關咨移檄牒；寓目在欽蒙奉准據爲承。」

凡被毆後，以傷風死，在保辜限内者，於律不能不擬抵。呂太常含暉常刻秘方：以荆芥、黄臘、魚鰾魚鰾炒黄色。各五錢，艾葉三片，入無灰酒一碗，重湯煮一炷香，熱飲之，汗出立愈。惟百日以内，不得食雞肉。

長沙陶笙樓茂才丙壽，著《揖青山樵詩草》，安化陶雲汀大司馬序而梓之。《神禹碑歌》云：「吾聞岣嶁之峰，去地一萬八千丈，峽中白晝雷雨響。蒼水使者役神鬼，護此金簡玉字之圖象。昔有紫烟客，手把仙人九節杖。巖間偶一見，字青石赤態滉漾。口欲讀之忽箝閉，手欲摹之翻木强。回首竟烟滅，靈光墮莽蒼。昌黎韓公勤討搜，行縢萬里來南陬。青雲之梯不可以徑上，披荆斬棘十日遊。爾時神悔洩嚴閟，疾馳雲霧封壑丘。山鬼嘯雨猿呼秋，老樹千尺蟠金虯。道人豈欺予，懷古心煩憂。科斗鸞鳳勞夢寐，坐惜天寶地藏人難求。越宋嘉定間，精光廠幽迥。賢良何子一，摹刻靈麓頂。隱閟四百年，潘公嗜彝鼎。天許奇書覩虞夏，七十有七字炯炯。皇哉大文垂宇宙，下者河嶽上星宿。造物有至巧，誰能辨結構。此碑將毋同，乃欲强句讀。蒼頡不作史籀死，李斯小兒等轂轂。譯者一沈兩楊氏，三家紛紛互紕繆。後起争口舌，遂如苦贅瘤。我愛顧東橋，論古有識何超超。斷以泆流水，群言掃塵囂。昔者王離石紐鄉，赤手區分南北條。狂章童律鴻蒙之徒競奔走，元圭告成於帝朝。爰師其意泐巖石，永鎮海若與河伯。南嶽應文明，萬象入點畫。譬之鑄鼎荆山陽，魑魅魍魎盡辟易。瀟湘三水接滄溟，金枝翠旗遊群靈。神女弄珠瘦蛟舞，冰夷打鼓驪龍醒。赫赫神物嶽麓庭，獻榮光兮萬億齡。」

通州馬某隱於丐，有詩云：「賦性生來是野牛，閒拖竹杖過街頭。飯籃帶露提殘月，歌板臨風唱晚秋。兩脚踏穿塵世路，一身擔盡古今愁。而今不乞嗟來食，村犬如何吠不休。」

武强劉景南官中書，一家奴偃蹇求去。景南送以詩曰：「飢寒迫汝各謀生，送汝依依尚有情。留取他年相見好，臨階惟嘆兩三聲。」忠厚之意，溢於言表。

拆字對：「凍雨洒窗，東兩點，西三點；切瓜分片，上七刀，下八刀。」又「冰凍酒，一點兩點三點；丁香花，百頭千頭萬頭。」

番禺李茂才春林，嘗從先孝廉肄業。有《即事》句云：「半窗花氣通蝴蝶，一朵雲影仿駱駝。」

楚北武當劉羽清道人智静，以堪輿術遊粤，賦七律贈余云：「家隔珠江路幾千，風標邂逅仰翛然。步蟾早遂詩書願，覆鹿渾忘富貴緣。不遠市城稱大隱，能修道德即真仙。閒蹤自笑耽山水，慙愧今朝悟性天。」

三水陸翁雲從一百三歲始遊泮，百四歲赴丙戌春闈，欽賜國子監司業。與余同寓，問詢其致壽之術，翁曰：「體熱如火，心冷如冰。氣行如泉，神静如岳。此仙家十六字心傳也。境過勿留，機流勿滯。寬厚養心，和平養氣。亦我之十六字心法也。」余曰：「請事斯語。」

錢文端和沈文慤《山居雜詠》云：「吴下詩名大，聲華聖主聞。銜恩歸故里，閉户闡微文。偶結漁樵侣，閒隨湖海雲。石公山下路，烟月欲平分。」二老如泰、華並峙，江、漢雙流，實千古詩人之大老也，「平分烟月」，宜哉。

詩貴雅韵，若無雅韵，便如崑崙彈琴，七分琵琶三分筝，非不悦耳，却非琴音。

《新唐書》改柳公權「殿閣生微凉」爲「殿桷生餘凉」，非但不知詩，直不知薰風矣。

韓退之「餘事作詩人」，固有正事在。若袁子才被天强派作詩人，則更無餘事矣。

韵生於音，音取一串。但齊人之音，楚人讀之不串；楚人之音，齊人讀之亦不串。聖人分國採風以此，若清廟明堂大雅之音，即今人所謂正音也。後人不能徧通方言，乃曰叶讀某音，又曰古通某韵，糾紛錯雜，自亂其例。楚咻失矣，而齊亦未爲得也。

東坡《送運判朱朝奉入蜀》五言古，换韵體也。鮑太史之鍾嘗謂古詩必須换韵，始佳。

七古有促句換韵體，東坡《次韵黄魯直畫馬試院中作》：「少年鞍馬勤遠行，卧聞齕草風雨聲，見此忽思短策横。十年髀肉磨欲透，那更陪君作詩瘦，不如芋魁歸飯豆。門前欲嘶御史驄，詔恩三日休老翁，羨君懷中雙橘紅。」又七古自首至尾皆對仗者，亦始於東坡。

宋浄因繼成禪師，同十大法師赴陳公良弼府齋，有善華嚴者問諸禪，曰：「吾佛設教，自小乘至於圓頓，掃除空有，獨證真常，然後萬德莊嚴，方名爲佛。嘗聞禪宗一喝能轉凡成聖，則與諸經論似相違。今一喝若能入吾宗五教，是爲正説；若不能入，是爲邪説。」諸禪視師。師曰：「法師所謂愚法，小乘教者，乃有義也；大乘始教者，乃空義也；大乘終教者，乃不有不空義也；大乘頓教者，乃即有即空義也；一乘圓教者，乃不有而有、不空而空義也。如我一喝，非惟能入五教，乃至工巧技藝、諸子百家，悉皆能入。」師震喝一聲，問善曰：「聞麽？」曰：「聞。」師曰：「汝既聞此一喝，是有能入小乘教。」須臾又問曰：「聞麽？」曰：「不聞。」師曰：「汝既不聞適來一喝，是無能入始教。」遂顧善曰：「我初一喝，汝既道有。喝久聲銷，汝復道無。道無則元初實有，道有則而今實無。不有不無，能入終教。我有一喝之時，有非是有，因無故有；無一喝之時，無非是無，因有故無。即有即無，能入頓教。我此一喝，不作一喝用。有無不及，情解俱忘。道有之時，纖塵不立；道無之時，横掃虚空。即此一喝，入百千萬億喝；百千萬億喝，入此一喝。是故能入圓教。」善乃起再拜。師復謂曰：「非惟一喝爲然，乃至一語一默、一動一静，從古至今，十萬四千法門，百千三昧無量法妙，義理契機，與天地萬物一體，謂之法身；三界惟心，萬法惟識，四時八節，陰陽一致，謂之法性。是故《華嚴經》云：『法性徧在一切處。』有相無相，一聲一色，全在微塵，中含四義，事理無邊，周遍無餘，參而不雜，混而不一。於此一喝中皆悉具足，猶是建化門庭，隨機方便，謂之小歇場。未至寶所，殊不知吾祖宗門下以心傳心，以法印法，不立文字，見性成佛，有千聖不傳的向上一路在。」善問曰：「如何是向上一路？」師曰：「汝且向下會取。」善曰：「如何是寶所？」師曰：「非汝境界。」善曰：「望師慈悲。」師曰：「任從滄海變，終不爲君通。」善膠口而退。

珠江舟子，有不識路而漫應者。余門人吴念祖嘗買舟往恩平，殊棹往開平赤坎村擱淺，欲進不能，欲退不得。乃駁艇繞道而出，口占以誌云：「孤舟擱淺傍江隈，翻惹林梢野鶴猜。欸乃一聲真豆湊，野航遥似浴禽來。」「風漪抱影怯粼粼，舡尾舡頭掃坐頻。生怕山川全化霧，高燒樺燭夜遊春。」「誰挈離堆山名。障一灣，糢糊半壁太癡頑。思將大米淋漓筆，寫出寒宵百足山。」「灔灔金波貼玉沙，朦朧初見一鈎斜。連星舀得半瓢水，也算偷閒學鬬茶。」《委巷叢談》：俗謂邂逅曰「豆湊」。

張船山太史《種花》絶句：「自携鴉嘴替園丁，零亂秋花補一庭。蛇虎鳥龍分隊伍，此中原有《握奇經》。」李文貞公全集有訂正「握奇經」頗詳。

紀文達公少子象庭二尹，嘗爲鴻臚寺序班。有《自嘲》詩云：「秀才每自歎途窮，一進鴻臚氣便雄。金頂朝珠同太史，蟒袍補褂僭王公。螭頭告示雙行白，門上封皮兩道紅。更有待官儀注狠，坐看道府打三躬。」又云：「雙目何曾識一丁，渾身衣帽要鮮明。隨班鵠立金華殿，報答君恩喊一聲。」

《南史》：「貞女所居，户有雙燕，常雙飛來去，後忽孤飛。貞女感其偏棲，乃以縷繫脚爲誌。後歲此燕更來，猶帶前縷。女復爲歌曰：『昔年無偶去，今春猶獨歸。故人恩義重，不忍復雙飛。』」貞女，衛敬瑜妻王氏也。如此方可謂之感物詠懷。

器非求舊，惟瓷則愈舊愈佳。吳白華侍郎《論瓷絶句》：「煉土塗油製絶殊，尚陶風教本先虞。縹瓷捧與潘郎手，曾奪千峰翠色無。潘岳《笙賦》：傾縹瓷以酌醽。陸魯望詩：九秋風露越窯開，奪得千峰翠色來。」「雨過天青一抹浮，薄如藺紙響如球。平生不識柴窯面，黄土窪中度鄭州。古玩品柴窯出鄭州，潤膩有細紋，多粗黄土足。《博物要覽》：柴窯薄如紙，響如磬。竹垞詞注：雨過天青雲缺處，者般顔色做將來。」「官汝天然蠏爪紋，内司紫口價空群。流傳別有烏泥種，壓倒龍泉贋器紛。《格古要論》：汝窯有蟹爪紋。宋修内司官窯所燒紫口鐵泥者，與汝器相類，黑者謂之烏泥窯，龍泉僞爲之而無紋。」「南北班班異品題，每從黄白判高低。誰知紫黑花紅樣，祇要雙痕滴淚齊。《格古要論》：定窯有南北，古玩品定窯細白者貴，粗而黄者賤。又有紫定、白定，有淚痕者佳。蘇詩：定州花瓷琢紅玉。」「戧金官匠樣偷描，重價争收號折腰。太息寒芒坐輕露，不將秘器進先朝。《格古要論》：元戧金匠彭均實效古定器，折腰樣者甚整齊，故名彭窯。《老學庵筆記》：故都時以定器有芒，不入禁中。」「琉田鐵足屬章生，淡白濃青畫不成。輸與阿兄新製好，斷紋百圾碎庚庚。《春風堂隨筆》：宋時章氏兄弟主龍泉之琉田窯。《稗史類編》：章生兄弟所造窯皆色青，濃淡不一，足皆鐵色。《輟耕録》：哥窯淺白斷紋，號百圾碎。」「燒瓷射利説浮梁，樞府名同御廠强。試看六窯開設處，金星糖點採麻倉。《容齋隨筆》：彭器資詩浮梁巧燒瓷，又因官争射利。《古玩品》：元饒器小足印花者，有「樞府」字者高。《江西通志》：洪武三十五年，開御廠及二十座官窯，窯名凡六，其土出麻倉山，有糖點、白玉、金星也。」「空青堆飾錯紅鮮，玉箸雙鉤認永宣。粉盝酒缸零落盡，醮壇茶琖却流傳。《事物紺珠》：永宣二窯，皆以蘇麻雜青爲飾，以鮮紅爲寶。吴梅邨有《宣窯脂粉箱歌》。《博物要覽》：宣窯白琖心有壇字者，曰壇琖。嘉窯小白甌有薑棗茶酒等字者，乃醮壇所用，亦曰壇琖，制度質料，迥不及矣。」「粉青花朵説高麗，大食銅胎傅藥奇。料理纏絲兼鎖口，一時航海重玻璃。《格古要論》：古高麗器粉青似龍泉，有白花朵者不甚值錢。大食窯以銅作身，以藥燒成五色花。《博物要覽》：玻璃窯出島夷，有白纏絲、天青、黄鎖口三種。」「宜壺妙手數龔春，後輩還推時大彬。一種粗砂無土氣，竹罏饞殺鬬茶人。《茶疏》：龔春茶壺以粗砂製之，正取砂無土氣。」「候火開窯色色同，忽驚窯變玉玲瓏。不須更話文丞相，多少觀音點化中。《稗史類編》：開窯時，有同是質同是色而特美異者，謂之窯變。《格古要論》：吉州窯書公燒者最佳，相傳文丞相過此，窯變成玉，遂不燒焉。《通雅》：報國寺有窯變觀音。」「唐窯近出抵璠璵，持較年窯或未如。笑我兩年滯賓幕，不將雙眼挂陶書。自注：年羹堯所製曰年窯。予壬申、癸酉間，在九江唐榷使英幕，唐所造曰唐窯，其《陶書》一卷，載陶法頗備。」

《詩經》：「其後也悔。」人能悔便好，妬婦能悔更好。「亦又何求。」人無求固佳，知足無求更佳。

集古如剪綵成花，詩家弗尚也。近有《西泠仙韵》一卷，云是蘇小小如蘭乩筆，一切酬唱，俱係集古，非枵腹所能辦。録《詠物四首》，《焚香》云：「靚粧纔罷粉痕新王初，氣味濃香幸見分杜甫。便有情時初上炷徐自英，向無人處自先焚鄭巢。浮成繚繞青青色王翻，洗却塵泥點點氛尼海印。爲問中華學道者劉禹錫，麝罏深鎖萬重雲孫棨。」《理琴》云：「惟有琴心與化俱章孝標，每於閒處得踟躕莫宣卿。侍兒笑後能分拍薛奇童，青鳥鳴時解和呼王周。大抵七絃應有別吕群，要知纖指不無殊裴夷直。長年是事皆抛盡韓愈，取次彈成九曲珠沈用仙。」《飼鶴》云：「白鳥雙飛不避人方干，山家飢鳥任相親程元淑。瓅窗許作閒閒地員半千，寶帳迎回暗暗春吳融。我是浮游餐果客盧肇，汝爲飲啄卧雲身項斯。要知一飯無深味常衮，聞是周宣舊諫臣孫樵。」《貰酒》云：「霏霏霧雨杏花天温庭筠，對影聞聲已可憐李商隱。不醉常醒應有恨張鷟，欲增先減便無緣李元鄉。甕頭寫景多因酒康僚，籬畔澆愁豈用錢張莒。入夜更宜明月滿法振，一家歡笑設紅筵羅隱。」

昭文吴竹橋蔚光，官禮部主事，工七言。佳句如：「憑温小檻思題竹，行熟迴塘爲看花。」「夢裏驅犍歌白石，醉中薰麝寫烏絲。」「長日一筒荷葉酒，豐年萬頃稻花香。」「紅雨半簾飛蛺蝶，緑雲千葉蓋鴛鴦。」「夙緣未了時開卷，舊侶無多日掩關。」皆耐人尋味。

無題詩，李義山集最多，如「來是空言去絶蹤」，此確有寄託者。「近知名阿侯」，此戲爲艷體者。「昨夜星辰昨夜風」，此實有本事者。「萬里風波一葉舟」，此失去本題，而後人因曰無題者。

「寧可疎慵招物議，莫將性命當人情。」旨哉斯言。

杜少陵曰：「忍過事可喜。」即此一言，可覘本領。李白以一言救郭子儀，再造唐室。其功不在知章下。

黄魯直好作艷詞，法僧曇師呵之。魯直曰：「空中語耳，不致墮馬腹中。」師曰：「君以艷詞蕩天下人心，罪報何止入馬腹，正恐墮泥犂耳。」黄聞悚然，自後絶筆不復作。

《心經》一篇，乃直指人心見性成佛之妙諦。大旨以諸法空相爲宗，所謂四諦、五藴、六根、六塵、十八界、十二因緣，皆從空中幻出。譬如陽燄空花，本無有物，更無有生滅、垢浄、增減等相。今之學人未得放下，先慮頑空，故古德云：「汝但空去，勿生疑懼。」德山云：「汝但無心於事，無事於心，則虚而靈，空而妙。」虚而靈、空而妙，且道是箇甚麽？三世諸佛，歷代祖師，千言萬語，無非欲人休去、歇去、全體空去。有以「色即是空空是色」索對者，余應曰：「心原無事事無心。」問：「何得云事無心？」余曰：「率性。」

詩學八訣　試帖十六訣

詩學八訣　試帖十六訣提要

《詩學八訣　試帖十六訣》不分卷，據清刻本點校。撰者段可政，字星舟，汾陽人。任榮河教諭。此數訣前有道光十三年癸巳自序，交代始末甚明。數訣爲初學者言，《試帖訣》中「尋竅」、「撿韵」、「雙字」、「點題」等，尤切要。《詩訣》小注中引宋人詩話等説明之，可補四言句之簡。《書訣》雖不關詩，今亦存之，以合自序所言。

序

政於丁亥歲任榮河教諭，課士之下，諸生惟專攻時藝，而詩賦、字學略不講求，其他各種文體更少聞知。雖剴切曉諭，而若信若疑，殊難化其積習。旋遇科試，因請於學使李楠堂先生，求與鼓舞之。先生謬爲許可，遂擇生童粗知詩賦者，拔取二人，一食餼，一爲府學生焉。時應經古試者，生童僅十人耳。洎歲試，應古學試者遂幾三十人。嗚呼！何效之速也。愚意榮河僻處晉省一偏，其俗儉不中禮，讀書之士大夫率不肯多購書籍，又不能重道尊師，故其聞見無多，師承無自，惟當考試，始有倖獲之心。兹遇楠堂先生一鼓舞間，即若有所感動，則似尚有可教。乃爲選近時試帖一百餘首，詳加批點，使之傳鈔，復撮古今詩、字諸法，參以管見，作爲口訣，欲其易讀易知，漸易其樸陋之習。乃稿未及脱，驟以外艱去任，未畢所願。客冬營葬畢，覆取前稿修飾之，書寄皇甫生洽，令傳語諸生，各自勉勵，非敢自以於詩法、書學得造其極，聊爲初學導其前路，以副愚之初心耳。尚望前輩先達與諸同志指而教之，以匡不逮，爲幸之至。道光癸巳七月辛巳汾陽段可政星舟誌。

詩學八訣

讀古

誦讀古作，代有源流。匪惟尚論，根柢是求。工夫從上做下，不可從下做上。

博覽

仰觀俯察，罔非詩料。考獻徵文，皆吾同調。上天下地，往古來今，取資極博。

潛玩

存心中心，尋味外味。心領神會，乃爲可貴。用心如抽繭絲，尋味如食諫果。

多作

得之於心，必應諸手。目無全牛，積三年久。勤讀多作，藝熟必精。

祛俗

抽子秘思，騁子妍辭。一涉俗病，盧扁難醫。崔德符云：「凡作詩，工拙所未論，大要忌俗而已。」許彦周曰：「作詩淺易鄙陋之氣不除，大可惡。」問何從去之，許云：「熟讀李義山、黄魯直詩，而深思之，則去也。」俗與陋近，而俗尤令人不可耐。

藏拙

楓落吴江，見不如聞。可自怡悦，不堪贈君。

就正

懿彼宗工，具正法眼。就而正焉，毋爲悚赧。既曰藏拙，復曰就正，慎擇師也。韓子蒼云：「作詩文當得文人印可，乃自不疑。所以前輩汲汲於求知也。」印可即就正之義。

傳授

憤悱反隅，啓發再告。取友必端，庶幾可造。守先待後，道統攸關。詩雖薄技，小大一理。苟非其人，切不可教，非吝之也，誠恐其人得志，爲斯民害。且猶有入室操戈者，取友可不慎哉。至有所挾而問，與不可言而言，猶其後焉者也。

已上八訣爲初學言也。至詩中各種法律頭緒甚多，未易言也。學者從此八訣立定根基，再取各種詩話玩味揣摩，以求造詩之極致可也。

試帖十六訣

相題

相題爲文，詩家所貴。不合題神，如嚼蠟味。言詩家，以見凡詩皆然，不獨試帖也。嚼蠟，無味也。

尋竅

題中要字，是爲題竅。刻劃玲瓏，曲盡其妙。刻劃處亦要沖融大雅，忌尖刻纖巧。

審音

義同音異，審用響切。四聲五聲，咀嚼合律。四聲，平上去入。五聲，宫商角徵羽。上平宫，下平商，上徵，去羽，入角，用五聲於四聲之中，玩索其陰陽輕重、疾徐高下，令其音節和諧，自然入妙爲善。

辨韵

一字數韵，有異有同。以異爲同，差謬何窮。

揀韻

韻有單雙，寬生窄熟。官限之字，響切醒目。單押、雙押，必取其穩也。寬韻擇用生字，窄韻擇用熟字，必取其新也。

用典

羌無故實，無乃空疏。擇言尤雅，在多讀書。尤要善於鍛煉變化，不露痕跡。

情景

詩兼情景，首貴寫情。有景無情，如目無睛。寫景處要以人爲主，便覺靈動有情。

避忌

平頭側脚，蜂腰鶴膝。犯韻駡題，失粘爲疾。古作多犯數病，然其氣盛，故不害其爲佳。惟失粘於試帖尤忌。

雙字

詩用雙字，不喜多多。一字一賢，重疊云何？

句讀

句中有讀，忌見重複。移步換形，鏗鏘可讀。上讀字音逗，下讀如字。句讀不喜重複，然亦視其有真氣鼓鑄否也。無氣最忌。

琢對

虚實板活，變化非一。求其次者，對勝於出。若屬板對，仍須參用活筆，庶不至於塵腐。又切忌合掌之對。

嫻習

静來獨坐，音節頻呼。有聲無辭，聊以自娛。此功不減於多作，細味自知。

入手

破承之法，一氣呵成。順逆流水，反正相生。通篇亦喜一氣呵成，但人多難能耳。

點題

點題中字，前四後四。中八句中，錯出亦忌。更有原題一法，然須相題行文，或視限韵如何，若不關緊要，勉强原題，多致平板無味。兹故不列其訣。愚意原題之法，或用叙事起，或直點出處，總期沖口而出，音韵鏘然爲妙。然原題於入手多致平板，不若於收束處點出，再能使人尋味不盡方佳。是在善學者之善於會悟也。

中聯

順逆分合，反正屢變。麗句清辭，加意錘煉。

收束

七聯束合，引起末韵。頌揚寄託，恰如題分。頌揚不可入臣下事，寄託不可誇大，亦勿卑鄙。

已上十六訣，與前《詩學八訣》參看，可以稍窺詩家門徑。即於古近各體，不能全工，而試帖一格，游刃有餘矣。諸生勉之。

書法八訣

用筆

執之堅緊，運以鬆靈。意注筆尖，腕力爲經。五指旋螺，高殆卑滯。寸半以上，再爲調劑。意注筆尖，言用中鋒也。五指執筆如螺形，方能五指齊用力。手去筆頭寸半，言作楷書也。如字大則再斟酌加高。字大而執筆不爲加高，則筆仍滯。

結構

力掃癡肥，歸蒼瘦勁。奇宕森嚴，楷正兼勝。闊狹方圓，豐儉長短，隨其大小，俱期合款。蒼老瘦削，勁力也。奇宕，隸法。森嚴，篆法。楷書中有篆、隸筆意方佳。闊狹以下四句，言字形體貴得中也。

章法

章法之妙，巧以熟生。疏密整散，先輩何精。分行布白，停勻固貴。藕斷絲連，始終一氣。

致功

學楷之功，先大後小。稍有餘閒，必參行草。十分工夫，四小三大。三分行草，勤勤弗惰。方寸楷書，最宜多作，能伸縮變化。如入手即學小楷，多不能復作大字。行草亦宜多學，能使小楷有流動充滿之趣。

臨帖

搨摹後臨，臨之又摹。得神得貌，與古爲徒。王歐褚虞，米趙文董，能會菁華，意愜飛動。搨取貌似，臨取神似。古帖最宜多見，雖不能遍爲臨摹，亦當玩味，博其神趣。古來名家甚多，獨舉王歐等八家者，謂其字多合時尚也。

化境

不學古人，既曰不可。酷肖古人，何處著我？既就範模，旋脱窠臼。出神入化，可以傳後。

辨正

字法既工，辨正尤要。惟俗惟訛，易召非笑。説文字典，詩韵頻翻。字形音義，須識本原。字有形有音有義，宜考究。昔人謂不知字之音義爲不識字，可不謹乎？至字形稍涉訛俗，應試多遭擯棄，尋常亦見笑方家，故辨正一功，亦爲切要也。

闢謬

何來迂儒，謬談書學？力主小楷，行草是駁。《蘭亭》《聖教》，爲烈於今。欲求泛應，行草須臨。不學行草，小楷亦難精到，且先難免癡肥板滯之病。況小楷祇宜於應試及致尊長書，行草爲用甚多，不可忽也。

學書之法八訣，已爲略備。餘者有非筆墨所能形容。

陶杜詩説

陶杜詩説提要

據道光十四年刊《嘯月山房詩集》本點校。撰者桂青萬字鴦文，安徽貴池人。諸生。曾任宣城訓導。有《嘯月山房詩集》。此卷附於《詩集》後，分評陶詩、杜詩，頗能識其大處，如以陶比顔子、杜比孟子之類，不脱嘉、道間儒化陶詩、聖化杜詩之風氣。又細較陶、謝之不同以尊陶，李、杜之不同則並尊之。末數則分論詩體，中唐以下僅取一李商隱，即韓愈亦有微辞，更無論宋矣，説甚保守。

陶杜詩説

貴池桂青萬鶩文著　同懷弟超萬丹盟　載萬子穀　校字

陶詩

陶詩最令人開卷茫然，亦因執詩求之，未嘗攷其人、論其世也。徵君以名臣後，率高曠之資，遭時不偶，欲言難言，時時寄托。作者心超迹象之外，讀者不徒字句之中，譬之神鷹摩空，羅者乃視影於澤藪，即指爲真鷹，焉能得之。

人皆言陶詩澹矣，不知澹而彌旨。苟静氣求之，祇極醲粹耳。陶君愛菊，以品相合也。然以粗氣取之，豈如牡丹、海棠之華艷乎？予每於秋光明媚時，月色當空，風露在檻，玩數叢於廊廡間，覺别有一種清氣深入鼻端，不可名狀。少陵謂「心清聞妙香」，予於陶詩亦云。

沈文慤讀《擬古詩》謂：「根本節目，全在此種。」予謂其最明者，如「山河滿目中，平原獨茫茫」「饑食首陽薇，渴飲易水流」等語，至「翩翩新來燕，雙雙入我廬」、「上絃驚别鶴」、「種桑長江邊」云云，則寄托之謂也。

《飲酒》詩十首，可以兩言蔽之曰：「稟氣寡所諧」、「吾駕不可回」。至云「魯中叟」，幾欲以孔門自托。

陶、謝之稱相沿已久，此亦猶賈長沙仲尼、墨翟並列耳。陶公深潛純粹，乃晉時第一流人物。康樂性情怪僻，至稱爲山賊，背晉臣宋，且事宋叛宋，縱飾爲秦帝韓亡之語，吾誰欺？欺天乎？况詩品又天淵哉！予《嘯月山房集・讀陶靖節詩》既反覆詠歎之，復述於此，以著大節。

鍾嶸《詩品》謂「其源出於應璩」，漁洋、確士俱辨之矣。尤可笑者，不曰晉某某，直書曰「宋徵士陶潛」，不思其與殷晉安别時乎？時晉安已爲宋參軍矣，而題仍以晉時官名之，大節凛然如此，焉得以宋加之。至「才華不隱世」句，雖周旋語，亦隱諷語也。鍾殆猶未得此旨耳，宜其目爲中品也。

近人又有尊陶者，以杜比孔子，以陶比顔子，猶未允也。予謂兩人當擬諸顔、孟間耳。杜詩英偉似孟子，陶詩渾厚似顔子。

田園歌詠始於擊壤、康衢，暨乃盛於《豳風》，陶公繼之。《歸田園》云「曖曖遠人村，依依墟里烟」，「晨興理荒穢，帶月荷鋤歸」。《移居》云「農務各自歸，閒暇輒相思」。《西田穫稻》云「四體誠乃疲，庶無異患干」。此即所謂「阡陌交通，雞犬相聞」，「黄髮垂髫，怡然自樂也」。《桃源》一記，乃胸中自具丘壑，並非幻想。至云「平疇交遠風，良苗亦懷新」，「微雨從東來，好風與之俱」，自然流出，不可思議，令我想見魚躍鳶飛氣象，此程子所謂「活潑潑地」者，宜其獨有千古已。唐人作者《輞川》「斜陽照墟落」一章，得其一體。

人莫苦於不知足，小人所爲戚戚也。《和郭主簿》云：「營己良有極，過足非所欽。」《和劉柴桑》

云：「耕織稱其用，過此奚所須。」《飲酒》云：「傾身營一飽，少許便有餘。」非即聖人所稱居室之善乎？然關乎學問性情，非可强襲。張文潛、唐子西之「送窮鬼」「祝錢神」亦由衷之言爾。

陶詩多自力語，如「人生歸有道，衣食固其端。孰是都不營，而以求自安」，「貧居依稼穡，戮力東林隈。不言春作苦，常恐負所懷」是也。史稱翟氏亦與同志，夫耕於前，婦鋤於後，想見運甓家風。「不覺知有我，安知物爲貴」，即《論語》所謂「毋固、毋我」「富貴於我如浮雲」也。勿僅與當時曠達一流人同視。

或問：「『采菊東籬下，悠然見南山』，千古名句，妙處何在？能言之乎？」子曰：「惟不能言，所以爲極妙也。稍可言詮，便滯迹象矣。陶公不又云乎『此中有真味，欲辨已忘言』，得此意會，心不在遠也。」

「傾壺絶餘瀝，窺竈不見烟」，又云「三旬九遇食，十年著一冠。辛苦無此比，常有好容顔」，古人安貧樂道如此。

晉人善清談，外形骸，一死生，悖禮傷教，莫此爲甚。陶公傷之，故云「所以貴我身，豈不在一生」，「感彼柏下人，安得不爲歡」，「世短意常多，斯人樂久生」。眷眷於此，以挽頹風，非好隕牛山之涕者。

「櫚庭多落葉，慨然知已秋」，不須著力。杜詩「清風左右至，客意已驚秋」，便是唐人語。

新知贈遺，諒非厚恩。以饑驅故，至期冥報，何言之切而意之厚也。英雄一飯千金，往往如此。昌黎《送孟東野序》歷數善鳴者，獨魏晉不及陳思、淵明。且曰其爲言也，雜亂而無章。韓詩豪傑自命，才力恢張，其源本不出此。太白亦云「自從建安來，綺麗不足珍」，要舉其大凡，不能一概抹煞，觀「綺麗」二字可知矣。

陶公得孟子一養字，能抱貞心，而無厲氣，優游塵世，超出萬類。故曰「養真衡茅下，庶以善自名」。自名者，不求人知也。庶者，以此自期，不敢自居也。人品、詩品如是，如是。謝詩云「勵志故絶人」，則使氣矣。又曰「始信安期術，得盡養生年」，則養在長生，非孟子旨矣。

公好讀書，故曰「卧起弄書琴」，「歷覽千載書」，「委懷在琴書」，「正賴古人書」，「時還讀我書」，又曰「詩書敦宿好」，「談諧無俗調」，「所説聖人篇」。然古人讀書講誠、正、修、齊大旨，非如後人穿鑿，句梳字櫛，故又曰「不求甚解」。

《贈羊長史》一章，知晉室將亂，有卷懷意，故欲理舟輿而悵關河，托言負疴而期九域之一也。意難明言，只念黄虞、思綺角，而以「人乖運見疎」一語微露之，此章末所以云「言盡意不舒」也。

「先師有遺訓，憂道不憂貧。瞻望邈難逮，轉欲志常勤」，惋切之言，善體聖教乃爾。按孔子「先師」之稱，五代周太祖有「百世帝王師」之語，至明始定於嘉靖，陶公先之，卓識籠罩千古矣。蓋「至聖」二字始於太史公，「先師」二字始於陶公。

「良辰入奇懷」即「吾與點」也意。「分焉安其業，所樂非窮通」，即「賢哉回也」意。「結廬在人境」，即「必在汶上」意。「被服常不完」，即「不耻緼袍」意。至云「原生納決履，清歌暢高音」，則又明明自言之矣，誰謂非聖人之徒哉！

學陶者執詩以學詩，則南轅北轍，正恐相左。必先志其志，學其學，平其心，養其氣。有陶公之胸襟，自有陶公之真詩。顧嘗論之，往代之詩，以《毛詩》爲極，盛自擊壤、康衢，至此而體裁一變。近代之詩，以李唐爲極盛，自漢、魏、六朝至此，而體裁又一變。可見古人相承不相襲，未有不善變者也。今雖不能變其體裁，亦宜稍變面目。若學陶而即爲陶，是學晉人而即爲晉人，非真晉人也。猶之學漢、魏而即爲漢、魏，學唐人而即爲唐人，非真漢、魏、唐人也。大約上規漢、晉，參合唐人，始爲極則。然則學陶者，亦知所變哉！

杜詩

杜詩英思壯采，咄咄逼人，包羅萬象，無所不有。予謂其似孟子者，正以其憂國愛民，時時相合，一幅浩然之氣，有以充塞兩間也。第不善學之，非粗則滯，且才力不敵，便有如蚊負山之象。「步屧隨春風，村村自花柳」，何其具天然之趣也。「落日照大旗，馬鳴風蕭蕭」，又是一幅雄壯景象。至「久行見空巷，日瘦氣慘悽」，其聲淒然，令人欲泣矣。化工之筆，何所不有。《瘦馬行》「天寒遠放雁爲伴，日暮不收烏啄瘡」，其聲怨矣。下云「誰家且養願終惠，更試明年春草長」，獨有一種忠愛之心，流露筆墨之外，此所謂厚也。後人作此題者皆不能及。

詩有過於求深而反淺者。《鳳凰臺》云「我能剖心血，飲啄慰孤愁。心以當竹實，炯然忘外求。血以當醴泉，豈徒比清流」，不過極言其忠悃耳，然不如仲宣「南登灞陵岸，回首望長安」，有神無迹。《石壕吏》、《無家别》、《新昏别》等作，一字一淚，復一淚一珠。《飲中八仙》創此體格，了無起結。八段只各肖其人之性情、面目，讀之如生，不知其散漫也。「孤雲亦群游」，「群」字最妙。予《雜詩》中「須臾聚爲群」句本此。《碧溪詩話》云杜集及馬與鷹甚多，亦屢用屬對。予謂馬，順而健者也；鷹，鷙鳥也。少陵忠順之心，剛毅之性，適與之合，故所賦多得意之作。

「孔某盜跖俱塵埃」，意不過賢愚同盡耳，而以大聖人與盜跖並列失體，且聖人安得爲塵埃乎？此與太白「古來聖賢皆寂寞」一語俱是古人失檢處。

昔東坡寫杜詩至「致遠思恐泥」句，停筆曰：「此不足學。」讀古人書，正宜有此識見。《哀王孫》詩既屬以「善保」，復屬以「勿疎」，哀之大旨如此，非重複語也。前云「善保千金軀」，指道上避險言；復云「王孫慎勿疎」，指平日自修言。反覆叮嚀，婆心如見。

茅屋爲秋風所破，蒼黄事耳，即思廣廈大庇寒士，何等胸次。杜陵詩云：「窮年憂黎元，歎息腸内熱」《寄柏學士》云：「幾時高議排金門，長使蒼生有環堵。」此子朱子所謂「聖賢行道濟時，汲汲之本心，愛君澤民，惓惓之餘意」。

千古詩稱李、杜，往往各造其極。開府、參軍之比，少陵於謫仙固然，即「飯顆山頭」亦偶然戲筆耳。以李公之仙才，做到天仙戲海處，杜公自然俯首。以杜公之宏才，又加以大力卓識，做到血性淋漓、長歌當哭處，李公能無淚下？天下惟大才人乃能下人，觀其於孟襄陽且然，何况詩聖？

杜公憂國憂民，時時寄托，論者於太白少之，不知「乘舟夢日」之心，既知百無一合，往往故放縱其詞，托之於酒。至於「抽刀斷水」、「舉杯消愁」，其極曠達處，正其極沉痛處也，與杜公用意不同耳。

七絶壓卷，李滄溟推「秦時明月」，王鳳洲推「蒲萄美酒」，王阮亭推「渭城」、「白帝」、「奉帚平明」、「黄河遠上」四章，沈歸愚推「回樂峰前」、「破額山前」、「山圍故國」、「烟籠寒水」、「揚子江頭」五章，皆不及杜。良以杜公惟此稍短，然「岐王宅裏」一章，詞氣闊大，終出諸人上。蘅塘退士云：「世途之治亂，年華之盛衰，彼此之淒涼流落，俱在其中。」良然。

近人動作七律，而不知其難。唐初和平中正，自是元音。厥後往往才大者縛於法律，才薄者失之單孱，雖盛唐能者無多。杜陵以神勇之氣，具變化之規，海闊天空，獨有千古。至晚唐有句無章，已開宋、元習氣矣。惟李義山風格猶存，此善學杜者。

五律起手如將軍從天降，前二十字一氣直下，不須雕琢者。如「莽莽萬重山」、「帶甲滿天地」是也。同時摩詰之「萬壑樹參天」，太白之「五月天山雪」，自是敵手。晚唐温飛卿「古戍落黄葉」二十字，猶有遺意。若許渾之「紅葉晚蕭蕭」，亦極突兀，然「殘」字、「疎」字、「歸」字、「過」字未免作色。國初諸名家極争起手，然皆須錘鍊。蔣前民「亂馬踏邊聲」，「踏」字、「吼」字、「争」字、「放」字亦然。近人宋茗香殊有仙氣，但以此律之，則天籟又難矣。盛唐人身分故不易到。

房琯輕兵致車戰之敗，嚴武使母有官婢之憂。公俱依之，且抗疏力救，自甘得罪。至别太尉墓則哭之，登望鄉臺則思之，豈擇人未明，抑稍自貶損哉！當兵戈飄泊之日，感禮賢下士之誠，有以收國士之心，灑英雄之淚也。

李、杜寢饋《騷經》，故求諸實者，但見其悲壯淋漓，測以虛者，但見其縹緲恍惚。即以一字求之，「聽猿實下三升淚，奉使虛隨八月槎」，「實」字、「虛」字，生鑄如鐵，聳立如山。律詩起結皆對，初唐有之，杜公仍之，亦行所不得不行。若謂必如此始佳，則「黃鶴樓」、「鸚鵡洲」及「牛渚西江月」、「移家雖帶郭」諸詩，至今不存可也。後人無此氣力，强欲效顰，欲如「即從巴峽穿巫峽」之有意無意，遠韵遠神，雖得换骨金丹，亦莫之及。

「武皇開邊意未已」，刺明皇攻吐蕃也，《出塞詩》「君已富士境，開邊一何多」亦是。九章主意下言恩斷、腸斷、手傷、指落，皆緣於此。故又云「軍中異苦樂，主將寧盡聞」，向使此老總師，豈非仁將。至「挽弓挽强」數語，又有三箭定天山意，尤覘將略矣。六朝「客行依主人」一章，神味似之。《述懷》詩「流離主恩厚」，以「主恩厚」而加「流離」二字，見「流離」時倍易感恩也。《金光門》詩「移官豈至尊」正同此情，並無卑鄙意。故下云「無才日衰老，駐馬望千門」，恐欲報恩未得也，全是一腔血性。《自京赴奉先縣》及《北征》詩俱數百字，煌煌大篇，序次明朗，波瀾壯闊，尤多隨手之變，元白諸人如何學步？

公與太白同遊齊魯，生平不復再見。而「春樹」、「暮雲」之句，「江湖」、「鴻雁」之思，至於「月落屋梁」、「三夜頻夢」，憐才耶，念舊耶？古人朋友之誼何如此翻雲覆雨，所以深惡而歎之也。

《示從孫濟》詩，淘米、渾水、刈葵、傷根之説，托意水源木本之思，猶在人意中。最難者如《北征》詩，方叙初歸之樂，忽及至尊蒙塵。《觀打魚》詩，方誇提綱設網之能，忽憶「干戈兵革」，「鳳凰麒麟」，乍陰乍陽，如神龍之不可捉摹，如閃電之不可端倪。集中此類正多，定知别有肺腑。

《冬狩行》刺東川節度章彝徒事校獵也，告之曰「草中狐兔盡何益，天子不在咸陽宫」，警斥遊臣，如白日青天，迅雷一擊。

空空洞洞，極大洞庭，只消「吴楚東南」十字盡之。泰嶽亦天下大觀，又以「齊魯青未了」五字盡之。大家手筆，放之則化一莖草爲萬丈金身，卷之則納三千世界於一粒粟，讀者可以悟矣。

公多憂憤語，亦時事使然。然如「築場憐穴蟻，拾穗許村童」，向喜吟詠之。又如「水流心不競，雲在意俱遲」，「江山如有待，花柳更無私」，讀者至此，正如陰霾苦雨，忽而天晶日明，鳥雀皆喜，真可爲太平人士鼓吹休明之式。公自比稷契，乃知憂禹稷之憂者，自能樂顔子之樂也。

陶詩峻潔，渾穆灝瀚之氣，深入骨裏，使人不知。如五湖瑩净，不染纖塵，而朝暉夕曜，樹影雲光，明河星斗，歷歷可數。雖居人、舟子，莫測津涯，惟日事汲飲而已。老杜鎔經鑄史，界岸旨雄，有推倒一時、開拓萬古之概。其才力學識，實足以副之。正如長江大海，萬派争趨，鼋鼉、蛟龍、鯨鱷之屬，時時揚波噴浪，即魚鼈、蝦虫、鼃黽之細，靡不畢集，又有雲霧蔽天，風雨、雷霆震盪其上。此兩家門徑也。

（王大覺點校）

春草堂詩話

春草堂詩話提要

《春草堂詩話》十六卷，據日本大阪大學懷德堂文庫藏道光刊本點校。撰者謝堃（一七八四—一八四四），字佩禾，揚州甘泉人。遊幕爲生。有《春草堂叢書》、《蘭言集》等。此書自叙有「得詩話八卷」云云，知爲前八卷，記本人行事，多在道光初年。各家書目著録有道光十年揚州書局初刻本，然卷八已有十一年辛卯記事。後八卷徑以卷九接上，實乃續作，記事署年最晚爲十四年甲午，彙爲一書當亦在此時不久。自叙謂詩話自宋人以來，「至漁洋一變也，小倉山房又一變也」，頗具史識。又不滿時人詩話録詩過甚，幾類句圖，必以「話主而詩賓」方爲正宗。其書爲自守此旨，每截取詩之序文以存事，而割棄正詩，卷十一以下尤甚，不免稍過。謝氏有才情，又篤於友情，交遊必及詩，乃至詞、曲，採録評説，可藉以觀賞嘉、道間淮揚一帶能詩者之作，其中如皋一地風雅最受青睞。又依遊蹤及於南北，山左、嶺南等地採録亦夥，一時名家如陳文述、查揆、姚瑩、屠倬、徐熊飛、王衍梅等，皆有所交集，誠所謂「爲數十年知己而言，非所與時賢争勝」（自叙）也。又頗重閨閣中之能詩者，卷九幾爲專卷。其説詩有精義可參，如以聲音分南北派，以北人南派、南人北派爲傑出（卷十五）之類。評詩則好以今詩比唐詩、今人比古人，不憚責人之失，亦不吝美人之長。如評曲阜冶山上公（孔慶鎔）《鐵山園詩集》，竟可同時「接武少陵、香山」，「置之右丞集中不復辨」，「義山亦當抗手」，而以所舉詩例衡之，不免大言輕率。徐秉愿批語斥之「矢口亂道」，「有如夢囈」，誠是。然亦不無可窺嘉道間人平視古今之新氣概，較乾隆以前之必以宗唐宗宋爲尚，已大不同矣。此書後又删訂爲五卷，收入其《春草堂叢書》。

春草堂詩話自叙

作詩話者夥矣，自《全唐》、《五代》而外，又有《詩話總龜》。若宋之歐陽、司馬、後山、寬夫諸公皆有之。至漁洋一變也，小倉山房又一變也。然《全唐詩話》其例猶涉紀事，《五代詩話》半屬類書，其他則各盡所長。夫詩話者，話主而詩賓也。竊觀時賢作詩話者，則曰「某人有某句」云云，此實非詩話正宗，乃唐人摘句圖例也。其時病榻初移，嶺梅乍吐，繙閱諸書，參以己意，凡三閱月，得詩話八卷。爲數十年知己而言，非所與時賢争勝而成書也，海内諒之。

春草堂詩話卷一

甘泉謝堃佩禾

唐人詩之能歌者謂之歌詩，然多七言絶句，如王維之「渭城朝雨」、李白之「葡萄美酒」、王昌齡之「奉帚平明」是也。又如李蔚餞孫處士於河上，舟子濺水，近坐妓衣盡濕，李怒甚，將責舟子。處士請筆硯，賦《柳枝詞》曰：「半額微黄金縷衣，玉搔頭裊鳳雙飛。從教水濺羅裙濕，還道朝來行雨歸。」李覽之釋然，賓從稱贊，命樂工唱其詞，飲酒樂甚。萬紅樹《詞律》不收《柳枝》、《塞上》諸曲，謂詞之近於詩也，獨不思《生查子》脱胎五古，《瑞鷓鴣》公然七律耶？

詩可以怨，怨而不怒者上乘矣。唐朱慶餘「粧罷低聲問夫壻，畫眉深淺入時無」，不若秦韜玉之「敢將十指誇纖巧，不把雙眉鬬畫長」。近日汪劍潭太守賦《落葉》云：「絶無依傍惟喬木，一樣漂零讓落花。」又不若張友棠《述懷》云：「此生不望綈袍贈，我本無恩及故人。」

世稱武臣能詩者，曹景宗也。武臣能畫者，李思訓也。余友湯雨生參帥兼之，故曾賓谷侍郎有《湯生歌》贈參帥云：「班超傭書投筆起，丈夫當效傅介子。湯生年少一書生，今作百夫之長耳。相從將軍泛樓船，暮歸蠻府飛華箋。八分書似刁斗銘，千首詩過交河篇。日南半壁天海空，山川形勢全在胸。興來揮寫著絹素，咫尺萬里乘長風。武夫中有湯生否，學士文人猶落後。可惜湯生好身手，但與吾儕争不朽。偏裨何日樹功勳，金印懸來大如斗。」讀此詩，可以想見其風度。贈此詩，參帥猶作騎尉時也。

雨生詩畫既工，兼能叶律，有周郎顧誤之雅。余嘗以《黄河遠傳奇》就正雨生，亦以《逍遥巾》、《劍人緣》二院本見示。尤可憶者，荼蘼破夢，楊柳垂腰，余與雨生在衢州官署，解衣磅礴，飲酒賦詩，興酣吮筆，爲余寫《青山圖》，並繫以二十八字云：「十年蠟屐苦閒關，一夢江南鬢已斑。萬里何須怨飄泊，囊中原有謝公山。」

同時講音律者，惟譚子受太守。太守名光祜，薈亭侍郎幼子也。侍郎殁後，家益貧，潦倒京師，長以鐵簫自隨，人多以「譚鐵簫」呼之。搜採唐宋人詩之叶律者，命伶人按拍，自倚鐵簫相和。即官蜀倅，讀漁洋山人「門外野風開白蓮」、張船山「白蓮多傍美人開」之句，拔劍斫地，慷慨而歌，寫《英雄兒女圖》以見志。薩湘林方伯贈詩云：「鐵簫公子舊知名，兒女英雄寫性情。音律論同詩律細，官聲播得曲聲清。」程春海學士有五言古詩一首，惜篇長，不能盡載。今録其警句云：「譚侯貴公子，慷慨多大節。仰天吐偉句，真氣偃溟渤。公卿塞閭巷，無路取簪黻。竟騎將軍馬，殺賊草羽檄。英雄固名士，兒女亦仙佛。我懷湖海志，共此一腔熱。想當歌哭際，吹裂六州鐵。」其名重如此。太守雖填詞度曲，詩筆尤勁。五言如「朝看花門舞，暮歌紫芝曲」，「磨刀隴水寒，吹笳夜風肅」。七言如「劍外烽烟驚客夢，樽前花月起邊愁」，「袒臂願從河朔飲，折腰差異府中趨」，皆不失中唐矩矱。

程恩澤，字雲芬，一字春海，歙人也。官翰林學士，督學荆南，與譚光祜、李宗傳相倡和。時余客荆南，學士投以詩云：「爲報青山舊猿鶴，玄暉今日在湘州。」翌日往謁，索其近稿，内有《忠孝女》、《沈將軍歌》、《讀中興頌》、《龍場懷古》諸篇，一氣渾成，非時人口吻。尤愛其《舟次耒陽弔杜文貞》五言長古，如「天地日逼昃，不能容稷契」、「諫章滿胸臆，明主在天末」、「麻鞋竄行在，臣辱不尚活」諸句，雖少陵復生，不是過也。

抱犢山人者，李海帆觀察諸父也。觀察攝篆永州，持此稿屬余點訂，並道其山人有隱德。盥薇諷誦，三復其稿，覺樂府諸章置之中唐人集中，竟莫辨其真贋。然皆長篇累牘，今録其《子夜歌》以見一斑云。歌曰：「紅豆愛春風，黄蘗愛春雨。春雨復春風，誰識相思苦。」

李海帆觀察名宗傳，一字孝曾。家桐城，舉戊午孝廉。性癖左史，故發爲文章，奇氣橫溢。與姚石甫大令齊名，謂之姚李。簿書之暇，間爲歌詩。《酬姚石甫見贈》一篇，可爲石甫小傳。其他佳句，如「澗深泉氣冷，樹老葉聲稀」，「地險關天意，城孤見吏才」，「老樹支殘照，悲風逼怒潮」，「空聞羽檄飛戎幕，幾見牙旗拔將壇」，「久傳劉裕還軍壘，誰遣盧循散甲兵」，不在義山之下。

姚瑩字石甫，桐城人也。以進士改官知縣。常鬱鬱不得志，著有《後湘集》詩文若干卷。汪瑟庵總憲稱其文曰：「學有經法，通識時事。激昂慷慨，博辯宏通。」鮑覺生侍郎論其詩曰：「昌黎論文專主氣盛，石甫之詩可謂氣盛者矣。」集中《送人之楚北從軍》云：「仗劍平生志，開樽此日情。送君千里去，江水作雄鳴。落葉洞庭樹，吹笳漢上營。得從賓車騎，磨盾亦干城。」《鄧城道中》云：「西風初動柿林霜，汴水東流日夜長。楚國婦人思鄧曼，漢朝詞客罷鄒陽。征鴻欲度驚愁侶，去燕將飛繞故梁。車馬問君何日已，不堪蕭瑟又垂楊。」

馬瑞辰水部，桐城人。嘗被謫塞外，故其詩蒼老遒勁。《渡松華江》云：「隔岸霞光明浸火，浮波寒氣鬱蒸烟。」《觀將軍出獵》云：「高原走馬風無力，大漠呼鷹雪不寒。」真初唐佳句。

世稱袁、趙、蔣三家無分優劣，余獨不然其説。苕生太史以詞曲勝，詩不逮二公遠矣。袁詩曰：「自笑匡時好才調，被天强派作詩人。」趙則曰：「天留老筆非無意，要與熙朝寫太平。」二公谿徑又判然分矣。

詩有極鑿空而極妙者，如張京江相國賦《聽月》詩云：「聽月樓高接太清，太清聽月最分明。蛩空咿啞冰輪響，搗藥叮咚玉杵鳴。樂奏廣寒聲細細，斧修丹桂韵琤琤。俄然一陣天風過，吹落嫦娥笑語聲。」詩有極樸實而極妙者，如胡西垞《送女》詩云：「女當十五應從夫，幾句言詞要聽吾。好把弟兄和妯娌，還如父母事翁姑。重重姻婭非同泛，薄薄粧奩勝似無。一個人家好媳婦，千金難買此稱呼。」

曹子建「朱華冒緑池」，「冒」字余知其佳。白樂天「樱櫚葉戰水風凉」，「戰」字余不知其佳，即在全州道上，見兩岸樱櫚，晚風過處，始服古人用字之妙。

或謂詞人之詩傷於纖，詩人之詞傷於樸。試讀李太白《菩薩鬘》詞，何樸之有？辛稼軒《元日》詩曰：「老病忘時節，空齋曉尚眠。兒童唤翁起，今日是新年。」又何纖之有？

唐九歲女子送兄詩云：「所嗟人異雁，不作一行歸。」宋十齡童子咏冰云：「莫言此物渾無用，曾向滹沱渡漢兵。」以此論之，詩不盡在功夫也。余於髫齓時，賦《十四夜月》云：「尚有一分缺，清光亦滿空。」賦《旱萍》云：「君莫笑無圓轉處，前身原不是楊花。」卒以此二詩，受知於朱虹舫先生。道光戊子，先生督學江南，余執弟子禮，謁先生於舟中，深加勉勵，並題《青山圖》以歸之。詩曰：「昨歲長安記索詩，春風忽又使車馳。雙旌喜遇邗溝路，正是垂楊入畫時。」「青山勝跡久留傳，况復宣城有阿連。一卷烟巒高寄託，此才未許老林泉。」先生名方增，官内閣學士，兼禮部侍郎，浙江海鹽人也。

春風駘蕩，士女咸集，余與二三知己放舟湖上。是日也，濃歌清吹，使人迷目。遂避囂於桃花僧院，見一妙年題院壁云：「此地豈無仙子住，問誰才調似劉郎。」詢之，優伶也。他日言於周西笭孝廉席間，孝廉笑曰：「尤有奇者，曩作詩會，在會者三十餘人，皆老宿。同賦蜣螂山，山乃海邊土阜，無所紀述。忽一少年，係替人祝髮者，成一聯云：『花鳥無今古，樓臺有廢興。』滿座因之擱筆。」

「五原春色舊來遲，二月垂楊未挂絲。即今河畔冰開日，正是長安花落時。」此唐人傳句也。「輕舟一葉洞庭帆，玉破鱸魚金破柑。好把新詩寄桑苧，垂虹秋色滿東南。」此宋人傳句也。「西出長安第一程，新豐咫尺接咸京。琵琶一曲春明酒，猶似金龜醉帝城。」此黎湛溪河帥詩也。「晉陽暑雨夜初收，曉起凉深似暮秋。不是雁門風色緊，未知身在古并州。」此阮伯元宫保詩也。「莫辭樽酒十分多，唱到《陽關》可奈何。行李一肩帆五兩，又銜冰雪渡黄河。」此張老薑布衣詩也。以才調繩之，何分唐宋。

阮亨，字梅叔，一字仲嘉，儀徵人。爲宫保介弟，脱略時習，與世無競。有文名，詩其餘事也。幼隨宦京師，賦《蕉花曲》，有「小欄定有吟花客，淺碧羅衫一樣長」之句，人多以「阮蕉花」稱之。集中佳句美不勝收，余尤愛《咏月》一律云：「皓月乍離海，天涯生暮寒。一輪何皎潔，萬里共團圞。馬上停鞭望，閨中滅燭看。有人當此際，不敢倚紅欄。」

《隨園詩話》專主性靈，言無所謂格律，一時風氣，遂爲之頽靡。獨不思孟子云：「公輸子之巧，不以規矩，不能成方圓。師曠之聰，不以六律，不能正五音。」格律何可廢也！然不可泥於格律，陸放翁曰：「文章本天成，妙手偶得之。」斯言是也。

余偕湘姬探羅浮梅花消息。舟次惠州，聞惠州有西湖之勝，湖畔即東坡葬朝雲之所，有墓在焉。遂同往。穿梅樹里許，憩於僧庵，題詩一律，尾句云：「我亦有姬差解事，爲公含泪弔朝雲。」僧讚歎不絶，初疑爲詩僧，扣其姓氏，僧不語，書「明月不長好，清風有時静」十字相示，然後知其爲非常人也。

王豫，字柳村，祖居丹徒之翠屏洲，後因洲地改屬江都，遂爲江都人。工詩，業儒，雖中年失明，猶孜孜聽人吟誦爲樂。著有《種竹軒詩鈔》，江淮間頗稱誦之。五言取法王、孟，七言專尚高、岑，其《閨怨》一首，深得風人之旨。詩曰：「古釵寶髻映簾櫳，曉起粧臺興久慵。知否妾心怨秋色，臨江不敢種芙蓉。」

季爾慶，字廉夫，泰興人也。詩甚平庸。然《登安江門》一律，頗爲士大夫所賞。其詩曰：「城上高樓接大荒，隔江烟樹鬱蒼蒼。山從南去分重叠，海自東來合混茫。繞郭帆檣迴鐵甕，連宵鐙火接金閶。登臨使我心多感，楚北川西半戰場。」

李琪，字少白，華容人也。本姓孫氏，善書。詩頗豪邁，然失之粗。今録其《坐雨》一律云：「空階墮寒渌，衆樹含微曛。石氣忽成雨，水流時帶雲。攬衣此間坐，引酒還獨醺。幽意鳥先覺，數聲花外聞。」

凌霄，號芝泉，江寧人，隨園弟子也。《接洪太史書》云：「聞君六月渡冰河，高唱長城飲馬歌。聽到琵琶心易醉，燕支山下女兒多。」《送秦中丞出關》云：「壯遊何處不天涯，但可棲遲便是家。策馬請君揮手去，而今關外有桃花。」此二詩，人以謂有出藍之譽。

古樂府失傳久矣，雖唐人不過依樣葫蘆。南唐、兩宋，變而爲詞。元、明以來，變而爲曲。杜工部，解人也，知而不爲。張籍、王建，解人也，知而爲之。東坡，解人也，知而不爲。万俟雅言，解人也，知而爲之。郭茂倩徒抱題目，强作解事，袁簡齋駁之矣。近得張老薑《野田有黄雀行》一篇云：「嘖嘖唶唶，有粟不得啄，有翅不能高飛上天。終日在野田，悲鳴四顧無人烟。黄鵠自南來，高高張兩翼。笑汝晝不得食，夜不得息，終日悲鳴胡嘖嘖。仰首向黄鵠，欲附汝翼高飛。黄鵠不相顧，黄雀心中悲。」此詩置漢魏人集中，誰其辨之？

僧借庵，初名巨超，焦山方丈也。有《十七夜月》一首云：「一月一回圓，人行明鏡裏。月光如水流，四十五萬里。圓從缺處生，缺即從圓起。」讀此詩，可以悟參禪理。又「蟲吟山館月，人卧草堂星」。又「凉生潮影外，秋在葉聲中」。又「有時閒到無聊處，自己開門掃落花」。皆妙。

香奩與無題迥别，歐陽紹洛有詩曰：「雲母懸鐙蠟炬紅，碧虚樓閣望溟濛。香欄膩濕重霄露，繡馬驕嘶午夜風。可奈影迷珠錯落，莫猜聲斷玉瓏璁。生憐一片秋葵錦，暮向西階曉向東。」此無題也。王次回有句云：「當時忍笑晝鴛鴦。」此香奩也。袁香亭有「角巾釵索影先交，助我風情坐向懷」等句，此又香奩下乘矣。

曩見某公賦《伏雛雞》一結云：「憐他覓食呼雛意，一樣乾坤父母心。」真仁者之言，惜不復憶其姓名。

論明七子者，毁者多而譽者少。然真能升堂入室，亦未嘗不佳。如吴漢槎《瀋陽示友》云：「西風城畔夜烏哀，積雨荒庭黯不開。匝地關山千里去，極天遼海一身來。文如劉峻終無命，憤到嵇康始悔才。舊業凋殘歸未得，望鄉何處更登臺。」《出關》云：「邊樓回首削嶙峋，篳篥喧喧驛騎塵。敢望餘生還故國，獨憐多難累衰親。雲陰不散黄龍雪，柳色初開紫塞春。姜女石前頻駐馬，傍關猶是漢家人。」歐陽紹洛《蘭江驛送人入蜀》云：「湘雲回首路漫漫，客裏逢君歲又殘。故國秋期違伏枕，他鄉夜雨暫憑欄。沙沈鐵角孤城在，苔卧金牛戰骨寒。聞道蜀中山色好，青衣江上幾回看。」《登岳州城北望》云：「迢迢幽徑上林顛，回首荆門一惘然。江漢有情終注海，兵戈何事更經年。頗聞閭巷思羊祜，見説奸豪懾董宣。日暮鄉關獨凝望，罪言無補漫流連。」王悔生《薊門道中》云：「暮城天際見高墉，磊落憑開萬古胸。馬上寒雲生涿鹿，尊前明月滿盧龍。路經淮海三千里，地跨河山百二重。燕市從來多駿骨，黄金臺館鎖芙蓉。」諸君可謂入七子室矣。悔生名灼，桐城人。紹洛字潤東，湖南新化人。

五言律詩如余秋農《贈伎名兒》詩曰：「十六葛名兒，天生國色奇。向人能嫵媚，不自解流離。《白紵》一回舞，星眸四座馳。衆中能識我，感激爲生悲。」「曲終一相敂，與我話依依。亦有父猶在，已無家可歸。斛珠誰爲致，籠鳥儻能飛。萬里丹山路，茫茫惟落暉。」此二詩深得唐賢三昧。

昔人云：作五七古者，須借他人之酒杯，澆自家之塊壘；作五七律者，須悟宜僚弄丸、天女散花，方到妙處。如陶雲汀宫保古體有《苦雨歎》、《馬上望太行》、《東坪望辰山》諸篇，皆鑄古鎔今之作。近體有《落花》、《竹枝》諸篇，亦天衣無縫之詩也。故法時帆先生稱其各體皆工，而登臨懷古之作，尤覺俯仰上下，蒼茫交集，才、學、識兼擅其長，直可稱爲詩史矣。顧南雅亦云《新樂道中即事》、《德將軍戰功碑》諸作，更不可以尋常詩人測之。至《赴吴淞口致告海神登礮臺》四首，和者數十百人。余尤愛陳芝楣觀察和「難」字云：「帝澤如春知最溥，臣心似水敢辭難。」李葛峰太守云：「來琛久驗梯航易，轉運何憂道路難。」許仲容大令云：「水監凛於民監切，濟川功比濬川難。」風雅一時，人擬之漁洋《秋柳》云。

惑于風水者愚矣，因風水而累年訟不息者，尤愚矣。子葬親者禮也，借親之骸骨而求富貴者非禮也。余欲作詩以憫其事，因事未果。適馬東園別駕寄到近稿，中有《堪輿歌》一篇，先得我心，故録之。歌曰：「堪輿歌，歌爲誰？欲歌未歌雙泪垂。東家有翁疾亟時，丁寧反覆囑其兒。我死若欲我心慰，慎勿將我求富貴。但得片土足藏棺，風水之説甚無謂。我生願汝得百金，朝朝禱祝汝仍貧。生前心志已如此，黄土白骨豈有神。嗚乎！翁語一何通，世人盡在夢。夢中祖山不葬惑風水，忍棄親骨如蒿蓬。作爲此歌示人子，得不哀悚心忡忡。嗚乎！得不哀悚心忡忡。」詞雖不佳，實白太傅新樂府之嗣音也。

王柳村嘗語余曰：「揚城去瓜步僅四十里，而輿馬莫如船隻。船可以坐卧自如，風利則片時即達，船遂日集日多，有『門帘』、『蘆篷』、『劉子帮』等目。『劉子帮』中有名王痰者，凡客上船，必問客『能飲乎？能詩乎？』能飲者出佳釀飲其人而不索其值，能詩者出精墨良筆以求其詩。久之詩滿艙壁，信口歌之，扣舷爲樂。」余曰：「此必非常人，隱於操舟者也。子盍扣之，必得其實。」他日柳村復來，曰：「子誠知人也。曩以子語扣之操舟者，其人笑而不答，書五言詩一首曰：『憶昔少年場，挽弓愛挽强。夜深霜雪警，猶着鐵衣裳。』明日遂不復見矣。」

春草堂詩話卷二

無依老人問余曰：「少陵咏物，刻畫毫無，理當横絶一代。崔鴛鴦、鄭鷓鴣，雕鑿太過，亦有千秋，何也？」余曰：「此易解耳。曷不取元人《東帆集》觀之。」翌日老人復至，曰：「得之矣。」書十四字云：「論詩何用分門户，煉得丹成即是仙。」余曰：「然。」相與鼓掌大歡而散。

請乩扶鸞，余不之信。幼時見鄉鄰趙某設壇頂禮，若虔誠焉。焚黄後自云：「某仙降矣！某神降矣！」皆有降壇詩。詩甚鄙俚，間有佳者。余待叩其休咎，則曰：「童子何知，敢褻瀆神祇，靈官將責汝矣。」余爲之謬然。他日遊於丹徒市上，偶閱書肆中一抄本詩，即趙某所云某仙某神降壇詩也。道光丁亥，應富觀察之招，將入都。適王善舟太守之任松江，有書見招，意不能决，形於顔面。客曰：「子有不可解之事乎？」余曰：「然。」曰：「曷不詣乩壇請神仙解之？」余即以趙某及丹徒所見告之，客笑曰：「不然。天下事有真即有僞，姑試之。」遂同往焚香默禱，乩判曰：「吕祖降壇矣！」繼而判詩曰：「落拓誰憐范叔袍，相思相憶夢勞勞。十年作客羞磨鏡，千里依人笑捉刀。雙鬢飽餐燕市雪，片帆催送廣陵濤。金臺臺畔知音在，馬足車塵萬丈高。」「燕樹吴雲繫所思，秋風影裏馬遲遲。登樓好賭黄河賦，入洛初賡白雪詞。雞肋文章千古歎，豹皮心事幾人知。天涯莫謾愁知己，韓孟雲龍會有期。」後入都卒驗其言。

尤西堂載乩仙何澹玉，武林妓也。年十八卒，有「亡年纔十八，死託杜鵑根」之句。又有歌云：「昔日錦屏人，長短鴛鴦譜。今日夜臺客，冷暖胭脂土。誰知天下有情人，離魂猶作芙蓉主。」或曰：此西堂借「春風舞，春風舞，吴姬紫玉飛作烟，越艷西施化爲土。」乃作《春風舞歌》弔之。歌中佳句如：題也。故結句云「他年載酒賦招魂，舉杯澆遍西陵浦。」

雪山道人者，或言姓薛，又號東皋，不知何代人。乾隆末降乩漳浦，好爲詩歌及真草八分。蔡葛山相國告歸，時與倡和。仁廟初，元相國以舊臣請覲，問道人得許否，道人倒書一「福」字。行至福州，奉旨毋庸入都，乃悟倒福者，到福州也。士人多師禮之。所言皆修身淑世之旨。相國題其室曰「文社壇」。復有壺中山人與覺夢侯者，皆道人之友，能詩。壺山尤工作畫，似黄鶴山樵，求者甚衆，前後仕漳者皆争購之。道光己丑，余過漳州，謁方穎齋觀察，見壁上乩筆數幅，頗神妙。鄒霽峰廉訪分巡汀漳日，嘗欲搜集刻之，未果。又十餘年，漳人求得詩、古文百餘首，石甫爲之詮次，龍溪錢翼堂明府梓行於世。

余譜《黄河遠傳奇》，人多笑其紅線、隱娘爲不類，余亦無可辨。一日，翻閲尤展成《看雲草堂集》，有放歌五首。其四首結句云：「嗚乎！安得季布朱家結爲友，更有紅線隱娘娶作婦。」是夕樂甚。他日復有問於余曰：「王之涣，唐人也。胥長公《西樓記》，亡是公也。何可同日語耶？」余則曰：「蔡中郎果爲牛丞相壻乎？」其人語塞。

曾賓谷《咏雁》云：「今汝何之江上寒，楚天愁思正漫漫。水深碭澤哀鳴起，兵阻衡陽過去難。是處稻粱逢樂歲，誰家書信寄征鞍。爲伊此日關情甚，不覺霜華上鬢端。」尤西堂《咏雁》云：「翹首秋風旅雁飛，楚歌寥戾送將歸。天涯萬里碧雲合，江上數聲紅葉稀。西望關山烽火隔，南來霖雨稻粱微。煩君地下傳書去，親見征夫淚滿衣。」二詩如出一手。

周瀛，字少谷，丹徒諸生也。以詞鳴，與徐湘秋、汪冬巢齊名。冬巢名潮生，精於繪事。湘秋名蘭生，以書法稱。少谷尤工於詩，嘗見其《金陵感懷》句云：「凄凉鄰笛催頭白，零亂秋花惜晚紅。」「未必珊瑚歸鐵網，可堪騏驥困鹽車。」「月色一樓人獨倚，秋聲滿樹我先聞。」「亦知造物原多忌，豈有文章可乞憐。」又讀元遺山詩云：「洛口關中苦戰争，西風殘照斷人行。舊京莫上高城望，一片傷心畫不成。」

《江上草堂集》，蒙古艾清瑞詩也。集中如《古劍行》、《車馬行》，人多稱之。余尤愛《春草》句云：「楊柳影疎新漲外，鷓鴣聲斷夕陽西。」「半春花在烟中醉，匹馬人從塞上過。」同時談蓉庵，亦有《春草》句云：「馬頭細雨人千里，牛背斜陽笛一枝。」「任他春水平分緑，何處名山不借青。」「下士已甘居陋巷，美人何必怨長門。」真可謂不黏不脱，咏物中上乘矣。

兩淮都轉例得詩人，自盧雅雨、曾賓谷二公而外，又有張雲巢、鄭夢白、王竹嶼、楊桂山諸公，始知繁華歌吹之場，必得以文章司命掌之。當盧公時，有士子投以詩云：「莽莽乾坤歲欲闌，蕭蕭白髮老江干。佈金地暖回春易，列戟門高再拜難。庾信生涯本蕭瑟，孟郊詩思况清寒。吟成七字香無力，封上梅花閣下看。」公即以朱提四笏贈之。又屬吏中有罪當不測者，公力救之。其人投詩作謝，中有「人」字韵，公和云：「何妨李固終爲黨，到底曾參不殺人。」被謫，《出關》云：「三年便可朝金闕，萬里何妨出玉門。」真不愧大臣風度。若曾公調濟官商，獎藉寒士，開題襟館延諸名宿，作消寒等會，占千秋壇坫，成一時佳話也。張、鄭、王三公，政事外皆能禮賢下士。僕雖僻居陋巷，不惜鳴騶過訪，皆有題贈。張詩云：「喬木森森仰故枝，風前燕影尚差池。世間棋局年年换，惟有青山似昔時。」蓋公將調任長蘆時也。鄭詩云：「豪竹哀絲老此才，故園喬木畫圖開。圍棋客散剛題句，恰報西師破敵來。」蓋回疆四城盡復時也。王詩云：「落拓江湖載酒時，蕭蕭華髮漸成絲。如何陶寫終年感，却借吾家畫壁詩。」謂余譜《黄河遠傳奇》時也。桂山楊公，余故人也。曩在潮郡，謁公於官署，光風霽月，真令人仰慕無已。聞不日來揚，簿書之暇，定又開一重詩世界矣。

陳雲伯大令，幼與楊蓉裳農部齊名，一時謂之楊陳。阮芸臺宫保節制兩廣，延入幕中，築「曼雲館」以待。「曼雲」者，兼謂曼生也。時又謂之二陳。初刻《碧雲仙館詩鈔》，錯彩鏤金，視温、李如無色。近刻《頤道堂》十八卷，如長江大河，使人不能測其崖岸也。《諸將》等作，樂府諸篇，似元次山、白太傅一流人物。《黛山道中》一篇，尤稱傑作，詩曰：「青山欲晴天欲雨，萬樹鏖風怒蛟舞。濕雲如磨壓山頂，山欲出頭天不許。不知雲向山顛横，却疑此處青山平。四圍下垂天在地，中間一畫長眉青。日光如線射雲罅，萬緑陰陰都在下。四山風作秋濤聲，忽憶當年海門夜。長風勢急更轉西，舊雲漸逐新雲移。以雲催雲雲盡走，青山忽與青天齊。雙峰如髻濃青露，澗水流雲阻前度。濛濛雨氣白臨濠，尚有行雲向西去。」

鍾明府承露，安徽舒城人也。宰甘泉，政治甚著。其時揚郡土豪大猾甲於江左，江都賴陳雲伯治之，甘泉尤甚，非公則何以晏安？故鄉耆野老呼之爲鍾父、陳母，蓋擬之龔、召云。陳以詩鳴，鍾不以詩鳴，然間有著作出乎性情，發之天籟。余見其《悼亡》詩云：「逝者長已矣，生者羈異鄉。相期同白首，不意中道喪。」又「忽驚大限終，薤露遍生香。」又「往者不可追，誰憐我鬢霜。我灑西風淚，傷心更斷腸。」皆至性語也。

張南山、金手山，世謂之「二山」。手山，蘇州人，名學蓮。南山，廣州人，名維屏。皆工詩，又皆受知於賓谷侍郎。南山有《咏古》新樂府百篇，手山有《揚州》小樂府數十篇，皆行於時。南山《紫藤曲》云：「紫藤幕徑香雲裊，花枝泣露金鈴小。嬌魂不定蝴蝶愁，玉枕微坳失春曉。」「珠帷貼地蘭堂深，鼉眠細字緘來禽。雲梯盤盤折鴻翼，鐵網破碎珊瑚沉。」「阿母由來愛方朔，碧桃花下流霞酌。胡麻未熟丹竈寒，麻姑鬢上霜華落。」手山《櫂歌吟》云：「蘋花洲，桃葉渡，春草生，江南路，美人如花怨遲暮。蘭爲舟，桂作楫，朝相思，暮離别，一摇一悲腸斷絶。鼓瑶瑟，吹玉簫，送君去兮神迢迢。神迢迢，思莽莽，采蘼蕪，暗菰蔣，船頭濺濺水聲響。去時春波一萬丈，來時石出沙痕上。」手山詩流麗，南山詩沈着，然風格不甚相遠。南山現官太守，手山猶自依人，遇於不遇，豈在詩乎？世之遇於不遇，又豈獨二山者乎？

張芥航河督，精於詩詞，而不甚惜，隨作隨棄，故流傳者甚少。余於其幕友楊君處得《題畫》二十字云：「書窗晨氣凉，疑滴桐陰露。借問白頭翁，秋風來幾度。」昔人云「節短音長」是也。

仁和錢文端太傅，以詩文受知高廟。太夫人陳氏，名書，號南樓老人，字畫精妙。公父廉江先生，家居不仕，詩酒自娱。南樓作畫，先生輒爲題句，閨中韵事也。公之曾孫翼堂明府嘗書畫册見示，墨筆花草十種，神致生動，廉江先生各有題句。其最工者，如《梅》曰：「縱横枝不分南北，春滿孤山處士家。」《萱》曰：「有憂直欲先天下，却爲披圖得暫忘。」《蓮》曰：「花尚好時蓮子熟，西湖八月最宜人。」《葵》曰：「向日葵心誰得似，蘇公欲自愛君王。」《蝴蝶》曰：「安得無心似秋蝶，高眠蘆荻夢恬恬。」

金陵女史王貞儀，不知何許人，著有《德風亭詩鈔》。余於書肆得其手録稿本。《登焦山》云：「峰勢長江矗，濤飛天外聲。潛虬能護法，徵士獨留名。塔宇金山寺，人家鐵甕城。憑高一聳目，東望海雲平。」《山海關雜詩》有「深樹啼鵂鶹，行人悚魂魄」，《吉林雜詩》有「風細黄沙飛，林昏失墟道。牛羊下來多，虎豹出山早」等句。其《梳頭歌》、《水車行》、《粤南竹枝三十首》，語皆奇突，惜篇長難載。如《清明值雨》云：「曉起捲珠簾，一樹桃花落。」又如《下邳夜泊》云：「黄石城頭雨未乾，晚風吹送角聲寒。扁舟莫道小如葉，載得春愁分外寬。」掩卷讀之，誰信女郎詩也。

《全唐詩話》載女道士魚玄機《獄中詩》曰：「易求無價寶，難得有情夫。」冤哉言也。余讀《全唐詩》，知玄機此詩係和東鄰姊妹威光褒韵也。韵亦非夫字，乃郎字也。和人之意，述己之意，天壤矣！近日，無錫雙修庵女僧王嶽蓮號韵香者，亦能詩，往往有傳訛者，余故及之。其咏《團扇》絶句云：「緑遜芭蕉輕遜紗，秋風愁不起班家。夜來携向園中坐，欲撲流螢恐礙花。」讀此詩，可以知韵香之爲人矣。

盧培廣，字春航，丹徒人。與顧弢庵、張寄槎相友善。其詩脱盡浮靡，務尚真樸，然輕財重誼，故真樸中往往有俠氣焉。《過裴迪君别墅》云：「松篁交錯處，一帶小樓臺。幽谷開奇境，清談識俊才。濤聲驚嶺樹，花影静莓苔。久坐忘歸去，樵歌隔岸來。」

曹原字匀村，江都人也。與周篠雲、陳穆堂諸君結南村詩社，好句如雲，誠一時佳話也。又喜交遊，重意氣，與春航同。余初見其書法，兢兢顏、柳，知其爲誠篤人也，遂與之訂交。其五言如：「江湖愁短鬢，泉石懶初心。」又「遲日留吟客，飛花入酒杯。」又「歸岫知雲懶，高飛羡鳥閒。」七言如「暝色帶烟殘絮盡，碧天如畫亂鶯啼。」又「晶簾有影桐雲活，紅雨無聲竹韵凉。」又「種成樗櫟材難好，紅到桑榆望亦癡。」使人讀之有味。

杜少陵詩云：「語不驚人死不休。」盧延遜云：「險覓天應悶，狂搜海亦枯。」賈閬仙云：「兩句三年得，一吟雙淚流。」甚至走入醋甕，以被蒙頭者，皆苦思也。余謂不獨作詩，如作文章詞賦，誰曰不然。

余自桂林放舟，將往蒼梧，道經陽朔，見兩岸高山皴如斧劈，斜陽隱處，赭黛若渲。偶憶唐人詩云：「陶潛彭澤五株柳，潘岳河陽一縣花。兩處争如陽朔好，碧蓮峰裏住人家。」真先得我心矣。

盧延遜，漁洋山人謂即延讓，宋避讓字故也。延遜《宿東林詩》云：「兩三條電欲爲雨，七八個星猶在天。」余復見元文宗《早行》詩云：「兩三點露不成雨，六七個星猶在天。」未知孰是。近聞某秀才竊此體爲「兩三點雨逢寒食，廿四番風到杏花。」人遂以「杏花」呼之，余戲之曰：「此不過偷詩賊耳。」

《五代詩話》載陳裕秀才下第遊蜀，誓棄舉業，唯事屑喙，覩物便嘲。其詩亦堪採擇，雖無教化於當代，誠可取笑於一時。詠《渾家樂》云：「晨起梳頭午不休，一窠精魅鬧啾啾。阿家解舞《清平樂》，新婦能抛白水毬。著緑挑牌吹觱篥，賜緋盟器和《梁州》。天晴任爾渾家樂，雨下還須滿舍愁。」近人有學此體，嘲善啖者云：「吃食無如王二麻，未曾入席手先抓。常將一箸擒三塊，慣使雙肩隔兩家。嚼破口中流白沫，搗殘盤底見青花。細觀席上無餘物，倚向欄杆剔齒牙。」

余次南安時，偶憶韓偓詩曰：「豈獨鴟夷解歸去，五湖漁艇且餔糟。」吟未畢，而涕泗交集，自亦不知其何所爲也。

韓致光《咏櫻桃》詩云：「苦筍恐難同象匕，酪漿無復瑩蠙珠。」感時事也。近人李濱泗《咏櫻桃》云：「瞞人只説吞紅豆，一點相思暖到心。」亦感時事而言。或以暖字易冷字爲佳，余曰：佳則佳耳，惜櫻桃性非冷也。唐人應制有《賜朱櫻》詩曰：「飽食不須愁内熱，大官還有蔗漿寒。」此其證也。

庚寅秋，余病痁，甚危，在城醫家皆云不治。余亦二十八日湯水不能下咽，妻妾輩忙無所措，惟飲泣而已。姬人蕭蘭因奉吕仙甚虔，是日禱於觀，求賜籤方，余初不自知也。姬以藥進，飲之，覺遍體清凉，異香滿室，不數日爽然矣。姬乃以實告，籤方無他，唯萬錘木、苦丁草耳。余始悟疾係因熱生煩，醫又以暖藥下之，安得不至是耶！雖然，吕祖遇余厚矣。極困時，曾示之以夢。狐疑之際，又降之於乩。危篤，又拯余以性命。嗚乎！吕仙愛我矣，思欲以文章報之，又未考其事蹟。因憶《太平廣記》載神仙事最詳，凡五十五卷，閲之，無有也，惟《列仙通紀》載全州道士蔣暉，志行高卓，吕仙訪之，適蔣他出，題於壁曰：「醉舞高歌海上山，天瓢承露浴金丹。夜深鶴透秋空壁，萬里西風一劍寒。」又《赤雅》

載三界廟有小青蛇，背緑腹赤，祈禱甚驗。或以謂吕仙劍所化也。《指月録》載吕仙名巖，字洞賓，京兆人也。三舉不第，題廬山壁云：「丹田有寳休尋道，對鏡無心莫問禪。」聞黄龍説法，擬飛劍脅之，劍不能入，遂再拜求指歸。《異聞集》載開元中，道者吕翁，經邯鄲道上邸舍中，以囊中枕借盧生睡事，謂吕翁非洞賓也。《堅瓠集》載吕仙贈張洎詩曰：「功成當在破瓜年」，蓋二八之數，八八六十四也。洎以六十四歲卒。《北夢瑣言》載桐鄉徐某，素敬吕仙，朝夕禮拜。一日背疽甚篤，然猶禮拜如初。求仙示方，乩判云：「紛紛墓上黄金屑，片片花飛白玉脂。」第不知黄金白玉爲何物。復判云大黄、白芷也。服之果驗。後醫他人，亦無不效。獨吴虎臣辯吕仙爲宋人，詩亦僅有「朗吟飛過洞庭湖」一首，余掩卷而歎曰：「一吕仙事，傳聞各異。始服吾儒孔子不語是也。」孟子云：「盡信書，則不如無書。」誠哉是言。姬復慫余曰：「子信聖言矣，獨不以『祭神如神在』爲然，何也？」又曰：「與我好者爲好人，况神仙乎！」余遂作詩四首，焚於乩側，並曰：「仙如有知，合當和我。」頃之，乩大動，和作甚佳。由此觀之，神仙乃才子也。

古人中能詩、書、畫者，即謂之三絶，然亦不多見。近時有二張焉，其一滄州張賜寧，字桂巖。其一鎮江張夕庵，名崟。皆能詩、書、畫者。或謂之「南張」、「北張」。北張山水法荆浩、關仝，人物學吴道子，花卉習徐崇嗣寫生法也。雖巨册大幅，頃刻而成，詩所謂「興酣落筆驚風雨」是也。南張則謹守宋、元宗派，染不厭重，皴不厭細，雖尺幅扇頭，亦不能計其時日，詩所謂「十日畫一山，五日畫一水」是也。江淮間，片紙隻字，人争購之。桂巖先生子名百禄，傳山其字也。官巡檢，能紹父業。嘗誦先生

《題畫》詩曰：「秋高天宇清，蘆花滿洲渚。渺渺萬里江，孤帆向何處。」夕庵先生《咏苔》云：「不負同岑好，寧希鏤砌恩。生平多託足，從未入朱門。」庚午解元名深者，先生子也。得其家法，一時傳於都下。

諸生唐樸園名淳者，論其三絶，亦堪與二張繼武。《學宫石經》是其書也，猶工美人。家甚貧，某商以重金使作《秘戲圖》一册，君讓之，金弗顧也，其介如是。一日爲余作《春草堂圖》，並繫以詩曰：「何處天涯不斷魂，萋萋芳草感王孫。烟雲過眼憐陳蹟，金粉從頭説故園。南浦夢回春屢换，東山棋罷刼常存。六朝多少繁華地，賸有東風舊燒痕。」

陳逢衡，字穆堂，江都諸生也。喜交遊，家多藏書，阮宫保、吴學士常造廬訪之。愛注書，有《竹書紀年集證》五十卷，《逸周書補注》二十二卷，皆已行世。注書之暇，間爲歌詩。其樂府祖述漢魏，古近體取法三唐。往往論詩與時賢相左。每當花晨月夕，命舟湖上，唤妙伶數輩，豪竹哀絲，自歌新唱，人目之爲狂，弗較也。其《平回疆頌》一篇，最爲近古，惜篇長難載。《寒食》詩云：「寂寂重簾已仲春，冷烟時節倍傷神。梨花寒食情懷惡，風雨年年哭故人。」讀此詩，亦足徵其友誼。

今人作詩，重一字即受指責，殊不知唐人五七律中，重三字者不可枚舉。若重一意，即以「關門閉户掩柴扉」誚之。「揚帆采石華，挂席拾海月」，謝靈運詩也；「海外徒聞更九州」、「空聞虎旅傳宵柝」，李商隱詩也。「揚帆」、「挂席」尚同一意，「徒聞」、「空聞」則同字、同意。詩果能佳，何患小疵？然專以此謗人者，其人必門外漢耳。

男子詩中用女兒字樣，尤爲韵事，如「洛陽女兒對門居」是也。女子詩中用男兒字樣，易近於褻，獨花蕊夫人呈宋祖詩曰：「四十萬人齊解甲，更無一個是男兒。」又黄崇嘏《上蜀相周庠》詩曰：「幕府若容爲坦腹，願天速變作男兒。」誠佳句也。

余幼居村鎮，一種自然之氣不自知也。常思城市，遂移家附郡。見其輿馬駢集，冠蓋往來，信可樂也。即至京師，悟人才之衆，遂動遊興，足跡將遍天下，覽名山大川，自亦不知欲置身何所。客歲歸來，仍居城外，覺一種自然之氣，悠悠自得。曩所覽名山大川，才人奇士，冠蓋輿馬，則恍然如夢。因悟幼讀陶詩則倦，讀岑嘉州詩則樂，讀杜詩如入京師，讀長吉、太白、義山之詩，如覽名山大川，奇珍異寶，目不暇接。年來復讀陶詩，與仍居城外無異。

幼時稍解韵語，師友贊稱，便自矜命世之才，將無敵於天下也。即受寒逐飢驅，挾册千人，遇有奇才異能之士，猶曰「彼丈夫也，我丈夫也」。近日癖居野處，翻閲國初以來稿本，未免自慚形穢。東鄰詩人年已七十矣，兢兢一編，猶以爲無敵也。

春草堂詩話卷二

富筠圃觀察攝淮安府事，招余入幕，同時程禹山虞卿、盛子履大士、毛秋伯夢蘭、汪以樸淳日夕相倡和，賓主甚相得。嗣又同入都中，同遊山左。觀察調任陝汝河道，余遂南遊楚粤。中間消息，惟望蒼葭，而歌白露詩也。今春，觀察書來，言其地即召公分陝之所，甘棠遺跡，至今尚存，漢文帝高臺亦在。隔河乃山西平陸，中條對峙，峰嶂如屏。東南復有熊耳諸山。每當日夕登臨，聽河聲之澎湃，覽山色之峥嶸，覺古人拄笏而看，不是過也。更有渠水一道，從城而下，水味甘美。曾作詩云：「拙宦天教來福地，風淳土沃水尤甘。」蓋紀實也。公名斌，癸亥進士，滿洲鑲黄旗人。攝淮篆時，當河湖多事之秋，德政之及民者甚衆。

盛大士，字子履，鎮洋人也。舉孝廉，官山陽教諭。精於繪事，刻有《藴素閣詩集》十二卷，《續集》二卷，《樂府》二卷，《文集》八卷，《駢體文》四卷，《粤東七子詩選》四卷。未刻有《大學古訓發微》二卷，《四史參解》十六卷，《泉幣考》八卷，《溪山卧遊録》四卷，《停雲歸雅集》二十四卷。文法唐賢，詩兼各派，其七古多法源西崑，而音節悽惋，酷似吴祭酒。《海上》詩云：「青燐榕樹烽烟氣，赤色蘋花戰血痕。」一時稱爲絶唱。

李廷芳，字湘圃。官有政聲，吴江立生祠焉。再官英德、澄海諸縣。政事外，以詩自課，人多比之爲五言長城。有《湘浦詩鈔》二卷。其《登盤山絶頂》云：「昔夢三盤路，今來最上頭。直從孤塔外，攬盡萬山秋。紫塞風烟静，灤河日夜流。五雲迴繞處，西北是皇州。」《潼關道中》云：「迢遞三秦路，征驂凍不驕。風聲走函谷，雨勢壓中條。地扼重關險，河流九曲遥。華峰天半落，仙掌又相招。」

咏七夕者多矣，沈歸愚宗伯云：「只有生離無死别，果然天上勝人間。」咏明妃者多矣，明彭彦實云：「曉來馬上寒如許，信是將軍出塞難。」此語皆未經人道。

王衍梅，字笠舫，會稽才子也。戊子仲秋，余曾晤於昭潭，即夕書七律八首見贈，其敏捷若是。《和元人十臺懷古》詩極佳，余已刻入《蘭言集》矣。

汪云任太守，盱眙人，孟棠其别字也。有姬人，善於風鑑。太守微時，姬嘗語太守曰：「公某年當舉孝廉，某年當成進士，某年當改官南方，惜妾不能長侍公也。」後卒驗其言。太守《風蘭》詩云：「喬木誰縣緑一叢，并刀裁出玉玲瓏。不隨衆草爭腴壤，儘有群花拜下風。竟體芬芳超脱後，一春踪跡蕩摇中。漫言未履炎荒土，物候相宜在海東。」和者甚衆，蓋此詩指姬而言。顧蘅沚司馬和云：「不階尺寸寰中土，大異尋常嶺外花。」觀竹樓刺史云：「烟鬟霧鬢光離合，沅水湘江夢有無。」金蒨穀刺史云：「林下人應通臭味，泥中句豈辱芳姿。」又：「空際託生非定相，草間求活豈靈根。」吴香竺明府云：「脱穎是誰加賞識，浮生如夢太瞢騰。」又：「無端摇颺輕如柳，不染汙泥潔似蓮。」又：「不須深窨三枕火，早結芳叢幾寸胎。」皆得味外之味。

盱眙王味蘭孝廉，名蔭槐。其爲人也，傲公卿，重遊俠，間作歌詩。其鴻篇巨製，豪宕處似太白，磊落處似蘇子瞻。每每擊劍而歌，聲震鄰屋。嘗卧病揚城，余親爲之煮藥。余滯都梁，亦視余如手足。五言如「海色催城角，江聲撼客船。寒潮明野渡，夕照冷江城。沙寒遲雁影，岸遠遞蛩聲」，諸句豈不從俠氣中得來者哉？

天長有二奇士，一爲程孝廉禹山，一爲施茂才楚畹。施重意氣，程能文章。程有水西吟館，施有二峰草堂。其間往來之人，靡不流連觴咏。程之詩文早爲鐵梅庵宫保所賞。施之詩不多作，然又隨作隨棄，曾見其自題草堂云：「茅屋偶然結，野雲漸次來。」饒有真趣。

余與禹山重晤於文津書院，是夕刻燭賦詩，詩未成，憊矣，曲肱而卧於床，移時覺有物壓衣，視之，中年婦人也。元衣縞裳，向余云：「明日立夏矣。」余心欲答而口不能言。又曰：「汝家『池塘生春草，園柳變鳴禽』非立夏詩也。妾有『小樓初受月，昨夜不禁風』，擬之何如？」余忽聲叱，而婦人不見。其時燭光明艷，禹山猶伏案微吟，而緩語曰：「子將有所見乎？」余告以如是。禹山曰：「無怪也，此地往往有之。」蓋見建書院時，擴地多古棺也。

余常欲觀華州二王詩，不可得。二王者，謂千波、幼海兩先生也。今春，湯撫參貽汾寄到兩先生詩集，一係千波學博《瑪琈山房詩稿》，一係幼海觀察《澹粹軒詩草》。展而讀之，千波五言如「開門群鳥散，須臾仍復來。人生苦營營，懷抱何時開」，「山氣自南來，如烟散樹杪。群鳥喧空園，一星見峰表」，非出陶入韋，不能道此語也。七言如「風月襟期天地闊，文章知己古今難」，「扣門聲熟聽先笑，聯句更長夢尚吟」，「不爲人憐山自翠，獨宜秋冷葉初丹」，「妻拙自兼中饋事，兒遲難作遠遊人」，「山犬自眠鋪葉地，野鳧時近浣衣人」，「一川柳染秋深淺，幾叠山分雪有無」。幼海《題桃花圖》七言古詩云：「扁舟昔渡武陵水，照眼桃花溪上山。水影花光春爛漫，紅泉絳雪非人間。」惜篇長不能備録。又如「四野雪消浮暮靄，一樓烟冷入斜陽」，「溪流有恨鳴驕馬，塵土多情戀舊衣」，「風塵村社聞簫鼓，燈火連床有弟兄」。又若「夢回春雨洞庭寒，月明蕭寺夢無痕」，皆佳句也。

松江陳雲村工詩文，早受知於王西莊光禄。余尤愛其長短句，如《點絳唇》云：「晚風起，餘霞成綺，點破遥山翠。」又《壺中天》云：「今宵酒醒，夢魂應繫柔櫓。」此等風韵，何慚柳七。

錢文端公云：「無情最是長眉佛，訴盡春愁總不知。」宋于庭學博云：「須知十丈光明佛，也要低頭看世人。」語同而意别也。于庭，名翔鳳，蘇州人。

余在山東道上，是日跕長宿於尖店。約二更，朔風吼樹，冷月侵窗，其時披襟危坐，門已扃矣。有婦人在側，初疑爲賣曲者流，笑而問之：「胡不歸耶？」婦人正色而言曰：「吾憐子誠篤，特來護送，如不信，汝篋中有四元寶否？」於是悚立起敬，扣其姓氏，曰：「吾青丘子也。」遂不見。余甚疑之，及觀宋于庭詩集，載青丘子事甚奇，云：「青丘子同夫越碩，各題一詩於柏鄉縣旅壁，越碩詩云：『鐙前看劍久低昂，蝕盡龍文尚有鋩。杯底深深人鬱鬱，何時釋此九迴腸。』青丘子詩云：『騎衛同來跡未明，西風不管客愁生。直須踏遍九州路，始信乾坤大有情。』」嗚乎！誰謂近世無聶隱娘耶？

劉傳經，字墨愚，無爲州人。初官關中司理，愛寫墨竹，在諸升、趙備之間。小詩似崔國輔，《題放櫂圖》云：「閒摇水碧沙生冷，笑指林黄葉變秋。」真詩中畫境也。

當塗張瑞庚，字雪樵，有才名。今上登極，有司薦爲孝廉方正。其時陶宫保巡撫安徽，愛其文，列諸門墻。乙酉秋闈，余與雪樵晤於金陵，以詩見示。讀其《贈蕭雪蕉》云：「秋老蒹葭外，蕭蕭何處尋。相逢江上水，送抱竹邊琴。天地容陳客，冰霜鍊古心。成連移我久，溟海會元音。」他如「雲蟠滄海日，帆散楚江烟」，「已自功名同蜀道，肯將心事隔長安」，「天涯縱少青衫泪，堂上須憐白髮秋」，皆妙。

袁簡齋太史嘗言，兩淮商人無有穎長江公，凡鄰里鄉黨，急者濟之，乏者賙之。文人名士，羅聚一堂。江公之詩，亦岌岌有可稱者。余思近日能繼江公者，惟黄个園觀察。觀察有隱德，遇文人學士，尤爲親近。嘗讀其嗣君又園詩集，是以知家教焉。其《贈汪介庵》一律云：「潭上桃花水，多情爾許深。貧難移傲骨，酒易助雄心。闢佛有真識，吟詩多古音。亭亭一孤雁，獨立向空林。」又《遣興》云：「對月種梅花，明月弄花影。醉眠花影下，濃香薰不醒。」恐江公幼時未能乃爾。

仁和黄至馥，字秋谷，个園觀察弟也。工詩，愛友，尤精詞曲，嘗自按宫譜作院本數套，秘不視人，花晨月夕，使妙伶歌之以爲樂。詩與石遠梅、王柳村、徐雪廬相唱和，其《月夜懷吴澹川》云：「一片寒江月，深宵祇獨看。遥思故人杳，誰惜敝裘寒。豪俠悲歌易，清貧作客難。登樓當此夜，顧影鋏空彈。」忠厚悱惻之心見矣。

揚州雖大，講書法者鮮矣。一日在西門外僧庵，見一横幅，神在筆先，趣生紙外，似從歐、柳入手，而仿虞世南也。款落「二梧」。詢之僧人，知爲黄承錫所書。黄承錫者，秋谷先生猶子也。翌日過訪，相得甚歡，並出近稿，受而讀之。其「蝸角鬥蠻觸，么蟲悲二豪。行屍徒閃爍，火宅終日熬。風雨鏖墨夜，鵂鶹呼荒郊。幽都灑飛雪，染草皆腥臊。」恐盧仝、賈島不是過也。又如「閒窗襲荷氣，雨過竹陰寒。何以愜懷抱，携琴石上彈」，則入王、孟佳境矣。其他佳句甚多，未能悉載。

「醒不必作屈靈均，醉不願學劉伯倫。男兒在世取快意，嬉笑怒罵俱天真。」余初讀是詩，覺今人中無此爽健之筆，後知其韋君繡詩也。君繡，長洲諸生，名光黻。精於醫，尤通術數，著有《史論》八卷，《詩話》十二卷，《壬林纂》三卷，《京房易參》四卷，《醫學忠告》四卷，《傷寒論注析疑》十卷，《干支鏡微》二卷，《筆陣演説》一卷，《五朵雲館制藝》三卷，《駢體文》三卷，稿存於家，門弟子親爲余言。

岳州太守某，素有詩名。與余晤於長沙，志甚高，氣甚揚，箕踞而坐，問余曰：「汝知詩乎？」又曰：「汝知曲子乎？」又曰：「汝知吾能詩乎？」言未畢，命僕人取詩稿相視，指其叙曰：「此某相國作也，此某侍郎圈也，此與某公、某公唱和也。」余遂乘閒告别太守，興猶勃然，似弗悦也。始知《全唐詩話》載龍褒一則，誠不謬哉。福建詔安知縣陳某亦以文名，余始入其境，即聞其訟有累年，而不結者以千數。蓋漳泉風尚械鬥，當以威治之，某終日以文章自娱。嗚乎！唐人因「長晝惟消一局棋」，即劾罷之，陳某較唐人幸已哉。

莆田袁篴生明府，蘇州人也，與郭頻伽最相友善。其《懷頻伽》詩云：「望爾寄書來，去船未必即歸里。望爾夢中來，長江隔斷一條水。望爾即歸來，客纔出門無是理。」此等語，非至性不能流出。又《送頻伽入都》云：「同有高堂垂老親，廿年期望在兒身。功名未必能尋我，車馬先來促此人。遲爾行旌多故舊，不愁虚牝費精神。一枝當柳杏花折，此是東風得意春。」「春波芳草碧紛紛，聽到驪歌酒易醺。一歲一回如有例，愈行愈遠奈何君。將辭巢燕猶貪住，同出山雲又欲分。珍重對床圖一幅，天涯風雨不堪聞。」

吴山尊以文鳴，以詞鳴，不以詩鳴。郭頻伽以文鳴，以詩鳴，不以詞鳴。然松江吾園有頻伽《題紅雨樓紅情》一闋云：「春風無迹，只薰梅染柳，著些顔色。容易，更番吹得桃花已如雪。安箇小樓，一角但微露，虯檐幾尺，儘窈窱齊拓，文窗紅見，夕陽濕。　海國蓬島側，恁小築幽谿，塵世先隔。青簑買得，可許扁舟刺篙入，可有萬家酒店，判一醉君家狂客。乞與浣花牋紙，爲題素壁。」又有山尊用杜工部《遊何將軍山林》原韵十首云：「十載八街道，三年廿四橋。丈人饒逸興，將我入雲霄。塵境今初遠，雲光已見招。行行近東郭，溪路不知遥。」其他如「却恐怨貽鶴，翻教遷讓鶯」，「空碧禪心得，深青鳥性知」，「此處琴宜載，留賓酒可賒」，「交遊松與竹，眷屬鶴兼梅」，「坐月應移席，吟風不費錢」，「樹以前人愛，舟從大壑藏」，「静嫌鵝鬧客，閒看雀哺兒」，「養閒原有地，作記愧無文」，「高詠古人擅，清遊此處多」。由此觀之，才人無可無不可也。

中書吴嵩梁蘭雪，名噪京都。士大夫出京，不得蘭雪詩箋爲耻，故比之爲岑嘉州云。又有《花院捧觴》、《蕉陰茗話》等圖，爲《新田十憶圖》，一時公卿題將殆徧。集中如《康山草堂歌》尤稱傑作，篇長不能備録。其結句云：「君不見，康對山，歌且舞。救友污名心獨苦，烏紗一擲能千古。英雄才子亦黄土，碌碌狀元何足數。」

庾子山云：「落花與芝蓋齊飛，楊柳共春旗一色。」王勃改曰：「落霞與孤鶩齊飛，秋水共長天一色。」「柳色黄金嫩，梨花白雪香」，本陰鏗詩，李白全用之。白太傅「巫山暮足沾花雨，隴水春多逆浪風」，本杜工部「夜足沾沙雨，春多逆水風」。徐孝穆《鴛鴦賦》云：「山雞映水那相得，孤鸞照鏡不成雙。天下真成長會合，無勝比翼兩鴛鴦。」黄魯直《題畫睡鴨》云：「山鷄照影空自愛，孤鸞舞鏡不作雙。天下真成長會合，兩鳧相倚睡秋江。」古人竟不爲怪。今人稍涉其意，則曰某人偷某人句矣。

袁簡齋云：「余雅不喜和韵。」斯言是也。古人和詩，和其意，非今人争奇鬥險，專在韵脚也。此風開自元、白，繼之皮、陸。皮、陸有數十叠者，然猶未害於意。盛唐諸公則不然，如高適寄杜甫云：「草玄今已畢，此外更何言。」杜則云：「草玄吾豈敢，賦或似相如。」嚴武寄杜云：「興發會能馳駿馬，終須重到使君灘。」杜答云：「枉沐旌麾出城府，草茅無徑欲教鋤。」至若《文選》中三謝、二陸、盧諶、張華諸公，贈答最多，何和韵之有？

屠倬，字琴塢，錢唐人，官儀徵縣。余以部民，故未之見。聞其有斷袖之癖，多外寵。後擢九江太守，因惡瘡毁於面，遂不能之任。癸未晤於金閶，出《是程堂》、《潛園録》諸書見視，是其手著也。觀其《古怨辭》云：「柳絲吹嫋嫋，長條一何好。楊花飛漠漠，東風太輕薄。妾身如楊花，漂泊落誰家。妾心如柳絲，纏綿無已時。」又《湖中曲》云：「花欄鸂鶒銜芰葉，長眉連娟暈紅頰。湘裙繡撲雙蝴蝶，不須問郎只問妾。横波醉眠越水濱，菖蒲花開長笑人。」詩甚清麗，然嫉才好諛，是其短也。

胡華黼，字默庵，浙人也。官盱眙典史，精於醫，陶宫保延至省中。其人也，放曠不羈，有硯癖，榮其室曰「三十六硯齋」。性詼諧，嘗作詩云：「强自尋歡入酒筵，逢場作戲大堤邊。無多薄俸真堪笑，不彀看花一日錢。」「别人酒債我還錢，李代桃僵絶可憐。爲恨江南天樣遠，俸薪支出已三年。」卒以詼諧受謗，士大夫可不慎與。

張茶農深，丹徒人，庚午解元也。在京師琉璃廠購老屋三間，顔其室曰「槐根小築」。暇則以詩畫自娱。爲余將出都，寫《走馬購詩圖》，並繫詩曰：「玉氣珠光壓繡鞍，龇龇眉宇出長安。中途關吏如相問，莫作當年陸賈看。」其時顧簡塘明府在坐，攘臂奮書曰：「汝能畫，吾不能詩耶？」遂書七律四首云：「驛路秋深草木凋，長亭短堠總迢迢。荒鷄野店人聲悄，瘦馬空山客夢摇。未盡一編如有待，已成千古亦無聊。只看行卷牛腰重，仿佛詩情在灞橋。」「短衣孤劍上征鞍，洗却書生氣味酸。一片白雲横岱麓，數行紅樹渡桑乾。讀《騷》未必成名士，覓句真同得好官。知否天涯窮賈島，解吟落葉滿長安。」「久慨騷壇乏主盟，而今低首謝宣城。尊前酒化相思淚，客裏詩爲變徵聲。風雅傾心垂廿載，一編脱腕又三更。料因哀樂中年近，不念蒼生念友生。」「九畹滋蘭手自鉏，雲山肯展絶交書。君愁紙價更番貴，我覺名場逐漸疎。江上蒼葭霜落後，村邊黄菊雁來初。何當千里隨車蓋，歸騎西風秃尾驢。」簡塘名翰，無錫人。

無錫趙艮甫，名函，吴縣曹艮甫，名楙堅，皆以詩鳴，人多以平艮仄艮呼之，蓋號既同，而姓又易混吴音也。楙堅有《悲歌》一篇云：「蛇行從龍徧九野，我獨何爲在人下。秋蓬離離，風吹之起。獨客無家，出門千里。生不博萬户侯，死當寂寞歸山丘，日落不落天爲愁。狐狸媚人，見我則舞。褰衣從之，前倀後虎。」函有《景陽井》一篇云：「宫鴉縠縠啼桐花，宫人曉汲古井華。胭脂一斗化枯雪，南朝美人眼中血。素絲白馬江南哀，桃魂恨不三泉埋。鴛鴦飛飛戀香水，銅瓶破碧澆秋苔。𪹚火無眠鏡棲鳳，草滿石城早霜凍。石眼飄來鬼蝶青，華鐘不唤瓊花夢。」曹近孟郊，趙近長吉也。趙又有《銅雀妓》云：「不殉驪山葬，高臺消翠蛾。珠衣人罷哭，玉帳鬼聞歌。蜥蜴留紗久，鴛鴦化瓦多。西陵松柏盡，妾夢繞漳河。」

王嘉福，字二波，長洲人。官儀徵守備，惕甫先生子也。與弟嘉禄齊名，嘉禄字井叔，幼有雙璧之譽。井叔有《揚州咏古》，其《玉鈎斜》云：「雷塘東畔蜀岡西，一道烟蕪緑剪齊。銅輦埋來愁欲絶，錦帆歸後夢全迷。忽聞簫鼓輕輕送，定遣苕華鬱鬱題。留得垂楊千萬樹，斷無人處暮鴉啼。」「屈戌銅鋪履迹陳，翠鈿零落受恩身。依然廿四橋頭月，不見三千殿脚人。《玉樹》難聞泉下曲，璚花同怨劫中春。絳仙眉黛分明見，塘水羅羅學淺顰。」「别院離宫暮雨深，宣華遺恨海同沈。歌殘鳳舸抛珠舫，夢冷雞臺裹繡衾。節暈空憐粧半面，合歡已負果同心。君王忍覩笙囊字，一賦神傷宛轉吟。」「魚鐙如漆夜冥冥，《水調》沾衣月午聽。四帳霜寒金叵匝，十宫風碎玉冬丁。羅裙夢影飛秋蝶，紈扇恩情散曉螢。好記年年寒食節，一杯麥飯吊空亭。」《蕃釐觀》云：「慘緑少年唐小説，上黄嘉服漢登歌。」《繡女祠》云：「可憐翠輦遷宫日，不記黄絁入道年。」《竹西亭》云：「一篋《罪言》心悄悄，十年薄倖鬢絲絲。」《蔣帝祠》云：「陰廊鐵馬夜鳴珂，十盪蛇矛夢撇波。青骨有靈尊號顯，赤眉無賴戰功多。淑妃宫殿丁香結，小妹衣裳《子夜歌》。南望鍾陵同俎豆，龍蟠山翠鬱嵯峨。」惜乎如此奇才，不幸短命。二波《雨夜和韵》詩云：「風雨欲成秋，蛩聲四壁愁。一時羈客泪，都向枕函流。骨肉傷離别，關河感滯留。壯懷消未得，長嘯看吴鉤。」壽與不壽，詩見之矣。

古人云「他鄉遇故知」，良有以也。余在都中，與同鄉陳傳臚嘉樹、徐郎中玉舉、卞編修士雲，叙故鄉舊事，日夕忘疲。及出，都有怏悒不忍之色。傳臚並贈詩曰：「故人詩思艷於仙，家有吟詩屋數椽。暫借烟雲供小憩，都忘哀樂到中年。薊門氣壯新游草，瓜步潮迎舊酒船。我欲買山猶未得，鄉心歲歲早梅前。」

春草堂詩話卷四

道光六年，在曲阜謁聖陵，後往見聖公，公待之以禮。儲公伯海招集沈鶴坪、汪地山、陳澹庵諸君迭相倡和，款留十日，公不時以江南人才見問。將歸，復以漢唐碑帖、蓍草、楷木，並録近詩一册見贈。其贈余詩曰：「購得名山數點青，柴扉終日不須扃。烟霞色麗歸吟袖，絲竹風清入畫屏。出水紅芙花正好，當階碧草夢初醒。江湖載得詩千首，一路逢迎到魯庭。」「烏衣舊巷記秦淮，是處笙歌好騁懷。勝地早經分半壁，清遊何必借雙鞋。蕪城歸櫂情無限，楓徑停車興轉佳。恰喜相逢飛六出，圍爐小飲話西齋。」

儲公繁灝，字文淵，一字伯海，聖公長子也。寬厚和平，精於詞賦，尤好博古。暇出古銅彝鼎見視，斑剥陸離，多秦漢時物。詩如「芙蕖生幽香，息息還相依」，「修竹數百竿，摇蕩生微烟」，皆裴、孟佳境也。

濟寧刺史楊公，名嗣曾，字魯生，商山人。知余在濟寧，是夕演劇相招，蓋太夫人七十壽辰也。余明日作詩謝曰：「朝衣衣上老萊衣，酒進萱幃祝古稀。任取梨園教客醉，兩行官燭送將歸。」刺史詩似白太傅，如《晏城道中》云：「新梨垂熟壓枝黄，雨後微風遞暗香。古道窪存飲馬水，秋場穗剩飯牛粱。杯中朗月團初地，衣上緇塵自遠方。明日湖干同放櫂，荷花深處正生凉。」

楊刺史席間晤丁瑶泉司馬。丁，雷州人，嘗注有《竹書紀年》，知揚州。陳穆堂亦注《竹書紀年》，心艷羡之，三致意焉。猶記桐城姚卿門樞部因觀穆堂詩，即欲見穆堂而不可得。近聞卿門死矣，瑶泉亦不知陞任何所，足徵一面之緣，與文字之緣有别焉。

姚卿門，名覲闇，鐵松中丞子也。性曠達，仿司空表聖築生壙，仿陶淵明作《生輓詩》，仿劉伯倫作《荷插圖》以自適。著有《西齋見聞録》，惜乎未付梓，而稿已散失。其《送客》詩云：「心隨飛鳥遠，愁共落花多。」又《寄友》云：「客況羞彈鋏，鄉思獨撫琴。」高曠深情，見乎詞矣。

劉禹錫詩云：「山圍故國周遭在，潮打空城寂寞回。」東坡仿之曰：「山圍故國城空在，潮打西陵意未平。」所謂《四愁》、《五噫》，如何擬得？或曰坡公和陶詩幾乎亂真，然終是婢學夫人，自然處欠妥。

《隨園詩話》詆漁洋山人、歸愚宗伯，未免太過。未幾，《蒲褐山房詩話》又痛詆簡齋，幾至身無完膚。何文人相輕乃爾！信乎晚唐諸君、前明七子有是事矣。

今之面是背非，猶覺忠厚，甚因文字有若不共戴天者，鄭板橋所謂夜殺其人，明坐其家是也。

今人五言律詩，猶未能妥善，率以百韵視人，殊不知老杜《夔府詠懷》前云「滿座涕潺湲」，後又云「伏臘涕漣漣」；白香山寄微之云「無盃不共持」，又曰「觥飛白玉卮，飲訝卷波遲」，人猶病其重復。蘇東坡《中隱堂》詩亦有「伏鼇」「伏龜」之誚，可不慎之。

温飛卿以「白頭翁」對「蒼耳子」，爲一時佳話。舊説又以「紅生」「白熟」、「脚色」「手紋」爲天生偶對。諺語對仗工穩，亦有經前人紀載者，余因偶有所聞，聊附於此。如「懊惱吃了懊惱虧，聰明反被聰明誤」，「三日肩頭四日脚，五花腸子六花心」，「巧媳難煮無米粥，老娘不是省油鐙」。又若「打四虎，跳三猴」，「鵝吃鵝，虎啃虎」之類，凡多不可勝紀。

唐人稱一字師者，如「此中涵帝澤」、「昨夜一枝開」，真點石成金手也。然有以點金成石者，如王荆公改「僧卧一庵初白頭」是也。今之人，才力不及荆公遠矣，每欲爲人改詩者，可不愧哉。

人言陸放翁詩中，以「如」字對「似」字者，不下什伯。余以爲杜工部「相」字對「白」字亦復不少。如五言「山花相映發，水鳥自孤飛」，「高城秋自落，雜樹晚相迷」，「暗飛螢自照，水宿鳥相呼」。七言如「俱飛蛺蝶原相逐，並蒂芙蓉本自雙」，「自去自來梁上燕，相親相近水中鷗」，「此時對雪遥相憶，送客逢春可自由」。以此類推，不可枚舉。

詩能使人樂者易，使人悲者難，蓋非至性語不能如是。松江欽吉堂有《賃傭》五古一篇，云：「失怙年十三，失恃年十九。哀哀一寸心，痛絶何從剖。家自田間來，中落無所有。母撫不孝孤，瘠田十二畝。紡車傍書燈，息亥起以丑。兩斤木棉花，三日必脱手。所赢僅百錢，虀鹽咽粗糗。兒學常具修，兒衣不見肘。兒忽病二年，母淚積升斗。百計辦醫藥，紙裹疊盈簍。癸卯歲薦饑，蠶豆煮瓦缶。嗚乎夏徂秋，母少飯入口。生我無能兒，米從何處負。母在牽衣悲，母死出門走。母病亦二年，醫藥如兒否。母邪澗底松，兒邪道旁柳。秋陰日夜悲，恩露難再受。」

改七鄉，名琦，回籍也。畫工人物，白描學李龍眠，淡染學錢選。小詞亦妙，如「衍波小疊，暖香飛上詩句」，有某伶歌之，一時傳爲盛事。

孫晉灝，字補雲，長洲人。有《咏豆腐》一聯云：「終歲山厨雙筯滑，五更村店一鐙紅。」《雲笈山房》合刻者，高青士夫婦作也。青士名雲，詩宗北宋，詞仿南唐。妻王氏蓮光，著《名花百詠》，當時頗有傳者。袁簡齋太史題其集曰：「劉綱有夫婦，於此學長生。」畢秋帆制軍曰：「雲濤蕩滌靈根出，並蒂花開並蒂人。」青士詩載入《蘭言集》矣。今録其蓮光女史《紅梅花》云：「不有驚人艷，如何冠百花。出將千點雪，換得一身霞。畫閣玲瓏檻，紅亭窈窕紗。羅浮雙蛺蝶，來自葛仙家。」

長洲女史曹貞秀，字墨琴，王二波騎尉母太夫人也。幼隨惕甫先生在都中，以詩文名噪京師，自石庵相國、時帆學士，無不求其詩文者。又有《題畫》詩十六首，互相傳抄，一時爲之紙貴。其《九日深州對菊》云：「故鄉何處望鄉臺，未有平安一字來。籬下黄花相對晚，暮雲落盡雁飛回。」《聞笛》云：「誰家入破關山怨，風送三更夢亦驚。窗内鐙光窗外月，五年離思一時生。」《冬日憶兄》云：「望斷江南路，關山鬱幾盤。計程猶自遠，歸夢定難安。賤閲風塵慣，貧知雨雪寒。憐兄常作客，孤月馬頭看。」

歸懋儀，字佩珊，昭文人。濟東泰武臨道歸朝煦女也。幼適上海李學璜上舍，刺繡之餘，夫婦倡和，人擬之爲神仙中人。余癸未在上海，猶及見之，年已六十餘矣。家甚貧，孜孜於詩，竟能忘倦。余索觀《繡餘吟草》，最愛其《十憶詩寄圭齋夫人》云：「正是輕寒乍暖時，春風吹面動相思。憶君羅襪纖纖步，行過花叢蝶不知。」「幾陣尖風送嫩凉，濛濛淡月下迴廊。憶君一種天人致，半舊羅衫勝艷粧。」「恨我生平酒力微，相逢痛飲醉忘歸。憶君一種詩書味，愛聽尊前玉屑霏。」「遠勞青鳥到連番，風雨蕭蕭白屋寒。苦憶荒厨珍味少，盤飧頻餽勸加餐。」「花前月底共徘徊，憶得逢君懷抱開。冰雪聰明蘭氣息，班超有妹果奇才。」「十分哀毁費眠餐，自失慈幃泪不乾。憶得縞衣長慟處，梨花一樹雨中看。」「蘭閨姊妹列成行，憶到君家意味長。爲惜將離貪暫聚，經營茶竈替安床。」「知己深憐范氏貧，憶君推解最情真。掃眉人帶鬚眉氣，不吝黄金贈故人。」「脱口吟成絶妙辭，笑拈斑管寫新詩。憶君天性耽風雅，硯匣隨身不暫離。」「静穆閨闈息是非，幾生脩得到青衣。憶君生就和平性，歡喜常多瞋怒稀。」

圭齋夫人者，錢唐人，江南蘇、松、太道龔麗正女也，徽州朱祖振室。有《圭齋詩草》。《呈珮珊師》云：「學杜摹韓自笑癡，鍾期相遇恨偏遲。亦知風雅非吾事，如此清才是我師。翰墨有緣依絳帳，軒窗相約寫烏絲。愧無健筆承衣鉢，只解吟風弄月詞。」《咏鐙花》云：「明艷不須枝葉襯，穠華何必色香兼。」又：「花明怕借春風力，影燦羞分夜月光。」《和吴蘋香夫人金縷曲》云：「海樣韶光好。捲珠簾、艷陽天氣，鶯啼春曉。柳壓紅欄花映户，閬苑飛塵難到。羡清福、如君絶少，絮弱風狂都莫管，坐文窗，珍重如仙貌。休只是、替花惱。◯人生大抵憐同調，費幾番、沈吟握管，挑鐙起草。百幅濤牋揮綵翰，要與錦機鬥巧。覺漱玉、當年才小，香夢欲成還唤起，聽聲聲花外啼嬌鳥。雲鬟亂、玉釵掉。」

道士朱福田，字嶽雲。精於畫理，顔其别業曰「麥浪舫」。與鷹巢僧爲文字交。鷹巢僧者，承恩寺方丈也，名定志，善張旭草書。金陵諺云：「文房之妙，一僧一道。」蓋指鷹巢、嶽雲而言。鷹巢《縛雞行》云：「群雞亂叫雌上屋，膈膈膊膊何所争。平昔君家飽粱稻，自分一臛爲君烹。朝日團團照林薄，感君呼來只一縛。生死關頭不敢知，風雨憂君眠曉閣。」嶽雲有《咏蟲》一篇云：「唧唧竟何訴，哀吟無已時。蓬蒿雖有託，心事復誰知。以我正愁疾，爲伊添鬢絲。那堪入床下，中夜起秋思。」二人不謀而合，有雞蟲得失之感。

嘗聞荆南多詩僧，余到荆南，遂留意焉。傳其湘潭有雛僧滌塵者，頗工詩，年十八死矣。於是索觀遺稿，如《楊白花》云：「楊白花，春來開滿樹。多情最是有心人，手挽長條繫不住。悵望江南日落時，斜風細雨歸何處。」《烏絲闌》云：「金鍼玉尺巧相持，珍重晴窗著意時。界破桃花紅一色，分開楊柳緑千絲。裁牋細認庚庚理，握管疑抽乙乙思。閒倚烏皮春正暖，好將黄絹寫清詞。」《金陵雜興》云：「西風渺渺咽寒流，烟鎖秦淮水上樓。何處孤篷吹短笛，淡雲微雨秣陵秋。」「長板橋邊水氣凉，垂楊渡口暮烟蒼。尊前莫話南朝事，幾樹昏鴉噪夕陽。」所奇者，《楊白花》似高季迪，《烏絲闌》似瞿宗吉，《金陵雜興》似王士禎。

張籍《節婦吟》云：「君知妾有夫，贈妾雙明珠。感君纏綿意，繫在紅羅襦。妾家高樓連苑起，良人執戟明光裏。知君用心如日月，事夫誓擬同生死。還君明珠雙泪垂，何不相逢未嫁時。」高季迪《節婦吟》云：「誰言妾有夫，中途棄妾身先殂。誰言妾無子，側室生兒亦若是。兒讀書，妾辟纑。兒若成名妾不嫁，夫君瞑目黄泉下。」二詩題雖同而旨異。

人傳蘇東坡是白香山後身，然觀二公詩集亦奇矣。東坡在黄州《贈寫真李道士》云：「他時要指集賢人，知是香山老居士。」《贈相士陳傑》云：「我似樂天君記取，華顛賞遍洛陽春。」《去杭州》云：

「出處依稀似樂天，敢將衰朽較前賢。」白公在忠州有《東坡種花》云：「持錢買花樹，城東坡上栽。」又曰：「東坡春向暮，樹木今何如。」又有《別東坡花樹》詩云：「何處殷勤重回首，東坡桃李種新成。」東坡慕香山有意也，香山言東坡無意也。無意有意，皆造化使之耳。

張賜寧在揚州詩云：「灣灣十里邗溝水，只載相思不載愁。」鄭板橋亦云：「千家養女先教曲，十里栽花算種田。」遥想乾隆年間，繁華猶盛，徐凝之「二分明月」，杜牧之「十里珠簾」，信不誣也。

屠琴塢在揚州依鄭都轉，時專以蘇渙、劉叉輩爲奇才，薦之而不見用，卒受其侮，由是病且死矣。

陳雲伯七言長古名滿天下，宰江都時，獨愛與凌芝泉、王柳村談詩竟日，惜二子非工七古者也。

韓昌黎於歌詩，獨推李、杜，既曰「李杜文章在，光焰萬丈長」，又曰「少陵無人謫仙死，才薄將奈石鼓何。」與孟東野曰：「昔年因讀李白、杜甫詩，長恨二人不相從。」古人愛才若是。

濟寧司馬丁宗洛以《一桂軒詩鈔》郵寄揚州，屬余入詩話，並云：「浙貢生王騶之妻李孺人手著也。孺人事翁姑最謹，有古賢媛風。暇則以筆墨自娱，作詩多勸誡語，然亦不肯示人。兹録乃孺人亡後刊以行世者。」余遂受而讀之，覺通卷無脂粉習氣，如《女誡》、五言《訓子姪》諸篇，唐、宋以來無有也。其《惜花謡》云：「今年花似去年好，今年人比去年老。可憐人命不如花，轉眼荒原生春草。」「自古紅顔能幾時，朝榮暮瘁徒相悲。惟有芳名堪不朽，人留姓氏豹留皮。」又《雜感》云：「但得芳名彤管載，不求作佛與成仙。」由是觀之，聖人云「疾没世而名不稱」焉，孺人有之矣。

女僧韵香，有《空山聽雨圖》，當時名士題者甚夥，近聞好事者已付梓工矣。余猶記趙味辛《菩薩鑾》詞云：「空山滴盡空階雨，聲聲總上芭蕉樹。獨坐捲簾時，此情若個知。○聰明關福命，成佛輸靈運。我已鬢添星，蕭蕭怕再聽。」此詞耐人咀嚼。

陸我嵩刺史，字萊臧，青浦人也。有《澄江雜詩》三十首，内一首云：「頭陀身世閲滄茫，一領緇衣死抱香。廿五《離騷》彈未了，楓江慘黑月荒荒。」自注云：「大育頭陀，遺老也。負詩名，有『寧可枝頭抱香死』之句。工琴，能彈《離騷》，每一動操，哀怨凄厲，聞者隕涕。」

《小倉山房詩集》毁譽太過，余謂「白髮粧成三女粲，添個堂前問字人」等句，幾於盲詞不遠。若《弔史閣部》云：「四鎮調停苦，三軍唤奈何。風雲方慘淡，天子正笙歌。」此又何可毁也。

丁亥九月十五、十七，京師大雪。余駕小車，過訪姚尚書秋農先生。先生正在賦詩，余以《青山圖》請題。先生笑曰：「今日賦雪詩屬句未就，適子來，以斯圖索題，即以移贈斯圖可也。」遂題詩曰：「開門見積雪，始知歲云晏。素衣化爲緇，毛髮亦已變。故鄉山水窟，卜居平生願。一别三十年，岩壑貽嘲訕。浮名竟何爲，既老猶不倦。對此《青山圖》，使我神空羨。」十月出都，行至山東，聞先生已作古矣，此詩蓋絶筆也。

閣學陳公碩士，用光其名也，江西新城人。嘗爲謝文節公建祠，暇則招余入祠，命作記記之。復以同白小山、鍾仰山、陳範川、彭春農、陳復菴、朱虹舫、朱椒堂、帥海門、姚伯卬、徐星伯、錢東生諸公遊尺五庄，用白樂天「不準擬身年六十，登山猶未要人扶」爲韵古詩十四首見惠。後在潮州，聞公督學閩省，遂繞道漳泉，謁公於福州。公猶殷殷問别來光景，若視其子侄然。

沈丹穀，名烜，漢陽人，工書法。足跡半天下，余曾晤於揚州。戊子在桂林，復晤於李水部席間，又晤於廣州，又晤於潮州。見其每逢奇山大壑，徹淋漓書己詩，鐫於石壁。詩亦超脱，憶其《遊羅浮放歌》最爲奇横，惜未能全記。起句云：「羅山主南服，高高接天閽。浮山浮海來，相與爲弟昆。兩山合并自何代，一氣蒼茫會真宰。真仙日日來遨遊，不信蓬萊隔滄海。黄金鑄作千尺橋，直入碧落通九霄。水晶爲簾挂天半，跳珠噴玉山之腰。蕊珠峰頭梅萬樹，匝地漫天散香霧。」以下忘之矣。每逢漢上人來，詢其丹穀，皆以不善稱。嗚乎！近聞大人先生亦有不滿於鄉評者，世道使之也。張孝廉本《送友出門》云：「文章好去逢知己，貧賤難容是故鄉。」悲哉言也。

錢承基，字青甫，揚州人。詩詞兼妙，與李慎卿比部遊。曹勻村常稱其《送友赴閩》一律，最爲真摯。詩云：「惜别三千里，論交二十年。不期驪唱日，偏值歲寒天。爆竹離亭外，梅花祖道邊。爲君得朋慶，分手各歡然。」

余登泰岱，有句云：「偶讀一碑惟帝字。」人多不解其説。曉之曰：道光二年，某縣令登是山，觀没字碑，摩挲久之。忽從碑肋見一帝字，筆畫古秀，搨數十紙，携至京師，以傳其事。余於碑下讀之果然，遂用之於詩。後登衡岳，有「樹從兵後難成蔭」之句，蓋白蓮教匪伐木爲册，斫之殆盡，余所見者，乃新條未能成蔭時也。亦用之於詩，紀實事耳。

歷來賦禽言者多矣，未有如元鄧中齋詩云：「行不得也哥哥，瘦妻弱子羸牸駝。天長地闊多網羅，南音漸少北語多，肉飛不起可奈何。行不得也哥哥。」讀此詩，可以知亂離之苦，非泛泛擬古者可比。

虞伯生、楊仲弘同在京日，楊每言虞伯生不能作詩。虞載酒問作詩之法，楊酒既酣，盡爲傾倒，虞遂超悟其理。繼有詩送袁伯長扈駕上都，介他人質諸楊。楊曰：「此詩非虞伯生不能也。」或曰：「嘗謂伯生不能作詩，何以有此？」曰：「伯生學問高，余曾受以作詩法，餘莫能及。」元之時，猶能因直道而虚心，今時弗能也。

今人善歌曲者，下地演劇謂之串客。「串」當作「爨」，蓋宋徽宗見爨國人來朝，衣裝鞵履，巾裹傅粉墨，舉動如此，使優人效之以爲戲。故金院本名目有「斷朱温爨」、「變二郎爨」、「三跳澗爨」、「水酒梅花爨」等劇。當時無名氏詩曰：「何事《霓裳》天上曲，任他人作爨聲歌。」

趙艮甫落魄揚州，作《枯柳》四首，其三首云：「徐孃老去太伶俜，賸有風情倚畫屏。陡覺十眉全失翠，不知雙眼爲誰青。前塵已悔成飛絮，後世休教更化萍。屋角疎星如夢裏，要憑羌笛一吹醒。」

六安有二詩人，一爲晁貽端，字星門，一爲楊用澥，字潤生。潤生善畫，取法惲南田。《題畫贈沈明府》云：「春水初生鱖正肥，小橋路曲近柴扉。腥風一陣林中起，知是漁人傍晚歸。」星門亦善畫，取法趙松雪。《題春江泛櫂圖》云：「一葉孤舟繫柳隈，順風吹我出江來。從今放入中流去，夾岸桃花帶笑開。」二詩風調相似。

泰州光孝寺僧炳一，字幻雲，工詩。《送李守戎之任溧陽》云：「烟波畫鷁載元戎，旌旆森嚴出鎮雄。江上別時沽臘酒，馬頭行處帶春風。弓懸石印初疑月，劍倚天門欲化虹。一水盈盈今不遠，相思容易托郵筒。」其徒西林，字香雨，亦能詩。《早秋泊舟江口》云：「征帆六幅下真州，小泊沙汀暫逗遛。萬里岷濤連岸闊，九華山色隔江收。青鐙旅館人愁夜，白露危檣客枕秋。何處笛聲最悽切，一天涼雨水邊樓。」

春草堂詩話卷五

韓昌黎嘗道其李賀歌詩，雲烟聯綿，不足爲其態也；水之迢迢，不足爲其情也；春之盎盎，不足爲其和也；秋之明潔，不足爲其格也；風檣陣馬，不足爲其勇也；瓦棺篆鼎，不足爲其古也；時花美女，不足爲其色也；荒國陊殿、梗莽丘隴，不足爲其恨怨悲愁也；鯨呿鼇擲、牛鬼蛇神，不足爲其虚荒幻誕也。蓋《騷》之裔，理雖不及，詞或過之。世皆曰：使賀少加以理，奴僕命《騷》可也。今之學李賀者，潘修壽《秋娘曲》云：「錦江如雲春渺渺，美人一生鏡中老。風雨重衾夢落花，枯魂入地生幽草。閒門不鎖旅歸跡，空把蛾眉蝕殘璧。香陌年年柳絮飛，傷心誰下樊川泣。」查梅史《神鐙引》云：「北風驅雲雲盡墨，老梟夜嘯山月黑。沉沉寒柝静無聲，獨脚山魈捧鐙出。吴山蒼蒼成劫灰，碧芙蓉作紅玫瑰。蟾蜍爬沙太陰死，熒惑墮地聲如雷。一鐙出樹復上樹，疑有幽修暗中語。可憐四千七百家，不照朱門照蓬户。北户玄武横鉤陳，燭龍摇摇銜蒼雯。迴光入海海水赤，搏桑老幹摧爲薪。天雞叫曙烟氣没，猶見長虹射城闕。長官夜晏籠燈回，照見道旁燒死骨。」郭頻伽《水仙謡》云：「江月娟娟墮秋水，美人如烟白雲裏。乘雲欲下弄江月，瘦蛟人立老漁起。魚鱗屋兮江之幽，蓀橑蘭碧紛相繚。寒波夜冷不成寐，芙蓉泪滴秋江愁。秋江清深木葉脱，美人不來見明月。」譚康侯《中秋風雨》云：「海風吹雲蔽千里，飛濤吹山壓平地。騰龍掠尾如秋鷹，萬瓦碎作黄河冰。月輪上天光颭颭，下照寒烟蒼一點。桂花不落到人間，黃鋪雲背香斑斑。阿香車碾殘夜雷，金蕎低回噓雲開。踆烏顧兔東西迴，玉女一笑窺鏡臺，靈珠量海撒鮫胎。」此數公，雖未能入長吉之室，亦可謂得其皮毛矣。

貴侍郎慶，字雲西，滿洲人，富察氏，人多以月山先生稱之。詩法盛唐，務尚魄力，乾嘉以來一大宗也。《山海關》云：「吏報關開馬亦驚，連連埤堄與雲平。群山尚作窺邊勢，大海難銷出塞聲。李勣謬稱唐保障，蒙恬真爲漢經營。請看何代如今日，二百年來一洗兵。」其他如《遼河渡口》云：「濁浪自翻滄海月，高原誰弔漢家營。」《管公屯》云：「故山有恨黄巾滿，滄海無家皂帽尊。」《登法輪寺》云：「路入紺園鯨吼月，書迴紫塞雁横秋。」《登天后宫》云：「山控九關開大漠，水交三汊抱襄平。」《撫順城》云：「廢壘寒蕪秋色遠，亂峰孤塔夕陽開。」《薩爾滸》云：「戰場日落鬼神泣，大澤風迴天地秋。」《登醫巫閭》云：「平野遥吞滄海盡，亂雲齊擁太行來。」《入關》云：「一路燒痕穿塞黑，半天風色壓雲黃。」《黑龍江》云：「萬里沙平微有路，四垂天盡更無山。」五言如《永平府》云：「短草開沙磧，徐無日又曛。重來榆塞客，一辨柳城軍。馬立傾危岸，雕盤自在雲。海風吹月起，凝望白紛紛。」又《夷齊廟》云：「緑虵蟠柳腹，蒼鼠剥松鱗。」《錦州道中》云：「土風鄰白霫，山勢走烏丸。」《海上遇雨》云：「忽驚蒼水使，兼領黑雲都。」《入廓爾羅斯境》云：「地空難見樹，山凍不生雲。」《九關臺》云：「磧遠工鵰勢，山迴應馬聲。」皆七子所不能及也。

朱仙鎮岳廟詩多矣，未有如陶雲汀宮保者。金山韓蘄王廟詩多矣，未有如許季青上舍者。宫保詩云：「故國西風問黍離，金牌遺憾慟持危。兩宫冰雪孤臣夢，十載塵沙大將旗。輦道有山通艮嶽，虜庭無路奪焉支。長城萬里誰人壞，航海空教後日悲。」上舍云：「倉皇行在竟如何，忠武勛名蹟不磨。千古英雄夫婦少，兩宮冰雪涕洟多。陣雲已散黄龍艦，碑雨猶飛老鸛河。此日山頭祠廟在，靈旗蕭瑟動江波。」

余將之粤東，陶宫保贈之以詩，賀藕耕方伯亦贈之以詩，皆載入集中。自粤東回，賀方伯調任江寧，江蘇方伯爲梁茝林先生。余往謁先生，明日以詩二首見贈，詩曰：「烏衣佳子弟，幾葉出江東。别墅仍今日，清談有古風。畫中雲叠叠，巖畔樹叢叢。知是青山宅，千秋屬謝公。」「絶好潛居趣，頻年愛遠游。烟霞辭退谷，風雨度炎州。卷帙行幐富，詩篇旅壁留。幾時歸計遂，長嘯卧林丘。」

方伯賀公，名長齡，湖南人。有《湘江吟》一篇，云：「湘江之水何泠泠，中有蘭沚浮寒汀。攬之懷袖生芳馨，美人雲端來娉婷。美人不來兮我心悲，抱芳馨兮當遺誰。吁嗟美人兮勞我思。」得《離騷》正始之音。

黄葆儀，長沙黄花耘孝廉女，適瀏陽拔貢歐陽道濟。能詩詞，兼善琴學。《月夜》詩云：「片月明如水，空庭荇藻交。倚闌人不寐，清露滴花稍。」《梅花》云：「尚無一花坼，矮枝纔過人。鐵笛出短袖，吹開天地春。」《絳桃》云：「仙子絳羅襦，家住天台頂。一夢落凡塵，春風吹不醒。」《洞庭櫂歌》云：「鴿子湖邊灣復灣，扁山對過是君山。湘妃曉起開粧鏡，緑挽螺峰十二鬟。」

白香室，河間人，適河間教授高陽王棻。《秋夜》詩云：「夢覺窗月斜，秋聲滿庭樹。」《秋眺》詩云：「幾行新雁字，一片故鄉心。」又《白燕》詩云：「寒素家風清望重，不須門巷説烏衣。」

閨秀孫雲鶴，字蘭友，錢塘人。孫令宜廉使次女，縣佐金瑋室。有詩三卷，早已刊入《隨園女弟子集》中矣。今録其《聽雨樓詞》内《更漏子》云：「緑陰濃，紅雨亂，無奈春閨人遠。梁燕去，塞鴻來，閒階生暗苔。長亭路，分襟處，惆悵畫屏烟樹。流水遠，夕陽沈，倚闌千里心。」又《少年遊》云：「紅袖傳杯，琵琶度曲，常記共清遊。杏子香中，海棠花底，低按《小梁州》。十年多少滄桑事，水逝與雲流。引鳳臺空弄簫人，遠回首，不勝愁。」吴蘭修《女文苑》載有蘭友小傳，並云詞似宋媛易安居士之亞也。

李文瑛，字玉樵，江都人也。書法董文敏，詩亦似之。《登郡城南樓》云：「莽莽高城百尺樓，天風不斷海雲秋。江光西走連三楚，山勢南來控五州。望古參軍空作賦，觀濤枚叔獨含愁。憑欄指點烟帆過，一抹河流掌上收。」又如《柳色》云：「慣藏鶯語渾難覺，不襯桃花亦可憐。」又《聞雁》云：「九月關河稀尺素，卅年兄弟失同聲。」又《邗溝廟》云：「憑誰簫鼓歌烏鵲，何處宫陵感鷓鴣。」其《秋燕詞》云：「漸冷香泥盼盼樓，夢回無限畫梁秋。朱門凉雨非前日，莫當春愁訴不休。」

葉舟，字布帆，江都人。有潔癖，嘗招汪劍潭、阮梅叔與余，宴於石林草堂，古硯法帖，極其精妙。席間出《窺豹集》云：「是編乃師友之詩，有存歿之感，請爲之序。」真誠篤人也。及觀其《春夜》詩云：「桃花艷艷柳絲絲，春夜迷離月墮遲。更柝不須頻唤醒，有人同夢未多時。」以誠篤之人而作此詩，可謂端莊雜流麗矣。

乾隆間，京師尚優伶，纏頭之贈，千金弗奇也。焦孝廉循有《哀魏三》新樂府一章，並叙其事云：

「蜀伶魏三兒者，善效婦人粧，名滿京師。丁未、戊申，識其面於揚州，年已三十餘。壬戌入都，魏仍與諸伶伍，年五十餘矣。諸伶多笑侮之，未一月歿。魏少時費用不下鉅萬，即歿，諸伶醵錢二十千，買柳棺瘞之，聞者歎息。蓋魏性豪，錢多濟貧士，士或賴之成名。或曰有選得蜀守者，無行李貲，魏贈以千金。守感其德，問何欲。曰：『願在吾鄉作一好官。』此皆魏弱冠時事，故爲之詩曰：花開人共看，花落人共惜。未有花開不花落，落花莫欲成狼籍。可憐如蕣顔，瞬息霜生鬢。可憐火烈光，瞬息成灰燼。長安市上少年多，自誇十五能嬌歌。嬌歌一曲令人醉，縱有金錢不輕至。金錢有盡時，休使囊無貲。紅顔有老時，休令顔色衰。君不見魏三兒，當年炤燿長安道，此日風吹墓頭草。」

姚伯昂侍讀，有《龍伐木歌》，並載其事，云：「順天屬三河等縣，每下雨暴漲，水高數丈，若山立。有木直立水中以行，端與水平，上恒有光，夜望若鐙。或有鱉蹲其上，傳爲龍造宫取木也。木取於平谷縣之深山中。癸未三月，有木工十三人，衣青，腰斧鋸，過平谷西門外飯肆，人食饅首數枚，不茹葷，告主人以取木歸，償其值。主人心知其異，亦不與計。是歲大水，俗呼爲『龍伐木』云。是亦異聞，因作歌曰：順天屬縣有平谷，老林密箐森其麓。世間怪事竟有之，山人走告龍伐木。我聞海底多奇珍，水晶宫殿最華煜。珊瑚作柱貝作題，火齊明珠相綴屬。取材豈或有窮時，乃向人間事斫斸。昨者西門賣酒家，有客還來真果腹。手斧臂鋸腰短襦，十有三人一粧束。身着鞋韈襦褲，皆青衣爲之，十三人衣履一色。酒家驚言辛酉年，過者依稀見非獨。辛酉歲，過其店食者十八人。朅來又遇黑衣至，將毋不使黄粱熟。時當六月山雨傾，懸流挂天亂飛瀑。頃刻奔潮倒峽來，小艇上山魚上屋。横流之中木豎行，跳浪翻波不一扑。鼇背倒撑巨笋排，雲頭遠接修竿矗。木高十丈水十丈，水與木平如轉轂。木端更露閃爍光，月黑星昏點華燭。直使明鐙下淀津，龍工未興山鬼哭。吾友李生祖母劉，行年九十聞見熟。李之祖母言：「幼時其戚某，家北山下。一日有六七人如木工狀，投村中宿。村人不留，因詣其家。以爲異鄉人，憐之，止之宿。自與妻移屋外葡萄樹下，讓屋居客。天明不見客起，隔窗以望，但見魚蠏縱横於地，驚而退，乃呼曰：日高矣！客出，故如昨也。辭而行，留一物置檐牙間，以爲謝。及水發村没，此家獨無恙，知其以是報矣。」嘗言有戚居北山，工師六七暮投宿。天明窺户闃無人，老魚巨蠏分蹺蹋。主人大呼日三竿，夜客出門争拭目。猶是衣冠拜謝行，始知鑿鑿非人族。魚鱉作人人其魚，此事往往驚鄉曲。吁嗟長江滚滚流，巨筏縱横斷復續。千里萬里息可致，取用未聞或不足。龍宫縱須山木材，順流亦足供其欲。東海之龍何不仁，蹂踐人命等牲畜。何當六丁爲扑之，三河不波吾民福。」

《輟耕録》載：某以善經紀，積貲至鉅萬計，而既鄙且嗇。有錢素庵者，逸士也。多游名公卿間，善詩曲。某嘗以富貴驕之，故作今樂府《哨遍》一闋、《耍孩兒》十煞譏焉。吾友吴少文康，見海上翁積錢作垣，命兒卧守其下。一夕錢倒，兒竟壓死。少文仿其意，作詩哀之，詩曰：「錢串短、錢串長，積錢成堆卧錢旁。錢旁卧者翁之子，子能守錢翁意喜。夜半無人鐙似豆，錢堆傾倒命難救。老翁拾錢抱錢哭，悔不將錢散親族。」

李轂，字介石，嘉興人。久客揚州，見揚州有鳥名花鷄子，其狀類雀，色淺緑，相傳爲蛤所化。每逢大霧輒多，不以籠畜，用銅圈一枚，約徑二三寸許，纏以綵絲，有柄，旁綴小金鈴，持之琅琅有聲，棲鳥其上，縱之飛不甚遠，一呼則應聲而下，可以招其同類，如雉媒然。近有以此鳥釀成命案者，作《花鷂子》一篇，云：「花鷂子，爾何頑，爾本水中産，閉口含腥羶。一朝變化乘霧夕，有如幽谷遷林端。世間萬物困局促，惟有羽族四方上下飛鳴寬。何爲乎不啄香稻粒，不飲桃花泉？齷齪肯就掌中食，呼之即至隨盤旋。青絲繫足毛羽鎩，小體饕腹絶可憐。既不能如鸜鵒之能舞，又不如鸚鵡之能言。區區偏效雉媒能，招呼同類歸籠樊。細聲啁啁鳴得意，志在飲啄忘其天。近聞城中有少年，京中買得此鳥還。道逢狂夫七八人，有花鷂子隨其肩。以鳥誘鳥志忽遷，少年見之心勃然。老拳毒手命垂懸，死者何處問含冤，觀者惟有坐長歎。所以當年白香山，勸人養鳥養青鸞。」

查揆字梅史，海寧人。官肥鄉知縣。云：「毘陵楊氏女，無兄弟，不嫁。業刮絨花，以養親終老。喪葬既畢，以哀毁死。作《刮絨花》一篇，美孝女也。」詩曰：「花爲衣，花爲食。花胡可衣胡可食？花是毘陵孝女血。黄姑織女河之渚，不作人婦作人女。刮絨刮兒心，插花插兒骨。兒年十五又二十，一雙纖手如東風。方愔切。萬花吹上佳人簪，寸心那復論長短。袖中玉尺知兒心，蘭陵一杯酒覆醽，金虎守廬烏負土。誰家少婦鬖髿斜，滿頭猶戴常州花。」

葉鈞，字貽孫，又字石亭，嘉應州人。知祁州事。有《李義士歌》一章，並云：「義士名喬基，亦嘉應州人也。素驍勇，往臺灣耕種爲生。歲丙午，臺匪林爽文作亂。義士團結鄉勇，助官軍勦賊，往往以孤軍破賊數萬衆，賊衆憚之。後入郡遇伏，力屈被執，諭降不從，劫以兵。戟手大駡，賊怒，斷其舌，縛樹上，射之，又臠而烙之。聞而悲，作歌以紀其事。」歌曰：「梅花洋東海氛惡，黄巾十萬肆剽掠。健兒睢盱閉關卧，賊鋒未交心膽破。程鄉義士皆獨裂，狐鼠跳踉憤所切。鼓聲闐闐義旗指，風急天高皂鵰起。一朝途窮伏兵發，蟻聚蜂屯那可脱。揮刀叱咤走且呼，頭顱滿地紅模糊。丈夫一身甘許國，不成死耳肯作賊。吾舌可斷頭可梟，焉能與草間狐兔蹴躃稱同曹。嗚乎！男兒墮地知君親，疾風勁草誰致身。紛紛肉食空逡巡，成仁浩氣歸編氓。噫吁！成仁浩氣歸編氓，紛紛肉食爾何人。」

顧蔄塘有《耿美人歌并序》云：「美人不知其本姓，七八歲時，淪落於江湖。誆錢兒之手教，以搬演雜劇，因氏爲耿。比長，光艷照人，而眉黛間常有恨色。在邗上曾見之，真天上人也。作歌以傳之。」歌曰：「商飈撼山大野白，千里屯雲曉無色。烟蕪不翦苦蓼繁，朔雁銜花照江國。嬋娟眉黛愁空春，延年惆悵歌中人。幽怨鸞吟學鵁鶄，畫衫飄颯珍珠塵。綃帕濕痕交隱隱，低鬟自泣衰蘭徑。道旁朱槿嬌着衣，朝開暮落隨人飛。癡郎走馬怪搪突，刺手却畏紅薔薇。晉陵書客感蕉萃，願結芳根栽楚佩。夢中起坐喚虬鬚，短褐焚香弄沉水。昨夜天風閶闔來，聞買燕骨求龍媒。寄言雌蝶好厮守，雙栖共上青陵臺。」

清溪林女，嫁乍浦顧氏子。夫故無賴，而姑復淫悍。或以金錢餌姑及夫，女矢志不污，受炮烙死，年二十三。陳拙修明經作傳，屈韜園有詩紀之，曰：「清溪女兒白皙姿，可憐畢命春風時。水石粼粼勵節操，此心萬古無磷緇。夫也不良女姑惡，慘禍可堪受炮烙。妾僅身全妾命薄，東流大海無迴波。妾魂隨之去沙漠，不恨姑與夫，但恨狹邪徒。黄金雖好買顔色，豈知妾心如槁梧。湯山山南鬼唬血，冷雲黲黯晝飛雪。松濤如和啾啾聲，起眎蒼厓怒迸裂。」

桐城張岫青裕勳，有《謁竇公祠》詩，曰：「古樹夾叢祠，蕭蕭落葉時。居民薦蘋藻，浩氣凛鬚眉。石漬孤城血，亭高烈士碑。不勝懷古意，風雨壯靈旗。」並叙竇公諱成明，參將廖應登卒也，流寇攻桐城，被執不屈。賊劫之以兵，使僞言曰：「救兵已潰，孤城可降。」公大呼曰：「救兵不日至矣，甚勿動摇也。」觸城而死。賊磔其尸。桐人感其德，立祠祀之。

嘉慶二年三月十三日，賊犯河南葉縣保安驛，驛丞張某力戰死，其子履謙同被害，翌日後蘇。驛馬踶齧悲鳴，賊怒，皆殺之。懷寧人潘蘭如有詩紀之。詩曰：「妖星墮地群賊來，縣官不出城不開。保安驛前驟聞變，殺氣呼聲若雷電。驛丞大叫招鄉兵，鄉兵未來丞獨戰。戰死猶聞手握刀，兵來不救相呼號。殺賊報仇丞有子，賊梃擊之能不死。死君得死死父生，一生一死真豪英。是時火照天地黑，驛中無人惟有賊。賊前争馬馬人立，奮鬣悲鳴控不得。賊怒殺馬如殺人，馬死不從賊氣奪。此豈有物爲之憑，義烈所激神奇增。嗚乎！此馬與此丞，後之聞者猶當興。」

守戎黄富國，湖北竹山人。以武生從軍，勦邪匪，戰屢捷，張黑幟，人號黑虎軍。賊犯平利，孤軍守石店河之山口。賊大至，富國奮呼，殲其魁，脅從者不戮，賊解散。尋復悉衆來攻，富國眉中創，棄馬步戰，矛蝟集洞胸而亡。楚人廟祀之。李芝齡侍郎有《黄黑虎將軍歌》，歌曰：「黑幟張，虓虎奮怒驅群狼。黑幟折，群狼噬虎覆虎穴。虎死群狼生，蹂躪村落成溝坑。天網一張百邪弭，群狼乃死虎不死，廟食山口春秋祀。山口悲風捲暮雲，當年曾瘞黄將軍。黄將軍、號黑虎，竹山從戎率勁旅。手芟蓮蔓摧枯核，足躡草坪消伏莽。螳斧縱横石店河，青白黄線相驚訛。虎呼殺賊脅從免，獸散已倒前徒戈。須臾妖霾復四塞，將星隕曜沈山阿。吁嗟乎！海澆螢燄滅久矣，黑虎軍聲震人耳。中眉洞胸敢自惜，但惜不見賊尸磔。夢澤荒烟罩緑蕪，亢坡寒日風沙磧。當關不怯懸軍孤，移營退保非丈夫。靈旗赫赫儀衛都，楚人蛾伏呼於菟。」

李鳳岡太守威，時已致仕，余於漳州見之，年近八十，猶精健神足。嘗論程魚門、黄仲則、章實齋、武虛谷四君之詩，則坎坎而談，頗深議論。又云友人陳熙臺叙余士前航海圖事云：「士前，岱江人，父賈西洋，娶番婦。生三子，其首胎爲鱷，棄諸海。及士前航海覓父，父已前死，携諸弱弟以歸，鱷魚尾其後。中流遭颶，漂泊萬里，得活者僅十有七人。士前及諸弟皆無恙，乃伐木結槎，恣行波浪間。鱷魚以背負翼之，凡十有八日，逢巨艘救以歸。圖所畫，即漂泊事也。詳載郡志。圖藏余氏家。」惜太守詩長難載。

春草堂詩話卷六

零陵縣令景章王君，余初不知何如人也。其時鮑公友智坐鎮永州，李公宗傳攝府事。余因李、鮑二公，往拜王君，王君弗及見。余以爲州縣之不願見客者，恒情也，亦不再往。將行矣，行李在門，王君至，下輿，揖未終，而言曰：「子行何速？方今殘暑釀瘴，天旱水涸，陡河砂石易傷船腹，何可行也？將謂山行，榛莽蓊翳，蛇狼當道，矧此地輿夫往往有中途逃遁者。及覩所携僮僕，又皆柔脆之輩，爲之奈何！僕所以遲遲不至者，爲君籌畫耳。君既欲行，已預備矣。」遂指其僕曰：「此係妥當役人，可以照料夫馬。此文書數件，可以沿途安置。此數十金，此茶果餚核，皆可以作沿途需費。」最後出藥餌兩瓶，且泣且曰：「前途珍重，但願勿服此耳。」即至桂林。聞王君精於詩者，何臨行所贈周詳而不贈以詩？殆所謂古之人不欲逞其技耶？至今思之，能無涕泗？

余在桂林，與七松老人李秉禮先生遊棲霞六洞及獨秀峰諸勝，飲酒賦詩。其時，殳積堂府佐在潘紅茶方伯幕中，知方伯遇余最厚，介恒丐香太守梧、穆耕珊太守揚阿、俞茗琴太守恒澤、袁介庵太守渭鍾，郵唱迭和，渾忘羈旅。積堂將入都，七松老人首先提倡寫《灕江送別圖》，諸太守各有贈行之作，誠一時盛事也。猶記積堂《陪方伯壺山看桃花》云：「多謝風鈴深愛護，遲來一日尚濃春。」寫出方伯一段憐才之意。

湯雨生寄到詩册，有董濟泉《秋草》云：「陰房倦鶴眠苔砌，水殿飛螢濕露華。」又何蕉衫《虎丘題壁》云：「鑄金不信吳成沼，説法空傳石點頭。」又董岫南《賀人遷居》云：「亭從流水灣中築，門對青山缺處開。」又莊達甫《贈湯偉堂先生》云：「清風兩袖貧緣宦，明月前身吏亦仙。」何又有《懷雨生》詩云：「荻偃金飈雁叫雲，懷人立盡幾斜曛。碧天萬里秋江冷，數徧征帆不見君。」

唐人詩云：「咄咄怪事那有此，四十萬人同日死。」明人效之，曰：「世間怪事那有此，檢點歸來作天子。」余方宴客，友人寄到刻本近作，偶一翻閲，有句云：「咄嗟怪事那有此，五十歸來作名士。」滿座傳觀，爲之噴飯。

戊寅試鐙節後，余方閉門，命歌兒度曲。忽一老友持新詞數闋，命余斟酌之。余指數處直告曰：「平仄弗能易也，若使歌之，雖上去二聲尤爲要緊。」老友似不悦而去。後聞之誹謗不堪，友道之難如此。

姬人湯氏，既悍且妬。容之數年，事有不可忍者，遂黜之。余因憤懣得病，病幾死。然與友朋毫無關涉，而逐日所與飲食者竟不至，况軒冕者耶！因憶李適之詩曰：「爲問門前客，今朝幾個來。」又孟浩然曰：「多病故人踈。」皆有謂而言也。

梧州都督普蘭巖先生，姓袁氏，名佗保，滿洲人。與柳州太守穆耕珊友善，數相倡和。知余與耕珊雅故，遂作平原十日之歡。知余無子，又邀蒼梧太守袁公助資買妾以贈。緣蒼梧乃湘水發源之所，命名湘姬。仍恐道途遥遠，多作手翰於親串處，以防不虞。然古人贈妾有之，未有如此週備者。嘗讀都督《别耕珊》詩云：「兩行知己淚，一片故人心。」真至性語也。又如《江行》詩曰：「向晚孤篷裏，推窗對夕曛。亂灘皆是路，征雁自爲群。江水流寒月，溪橋隔暮雲。夜闌鄉夢醒，戍鼓不堪聞。」絶無武臣口吻。

孫少蘭太守守潯州時，與楊楚垣、劉月鄰、鍾箬樓、陳古愚、蔣筠初、陳研凹、楊敬齋、王肯堂、王載青諸君作西山之遊，賦詩勒石，研凹書之，並叙其事。叙云：「大暑如沸，小年正長。五六同人，二三知己，粲荷花之映日，偕君子以譚心。擇地乘凉，眼前美景寧虚擲；登高望遠，看到名山要好詩。案牘公餘，咏歌消夏。正好自公休沐，願尋樂事追歡。或落葉以消閒，或圍棋而決勝。盤桓竟日，輶褻堪虞。嗟乎！半生人海，塵俗攖心。簿宦邊庭，簿書鞅掌。群賢咸集，會當賤子郊迎；文醼欣聯，可作潯江佳話。是日太守賦五言古詩一篇，諸君亦各有詩，人擬之爲蘭亭云。」

倪竹泉觀察駐扎廈門。廈門，海島也，屬泉州。余在漳州，遂泛海過訪，相得甚歡。招遊白鹿洞、小普佗諸勝。及行，贈詩二首云：「青山隱隱山多處，中有東山太傅祠。白下祇應留舊宅，黄金那復换新詩。况當吹竹彈絲地，不礙争墩賭墅時。搔首問誰携好句，一編春草又生池。」「似曾相識却相違，初誦蘭言合盌薇。萬古江山今日在，六朝人物昔年非。畫圖省識池塘好，詩卷争看翰藻飛。我是竹西舊遊客，接鄰猶欲近玄暉。」觀察名琇，雲南昆明人。書法董文敏，有法帖數種，盛行於時。

陳受笙，名均，海寧人。曾賓谷先生座上客也。嘗效三十六體，用余家事作詩二首見贈。詩云：

「玉樹庭階已草萊，江東文筆此重推。景先宅舍新租得，宣遠籬門可隔來。人外君方修素士，衆中我已識驚才。始知林澤風遒上，不羨勳名破敵回。」「竹西歌吹好嚶呷，五字新傳謝客詩。企脚北窗真想在，投箋西府賞音遲。相逢欲對二騶飲，此局當分一道棋。我愧虛名同范泰，雲霞交誼尚相期。」又如《西安雜詩》云：「杜陵舍後惟春水，崔護門前有落花。」《王官谷》云：「烟雲舊入山居記，歲月空題壙裹身。」《馬嵬坡》云：「曾否西歸收錦襪，空聞南内泣霓裳。」《康對山故里》云：「膺滂苦自争門户，嵇吕真堪共死生。」皆傳句也。

劉會恩，號時庵，丹陽人也。善擬古，有云：「俊鶻豪鷹，難使蚊蠅。虎豹之力，莫禦蟣虱。」又云：「狐裘禦暑，葛衣履霜。用匪其所，雖材不良。」又云：「虎善卜，誰問之。狻善走，誰馭之。」又云：「木有蠹，不自攻。玉有玷，不自礱。掩瑕剔弊，金石之功。」又云：「夏雖苦炎，不願飛雪。士雖困窮，不能貶節。」又云：「坐必席地，飲必污樽。事非不古，勢不可行。」又云：「雖有明珠，弗廢膏燭。雖有重裘，弗廢杼軸。」頗覺近古。

李周南比部，字冠三，一字慎卿，人稱爲當代文宗。著有《文貫》等書，盛行於時。詩集名《洗桐軒》。其《秋江曲》云：「團團秋中月，淼淼江上波。伊人不可見，之子意如何。駕我木蘭舟，涉江採芳芷。芳芷有餘馨，伊人隔烟水。」

揚州有梅花、安定兩書院，儀徵又有樂儀書院，皆大吏聘請公卿致仕者主講其中。余所見者，吴穀人祭酒，吴山尊學士，熊介兹、錢次軒、謝椒石三觀察，洪桐生、汪劍潭兩太守，及左大中丞杏莊先生，皆一時名公卿也。大中丞有《杏莊詩鈔》，吴祭酒有《有正味齋全集》，皆以板行於時。熊觀察刻有《白芍藥詩》一册，吴學士刻有《一萼紅百首詞稿》，其他皆有未刻稿本。獨汪太守詩詞爲揚郡翹楚，奈中道失散，亦無人爲之珍惜。嗚乎！聲韵之學，雖屬小道，亦足以徵一代文獻。近聞某孝廉家有祖父所遺稿本，皆已糊窗覆瓿，使人歎息而已。

趙由儀，江西南豐人也。年十八登第，二十三歲卒。嘗觀其《贈别》云「半生如夢寐，此别有榮枯」，《夜月》云「佳期經雨後，夜色向人閒」，《春日》云「尚憐幽境好，其奈落花何」諸句，宜其不禄。

翁覃溪先生書法擅名，詩遂爲書名所掩。余見其《題日本國人畫魚於團扇》云：「雞林市上秋漪夢，着我蘇齋雪硯屏。猶帶喚喁吹沫響，來交簾影石苔青。」又《題朝鮮國人畫雁》云：「價倍淮南邊壽民，嘴藏半翅更傳神。水光不借叢蘆荻，意對詩龕得意人。」詩龕，金進士號也。又有《菩提葉紗寫經歌》，爲世傳誦。

康蘭皋中丞爲李海帆觀察《題海上釣鼇圖》云：「祇今攬轡志澄清，到處應無跋浪驚。試向九嶷山上望，聽風聽水聽琴聲。」氣燄光昌，讀之有味。

江淮，字小海，桐鄉人。詩法宋人，聲調過之。《寄普師》云：「凉月滿衣秋説劍，畫樓映水夜吹簫。」《西谿》云：「藕苗交有鷗争路，魚子生時水是雲。」《題望雲圖》云：「雲起不知處，蒼然萬里心。青天留戰血，碧海變秋陰。草短荒烟合，城高畫角沈。憑誰語遥影，爲寄塞垣深。」《杏花村居留客》云：「兩槳摔船繫樹根，釣鄉只斷竹爲門。若邀明月過墻缺，照見緑陰摇酒痕。」「竹裏繅絲聲漸譁，罨泥人去柘陰斜。笋鞭豆筴茆柴酒，合配村莊紅杏花。」

李叔鯨溟，江寧人。初官甘泉教諭，大吏察其能，保舉知縣，今知河南靈寶縣事。人傳其在揚州《祭歐文忠公》詩云：「郡守休誇際遇同，未容插柳繼清風。始知管領湖山主，七百年來祇有公。」「花氣濃熏酒氣微，蓬窗喜見霽烟霏。更闌又送催詩雨，輸與當年載月歸。」

程定甫廉訪，名贊清，儀徵人。不樂宦途，歸卧林壑，歌詩以自娱。有《美人蕉四十韵》，其警句如：「渾疑霜染蕊，不畏雪封條。薄與齊紈並，輕將越葛招。葉遮青嶂密，林映赤巖遥。静質迎霞燦，仙姿浥露澆。痕宜濃黛潤，暈借淡胭調。舌上蓮能吐，眉尖柳細描。芳心常脈脈，纖影總超超。石髮堆雲髻，松釵舞翠翹。茜裙沾霧濕，蕙帶惹風飄。夢裏猶驚鹿，門前欲繫鑣。一緘藏繭紙，萬叠束鮫綃。」又「錯落疑條脱，玲瓏想步摇。含悽欹屋角，寫恨傍墻腰。」又「絡角銀河轉，搔頭玉宇迢。低徊無限意，珍重可憐宵。暮靄微侵幌，清陰漸拂霄。綠天餘好景，染翰待朝朝。」

程光裕，字厚庵，定甫廉訪子也。生而秀慧，四歲解四聲，十歲五經三《禮》悉能背誦。作擘窠大字，風格遒勁，見者靡不驚歎。詩文俱有新思，不愧神童之目。偶因感冒，醫者誤投峻劑，遂不起，年甫十一歲，鄉黨咸爲悼惜。江都李澄作誌泐石，其所作詩及書廉訪不忍存，悉焚於墓。余猶記其《湖上晚歸》云：「垂楊兩岸密，明月影濛濛。一路溪光好，扁舟信晚風。」其他如「樓高先得月，墻短不遮山。」又「蘿徑月光碎，松厓日影寒。」又「叠石見山意，種蕉添雨聲。」又「春水浮舟天上渡，秋山策馬鏡中行。」又「細雨桃花村店外，晚風楊柳畫橋西。」雖老成宿構，不是過也。

阮芸臺宮保輯《廣陵詩事》，載邵伯埭舊多詩人，競爲文酒之會，有潘持垣、劉雲章、徐夢獻、邱子高、張伊嵩、鄭開平、張汝州、謝雲足、王淑人、王鶴崖、謝逸墅、賈雪三、王天陟、周地六諸君，又載有《同人過王天陟别墅探梅》詩，《過老君堂閒話》詩，《再集滙園》詩，《飲吞海亭大醉達旦》詩，《柳塘送春分韵》詩，《聽花書屋看山分韵》諸作，誠一時盛事。余居埭上三十餘年，諸老輩雖未及見，然劉二瓢、史牧田、徐青霞、王配秋、史野亭、王灌茵、周鹿坪、張松臞諸君，流連詩酒，切磋砥厲，作消寒等會，頗有佳作。自别埭上十又餘年，更不知近日詩人爲某某矣。

吴應奎，字文伯，湖州諸生。有《聽鐘鳴》樂府三首，詞旨哀惋，並録其序云：「僕少讀樂府，至蕭梁豫章王綜《聽鐘鳴》、《悲落葉》諸曲，悽愴感懷矣。念綜身處貴藩，本無猜忌，徒以夢寐幽冥，放逸播遷，獲罪有由，怨咨宜減。乃其憂生漂泊之嗟，尚不免焉。况僕以寒賤之生，受小人之侮。孤身乞食，望遠當歸，老母七旬，流離道路。寡妻弱妹，萍寄蓬飛。兹爲可悲，又何如者。宵長不寐，怨徹鳴鐘，庭響忽聞，哀來落葉。爰徵舊體，用誌窮愁。世有知音，能無於邑。」詩曰：「聽鐘鳴，鐘鳴悽且清。愁憂不成寐，入耳難爲情。白頭病母音信斷，中腸輪轉心骨驚。宵月落，晨風夜，啼鳥啞啞群返哺，征鴻翩翩共徘徊。天下方太平，今我何爲哉。山鬼跳踉水蜮怒，迫我中野長含悲。聽鐘鳴，一聽腸一結。天涯長望不得歸，回首倚閭泪成血。」「聽鐘鳴，鐘鳴漏正長。有妹如女休，慷慨與我稱同行。自嗟弱質遜古烈，報讎不得懷憂傷。惟有思兄淚，旦夕遥相望。春鴻經月斷消息，中夜起坐心徬徨。聽鐘鳴、一聲聲一變，前聲飄忽各西東，後聲歷亂腸俱斷。」「聽鐘鳴、由來非一晨。霜華昔年暮，芳草今年春。流離寧異縣，骨肉誰最親。迢迢西北之高樓，有人日倚樓上頭。鉛華對鏡不復御，蛾眉攢黛心含愁。聽鐘鳴，鐘鳴緩復急，急聲爲我搗憂心，緩聲似訴人離别。」又有《古艷詞》十首，頗爲士林所重。

江周，不知何如人，何官，或曰徽人也。爲秋帆尚書坐客，精於樂府。有《美人》、《白馬》諸篇，並叙其事云：「子建當文帝猜忌之時，宜弢晦遠禍，修省感悟，斯爲明哲。乃作《美人》、《白馬》等篇，志存銜玉，深昧知幾。况書生紙上譚兵，從游之士，類皆浮薄，即使得試，亦敗不旋踵。因反其意，偶成二篇，聊爲子建進一解耳，非敢云擬也。」《美女篇》云：「明霞擁朝旭，照此最高樓。皎潔碧玉窗，的皪珊瑚鉤。塵空畫欄净，風定珠簾幽。娟娟兩侍女，體閑態亦柔。樓下桃李艷，樓外車馬遊。盈盈入樓中，冉冉不回眸。樓中果誰子，美女居上頭。近侍端且潔，之子知更殊。邃宇燕莫窺，望見良無由。今年三月時，採桑城南隅。容光皎白日，静婉潤明珠。珮因風和鳴，襪無露沾濡。林花避芳馨，繡袂不驚鵶。士女集如雲，各各立踟蹰。桑葉盡人採，斯人不可求。」《白馬篇》云：「匹練翻飄風，倏然來向東。一發墜雙翼，飛接銀鞍中。傾城看掣電，之子甚從容。云是幽燕客，束髮即從戎。控絃百步血，飛騎萬馬空。搴旗蛇鳥亂，揮汗甲光紅。左碎共工首，右摧蚩尤鋒。性原喜殺賊，身不樂居功。功成解劍去，飄忽若驚鴻。歸來重折節，圭角受磨礱。乃生蒼生望，不在一夫雄。今日偶游戲，何爲溷乃公。翩翩揚鞭去，矯矯其猶龍。」

張孝廉本有《四琵琶詩》。《商婦琵琶》云：「江風吹送冷凄清，月太分明水太深。司馬官非空下淚，買茶人本不知音。雙眸既老羞遮面，十指逢秋冷到心。我讀琵琶行一曲，半生已晤去來今。」《明妃琵琶》云：「關塞千重鳴咽調，風沙萬丈别離聲。」其《對山琵琶》、《龜年琵琶》，惜稿已散失。又《咏諸葛菜》云：「未許疆圉判吴魏，不容灌溉老關張。」押張字妙。

近日武臣能文者，余所見鎮筸鎮陳奎五階平，詩鳴一代。永州鎮鮑蘭舟友智善畫蘭，緑天庵碑板淋漓，詩亦有可傳者。黄巖鎮湯漁村攀龍，書法黄山谷，與郭頻伽相伯仲。梧州副將普蘭巖佗保詩法唐人，五言稱最。杭州參將湯雨生貽汾，詩、書、畫外，更能填詞度曲。三江守備浦情田承恩，能詩善書，古文尤妙。儀徵守備王二波嘉福，書仿趙吴興，詩有家法。

浦承恩字情田，無錫人也。詩最雄渾，有《落葉》詩云：「丁年策馬出燕京，衣上黄雲着體輕。墮地西風千片影，披霜殘月五更聲。飄零古驛無人掃，歷亂荒烟有客征。曉日空林寒露濕，幾枝猶自挂分明。」

龍陽女史陳梅仙，號香雪，黄花耘孝廉繼室也。詩格高超，無閨闈習氣。《題麗卿戎裝小照》云：「我生不知兵，頗愧將家子。摩挲古篆文，雕蟲竊可耻。及見圖中人，紅拂差堪擬。眉黛横遠山，睇睞含秋水。閨學富韜鈐，餘事工書史。世有虬髯公，定識巾幗士。」又《詠山雞》云：「憶爾山栖日，寒烟護碧蘿。藏同鳩共拙，文比雉還多。何事雕籠繫，長違碧樹歌。羽毛休自愛，徒被弋人羅。」皆以意勝。

廖大聞，廣西人。知桐城縣事，性疎懶，大吏不喜，以事見劾。有《李樹生黄瓜謡》一篇，最爲警拔。其詞曰：「李樹生黄瓜，桐鄉之孔城。程子望川至，爲我言其形。李在道旁栽，瓜在枝上榮。其花何白白，其實何青青。李下無瓜田，感應那有情。整冠類納履，此處人難行。勸君莫賣李，鑽核李不生。勸君莫摘瓜，抱蔓瓜不成。得姓周之畊，失侯漢之平。得姓青牛化，失侯青門耕。程子言木畢，我心已怦怦。離離樹頭黄，李代瓜經營。」

春草堂詩話卷七

賦物之工者，如茅秀芝《柳烟》云：「萬縷隔波迷短棹，半湖如雨暗平橋。」畢蒓庵《秋水》云：「門外夫容增暮色，望中蘆荻渺寒潮。」又《醃菹》云：「能甘淡薄家風遠，自辨酸寒世味長。」許季青《秋草》云：「廢壘殘烟征士泪，荒園斜日故人情。」劉海樹《白雁》云：「霜滿戍樓秋入塞，月寒沙渚夜聞笳。」馬棣原《白荷花》云：「粧開曉鏡偷窺月，夢醒横塘欲化烟。」張壽民《新柳》云：「著點色來憑造化，扶他起處有東風。」謝子城《蝶影》云：「小苑花濃春正午，西堂草淺夢偏多。」孫月湖《雁聲》云：「雲山千里破青靄，蘆荻數叢生峭寒。」姚别峰《瓶菊》云：「同枝早謝無顔色，故土驚看多雪霜。」

咏史諸篇有極工者，如學博宋翔鳳云「不見官書行海内，但聞天市在揚州」，「名賊已迷三里霧，群公終誤八關齋」，「小兒入市星熒惑，大姓刊章地搢紳」，「鑪邊犢鼻傳新賦，關内羊頭識故侯」，「舟師久靖田横島，市舶常輕海若宫」，「牢盆久已傷貪賈，刀布今宜事薄征」，「樗櫟甘爲無用樹，鏌鋣愁作不祥金。」董國華太守云「神嶽風雲山萬歲，潢汾鼓吹月千營」，「柏梁夜火元封後，關輔訛言建始初」，「貲郎或有相如在，牧豎終爲卜式羞」，「誰奏宣防同賈讓，誤開砥柱恨楊焉」，「飛挽漸看艱渭曲，均輸何計實關中」，「安俗難忘龔遂犢，深文何取郅都鷹」，「新戲四方傳角抵，舊歌十隊按箜篌」，「海上漫勞求藥使，帳中虚想返魂人」，「河渠高議求金鑑，鹽鐵新書課水衡」，「儘有諫書容汲黯，轉因經術恕安昌」，

「枉勞神鬼咨宣室，剩有《春秋》號《玉杯》」。姜小梅有《側聞》諸作，亦感時而言也：「百年豈變《周官》法，九土須明《禹貢》經」，「因時何異醫量劑，泥古原非戰用車」，「繫腰觀井心原慎，拓掌開山事竟難」，「求仙秦漢曾移使，耀武隋唐幾用兵」，「頗有豺狼趨死地，如何牛犢記生涯」，「網户也知欺雀鼠，琴臺終未悟螳蟬」，「祇願金堤河可復，不妨珠海路長通」。

張芰塘維楨，有《揚州懷古》云：「竟夕燒丹騎木鶴，空庭封土械銅人。」又：「神廟司徒朝斷臂，平山女妓夜張鐙。」又：「城中連日無遺粒，海上前宵落大星。」又：「内苑清簫歌燕子，孤臣血淚灑梅花。」查梅史揆有《杭州懷古》云：「魚羹宋五空前事，花影張三熟後身。」又：「城闕桃花楊妹子，天涯芳草趙王孫。」又：「烏頭雨雪人留北，牛角山河日向南。」又：「琵琶蟲久埋荒土，蟋蟀經猶鬥早秋。」又：「北來孤艇藏劉洪，南渡遺民怨趙岐。」又：「箏響尚疑中使鴿，髻高猶戴孟家蟬。」彭甘亭兆蓀有《太原懷古》云：「百戰終輸姚弋仲，一心難得吕婆樓。」又：「青雀天教化鸜鵒，蒼鷹家早奉魚羊。」又：「百道虹光占紫塞，一房弧矢走黄巾。」又：「不待真人生怕赤，早看天子有雕青。」

作游仙詩者多矣，自曹唐《小游仙》之後，又有《大游仙》、《女游仙》等作。近讀方海槎水部《反游仙》十首，頗有新意，兹録其四首，云：「衮衮仙曹小吏才，懶將名姓挂丹臺。鵝籠暫借書生住，酒榼頻招道士來。無地別穿狂水井，有天常息醉鄉雷。上清果是無閒福，符籙如麻撥不開。」「地偏宜有葛天民，山静常含太古春。細與絳翁論甲子，閒邀丹客坐庚申。井公三日縱人博，河鼓經年負帝緡。莫信風光天上好，須知天上亦紅塵。」「誰見烟霄餌絳霞，徒聞丹鼎煉黄芽。鶴瘖難覓人間血，龍飯猶須島上花。風引三神休鼓枻，雲迷七聖已回車。閬風臺館多金玉，只是尋常富貴家。」「六鼇移足笑天荒，王母西來鬢已霜。崑圃添封幾抔土，海田枯死一株桑。麻姑難幻珠成米，仙客真煩玉乞漿。別有溪深三百曲，桃花流水引漁郎。」

余在清淮，有賈人持一女容索題，並云：「初得是圖，亦未覺異，及娶妻，容貌相似。」《隨園詩話》亦載萬近蓬秀才《紅袖添香圖》，仿佛其事。近日魏小眠寫美人條幅見贈，本出無心，適女優素真在坐，望之逼肖，遂以其圖歸之。

繼春帆觀察德，滿洲人。性豪邁，喜文章，琴能新聲。余曾謁於武昌，談笑未終，而觀察詩成，書扇頭見贈，字亦遒媚。詩曰：「溪山小築自成村，棋局依然別墅存。有客聽殘前夜雨，何人重款故侯門。峰環曲徑烟千疊，屐印空階月一痕。他日江南尋舊約，放舟擬訪謝公墩。」

兩廣制軍德化李公，憐才下士。余在廣州謁公，公不以寒賤見拒，加禮待之，並贈詩云：「澄江靜處散餘霞，江上青山屬謝家。應有山中舊猿鶴，又從天際望歸槎。」「一編春草接宣城，一卷家山寫別情。山亦隨人常作客，幾時閒向畫中行。」又有《老鷹巖歌》：「萬山上，一峰青，峰顛昂首老鷹形。不下韝，不梳翎，渴飲河漢饑啄星。我行無懼色，我念常惺惺。何憂此路險，可以傲山靈。」著筆處胸襟迥異。

順天府丞朱椒堂先生，浙江平湖人也。善畫梅，書法蘇、米，如《寫梅十六葉贈徐太守》云：「青鸞玉蝶驂翺翔，一枝低浸銀蟾凉。雙幹挺秀依柏堂，南天古華傳自唐。横笛吹送風飄颺，雪中僵立生冷香。入瓶好伴蒼髯蒼，凌波仙子摇玉璫。歲朝紅翠依花王，紅榛吐艷催素粧。九里洲畔雲茫茫，銅阬銅井泉浪浪。紙窗燈影描昏黄，弄珠解珮懷瀟湘。東籬壽客遲春陽，列盆暖閣調羹望。」又《爲屠同生寫梅》云：「自别寒香二十年，但將秃管結芳緣。白如霜雪清如玉，一度春來一粲然。」「花老冰心身不移，寫梅人老鬢如絲。西湖聞種千枝玉，白首何能賦好詩。」又《爲祁南齋太史寫梅》有句云：「招來松頂月，鶴夢許同清。」又《自題紅梅》云：「一醉夢羅浮，塵慮夫何有。」皆妙。

鄭開禧吏部，字迪卿，福建龍溪人。嘗讀其《聞海寇受撫諸作》云：「大將旌旗駐海邊，横空百萬盡樓船。久聞狡兔營三窟，何意妖狼落九天。絶島盡能通市舶，巖疆從此静烽烟。降旛樹處人皆喜，蠢爾憑凌已十年。」又：「天心不殺非無武，海水狂瀾枉自波。」又：「誰令苞孽如滋蔓，但説鴟鴞未破斨。」又：「風波日暮思投息，天地恩寬許自新。」皆非泛泛言詩者語也。

工部侍郎春湖李公，名宗瀚，江西人。性慈孝，有《慈烏啼》一首云：「慈烏啼，我心悲。夜風撼樹急，還戀故巢栖。子欲反哺母長辭，聲聲如訴如歔欷，聲酸心苦惟我汝。知汝啼愈切，我愈悲，慈烏慈烏莫夜啼。」

翁心存，字邃庵，常熟人。官左春坊左中允。《洪州雜詩》有「巨扇每銜晴雪影，仙書都化彩雲痕。漢代權方歸郡守，高賢位尚屈功曹。」又贈余五言古詩，篇什太長，惜未能録。

張雲璈，字仲雅，錢塘人。知湘潭縣事。有《掃晴娘歌》，落句云：「君不見，以紙作俑本不倫，何況乞靈與婦人。」又《鷓鴣米》落句云：「黄陵廟裏落花多，試問年年米有幾。」又《寄居蟲歌》落句云：

「何爲橫行態，局促如蝸廬。雖則局促如蝸廬，天下寒士猶不如。」凡名家作詩，落句不可不慎也。

廣州胡小東太守方朔、潮州黄霽青太守安濤，詩、字皆工，皆有詩相贈。霽青太守《柘枝舞》一首，尤爲當時傳誦。詩曰：「依稀大小垂手，仿佛輕盈細腰。若度春風一曲，山花插頭更嬌。」

黄之晉，丹陽人，有《集杜少陵句古詩》一篇云：「君不見，西漢杜陵老，終日坎壈纏其身。名垂萬古知何用，但覺高歌有鬼神。風塵澒洞昏王室，萬里悲秋常作客。白頭吟望苦低垂，陶冶性靈存底物。巫山巫峽氣蕭森，日暮聊爲梁父吟。竊攀屈宋宜方駕，頗學陰何苦用心。筆陣獨掃千人軍，清詞麗句必爲鄰。顧視清高氣深穩，肌理細膩骨肉勻。裁縫滅盡鍼線跡，自是君身有仙骨。語不驚人死不休，真宰上訴天應泣。借問苦心憂者誰，風流儒雅亦吾師。今人嗤點流傳賦，未及前賢更勿疑。」

公道自在人心。李壯烈伯殁後，海内言詩者，弔輓之章不下數千百首。余尤愛張老薑詩，云：「將軍少日即臨戎，緩帶輕裘志略充。百戰波濤雙鬢改，三軍甘苦一身同。海邊宿望名猶著，帳下材官位已崇。不是朝廷親拔擢，諸公何以識英雄。」「釜底游鱗已泣哀，那堪天狗墮如雷。孫恩妖祲嗟仍熾，楊僕樓船遂不回。懷德應多知己淚，同仇還望出群才。從今風雨滄波裏，魂魄猶疑殺賊來。」

余別埭上十餘年矣。庚寅冬，符南樵秀才從埭上來，手執一編，商確於余，並道其老友周鹿坪有《南闈謁吕仙》句云：「求仙轉比求名易，骨相如君一第難。」頗覺風趣。秀才名粲，有《秦淮偶感》云：「一片笛聲吹不斷，殘陽和夢下西樓。」又《懷友》云：「瀟湘水遠知何處，夢裏清猿好寄聲。」誠佳句也。

長沙黄虎癡孝廉名本驥，有文名。余介朱南溟過訪，相見若舊識，與之論詩，意頗落落。與論時事，則拍案叫絶，有古烈士風。閲月，又將他適。虎癡邀同南溟，祖餞岳麓，酒酣，歌己詩見贈。記其《題岳麓寺壁》云：「問渡湘江岸，同尋水竹村。鐘魚情有韵，車馬静無喧。黄葉不知路，白雲常到門。名山逢勝侣，相對澹忘言。」「十五年前客，秋鐙此閉關。故人亭外樹，舊夢榻邊山。況有新朋輩，相携劇往還。夕陽游興愜，歸路水雲閑。」又《桃花山館》云：「一灣流水鏡孤村，幾樹桃花紅到門。溪上落英春不管，山人留與伴黄昏。」

《古鐵齋詞鈔》，少眉山人所著。山人姓馮氏，名承暉，婁縣人也。王井叔有古詩一篇贈之，中有句云：「文人慧業疑天私，人間有技君皆絶。」蓋山人不獨詞擅場也。余在松江，山人邀改七薌、欽古堂諸君，遍覽三泖之勝。寫紅白梅花見贈，並繫詩云：「君到雲間贈我詩，我贈君以春一枝。他時日暮滄江上，也抵相逢驛使時。」不獨詩之古秀，字尤韶美，畫亦蒼艷。

姚石甫嘗言其同鄉方植之東樹，詩人也，並録一册見視。讀之，多擬古詩。中有《池陽杜牧祠題壁》云：「杜牧祠堂野水隈，風流無復酒人來。感時文藻多經國，出守江湖漫倚才。初雁又飛江水静，重陽還見菊花開。杜秋江總同摇落，悵望千秋首重回。」

程耕雲秉，漢陽人。《新柳》有云：「酒沽夕照村中店，人在春江渡口船。」又《禰衡墓》云：「善罵何嘗非快事，多才未免累先生。」皆新穎可愛。

陳壽祺太史嘗寄《東越儒林傳》、《左海乙集駢體文》及古近體詩一册。有《雁門行爲南安傅進士作》詩曰：「凉秋朔塞黄雲積，古驛蕭蕭衰草白。漢關秦月人不歸，雁磧龍荒夢猶劇。豐州豪士軼群才，少年拔劍辭蒿萊。飄然秋鶻逐風瞥，一夜吹來雁門雪。雁門雪後風凄凄，廣武城外聞荒雞。四塞烟寒鼓角濕，三關日落牛羊低。武騎狐裘獵平野，誰知蹇衛孤征者。雲中太守干旟疎，馬邑名豪縞紵寡。中朝將帥憶廉頗，上客詩書輕陸賈。短衣會逐飛將軍，去看射虎南山下。」太史字恭甫，一字葦仁，福建閩縣人也。

徐香垞太守鑑，知興化府事，大興縣人。其時另有徐鑑，署永定興化鄉巡檢。太守詩以調之曰：「滕曇恭亦稱曾子，陳太丘偏號仲弓。」又曰：「但是王商俱外戚，可能李赤亦詩人。」又曰：「今仲舒同昔仲舒，名相如亦實相如。郭淮也占汾陽地，李秀傳疑北海書。可有小冠稍示别，竟同大諫果何居。苦吟寒食飛花句，與此韓翃或是余。」

元和顧千里，初名廣圻，以字行。攷據名家，有金石癖，所校之書，世皆寶之。上元車秋舲持謙，亦有金石癖。凡得俸穀，購法帖數床，常貧而無所怨，近聞碑目已板行矣。車詩流麗，顧詩沉痛。顧有《題七姬權厝》詩曰：「七姬生，未見將軍破敵榮。七姬死，且見將軍降敵耻。豈感將軍德，豈畏將軍威。生值將軍不知已，此而不死何爲哉。吁嗟乎！始憂七姬無一死，終歎七姬無一生。死生生死兩何有，但見一字一血成兹銘。」車有《青門柳枝詞》曰：「銷魂橋畔樹銷魂，送客迎人總莫論。聽説情絲攀折盡，爲誰禁住幾黄昏。」又：「不道宫腰纔一搦，也隨西笑到長安。」又：「封侯夫壻無消息，腸斷天涯一角青。」

顧鶴慶，字弢庵，丹徒人。幼在京師，有「顧楊柳」之稱，蓋善畫楊柳故也。其山水、人物、花卉、禽魚，無不臻妙，每一脱手，人争購之，其價勿較也。書仿二米，嘗貽條幅，書近詩云：「黄鶴飛來此一經，雪飃片片君山青。曉風吹却夜中霧，倒浸日華看洞庭。」其胸襟可想。

京江七子，人以張寄槎孝廉爲最。嘗讀其《月夜登月華山》云：「寒烟隔江澄，遠火出林樾。夜静不聞聲，滿城照春月。」孝廉名學仁。

高旻寺方丈石谷，詩僧也。《次洪桐生太史貴仲符吏部春日過訪原字》云：「耽吟邗上客，蠟屐到山家。茶味醒時别，山光雨後加。芳縱留雪爪，春意識梅花。聊坐清齋久，共憐兩鬢華。」又如：「夜泛艫聲急，秋征雁影横。」又：「半壁夜鐙高士榻，一甌春雨故人情。」皆妙。

雪齋、聚石，皆天寧寺詩僧也。聚石名道如，雪齋名達真。又皆能書，雪齋以天分勝，聚石以功大勝。聚石《過雙樹庵小憩》詩云：「寺近湖山麓，名園隔水邊。游鱗驚畫舫，飛鳥破春烟。交有無雙士，茶烹第五泉。東林生静境，妙悟遠公禪。」雪齋《松寥山房題壁》云：「松寥尋舊跡，瘞鶴有殘銘。倚竹一身緑，看山雙眼青。題詩留半壁，啜茗試中泠。欲問支公室，疎鐘入杳冥。」字亦古秀，晚年惜雙目失明。

袁通字蘭邨，簡齋先生子也。《題張子白梅花讀書圖》云：「剔盡寒鐙一點青，暗香隨月到疎櫺。新詩吟就無人解，唤醒梅花讀與聽。」又：「魚霞澹逐炊烟散，鵶陣斜拖暝色回。」又：「葉落疎林露僧寺，塔燈紅上第三層。」其風趣謹守家法。

王慶瀾，字安之，無錫人也。《齋中遣悶》云：「清興復不淺，閒門境最幽。花明一窗月，人瘦半籬秋。退筆撫釵脚，横琴作枕頭。平臺多古意，頻出小遨遊。」「幾夜凉風至，閒庭葉亂飄。清愁詩裏見，白日酒中消。徑僻苔千點，橋危石一條。援琴彈古調，尾本不曾焦。」又：「梳風脱柳髮，衣露緩琴絲。」可謂冷艷極矣。

周鐵瓢，名農，浙江烏程縣布衣。精於短章，如題畫云：「孤舟横野浦，老樹倚柴門。烟水空濛外，秋山淡一痕。」又《鷗波亭》云：「空亭寂無人，四面水光接。閒看白鷺鷥，飛入枯荷葉。」又《紙帳》云：「一層繭紙薄於紗，却稱寒宵處士家。門外馬蹄風雪裏，讓余高枕夢梅花。」饒有别致。

顧蘭厓翃，無錫人。余嘗見其「不染嚴霜羨花福，慣依圓月笑雲痴」，此所謂託意清新，吐屬風雅。又《偶書》云：「瓜蔓風多鳥雀秋，樓臺只合十年遊。藕花墮水蓮蓬老，一種傷心不是愁。」

春草堂詩話卷八

采石磯太白樓楹帖數十聯，佳者甚多，終不若吴山尊所云：「謝宣城何許人，能使江上五言詩教先生低首；韓荆州差解事，不惜階前盈尺地讓國士揚眉。」又蟂磯祠云：「思親淚落吴江冷，望帝魂歸蜀道難。」亦佳。

偉堂先生，參將湯雨生祖父也。名大奎，著有《炙硯瑣談》，議論宏博，自是傳書。至於鳳山殞節，大義凛然，一門忠孝，國史載之。其詩有「豆蔻稍頭春去早，芙蓉江上雁來遲」之句，迂儒謂其不類。獨不思老杜有「香霧雲鬟濕，清輝玉臂寒」，韓冬郎有「胸前瑞雪鐙斜照，眼底桃花酒半醺」，皆無害於正人君子。

徐熊飛，字雪廬，武康人。有《縹緲》詩云：「縹緲遥山冷翠微，楚江楓葉雁行稀。左徒捐佩香生浦，神女揚靈雨濕衣。泣化瓊瑰盈手贈，夢爲蝴蝶逐雲飛。崑崙萬里無消息，水瑟參差怨夕暉。」其所爲詩多古香古色，惜乎近抱左丘之疾。

秦敦夫太史詩最清麗，尤工倚聲。嘗讀其《題織雲女史爲陳月墀畫墨蘭扇面·一斛珠》云：「曉來殘醉，佯羞頻問醒還未。惱人情態騰騰地，一種芳心，斜睨憑誰寄。　紈素叠成光緻緻，生來不慣濃心膩。箇中藏得些兒意，欲説同心，説也非容易。」又有《和彭羨門少宰百字令》四闋，爲時傳誦。

魏永燾，六安人。有《遺興》一首云：「茆堂新構絶纖埃，好竹緣墻信手栽。窗紙不糊留月入，門簾常捲讓雲來。一雙啼鳥捎紅樹，無數飛花點緑苔。每到飯餘防午睡，携竿且上釣魚臺。」置放翁集中竟莫辨。

陳筠湘女史本姓張氏，字靈簫，長洲人，諸生施澐室。有《春日女伴遊蓼園》詩云：「作隊羅裙去，奇峰揖到門。橋迴紅入畫，波軟緑無痕。磯影吞魚沫，花香蕩蝶魂。簾鉤餘夕照，時節近黄昏。」

宗人葆塘，隱於醫者也。阮梅叔、王柳村嘗稱其意誠性篤，有季布風。間爲聲詩，發乎天籟，往往有人莫能及者，然皆不肯存稿。余欲强書數首以入選刻，而葆塘且笑且曰：「請俟他日。」姬人蕭蘭因愛填小詞，余戒其勿作，且曉之曰：「朝雲、蠻素，不以詩詞見稱。况近聞某瞽者，薄有詩名，便言其妻女子侄無不能詩者。或偵之，皆瞽者贋本也，至今以爲笑柄。汝必欲爲，是將陷余於瞽者魔道矣。」

人之患在好爲人師。有關姓謂余曰：「子爲某門弟子乎？」未幾，其人來見余，禮甚恭。坐未數語，曰：「關某，余門弟子也。」余頷之，觀所著，詩題有《示謝生》者，余笑曰：「以我爲門弟子耶？」其人面赧，劇言曰：「此謂謝葆塘也。」

周寶傳，名鉢，長洲縣人。有《古意》一首云：「緑楊千里春，高樓千里情。離情在何所，暗逐東風生。君聽子規鳥，是妾斷腸聲。」又《古鏡歎》云：「青銅古鏡囊中出，光如秋水圓如月。隱隱雙龍背上盤，篆跡模糊半已没。當年不知誰是主，我欲問鏡鏡不語。時去時來鏡上塵，日新日舊鏡中人。」

張敏求有《閒情》詩，最爲膾炙人口。如：「牙檣錦纜木蘭艭，桃葉春風唱渡江。洛浦朝霞連别苑，秦樓初日照高窗。緑貍繡褥鋪三尺，白燕瑶釵化一雙。粧罷玉臺還對鏡，自矜顔色冠南邦。」又：「羅列鴛鴦時左顧，徘徊孔雀更南飛。」又：「爐薰甲煎香猶滿，帳結丁香恨不開。」又：「無情漫結珊瑚網，有恨空燒玳瑁簪。」敏求字昜園，桐城人也。

薩方伯迎阿，姓鈕祜禄氏，字湘林，滿洲人。詩名遍天下，人以爲夢文子、鐵梅庵而後，方伯一人也。其《清凉山道中遇雪》詩云：「高嶺臨深澗，筍輿雲上行。早寒時見雪，多難日過兵。心短勞長計，官新愧舊名。何如登岳麓，俯視大江清。」

楊子載，名垔，又字耻夫。父大業，四川天全宣慰使，雍正丁未，改土司，安置江西，遂爲南昌人。有《南州鐙詞》，爲時傳誦。如《香龍燈》云：「紙作龍頭紙尾短，一板一人香一板。香板一翻田一轉，田路高低火近遠。龍身萬火光熊熊，白水赤旱黄年豐。分板歸家鼓聲歇，釜中飯冷瓦鐙熱，吹鐙自解紅抹額。」又《墓燈》云：「新鬼故鬼作上元，鬼語欲出鐙不然。避犬白狐啼上樹，樹底歸人時一喧。野風吹鐙入墓田，田家老翁寒未眠。持鐙起掃牛脊雪，隔垣望見墓燈滅。」其他如《廟燈》、《河燈》、《塔燈》、《菜花燈》諸作，無不佳者。

董六泉善棋，爲天下黑國手。余在茶陵州，與刺史沈君栗仲談詩論字，以爲六泉不知詩也。六泉棋畢，乃書《長沙道中》一律見視。詩云：「萬里風烟壯，三湘秋水平。荻花飛岸白，楓葉墮江明。作客同王粲，投書念賈生。炎鄉天地闊，前路不勝情。」六泉，陽湖人。刺史名道寬，善書，鄞縣人。

倪竹泉觀察嘗謂余曰：「同鄉有二詩人，一官儀徵知縣范君，名仕義。一官烏程知縣楊君，名紹霆。」余在浙江時，楊公猶知江山縣事，往謁甚相得。及觀《七里瀧》詩，後四句云：「大吏痌瘝切，斯民水旱仍。釣臺非所事，未暇拜嚴陵。」其政治可想。范公至今未晤。想觀察不輕許人，其詩文必有可觀者矣。

張仙槎賓，上元人。足跡半天下，以所涉之地繪圖成册，名曰《泛槎圖》，一時公卿大夫題咏甚夥。余因馴象院僧恒照，得讀其詩。如《曉發野塘》云：「野塘風緊浪生花，帆飽舟輕一片斜。行盡清溪山欲轉，白蘋紅蓼兩三家。」真畫境也。恒照，詩僧也，法名悟然。常游京師，及楚豫章諸省會，著有《南遊記》，陳芝楣都轉爲之叙。

馮勺園中翰交余最久，己丑晤於福州，聚談把臂，樂莫大焉。將别，書七言二截句爲贈。詩曰：「烟雨灘灘結網絲，一丸入手比珠兒。鶯花此日渡江去，打槳歸來有結之。」爲余於桂林得湘姬挈歸言也。又云：「蹤跡江湖思過頻，他鄉何幸合蓬蘋。不留長慶寺邊住，頻作紅雲宴裏人。」爲余在閩，恩旋歸，不及啖荔枝言也。二詩風調頗似楊廉夫。中翰名登府，嘉興人也。

悟雪老人姓吴，江西女史也，適分宜楊氏。湖北襄陽太守楊曰鯤，是其子也。《咏墨梅》云：「苦吟耐得冰霜久，便是林間鐵樹花。」《夜雨》云：「砌竹聲喧巖壑冷，紙窗濕透夜燈孤。」洗盡閨闈氣習。

老人又有女孫名正則，字筠心。適吴，早寡。有《咏落葉》句云：「可有因依如蔦菟，不須漂泊類蓬蔴。」其身分自見。

宋觀察鳴琦，字梅生，奉新人也。詩名赫奕，欲觀其稿不可得，偶憩上方僧寺，壁間有詩牋，讀之，乃七言古詩，云：「城隅五日秋風吹，天涯舊雨秋爲期。秋光吹綻好顏色，迸入萬頃青玻璃。五年前此臨清漪，舉酒問花花漫疑。花香較昔倍妍媚，静對流水慙鬚眉。依然曲徑來逶迤，山石犖確當風欹。」以下因牋紙爲墻濕所污，字畫不復辨，其詩題係《立秋後五日法梧門邀同人重遊積水潭觀荷分韵得知字》。詢之僧人，知爲觀察詩也。

張元卿内翰，名祥河，華亭縣人，遠春先生子也。詩有家法。嘗讀其《花兒市》一篇，詩曰：「花兒市中多市花，市花五色人前誇，人來買花價不賒。製花有匠極工巧，枝葉紛拏出春爪，一飯花中儘堪飽。擔花早起上長街，千般錦繡街頭排，護花高懸鳳字牌。富家生女稱國色，一花三日插不得。貧家無米愁炊烟，女兒買花不惜錢。」又有《黄婆詞》、《唱梵行》諸作，皆警世語也。

四言詩最難，《三百篇》而外，無傳焉。雖嵇康《幽憤》、司空《詩品》，皆四言别境也。今以别境論之，如張老薑《歲暮》詩云：「短檠之光，匪彼月明。培塿之尊，匪彼崇岡。譽柏孔甘，毁蘭不芳。危言如河，一潰莫當。樹棘爲樊，礙我行路。疾語亂聽，疾行亂步。彼違其常，我安其素。珠莫被體，玉莫齦齒。布帛菽粟，得之爲美。賤賤貴貴，伊誰之始。求富執鞭，聖所不耻。今是昨非，歲云暮矣。」又如顧仙根《河干書所見》云：「昨歲賣牛，今歲賣屋。遠近船來，載人載木。船未及岸，賈人屬目。賈人爲何，代我販鬻。語謝賈人，價賤期速。賈人摇首，岸上紛積。有言未盡，吞聲在側。無陰可蔭，炎日當空。日亦既西，月升自東。月色皎皎，水勢洶洶。他人有廬，我寧露處。晝夜嗷嗷，逝將去汝。

兒幼女長，時復嬉戲。老父無言，泪絶心摧。耳之所聞，不如目覩。良田永棄，村墟荒土。范公有堤，至今千古。用告仁人，堤堅利溥。」

七言絶句，惟《塞上曲》聲調最響。如近日張老蕫擬之云：「燕支山外月輪孤，萬馬鳴秋百草枯。夜唱《凉州》望明月，一時愁殺五單于。」高輯之云：「炎風吹上拂雲堆，六月黄紗撲面來。負羽征人揮汗血，將軍行帳有冰臺。」劉海樹云：「畫角吹殘早閉城，朦朧深見黑雲平。鐵衣愁向中宵解，五月天寒有雁聲。」姚仙槎云：「草枯霜白點旌旄，颯颯西風冷戰袍。徹夜笳聲聽不得，一輪寒月照弓刀。」吴思亭云：「歲歲思家有夢歸，玉門關冷雁行稀。邊庭六月清霜重，爲報年來早寄衣。」吴蓋山云：「萬石良弓勁不開，將軍冒雪到輪臺。羽書飛檄洮河外，報道陰山牧馬來。」文簣谷云：「明月高懸敞戍樓，安邊有策罷防秋。尊前莫話封侯事，隴上寒潮日夜流。」皆不下唐人。

近人宮詞亦有佳者，如唐樸園「濃香銷盡掩長門，暗檢羅衣拭泪痕。欲把深情託紈扇，秋風庭院又黄昏。」蔣蔣村「月照華林院落開，琵琶拉雜四絃催。深宮一夜無愁曲，彈得周師向北來。」劉海樹「倚遍春風十二欄，玉街草滿共誰看。離絃怕入君王聽，獨抱雲和不忍彈。」許季青「歌舞層臺夜讌頻，月明沈醉苧蘿春。君王還道重衾薄，不識人間有卧薪。」金嵎谷「玉壽初成廠畫檽，飛仙帳裏夢難成。丁東花外非宮漏，半夜風摇九子鈴。」

張大令雲璈，聞人談逆匪殺人之慘，爲之髪指。因紀其實，作詩三首，題曰《烤火》，曰《澡浴》，曰《戴頂》。「烤火」者，縛人置烈火上炙死之，謂之「烤火」。「澡浴」者，以沸湯投人其中，謂之「澡浴」。

「戴頂」者，削竹尺餘，椓人頂門，留寸許於外，謂之「戴頂」。蓋嘲兵勇之得功賞也。

廣西布政使司紅楳潘公，曾集謝玄暉句，爲余題贈。江南河庫道春畹李公，又集三謝句，爲題贈。皆天衣無縫，讀之忘其爲古人詩也。觀察令弟雲舫先生，亦奇才也。嘗讀其《滑城鐃吹》詩云：「萬朵雲梯似比鱗，一聲烈焰捲城闉。前鋒折骨猶酣戰，天子殷勤問虎臣。」「鉛丸如雨陣如雲，不忍崑岡玉盡焚。三萬餘人齊下拜，繡旗影裏謝將軍。」「紅旗半捲電光流，元濟生擒蔡地收。爲問平淮誰第一，元戎新賜紫貂裘。」「龍章頒下九重霄，五等崇封異數邀。雙眼花翎親賚至，一時爭看上嫖姚。」「齊縣刁斗解征袍，馬上高歌意氣豪。撲面雪花如掌大，六軍同日洗弓刀。」

謝椒石觀察有《小蘇潭詩詞》等集，《移居述懷》諸作，最爲傳誦。詩曰：「宦遊十載滯梁園，解組依然故我存。寄廡暫營巢燕壘，撤圍差勝觸羝藩。無多賓客琴尊減，漫與兒童笑語溫。不是晏嬰居近市，晨鐘宵梵隔塵喧。」「藥罏茶竈甫經營，枕畔河聲夢尚驚。鷁鳥退飛蹭始避，鮎魚上竹餌難爭。苔痕浸壁愁書浣，樹色垂簷抵畫成。家有敝廬歸未得，季鷹那不負蓴羹。」「掃除一室靜焚香，看劍銜杯又激昂。厚禄折除差免俗，浮生牽率未容狂。將軍自少封侯相，居士惟求辟穀方。消受北窗閒歲月，敢云高卧傲羲皇。」「年年病暍復愁霖，此日緇塵暫浣襟。貧減畫叉憐鶴瘦，靜持齋鉢悟雞瘖。早拚鑄錯留頑鐵，應悔求知擁斷琴。止有望雲惆悵甚，嶺南何計慰親心。」

戴蘭芬殿撰，字湘圃，又字畹香，天長人也。書法精妙，造門求書、停車問字者，日不暇接。乙酉秋，寄書條幅與余，其詩題曰《米如玉》，蓋仿唐人新樂府紀時事。云：「米如玉，千家哭，千錢不能買一斛。乞兒何所之，叩門無人釜無糜，終日不食精力疲。筋力既疲，又窘陰雨，仰天呼號，鬻兒與女。江淮比户饑寒迫，兒兮女兮何處鬻。」

鄧頑伯石如，懷寧人。篆、隸、八分，書名甚盛。詩亦超脱，《登岱》云：「一無所限惟天近，百不如人立脚高。」《觀海》云：「蜃精幻市疑無海，鯨鬣分波忽有山。」《登黄鶴樓》云：「三峽波濤天半落，九疑雲物望中浮。」《登大别山》云：「一代山河熊子國，百年耕鑿禹王功。」句皆雄渾。

唐陶山先生，名仲冕，湖南善化人也。官至陝西巡撫。致仕後，愛六朝佳麗，遂家金陵。謁見後甚相得，書「嫉我安知非賞識，欺人到底不英雄」十四字楹帖見贈，先生之襟懷想見。尤愛其《曉發平原》詩云：「歲暮無端作遠遊，送人雙堠出齊州。買絲欲繡佳公子，破陣權呼惡督郵。茆屋數間寒月動，荒堤一道曉烟浮。因人録録常如此，莫嘆霜華滿敝裘。」

富觀察斌嘗爲余曰：「王容齋太守廷彦、竇松軒司馬汝詢，皆詩人也。又皆憐才下士，曷往見之？」即見王公。王公，君子也。執手殷殷，大有推解之意。贈詩有句云：「圍棋墅古身俱隱，春草堂深夢可通。」即見竇公。竇公，英雄也。論言侃侃，毫無貴顯之氣。贈詩有句云：「樓空巢過燕，草長拂沙墩。」又讀竇公《送别萬廉山司馬》詩云：「經年纔一見，幾日又言歸。緒語對尊酒，前途感夕暉。心隨征雁遠，夢逐野雲飛。回首桃源路，風沙滿客衣。」

王簣山觀察，山東諸城縣人也。官江南常鎮通海兵備道。嘗有詩和竇松軒司馬，云：「看爾鬚先白，嗟余髮已疎。問年一日長，相見暮春初。得失悲人事，炎凉逼歲除。長安縣榻在，舊夢未全虚。」

又有贈余詩曰：「舊時詞館尚依依，楊柳風前燕子飛。我與君家同巷住，還教子弟認烏衣。」「鍾阜峩峩淮水清，遺墩見説有人爭。好當秋月春風候，來聽東山絲竹聲。」「石頭城外夕陽遲，江左風流入夢思。西有宣城東召伯，青山盡是謝家詩。」尋晉江蘇按察使司，卒於官。

詩人有隱於卑官者也。淮安税課司大使馮錦，山東人。多豪俠氣，在歷下最爲張船山太守所重。次太守《對月》詩云：「客裏看明月，今經兩度圓。一輪照離别，千里共嬋娟。花影掃香霧，笛聲吹冷烟。海棠簾外立，我亦未能眠。」又有《海棠花下口號》云：「燕子不來庭院寂，春風閒煞海棠花。」人多以「馮海棠」稱之。同時儀徵閘官李貢三，安徽人。爲湯漁村總鎮所知，嘗有詩上湯總鎮云：「詩壇獨占大江東，倚馬才高氣象雄。簾捲金山來座右，名標銅柱入雲中。車輪載道隨甘雨，虎帳談兵嘯大風。共説將軍能下士，輕裘緩帶古人同。」李字留村，馮字菊仙。

淮安府學官齊葯潯先生，名康，徽州人。詩能蒙被，書愛臨池。與門弟子上下討論，神色無倦。故有致高科顯位者，先生澹如。嘗賦《書懷》詩云：「幾處關河月，侵晨色欲殘。山高大易曙，風細雨初乾。落葉新霜冷，孤峰曉日寒。余懷真渺渺，獨自倚闌干。」

周儼，字靖師，甘泉人也。慷慨好義，雖饔飧不繼，而宴客無疲，人稱之爲「小孟嘗」云。精于古文，詩不甚作。然余愛其《詠虞美人》句云：「迢遥舊夢殘春裏，點染新愁夕照中。」豈不善詩者所能道耶！

周棣，字芭甫。周棟，字仲雲。皆靖師茂才猶子也。仲雲有《和謝薪傳學博愛妾換馬》七言排律一首，爲世傳誦。余僅記其「兩耳桃花新骨相，雙眉柳葉舊温柔。」又《螢苑》落句云：「望到玉鉤斜畔路，枉教十斛費徵求。」苞甫《贈友人辭官歸吴門》云：「秋膾羡鱸肥，西風張翰歸。人生貴適意，山鳥枉争飛。心不爲形役，山偏與世違，蓼花江上水，垂釣最忘機。」又《讀岳武穆傳》云：「常懷諸葛偏安恨，莫遂汾陽再造功。」

辛卯上元，湘姬舉一子，命名湘生。將誕時，張芰塘孝廉以新刊《石蘿山房詩集》見惠，故孝廉有「那知草際蟲吟冷，許迓天邊鳳翽翔」之句。其時艾霽山茂才亦過江來訪，贈句有云：「問年相感皆中歲，得子偏逢在上元。」蓋二君皆紀實也。

今之操選政者難矣，王蘭泉司寇輯《湖海詩傳》及《蒲褐山房詩話》，書未成而雙目瞽，然後默坐沈思，删其初稿，盡去其門客請託，雙目復明，誠異事也。王柳村選《群雅集》，瞳眸反背。凌芝泉選《鍾秀集》，腰膝癱瘓。屠琴塢欲輯《乾嘉詩選》以繼歸愚宗伯，其言稍放，遂暴卒於旅邸。夫操選政者，可不慎之。

春草堂詩話卷九

甘泉謝堃佩禾

唐人論詩曰：「竟日覓不得，有時還自來。」誠言也。余嘗三五月不能道隻字，或一日得詩數十首。猶記在冶山上公席間觀劇，適李郎從壽張來，上公命作《李郎歌》，即夕詩成，餘興未敗，復得七言長律八首，内押「官」字句云：「漫道鄒枚稱座客，本來屈宋是衙官。」滿座歎其工。蓋余署理屯田管句事務時也。

陳淑貞女史字雅娟，海寧州人。父倅安徽，適秦敦甫太史。幼愛詞翰，嘗著《香雅樓近稿》。余於太史齋中讀其《題紅泉姊遺集》云：「手展遺箋聽秋雨，不堪腸斷夜鐘時。」又《爲智珠女史題散花天室詩》云：「風前一曲横琴處，人淡無言對落花。」皆有逸緻。

張霞城，畢宫保夫人也，名絢霄，長洲人。著有《绿雲樓删存詩稿》。内有奇突者，如《望終南山》云：「横作平砥豎作峰，插天不斷翠芙蓉。箇中應有驂鸞女，知在雲松第幾重。」有幽秀者，如《白桃花》云：「丰姿幽雅倚東風，宛與瑶臺玉樹同。想見文君新寡後，淡粧無語月明中。」有激揚者，如《謁寇萊公祠》云：「偉績英風世所崇，歲時村墅祀猶豐。薔薇花謝盈庭砌，尚認當年蠟泪紅。」有婉媚者，如《禹王臺》云：「小立層臺石檻邊，平疇麥浪翠浮天。列仙莫謂無餘韵，竹吹風箏效管絃。」有博大者，如《陳橋驛》云：「驛亭未改舊時名，往事追論觸慨情。何故黄袍歸國後，不聞復禦契丹兵。」蘄水陳太史沆嘗云：「夫人生平無他好，愛讀書。」宮保歷官秦、豫、齊、楚，夫人隨任，主持家政，廣著賢聲。尚書歸道山後，女公子遂迎養魯門。蓋女公子名懷珠者，即衍聖公夫人也。《唐宋舊經樓詩稿》者，衍聖公姊阮芸臺宮保夫人也。夫人名璐華，字經樓。初學爲詩，即不屑爲兒女子詩也。余嘗讀其聞芸臺先生被御賜蟒服四事、文房四事却寄詩曰：「天上遥知賜錦袍，鳳池珥筆擁豐貂。官清耐得君恩重，一片冰心答聖朝。」夫人女公子名安，字孔静。頗穎悟，適同里張氏子，早歿，有遺稿名《百梅吟館》。其《咏鴉》云：「曲檻松亭外，斜陽竹徑西。」《詠雁》云：「避雪過梅嶺，銜寒度草堂。」皆妙。

諸暨應方氏，烈婦也。幼喜讀書，年二十五而寡。寄幼子於外家，悉焚其親族質貸之券。喪葬事畢，抱硯赴水。逾三日，尸浮沙上，容色如生。陳西亭鹽尹哀其事，有七言古詩一篇，最爲真摯，惜篇長難載。西亭名鈉，與烈婦同里人也。

西亭側室譚吉雲女史，名禧，徐州人。工詩畫，常愛寫折枝小幅，索西亭題句，然秘不示人。余嘗見西亭寫老少年一㡧，女史題云：「寫出殷紅嬌嫩態，教人將汝當花看。」又題紈扇美人云：「競説姮娥天上有，偏教西子鏡中看。」其他佳句凡多，余已刊入《清華録》矣。

閨秀張静如名璉，杭州馬君馥階室也。有《涵碧詩鈔》。余愛其《送燕》句，云：「明歲重來春社早，東風庭院杏花天。」又《暮春》云：「東風惹得人惆悵，吹落庭階滿砌花。」

馮雲鵬集載南沙河旅店有維揚女子題壁詩云：「輕擲塵寰黯自憐，誤人幻夢小遊仙。如弓明月初三夜，似剪春風十五年。屋縱黄金傷不偶，玉雖白璧歎難全。無端竟屬沙吒利，並少韓郎若個邊。」其二云：「怕泛鄱陽波裏船，何如如此入秦川。心驚路遠三千里，命薄身隨十萬錢。恨不疎頑同臼腹，悔曾閨閣理丹鉛。比他花蕊夫人苦，旅璧聊充十樣箋。」詩後復有叙云：「儂本維揚貧家女也。幼從李猗䣊夫人伴讀。今春，夫人隨任，遠赴楚江，遣儂他往。無奈父母愚弱，家室凋零，長安賈以百十金購得。儂即歛艶潛光，無如不免。良人年已週甲，腹無一丁。朝夕相對，默無一語。嗚呼！此身已托，理難再抱琵琶。不知前世何愆，受此無邊罪孽。肝腸寸裂，聲泪俱乾，俚詞疥壁，以遣無聊。而良人在側，猶聞烏雅之作何生活云。」

世傳緑牡丹有句云：「密葉藏花色不分。」余病其是緑而不定是牡丹也。又有傳白牡丹句云：「神仙隊裏風流易，富貴場中本色難。」余仍病出句之不若對句工也。近又傳黑牡丹句云：「草奏清平呼乍醒，沈香亭畔墨淋漓。」余竟不能不以工整賞之。

咏物詩易於工整而難於典重。近見有賦鼠嫁者云：「迨吉宛同人有禮，于歸誰謂汝無家。」咏物詩易於諷刺而難於渾厚。近見有賦月蝕者云：「滿足自應多外侮，居高原忌太分明。」此等咏物，唐人中亦僅見者。

傳奇自元人作俑，近所稱《桃花扇》爲最妙。若「九種」、「四夢」，則瑕瑜互見。昨從金陵歸，自崇川得新傳奇二種。一爲上元江晴帆所譜王文成公父子事實，名《丹桂傳》。一爲溧陽彭梅垞所演冒巢民徵君事實，名《影梅庵》。逐細披閱，其立意皆正，措詞皆雅，亦足以表揚忠孝，使小人女子知有所歸。其奈人心非古，不獨唾之駡之，竟有唆冒氏子孫訟於官者，誠何心哉。吁！將謂董氏有玷徵君，李香君獨非妓乎。

南通州生員鄭文軒妻洪氏，名素，字冰蟾，如皋縣人。早寡。賦《梨花》云：「孀閨少婦愁多少，深掩黄昏一院春。」余見冰蟾時，皤然一老嫗矣。並云：「同鄉有熊澹仙者，名璉。貌甚陋，有奇才，不獨詩文，詞賦、制藝亦工。」余遂索觀全稿，如《春燕》云：「辛苦不知身是客，一春銜盡碧桃花。」又《村女》云：「借問誰家春夢好，半窗紅日未梳頭。」又《春夜》云：「深苑無人春似水，梨花枝上月明多。」惜所天非偶，至死猶處子云。

孔琴南夫人孫氏，有《哭姊》詩云：「少小閨中緒語温，關山明月黯離魂。舊題詩扇猶無恙，惆悵風前淡墨痕。」夫人名蘭祥，字秋卿，錢塘人。其姊安祥，字竹卿，著《白雲樓遺稿》。陳曼生司馬序其稿，云：「閨秀之詩不必皆卓然可傳，但自有其性真所在，決不磨滅。聞此女孝愛諄篤，善鼓琴，不幸夭殁。詩即不工，亦當存之，况乎又有其清婉可誦者耶？若『天連遠樹千尋碧，山入斜暉萬壑秋』，真警句也。」余因琴南所言如此，或傳其《新秋雨夜》詩：「疎雨送清響，絺衣生薄凉。風摇桐葉落，荷净水痕香。詩興秋聲遠，琴音静夜長。微吟對河漢，飛雁過横塘。」

何佩玉、何佩芬，何子甘之二女也。子甘名秉棠，一字南屏，歙人也，官鹽漕知事。長女字浣碧，有《緑筠閣詩鈔》。次女字吟香，有《藕香館詩鈔》。陳雲伯大令嘗稱浣碧有《十一字詩》云：「一花一柳一漁磯，一抹斜陽一鳥飛。一水一山中一寺，一林黄葉一僧歸。」此格前人中亦僅見者。余愛浣碧五字句有「輕寒鎖畫簾，幾點藤花雨。」七字句有「人因病後添衣早，樹爲寒多放葉遲」，「雨後萬山堆紫翠，秋深群樹雜青黄」，「一簾穀雨煎茶日，三徑松風放鶴天」，「一縷茶烟穿樹出，萬重山翠破雲來」。吟香有七字句云「萬里碧雲江上路，半林黄葉雨中山」，「江湖風雨三更夢，烟水蘆花一段秋」。皆佳句也。

華亭舉人雷存齋瑩，秉山陽之鐸有年矣。上憲累加保薦，皆以疾辭。性澹雅，喜吟咏，雖苜蓿盤空，而推解之意不息，藝林甚重之。嘗著《銅鼓歌》並叙：「鼓非近時所製，今藏山陽城隍廟，府、縣志俱未載其來歷。惟祝立齋司馬知此鼓是泰州東門外馮甸地方濬河所得。按銅鼓作自馬援，後諸葛武侯渡瀘得之蠻服，世稱『諸葛鼓』云。然泰州非諸葛與馬援用兵之地，且其鼓不宜置於近海之處。或曰祀神，未可知也。乃作歌以明其旨。」歌甚長，近聞好事者以此歌勒石於廟壁，兹不贅。

辛卯秋，攜眷山左，因蘭姬將娩，小住淮安。淮安府教授畫江徐君以詩見贈，有「鳳毛本是君家物，更見聯翩瑞采稠」之句。詩甫寄到，而次子生矣，遂命名「蘭生」。以告徐君，徐君復贈詩曰：「新詩恰爲好音催，果見聯枝玉蕊開。休擬淮南小山桂，分明仙種月宫來。」蓋生於八月十五日也。余亦有贈畫江句云：「翻手拓開香國夢，置身恍在月宫遊。」明年畫江報捷春闈，詩之讖竟有若是之速驗者，誰其信之。畫江名大綸，徽州海陽人。

嘉興人王相，號雨卿，字惜庵。納粟爲布理問。善擘窠大字，輯惲壽平、吴野人諸君詩爲《十家詩》。其先置質庫於宿遷之鄭家樓，歲久遂家焉。其地當南北之衝，故名公鉅卿往往造廬索書。相爲人有吐握之風，故群公亦樂與之遊。所著《無止境初稿》，有《别老僕》、《别舊犬》諸作，爲時傳誦。余録其《閒情》句云：「月地寒生金作粟，天風高散唾成珠。」「夜雨夢痕驚打鴨，秋風鬢影厭盤雅。」可嗣雅音也。

竇光祖字繩武，號鐵松，山東諸城縣人，東皋先生之諸父昆弟也。初補博士弟子員，將舉於鄉，而因事被黜。乃焚筆硯，就弓馬，是年入武庠。余晤於松軒司馬席間，以《秋草》詩見視。其落句云：「縱經劫火根猶在，待得春回已斷腸。」則無限悲感，溢於紙矣。

竇松軒司馬别有年矣。由桃南調任桃北，把晤間，酒酣，出古硯數十匣，羅列几案，捫之，則潤者，細者，嫩如雞卵者，真希世物也，讚歎久之。司馬用李廷珪墨磨硯上，作字數幅，内有「雨後桃花醉後人，桃花人面一般春」十四字，尤妙。司馬年未七十而五世同堂，嗣君現又觀察北河。大憲中有書「福壽多男」四字貽司馬者，非虚譽也。

因司馬所言，訪楊體之山長於宿遷書院。體之名欲仁，廬江縣人。曾宰沭陽，罷官後愛作徑尺字，遒勁有法。畫墨梅亦不落宋元以後。詩尚聲調，如「殘霞數點水天闊，孤雁一聲山月寒」，真化境也。

張隱君甽字芸心，山東人。居滕縣東南隅之小十間樓。其居依山繞澗，樹木叢雜，時時有伐木之聲，與書聲相雜，隱君於其中藏書、讀書、注書。所注《古韵發明》，旁通博引，誠偉觀也，阮宫保爲之序。余晤隱君時年已七十，猶能督耕課孫，應接賓客。或曰：隱君五十餘，目尚不識一丁，家徹貧。

十數年來，擁厚貲。書自漢唐而後，經史子集，靡不條分縷析。所著甚夥，所著甚秘。

兒時解韵語後有《移居》長律四章，海内郵和者數十人，彙爲幀而失於檢點。惟傅瘦石之「石枕夢涼微倦後，竹爐烟暖晚晴初」，萬柳村之「鳥啼檐角春聲碎，蛀篆墻陰古字排」，尚能記憶。

數目詩以一至萬而成詩者，元人之濫觴耳。然亦有佳者。如馮七雨《西湖有感》云：「西湖四照盡雲峰，一線泉流過九重。樹傍六橋紅間緑，波摇三月淡還濃。滿山纖草千竿竹，遍地籐蘿百尺松。七八年前徐十二，萬般情緒五更鐘。」原注：「徐係中表，前曾於此送徐之官閩省。」七雨，通州人。名承厚，初名學豹，字蔚如。性善，有隱德。

通州壇坫能使賓之如歸，則前有范十山，近惟王西成司馬一人而已。司馬名實穎，號稼蕃，西成其字也。性愛才，凡有一長可取，必獎藉之，故聯秋曹璧、黄上舍學圯皆稱司馬賢。余在崇川，招同里諸君子，飲酒賦詩，賞花調鶴，不知凡幾。暇出《寄懷聯秋曹》詩曰：「猶憶仙舟請謁時，天街雨點濕絲絲。從今一别真如雨，記取江南望後思。」非情深曷能道此。

范十山者，即漁洋集中所謂「翩翩濁世佳公子，只數揚州范十山」。其時通、如尚屬揚州。按十山名國禄，字汝受，前明吏部異羽公子也。性好客，過通者皆以爲東道有主。並傳其《宫詞》云：「年方三五入朝來，多少宫槐眼見栽。槐樹長成陰滿路，妾身猶自傍粧臺。」書法亦一時之冠。

徐鸞坡徵君名縉，號紀雲，南通州人。有古仁者風，每遇善舉，惟恐落後。或有非之者，徵君笑曰：「當仁，吾肯讓耶？」至如冬薑夏葬、養生送死、助嫁施藥，雖費鉅萬，無憾也。暇則招同保莘茨、王芸室諸老輩作銷寒、消夏等會。自著《芸暉閣集》、《借樹樓吟稿》，更與楊述臣輩纂《五山耆舊集》、《咫聞録》諸書，有力焉。詩如六言截句云：「池塘古樹千株，水榭重簾半卸。盆中蘭箭新抽，沼上蓮衣未卸。」又如：「籠紗盆草無塵，壓架珠蘭放蕊。松間帖寫《黄庭》，竹裏琴彈緑綺。」皆有逸致。

壬辰夏，旅寓崇川。王雲室居士貽余書曰：「子刻《蘭言初集》、《二集》，有功風雅不少。即如余辛酉諸同年若李陸平、陳石士、張芥航、吴畬恬、孔荃溪、李春湖、朱虹舫、方鐵船諸公，各執大將旗鼓，卓然成一家言。披覽之餘，如初相見，所謂他日見蔑之面而已，今見其心矣。使諸公聚精彙神，日與吾摩挲斗室中，真稱快事。微吾子之力不及此。」他日又謂：「予曰子既刻方鐵船同年《反游仙詩》入《詩話》，讀之覺豪情奇興，層出不窮。余因類抄張仲雍《求仙詩》四首附其後，氣燄稍亞，情致自佳。其云：『大藥不妨常九轉，靈桃何止歲三偷。』似悟内景，亦徵新得。余請下一轉語曰：『大藥不妨常九轉』何如『雲碓無人水自舂』，『靈桃何止歲三偷』何如『大聖無心火自飛』。」云云。俱涉玄解，其奥博如此。居士名汝霖，辛酉進士也。

沈酌亭洞，如皋詩人也，居林梓鎮。嘗言仲冬夢至一處，亭臺曲折，山水參差，迥非凡境。庭前植梅數株，清芬襲人，月光瑩澈如畫。有白鶴飛翔梅樹下，若邀客然，因隨鶴步至亭中。亭設杯饌，至即就飲，酒色清味香，少飲輒醉。醉欲卧，忽聞鶴唳一聲而寤，因作詩曰：「仙風吹到碧雲端，手酌雲漿夜未闌。疏影一庭聞鶴唳，月明如水不知寒。」讀之使人有塵外想。

王輞川《九日》詩曰：「遥知兄弟登高處，徧插茱萸少一人。」袁海叟《白雁》詩曰：「天涯兄弟離群久，頭白江湖尚未歸。」蓋古人以倫常爲重，往往性情流露筆端。昨在林梓鎮，讀沈君蓮谿《問兄病》詩：「慨慨患病又今年，回首光陰倍黯然。況是晚凉窗乍起，秋風楊柳讀書天。」兄竹雪和云：「太息今年勝去年，弟兄患病又同然。何堪愁對疎窗卧，反覆吟成欲暮天。」以二君而論，何讓古人。竹雪名志善，蓮谿名裕本，皆如皋邑庠生。

竹雪齋中有紅蘭一盎，或曰非蘭也。然余在廣西全州道上有赤蘭亭，亭傍有二大松樹。松生蘭，如寄生，草葉似建蘭，花開赤色。相傳此松乃楊六郎夫人手植。赤蘭，其靈蹟也，題咏甚多，詩未暇録。

嘉興沈西雝觀察濤有事如皋，知余在如皋，即日過訪寓齋，話十數年别來光景，作《相逢行》長歌見贈。歌曰：「一年相逢廣陵城，麻衣如雪青衫青。吹篪擊筑兩游子，江流日夜悲歌聲。一年相逢在淮浦，湖海襟期各傾吐。我時躍馬看吴鉤，君亦聞雞思起舞。燕雲粤嶠隔關山，酒虎詩龍膽不豩。炎天瘴癘冰天雪，能無别後凋朱顔。長條又折隨堤柳，失喜天涯見吾友。同是棲遲零落人，射雉城南一盃酒。酒酣示我青山圖，流泉奇石真堪娱。故鄉大好不歸去，青天搔首何爲乎。知君不羡烏衣宅，賸有篇章述祖德。即論詩派亦雲礽，六代殘山更生色。男兒識字貧可憐，瓶無貯粟囊無錢。牽舟作屋豈良計，故家喬木空依然。吁嗟乎，吴霜點鬢不成緑，我歌相逢聊代哭。更作嗚嗚變徵音，裂盡西臺一枝竹。」余亦作《兩生行》答之，詩載本集。

觀察云湯漁村在阮梅叔席間諄諄齒及。嗚乎！漁村身貴矣，尚不忘十數年前一空山野叟。嗚乎！漁村情厚矣。嘗記漁村在莫愁湖上邀賓賦詩，詩先成，有「春燕棲時非舊夢，落花生處是情根」之句，衆賓擱筆。字寫黄山谷，與郭頻伽齊名，謂之「湯郭」。嗚乎！漁村由千把而至提鎮，其經濟韜鈐可想，况吟詩、作字之小技哉。漁村名攀龍，號天池，丹徒人。現任黄巖鎮總兵官。

豐利場汪春田觀察裦然，詩集盛行海内。令弟司理公名爲霑，號育萬，字春潯。有《甲寅集》四卷。集内《次洪稚存太史見贈原韵》，有「一代功名歸氣節，千秋事業在文章。」《次樊雲坪都督登狼山韵》，有「一枝危塔雲間矗，萬派長江天際流」，「蘆岸白添朝雨後，楓林紅到夕陽邊。」皆盛唐佳境。哲嗣曉堂司馬、滋香茂才皆有詩。

唐陶山方伯嘗云：通如有奇才者二人，一爲保印卿少府，一爲范蕖仙明經。蕖仙名景瑗，如皋人。人如衛玠，詩似温岐，六體皆佳，樂府稱最。如《搗衣曲》云：「腸斷兩行淚，夢回千里心。」《烏夜啼》云：「霜冷遠鐘寂，月斜殘漏清。」印卿名大章，通州人。性情慷慨，吐屬風流。四聲協律，七言擅長。如《舟行》云：「竹斷倒流風葉住，蘭橈輕撥浪花圓。」《幽居》云：「屋角漏天蛛網補，潭心沈月蟹罾撈。」印卿工賦，蕖仙工詞，皆工書。

一日得書札二函。一札乃上海劉孝廉樞所寄，並附詩曰：「青山如畫白雲隈，文選樓高百尺開。倘許登臨一相訪，明年我欲渡江來。」一札乃儀徵吴孝廉鎧所寄，並附詩曰：「脱帽臨風際，思君日幾回。一言蘭契合，兩見菊花開。鴻雁斜陽外，江湖秋水來。所懷清不洗，葭露白皚皚。」吴字梅孫，劉字鴻甫。

婺源齊梅麓大令名彥槐，官金匱縣，己巳進士也。有《聖姑廟歌》，並序其事云：「南岳道中有聖姑廟，不知爲何神。己卯十一月，聖姑降於村民邵某家，謂邵某新婦爲聖姑義女。聖姑至，婦輒作神言。遠近來觀者，日無論數百，皆能識其名，以是人神之。既新聖姑廟，且言今年三月聖姑當攜女出遊。歛錢賽會，費數千緡錢，由聖姑派貧與富，無敢匿者。憫其俗之愚，作聖姑廟歌。」歌長未載。

春草堂詩話卷十

甘泉謝堃佩禾

蘭姬，燕産也，愛作滿洲裝，朱石甫瑋題其小像云：「鬢邊雲影眉邊月，帶得天山爽氣來。」姬愛畫蘭，黄春澗鍾秀題其册云：「憐君一管生花筆，畫了蛾眉畫楚詞。」春澗，杭州人。石甫，通州人。

胡萱生字春巖，如皋知名士也。滿洲托静齋宰如皋，舉春巖爲孝廉方正。凡三徵不應，遂作五言詩四首以明志。其二首云：「正得清遊趣，高堂白髮侵。敢將遊子意，重繫老人心。楊柳三間屋，梅花一曲琴。閉門隨杖履，真樂此中尋。」又曰：「曠典恩原重，虚聲誚可虞。問心方問世，終覺耻吹竽。」范廉泉明府和詩云：「子舍堪依戀，囂塵點不侵。著書千載業，養志百年心。松籟雲間屋，風濤海上琴。友惟三益共，此外乏招尋。」查梅塢和詩有云：「席珍三聘却，天爵一身修。」又曰：「甘作子陵釣，羞彈單父琴。」又曰：「徑捷通人耻，聲高我輩虞。」朱石甫和云：「此心在泉石，斯世本唐虞。」江子香云：「風雲前日夢，烟水此時心。」又曰：「廊廟原多士，林泉大有人。」保印卿云：「水有知源樂，雲無出岫心。」觀諸家詩，春巖之高尚可想。蓋少時嘗與畢秋帆、趙鹿泉、黄仲則、錢獻之、洪稚存諸君游，其家藏古書畫，世所罕見者甚夥。

蘭姬午睡，夢至一所，亭臺花樹若巨室焉。其間有十數麗人，皆艷服。中一人曰：「亭前花發來知己，架上書開見古人。」遂醒。

余耳西湖詩僧小顛名，惜未見其人。偶讀朱石甫《獨行堂詩存》，中有《贈小顛》詩云：「山花吹滿西山顛，葛巾漉酒石上眠。山中猿鶴喚客醒，杖藜踏破西泠烟。萬峰老僧能逃禪，沽酒不惜青銅錢。乾坤放眼無愚賢，但願一醉三千年。」又曰：「松風泠泠吹酒瓢，白日欲没孤雲高。偏袒右肩脚不襪，狂呼笑傲真吾曹。」此詩真活畫出一小顛僧矣。集中又有《曹頂將軍歌》並叙：「將軍，餘西場亭户也。嘉靖丁巳，倭寇犯邑，將軍禦之。手馘數百人，已亦戰殁。郡人立祠狼山側，榜曰『曹義勇將軍廟』。」歌長莫載。

如皋縣丞姚城，桐城人，字侶梅。詩畫絶佳。曩寓蘇州葑門紅杏橋西張公别墅，其中有挹翠亭，四壁嵌空，三面臨水，漁舟畫舫，錯雜衝波，寒山香阜，參差排闥，而四時烟月，秋月尤佳。侶梅邀同人濡毫染素於其間，並訂中秋之約。至日，同人因他事不果，侶梅歉然。後一月，侶梅夢坐亭中，與張君子默把酒對月，懷同人不至，遂賦詩曰：「月滿一亭間，秋空山色老。」續句未就而醒，於床展轉移時，仍在亭中，竟成續句云：「故人期未來，天風鳴樹杪。」余覺此詩不奇於夢中所作，而奇於夢中所續，故録之。侶梅復有夢中詩云：「底事人春歸，春歸花事了。問春春不言，深林亂啼鳥。」其格頗近王、孟。侶梅五律尤勁。如《山行》詩云：「峭壁繞千里，烟霞欲蕩胸。山高雲傍馬，寺古樹懸鐘。怒石蹲如虎，蒼松勁若龍。僧歸閒自得，斜曳一枝笻。」

楊廷撰字述臣，號蓮渚，南通州人。詩文有聲，人以才子呼之。嘗同里人徐鷺坡徵君輯有《五山耆舊集》、《咫聞録》諸書。詩尚杜，故其格高律細。惜無副本，余别通州後竟不復記憶。茲録其臨别贈余詩云：「攜眷安居亦夙緣，無端折柳促離筵。守株待兔原非計，彈鋏歌魚却可憐。鴻雪匆匆留舊印，鶯花草草入新年。懸知此後相思處，山左江東各一天。」「一年花月遞傳觴，歸在春先別恨長。健筆君能搴赤幟，名心我已悟黄粱。偶來小住權須住，此去他鄉當故鄉。但有青山足高卧，披圖相對轉茫茫。」

李承謨字稚皋，直隸青縣人。拔貢生，現官昌平州訓導。有《中條山新樂府》八章，切重時病，余已刊入《蘭言集》。其五言律最稱膾炙者，如《寒夜》詩云：「寒夜人無寐，徘徊立石階。月光明似水，樹影瘦於柴。不語發遥想，多愁損壯懷。祇聞風裏柝，敲遍短長街。」

鹽城令孔俊峰先生名昭杰，山東曲阜人，聖裔也。時兩三年，清風兩袖。然好獎藉人才，雖逋負滿堂，尚欲得萬間廣厦，遂時時有掣肘之患。故《述懷》云：「運行逆處通猶塞，事到貧時暢亦難。」又「赤貧友至愁無補，索債書來不敢看」，又「賒來煤米愁逢節，典盡衣裳預怯寒」，又「不得言貧始覺難，償債無人書怕復」等句，不處此境不能解此詩之妙。至如「不媚長官非傲上，只因先要訪詩人」，其憐才愛士之風可想。

余因倪竹泉觀察訪范廉泉明府於如皋，相見若舊識。明府，雲南永昌府人也，名仕義。甲戌進士，居官有循聲，歷任江浙，不名一錢，取字「廉泉」，有謂也。愛讀古人書畫，積有數十百嶝，余亦常得窺伺簿書、暇詩文而已。余嘗陪遊狼山，明府詩曰：「浩浩天風響珮環，狼峰指顧一開顔。標形下瞰魚龍窟，作鎮雄吞虎豹關。瀛海鏡清溟渤外，佛燈珠貫斗牛間。山頂有塔，聳入天半。我來絶頂舒長嘯，招手群仙樂往還。」《送夫人回雲南》詩云：「草緑淮南道，春風促遠行。頻年兒女累，老我別離情。望裏青山遠，忙中白髮生。遥知還舍日，秋月照雙清。」《舟中不寐》云：「夜坐篷窗底，頻增萬里情。雲山渺天末，風雨憶長征。時有永州猺匪之變。繫念關親屬，傳聞罷甲兵。楚黔經歷處，無復夢魂驚。」《哭同年楊蒼門太史》詩云：「金臺握手別經年，惆悵悲風動遠天。壯志未凌霄漢上，旅魂猶滯暮江邊。三生結契重泉隔，八口飄零兩地懸。丹旐何時歸故土，一杯遥奠點蒼烟。」此數詩聲調格律無美不備，其真摯處從性情流出。

丙戌秋七月，明府宰寶山。署中玉蘭二株盛開，乃屬邱朗卿作《玉蕊秋暉圖》，集同人賦詩。明府先成七律二首，和者數十人。蔣君爾鍔並序其事云：「秋風海嶠，河陽驚一縣之花；春雨江南，雲島飛雙鳧之舄。惟吾太宗師，金馬名流，碧雞詞選。銀花蕊榜，依然學士清華；墨綬銅章，故是書生本色。夏四月來涖是邦，則琴鶴一船，圖書滿架。署中舊有玉蘭二本，秋後忽盛開焉。渾從天女散來，休喚殷家七七；巧向封姨借到，重開陶徑三三。爲有才人，天纔破例；若非仙吏，花肯低頭。爾乃抽銀管，布蠻箋，刻燭裁香，流觴修禊。蓮花幕下，争傳庾杲詞妍；荔子廳前，盡道江淹筆艷。祥風化雨，卿月冰壺。鍔也志切登龍，技慚刻鵠，恭依原韵，謹賦短章。此日棠陰花滿，長官如江水之清；他時粉署香濃，珥筆步花磚之影。」詩曰：「水雲凉動芰荷裳，十二瑶臺逗曉光。開到芙蓉同繞砌，琢成翡翠定爲床。秋風驚艷花成國，明月長圓玉作堂。試看解衣盤礴處，手揮雙管寫蕃昌。」「絃歌雅化徧溟洲，官閣曾爲秉燭遊。花影亂横青玉案，酒香初泛碧螺舟。牋分蓮錦沈殘漏，夢逐梨雲報早秋。不讓中牟有三異，茜紗籠處墨痕浮。」其他佳句，美不勝收。《瓅苑蘭言圖》乃明府壬辰入闈携歸物也。圖爲趙蘭友司馬所畫，畫用藍筆，撇蘭三叢，借監試紫筆點心，並附二十字曰：「嗟蘭本國香，偏與衆草伍。誰傳空谷音，賴有援琴鼓。」一時題者，爲張蘭浦文鳳、藍一枝桂、徐稚蘭青照、傅少崖人翹、劉眉士佳、廖竹臣鴻苞、雲澹人茂琦、唐黼卿汝明、劉曉帆洎、湯子燮譽光及明府。詩靡不佳者，尤愛許湘嵐心源詩云：「瑣苑深談到夜分，一回把袂一回親。借君彩筆圖蘭草，珍重同心十八人。」

女史左慕光《寒宵書閨秀葉柏芳詩後》云：「雕龍翦燭當經看，土炕蹣跌不覺寒。願效莊周化蝴蝶，隨風吹上玉欄杆。」余初不知閨秀爲何人，後在曲阜，知爲直隸吴橋縣知縣孔昭誠夫人也。夫人名俊傑，湖北江夏人。喜詩詞，或傳其《黔西道中》句云：「凍雲常隱日，寒水不歸谿。」《天橋道中》云：「湍喧危石冷，橋斷野雲閒。」《華蓋洞》云：「暗風深蔓草，冷翠滴空禪。」《夜泊巴陵》云：「洞庭咫尺泊巴陵，夜色朦朧月未升。明滅微茫三五點，舟人遥指是漁燈。」七言瑰麗，五言冷艷，頗不似女郎口吻也。女史桐城人，適同里葉馥，官汶上縣知縣。

雙卿夫人者，徐生庵少府長姬也。姬姓花氏，有才能，歿於勞瘁。少府傷之，作悼亡詩詞百餘首，寫夫人像，裝潢卷册，徵同人詩。秀水陳梅岑爲之序曰：「《金縷》歌殘，過時莫挽；朝雲身化，有夢皆空。自來感逝情深，況復如花命薄。」又曰：「尹、邢無妬於同儕，琴瑟克襄夫雅奏。自謂香真不斷，樹可恒春。何圖緑葉成陰，偏桃夭之無子；朔風滿地，羌梅骨之難支。醫藥空投，步塵境絶。」少府悼亡詩有「徒賦傷情豈報恩」之句，「恩」之一字於姬人未免太過。少府含涕而言曰：「曩冬，小婢遺火，衾枕皆燃。姬夜起獨救之，跌仆者數四，疾由是生矣。旋又因鄰家火起，舉室皆避，姬獨守之，宵小竟無間可乘。」余聞之，作《如皋二姬行》。蓋董小宛曾脱巢民先生於難云。

沙思祖，癸未進士也。通州石港場人，字淩齋。性慷慨，而敏於才。嘗聞飲於某大户家，席間有乳婦索書楹帖，淩齋浮一大白，書「紅杏枝頭春意鬧，烏衣巷口夕陽斜」贈之，滿座爲之絶倒。蓋乳婦從王姓而復私於宋，借句之工如此。然此尚屬詼諧調笑之筆，至與其令弟澗泉孝廉同赴春官，在高唐道中即夕賦詩，有「那堪風雨聯床日，正是關山襆被時」之句，却又何等沈痛悲感。澗泉名芹生。

湖南長沙人聶惠敏，字蘘梅，官寶慶府教諭。其五言古詩最佳者，如《晚泊蘆林潭》句云：「岸高不見月，沙泠微生烟。霜清水氣肅，潭影空澄鮮。」其七言律詩最佳者，如《璐河舟中見白雁》句云：「馬良兄弟眉痕異，蘇武音書雪意多。」又如《丁家洲見梅》句云：「騎驢客去寒猶峭，放鶴人歸日已曛。」「渡頭春水生桃葉，屋角斜陽上竹枝。」皆有雅音。

冒兆鯨字華音，號晴石，如皋人。候選教諭，巢民先生之曾孫也。時文、律賦爲通屬最，聲詩不多作，而自然合拍。如《泛秦淮》云：「玉笛斜陽岸，紅燈舊酒樓。」《驢蹇》云：「名倚詩人重，才應駑馬慚。」《哭女》云：「魂斷爾三月，心傷我一秋。」又如《九日招同人小飲》詩云：「十日晴開萬里秋，秋高爽氣合登樓。祗堪今夕譚風月，况有文光射斗牛。紫蟹黄花饒逸趣，青衫白髮掃閒愁。出山誰慰蒼生望，鴻爪因緣記此留。」又如《贈友》句云：「千里關河三尺劍，六朝烟雨一囊詩。」皆有味。

近人七絶學楊鐵崖者，惟平原董書農芸能入室矣。余嘗讀其詩，有「湖上女兒能刺舟，湖光如鏡水如油。鯉魚風起荷花老，家在緑楊灣盡頭」，最爲逼肖。

曲阜歲貢生孔傳祉號西園，有道士也。一日，天大雪，忽賦詩曰：「六出飛花白玉鋪，原來天地是冰壺。而今共住光明界，此後紅塵了得無。」聞所畫蘭竹亦逸品也。

《笠研山房叢稿》者，吴縣沈鐵龍圻所著也。鐵龍與曲阜孔經之憲緯爲文字交。經之嘗訪余於山陽，出《疎華館詩存》見示，翻閲數四。經之短篇以議論勝，鐵龍長篇以含蓄勝。兹録鐵龍《寄衣曲》云：「秋風瑟瑟秋夜凉，空房獨宿飄流黄。繡花裲襠何年物，當時曾記授衣月。而今祇對銀缸紅，可憐刀尺隨西風。别魂離夢交河去，月落烏啼不知處。」經之《弔潘美》詩云：「當年讀史知名姓，此日軀車過故鄉。剩有一坏黄土在，英風颯颯草蒼茫。」「將軍威着契丹中，千古人欽大將風。比似村名並任昉，一爲才子一英雄。」「青史空傳死後名，稗官書已誤平生。朔方役豈苛離比，却罪將軍是按兵。」並注：「朔方之役，楊業死焉，多以按兵爲潘美罪，故辯之。」

人生最難得者知己。知己者，亦有别焉。富貴知己者交以情，貧賤知己者交以心。余在南通州時，與保莘莢先生可謂交以心矣。先生名金臚，年近八十而家徹貧。性酷好詩，六體兼備，集句尤佳。嘗送余歸揚州詩曰：「東方半明大星没，天雞相呼曙霞出。惆悵渡頭春復春，郵亭獨送征車發。」「文章似錦氣如虹，猶喜相知笑語同。今日相逢又相送，碧雲天外作冥鴻。」「蠟燭有心還惜别，遠書珍重何由達。此回歸去更來無，長歌望與分明説。」「揚州郭外暮潮生，愁殺江南離别情。樂府正聲三百首，知君到處有逢迎。」先生未歿時，長子已死。稿雖在篋，余竟無力爲之付梓，思之惻然。

保大章字印卿，葊茨先生族孫也。能文章，嘗作《岳家軍賦》，爲湯敦甫尚書所賞。後又京試一等，以主簿用。喜作詩，善藏鋒大字。見義必爲，遇難不避，余故贈詩有「肝膽餘杯酒，交情重死生」之句。

馮半農茂才名如達，彬彬然有儒者風。嘗遊北山寺，有「衆木足幽趣，一僧能苦吟」之句，爲時傳誦。其胞弟以達字東笙，入學後肆力制藝，不譚聲詩，忽一日成五言句云：「衆木緑成幄，一山青到門。」又成七言句云：「小樓貯月清光滿，修竹吟風凉意多。」此不譚詩者之詩，使譚詩，更不知立足於何地矣。

海州分司單壯圖字孟莊，號健堂，浙江蕭山人也。詩筆冷峭，余嘗晤於汪月樵小詩龕中。後因公來揚，復晤於王竹嶼署齋，以近詩見示。余愛其《秋月》句云：「小閣捲簾人别後，空江横笛雁來時。」《秋雁》句云：「霜月三更千里影，荻花兩岸一江秋。」又《紅葉》句云：「花濃古寺疑三月，路繞斜陽忽半林。」較之小詩龕中舊作，又判然矣。

舊藏董思翁墨筆山水一幨，烟雲焕發，百讀不厭。余尤愛其跋云：「巨然學北苑，元章學北苑，黄子久學北苑，倪迂學北苑。一北苑耳，而各各不相似。他人爲之，與臨本同。若之，何能傳世也？因臨子久畫並及之。」吁！思翁所論韙矣。今人學詩、學字，務求形似。字形似則板滯不靈，詩形似則衣冠優孟。故趙甌北深疾此輩，而作詩曰：「生面果能開一代，古人原不占千秋。」此即思翁之意。

趙松雪畫《張公藝九世同居圖》，卷長一尺六寸，寬二丈四尺五寸。其中樹木古厚，旗幟安詳，帝王具天表之姿，騎衛得威儀之勢，至若問者、對者、窺者、聽者，各盡其妙，使人讀之如入壽張之境、履公藝之庭，技至此極矣。河東人李倜於延祐丁巳閏正月八日題其後，曰：「松雪翁繪此長卷，昭示後人，夫豈一水一石、娱心悦志者比哉？昔陶淵明贈長沙公詩云：『同源分流，人易世疎。感彼行路，眷焉踟躕。』蓋深傷之也。杜子美贈從孫濟而不免於防猜，故其詩云：『所來爲宗族，亦不爲盤飧。勿受外嫌猜，同姓古所敦。』觀長沙公及濟之事，千載之下，未嘗不令人興歎，安得置此卷於几案間，日三展視，使《葛藟》之刺不興，《角弓》之怨不作，則益於人者大矣。」余得此卷於毘陵陳氏，雖飢寒不忍爲勢家所奪，故識之。

余在蒼梧市上得古鏡一、古玉一、古畫一。畫爲元人張守中所畫工筆花鳥，設色鮮麗，鉤勒古峭，絹質極細。長一尺三寸，寬一丈五尺四寸。其花則鳳尾草、諸葛菜、蘆穄、梨花、蘭花、菊花、栒杞、芝草、月季、檾花、水仙、松、竹、梅花，其鳥則鶺鴒、綬帶、黄鳥、白雀，皆細鉤細染。孟芝山篆其額曰「安樂長春圖」。楊鐵崖題其詩曰：「幾年不見張公子，忽爾披圖憶故人。回首雲間同作客，春花春鳥墨痕新。」中山伯誠亦有詩曰：「鐵仙詩句張公畫，二老風流最擅名。一自樽前歌板歇，春風花鳥總含情。」又有藏六翁、見泰、花倫、范公亮，皆未詳何許人，皆有詩。丞相脱脱於至正二十年四月跋其後曰：「昔唐代黄要叔、滕昌祐皆工花卉得名。宋内院徐崇嗣、崔子西、李迪諸賢猶善花鳥，皆爲宋代名手。今觀張子政先生所繪《安樂長春圖》卷，筆力高絶，渲染神妙，尺幅間具見條達之機、翔集之態，宜諸賢之樂爲題咏也。」玉長三寸五分，寬一寸二分，厚一分餘。質若古墻敗堊，形如執圭，尖頭墳起，若三圓釘狀。拗之則彎，舒之則直，刀不能入。鏡圓一尺五寸二分，邊厚三分餘，瑩澈可愛，印日則五色煥燿若日華，然印燈稍澹。鏡背凡五圈，内一圈則青龍、白虎、朱雀、螣蛇四像，皆凸起，或曰「麟鳳龜龍」。二圈則蓮臺八座，三圈則十二辰形狀，四圈則二十八宿星像，五圈則隸體銘文，有「法天之象，則地之靈。萬物不能逃其跡，百怪不能遁其形」，尾句乃「後而得之，福祿來成」。因此物已歸衍聖公府，全銘不復記憶。玉亦歸兩廣制軍李宫保。宫保有《軟玉歌》，聖公有《日華鏡歌》，歌長皆莫能載。

蔣秋田煜、姚朗齋琳，皆南通州人，皆工近體詩，又皆善畫。姚擅指頭山水人物花鳥，得傅雯秘旨。蔣擅寫真，得曾鯨要訣，百不失一。善鼓琴，於泰西之法，尤有神解。嘗製渾天儀及萬年表，雖西洋人莫知其法，《崇川咫聞録》載之甚詳。總之有江慎修製器之精，無戴東原割圜之晦，誠異人也。二君有詩寄余，一時失檢，僅記朗齋爲余題畫一絶句云：「峭寒今夜逼窗紗，倦鳥啼殘冷月斜。寫得風流歸謝傅，一重春雪一枝花。」

余與范廉泉明府登狼山詩，和者數十人，惟汪芸巢詩稱最。詩曰：「夾徑松濤面面環，旌麾小住翠微彎。危樓縹緲雲爲幔，古殿陰森石作關。野色半遮村墅外，江光都在樹林閒。袖中自有清風貯，遥指天邊雪羽還。」凡四叠韵，皆佳。芸巢名棐，通州貢生也。

徐嵩年字壽莊，如皋人，生庵少府長子。翩翩倜儻，下筆千言而無一滯字，真驚世才也。沈西雝觀察嘗稱集中《春寒曲》、《團扇歌》諸作，置之金荃、玉谿兩家集内竟可亂真。而《感秋》、《秋懷》等篇爲變徵之音，沈鬱蒼茫，若出二手，即使空同、大復，亦當把臂入林。由其神采丰俊，蘊釀復深，故能不拘一格如此。觀察之論甚正。余尤愛《宫中行樂詞》「苑花初破纈，宫柳漸含絲」，「千門同碧樹，萬户盡紅粧」，「梅英粧鳳額，竹葉引羊車」，「舞態驚眠柳，歌聲度落梅」諸句，又宛然太白矣。

春草堂詩話卷十一

甘泉謝堃佩禾

或傳前輩言《列女傳》不當載謝道韞、蔡文姬輩。余聞之，笑曰：「此老以《列女傳》作《烈女傳》讀耶？」

丹徒詩人有自稱瘋子者，其性褊躁。人或賺之曰：「子之詩似太白。」瘋子即以爲太白，今而後太白矣。或又賺之曰：「子之詩似淵明。」瘋子即以爲淵明，今而後淵明矣。瘋子由是爲淵明、爲太白。江南北無不以瘋子之詩爲淵明、爲太白。竊有疑焉，覓其詩而觀之。觀其五言古詩，曰「種菊」、曰「飲酒」、曰「歸去來」等字，是因此而爲淵明矣。七言古詩曰「美人」、曰「酒」、曰「桃華」等字，是因此而爲太白矣。雖然，瘋子之所以爲太白、爲淵明，瘋子也。既賺之，又從而和之者，將以爲有後，吾斯之未能信。

吴麗常明經一字荔裳，名存義，泰興人，徽藉也。中壬辰副車，以詩鳴。嘗作《江山船歌》，爲時傳誦。歌曰：「南山作雲北山雨，後溪水到前溪聚。溪邊開遍女兒花，花底鴛鴦都解語。鴛鴦飛飛日高起，或傍船頭或船尾。茜草紅將蝶袖揎，波光翠動雅鬟髮。一顧勸客嘗新茶，再顧勸客留儂家。語音清脆客心醉，請調捍撥敲紅牙。異鄉樂，同年嫂，一曲樽前歌《得寶》。臨行更進相思阜，思來還是同年好。」按江山船乃江山縣之娼船也。娼名同年嫂、同年妹。曰嫂、曰妹，婦女有別也。然皆桐廬嚴州人。以「桐嚴」訛作「同年」，所歌之歌曰《桐嚴歌》。一如京有京腔，淮有淮調。近亦訛爲「同年哥」，想因有同年嫂云。荔裳用同年嫂者，從俗也。

琴六廣文嘗謂余曰：「近於小説中所見《慘魂篇》，文情高古。」余請誦之。辭曰：「夜迢修而轉側兮，心似焚以怦怦。慘幽蘭之早折兮，悼芳蕙之先藟。何惡蓷之滋蔓兮，甚賊苗之稂莠。欲翦拔以糞除兮，皂刺足而棘刺手。告田父以假其鋤鍤兮，絡冒頭而鉗制口。冀美人於一晤兮，儵神結而爲夢。出闥閣以遐矚兮，見蓬顆之蔽塚。聲嚶嚶以啓悲兮，先秋風而聽之。魂冉冉其欲離乎窀穸兮，猶逡巡以鼠思。羌儃佪而夷猶兮，非疇昔之姣態。頻拭目以端倪兮，徒神奔而鬼怪。詎綺羅之化蝶兮，體袒裼而裸裎。哀冰玉之銷鑠兮，瘡臽臽以縱横。妾薄命以貽戚兮，職王孫之故也。君獨生以曷歡兮，寧不懷兹楚也。誶曰：已矣，魂其歸來兮，毋躑躅以流連。吾將與子同穴兮，心則石而力則緜。」説載此辭乃單炳文所作。炳文係富豪單廷獻別母弟也。廷獻以弟與諸子延康生教讀，康能兼擅祝鮀、宋朝之雅，廷獻悦其諛，故相得。康工於諛而不工於文，炳文嘗譏誚之，師生遂有隙。又因美婢小蕙鍾情於炳文，而不能一顧於康，隙猶是深。康乘間於廷獻前發炳文、小蕙之私，廷獻怒，捶小蕙待斃，復以木棒塞其陰，拘炳文於溷厠。是夜，小蕙死，炳文辭成，未幾亦死。康不自安，解館歸。是秋入闈，自抉其舌而死。

范小舟籛字竹齡，鄞人也。芥舟大令子，與李春圃明府爲中表昆季。小舟尚肝膽，不以詩鳴，間一操觚，其吐屬甚覺風雅。余嘗見《題錢香畹琴笠圖》詩：「仲文雅度本翩翩，八載論交識舊緣。琴笠祇容君作伴，風塵常使我羈纏。半生娱酒消佳日，一棹同歸感昔年。甬上山光溪上月，幾回剪燭話窗前。」竊恐侵侵言詩者多半不能道此。

劉銘字劍堂，號箴山，余同鄉姻戚者也。庚午孝廉，秉鐸江陰。其爲人也孝弟，愛友朋若性命。余自嶺南歸，訪箴山於暨陽學署，作數日談，知故鄉耆舊凋零過半。其哲嗣壽甫茂才，髮際露一二素絲，因憶竇叔向「夜合花開」一律，有真味矣。壽甫喜聲韵之學，以余爲知言，出所著《澄江詩草》、《南遊集》諸幀相問。七言古詩是吴梅村、楊蓉裳一流人物，他格稱是。如《踏燈詞》云：「聞道金錢買燈樹，萬人如海看鼇山。」又：「夜半瓊樓移錦障，天風吹下踏歌聲。」皆不在王建《宫詞》之下。顧謂箴山曰：「如此寧馨，豈易得哉。」壽甫名倬。

劉衡士銓，箴山廣文兄，字璇齋，甘泉人。入府庠後便肆力丹青，詩不甚作，而趙甌北嘗稱其《桐花鳳》詩是晚唐人風韵。銓有養僕苗秀，警敏淳朴。銓作畫時，常命秀拂紙磨墨，既久，竊弄赭墨，機栝甚清。銓愛之，出甌香、解弢諸粉本，使摹臨數過，復以用墨傅色之法細加研究，期年而道成，名甚噪。滿洲人聯璧倅江南時，將聘之。秀以母病辭，聘之篤，從之。母復病，秀子名新甫者，年十三，嘗見父刲股以進祖母，祖母愈，故復效其所爲，祖母復愈，鄉里爭傳其孝。唐補卿太史有詩曰：「請將兩代苗郎傳，説與人間父子聽。」秀之所以能若是者，璇齋也。

謝蕙字畝芳，江陰縣秀才，有文名。姚秋農尚書、朱虹舫閣學督學江蘇時，試必前列其名。然竟不利場屋，時皆以未釋褐爲屈，畝芳竟無繫於懷，惟詩酒是樂，自號蓉江漁父。王柳村常稱其詩情勝於文，即讀其《哭辛筠谷少宰》詩曰：「那堪重過衡文地，桃李空留一院陰。」又有《送錢亦士宰劍南》詩曰：「一樽餞别休辭醉，他日相逢恐白頭。」柳村可謂知詩者也。

國家之所以設關津者，裕商賈也。大吏之所以督關津者，防疏漏也。然不能專司其事，遂任其親友，親友復遣奴僕，奴僕與蠹書蠧役上下其手，無惡不作。甚至豨項不敷，大吏被譴，奴僕遠颺，而書役如故。後來者視若枉聞，仍蹈前轍。王儕嶠太守傷之，作新樂府，有《坐大樓》一篇云：「巍巍復巍巍，大樓臨水湄。黠奴樓上坐，帆檣不敢過。奴子一揮手，礮聲響高阜。厮輿命開關，大艑珂珴走。貪賈私謁來，奴子笑口開。税一漏八九，盜取府庫財。月成復歲會，主人缺常税。税缺主罷官，官錢不能完。主死貲産絶，奴飽返鄉邑。經過舊坐樓，依然翼中流。白皙美年少，箕踞坐上頭。」太守名蘇，江陰人，《九家詩選》之一。

紀曉嵐先生嘗著新式彩袍赴某公宴。某公愛袍式甚精，乞之，先生弗肯與。乞暫卸而仿其式，又弗肯卸。某公於是勸先生酒，先生醉，扶先生入書室，暫卧於炕。命姬竊其袍式，蓋姬素以神鍼名。姬持燭往竊，未竟而先生醒矣。先生朗吟曰：「只恐夜深風滅燭。」某公在窗外聞其詩，恐其下有褻語，招群客鬨而進，問下句云何。先生漫應之曰：「仄平平仄仄平平。」群客服其善謔。

陳櫟餘大令，海鹽人，名希敬。宰江陰時，余聞其賢，往叩其所學，領其所論。言今之詩人若王漁洋、袁簡齋，只可有一，不可有二。滿洲自夢文子之後，惟貴月山侍郎一人而已。其他山林廊廟，各有所長。余聞之肅然。觀其所著，有《寄友晉陽》詩云：「幾載并州客，征魏託馬蹄。河聲高闕外，秋色太行西。塞雪凋鬚鬢，邊風健鼓鼙。音書應早寄，一雁壓雲低。」《送人省親秦中》云：「君去長安道，重關曲抱河。秦時明月在，漢地劫灰多。客路秋將暮，親闈鬢漸皤。趨庭視眠食，不第未蹉跎。」《出都門》云：「酹酒上征車，盧溝捲白沙。西風沈塞雁，朔雪墜林雅。壯志酬孤劍，離聲咽暮笳。今宵歸客夢，猶自戀京華。」《雄縣》云：「鼓角動邊愁，霜華點客裘。風聲寒趙北，關勢壓雄州。萬柳河橋暝，孤蓬戰地秋。夕陽紅未了，目斷易京樓。」真唐音也。七言古詩直逼韓、蘇。夫人孫氏，無錫人，字苕雪，平叔制軍兄之子也。李中耆山長曾見題沈采石夫人畫册十二咏，詩字雙妙，惜未借録一過。

箴山廣文言同鄉張孝廉名金閣者，最工時藝，看題行文能自出手眼，非講考墨卷者所能仿佛。嘗集文彙成集，以待付梓，忽爲素無賴者竊爲己有，苦無副本，因悶成疾，數月而没。廣文有句弔之云：「太息雄文淪浩劫，江湖何處覓遺珠。」誠恨事也

華希曾字半樗，無錫人也。工詩，善草書。松湘圃相國嘗贈詩云：「由來草聖非無敵，昔日張顛今華顛。」其名重若是。半樗以孝聞，年四十外得異人指示，能辟穀，每日食果品數枚，飲水一杯而已。近惟服黄蠟數錢，夜不倒睡者三四年矣。神仙事殊不可解。更聞江都書吏張某，年七十，不近烟火食幾二十年，竟能生子。

鄱陽陳伯游言其姻婭中有徽州程某，木商也。江行見竹器浮繞舟側，拾而啓之，有檀木小匣，甚精美。繫鑰於鎖旁，再啓之，綾錦數重，裹物如螺，其色潔白，長五寸許，螺之口若人之一目，黑白瑩澈，口應時出水，多寡不等。觀之者無不駭異，終莫辨爲何物，遂藏以歸家，由是興。諸弟中有因螺而

起閲墻之釁，父怒以爲妖，投諸沸，爆然一聲而睛裂矣。程慟甚，未幾病歿，家亦由是衰矣。嗚呼！物之感於人者若是。伯游名方海，作《異螺歌》以紀其事，並屬余摘録數語以俟博識者。

姚侣梅言江西陳某在江蘇候補有年，門庭冷落，惟以詩畫自娱。偶因悶極，微服游於市。值驟雨，寄身闤闠之下。重門響處，雛鬟出，謂陳曰：「君胡不畏雨耶？」延之入，陳乃入其室。室壁懸古書畫數十幅，皆宋元名手。末幅係陳所畫，陳甚疑，詢主人爲誰。鬟曰：「主人山右人，官廣東提督。隔歲病故，夫人、公子扶柩回籍。此僑寓也，惟小姐與婢子居此。小姐性愛畫，壁間皆主人宦囊所購。」陳指末幅告鬟曰：「此余作也。」鬟欣欣然入内，復出，傳小姐意，備牋素乞畫。陳盡生平所學，畫竟，請一見小姐。移時，鬟捧小姐姗姗其來，天姿也。略通殷勤而返。雨不能止，漏已二下。陳見室旁耳門隱隱有燈光，趨而視之，小姐卧室也。小姐有嗟歎聲，鬟曰：「若此君配小姐，豈不妙哉。」小姐嘿然。陳聞之，情不能自禁，闖身入而求歡，小姐瞋而從之，凡薦枕蓆者十餘夕。一夕，鬟叩門甚急，呼小姐起。起，耳語後，小姐泣謂陳曰：「吾母與弟回矣，可速去。」臨行贈古畫二幅、朱鍉二十笏、緘一封。陳踉蹌回寓，天明，視其鍉，鍉也；視其畫，畫也；視其緘而啓之，詩也。詩曰：「憐君書畫本如仙，託跡來徵翰墨緣。後去若思重握手，碧城西畔閬峰前。」陳不能忘其情，再尋門巷，扃鍵甚固。詢諸鄰舍，皆云此門不開二十餘年矣。陳諤然良久。然卒賴此鍉，得補某縣縣佐。

侣梅又言同鄉某生，世家子也，潦倒京師，依顯者某，志在温飽耳。顯者教生讀書，生喜詩而不喜制藝，顯者惡之，由是踪跡甚疎。生於無聊時，與門首縫窮婦人戲。婦人不知何許人，約年二十餘，頗有姿，亦樂與生戲。門子於是醋生，惡生，遂譖生於顯者。生不能自安，辭顯者，借寓琉璃廠餅肆，困甚。縫窮者忽至，出銀數兩、衣數件、鞋襪被褥數事，並約十數日後尚有館地相薦。生既愧且赧，而漫應之。十數日後，縫窮者果至，欣欣然攜韡帽而告生曰：「速乘車，過某衚衕，謁某翁。某翁，長者也，當禮敬之。」生遂往謁某翁，真長者，一言相合，萬事相託，生由是依長者矣。越明年，長者曰：「近聞山西某令陞絳州知州，出京時有借項五千餘金，汝能持券索之否？」生願往。未匝月，而生攜本利歸，長者喜。是夕，置酒謂生曰：「此項已入廢券久矣。汝能索之，汝之財也。當爲汝緣例納粟，除一縣令，吾之願也。然薦汝者，縫窮婦也。吾早收爲義女。汝能不棄，吾爲汝作伐，亦願爲而婦翁也。」生跽謝不敢起。果於數日後除江西縣令，縫窮婦由是稱夫人焉。顯者聞之咋舌。

王太守樹勛，世所稱王和尚者也。和尚幼孤，居揚州邵伯鎮，爲髟者養子。期年不能善髟者業，逐之，賣蘭州菸度日。或有勸爲僧，遂爲僧，由是以和尚稱之。入都，與一品官門子交善，乃得挾浮屠術遊於公卿之門，公卿頗有愛其術而皈之者。門子懼，勒令還俗，名之曰樹勛，由是以樹勛稱之。薦樹勛於山東巡撫。會西陲有警，山東巡撫奉調督陝西軍，樹勛從戎矣。探賊匪重道家術，樹勛扮道士入賊巢，殲賊魁首以歸。巡撫上其事，以功除襄陽太守，由是以太守稱之。尋調漢陽太守。某官入都過其境，横加需索，靳不與，銜之。入都後，暴揚其根柢，御史聞而彈之，太守遂落職，發往伊犁，歿於途。初從髟者時，目不能識一丁，衣緇後，能識字，能寫大字，能轉梵語而爲詩。詩雖不佳，亦可謂能矣。

許秋崖中丞改漕督時，道出長沙，例用儀仗。善化令某於官銜牌「漕」字錯書「糟」字，中丞賦詩云：「平生不作醉鄉侯，況復星軺速置郵。豈有尚書兼麴部，漫勞明府續糟邱。讀書字要分魚豕，過客風原是馬牛。聞說新銜已遷轉，武岡可是五鋼州。」蓋令已擢武岡刺史，故調之。

邯鄲吕仙祠題壁詩，余愛劉觀亭三絶句云：「富貴功名轉眼過，吕仙仙枕夢如何。自從留下封侯事，惹得人人瞌睡多。」「烈烈轟轟四十春，風流却是霎時經。黄粱未熟盧生覺，堪笑今人喚不醒。」「往古來今睡不休，醒人偏向夢中求。勸君早出邯鄲道，撇下先生那枕頭。」

前明張獻翼字幼于，有詩名，然性多奇詭，好爲驚世眩俗之事。嘗收一窠婦，命艷服賣漿，自滌器以爲樂。夜則與窠婦同寢，以口對婦陰而宿，自以爲得採補之術。拜客不用僮僕，以老媪自隨。與醫人張漾水善，效劉伶荷插，學陶淵明作生祭文，用大紅紵製爲巾，世多怪之。後竟爲窠婦之夫蔣高所殺。

春草堂詩話卷十二

甘泉謝堃佩禾

宛平王敬哉先生嘗論傳奇，歎前賢父母、妻妾爲其溷亂。如玉蓮，王梅溪十朋之女孫。汝權，梅溪之友。梅溪劾史浩八罪，汝權實慫慂之。浩所切齒，遂妄作《荊釵》傳奇，故謬其事以蠛之。如王曾少孤，鞠於叔氏，無子，以弟之子繹爲後，而傳奇則載其具慶生子事。吕蒙正父龜圖多内寵，與妻劉不睦，并蒙正出之，頗淪躓窘乏，劉誓不復嫁。及蒙正登仕，迎二親同堂異室，孝養備至。傳奇乃以蒙止妻爲其父所逐，更爲溷亂。然所論極是，而傳奇竟不當如是觀也。

《冬夜箋記》載蘇子瞻自汝轉常，受命于宋，會神宗晏駕，哭於宋。南至揚州，常人爲之買田，書至，子瞻作詩有「聞好語」之句，言者妄謂聞諱而喜，乞加深譴。韋詩刻石有時日，朝廷知言者之妄，逐之。

陳白沙詩：「恰到溪窮處，山山枳殼花。」楊夢山詩：「常記任家亭子上，連翹花發共銜杯。」王漁洋詩：「西風盡日濛濛雨，開偏空山白芨花。」皆未經前人道過。

人所能道而不能道，人所不能道而能道，此即天機流露時也。東臺姚麓橋功立嘗作艷體詩云：「愁從豆蔻梢頭見，淚向梧桐葉底尋。」出句人所能道，而對句人所不能道也。

周西筌孝廉《白雁》詩云：「絕無文采人何慕，纔别鄉關鬢已絲。」出句雖不工，而猶是詩也。後觀刻本改「慕」爲「篡」，則不知所改之人是何手筆。

楊廉夫《竹枝詞》雖云古雅，亦足害人。近聞時髦之士專工此體，有「夜叫怕郎聽不得，摟緊一聲又一聲」。請試思之。

元百種有《鹿皮子集》，七律詩多有出韵者。

蘭姬初學詩即好修飾，稍不稱意，棄之者不知凡幾。今春用唐句寄余云：「嫁得蕭郎愛遠游，烟花三月下揚州。遠書珍重何由達，春日凝粧上翠樓。」

咏物詩有《西瓜燈》云：「誰將瓠落變明珠，巧作奇文勝畫圖。試問人工雕鑿後，胸中還有赤心無。」「渾如青玉影團團，積雪凝冰徹骨寒。幻出熒熒光一點，癡人便作熱腸看。」此二詩有無限諷託，惜不知何人所作。或云蔣霽山明經詩也。

通州李少山琪，人知其能詩能文，而不知其能詞，余特補出之。如《好事近・題沈東村背立圖》，不獨格似蘇、辛，設使置之《白兔記》中，真令人叫絶。若《鳳凰臺上憶吹簫・題紅袖添香圖》，則又是周草窗、秦太虛一流人物。

山左李經字五星，號卓庵，青州高密人也。少孤，與弟綸賈以養母。其父門人王寧焯勸之學，始學爲詩。苦吟數歲，輒能工。喜孟郊、賈島爲人，而詩肖之。其《言懷》詩：「由來孤癖性，只合住深山。貧外天無與，世中身獨閒。青年衰鬢髮，白晝掩柴關。惟恨先賢遠，高踪未可攀。」《題單仲温貧居》詩：「門掩荒郊晝不開，陰陰四壁長莓苔。纔炊朝飯日將落，未换葛衣冬已來。篋裏尚餘書數卷，花前稀見酒盈杯。幾多親故城中住，誰肯相尋到草萊。」其他佳句如「窗暗夕陰轉，庭空山鳥來」，「月出幽步遠，天寒清興孤」，「亂流千澗響，寒影數峰高」，「石臼搗山藥，瓦盆栽野花」，「烟鳥下寒樹，野人耕古墳」，「朝閒思夜夢，秋病着冬衣」，「斜日照洲渚，晚風吹荻蘆」，「夢逐曉鐘破，心隨夜梵澄」，「昨夜過微雨，新花開幾枝」，「晴几還獨凭，風簾時自開」，「鐘鳴村落昏，日暮谿光冷」，「歸鳥没烟樹，寒樵下空嶺」，皆妙。故李少鶴州牧嘗評其詩曰：「侯朝宗傳：馬伶奏《鳴鳳記》，自耻扮嚴嵩相國不如華林部，遂走京師，求爲顧秉謙門卒三年，盡得其舉止言語。復歸，奏其技，天下無比。論曰：崑山，今之分宜也。以分宜教分宜，安得不工哉。某謂近代以來作詩者，皆自託高人逸士者也。然止能演其形似耳，若華林部之嚴相是也。至五星，則高逸其本性也，嚴潔其素履也，一身即郊、島也，以郊、島學郊、島，安得不工哉？此其所以戛然瀰然而不可及也歟。」余既愛其詩，復愛其論，並録之。

才不大不可以言詩，情不深不可以言詩。情之深，才之大，余於張石莊教諭見之矣。教諭名夢麒，觀城縣人。癸酉拔貢生。嘗與其同年時筠石話舊云：「欲將三載別，併作一宵談。」其《聞鐘》詩：「客枕易驚秋，月華涼似水。遠鐘何處來，鄉夢隔千里。」才不大情不深不能道此，豈但不能道此，又烏能解此。

於竇司馬署中見絹素丈餘，寬約四尺，畫水墨芭蕉一本，俯仰若生，濃淡得宜，款落「功後」二字。司馬云：「是高密王弗矜所作。」弗矜一字復齋，有詩名。因出《野菊圖》，並題一截句云：「爲爾題詩更染翰，圖成野菊耐風寒。殷勤持向解人看，逸品從來遇賞難。」

道士朱嶽雲不見十年矣。兹復晤於金陵，出別後遊黄山詩數十首，尤愛《宿山店月下》云：「峰高去月只數尺，徑小逢春纔幾家。向夜自投山店宿，破窗泥壁一鐙斜。」

魏夢叟，通州廩膳生也。館於嘉興之秀水園，園有樓，夢叟只一人讀書樓上。一夕，月色横窗，花陰掠地，有環珮之聲，心竊疑焉。移時，一女登樓，笑而言曰：「先生得毋岑寂乎。」魏悦其美，遂挑之，女亦不甚拒，嗣後無虚夕矣。既久，有勸魏修道詩云：「將軍含笑買吴鈎，不願封侯願黑頭。可笑黑頭人不悟，仍從世上覓封侯。」款署「紅蘭君」三字。性不飲，魏强之飲，因賦詩曰：「一盞葡萄助小妍，芙蓉光動玉樓前。誤遺羅帕遭狂態，肯向人間學醉仙。」蓋魏强飲時，先匿其帕也。往來十數年。一日，引魏至百尺橋邊，見落花數片，隨水而來。乃謂魏曰：「過此則脱壒而登仙矣。」魏以母老辭。曰：「此一別不復會矣。」魏欷歔，問後事。曰：「十五年耳。」魏時年三十，果以四十五歲卒。

凌芝泉《快園詩話》有《褱郞感舊篇》，載竹山世家女顧蓮姑遭亂被虜，同行婦女百有餘人。某公子見而憐之，一拯之於尼庵，再拯之於節署，其情厚矣。何得輕聽奸人蔡垢仙挾詐取去，迨此女誓不從奸，浮尸江面，然後博一詩題。吾無取焉。

提督壯烈伯李忠毅公長庚陣亡後，海内哭以詩者無算。然知公能武者多，知公能文者少。嘗見阮梅叔《瀛舟筆談》，公有和宫保詩云：「開府推心若谷虚，要將民物納華胥。風清海外除奸蠹，令肅軍中畏簡書。報國我宜親矢石，酬知未盡掃鯨魚。庸疎何幸叨青眼，媿美前賢愧弗如。」宫保原詩云：「儒將威名定不虚，風濤千里鎮儲胥。海天飛礮親撾鼓，夜月揚颿坐讀書。造得戈船浮木柹，築成京觀掣鯨魚。封侯自有黄金印，射石將軍恐未如。」讀二公之詩，是何等胸襟，何等意氣。設使天下古今將相皆能如是，盗賊之不能平者幾希。

丹徒余京字文圻，與沈歸愚宗伯訂車笠交。栢鄉魏念廷觀察愛其詩，欲令往見。文圻曰：「往投，義也。以詩爲羔雁，非禮也。」卒不往。

乾隆二十七年，李鶴峰先生督學江南，按部淮郡。方唱名時，地忽震，西風大作，轅門外旗竿被風刮入雲中，竟不知所往。時河湖盛漲，與高家堰平，西風加勁，淮揚危甚，河督以下各官面如土色。方恐怖間，忽轉東風，天低若蓋，見黑龍於雲間，修尾下垂，湖水上吸。一炊許，邏兵來報，消水三尺，衆心始安。石埭縣教諭沈君詩紀其事。

李申耆明府名兆洛，常州武進人。甲子鄉試第一，乙丑入詞垣，散館後出宰鳳臺，未幾罷去。愛著書，不没人之所長。嘗見余所譜《黄河遠》樂府，題二絶句云：「中年絲竹且歡娱，早歲西華日已徂。寶劍紅粧都入手，可能消遣不平無。」「儘教秋鬼怨關山，斷粉零紅滿意删。便向旗亭矜畫壁，世間安得有雙鬟。」見余所譔《詩話》，題二絶句云：「紅藥聊隨百草薰，《冶春》唱罷漫尋雲。橋邊剩有吹簫侶，占取揚州月二分。」「無多喬偓隔雲霄，雨過星沉歎寂寥。忽漫隨風飄一葉，有人彩筆與雙描。」明府之愛才若是。

隋唐書畫鮮用圖印，蓋畫史多供奉内庭及僧道院壁。然圖印秦漢有之矣。在官者爲官印，在家者爲私印。五代、兩宋宗尚刀法，前明之文三橋、何雪漁輩則又專門名家矣。近惟楚橋黄君精研六法，摹刻歷代名臣姓字爲《印史》，朱石君相國序而傳之。若陶雲汀制憲、梁茝林中丞，皆有題贈。前後集《東皋詩存》六十卷，汪春田觀察爲之付梓。書法曹全，詩宗白傅。今春有寄余之詩曰：「最難消受是花朝，冷雨兼旬耐寂寥。病起每求隨處樂，愁中怕聽隔江謡。也曾寒雪憐梅骨，幾見春風上柳條。自笑浪遊同一轍，記程又欲乘春潮。」其時將應張芥航河督聘也。楚橋名學圯，一字孺子，如皋人。

陳小雲司馬在京師法源寺時，乙酉上巳後三日，邀名公卿三十餘人，飲酒賦詩於海棠花下。乞英煦齋相國顔其㝢曰「北海棠巢」，又易「豹變堂」，額曰「澄懷堂」。署門聯云：「題門字辱高軒過，當局棋勞仰屋觀。」又曰：「已懺凡心皈古佛，未除豪氣伴孤忠。」楹聯云：「掃地焚香六時功課，閉門却軌一服清凉。」厨下聯云：「飯後鐘聲慚獨飽，爨餘琴響愛孤聽。」極有寄託。因並録其詩云：「香國看花約肯忘，花時重與集禪堂。護他新睡燒銀燭，乞得春陰奏緑章。當局有人咨海運，飛芻無策奠河防。群公憂樂關天下，蜀錦川紅醉不妨。」陳荔峰閣學和云：「佳時勝集兩難忘，壇坫雍容盛此堂。卯酒酣脂有暈，丁香穠麗錦爲章。談諧易惹紅情艷，攀折真須緑字防。拙宦敢參朝局議，玉缸花撲了無妨。」鮑覺生侍郎和云：「祇園香雨鎮難忘，重訪名花到雁堂。尊俎風流今領袖，湖山烟月舊平章。潁川世德推陳紀，東海詩名愧鮑防。騎馬聽雞還自笑，應官求友適相妨。」吴蘭雪中書和云：「閒愁暫借酒杯忘，幾樹新紅照講堂。我豈東坡來定惠，君真小米繼元章。銀蟾守夜知應睡，粉蝶偷香笑不防。誰道廣平心鐵石，梅花一賦也無妨。」一時徧傳都下。然佳章甚多，未能悉載。

「高館絃秋人杳矣，遺挂虛凉依舊。錦瑟無端，玉簫難再，賸得退紅衫袖。啼痕漬透。更飛絮天涯，落花時候。倩影亭亭，軟紅塵土怎禁受。　思量爲參轉語。問才人艷福，千古誰有。駐景還舟，贈行禪偈，此恨坡仙曾又。安排巧就，怕憔悴潘郎，觀河面縐。試語真真，梨渦微笑否。」此陳荔峰閣學所譜《臺城路》，真絶妙好詞。閣學名嵩慶。

吴江人陳赫字二赤。有登徒子之癖，年已七十，雖酷寒無裘，長晝不能兼食，而其癖如故。然所作詩有「狂花病葉且行酒，古木怪石能飽人」之句，頗近郊、島。

陳柳塘明經嘗言：顯者張某未遇時，落魄淮陰，乞食於餅師。即貴，訪餅師不得，乃作詩曰：「此際感恩猶有淚，當年乞食竟無門。」悲哉言也。

江都蕭雨垓霖以孝廉出宰雲南昆明、普洱諸縣。有《迴磴關》詩曰：「六詔驚傳賊焰狂，摧鋒全賴段平章。嗾雞吞馬全無意，鐵立西山引恨長。」蓋段功既破明玉珍後，威名甚振，梁王以女阿㦛妻之。或言於王曰：「功將有吞金馬、嗾碧雞之心。」王信讒，功遂被害。阿㦛用蒙古語弔之，有「西山鐵立風，瀟灑鐵立松」等句云。

嘗與許季青題《韓蘄王策蹇圖》，詩未就，僕人張瀛有「北朝君相猶陰伺，南國湖山豈浪遊」之句，余兩人擱筆矣。

壬辰十一月，聞宜興周孝侯祠壁，人以白堊書：「廣東蛇名火赤練，拔地飛來宜興縣，千門萬户含愁怨。」觀者如堵，終不解何所謂也。

泰興城内多水局，其傍古木竹石，有城市山林之雅。余與吴荔裳明經在桃花洞口，訪宋宫人葬處及佘將軍祠宇。明經因誦山陰鄔雪舫詩曰：「妃子墓前春水生，將軍祠畔晚霞新。城南城北題詩處，半爲英雄半美人。」却移置他處不得。

錢香畹名濱，寧波慈谿人也。有異才，嘗作《俠妓歌》並傳。妓名雙喜，姓劉氏，直隸開州人。挾技游河南内黄地方。其地當燕魯之衝，多巨商大賈，而雙喜乃廣厦華服，輿從甚都。然非才貌相若，則又以病謝之，由是雙喜之名噪甚。其時有邵三公子者，常得往來其間，日既久，兩情既洽，訂終身焉。未幾，滑縣牛亮臣勾結教匪林清等，大肆劫掠。聞雙喜美，羅置之。雙喜既被擄，誓死不從，罵詈不絶。賊怒，剖其腹，而心躍地丈餘者數四。官軍掃蕩後，土人知雙喜之俠，而傳之，歌甚長未録。張松臞《七夕》詩云：「自家夫壻無消息，翻向秋風祝女牛。」讀之有深味。松臞名鴻鼎，甘泉廪膳生也。

李震字春圃，號鋤佘，浙江鄞縣人，戊辰北闈名孝廉也。有古循吏風。官泰興時，嘗曰：「吾寧困而不忍困吾百姓也。」於是訟簡刑措，故得與幕中賓客時相倡和。其《阿房宫》云：「淫佚驕奢示子孫，可憐一炬成焦土。」讀此而循吏之心見矣。至如《竹夫人》云：「自問妾心無妬嫉，只愁郎意有炎凉。」《蘇武嚙雪吞氈事》云：「吞聲不改冰霜操，至死難回鐵石腸。」却是何等身分！讀者豈可忽諸。

余入泰興境，即聞李明府折石氏之獄若神明，然終不得其詳。兹讀錢香畹所譔《石尼記》，知尼乃泰興洲民石氏女也。適華姓，姑張素兇悍，且有穢行，惡女之不類己，尤恐泄其所爲。初諷之，繼譃之，繼則呵叱之，詬誶之，鞭撻之，無所不至矣。女惟敬謹而已。張猶以爲匿怨，借損油器而夏楚之，以擔木擊其額，血暈乃止。張尚不知懼，罵詈嚎泣者再。張之夫、女之夫弗敢與聞也。夜静，女始甦，度不能容，遂裹創啓扉，從蘆葦中蛇行七十里，達江都界。訪移花庵，蓋庵有素識老尼，求祝髮焉。當是時，石華二姓訟已興矣。或傳女被毆斃後，繫巨石而投諸江。明府屢加研鞫，案雖具，終以不得其屍爲不善。乃命善泅者汨没之，善偵者蹤跡之，冀得其實，以成信讞。居亡何，廉得其情，一訊而結，觀者無不稱快。其女仍皈於尼，故稱《石尼記》云。稽山屠秋圃、魏塘李敬齋諸君子皆有詩，俟另採録。

泰興廣文葉琴六，一字晴麓，號聘之，名琛，桐城縣人。戊寅舉於鄉，乙酉受陶制軍聘，爲太湖山長。性愛士，愛書院士子事甚盛。其最著者，安慶省會有脩龍門餘項千數百金，琴六請於縣令孔公，以此項生息爲書院膏火、獎賞等費。孔公重琴六之爲人，從之。後去廣州時，士子攀轅流涕者數百人。嗚乎！今之當事若此者有幾人哉。余與琴六神交已久，今夏始得握手延令，談詩數日。其《大風過鄱陽湖》云：「萬壑吼如牛，鄱湖水怒流。大風排濁浪，落日冷孤舟。烟樹秋無色，檣帆暮未收。驚魂那得定，沙上羡眠鷗。」假以此詩託名唐賢，竟何以辨。

李小蓮茂才沅，甬東世家也。愛九峰三泖之勝，遂占籍華亭。與華亭欽吉堂、改七薌、姜小枚諸君爲文字交。近客延令官署，同錢香畹相倡和，人稱之曰「錢李」。小蓮有《咏梅》詩云：「數點冷香驢背雪，一枝遥帶隴頭春。」香畹和云：「冰霜是癖成孤性，天地爲心壓衆芳。」香畹有《秋興》詩云：「讀史漫勞彈短鋏，論兵直欲貫長虹。」小蓮和云：「我因鱸膾思張翰，誰辨焦桐識蔡邕。」小蓮又有《秋漁》

詩：「亂摇燈火波光碎，穩睡蘆花夢亦幽。」香陬又有《菊性》詩：「臨水喜窺真面目，出山怕近俗衣冠。」可謂今之元白、古之皮陸也。

鄞縣女史錢繡芸，小字樟姐，范茂才邦柱亡室，邱鐵薌太守内姪女也。愛讀書，尤愛讀香山詩。嘗聞太守言范氏天一閣藏書甚富，兼藏芸草一本，色淡緑而不甚枯，三百年來書不生蠹，草之功也。樟姐艷羨之，繡芸草不綴，即以繡芸字之。父母愛甚，廉其情而不忍拂其意，遂歸范氏。廟見後，乞茂才一見芸草。茂才以婦女禁例對，樟姐則怳如所失，由是病矣。既病劇，泣謂茂才曰：「儂之所以來汝家者，爲芸草也。既不可見，生亦何爲。」臨殁，賦二十字云：「芸辟書中蠹，書香是此香。君如憐妾意，死即葬曹倉。」邦柱字梅人。嘗夢茅屋數間，繞屋梅花約數百樹，中有呼之者，曰：「梅中人，梅中人。」醒，即以梅人爲字。工吟咏，有《望遠曲》云：「銷金寶帳掩紅羅，夢醒孤燈唤奈何。欲向天孫説心事，鵲橋剛值渡銀河。」余以爲此即梅中人悼亡詩也。

采菊山人者，梅中人之叔曾祖也。官無爲州知州。著《采菊集》。詩筆横絶，其《塞上曲》云：「兩陣相當天爲愁，贏時去割死人頭。征袍沁透模糊血，穿着紅衣便拜侯。昨日將軍破賊回，馬牛如蟻貨山堆。休誇斗大黄金印，誰肯將頭去换來。」《大明湖》云：「水清看茁荻芽肥，種得梅花近釣磯。野鴨打時四散去，鴛鴦一打一雙飛。」至如《寄平陰令》句云：「澹薄何曾携范甑，風流且莫種潘花。」却又得風人之旨。

春草堂詩話卷十三

甘泉謝堃佩禾

沙璣齋，北直人。未仕時，與一妓狎，出仕後，詿誤問遣。至山海關，逆旅無聊，與同寓老僧談及往事，嚱吁不置。僧命具酒食，邀沙入空室中。向晚，妓冉冉至矣。兩相眄睞，舉杯相屬，歡若生平。乃取妓所抱琵琶題詩於上，酒闌而散。既赦，訪其妓，猶在，問妓取琵琶觀之，詩尚存焉。

王弇州有《曇陽仙傳》。曇陽仙者，太倉王相國次女也。産時無血，少許聘徐少參之子。方徐氏子卒於家，信未至，而女已先知，取白衣服之。父母問其故，曰：「徐氏子死矣。」未幾，習道家術，能出陽神，隨意所往。蓄一蛇，呼之曰「護龍」。一日，至郡城南濠陸某家，謂爲可度，收爲弟子。其人市井也，常使僞銀，無可取，後亦迄無可成。又送一緣與弇州曰：「公可學道。」弇州欣然事爲師。久之，及門者漸衆，且欲翀舉以去。父謂之曰：「汝女子，須留蜕以解人疑。」至庚辰重九日化去，送者萬人，扗劍瞑目而逝，年二十餘。龕隨鬃鍵，迎至城隅，立庵，顔之曰「曇陽庵」，將謂蕭梁時曇鸞菩薩後身也。又先翦一髭，以殉徐氏子之葬，故自稱「左髻曇陽子」。云有八戒二歌，爲世傳誦。

周文者，娼也。蘇州人，隨母往硤山鎮，遂爲嘉興人。年二十餘，貌不甚美，而恬淡端靚有餘。能詩，與周公美遊，賦五言詩云：「勝侶青郊外，招携意自親。掩扉花影落，翦燭酒痕新。香熟藜床晚，茶分石鼎春。燈前風雨急，無奈欲歸人。」事載《近事叢談》。

《漁洋詩話》載木工蕭中素能詩，其警句有「遼海吞邊月，長城鎖亂山」，「山寺落梅傷別易，天涯芳草寄愁難」。又言負擔者崔某亦能詩，其警句有「水闊天垂遠，花深月到遲」，「因風去住憐黃蝶，與世浮沉笑白鷗」。蓋詩人隱於負擔、木工者也。

陳伯璣語漁洋山人曰：「『姑蘇城外寒山寺』，然亦詩與地肖故耳。若云『南城門外報恩寺』，豈不可笑耶？」漁洋曰：「固然。即如『滿天梅雨是蘇州』、『流將春夢過杭州』、『白日澹幽州』、『風聲壯岳州』、『黃雲畫角見并州』、『澹烟喬木隔綿州』，皆詩地相肖，使云『白日澹蘇州』、『流將春夢過幽州』，不堪絕倒耶。」

汪鈍翁嘗言吳之洞庭山丐者有詩云：「不信乾坤大，飄然世莫群。口吞三峽水，脚踏萬方雲。有形皆是假，無象孰爲真。悟到無生地，梅花滿四鄰。」別集所載死丐詩云：「生性原來似野牛，手扶竹杖走江州。斑篕帶雨携殘月，歌板臨風唱晚秋。兩脚踏翻塵世路，一肩擔盡古今愁。從今不食千家飯，跖犬何勞吠不休。」竟同一轍。

《板橋雜誌》、《姑蘇畫舫録》皆載青樓事，事甚詳，然皆三吳、秦淮風景。近讀山陰俞青源所著《潮嘉風月》，觸我十年前同查蘭舫在湘子橋邊留連數日，目擊耳聞，故知此録非謬。茲摘數事，以廣見聞。妓皆蛋户之女，所居名六篷船。其最著名者濮小姑，韓江人也。態度丰艷，稱之爲殿撰夫人。蓋臨安吳殿撰擷雲校試潮嘉，曾眷戀而贈以詩曰：「輕衫薄鬢雅相宜，檀板低敲唱《竹枝》。好似曲江春宴後，月明初見鄭都知。」小姑由此益自矜貴。曾春姑，澄海人。丰姿穠粹，性情孤峻，梳洗畢，輒焚香默坐。吴江諸生金聽濤與之狎，將歸，春姑揮涕不忍別。金取小端硯，勒其事於背，識之曰：「我苟富貴，携此爲證，不負汝也。」未十年，金以閣學校試潮嘉，春姑進其硯，金贈以多金，慰遣之，並賦詩曰：「不抱琵琶過別船，芳心與石一般堅。相思有證分明在，淚漬模糊滿硯田。」艶妹，姓里未詳，善弈，浙人。沈静常每勸其脱籍，妹不悟。因題棋枰以寄之，曰：「殘棋一局費思量，小刼頻經未散場。困到垓心待回首，滿枰花影已斜陽。」妹得詩，泣數行下。然同心難得，聞至今尚在曲中。郭十娘，居齊昌西門外，早著艶名。與山陰金柳南善，常自比董小宛之遇辟疆，柳如是之懷謙益。柳南名作機，卓犖豪邁，挾申韓術，游嶺南。雖貧，長買書數千卷，而所爲詩益工。先是柳南登嫏嬛樓，招十娘不至，以蟬翼紗、並蒂蘭借申欵曲。十娘收蘭返紗，遂定情焉。未幾，十娘病，柳南亦受館聘，留金如意，並詩爲約。詩曰：「如意不如意，其如如意何。望穿春信杳，別久淚痕多。孤月照裙屐，重雲鎖黛螺。回頭如一夢，壯志盡消磨。」後十年，重過嫏嬛，十娘卧病床第，玉容蕉萃矣。柳南賦詩二十首，歌以當哭。酉姐，能誦《毛詩》及四子書，多以女學士呼之。或見其憑几作札寄所歡云：「一日不見，如三秋兮。惠而好我，命彼夙駕。我有旨酒，以宴嘉賓。其樂何如，如鼓瑟琴。」亡何，脱籍去。小金，居程江，善歌，曾歌《浣溪沙》一曲，行者爲之揮涕。與朱某善，臨別贈詩曰：「銷盡鑪香獨掩門，琵琶聲斷月黄昏。愁心正恐花相笑，不敢花前拭淚痕。」「棲鴉流水點秋光，愛此蕭疎樹幾行。不與行人綰離別，垂條空自舞斜陽。」詩竟爲世傳誦。琳娘，有潔癖，麈麈不去手。與湘湖老人程介夫善。介夫詩有「作客頭將白，逢卿眼倍青」之句。介夫歸，逾年無信，其同鄉某過琳娘，見淚痕滿面，伏枕不起。詢其故，曰：「昨夢介夫死矣。」未幾，凶耗果至。簪姑，爲韓江鄭之鼎所眷，鄭賦詩曰：「碧紗如霧護春粧，蘭麝熏多骨亦香。何處相逢曾識面，刺桐花底月昏黄。」其矜貴氣象如此。玉娘，膚理皙白，愛著金鎖絳衫，獨倚水榭，望之如仙。王百川贈詩曰：「滿江風月浄塵氛，獨立亭亭迥不群。漫説玉娘顔似玉，軟香更勝玉三分。」蓋實録也。寶娘，頎而秀者也，髮長委地。工調笑，所遇富商貴介，凡結束媚態者，都無所屬意，獨傾心於宗芥颿司馬。司馬耄矣，視茫茫而髮蒼蒼，且於温柔鄉中，雖少壯無所繫戀，於寶娘亦澹寞置之，僅以定情詩八首作纏頭之贈，竟委身焉。此皆尚屬風流佳話。更聞浙東陳某幕館海陽，老誠持重，每謂同人曰：「吾儕彈鋏侯門，所得脩脯，如傭工之值，贍父母妻子而無餘，豈可冶游喪志。」人或笑其迂。越十年，幕囊所蓄累萬，而年亦耳順，因束裝思歸。戒途有日，忽一妓招其僕，歛容致詞曰：「妾忤顯者，蒙陳君覆幬久矣。今聞歸有日，圖報無期，特備薄餞，以申悃曲，煩謹達之。倘得一顧，當必重酬。」僕利其金，以實告之。某意藉此償勞，况又刻即解維，不至喪其所守，許之。姬遂盛筵延某入舟，翠袖金樽，殷勤持奉，無半語涉謔，亦不作狎昵態。某以日暮辭，送至鷁首，將登岸而墜於水。妓奮躍入水相抱，舟人坌集，掖之而起。某昏沉矣，妓爲盡解衣履，已復赤身，偎之於榻。移時甦，聞枕畔小語曰：「渴乎？」視之，妓也。情不能禁，從此則朝朝莫莫陽臺下矣。未半年，金盡而歿於舟。吁！妓之技可畏矣。

錫山薛既揚旦，詩詞文賦，無不精妙，尤精院本。院本有《楊柳燈》，共六折，詞文兼善。秦留仙序其事曰：「辛丑七夕，柳師唐與同研諸君憩崇安寺，忽飛瓦擊額，四顧悄然，同人訝，柳子色變。柳子就幽處溲焉，頃仆，口涎濕地，髀膝動摇；頃喘呷失聲，瞠語張目；頃起舞揮兩袖如刃，氣霍霍不肯下。輒大呼曰：『我錢唐張子由，名率。九歲入邑庠，十六避亂來此。遇盜，死北塘河，魂尚未歸。』同人議以牲祭，曰：『我輩豈酒肉中人。』又議作佛事，曰：『我本仙去，何度爲。』同人請其來故，曰：『死後作詩一首，欲倩諸公爲我傳耳。』遂吟曰：『昨夜風翻楊柳燈，斷烟吹起故園情。人間未必能容我，好和緱山子晉笙。』吟畢，作拱手狀。柳子遂蘇，詰之，曰：『入寺時見楊柳一枝，懸紅鐙熒然，樹旁一儒服少年與揖，授書一卷曰：「爲我傳之。」此後遂不復記憶。』噫！若張率者，蓋亦鬼仙也。不受祭，不受度，而特以一詩欲傳，諄諄屬客，其亦未免名心哉。雖然，世道日下，厲鬼害物比比，而是若張率者，蓋亦鬼仙也。昔石曼卿死後降稱芙蓉城主，亦張率之託於楊柳之意。余既記其事，復屬薛子既揚撰院本云。」

或告余曰：「江蘇某令於落魄時，常以詩文謁當事權衡，脩脯累萬，遂援例納粟，得今任。甫莅任，即謂門子曰：『凡有以詩文來見者，皆拒絶之。』何怪之甚也。」余笑曰：「某令非怪也，子自怪耳。子豈不聞妓之當作妓之時，常以色藝干五陵豪右，纏頭累萬，遂思脱籍從良。入門後謂婢子曰：『凡有以色藝來見者，當拒絶之。』以此類推，子自怪耳，非令之怪也。」

廣東拔貢生知江蘇某縣事，凡遇士子若寇讎。然余初不之信，投刺往候，果然受門子之謔。門子名李七者，蘇州人，面首甚都，嗓京腔，詞色甚厲。後詢其幕中人，知拔貢生恒選優伶爲門印，與之同卧起。余始悟政在門子，而不在拔貢生矣。

金司馬泰字南澗，居吴之察院里，其宅爲前明周忠介公故第。有廳三楹，曰「懷芬堂」，乃司馬緬懷忠介清芬意也。一日，司馬在廳後軒與友論詩，言國朝阮亭、竹垞之後，應推誰爲接迹，忽屏外應聲曰：「沈德潛。」是時沈歸愚宗伯尚屬諸生。吁！詩雖小道，亦足以徵一代之文獻焉，有鬼神而不先知者耶？

長洲徐德麟字芝庵，有軼才，愛狹斜遊，惜玉憐香，千金不吝，妓館酒樓，題咏殆遍。凡有當意者，寫數筆蘭於扇頭贈之。年二十四以情死。越十餘年，其弟從秦淮妓館見扇一柄，畫蘭九畹，系詩曰：「歡杯纔舉是離筵，後會侯門那得便。恨不身如雙燕子，春來還到畫堂前。」後書「壬子冬日題贈玉真仙史」。蓋玉真爲某大僚所購，將行時作也。

周文潛，長洲人也。以族人累，流亡紹興。凉凉踽踽，終日以探幽尋邃爲樂。嘗薄暮登吼山納凉，憩於小庵，見二客倚樓閒眺，一客朗吟曰：「幾日不登吼山頭，參差竹樹緑沉樓。到來何用尋消夏，鶴叫一聲天欲秋。」忽呵從者至，遂散去。文潛回視，惟隙地數弓，荒烟蔓草，二客竟不見。

金匱吴鏡江鑄，幼孤。工詩，精篆刻。年未三十歿，後無子。常熟席也樵世楷，十歲喪父。能詩，善飲，年二十四而卒。兩君之詩，錢梅溪泳皆爲序而梓之，板存蘇州李大成家。一日，鏡江偕也樵至李家，點竄數字而去。李忘其已死，移時始悟，告之。梅溪覺所改有加，乃從之。

余於姑蘇旅壁見無名氏題壁詩云：「君問我爲誰，江南老布衣。讀書陰寸惜，作客鬢全稀。已任呼牛馬，無心辨是非。會當理簑笠，歸卧釣魚磯。」墨瀋猶新，竟莫知誰作。

元和人徐花艇名麟，嘗與其友携妓遊西湖。妓素不識字，忽弄筆書二十字云：「昨夜東風惡，吹殘陌上花。報瓊應有意，珍重是投瓜。」擲於友前。友覽畢，遽呼有鬼，色變而死。

諸生姚雲亭工符籙，嘗請蘇小小降乩，詩云：「舊埋香處草離離，只有西泠夜月知。詞客情多來弔古，幽魂腸斷爲題詩。滄桑幾劫湖仍緑，雲雨千年夢尚疑。誰信靈山散花女，朝朝佛火對琉璃。」或駁之曰：「小小南齊人，何以能七言律詩耶？」乩復判曰：「惟靈不泯，與世俗推移，若釋迦不解華言，今且解駢體疏文矣。」又問：「尚能他體否？」乩大動，書《子夜歌》云：「歡來不得來，儂去不得去。懊惱石尤風，一夜斷人渡。」「歡從何處來，今日大風雨。濕透杏子衫，辛苦皆因汝。」雲亭名公燮，精於篆刻者也，設壇西湖。有蘇州韓秀才敏字梅坡者，云曾在都門見李無塵降乩詩云：「策策西風木葉飛，斷腸花謝雁來稀。吴娘日暮幽房冷，猶着玲瓏白苧衣。」並云：「頃過某家，見新來稚妾，鎖閉空房。流落仳離，自是定命，但饑寒可念，棖觸我心，惻然咏此，敬告諸公，苟無馴獅調象之能，勿輕買妾，亦陰功也。」李無塵，祥符人，明末伎也。

黄壽仁字若山，傳緖鬼降乩詩曰：「薄命輕如葉，殘魂轉似蓬。練拖三尺白，花謝一枝紅。雲雨期難久，烟波路不通。秋墳空鬼唱，遺恨宋家東。」並綴小跋云：「系本吴門，居僑楚澤。偶業緣之相湊，宛轉通詞；詎好夢之未成，倉皇就死。律以聖賢之禮，君子應譏；諒其兒女之情，才人或憫。聊抒哀怨，莫問姓名。」或云此才不減李清照。

朱海字蕉圃，吴縣人。所著《妄妄録》，盛行於時。詩亦佳，如「十年游俠黄金盡，午夜悲歌白髮生」，「臣饑欲死還爲客，我舌猶存竟未官」，「牧猪屠狗英雄賤，擊筑吹竽壯士悲」，「豈是酬恩無國士，誰知乞食是王孫」，「萬劫難消惟傲骨，一錢不值是孤身」等句，非萬里、萬卷不能道也。

胡湘之云：延平滄峽山中有危亭半楹，壁上題詩曰：「雲籠月色樹籠烟，孤雁時驚蘆葦邊。苦憶金鈿零落處，石欄坐到五更天。」其亭四無人居，旁僅白楊、孤塚而已。

天津人孟文熺，張君石鄰高弟也。一日，張遇孟於路傍酒肆，枯坐凝睇，拉與行，不可。題詩於壁曰：「東風翦翦漾春衣，信步尋芳信步歸。紅映桃花人一笑，緑遮楊柳燕雙飛。徘徊曲徑憐香草，惆悵喬林挂落暉。記取今朝延佇處，酒樓西畔是桑扉。」詰其所以，始云：「適見東鄰麗女，冀再一見。」張大駭曰：「此錢將軍墳院，荒廢已久，安有麗人？」同往跡之，孟見馬鬣蓬科，乃返。

吴越風俗兒女子於正月十五日以絹覆飯筲，插小簪爲乩，名之曰「請壁角姑娘」。其法以香灰鋪几上，扶筲，聽其自旋，間作鳥獸花木狀，甚工。吴某家兒女習以爲常，吴某見而稱羡之。忽作字曰：「粗畫不足賞，曷不命題，獻小詩，博一笑。」某以兒女輩無識字者，因以爲奇，適有猫蹲地，遂指以爲題。復請韵，限九、韭、酒三字，以難之。乩即書曰：「猫形似虎十似九，吃盡魚蝦不吃韭。只因捕鼠太猖狂，翻倒床頭一壺酒。」扣其姓氏，曰：「穆素徽。」蓋吴某所居，即西樓故趾。

雲貞者，淮南諸生范秋塘室也。秋塘不能供子職於繼母，遂以忤逆呈當事，謫戍伊犁。雲貞寄書并詩與其夫，書約二千餘言，兹摘録數段，以見一斑。云：「憶自楓亭分手，僂指幾十年矣。遠塞風烟，空幃歲月，箇中滋味，領略皆同。前歲書至之日，適貞抱病之時，投遞參差，幾成不測。幸蓮姐解人，遮護支吾。少頃，母親持書至榻畔，笑語貞曰：『錦兒脱罪編氓，歸期可望。來稟愧悔無聊，想已折磨悛改。我今却也憐他矣！』是皆夫子孝心所感，不然，此語正未易聞也。瓊女於酉歲八月十二出疹，夭矣！十五年辛苦屬望，到今盡付東流。草草治棺，瘞於塋側。没之前夕，捧貞頰悲啼曰：『爹爹離家幾年矣！兒歿後，萬勿寄信知之。』今憶此言，不禁泪如泉湧。丁郎讀書頗有父風，惜資性敏而欠沉潛，務高遠而不知簡鍊。詩詞却有新穎奇想，制藝則駁雜不純，不過青青子衿，非館閣中人物。十二歲以前，經、史、《文選》、唐詩、《荀》、《莊》等書，皆貞口授。惟母親姑息太甚，不得不仰體慈懷，稍爲寬假耳。從前緩急可商之處，近皆裹足不前。遇有急需，不輕啓齒，正恐無濟，反惹笑談。至問安侍膳，未敢稍離，怡色柔聲，猶恐獲咎。即飲食穿戴，亦須留意。蓋儉則負慳吝之名，奢便有花消之責。太素則云意存咀咒，稍粧則云冶容誨淫。非詬誶相加，則夏楚從事。貞年逾三十，非復少時，對兒女家人，有何面目？蓮姐自辰夏摘花受逼之後，其志益堅，雨榻風櫺，寒碪烟竈，與共甘苦。此貞今世之朝雲，而爲夫子他年之桃葉也。人自伊犁來，述夫子起居甚悉。並云每年若肯節省，尚可餘三四百金。幸未將此語上聞，而貞初亦不之信也。夫子天資機警，賦性疎狂，未能一展才華，輒遭大難，又有何心矜持名節。且棲身異域，舉目誰親？回首家山，剛腸應斷。則花晨月夕，燈炧酒闌，擁妓消愁，呼盧排悶。或三生石上，五百年前，遇解渴之文君，值多情之倩女，書生結習，諒亦未能免俗。貞聞之，方慟憫之不遑，又焉敢效妬婦口吻，引不近人情之語相勸勉耶？惟念夫子體素羸弱，性復過癡，彼若果以心傾君，亦何難情死。特患口餳齒蜜，腹刺腸冰，徒耗有用之精神，轉受無窮之魔障，私心遥揣，可惜可傷。况麴糵迷心，能致疾病，樗蒲耽戲，更喪聲名。貞釜底餘生，尚知自愛，豈夫子有爲之體，而甘自頹唐，毫不念及，反待巾幗之規箴乎？每念弱草微塵，百年如夢，夢幻泡影，内典所云，貞於生死兩途久矣，思之爛熟。何難一揮慧劍，超入清凉，無如緣孽如絲，牢牢縛定，不得不留此軀殼，冀了一面之緣，不負數年之苦。他日白頭無恙，孺子成名，大事一肩，雙手交卸，貞心方爲安適。總之，夫子一日不回，此擔一日不容放下也。猝聞有往伊之便，掩扉挑燈，疾書密寄。淚痕在紙，神思遄飛。遥計開緘當在黄梅時節，心與俱酸。附詩四章，聊以見意。信手拈來，亦是一幅血淚圖耳。言不盡意，伏惟珍攝。此上秋塘夫子几席。戊戌十二月一日雲貞再拜。」詩曰：「鶯花爛漫鬭芳菲，底事傷心淚暗揮。鏡裏漸凋雙鬢角，客中應減舊腰圍。百年幻夢身如寄，一綫餘生命亦微。强笑恐違慈母意，竹箱偷典嫁時衣。」「十五年華付水流，緑窗不復唤梳頭。殘脂賸粉聲絲閣，碎墨零牋問字樓。千種凄凉千種恨，一分憔悴一分愁。儂親亦未終儂養，似此空花合罷休。」「當時畫裏唤真真，豈料追隨若比鄰。妄想團圓參繡佛，每占榮落祝花神。堪嗟失意飄零日，翻得關心屬望人。倩我憐才頻寄語，年來消瘦不關春。」「早自甘心百不如，肩勞任怨敢欷歔。課兒夜半燒殘燭，奉母春寒翦嫩蔬。豈有餘閒拈筆墨，偶因定省過庭除。萋菲休更縈懷抱，猶是堅貞待字初。」

春草堂詩話卷十四

甘泉謝堃佩禾

盧藥林在琉璃廠書肆晤朝鮮使臣，與語各不能辨，遂以筆談。始知使臣姓洪名大榮，號涵齋。五舉於鄉，始登進士，官翰林。其國鄉會試以詩、古文、經解分三場，會試不售，仍與秀才同。秋闈不赴，以詭避。論科目之難，視中國尤甚。將歸，藥林贈詩以別。逾年，使臣李命圭號耦山者，亦晤藥林於書肆。詢涵齋近狀，則進秩蘭臺矣。耦山出所著《陶情集》及彩牋、清心丸數事見贈。藥林書楹帖贈之，云：「快覩彩豪傳麗句，偶懷舊雨得新知。」又屬攜贈涵齋云：「望月三秋夢，揮豪萬里情。」相傳朝鮮乃箕子之後，故其國絃歌雅化，至今不廢。

苗寨多在深山窮谷，其地生蘆，大逾中指，似竹而無節。截短長共六筦，束列匏中爲笙，名之曰蘆笙。大者長丈餘，小者亦五六尺。每筦各一孔，吹時手指互相啓按，自成聲調。每於農隙或黍稷登場後，合寨中老幼數百人吹之，且吹且舞，爲賽神之樂，聲振林谷。俞青源有《蘆笙歌》，紀其事甚詳，惜傳者不復記憶。

俞青源言雅片烟出海外諸國，大約以草根花蕊合製而成。或曰即米囊花子，亦無所辨也。彝人入關貿易，攜之愚中國，獲厚利，而閩粵兩省土人視爲至寶。其物如馬糞，色微緑，以水浸之，凡三宿，三易水，去渣存汁，以先後出者遞爲高下。微火煉之，成膏，如醫家所用以敷人瘡毒者。分之，丸如粟粒。置鐙檠於床，持竹筒若洞簫者，横卧而吸其烟，必兩人並卧，傳筒互吸，則興致倍加。其烟入腹，能益神氣，徹夜不眠無倦色。然越數日或經月偶吸之，無大害。若連朝不輟，至數月後，則侵入心脾。每日非如期呼吸，則疾作，俗呼爲癮。癮至，其人涕泪交横，手足痿頓不能舉，即白刃加其頸，豹虎出其前，亦惟俯首受死，不能少爲運動也。故久食雅片烟者，肩聳項縮，顔色枯羸，奄奄若病夫初起。識者方代爲歎息，而彼且詡詡自得，矜於衆曰：「余癮至食幾許矣。」「余每日非此不能存活矣。」久之，家貲耗盡，而死期亦至。哀哉！夫鴆毒害人，見之者必變色，疾趨避之，惟恐不速。間有服毒自戕，其命非迫於飢寒，即罹於法網，無生人之樂，遂視死如歸。彼食鴉片烟者，明知耗財傷命，甘心不顧，亦何爲哉。又有《題喫鴉片烟圖》，圖畫一人斜卧於床，作吃烟狀，數鬼招卧者云：「鬼是當年人，人爲轉眼鬼。若要勤吃烟，便是速求死。雖分上下床，人鬼實一體。請君看此圖，問你悔不悔。」

嘉興陸某本農家子，讀書不成，退而學賈。有同鄉官北平者，携貨物就之。行至濟寧，河决，不得進，休於旅店。夜分，聞窗外吟曰：「讀盡詩書費盡心，幾年博得一青衿。」咿唔再四，續句不能就。次夕，吟復如前。陸從窗隙窺之，見一男子身曲如弓，衣皂布袍，左手持短烟管，右手作推敲狀。陸遂失笑，續其詩曰：「若教祇此尋常句，何必連宵費苦吟。」倏忽不見。曉述於主人，主人曰：「此東鄰王骨董也。五十入庠，未幾而卒。生時好作詩，人常笑其鄙俚，自不知耳。」

武林張君相貨殖長沙，暑雨後，携榼登岳陽樓。有道士先在，飄飄然繞欄閒眺，邀與共飲。酒酣，道士出葫蘆，傾之滿盞，黑濁如膠，曰：「足下能飲此乎？」張嫌其不潔，辭以醉。道士笑曰：「余固知此酒非足下所能飲也。」一舉而盡。忽螳螂張臂如螯，據檐攫蠅。張舉扇將擊之，道士掣其肘曰：「物雖微，具有生命。無故戕之，仁者不爲也。」張曰：「蠅獨非生命乎。」遂兩全之。越十餘年，偶行金陵市中，遇驟雨，趨巨室門樓下避之。忽門啓，主人出，曰：「足下非張君相乎？」張矍然曰：「素昧平生，何以知之？」主人不答，攜其手而進，見庭設乩壇，促張跪乩，即書曰：「幾年不見張君相，今日相逢兩鬢霜。記否岳陽樓上飲，憑欄舉扇擊螳螂。」張始悟當日葫蘆乃玉液也，悵悵而去。

七言長排，唐人中亦不多見。近惟《楚庭稗珠》所載平溪鄭尚書逢元，祝髮滇之寶臺山，有《告墳》詩云：「一見墳塋信慘然，此番風景不如前。滇山楚水三年夢，子意臣心兩地牽。國難不堪推竈尹，鄉音常自扣筵簿。半途未遂從龍願，逆旅恒驚逐鹿傳。宦念久灰蒙主眷，禪心未了結僧緣。綈袍戀戀猶承友，華髮蕭蕭强去顛。日望白雲愁跛鼈，夜彈紅淚共啼鵑。高明傾倒猶舒意，俗鬼揶揄亦倚權。未死一身皆是累，開言半句總成愆。空囊慮僕飢無力，持鉢干人苦更煎。神鼎已還無死所，玉門終愧有生旋。含元遠矚悲秋草，凝碧遥看晃野烟。殘齒已經高犬馬，微軀焉敢薄烏鳶。山陽笛裏空文曲，花萼樓中熟比肩。靖節有心培柳舍，東陵無計覓瓜田。時將毫白參迦業，或念中黄叩偓佺。尹穀倉皇行冠禮，鍾儀顛沛奏南絃。家人遠仆墳前石，稚子昏除壁上聯。事業未親崖海上，精神常在鼎湖邊。也知人事全無算，豈獨天心不見憐。黄壤那知王氏臘，清詞猶寫義熙年。凄凄更觸傷心事，頂上僧伽易進賢。」邊繳賢才，於斯可見。

九驛之道，開自奢香。奢香者，貴州宣慰使靄翠妻也。靄翠始祖由牂牁帥佐武候，南征有功，封羅甸王，世守其土，統四十八部。靄翠死，奢香代立。會都督馬聘借他事裸撻奢香，意在激怒諸羅，邀兵功耳。奢香走，愬京師。上召馬聘，斬之，遣香歸，諸羅感激，爲除赤水烏撒道，立龍場九驛。吴明卿詩紀之云：「我聞水西奢香氏，奉詔曾謁高皇宫。承恩一諾九驛通，鑿山開道穿蒙茸。即今承平二百載，牂牁僰道猶同風。西溪東流石齒齒，至今猶哀奢香死。中州男兒忍巾幗，何況老嫗亦青史。君不見蜀道之闢五丁神，犍爲萬卒迷無津。帳中坐叱山川走，誰道奢香一婦人。」又如遵義之有繡鎧臺，乃秦良玉治兵遺蹟。良玉從夫，馬千乘，會師征播，時正少年，神姿明秀，慷慨知書，有神工，左右射，摧鋒陷陣，所向披靡。故播之奏功，書伐宜最。侍女千百，袍鎧鮮明，號令嚴肅，人呼爲「繡甲軍」。臺之得名，亦猶此也。至若馳驅王命，久靖妖氛，未嘗敗衄，即分兵斷境，握節以終，雖古烈丈夫何以過。此乃出之溪洞女子，奇哉！世之作《錦袍歌》者不下什百，當推陳雲伯大令爲第一。

廉泉明府嘗言有同鄉任庚園者，名慶芝，石屏州人。幼同筆硯，詩文往往出其右，彼此惜其才，最稱相得。聞明府宰寶山，竟不辭萬里來訪。既見，叙故鄉事未遑而遽言别。明府訝其速，任曰：「吾所以不辭萬里而來者，求足下作一墓表耳。」言訖，出《葬花圖》乞題，並託身後詩文等稿，容色慘沮，又諄諄言别。明府知不可留，遂送之吴淞江口，飄然往矣。越數日，訃從杭州至。明府哭以詩曰：「携手難爲别，天涯復送行。廿年剛小聚，萬里又長征。意氣關親舊，文章託死生。斯言聞不得，金石見深情。」

明府見余録《西瓜燈》詩，言同鄉先達有《菜燈》詩云：「茅堂照破虀鹽夢，華屋澆殘肉食心。」體物之工，極矣。

「索米金門路渺茫，空空妙手少年場。憑君莫賦高軒過，防却明珠失錦囊。」此倫兒詩也。事載顧蘭畹集。

雲南浪穹人楊渟，字鳳池，辛酉拔貢生也。《訪友不值》詩云：「花開兩度未開樽，來訪逋仙遠叩門。鶴放湖中人不見，斷雲含雨正黄昏。」《謁董子祠》云：「竹西舊路未曾蕪，簫鼓亭臺處處俱。此地但傳隋大業，無人更識董江都。祠空香火餘苔蘚，派啓河汾接泗洙。我向邗溝常北望，千秋三策仰醇儒。」其他佳句如「一夜榻連新舊雨，三年我是去來人」，「行踪暫托歸巢鶴，心事常隨出岫雲」，皆新穎入妙。

婺源詹湘亭，現官湖南茶陵州知州，名孝廉也。著《賜綺堂集》行於世。曩在白門，偕友人向女伶梁四家觀劇。是夕，演《千金記》，友人皆屬意扮虞姬者，湘亭獨以重瞳爲嫵媚，群譁而笑之。及卸粧，視扮重瞳者，磬兒也。磬兒爲一班之冠，遂皆歎服。於是張筵於海棠花下，青衫紅粉，觥籌交錯，磬兒與湘亭同鄉，各操土音，以道其傾慕。思欲携歸，奈客囊甚儉，輒唤奈何而已。磬兒私語曰：「君何計之拙也。彼所以居奇不售者，以我爲錢樹子耳。君如肯買駿骨，何必千金。」湘亭悲，慰而别。未兩月，磬兒死矣。湘亭曰：「花前一諾，信同抱柱，豈敢有負卿哉。」以三百金買柩而回，葬於桐涇橋北。王夫人曹墨琴作墓誌，沈桐威學博演《千金笑》傳奇。其輓詩不下什伯，磬兒不死矣。湘亭名應甲。

余在山東耳（汪）〔王〕曉堂司馬名，竟未晤。在南通州始識其尊甫司理公。今春，司馬丁内艱，余始晤於如皋。瞻其風彩，領其緒餘，知作詩之法得家傳焉。索其稿，靳不與，僅於友人處見「幾點殘山春照夕，一行歸雁暮天空」二句而已。

司馬從山東携歸《歷下偶譚》一書，内載四川鮑娟紅女子交河題壁詩，惜詩不全。適范渠仙別有所見，兹録其詩曰：「萬里漂零百劫哀，青衣江上别家來。朝雲暮雨番番見，一路山眉掃不開。」「深閨一命弱於絲，金鼓聲中怯幾時。妾意也同花蕊恨，阿誰馬上是男兒。」「阿母音書隔故關，兒身祇有夢魂還。年年手濯江邊錦，不彀人間拭淚斑。」「藁砧望斷淚盈盈，敲到金釵憶定情。妾是馬嵬坡下住，此生只合卜他生。」「小婢嬌癡代理裝，窮途怕檢女兒箱。兒時愛譜江南好，恐到江南已斷腸。」「霧鬟風鬟一段魂，喘絲扶住幾黄昏。殘燈背寫傷心句，界亂啼痕與粉痕。」詩後叙云：「妾生於劍外，死别刀環，小魄跳梁，全家失所。慈親信杳，夫壻音訛，依於所親，携至薊門，復偕南下。妾意稍遲玉碎，期秋扇之重圓；擬待珠還，冀春暉之永駐。留犁數月，甫達此間。嗟嗟！陌頭楊柳，總是離愁；門外枇杷，都非鄉景。望齊門而泣下，思蜀道以魂歸。阿鵑阿鵑，生不如死。挑鐙夜起，勉書六絶句。郵壁信宿，詩到江南，當是薄命人斷送時也。」

胡春巖徵君將刊《紅雨樓》、《遊吴集》諸稿，屬余點訂。余抄出《禽言八首》詩云：「提葫蘆，向當壚。酒地拍以浮，糟釃歠且餔。麋鹿與遊馬牛呼，仰天大笑歌嗚嗚。世人皆醉我何無？提葫蘆。」「泥滑滑。山不在險，水不在闊。由來失足是坦途，懼君不之察。泥滑滑。」「婆餅焦。南陔蘭長草夭夭，百里負米阻且遥。野菜和根煮，棘薪帶葉燒。以慰劬勞，以永今朝。婆餅焦。」「脱袴脱袴，衣新人故。

爾耕爾耘，夜思蚕作。縣官縱蠲租，幾個廉叔度。脱袴脱袴。」「姑惡姑惡，朝見東南孔雀。修翎擇木棲，失路羅矰繳。泰山巖巖，河水漠漠。敢言天不仁，但恨妾命薄。姑惡姑惡。」「得過且過，曲高寡和，富不足誇貧可賀。青雲非潔，泥塗豈淤。於陵仲子空勞瘁。得過且過。」「不如歸去，樂郊樂土今何處。遊子悲故鄉，美人傷遲暮。俯仰向天涯，彳亍在歧路。不如歸去。」「行不得也哥哥，衝風起兮江之沱。駕虹螭，驂黿鼉，與女遊洪波。龍罔象兮窺人多，長鯨短蜮兮挺戟而横戈。誰作楫兮誰乘槎。行不得也哥哥。」其他偶成句云：「事任模糊機漸少，酒逢豪俠量全忘。」「閒中思客期偏爽，夢裏裁詩句每忘。」「好閑入世寧辭嬾，未老觀書已健忘。」凡三押「忘」字，皆妙。《咏白桃花》云：「崔護重來門似水，劉郎去後鬢添霜。」亦有味。

施愚山嘗和會稽女子題兖州新嘉驛壁詩云：「環珮魂歸何處遊，若耶溪畔路悠悠。生前不作鴛鴦夢，定化孤鴻叫隴頭。」刻石於驛，並載女子詩云：「終日如同虎豹遊，含情默坐恨悠悠。老天生妾非無意，留與風流作話頭。」徐樹人刺史復題其後曰：「郵亭雨過緑苔生，使者風流萬古情。白髮五朝存驛卒，紅顔雙泪濕燈檠。燒殘銀燭心同死，題罷新詩日漸明。往事徘徊何限恨，神宗時節本昇平。」蓋女子本萬曆間人。刺史南通州人，名宗幹，丁丑進士也。

女史方彦珍字静雲，號岫君，徽籍，儀徵縣人也。適中表程立基，以賢能稱。著有《誠堂集》，汪劍潭、屠琴塢皆爲之叙。女史詩新穎怡人，如《咏春草》云：「滿徑烟痕簾半捲，一雙蝴蝶上空庭。」《咏雞冠花》云：「莫訝吞聲啼不得，要人留夢到天明。」又善議論，如《詠李陵》云：「欲圖報漢心誰諒，只有龍門太史知。」《咏梅妃》云：「長門縱使無梳洗，猶勝楊妃葬馬嵬。」皆有深意。

沈侍郎飴原序竹堂僧曰：「上人乃如皋儒家子也。性愛詩，兼愛遊覽，江浙名勝，無不題詠。始則駐錫常州天寧寺，繼主鎮江竹林寺，晚乃歸白蒲鎮之法寶寺。往來皆名公鉅卿，相與倡和。暇則寫蘭竹數筆，書法亦工。故趙雲松、王夢樓二公常稱其詩可媲美唐之皎然，今之借庵也。」集中《送枕石僧》云：「相逢總在水雲間，幾處漁磯接柳灣。送爾東歸乘畫舫，烟霞看遍海門山。」讀之誠然。

世傳徐荔村《賣琴》詩有唐人風味。詩云：「忍把蕉桐抱入城，背人猶弄兩三聲。子期未死音先絶，中散餘年手漸生。綠綺等閒成别怨，朱門曾否識離情。歸來剩有床頭劍，風雨中宵不住鳴。」荔村名麟趾，秀水縣人。

揚州人羅聘字兩峰，工畫能詩。所配白蓮女史，亦通翰墨，早死。兩峰常自云前生乃花之寺僧。性好禪，年八十，竟不再娶。眼有碧光，能於白晝見鬼，遂畫鬼，名之曰「鬼趣圖」。袁簡齋輩常題其圖，世遂重之。蠙山江片石贈以詩曰：「廣陵羅兩峰，説鬼窮幽寂。玉麈東西揮，虬髯森如戟。秋鐙不肯青，秋樹無聊碧。疎雨上空堂，門外天如墨。」以下忘之矣。片石名干，字黄竹。蠙山乃如皋縣屬掘港場之别稱也。

潞河人魏聃年字野塘，官如皋縣典史。官極卑，骨極傲。議論極宏博，性極恬澹。工畫。詩有「樹覓鳥聲雜，山深人語稀」，「有客抱琴停午至，呼童沽酒趁花開」，讀此數語，回視曲躬，而前者何啻天壤。

居予石一字雨十，名瑾，海門鄉人也。晝有逸致，或傳其《落花詩》云：「一片空靈攢錦繡，三生血淚化文章。」《哭友》云：「只餘詞賦能傳世，始信窮愁到蓋棺。」其不得志見乎詞矣。

黄岫衣雲號瘦人。作客如皋，值姬人病歿皋之桃村，收桃瓣一�，瘞於赤岸，立石曰「桃花塚」。于秋渚弔以詩曰：「別淚染殘紅，一花泪一滴。狼籍滿壙中，年年春草碧。何處斷魂漂，劉郎尋不得。」秋渚名泗拼，茶場人。

保印卿始祖名察罕帖木耳，元之平章也。子擴廓帖木耳，元之元帥也。有大功，封察罕爲忠襄王，擴廓爲河南王，當時以「王保保」呼之。王者，王爵也。保保者，尊之也。當順帝末年，保保抗明師，有文丞相、史閣部之風。方其勤王時，命妻子浮海而南，隱居通州，以保爲姓。今通州城西有元帥墓，即衣冠葬也。印卿復從家乘中抄出一圖，名《清秋回獵圖》，畫平章携一姬，並擴廓即家將數人，臂鷹牽犬，着元時便服，乘獵騎，吸淡巴菰，顧盼如生，筆墨古厚。凡以詩鳴者，靡不題咏。余愛越人高學淳七言詩云：「秋原葉落風蕭蕭，平章出獵人馬驕。馬如龍騰人虎逸，猛氣並入寒雲高。草枯鷹疾天低罩，二騎分行向前導。一髯左顧勇殊倫，一姬戎服神逾妙。名王父子將中雄，窄袖紅鞾態不同。吸淡巴菰閒領略，細垂肩髮碧玲瓏。當時怨自開河始，汝潁賊來兵不已。紅巾謬託勝朝留，白蓮又集妖人起。將軍怒頰毫先指，奮義還偕信陽李。馬失群驚萬竈烟，太行高接千城壘。山東劇盗正縱横，冀洛初平更出征。免胄令公安反側，戴頭太尉不全生。白氣長衝冠危宿，仿佛摶霄同一哭。至元十八年，賊殺右丞董摶霄，無血，惟見白氣衝天。二十二年，太史奏白氣起危宿，而察罕死。手刺讎心祭父墳，螟蛉有子神駒育。神駒自是不凡材，天下精兵總理來。可惜恃强懷二志，史官執筆後人哀。天心已屬金陵帝，坐見真人起濠泗。諸將空分蝸國争，深宫且造龍舟戲。開門夜半君王去，十八騎隨如脱兔。稱臣不肯入朱家，海表於今留假墓。此圖遺蹟自忠襄，肖子追隨校武忙。紙上英風猶奮發，餓鴟聲裏欲斜陽。」

春草堂詩話卷十五

甘泉謝堃佩禾

李毓昌字皋言，山東即墨縣人。戊辰進士，榜下分發江蘇即用知縣。奉委赴山陽查賑，至則偏歷村庄，覈實稽考，多浮冒侵漁，將據實具稟，已屬稿矣。邑令王伸漢大懼，使司閽包祥以多金啗李君之僕李祥、顧祥、馬連陞等，説其主，且致重賄。李君堅不從。事甚急，伸漢無他計，丐包祥曰：「事期必濟，聽汝爲之。」包祥、李祥等竟密置砒於茶，夜深進之。毒發，顛仆狂吼，尚不即死。祥等復以腰帶扣頸，懸床上，作自縊狀，遂絶。淮安太守王轂號王老虎，性貪，得伸漢金，竟以中惡自縊驗報具詳。返其柩於家人，亦無復疑者。後數月，有李君同學荆翁，諸生也。於郊外見李君儀從甚盛，遂憑附至家。呼家人，具言受害狀，且云上帝憫其死於民事，授棲霞城隍神，今赴任矣。家人泣，議啓棺，視其衣盡血。於是李君叔士璜赴控京師，事遂上聞。王轂、王伸漢皆拿問，交軍機處，會同刑部嚴審得實。獄具，李祥等發墓前凌遲處死，餘棄市。仁宗睿皇帝御制詩三十韵憫毓昌，且加毓昌知府銜，事見邸抄，兹復於屠琴塢《病榻瑣談》録出。

琉球國人崔斗燦，嘉慶間遭風温州。後居杭州仙林寺，喜爲詩，自稱海東漂客。有《述懷》詩云：「萬里三韓遠，蒼茫問室家。乾坤原逆旅，漂泊等泡花。憶弟心難握，思親鬢易華。臨安居自好，中夜起長嗟。」

揚州人蔣世珍牧連平，有善政。時嶺南新定，瘡痍未復，世珍常單騎諭賊。賊降，守備吴章害其功，譖世珍與賊通，遂逮獄死。夫人劉，章復艷其色，逼之，不從，自經死。粤人哀之，葬夫人於烏石山之麓，私謚曰「正烈」。嘉慶間，陳鵬牧是州，立石修墓，歌紀其事於碑陰。《耐冷譚》已全録之，兹不贅。

山東兖沂曹濟兵備道夢庵熊公，名方受，一字介兹，廣西太平府永康州人也。因尊甫觀察公難，蔭賞戴花翎，卒成進士，出守兖州，陞觀察使。其時東豫兩省教匪滋擾，大吏劾其迂緩，降補東昌太守。尋罷官，來揚州，爲安定書院山長，揚州士子詩古文詞爲之一新。城西雙樹庵初改爲隆慶寺，碑版聯額多出公手。余過是庵，讀其所書，初疑爲董香光也。未幾，晤於庵，公手書三截句相贈。云：「蕭寺匆匆把袂初，便驚才調擬相如。重逢梅放春猶小，漠漠微陰竹影疎。」「詩題别墅誦清芬，宰相風流自昔聞。一局殘棋能破賊，笑他蛇鳥鬬風雲。」「鼓角旌旗記水濱，老來迂緩不堪論。青山一角從君借，分得烟霞養此身。」余自都中之嶺嶠歸，聞公被宦家子賺，遊楚越，有所忿懥，遂卒於途，士林傷之。

近人皆以説部爲子虚烏有，余以爲不盡然。即如《諧鐸》所載吴緗琯，江陰貧家女也。工詞翰，兼愛讀相人書，决人禍福，多奇中。母將字之，緗琯曰：「兒相薄，不宜主人中饋。」母遂令其自擇。後竟受滸溪洪生之聘，告其母曰：「洪相夭，兒三年後必孀。」居未幾，洪竟迫於父命歸里。緗琯一日自觀氣色，擲鏡大哭，呼母氏爲製縗絰，不匝月，訃音果至。毁容絶粒，幾不欲生。或勸其改適，女不可。洪父聞而韙之，買舟迎歸。妯娌間有乞其談相者，緘口不道一字，皆以病辭。惟小鬟竊其題洪遺挂詩曰：「澹紅香白滿欄杆，一段春光畫裏看。展向秋窗渾不似，梧桐庭院十分寒。」癸巳，余在江陰訪諸士人，竟實有其事。

松江府小吏崔某女，有殊色，工刺繡，小名福兒。母王愛惜之，使就塾，遂字馥芸。年十六，通六經、《論語》，兼擅書法。鄉里頗有與議婚者，女聞之默然。母或乘間諷之曰：「夫婦之道，人之大倫也。况汝之才貌若是，焉有終身而不字者。」女羞澀，含涕而言曰：「兒讀書粗解大義，凡女子適人，略不選擇，一墮惡道，則終身弗能救。」言畢，嗚咽失聲，不勝情狀。母遂不之强。其時香畇錢君司奉賢令刑章事，時往來松泖，聞馥芸賢，遂浼女之親串作伐，聘爲箍室，女亦願從。自此兩情相洽，唱酬無虛日。年二十，忽病，香畇親爲之煎劑祈禱。女一夕喘甚，持香畇手，泪涔涔而緩語曰：「兒不起矣。兒前世爲金壇白衣觀音廟道士，因細行不謹，罰爲女身。罰將滿，更不審轉輪何所。第夫子綺情太重，非所宜，然後當虔奉大士，以勵正修，獲福無已。」連呼珍重而卒。香畇乃倩顧松坪繪病容遺挂，作《悼亡詩》三十首，奉大士像，虔頌不怠。蘇松知名士，若趙艮甫、許季青諸君皆有題識。余與香畇善，故得悉其顛末如此。

余爲香畇作崔馥芸女史小傳，甫脱稿，李君小蓮覽之默然，心竊怪之。小蓮曰：「天下之鍾於情者，又豈惟香畇與馥芸者哉。」益怪之，固請其故。乃喟然歎曰：「古今來樂爲身後之傳，而不樂爲生前之傳者，不獨君也。然婦人女子得獎藉於生前，使終身弗敢改其初志，較之身後，差覺勝耳。僕所以發此論者，蓋近見延令有桂珍女子，本世族，家無擔石，鮮兄弟，父母老邁。其所以不能保其名節者，爲親耳，遂爲某商外宅。雖然，其舉止行動，絶無衏院閒氣。未幾，商拘於内，終年弗一顧，女復窘甚。或唆其持據訟商，女呆立良久，泣數行下，曰：『若雖無情，亦未負我，何忍作狐鼠反噬。况遭此不幸，未嘗不愧悔於床笫之間。若再暴揚醜行於桑梓，寧有死耳。』後所適非偶，姑復悍，常鬱鬱不自得，而詞色間略無尤怨。僕憐其貧而重其人，往往賙䘏之，竟有議僕爲漁色。故讀崔媛小傳，默然而有感於心，實傷之也。」余初不能盡信。越數日，有傳桂珍之事，與小蓮所論甚符。余性素不飲，聞桂珍事，連浮大白，醉甚，務丐小蓮，往見桂珍。其時寒雲斂夕，冷月横窗，燭熒熒間，見其丰神幽秀，荆布怡然，宛如畫圖中所云陶穀姬也。小蓮命捧硯索贈，余賦《桂枝香》、《珍珠簾》各一闋，同人頗多和者。吁！桂珍竟能於慷爽中污其名以養其親，與對山爲友，又何讓哉。况小蓮無衰弛之懷，絶不使其有秋風團扇之感，余亦樂爲之傳。

王敬齋少府名有烈，浙江蕭山人。幼即隨宦都中，其慷慨豪俠之氣，有燕趙風。以孝友見稱，嘗以弱弟妹婚嫁爲己任。入成均，後援例河工，大吏察其能，改有司，籤掣江蘇。凡遇差遣，皆能得上憲歡。嘉慶十九年，補今任。今任乃黄橋鎮巡司也。其缺有虚無實，能洽輿情，故百姓稱之曰賢父母也。弟歿後，視弟之子女若己之子女，從髫齔撫育至成立，無間言，復爲之婚嫁，乃勵兒姪輩曰：「吾幼奔走而長鞅掌者，皆由家室之累。於詩文一道，不甚深，亦不勉作。汝輩當細加研究，以承家學。」於是命諸姪學文於葉君琴六，學詩於錢君香畂。余於香畂處見輝山《秋柳》詩云：「古道尚餘芳草茂，長堤莫共白蘆飛。」《咏梅》詩云：「花裏暗香人未識，鼎中滋味我先知。」皆有深味。輝山名鈺，其長姪也，現應童子試。然此所録，皆少府大略。至如從弟殁於粤東任所，其寡婦、孤兒迎入署中，與孀弟媳共居，而各教其子，恐又今之人所不能也。吁！少府官雖卑，志甚高，但能種種存心，始終不二，後世之不昌者未之有也。

鄞縣李孝廉濉字石窗，春圃大令族叔也。阮芸臺築詁經精舍，延兩浙名宿，孝廉與焉。辛卯授仁和教諭，未幾卒於官，大憲惜之。其《詠懷》有「野鶴伴閒雲，白駒賦空谷」之句。錢東生太史懷孝廉詩云：「筍皮鞋子青棕帽，投分嬉烟作釣徒。舊事依稀尋不得，濕雲纖雨暗西湖。」其名重如此。子彝堂茂才名啓炳者，詩亦工。

會稽人姚漁字樂甫，與錢香畹友善。香畹嘗誦其《麥秋》警句云：「烟弄曉寒迷野渡，露團秋意到人間。」

甲午長夏，與山陰鄔雪舫晤對。偶閲《聊齋》，有「儂也凉凉去」，雪舫曰：「何不以『卿須緩緩歸』對之。」

朱厚章字以載，崑山縣人。天資聰慧，能五官並用。嘗手録《孝子傳》，令二人隅坐，各執紙筆，一成駢文，一成長律。已而書竟，合座傳觀，詩文俱工。所録《孝子傳》，精楷無訛，奇才也。

武林徵士桑弢甫文侯，家貧，性至孝，父病膈，醫者云須羊脂和粥以爲餌。文侯每日侵晨市脂，煮粥，以供父。父殁，文侯抱鐺以哭，若孺子然。里人繪抱鐺圖，萬光泰紀以詩曰：「羊脂數合米一匊，病父在床惟啜粥。父能啜粥子亦甘，粒米勝於五鼎肉。升屋皋某無歸魂，束薪斷火鐺寡恩。床前呼父鐺畔哭，抱鐺三日鐺猶温。嗚乎！恨身不作鐺中米，臨歿猶能進一匕，謂鐺不聞鐺有耳。」

泰興城内東北隅，有余將軍廟，相傳將軍岳武穆偏裨也。當金師入寇，將軍帥一旅以衛斯邑，援未至而死於難。土人德之，乃建廟於池畔。池畔即將軍殉難處也。其里居、名字，史乘皆未載。迨明萬曆，是邑進士張京元提學江西，後家居，卧病時常思恢廓其廟宇，恍忽夢將軍與語曰：「余名逵道，字德立。」並叙其戰功云云。張明日告諸同里，同里遂崇祀焉。嘉慶間重修邑乘，乃載將軍廟址，仍略其里居、名字者，蓋夢寐不足徵也。凡名流至泰興者，無不題詠。近年來長篇大律不下百首。余愛錢香畹詩，只四句，包括殆盡。詩曰：「將軍廟食城之東，將軍死節池之中。即今蘆荻蕭蕭處，潮去潮來水尚紅。」余因愛其詩而瞻其廟宇，見殉難之處，滄桑以來，竟成巨浸，朝夕通潮，愈覺詩之工整。

「一棒打開花萬朵，九枝鐙放光明火。照徹如來萬象空，滿座蓮臺一個我。」此中州浮屠詩也。浮屠本中州巨族，好結交，家道中落，親族不之邺，遂爲盜。專攫貪污贓橐，積數萬金，納粟爲州牧。蓄妾數十人，能音樂者過半。初不甚讀書，倏而能書、能畫，又學爲詩。興到，命妾輩吹竹彈絲，磨墨拂紙，有氣概一世之緻，稍不加意，輒焚之。不十年，析其田産與生子之妾，未生子者遣去，而自爲浮屠氏矣。癸巳秋，與余晤於上海。書此詩於壁，並道其始末。凡爲人作詩畫，皆署曰「无妄」。

上海歌妓中有名昭兒者，貌極麗，曲極高，而門極冷落。余扣其故，昭兒曰：「嘻！子豈不聞吾輩與高僧、名士同一轍耶。未爲高僧者，必先廓其廟宇，通其聲勢，交其胥隸及豪門厮役，然後乃學石鼎煎茶、松齋煮芋，於是達官長者靡不以高僧目之。所謂名士者，亦必須華其衣服，高其家世，滿口雌黄，目空一切，然後借勁請託，橫截要津，顛倒是非，混淆黑白，今而後可以爲名士矣。至於我輩，不過狐鼠相若，固則粧隨時世，且要拈絲吮墨，强作解事。其次則倚門賣笑，登床獻媚，於履舄交錯之際，借嬌嗔以蠱惑其心。夫如是，名雖不欲噪而不可得也。雖然，妾知之而不願效其所爲者，實因遭家不造，亦由名士之磊落不羈、高僧之自甘澹泊者也，又烏能與廓其廟宇、華其衣服者同日語哉？」言畢，出袖中扇，乃自書小楷，中有句云：「桐樹有心纔有淚，桃花能笑不能言。」余細味其詩，細揣其論，能不肅然而退。

鄞縣李維售，性孝友。尊甫芑滸大令病篤，刲股以進。暇時吟咏不輟，尤擅駢體文。嘗題《擔花圖》，有「一肩春有色，四體骨皆香」，咸稱其工。維售字梅垞。

桐城徐壽泉孝廉眉，工詩，尤工詠物，不染時習，有小中見大之意。《鐙花》云：「丹心一點分明在，莫道春光總不知。」《柳絮》云：「浮世由來多聚散，平生未改是疎狂。」

趙棻字儀姞，上海閨秀也。著《濾月軒詩詞集》。嘗自序其詩云：「宋儒言吟咏非女子所當爲，故今世女子能詩者，旋作旋棄，以爲謹守『内言不出於梱外』禮也。然『婦言居德之次』，鄭注：『婦言』，辭令也。」又言：「如以爲好名，亦所不辭。蓋人不好名，無所不至矣。」其卓識類此。《讀淮陰侯傳》云：「獵獵英風大將臺，當年一飯劇堪哀。淮陰不少豪華客，誰及蛾眉解愛才。」未有不卓識而能具此慧心也。配同里汪延澤。

李鴻齡字彭年，號松厓，蒙自人，土職裔也。嘗作《杜鵑》詩，有「公子天涯猶落魄，美人何處憶前身」。又「小婦鄰家名醋醋，佳人南國字纖纖」。是夜夢紅衫女子云：「我杜宇之精，昌意之苗裔也。

子詩則艷矣，盍無一語發余鄉國之思耶？」醒後復成四律云：「妾家何處古蠶叢，宛轉猶存印背紅。石鏡塚荒烟漠漠，竹王祠古雨濛濛。鈿蟬金雁迷芳草，小鳳桐花泣故宮。應解不平傳國事，可能無語對春風。」「古調空傷蜀國絃，錦江風日自清妍。春迷帝子埋香土，花想王孫賣酒年。遺事猶傳秦吉了，故人誰問漢刀錢。相逢時有紅襟燕，各是春愁二月前。」「雁行箏柱鏤紋牙，越女輕容繡曉霞。幾夜亂澆金鑿落，一窠紅斷玉鉤斜。韓憑緑草猶飛蝶，蘇小垂楊尚宿鴉。不分浣花谿上路，舊門無處問枇杷。」「銅駝金狄露縱横，誰與香魂倚月明。絲管尚愁紅淚客，江風時滿錦官城。故宫碧草空春色，野廟黄鸝總恨聲。誰似無愁蜀後主，海棠花裏過平生。」

周夢溪紀事詩云：「其初猶以甘言誘，繼乃淫兇無不有。明知殊死等鴻毛，肯以潔身喂虎口。」蓋杭城虎而冠者有婢秋蘭，温州人，年十五，其色甚麗，欲污之，婢不可，强之再，婢哀泣，終不免，遂自刎於厨。夢溪哀之，乃賦此詩，曰《秋蘭吟》。

吴菟床《咏姑嫂餅》云：「籍甚公羊賣餅家，弄珠樓下翠簾遮。金刀剪勝宜桃葉，玉乳搓酥映棗花。畫稾幾繙邱嫂様，紅綾一抹小姑霞。劉郎坐上如相問，漫説吴均鬢有華。」平湖姑嫂餅最爲著名，每餅六枚爲一裹，攜之經月不壞。相傳姑嫂守節，製此餅以糊口，細味吴詩，尚欠莊重。

孫淵如觀察星衍小名喜，於京師市肆得古印，即「孫喜」二字。是夕樂甚，徵同人詩。自紀一律云：「土花斑駁掩真朱，不在秦餘亦漢餘。一代識君非冥漠，千秋得我是相如。浮名也抵腰懸綬，壓卷新排手訂書。莫笑百年身是客，後來人愛儻同余。」

成詩讖。

朱朵山殿撰昌頤，海鹽人。未作狀頭時，賦庭梅句云：「莫道此梅寒徹骨，纔開便占百花先。」竟

沈炳垣字曉滄，桐鄉人。官江蘇南滙縣。時余嘗過訪署齋，相聚十日，相得甚歡。然索其所著，秘不肯出。後於他處見寄懷友人一律云：「日落大河寒，蒼茫積百端。一尊詩録別，五夜劍同看。壯志悲塵枉，長途逼歲殘。因風寄芳訊，兩字是平安。」弟淮字貽簪，詩亦蒼勁，其《冬夜柬少峰丈》云：「風雪逼孤檠，梅花一樹横。懷人愁儉歲，望遠動離情。慷慨黄金盡，蕭條白髮生。殘年如過我，那惜酒頻傾。」殊不愧稱之爲岑家兄弟。

近人論詩，嘗曰某學王、孟，某學温、李，某學元、白，某某學李、杜也。即觀所學李、杜者，皆空腔野調，使人味之欲吐。學元、白者，俚語耳。學温、李者，淫詞耳。至如學王學孟者，若村婆之絮語，頗不耐人咀嚼。余往來曲阜有年矣。冶山上公以所刊《鐵山園詩集》見示，暇則讀之。其《初夏雜興》詩云：「舊事成幽夢，春歸落照前。行看花信過，又近麥秋天。養性憑詩酒，消愁仗管絃。及時不行樂，容易感華年。」此詩置之《輞川集》中，誰復辨之。其《觀繩伎》詩云：「五月五日天氣清，雄黄和酒浮金觥。娱賓龍舟不可得，何妨百戲陳中庭。一聲一聲擊銅鉦，百尺雙竿絙一繩。衣飄袖起禽鳥疾，乍飛旋墮猿猱騰。觀者爲之神色變，轉移立脚分死生。婷婷十二垂髫女，履險如夷矜媚嫵。苦將筋力博人歡，習慣生涯難自主。忽然平地起峰巒，萬事由人心上取。君不見青樓女子學箏琶，千金一笑顔如花。又不見田家弱女刺繡紋，釵荆裙布常甘貧。」此詩竟可接武少陵之《麗人行》、《觀公孫大娘舞劍器

歌》、白香山《新樂府》諸作。其艷體云：「榻小且眠金縷枕，宴開曾煮石斑魚。」又：「湘浦無聲遺玉珮，蓬山有路隔雲烟。」又「花月逢場原是戲，樓臺過眼記難真」，又「當户藤枝多礙眼，過牆柳絮慣牽情」，又「五夜風聲多料峭，一春花事又闌珊」，又「晝垂珠箔因風捲，春隔瑶臺有夢通」，此數聯，義山見之亦當抗手。

詩之所以分南北派者，蓋南音上、去易淆，而北音平、入易混。兼之北方剛勁，多雄豪跌宕之詞；南方柔弱，悉艷麗鍾情之作。有詩以來，靡不若是，雖近人漁洋、竹垞亦不能免此。但能免此，誠傑作也。孔伯海儲公，余嘗刻其仿曹唐漢武帝思李夫人諸作於《蘭言集》，讀之者，無不羨其北人南派也。近見所作《閒情》句云：「簾櫳鐙暗三更雨，池館花殘一夜簫。」「嬉春久識門前樹，泛棹難尋洞口花。」「香穠豆蔻因春放，花染胭脂爲雨消。」《無題》云：「雲鬟已分堤柳緑，繡裙還妬石榴紅。」《悼方夫人》云：「傷心怕見紗窗緑，掩淚愁看繡被紅。」「裳衣滿架愁重檢，釵鈿盈箱忍再翻。」「潘郎鏡掩芙蓉帳，荀令香消翡翠衾。」又《感懷》詩云：「去境難逢意渺然，一樽且醉夕陽天。學仙知被丹砂誤，種柏還爲蔓草纏。山鬼避人啼夜雨，彩雞對鏡舞朝烟。分明錯認天台路，孤負桃花又一年。」大約南人而北派者，氣壯也；北人而南派者，情深也。儲公之詩之情深矣。往歲或有傳余客死粤西者，儲公聞之，即題其人卷軸云：「惆悵黄公壚畔夢，披圖我却感晨星。」蓋謂余與熊介兹觀察也。情之不深，安得愛人若是。

沈明經宗約字鶴坪，鎮洋縣人。畢秋帆宫保之甥孫也。明經大母繡佛夫人，係宫保之胞妹，工詩，少寡，守節五十年。事詳《太倉州志》。著有《繡佛齋小草》，藏於家。明經年未成童，受詩於大母，即善吟詠。宮保秉節全楚，明經隨宦，遍覽三湘七澤之勝，故一種幽秀之氣，發之於詩，得騷人之正義。宮保歸道山後，冶山上公延之賓館，復得海岱青徐之助，故一種蒼凉之氣發之於詩，得風人之妙旨。其海内言詩者，不願與之游者鮮矣。集中如《答吴蘭雪中翰》云：「千古文章誇絶調，一生福慧是前修。」《寄汪竺君比部》云：「隔牆竹影摇風瘦，滿院槐陰蔽日凉。」《贈易君山統軍》云：「快讀雞林籍，雄談虎帳兵。」又：「心羅珠海月，手綰玉山春。」《鐵山園呈上公》云：「玉壺乍釀紅螺酒，寶鼎初焚白鶴香。」《春日雜咏呈伯海少公》云：「半篙水活魚争躍，萬樹花香鳥亂啼。」又《冬日雜感》云：「萬頃波濤隨月落，一樓簫管壓雲低。」在都時，有《月夜渡永定河》云：「堤邊垂柳碧於油，人挾雙輪快似舟。一片蟾光浮水面，分明人在月中遊。」在楚時，有《登岳麓山》云：「摩崖讀罷李邕碑，萬木陰中聽子規。隔岸定王臺畔柳，隨風飛緑渡江湄。」詞亦工整，與馮晏海、孔琴南稱鼎足焉。

金壇于竹西茂才，相國裔也。工畫蝶。嘗見百蝶圖册，其褊襹金粉，錯落丹黄，一種幽逸之緻，令人神往。故孔伯海儲公題其册，有「參差大小皆成章，世得一紙如珪璋」等語贈之。余於仙源賓館見其人，温文揖讓，有道士也。詩亦清麗，《春柳》句云：「半泓波影清疑蘸，一抹烟痕翠欲消。」《秋懷》句云：「蓴羹何日酬歸願，蘆被頻年耐素風。」誠逸品也。

春草堂詩話卷十六

甘泉謝堃佩禾

甲午春，謁朱椒堂先生於潞河，蓋先生總督倉場時也。將別，出《新安先集》爲贈。受而讀之，中有《春明吟稿》一册，乃先生大伯祖霞山公詩也。公名蔚，入貢後棄舉子業，專習爲詩。故五言有：「希聲閟終古，相賞在孤清。」又：「逌然鸞鳳音，此意知者少。」又：「白雲濕芒屨，歸去有餘情。」悠然之志可想。其二伯祖子年公名荃，著《香南詩鈔》，乾隆丙辰宏博也。《無題》詩有：「相見不須還問姓，更無人識紫陽花。」《落花》云：「已讀楞嚴知隱事，莫隨兒女替花愁。」其高尚又可知矣。祖含叔公名英，著《史山樵唱》。父仲嘉公名鴻猷，著《雲谷書堂集》。皆高尚不仕，皆以先生貴，贈如先生官。《樵唱》中有《別吴子來儀》詩云：「滿酌梨花酒，還歌楊柳詞。江湖一以別，雲樹幾相思。淚逐啼猿落，書隨過雁遲。他年重握手，只恐鬢成絲。」《書堂集》中有《塞下曲》云：「遥見烽烟起戍樓，長河一望思悠悠。更聞大小《單于》曲，風冷霜清總是愁。」先生之詩，一秉之於家法，所以能獨冠一時，爐火純青矣。

《國朝閨秀正始集》載朝鮮國婷婷公主能詩。華亭徐振撰《朝鮮竹枝詞》有：「紅粉清才妙一時，摩訶雜句寫烏絲。朱甍碧瓦深如海，吟遍婷婷公主詩。」則公主之儒雅温文益可想見。《送春》云：「韶光春九十，別去覺匆匆。宫柳搓深緑，園桃散碎紅。數番榆莢雨，幾陣楝花風。小立增惆悵，相期隔歲逢。」《古寺尋花》云：「春深古寺燕飛飛，深院重門客到稀。我正尋花花正落，尋花還爲惜花歸。」《正始集》乃麟見亭河督母太夫人所輯。太夫人姓惲氏，南田先生女孫也。工詩善畫。河督已巳成進士，年十九。嘗勗以詩曰：「功名雖并春風發，心性須如秋水平。」已而授職中書，又繪紫薇夜月便面，以賜題曰：「捷報泥金，青錢入選。薇省深沉，鳳池清淺。夙夜勿怠，匪躬蹇蹇。叨列清班，置身通顯。」又著《蘭閨寶録》以垂閫範。故桐鄉女士陸費湘于呈太夫人詩曰：「才入網羅賢相意，法兼筆削史官心。」蓋紀實也。湘于字季齋，趙貞復室也。

麟見亭河督，十八舉孝廉，十九成進士，不十年，由府道而至督撫，其經濟文章概可想見。余未識面時，在東省得一條幅，乃河督自書遊西泠竹素園舊作也。其詩曰：「是誰於此寄高踪，今日遊行興倍濃。地拔孤山青一朵，門關古樹翠千重。窗前鳳尾摇修竹，階下龍鱗卧老松。暮色蒼然歸去也，南屏已打夕陽鐘。」於清河識面後，讀《西域得馬歌》、《改知潁川擬别黄山》諸作，沉宕處直逼少陵，皆已刻入《蘭言選集》。復讀太夫人《蘭閨寶録》、《正始集》諸書，河督豈獨憐才下士，其孝思又可知矣。河督名慶，滿洲長白山人也。

見亭河督出郎葆辰觀察所繪牛圖命題。其圖在貴州藩署所作，觀察作歌並序其事云：「道光壬辰歲九月十有二日，日將昏，藩署之公堂隅有牛自外來，若有奔訴狀。方伯見亭先生引之進，飼之。明日訪知自屠門脱逃者。方伯懲屠者，戒勿宰，乃償以價，使牧人放之署後之翠屏山。牛之樂可知也，方伯仁民愛物之心，又概可知也。因繪圖作歌以紀之。」其辭曰：「薇垣高高月上初，晚衙放罷公事無。見亭先生座擁書，閽者突進胡爲乎。若驚若喜口囁嚅，謂有牛陟堂之隅。畏首畏尾身幾餘，其形觳觫情莫愉。先生往視三歎吁，欲問牛喘徒踟躕。今世苦無介葛盧，牛兮牛兮將何如。翼日訪之四達衢，知牛來自東門屠。牛刀將試牛何辜，長繩繫鼻災剥膚。猛然一遁風雲徂，先生澤及白骨枯。仁民愛物良非誣，牛知來此羅網除。入門如奉門關符，屠門失牛屠號呼。牛值十貫銅青蚨，此牛入官其如吾。先生薄責鞭以蒲，命償以價值其沽。爲牛求牧兼求芻，誰飯牛者長須奴。爾牧來思牛待餔，翠屏山下皆平蕪。青青細草如茵鋪，令牛體肥秕與稃。牛皤其腹牧擊壺，時聞短篴吹嗚嗚。」

李春畹觀察以畢仲白仿米友仁畫册見示。仲白，常州人，名簡。嘗獻詩於觀察云：「頻年飄泊歎離群，潑墨朝朝學賣文。畫到烟雲還擱筆，可知風雨倍思君。」觀察和云：「筆墨何來一點塵，無端寄託亦清新。胸中原有詩如許，不是尋常賣畫人。」觀察之愛才若此。余復題其後云：「畫意詩情似漆膠，公卿原有布衣交。爐圍夜雪聯吟際，何讓昌黎與孟郊。」

張元輅字虬御，號石徛，桐城人，惜抱先生高弟也。余兒時即聞家蘊山中丞言石徛天縱之姿，惜未大遇。蓋石徛最精小學，至於章草、楷、篆，詩、古文、詞，無不造精詣極，然屢困場屋，深以不能慰親爲憾。中年乃效司馬相如所爲，納資得一官，籤掣廣西。適家中丞在廣西，延請署幕，督修通志。余嘗以未見所著爲不懌。癸巳，移眷延令，晤葉琴六廣文。廣文，石徛同鄉也。許代覓遺稿，隨後補入。其哲嗣小石名煒者，能讀父書，頗有時譽。

雞岩山上有梅一株，五月始花。太和人楊師億詩曰：「雞岩山上一株梅，聞說年年五月開。孤影避炎攢緑葉，冷香銷夏掩蒼苔。豈教夢向林間續，故遣寒從笛裏回。明歲花時應買棹，葛衣笻杖定探來。」《咏不謝梅》云：「緑波深處有神工，噴玉跳珠作一叢。雪裏漫勞探遠信，天橋日日是春風。」注云：「龍尾關天生橋下石激濤飛，四時皆然，俗稱不謝梅。」師億字士介，有《雪嵓詩草》。

王思訓字疇五，昆明縣人。以進士歷官侍讀學士，督學江西，最得士心，高安相國極重之。世所傳《遼后粧樓歌》、《金井庵行》，皆傑作也。余尤愛《姊妹山》詩：「縹緲江頭姊妹山，幾年青鳥謫林間。五城風雨雙瑶館，三島烟霞兩玉環。交甫有情珠已杳，湘妃無泪竹何斑。上清有詔驂鸞後，古洞春深日月閒。」又《斡耳朵懷古》云：「古城一片夕陽紅，禾黍油油舊別宫。簫鼓冷沉孤島月，珮環香剩野棠風。詩傳鐵立悲宗女，塚傍金稜弔巨公。目斷當年歌舞地，閒花野鳥亂春叢。」「斡耳朵」，元梁王離宫也，址在滇城東五里。「鐵立」，阿藴詩中語。「金稜」，金汁河，即斡耳朵地。

段昕字浴川，號皆山，安寧人也。官户部主事，有《皆山堂集》。感武天藻高義，作《燕趙悲歌行》，世所傳誦。大約七古歌行爲滇省之最，余已別選。兹録《曉舟》一律云：「清夜心如結，何爲汗漫游。片帆千里夢，孤月五更秋。星斗隨風轉，關山入浪浮。大江流不盡，總是故鄉愁。」不減唐人風骨。

石屏人何其偉字石民，號我堂。兄其倎舉於鄉，官遂昌縣，以治績聞。尋告養歸，怡怡如也。石民詩五言恬淡，七言雄健。《軟橋道中》云：「峰交巨壑陰，岩寫山頭路。磴道幾週回，下見谿邊樹。飲馬向碧流，又入寒雲去。」其《秋興》句云：「劍匣已隨塵土蝕，筆花猶逐夢魂生。」「澄江夜色流明月，碧樹寒聲動素秋。」晚唐遺音也。

朱昂字子眉，昆明布衣也。工詩善畫，著《借庵詩草》三卷。《九日》詩有「萬里重陽天外客，一城黄葉雨中山」。

唐以後五言絶句失響，近惟保山徐石公名崇岳者能之。《咏唐梅》云：「唐梅發古香，來入羅浮夢。生長天寶初，認得閣羅鳳。」又《耕夫》云：「溪雨好滋苗，川晴宜刈麥。長吏夜催夫，去運點蒼石。」婉而多諷。

汪綸字紫軒，南通州人，徽籍也。本世家子，有儁才。二十外猶未入泮，遂放情詩酒。喜唱崑曲，一夕爲周廣文綺村唱《鳴鳳記》寫本，聲與淚俱。綺村賦詩曰：「一聲裂帛鬼神號，聽唱椒山曲調高。帝子昏庸容鼠輩，孤臣性命等鴻毛。有心報國詞皆血，無力回天筆亦刀。《白雪》歌殘紅燭短，滿天風雨響蕭騷。」綺村名長泰，南通州副舉人。紫軒著《説園詩存》，頗有新穎之作。如「一堦露華白，滿院花氣清」，又「山峰暗無色，溪水流有聲」，皆有致。

使酒駡座，名場惡習。然江都范淩霙於酒酣耳熱，歌《荆門行》、《蜀道難》等篇，聲震林屋，聽之爽然。如皋冒不波飲酒少許則興發，荷鋤而歌制藝一篇，鏗鏘頓㸂，聲淚俱下。通州李鳴山每逢宴會，席未終而起，借界尺，作渾脱舞，滿座爲之神往。若三君者，得名教之樂境矣。

集句工而能貫氣者，如「勸君更盡一杯酒，與爾同消萬古愁」，可謂善矣。

傅蕙字珊佩，一字湘蘋，浙江諸暨人。石波學使次女，同邑諸生陳二亭室也。王笠舫大令嘗言女史所著《碧霞軒詩藁》芬芳悱惻，情見乎詞。間亦有氣沉法嚴者，如《滕王閣》詩云：「傑閣崔巍夕照中，蘭宫桂殿入溟濛。即今遺址荒凉甚，剩有殘碑筆墨工。彭蠡舟移千里月，馬當人借一帆風。落霞秋水今如昨，令我滄桑感慨同。」

謝問山焜，歷城諸生也。性嗜酒，落落無城府，與世有畦徑焉。然所著《緑雲堂稿》，余頗重其才，常携行篋中，暇則讀之。一朝爲友人竊去，不懌者凡數日。猶記《居庸關》一律云：「萬里古城頭，一鞭此壯遊。峰連雲朔起，水抱薊門流。落日極邊塞，寒鴉啼戍樓。欲尋山店宿，冷露不勝秋。」又《柳絮》詩有「待化萍時頭已白，未開花日眼原青」之句，意甚新俊。又有紀事詩，紀辛未七月彗星見西北方，九十餘日乃滅。癸酉九月八日，曹縣定陶教匪戕官肆掠，撫軍往勦。時劉清爲轉運使，與參將馬建紀分兵捕滅，沿及金鄉。時金鄉城北戴氏女適周，早寡，母佚年老無依。戴改男子裝，習騎射，團召鄉勇五百人，復獻膏沃二頃，爲戰守費，事平，縣令袁潔表其門曰「巾幗偉人」。詩甚佳，惜不能記。

閨秀馮蘭貞號馨畦，金壇人，同里于磻溪進士室也，著《吟翠軒稿》。陳芳藻，祁陽人，號瑞芝女史，著《挹秀山房稿》，適于茂才旭齡，與馨畦爲娣姒行。馨畦長女名曉霞，字綺如，配吴江金上舍覺本，著《小瓊華僊館詩稿》。一門金粉，世莫與比。故馮調鼎、史麟書皆爲之序，統其名曰《凝香閣詩詞合集》。余於是集細加研讀，各録一首，以見一斑。馨畦《落花》云：「芳園昨夜暗風吹，吹盡南枝與北枝。記得澹雲微雨後，玉闌干外未開時。」《轉應曲》云：「山色，山色，靄靄暮烟凝碧。夕陽送出黄昏，極目鄉關斷魂。魂斷，魂斷，何處一聲蘆管。」瑞芝《寄曉峰弟》詩云：「燕臺判袂又經年，迢遞關山路幾千。最苦懷人春日永，滿江絲雨杏花天。」其《醉太平·聽琴詞》云：「沉檀細焚，絲桐乍横。聽來彈指輕輕，似無聲有聲。山清水清，星明月明。箇中誰是知音，滌塵心幾分。」綺如《歸度大庾嶺》詩云：「山徑路縈迴，憑高眼界開。梅花應識我，今日又歸來。」其《醉太平・彈琴詞》云：「寒燈半明，金猊半温。長宵聊寄幽情，弄冰絃數聲。春生畫屏，秋深洞庭。曲終餘韵泠泠，散閒愁幾分。」

李瑞賢字信使，嘉應州名諸生也。著《尚友堂詩抄》。性豪邁，吴石華贈詩云：「詞壇猛將氣英豪，淪落人間匣裏刀。夜半聞雞眠不得，起燒紅燭看龍韜。」蓋集中有女子從軍，如孫夫人、木蘭、冼氏、梁夫人、秦良玉、沈雲英、龍么妹等二十二人，皆有詩。

信使集中又載粤所産刀生菓，本名襄伽結。不花而實，種五六年，削其杪，以銀鍼釘其腰，即結實。不實，則以刀斫其皮，液出凝結乃實，故名刀生菓。釋典所云優曇華鉢，《本草》所云無華菓，又名映日菓，波斯所謂阿駔，《廣志》所謂波羅蜜。華生於實，甚難得。《法華經疏》云：「三千年一現，現則金輪王出。」樹舊以波羅廟二株，祖傳爲西域貢使奚達司空手植，蓋蕭梁時物。詩甚佳，惜長未録。

或傳張泰初有《華佗廟》詩云：「有方終勝書生檄，無藥能醫國賊心。」余以爲老宿也。即在王容齋觀察署中見其人，彬彬然，翩翩然，世家子也。與觀察爲中表叔姪，晤談之際，出所刊《横經堂擬古樂府》一册見示。其古香古色，溢於紙外。泰初字松溪，錢塘人。

徐刺史宗幹號伯楨，字樹人，南通州人。辛泰安時，余曾有一面之識，嘗刻其詩於《蘭言集》。今復晤於高唐，出新刊《斯未信齋詩録》見示。其《咏乳猪》云：「孩提離母腹，赤身血漫漫。盆寮去毛髮，刀錐摘肺肝。燎叉刺四體，炭焰熏五官。彼嗜膾炙者，請作如是觀。」《雛雞》云：「吾儒非兼愛，道在無失時。勤劬由卵伏，飲啄如兒嘻。子在釜中泣，母尚墻陰窺。生子嗟不育，舉箸留三思。」《魚子》云：「數罟古有禁，蠕蠕更堪憐。鯤鮞質初化，剖腹並熬煎。一勺億千命，未見肥且鮮。棄之水草際，或者趯于淵。」其他《青螺》、《黄雀》皆佳，讀之不墮泪者，其心叵測。

刺史集中又有《爲魏致和題自叙册》云：「人將圬者爲君傳，天以科名答子孫。」蓋魏名祥，歷城人。精於營繕。少貧賤，以孝聞。大吏察其能，嘗命督修岱廟及盤道等工，費省工堅，遠邇稱便。丁亥復命勘估泰郡西驛路並各橋梁，以至曲阜林廟、東省試院文場，靡不整晳條理。雖年逾七旬，徒步相度，不憚勞悴。大吏憫之，問有賞賜，婉辭不敢受。或贈以詩，則雒誦不倦。近聞其子孫竟有登賢書者，刺史之詩紀實也。雖然，人之生無論貴賤，但能以仁孝爲根本，忠直爲枝葉，恂恂謹慎，天必有以報之。彼圬者耳，偶以直孝見稱，遂能附青雲而傳不朽，子孫復可振擢門閭，豈非天也。

甲午四月訪陳仲雲觀察嘉樹於山東省會，因觀察得識王中峰太守鎮。又因牛雲樵廉訪鑑得識劉眉生方伯斯嵋、程玉樵都轉德潤。盤桓二十餘日，都轉爲余題其圖曰：「一幅天然畫本留，不多著墨得風流。青山舊是君家物，可許旁人蠟屐游。」方伯以新刊《忠義集》及《水雲村吟藁》見贈。《忠義集》者，係宋末死事諸臣及將弁、婦孺，史官多有失載者，兹憑劉水村先生壎《補史十忠》詩、劉如村先生麟瑞《昭忠逸詠》詩加以參考而成書也。其《水雲村吟藁》即水村先生所著。先生爲方伯二十世祖，宋末人也，入元爲學正。其詩沉雄慷慨，以杜爲宗。或以爲似黄，似陸，余恐涪翁、放翁尚未能相伯仲也。在省諸公頗以余論爲正。

翟凝字麟江，歷城縣人。舉甲子孝廉，宰浙江，未幾卒於官。其所爲詩，名《真研齋》。中有《贈武定李監榆》詩云：「兵機三楚留殘詠，史筆千秋託稗官。」又：「舊詠三君推諫院，新歌九部按留仙。」蓋李罷官後，著有《聊齋傳奇》九種，紀文達公爲之序。

李如金字式齋，常熟孝廉。《遊拙政園》詩云：「祭酒題詩感夢華，夕陽樓角冷啼鴉。朱門舊事無人記，落盡山茶一樹花。」

郭汝驄別駕字小陶，山西臨汾人也。世業鹺，居天津。工詩愛士。或傳其《聽雨》詩云：「小樓人正臥，何處蟄龍興。七十二沽水，春波一夜增。」其《夜泊》云：「行船趁月明，船行月也行。行行月將落，月落天又明。」二詩新穎可愛，惜未窺其全稿。

天津梅孝廉成棟字樹君，老宿也，述作甚夥。余嘗讀其《南郊望水勢》云：「秋水仍無際，茫茫直到天。波平見村落，樹盡少炊烟。沙鳥多栖屋，流人半在船。何時復崖窾，萬井出桑田。」又《西郊書所見》云：「破屋敧秋水，草深無住人。流亡於此見，爐竈久生塵。穀貴村多瘠，年荒士更貧。城中有歌舞，苦樂最難均。」讀此二詩，正與江南頻年光景遥遥相映。

余客北通州時，有書生鮑翔來謁，呈乃祖、乃父詩各一册，丐余入詩話。余感其誠，遂録其乃祖《咏窗鏡》云：「疏櫺一紙隔雲山，幾許磨礲透玉顔。到底有情看不得，碧琉璃外淚潸潸。」又録其乃父《秋夜》詩云：「河漢耿微明，天高夜色平。西風吹月白，秋氣入詩清。流水結遐想，浮雲淡世情。此心了無問，默默數蛩聲。」乃祖名琮，字澤方。乃父名克莊，字禮安，官肅寧縣訓導。

《拏雲館小草》，闕里孔憲彝所作。鎮洋盛子履學博甚稱之，並誦其《畫蘭》詩云：「一花方謝一花新，自抱幽香不爲春。料得此生知己少，靈均佩後更無人。」又《題畫》云：「秋山擁樹來，寒烟弄青紫。昨宵霜如錢，葉重飛不起。」憲彝字叙仲，號繡山，名諸生也。

吴思堂，真州老畫師也，名叔元。嘗客遊如皋，與黄楚橋善。思堂殁後，有未竟畫幀，楚橋裝潢什襲，宗杏源跋其後云：「夫人之愛思堂，孰如楚橋乎。思堂客皋，楚橋款之。思堂病，楚橋藥之，遣僕扶持之。思堂殁，楚橋謀擇地殯之。所遺圖籍硯石，人競取之，楚橋僅手此數筆，不忍釋，今且裝帙之。余與思堂數十年朋好，終不若楚橋遠矣。」當時重其誼者，詩詞不下百首。吴才甫外翰詩云：「浮家絶類倪高士，入夢空餘范巨卿。莫笑千金留駿骨，故人高誼重生平。」「師門三昧幾人知，臣叔當年亦絶癡。余叔父學畫於思翁。妙蹟通靈都化去，把君此卷亦嗟咨。」江片石《百字令詞》云：「深情何限，把吴老、膠漆朋儕羞死。遺墨區區寧解惜，一病輕他如屣。藥餌難謀，棺衾莫措，埋骨還無地。那知此任，滿承偏有貧士。即看賸水殘山，烟雲黯淡，紙上魂應寄。我哭窮交，因自哭、身後誰留隻字。白首伶仃，青衿落拓，不與思翁異。愛無差等，有詩甘託吾子。」

（吴忱、張宇超點校）

學詩臆説

學詩臆説提要

《學詩臆説》一卷，據道光間衣德堂刊此君園詩存本點校。撰者吴名鳳（一七六七—一八五四），字伯翔，號竹庵，直隸寧津人。乾隆五十七年舉人，歷官至撫州知府。有《竹庵詩鈔》、《此君園文集》。此一卷專説詩法，附於《詩存》後。由篇法、句法、字法而至古詩之通韵，説甚簡備。每法又必精選例句，以老杜與盛唐爲主，旁及唐宋諸名家，信而有據，實非臆説，幾可易名爲「詩法摘句圖」矣。説「頓挫」法而落於老杜之「沉鬱」風格，説元白之輕俗而譏「吾鄉紀曉嵐先生」之「流利」、「俗軟」同病，（當世人只此一例。）則又不徒説法，眼識不可謂低。末及古詩之通韵，就韓愈《此日足可惜》説法。昌黎此詩宋人首起議論，如《六一詩話》率性出韵、《容齋隨筆》六韵「雜用」、洪興祖「此詩雜用韵」等説，初不視爲通韵。至清初顧炎武亦謂昌黎不識古韵，故王鳴盛《蛾術編》有「若依顧説，洪説甚確」之斷語，此仍爲宋學一路也。清人又别有古韵可通之新説，如方世舉《蘭叢詩話》、汪師韓《詩學纂聞》等，皆曾了辯析。本書所録李光地語，以爲古韵可約爲歌麻、魚虞及支微齊三部，其餘韵字皆由此生出，以收聲相同或相近而通用，驗諸韓詩而多合。吴氏則再舉經古詩文之例衍説之，一如前述諸法之句圖。通韵之説，未必合乎昌黎作詩之原生狀態，然於詩韵之學理，則不無創獲之功也。

學詩臆説

臨津吴名鳳伯翔

學詩要先謀篇法，分解數，總以起、承、轉、合盡之。絶句以四句爲起、承、轉、合，如「打起黄鶯兒」，一起；「莫教枝上啼」，一承；「啼時驚妾夢」，一轉；「不得到遼西」，一合。四句要一氣渾成方佳。五七言律以八句爲起、承、轉、合，如老杜《登岳陽樓》詩：「昔聞洞庭水，今上岳陽樓」，一起；「吴楚東南坼，乾坤日夜浮」，接寫洞庭之景，一承；「親朋無一字，老病有孤舟」，説情，一轉；「戎馬關山北，憑軒涕泗流」，一合。起、承四句爲前解，轉、合四句爲後解。前解説景極闊大，後解説情極細潤。詩必如此，乃有頓挫，有法度。若中四句俱填寫景，則冗而失律矣。蓋詩之用意全在起、結，承句爲起句而設，是承屬於起也；轉句爲合句而設，是轉屬於合也。起句要突兀，要豁亮，亦有直遂起者，承即接其意而申之，轉更推開一步，與上承句不相蒙，語雖開而意則欲轉入作意，故謂之轉，合即合到吾之作意上，此一定之律也。大抵前四句多説景，後四句多言情。亦有四虚四實情景相融，且有全篇皆言情者，大手筆可變化不拘。排律以前四句爲起與承，作一解；末四句爲轉與合，作一解。中間排入四句，由六韵而八韵，以至百韵，皆按解數排去，總要氣脈融貫，門户清整。若節節爲之，葉葉累之，飣餖排砌，了無篇法，雖有好句，不足取也。

作詩須學屬對。對偶要精工，要脱灑，不宜拘滯。古人對法，爐錘在手，變化從心。有以情對景，以景對情者；有以虛對實，以實對虛者；有以大對小，以輕對重者；有兩句流水，句中各對者。其法不一，總之兩句一意，詩家所忌，故作詩亦須避合掌也。

律句以三四句爲景聯，五六句爲情聯，其大較也，然亦不拘。如老杜「片雲天共遠，永夜月同孤。落日心猶壯，秋風病欲蘇。」「雲天」、「夜月」、「落日」、「秋風」，景也，以「共遠」、「同孤」、「心壯」、「病蘇」貫之，則景中有情，情中有景矣。他如「水流心不競，雲在意俱遲」、「江山如有待，花柳更無私」、「感時花濺淚，恨別鳥驚心」、「薄衣臨積水，吹面受和風」，皆以情穿景句法。至宋詩如陳簡齋、陳後山、趙章泉輩，有通首八句不用一字景物者，又不可以常法拘也。

景對景、情對情者，正也。以景對情，以情對景，虛實錯綜，輕重互換者，則爲變體。如老杜《上巳林園宴集》詩起四句云：「鬢毛垂領白，花蘂亞枝紅。欹倒衰年廢，招尋令節同。」首句言己之形容，情也；對句言彼之物色，景也；三四即分承起二句而申之。如《重過何氏》云：「蹉跎暮容色，悵望好林泉。何日沾微禄，歸山買薄田。」亦此例，皆以景對情也。若《呈竇使君》詩「日兼春有莫，愁與醉無醒」，又以情對景矣。《九日》詩云：「舊日重陽日，傳杯不放杯。即今蓬鬢改，但愧菊花開。」以「菊花」對「蓬鬢」。「舊采黄花剩，新梳白髮微」。又以「白髮」對「黄花」，情景相間，頓挫獨出。他如賈浪仙之「身事豈能遂，蘭花又已開」、「日午路中客，槐花風處蟬」，亦此例。七言如杜牧之云：「塵世難逢開口笑，菊花須插滿頭歸。」蘇東坡云：「酒闌病客惟思睡，蜜熟黄蜂亦嬾飛。」黄山谷云：「歲中日月又除盡，聖處工夫無半分。」陳後山云：「老形已具臂膝痛，春事無多櫻筍來。」張宛丘云：「可憐客鬢蹉跎老，每惜梅花取次稀。」范石湖云：「心情詩卷無佳句，時節梅花有好枝。」陳簡齋此例尤多，如「客子光陰詩句裏，杏花消息雨聲中」，嘗爲高廟所賞。如「世事紛紛人老易，春陰漠漠絮飛遲」、「籬底菊花惟解笑，鏡中頭髮不禁秋」、「官裏簿書無日了，樓頭風雨見秋來」、「春風浩浩吹遊子，暮雨霏霏濕海棠」、「寒食清明驚客意，暖風遲日醉梨花」，皆具抑揚開闔之致。學詩家得此三昧，伸縮頓挫，不主故常，在律體中可以掉臂游行矣。

老杜《守歲》詩云：「四十明朝過，飛騰暮景斜。」以「四」與「十」兩數目字對，「飛」與「騰」兩虚字各對也。《屏跡》詩云：「桑麻深雨露，燕雀半生成。」「雨露」二字雙重，「生成」二字雙輕，此輕重各對之法。賈浪仙云：「此地聚會夕，當時雷雨寒。」陳後山云：「車笠吾何恨，飛騰子莫量。」又「預知河嶺阻，不作往來頻」、「聲言隨地異，吴越到江分」，皆此例。至後山《老柏》詩云：「黄裏青青出，愁邊稍稍瘳。」上句用三顔色字，對句却只平淡，不帶顔色字，與張宛丘「白頭青鬢有存没，落日斷霞無古今」句同例。他如「喬木下泉餘故國，黄鸝白鳥解人情」、「含紅破白連連好，度水吹香故故長」、「隱几忘言終不盡，白頭青簡兩相催」，皆不以顔色對顔色字。陳簡齋「前江後嶺通雲氣，萬壑千巖送雨聲」，亦不以數目對數目字。老杜詩云：「老去詩篇渾漫興，春來花鳥莫深愁。」以「花鳥」對「詩篇」，謂「詩」與「篇」對，「花」與「鳥」對也。其以上四字各自爲對者，此例尤多。老杜「榿林礙日吟風葉，籠竹和烟滴露梢」，夢得「空懷濟世安人略，不見男婚女嫁時」。在老杜如「清江碧石傷心麗，嫩蘂濃化滿目斑」、「落花遊絲白日静，鳴鳩乳燕青春深」、「珠簾繡柱圍黄鵠，錦纜牙檣起白鷗」。在歐陽如「金馬玉堂三學士，清風明月兩閒人」。在東坡如「芍藥櫻桃俱掃地，鬢絲禪榻兩忘機」、「經卷藥罏新活計，舞衫歌扇舊因緣」。在山谷如「頭白眼花行作吏，兒婚女嫁望還山」、「青春白日無公事，紫燕黄鸝俱好音」、「釣溪築野收多士，航海梯山共一家」、「歸鴻往雁競時節，舊草新墳多友山」、「明月清風非俗物，輕裘肥馬謝兒曹」、「功名富貴兩蝸角，險阻艱難一酒杯」、「春風春雨花經眼，江北江南水拍天」。在後山如「有家無食惟高枕，百巧千窮只短檠」、「語雀飛烏春悄悄，重簾深院晚沈沈」、「問舍求田真得計，臨流據石有餘情」、「熟路長驅聊緩步，百全一發不虚弦」。在朱子如「故山此日還佳節，黄菊清樽共晚暉」、「緩帶輕裘成昨夢，遺風餘烈到如今」。他如此類，不勝枚舉，皆上八字各自爲對也。其中肥瘦濃淡、輕重虚實，逆順往來，沈鬱頓挫，引而申之，觸類而長之，真如游琳宫而觀海藏也。

對偶之工，如老杜有「細雨魚兒出，微風燕子斜」、「芹泥香燕嘴，花蘂上蜂鬚」等句。姜特立則云：「掃梁迎燕子，插竹護龍孫。」陳後山則云：「卷簾通燕子，織竹護雞孫。」四靈則云：「開門迎燕子，汲水得魚兒。」梅聖俞則云：「青苔井畔雀兒鬥，烏桕樹頭鴉舅鳴。」蘇東坡有句云：「天涯已慣逢人日，歸路猶欣過鬼門。」唐子西則曰：「非賢倖脱龍蛇歲，上聖猶憐蟣蝨臣。」陸放翁則曰：「非賢那畏蛇年至，多難却愁人日陰。」並善于脱化，工于屬對。然專務爲此，恐落纖巧，律詩中得如此工穩者一聯，餘放淡净爲佳。

詩有借對法。浩然詩：「厨人具雞黍，稚子摘楊梅。」以「楊」對「雞」，乃借假對真也。老杜有句云「賞應歌杕杜」，此喜收京軍捷也，下句則曰「歸及薦櫻桃」，亦借景活對也。他如「有客過茅宇，呼兒正葛巾」、「自顧無鮭菜，空煩卸馬鞍」、「憂我營茅棟，攜錢過野橋」，十字流走，情景相融，正以活對見其脱灑。曾茶山《述姪餉日鑄茶》詩云：「子能來日鑄，吾得具風爐。」「日鑄」，茶名，此實事也，下以「風爐」活對，最有靈思。又《李相公餉建溪新茗》詩云：「碾處曾看眉上白，分時爲見眼中青。」茶以碾著眉上白爲上品，此句亦實事也，下乃以阮籍見青眼事，活對于李公餉茶之意，倍覺有情。又李義山《馬嵬》詩云「此日六軍同駐馬」，下忽對云「當時七夕笑牽牛」，屬對之妙，神動鬼飛，急切不能想到，却天然凑泊腕下，此詩家之三昧，學者可從此參悟也。

詩要句中有眼。賈浪仙「鳥宿池邊樹，僧敲月下門」，推敲二字，待昌黎而始定。陳後山謂「句中有眼黄别駕」，謂山谷也，蓋千錘百鍊在此一字，非漫然也。如老杜「浮雲連海岱，平野入青徐」，眼在「連」字、「入」字，與「吴楚東南坼」「坼」字，「乾坤日夜浮」「浮」字，孟浩然之「氣蒸」、「波撼」，同一軒豁。有實眼者，如「寒風疎草木，旭日散雞豚」、「雲氣噓青壁，江聲走白沙」、「紫蕚扶千蘂，黄鬚照萬花」、「夕陽薰細草，江色映疎簾」。陳簡齋「暖日薰楊柳，春風醉海棠」，朱文公極賞之，謂「薰」字、「醉」字下得妙。有虚眼者，如「倒衣還命駕，高枕乃吾廬」、「秋窗猶曙色，木落更天風」、「水宿仍餘照，人烟復此亭」、「卷簾還照客，倚杖更隨人」。有雙眼者，如「星臨萬户動，月傍九霄多」、「星垂平野闊，月湧大江流」、「紅入桃花嫩，青歸柳葉新」、「飛星過水白，落月動沙虚」。有眼在第一字者，如「幸因腐草出，敢近太陽飛」、「力疾坐清曉，采詩悲早春」。有眼在第二字者，如「野潤烟光薄，沙暄日色遲」、「月明垂葉露，雲逐度溪風」。眼在第三字者尤多，如「亂雲低薄暮，急雪舞迴風」、「枝枝總到地，葉葉自開春」。

有眼在第四字者，如「驛邊沙舊白，湖外草新青」、「葉稀風更落，山迴日初沈」。有眼在第五字者，如「草木歲月晚，關河霜雪清」、「牛羊歸徑險，鳥雀聚枝深」。七言有眼在第六字者，如「樵客出來山帶雨，漁舟過去水生風」，昔人評此二句，謂若非「帶」字「生」字，則成俗語矣。蓋句中有眼便是活句。有雄闊者，有幽雋者，有奇警者，有閒灑者，所謂「吟安一箇字，撚斷數莖髭」，操觚家安可率爾？

詩有第一字一頓者，如「詔從三殿去，碑到百蠻開」、「露從今夜白，月是故鄉明」、「寺憶曾遊處，橋憐再渡時」、「名豈文章著，官應老病休」。李太白「雲想衣裳花想容」，「雲」字一頓，「花」字一頓，皆是也。二字一頓者最多，不必枚舉。三字一頓者却少，五言如老杜「把君詩過日，念此別驚神」，七言如「漁人網集澄潭下，賈客船隨返照來」、「春水船如天上坐，老年花似霧中看」，劉君錫「巴人淚應猿聲下，蜀客船從鳥道回」，章碣「花邊馬嚼金銜去，樓上人垂玉箸看」，宋詩「白面郎敲金鐙過，紅顔人揭繡簾看」，峭麗中俱有頓挫。昌黎古體《送區宏南歸》詩有「子去矣時若發機，嗟我道不能自肥」等句亦奇峭。四字一頓者，五言亦少，在七言則爲常例矣。

詩有層折句，宜頓斷讀。如老杜「不寢聽金鑰，因風想玉珂」、「檢書燒燭短，看劍引杯長」、「澄江平少岸，幽樹晚多花」、「片雲天共遠，永夜月同孤」，皆宜斷續讀之。如賈浪仙詩「此別知音少，難忘識面初」，言自此別後，知音絶少，所難忘者尤在識面之初也。七言内有三折句，如老杜「風急天高猿嘯哀，渚清沙白鳥飛迴」、「百年地僻柴門迥，五月江深草閣寒」、「時危兵甲黄塵裏，日短江湖白髮前」、「五更鼓角聲悲壯，三峽星河影動摇」、「永夜角聲悲自語，中天月色好誰看」，句内皆有三折。又「露下天高秋氣清，空山獨夜旅魂驚」，亦三折句。其五六句云：「黄菊再逢人卧病，北書不至雁無情」，每上四字一頓，以下三字注明，始得其妙。又如王翰《涼州詞》云：「葡萄美酒一頓夜光杯一頓，欲飲一頓琵琶馬上催一頓。醉卧沙場一頓君莫笑一頓，古來征戰幾人回此句一挫。」合四句讀之，頓多挫少，真有沈鬱淋漓之致。太白《清平詞》云「雲想衣裳花想容」，「雲」字一頓，「花」字一頓；「春風拂檻露華濃」，「風」承「雲」字，露「承」花「字」；「若非群玉山頭見，會向瑶臺月下逢」，「山頭」仍承「雲」來，「月下」仍跟「花」來，其妙處皆在首句。老杜云「沈鬱頓挫」，惟頓挫乃得沈鬱也，一鹵莽便失之矣。

詩有渾成句不能分斷者，如老杜「所向無空闊，真堪托死生」，如「秋水纔深四五尺，野航恰受兩三人」，氣格超勝，湊泊天然。他如流水句：「隨風潛入夜，潤物細無聲。」《喜雨》「却思翻玉羽，隨意點春苗。」《鷗》「四時無失序，八月自知歸。」《歸燕》「親朋盡一哭，鞍馬出孤城。」《送遠》「幾時杯重把，昨夜月同行。」《送嚴公》「悲君隨燕雀，薄宦走風塵。」《别何邕》「是物關兵氣，何時息客愁。」《歸雁》「萬里清江上，三年落日低。」《畏人》七言如「龍武新軍深駐輦，芙蓉别殿漫焚香」、「舊來好事今能否，老去新詩誰許傳」、「幸不折來傷歲暮，若爲看去亂鄉愁」、「竹葉于人既無分，菊花從此不須開」，或以十字成句，或以十四字成句，總要精力團結渾成爲妙。至于句中用虚字者，如「轉添愁伴客，更覺老隨人」、「已近苦寒月，况經長别心」、「縱被微雲掩，終能永夜清」、「未足臨書卷，時能點客衣」，更須以精意運之，乃不俗弱。宋詩中以虚字斡旋見精力者尤多，此等殊不易學，須句中有骨，以勁峭之筆行之乃可，否則庸俗不堪入目矣。總之，學詩宜學盛唐，老杜詩集大成，有雄渾者，有精細者，有雋刻者，篇法句字，無美不臻。

其自評云「老去漸于詩律細」，學詩者宜從此入手，餘如東坡之警健，放翁之律熟，亦可參看。白樂天忠憤之氣，可配少陵，只以求解老嫗，遂與微之同譏，「元輕白俗」，竟成定評。吾鄉曉嵐先生詩雖稱流利，終落俗軟，以彼學既淵博，才亦高邁，既不入俗，然其流弊誤人不淺。後學才力未遒，遽事流利，是斷港絶潢，而求入于海也，必不能矣。夫中、晚所以不及盛唐者，以其氣格卑也。昔人云：「唐詩如緞如錦，宋詩如紗如羅。」亦言其薄弱耳。取法乎上，僅得乎中，願與有志斯道者共質之。

老杜詩多勁裝句，如「群公蒼玉佩，天子翠雲裘」、「酒肆人間世，琴臺日暮雲」、「清新庾開府，俊逸鮑參軍」、「晉室丹陽尹，公孫白帝城」、「澗水空山道，柴門老樹村」、「宮殿青門隔，雲山紫邏深」、「乾坤萬里眼，時序百年心」、「落日心猶壯，秋風病欲蘇」，熟味此等句，自無纖巧俗弱之病。

老杜詩善用「天地」「乾坤」等字。如「江漢思歸客，乾坤一腐儒」，「腐儒」上著「乾坤」二字，兀傲激烈，自命不凡。他如「飄飄何所似，天地一沙鷗」、「天地空搔首，頻抽白玉簪」、「身世兩蓬鬢，乾坤一草亭」、「日月籠中鳥，乾坤水上萍」、「乾坤萬里眼，時序百年心」、「天地日流血，朝廷誰請纓」、「朝野歡娛後，乾坤震盪中」，類皆勁裝句。七言如「路經灩澦雙蓬鬢，天入滄浪一釣舟」、「關塞極天惟鳥道，江湖滿地一漁翁」，真足軼後超前，凌轢千古。

詩要烘染生色，如老杜「碧知湖外草，紅見海東雲」，碧草指言湖外，紅雲指言海東，便覺意象闊遠。陸放翁《春行》詩「猩紅帶露海棠濕，鴨緑平堤湖水明」，上句運老杜「曉看紅濕處」句，下句運太白「蜀江緑且明」句，用「濕」字、「明」字爲眼，而以「猩紅」「鴨緑」縇染之，便覺鮮艷奪目。他如「愁得酒卮如敵國，病須書卷作良醫」、「名酒過于求趙璧，異書渾似借荆州」，林和靖《西湖》詩云：「春水净于僧眼碧，遠山濃似佛頭青」，司空圖「得劍乍如添健僕，亡書久似憶良朋」，皆善于形容也。

少陵詠物詩皆有議論，有寄托，如《三百篇》之比興，令人味之不盡。如《胡馬》詩「所向無空闊，真堪托死生」、《畫鷹》詩「何當擊凡鳥，毛血灑平蕪」，皆爲忠臣義士寫照。如《天河》詩：「常時任顯晦，秋至最分明。縱被微雲掩，終能永夜清。」所謂士窮見節義也。「雷霆空霹靂，雲雨竟虚無」，以喻夫虚惠而實不至者。《螢火》詩、《百舌》詩皆寓嫉邪惡不肖之意，如《歸燕》詩「不獨避霜雪，其如儔侣稀」，爲逐臣棄婦代寫心事。《歸雁》詩「是物關兵氣，何時息客愁」，感時紀事，明年果有臧玠之亂。小小題詠，皆關名教，故後人謂之詩史。他如賈浪仙《病蟬》詩「折翼猶能薄，酸吟尚極清」，崔塗《孤雁》詩「未必逢矰繳，孤飛自可疑」，梅聖俞《挑燈杖》詩「焦首終無悔，横身爲發明」，魏仲先《竹珓环》詩「吉凶終在我，翻覆謾勞君」，陳後山《榴花》詩「後時何所恨，處獨不祈憐」，趙昌父《螢火》詩「當風方自表，帶雨忽成微」，寓意俱精，而皆不若老杜之雄渾。蘇東坡云：「賦詩必此詩，定非知詩人。」揚子雲曰：「雕蟲小技，壯夫不爲。」韓昌黎云：「可憐無益費精神，有似黄金擲虚牝。」此皆文人所宜猛省。至于遇物即景、閒情吟詠，要切題，尤要脱化。如梅聖俞《燕》詩云：「輕如漢家后，斜避楚臺風。」上句用飛燕事，下句本不切燕，流走活對，倍覺有情。黄山谷《猩猩毛筆》詩云：「平生幾兩屐，身後五車書。」「平生」、「身後」、「幾兩屐」、「五車書」，四典本不切題，而以題觀之，妙甚。曾茶山《竹鞭》詩云：「已持蘇老節，更著祖生鞭。」同此意匠。又《種竹》詩云：「餘子不足數，此君何可無」，劉屏山《食筍》詩云：

「但使此君常有子，不憂每食嘆無魚」，屬對流走，亦工于引用也。

用事要飽學，尤須高識，乃不落前人窩臼。如王元之謫守黄岡，謝表云：「宣室鬼神之問，豈望生還；茂陵封禪之書，惟期死報。」此聯每爲人所稱誦。然相如蓋棺之日，尚喋喋諛口不休，前輩多訶之。至林和靖則云：「茂陵他日求遺稿，猶喜曾無封禪書。」此意便高一籌。文帝夜半前席，述者以爲美談，至李義山則云：「可憐夜半虚前席，不問蒼生問鬼神。」便覺文帝亦有愧矣。後如趙周翰有詩云：「露臺枉惜千金費，却把銅山賜倖臣。」馬子才有句云：「可憐一覺登天夢，不夢商巖夢鄧郎。」皆祖義山此意。又如馬嵬詩甚多，類言唐皇寵貴妃之失耳，最後一人乃云：「尚是聖明天子事，景陽宫井又何人。」便翻盡前人窩臼。劉舍人云：「詞徵實而難巧，意翻空而易奇。」此等全在學識。

詩有掉字句對法，如老杜詩云：「自去自來梁上燕，相親相近水中鷗」、「桃花細逐楊花落，黄鳥時兼白鳥飛」，王摩詰詩「山壓天中半天上，洞穿江底出江南」，杜詩「松覆欲盡未盡雲，江動將崩未崩石」，李義山詩云「密邇平陽接上蘭，秦樓鴛瓦漢宫盤。池光不定花光亂，日氣初涵露氣乾」，此皆句中作對。亦有當句對而兩句不對者，「卧聽疎疎還密密，曉看整整復斜斜」，如摩詰詩「城上青山如屋裏，東家流水入西鄰」，陸龜蒙詩云「但説漱流并枕石，不辭蟬腹與龜腸。」若崔顥之「昔人已乘白雲去，此地空餘黄鶴樓。黄鶴一去不復返，白雲千載空悠悠」，李太白之「鳳凰臺上鳳凰遊，鳳去臺空江自流」，氣格超勝，更有推倒一世之概。

詩有拗字句法，爲語句要渾成，氣勢要頓挫，既不可必依平仄，故拗用之乃更峭健，須下字天然不可移易，乃見拗句之妙，非率手信口之比。老杜七言律謂之「吴體」，八句皆拗，而文從字順，音調鏗鏘，後人亦多學之者，但初學未可語此。惟句中拗一二字者，詩中自有通例，可以略指梗概。有雙拗者，如老杜詩云：「枕簟入林僻，茶瓜留客遲。」「入」字當平而仄，「留」字當仄而平，二字乃句中眼，故拗用之，而句更遒峻。他如「谷口舊相得，濠梁同見招」、「落日放船好，輕風生浪遲」、「已近苦寒月，況經長別心」、「風月自清夜，江山非故園」，皆此例。在七言如老杜詩云：「負鹽出井此溪女，打鼓發船何郡郎。」「此」字、「何」字拗用。「寵光蕙葉與多碧，點注桃花舒小紅。」「與」字、「舒」字拗用。他如許渾詩「水聲東去市朝變，山勢北來宫殿高」、「湘潭雲盡暮山出，巴蜀雪消春水來」，如趙嘏詩「殘星幾點雁横塞，長笛一聲人倚樓」，此例甚多，凡皆雙拗句也。有單拗者，此有二種。如買浪仙「開篋收詩卷，掃牀移卧衣」，下句「掃」字既仄，則「移」字必用平以救之，此一種單拗法。又一種如老杜「清新庾開府，俊逸鮑參軍」，上句「庾開」二字相拗，結句云「何時一樽酒，重與細論文」，「一樽」二字相拗。此例最多。二種皆就一句中拗字，故謂之單拗。更有上句五字皆仄者，則對句第三字必用平。如老杜詩「草木歲月晚，關河霜雪清」，「霜」字必平。黄山谷詩「久立我有待，長吟君不來」，「君」字必平是也。其上句四仄者亦然，如老杜詩「河漢不改色，關山空自寒」，孟襄陽詩「人事有代謝，往來成古今」是也。律詩中容有落脚三仄者，如老杜「猶瞻太白雪，喜遇武功天」，「太白雪」三仄。黄山谷「身隨腐草化，名與太山俱」，「腐草化」三仄，此皆緣「太」字「腐」字一定不易故如此，若下句落脚三平，則爲失律。然拗體中亦時有之，如老杜詩「欲陳濟世策，已老尚書郎」，上句「濟世策」三仄，下句「尚書郎」三平是也。

下聯「不息豺虎鬥，空慚鴛鷺行」，又是一樣拗法。要之，「鴛」字必用平，與上句五仄、四仄者，皆爲定例。惟七言吴體格縱横變化，不可端倪，非深于此道者不能爲耳。

俗云：「一三五不論。」此説非也。凡詩平不單行，落脚不可犯三仄三平，皆在一三五上講究。至于拗體，亦在第一字、第三字、第五字，平仄互换，皆有一定之法。如前條所指，可覆按也。然拗體成詩，亦有可不遵者。如老杜「力疾坐清曉，采詩悲早春」，合二句看，既爲雙拗，下句「采」字、「悲」字，又爲單拗。如「别離已昨日，因見故人情」，上句落脚既三仄，則「别」字宜用平。如孟浩然「義公習禪寂，結宇依空林」，「習禪」二字既用單拗，則「義」字宜用平。下聯「户外一峰秀，階前衆壑深」，上句「一」字既拗用仄，下句「衆」字又不拗。在大家可變化不拘，後學則宜慎用。若在場中作試帖，惟宜拘忌聲病，約句準篇，凡拗句皆可不講矣。

仄韵律詩非無平仄，但不如平韵之順叶耳。唐人試帖有《春風扇微和》詩，起四句云：「春晴生縹緲，軟吹和初遍。池影動波瀾，山容發葱蒨。」首句平平平仄仄，次句仄仄平平仄，三句平仄仄平平，四句平平仄平仄。爲押仄韵，故「葱」、「蒨」字平仄互换也。中四句云：「遲遲散綺閣，習習披芳甸。樹杪颺鶯啼，階前落花片。」末四句云：「韶光恐閒放，旭日宜遊宴。文客侍鑾衣，仁風願迴扇。」平仄皆與起四句同，此首可以爲式。王摩詰《孟城》絶句云：「新家孟城口，古木餘衰柳。來者復爲誰，空悲昔人有。」與此正同，皆以律句錯綜用之，用各上句作首二句，用各下句作次二句也。其《鹿柴》絶句云：「空山不見人，但聞人語響。返景入深林，復照青苔上。」又一樣錯綜律句法。他若《竹里館》云：

「獨坐幽篁裏，彈琴復長嘯。深林人不知，明月來相照。」孟浩然詩：「春眠不覺曉，處處聞啼鳥。夜來風雨聲，花落知多少。」柳柳州詩：「千山鳥飛絶，萬徑人蹤滅。孤舟蓑笠翁，獨釣寒江雪。」賈浪仙詩：「松下問童子，言師採藥去。只在此山中，雲深不知處。」七言如：「洞房昨夜春風起，遥憶美人湘江水。枕上片時春夢中，行盡江南數千里。」皆可參看。要之，皆綜錯律句，間以拗體行之，若漫無平仄，則不可謂律矣。

漢魏六朝詩間合律句，以其時尚無律詩也。至唐，而古與律體製各別，故古體中不可參用律句。李義山《韓碑》詩有七仄者，如「帝得聖相相曰度」是也，有七平者，如「封狼生貙貙生羆」是也。惟落脚三平則爲正格，謂五六七字皆平也，第六字尚可不拘，第五字必平，音節乃叶。五言古宜雋永淡雅，七言古宜闔闢頓挫。本朝選《唐宋詩醇》首取李、杜，文章光燄如兩華二室，無可軒輊。至于孟，非韓比也，故取韓而舍孟。元非白比也，故取白而舍元。北宋則蘇、黄並稱，而獨選蘇。南宋則范、陸並稱，而獨選陸。别擇精當，學詩者誠可奉爲指南，而余所尤服膺者，則在李、杜、韓、蘇四大家也。

文章争落筆，故起句最宜留神。唐律中工于發端者如「獨有宦遊人，偏驚物候新」杜審言，「犬吠水聲中，桃花帶雨濃」太白，「人事有代謝，往來成古今」浩然，「士有不得志，栖栖吴楚間」孟，「萬壑樹參天，千山響杜鵑」摩詰，「風勁角弓鳴，將軍獵渭城」王，「片雨過城頭，黄鸝上戍樓」岑，「素練風霜起，蒼鷹畫作殊」杜，「幸因腐草出，敢近太陽飛」杜，「滿目飛明鏡，歸心折大刀」，「帶甲滿天地，胡爲君遠行」，「四更山吐月，殘夜水明樓」，「莽莽萬重山，孤城山谷間」，「不獨避霜雪，其如儔侶稀」，「西掖梧桐樹，空留一院陰」老杜。七言如「東望望春春可憐，更逢晴日柳含烟」蘇許公，「朝聞遊子唱離歌，昨夜微霜初渡河」李頎，「盧家少婦鬱金香，海燕雙棲玳瑁梁」沈佺期，「群山萬壑赴荆門，生長明妃舊有邨」杜，「江涵秋影雁初飛，與客攜壺上翠微」小杜，「海外徒聞更九州，他生未卜此生休」義山，宋句如「春風疑不到天涯，二月山城未見花」歐陽，「活水還須活火烹，自臨釣石取深清」東坡，「滿城風雨近重陽，獨上吴山看大江」韓仲止。或氣象峥嶸，有插天之勢；或高華響亮，有琳瑯之音。起局得力，下面便勢如破竹。昔東坡作《潮州韓文公廟碑》，不得一起頭，起行百十遭，忽得「匹夫而爲百世師，一言而爲天下法」二句，下面便一筆掃去。作文然，作詩亦當爾也。

結句要餘韵鏗然，有含蓄不盡之妙，或寓意正大，或另繳一意作收。律句中結語之佳者，如「升沈應已定，不必問君平」太白，「只愁歌舞散，化作彩雲飛」李白，「待到重陽日，還來就菊花」孟，「回看射雕處，千里暮雲平」王，「此鄉多寶玉，慎勿厭清貧」，「聖朝無闕事，自覺諫書稀」岑，「明朝有封事，數問夜如何」，「何當擊凡鳥，毛血灑平蕪」，「曉看紅濕處，花重錦官城」，「親朋滿天地，兵甲少來書」老杜。七言如「總爲浮雲能蔽日，長安不見使人愁」太白，「由來此貨稱難得，多恐君王不忍看」張謂。老杜結句尤能振起，如「魚龍寂寞秋江冷，故國平居有所思」，「寂寞江天雲霧裏，何人道有少微星」，「萬里寒空祇一日，金眸玉爪不凡材」《黑鷹》，「南極一星朝北斗，五雲多處是三台」，「雲白山青萬餘里，愁看直北是長安」，「滄江白髮愁看汝，來歲如今歸未歸」。用意却在第七句，全篇精神得此一振。如「浣花溪裏花饒笑，肯信吾兼吏隱名」，又極深秀。然結句之妙，當合上聯五六句觀之，蓋轉、合本自一氣，當玩其起伏照應之法，不可單從結句論也。

句不可不鍊，然不從法律性情上體會，語雖工而氣格卑，此中晚所以不及盛唐也。然而奚奴背上錦囊，自是移情之物。今摘録數聯，以備欣賞。如岑參「竹深喧暮馬，花缺露春山」《邱中春卧》，崔曙「夜來雙月滿，曙後一星孤」《火珠》，李頎「秋聲萬户竹，寒色五陵松」《望秦川》，王灣「海日生殘夜，江春入舊年」，太白「宫花争笑日，池草暗生春」《行樂詞》，孟浩然「氣蒸雲夢澤，波撼岳陽城」《洞庭》，王維「江流天地外，山色有無中」《漢江》，劉長卿「叠浪浮元氣，中流没太陽」《洞庭》，少陵「星垂平野闊，月湧大江流」《書懷》，劉長卿「老至居人下，春歸在客先」《新年》，錢起「一葉兼鶯度，孤雲帶雁來」《寓古》，韋應物「漠漠帆來重，冥冥鳥去遲」《暮雨》，李嘉祐「野渡花争發，春塘水亂流」《送王》，嚴維「柳塘春水漫，花塢夕陽遲」《酬劉》，于良史「風兼殘雪起，河帶斷冰流」《冬日野望》，戎昱「雪聲偏倚竹，寒夢不離家」《臘夜》，白樂天「野火燒不盡，春風吹又生」《草》，賈島「秋風吹渭水，落葉滿長安」《憶江上》，李義山「客鬢行如此，滄江坐渺然」《河清》，温庭筠「雞聲茅店月，人跡板橋霜」《早行》，周朴「禹力不到處，河聲流向西」，李咸用「危城三面水，古木一邊春」，杜荀鶴「風暖鳥聲碎，日高花影重」《春宫怨》，王貞石「此中涵帝澤，無處濯塵纓」《御溝水》，周繇「島間知有國，波外恐無天」《海望》，崔道融「香中别有韵，清極不知寒」《梅花》，釋處默「到江吴地盡，隔岸越山多」《聖果寺》，齊己「前村深雪裏，昨夜一枝開」《早梅》，此皆五言之秀也。

七言律句之佳者，如蘇許公「雲山一一看皆美，竹樹蕭蕭畫不成」《扈從鄠杜》，張燕公「雲間東嶺千重出，樹裏南湖一片明」《灉湖山寺》，張謂「絳葉從朝飛著夜，黄花開日未成旬」《九日》，王摩詰「漠漠水田飛白鷺，陰陰夏木囀黃鸝」《積雨》，李頎「片石孤雲窺色相，清池皓月照禪心」《山池》，岑嘉州「花迎劍佩星初落，柳拂旌旗露未乾」《早朝》，李太白「三山半落青天外，二水中分白鷺洲」《鳳凰臺》，陶峴「鴉翻楓葉夕陽動，鷺立蘆花秋水明」《西塞迴舟》，劉長卿「細雨濕衣看不見，閒花落地聽無聲」《贈别》，韋應物「寒樹依微遠天外，夕陽明滅亂流中」《舟行》，朱灣「初行竹裏惟通馬，直到花間始見人」《尋隱者》，柳柳州「驚風亂颭芙蓉水，密雨斜侵薜荔牆」《登樓》，劉夢得「千尋鐵鎖沈江底，一片降旗出石頭」《西塞山》，白香山「幾處早鶯争暖樹，誰家新燕啄春泥」《錢塘》，元微之「萱近北堂穿土早，柳偏東面受風多」《早春》，杜牧之「塵世難逢開口笑，菊花須插滿頭歸」《九日》，李商隱「一春夢雨常飄瓦，盡日靈風不滿旗」《聖女祠》，温庭筠「回日樓臺非甲帳，去時冠劍是丁年」《蘇武廟》，許丁卯「溪雲初起日沈閣，山雨欲來風滿樓」《咸陽城樓》，趙嘏「殘星幾點雁横塞，長笛一聲人倚樓」《長安秋望》，司空圖「孤嶼池痕春漲滿，小闌花韵午晴初」《歸王官》，李群玉「正穿屈曲崎嶇路，又聽鉤輈格磔聲」《九子坂聞鷓鴣》，崔珏「暫分烟島猶回首，只渡寒塘亦並飛」《鴛鴦》，李山甫「有時三點兩點雨，到處十枝五枝花」《寒食》，方干「鶴盤遠勢投孤嶼，蟬曳殘聲過别枝」《林亭》，崔塗「蝴蝶夢中家萬里，杜鵑枝上月三更」《春夕旅懷》，鄭谷「雨昏青草湖邊過，花落黃陵廟裏啼」《鷓鴣》，韓偓「謀身拙爲安蛇足，報國危曾翦虎鬚」《安貧》，劉威「遥知楊柳是門處，似隔芙蓉無路通」《園林》，秦韜玉「每恨年年壓金綫，爲他人作嫁衣裳」《貧女》，張蠙「牆頭細雨垂纖草，水面迴風聚落花」《林亭》，張泌「青草浪高三月渡，緑楊花撲一溪烟」《洞庭阻風》，此七言之秀出者也。夫詩中摘句，最爲下乘。全詩要氣格渾成，濃淡相間，若鍊句太巧，則恐傷氣。故律中更有以古體行之者，一氣旋轉，全以神運，又不在一字一句上求工也。

律詩、律賦及試帖，照三十平押韻，不待言矣。若古體詩則有通用之韻。唐韻二百六部，自劉平水併爲一百七部，而古韻幾不可見。今人學古體詩，皆以邵長衡《韻略》爲準，而唐以前韻亦宜參考。如韓昌黎《此日足可惜》詩，通用東、冬、江、陽、庚、青、蒸七韻，李厚庵批其後云：「顧氏譏韓公不識古韻，蓋謂此詩及《元和聖德》之類。然顧氏之學，區爲十部，質于《詩》、《書》、古文，合者爲多。至聲氣之元、歌樂之用、古人所以協律同文之本，則似有未能明者。蓋東、冬、江、陽、庚、青、蒸，原爲一部，以其元乃一氣所生，而用之以叶歌曲，則收聲必同故也。真、文、元、寒、删、先，及侵、覃、鹽、咸皆然。全支、微、齊、魚、虞、歌、麻諸韻，又各部之根，凡各部中，生音起韻，皆從此而得，應自爲一部，而通同之，欲其源派分明，故亦別爲三部。歌、麻也，魚、虞也，支、微、齊也。然魚、虞之韻，能生蕭、肴、豪、尤，故蕭、肴、豪、尤與魚、虞同一收聲，而可以通用。支、微、齊能生佳、灰，故佳、灰與支、微、齊同一收聲，而可以通用也。至歌、麻、與魚、虞雖别，而尤相近，其收聲亦頗同。則魚、虞可通于蕭、肴、豪、尤者，歌、麻亦可通矣。退之此詩正用東、冬等一部，《聖德》詩則用歌、魚、虞、尤等上聲一部，《謝自然詩》則用真、文等一部，皆極本窮源，得古韻之精意，其學博而見卓矣。且三代、秦、漢古書如此者頗衆，第主于先入，則不覺耳。歐公以爲有意泛入旁韻以見奇，又或以爲當以叶聲求之，此固淺近之論，而顧氏之顯爲譏斥，亦未免苟訾也。」余謂人籟、天籟，胥本自然。五方之民，言語不通，此處習以爲常，而他處聽之爲怪，亦各有所受矣。昌黎以東、冬七韻通用，經《詩》、《離騷》，在在可徵，如「帝高陽之苗裔兮，朕皇考曰伯庸。攝提貞于孟陬兮，惟庚寅吾以降」，是冬通于江也。「朝飲木蘭之墜露兮，夕餐秋菊之落英。苟余情其信姱以練要兮，長顑頷以何傷」，是庚通于陽也。「人生各有所樂兮，余獨好修以爲常。雖體解吾猶未變兮，豈余心之可懲」，是陽通于蒸也。《賡歌》始于虞廷，「元首明，股肱良」，即庚、陽之相通也。「翹翹車乘，招我以弓。豈不欲往，畏我友朋」，則東通于蒸。「不聽不明，不能爲王。不瞽不聾，不能爲公」，則東通陽、庚。《毛詩》：「葛屨五兩，冠緌雙止。魯道有蕩，齊子庸止」，則江通于冬。其餘陽、庚通用者最多，後人以東、冬、江三韵通用，陽韵獨用，庚、青、蒸三韵通用，實則七韵原爲一部，昌黎固非無所本也。次支、微、齊能生佳、灰，故五韵通用。舜彈五弦之琴，以歌《南風》曰：「南風之時兮，可以阜吾民之財兮。」此支通于灰也。《毛詩》：「終風且霾，惠然肯來。莫往莫來，悠悠我思。」則支通佳、灰。「碩人其頎」節則支通微、齊。今人通用，韵亦從同。次真、文、元、寒、删、先爲一部，武王《盥盤之銘》曰：「與其溺于人，寧溺于淵。」真亦通先。《毛詩》：「出自北門，憂心殷殷。終窶且貧，莫知我艱。」則真、文、元、删之相通也。今人通用，與此無異。次蕭、肴、豪、尤爲一部，箕子《麥秀》歌曰：「麥秀漸漸兮，禾黍油油。彼狡童兮，不與我好兮。」尤亦通蕭。《毛詩》：「彼采蕭兮，一日不見，如三秋兮。」「秋」與「蕭」叶。又：「風雨瀟瀟，雞鳴嘐嘐。既見君子，云胡不瘳。」「瘳」與「瀟」叶。《韵略》則尤韵獨用矣。次侵、覃、鹽、咸爲一部，《毛詩》：「凱風自南，吹彼棘心。」又：「胡爲乎株林，從夏南。」又：「彼澤之陂，有蒲菡萏」與末句「輾轉伏枕」叶，「有卷者阿，飄風自南」與末句「以矢其音」叶，皆侵、覃、鹽、咸通用之徵。至于歌、麻爲一部，《詩》曰：「東門之池，可以漚麻。彼美淑姬，可與晤歌。」他如此者甚多。魚、虞爲一部，而魚、虞又與歌、麻相通，如「有女同車，顔如舜華」與下「佩玉瓊琚，洵美且都」叶，「俟我于著乎爾」與末句「尚之以瓊華乎爾」叶，「投我以木瓜」與「報之以瓊琚」叶。且魚、虞又與蕭、肴、豪、尤相通，如「羔裘如濡，洵直且侯」與末句「舍命不渝」叶，「綢繆束薪，三星在隅」與下句「見此邂逅」叶。至歌、麻與魚、虞聲尤相近，如「其釣維何，惟魴及鱮」與下「薄言觀者」叶，「者」讀如「遮」，此魚、虞通于歌、麻之故也。夫聲依永，律和聲，古人同聲叶律，要皆本于聲氣之元，如李厚庵之説精矣。若分别古今，仍當以顧氏《音學五書》爲是，後學偶作古體詩，宜從《韵略》，不必輕用古韵，反招少所見者之怪也。

白華山人詩説

白華山人詩説提要

《白華山人詩説》二卷，據光緒九年厲學潮刊白華山人集本點校。撰者厲志（一七八三—一八四三），字心甫，號駭谷、白華山人，定海人。諸生。有《白華山人詩集》。此篇雖云二卷，實僅百餘條、數千字耳，附於其《白華山人詩集》後，詩集首刊於道光十六年。篇中有記道光十一年辛卯事，當作於此數年間。厲氏有詩名，其論以心得爲主，每有會心於古人深處者，然亦頗以詩人之辭出之。如論淵明之於《三百篇》，以「遥而望之，望之而見，無所喜也；望而不見，亦無所愠」説之，豈非奪胎於陶詩「望南山」乎？又屢以「天高」喻心、喻詩等，俱屬同一機杼，宜其論崇古也。然於唐以下亦非無所取，如謂北宋歐、王、蘇、黄諸公惟七言近體有可學處，即爲至言。偶論本朝近代詩人亦有見，如析厲鶚詩有上、中、下之分，今人但取其下者而流爲浙派；記惲敬之言乾嘉詩人避死法而至於無法，皆可參。

序

予於詩求之三十餘年，始稍稍窺見古人用意深處。今讀《白華山人詩説》，乃先得我心之所同然。是故山人之言，予亦似能言之。然第能言之而已，山人殆至之而後言之者也。然亦幸予晚歲所見，合于山人，故能知其説之精當，則又差足自慰云耳。宜興吴德旋書。

白華山人詩説卷一

定海厲志心甫著

所謂「不薄今人愛古人」者，此須活看，古之中亦有今在，不必盡取今人也。如漢、魏以逮陳、隋，漢、魏、晉、宋是古，齊、梁、陳、隋是今。全唐之詩，初盛是古，中晚是今。學古體詩者，就古之古學之；學近體詩者，就古之今學之。自兹以下，亦竟非無可取法者，但間有可取法者，仍是從古之古、古之今來也。

學古人最難，須以我之性情學問，暗暗與古人較計，所争在神與氣，貌襲者不足道也。直而能曲，淺而能深，文章妙訣也。有大可發揮，絶可議論，而偏出以淺淡之筆，簡净之句，後之人雖什佰千萬而莫能過者，此《三百篇》之真旨，漢、魏人間亦有之。

少陵在唐人中固是天厩神駿，生平好作馬詩，無一首不佳，亦無一首不爲自己寫照。讀至「顧影驕嘶自矜寵」，千載下令人淚落盈把。

漢、魏七古皆諧適條暢，至明遠獨爲亢音亮節，其間又迥闢一途。唐王、楊、盧、駱猶承奉初軌，及李、杜天才豪邁，自出機杼，然往往取法明遠，因此又變一格。李、杜外，高、岑、王、李亦擅盛名，惟右丞頗多弱調，常爲後人所議。吾謂其尚有初唐風味，于聲調似較近古耳。

予小時頗喜作了然語，後知其不可，痛改之。夫作詩之異于説話者，以其有所醖釀而出，非若説話之可以直情徑遂也。故雖語極清脆，亦極有趣味，雖人人稱誦之，而予終以爲不然。任著一口氣，逞著一管筆，滔滔寫來，自爲大才，亦殊非不佳，只是去古遠了。

人讀太白詩，曰此李詩也。讀少陵詩，曰此杜詩也。不知李、杜仍不是自己生造出來，不過古人善于學古，無甚痕跡，細心求之，其鍼綫分明在也。

阮步兵《咏懷》詩，有説是本《雅》，有説是本《騷》，皆言肖其神耳。於此可以悟前人學古之妙。

王介甫採集杜詩，辨别真僞，可謂巨眼人也。而於太白詩，以爲「識見汙下」，何其能識杜詩者，不能識李詩耶？

意味氣韵，古人各有專長，少陵實能兼之。常將此四者并聚胸中，偶一感觸，遂並起而應之，故其詩獨勝人一地。後人不能具此四美在胸，如何能學步也！

偶讀少陵《得舍弟消息》「風吹紫荆樹，色與春庭暮」八句，覺其情意之厚，隨所遇而無不足，靈均、思王，亦只此一副情意耳。

「色與春庭暮」，「春庭」二字，能包得許多色澤在内，粗心人恐未之省也。

古今詩人，推思王及《古詩》第一，陶、阮、鮑、左次之，建安、六朝又次之。唯少陵能兼綜其意與氣，太白能兼綜其情與韵。但情韵中亦有意氣在，意氣中亦有情韵在，不過兩有偏勝耳。李唐以下之詩，安有踰此二公者？

王荆公詩，山谷以爲學三謝。歐陽公自言學太白、退之；喜暢快，又似長慶。山谷自言學少陵。

子瞻學劉夢得，學白樂天，晚年自言學淵明。諸公所學，亦皆所當學也。然不必學諸公，學諸公所學可也。諸公唯七言近體，有可學處。

太白詩只須用仰，少陵詩直須用鑽。

行地之水莫盛于河，河之發源實本星宿，所謂星宿者，以其所出衆也。學問之道，何獨不然！詩之所發皆本于情，喜怒哀樂一也。讀古人詩，其所發雖猛，其詩仍斂蓄平易，不至漫然無節，此其所學者深，所養者醇也。今人情之所至，筆即隨之，如平地注水，任勢奔放，毫無收束，此其所學未深，而并不知養耳。

或謂文家必有濫觴，但須自己别具面目，方佳。予謂「面目」二字，猶未確，直須别有一種渾渾穆穆的真氣，使其融化衆有，然後可以獨和一俎。是氣也，又各比其性而出，不必人人同也。體會前人詩便知。

學古詩最要有力，有力則堅，堅則光焰逼人，讀之只覺其筆下自有古氣，不覺其是學古得來，此方是妙手。無力則鬆，鬆則筋絡散漫，讀之興味索然，只覺其某句是從某處脱來，某字是從某處竊去，此便不佳。

古人詩多鍊，今人詩每不解鍊。鍊之爲訣，鍊字、鍊句、鍊局、鍊意，盡之矣。而最上者，莫善于鍊氣，氣鍊則四者皆得。所謂鍊氣之文，《三百篇》後竟不多見。

作詩原要有氣勢，但不可瞋目短後，劍拔弩張，又不可如曹蜍、李志之爲人，雖活在世上，亦自奄奄無生氣。其要總在精神内斂，光響和發，斯爲上乘。

三五歲時，隨母往汲，天方初霽，寥廓明净，仰視之，告母曰：「天之高，兒知之。」母曰：「天之高，孰不知之？」又曰：「天之高，兒實知之。」母曰：「癡矣。天之高，孰不知之？」不知目中所見，高之實地，與混言高，固自有辨。當時也説不出，只自覺天之高，實知之而已。學問中亦有此一境。

太白七古短篇，賀季真稱其爲精金粹玉，是真知太白者。然不讀鮑明遠樂府，其佳妙從何處識來？

阮亭云：「唐詩主情，故多蘊藉；宋詩主氣，故多徑露。」吾謂唐詩亦正自有氣，宋詩但不及其内斂耳。

五言古凡率句、拙句，甚至俗句，都還不妨，最怕是有懈句。

予在章安，有「閒徑糝細花，晚氣扶幽馨」二語，以爲前人或未道及。少陵《大雲寺》詩則曰：「地清棲暗芳。」更簡净矣。

西漢詩直接《三百篇》，發源乃是蘇、李。李「良時」篇，尤爲擅勝。試思《三百篇》中，若「良時」篇者，何可勝道。

赤堇氏云：「昔人以太白比仙，摩詰比佛，少陵比聖。吾謂仙、佛、聖猶許人學步，惟淵明詩如混沌元氣，不可收拾。」此評最確。

古樂府《董妖饒》一篇，方舟《漢詩説》以「請謝」句下作問答語解。小隱氏以爲不如作一人語，讀至「安得久馨香」一頓，接入「秋時」二語；下「何時」二語，見其本意，便結四句，煞有意味。如此似較方說更深厚。

秦代周而興，觀《小戎》之勇悍，《蒹葭》之蕭條，大不如《二南》。魏代漢而興，觀武帝之激烈，文帝之靡曼，遠不如西京。是皆以亂繼治，其著于音律者裕矣。若吹律而知楚敗，聞音而知隋亡，則又涓、曠之聰，審于一時者也。

作詩務在足意，意不足，詩可不作。每讀古樂府之佳者，皆有無限深意在内，發而爲文，千古不朽。後世徒以時流之筆仗，描繪古詞之膚末，讀之總不動人心目，由其少真意也。唐人樂府，太白最多，太白唯借其名目，運以己意，甚有與古詞絶不相似者，此其所以爲佳。

詩到極勝，非第不求人解，亦并不求己解。豈己真不解耶？非解所能解耳。

初唐五古，始張曲江、陳伯玉二家。伯玉詩大半局於摹擬，自己真氣僅得二三分，至若修飾字句，固自精深。曲江詩包孕深厚，發舒神變，學古而古爲我用，毫不爲古所拘。

衡論千古作者，何從見其高下，所爭在真氣靈氣耳。

陸士衡雍容華贍，詞穠態遠，固足動人，惜其心意之所至，大半分向詞面上去也。

淵明精勁静細，出以自然，後之詩人，惟曲江庶可無愧。作詩猶雕工也，深刻易，淺刻難。

予每登浮屠，同遊者往往及半而止。予必窮其巔，始則浩歌，繼則大叫，叫之不已，乃大哭，哭畢覺胸中猛氣始平。但不知所觸究爲何事，豈非少陵所謂「翻百憂」者耶？

宋人七言近體，甚有可觀者也。

辛卯八月十一夜，夢入一堂，四隅坐四人，皆烏帽緋袍，高顴深目，赤面微鬚，同狀貌，唯東北隅者，兩頷有肉角半寸許。予中立悚惶，心暗暗若知其爲杜文貞，而不敢有所請。次日語葉仲蘭，仲蘭曰：「想是高堅前後之意所致耳。」

嘗觀榴樹花葉之穠麗，極能動人深情，故蔡中郎以之興《翠鳥》，曹思王以之興《棄婦》，各出精心，並獲佳構。由其采色之寓於目者獨殊異，而意志之感於内者益悱惻也。

赤堇氏曰：「揣摩諸先正，要若蜂取衆花之蕊，釀而成蜜，方是自己家貨。」

詩家之設色，要如穉子以丹砂飼絡緯，身體本青色，漸變爲朱色。其光彩晶晶然從皮肉内發越于外，不是向外面塗抹上去，方是真色。

昌黎咏物，古稱好手，仗此健筆，淋漓揮灑，固是明快。至如沈著細致，神形俱活，獨有少陵。

鮑明遠樂府，少陵學其五言，太白學其七言，各能采擷精髓，而自合神丹。

或曰：「《三百篇》直抒性情，無一不佳，請問當日詩人，所讀何書？」余謂不然，不讀書必不能有此。古今人性情皆同，惟其薰染不同，故文字亦不同。少時聞田歌云：「謝豹香花滿山紅，癩頭娘子嫁老公。」原其情之所發，即是《周南・桃夭》之詩。一文一俚，難可里計，由其有無書味薰蒸故耳。

讀張茂先《博陵王宮俠曲》、《壯士篇》，傅休奕《惟漢行》、《苦相篇》、《和秋胡行》、《明月篇》諸詩，亦如三山仙露，惟朱草玉芝，使獲其沾溉耳。

心神快爽時，則氣易粗浮。當此時，要平素有實積工夫，抒寫之間，自然如春雲出岫，望之蓬蓬勃勃，而其噓吐又極自在也。

唯天不知其高，亦不計更有高于我者，其高終莫得而踰焉。五嶽參錯宇内，各自雄傑，亦無較量尊卑之意，以下矗矗者，恐未能解脱此想。

赤堇氏云：「讀張曲江詩，要在字句外追其神味。」又云：「曲江詩若蜘蛛之放游絲，一氣傾吐，隨風卷舒，自然成態。初視之若絶不經營，再三讀之，仍若絶不經營，天工言化，其庶幾乎？」

吾郡光溪王丹山濤，予詩友也。嘗記其《爲孫三姊留别十郎》詩云：「不去誠無計，欲行臨鏡遲。紅顔妾自有，薄命竟如斯。試帶腰添瘦，檢衣心自悲。反憐憔悴影，誰使到今時？」「亦知未忍别，無奈强相呼。多少傷心語，其如一字無。寸心從此訣，望眼爲誰枯？羞唱《蘼蕪曲》，緣君非故夫。」「女子身原賤，男兒情亦深。休教今日淚，重上别人襟。破鏡前生事，量珠再世心。留將畫眉筆，多寫《白頭吟》。」「聞道新郎好，風流舊姓温。玉臺非妾願，金屋是君恩。河水不流恨，落花空斷魂。他時行馬去，慎勿過侯門。」

友人方甫生崧嶽《郊行》云：「夕陽如避俗，只在遠山紅。」又《山家聯句》云：「疎雨不到地，竹梢時有聲。」時人呼爲「方疎雨」云。

予每當風雨時，輒喜畫竹，畫畢視之，又不似竹。不似竹便是風雨。畫竹易，畫風雨難。然則畫似竹易，畫不似竹難。于詩中咏物亦然。

少陵七古《杜鵑》詩有二，近來有以「古時杜鵑稱望帝」，爲後人僞爲攙入。吾謂詩中細微道理，且不暇論，總之人能爲此種詩，其人必非笨夫，必不肯幹此笨事也。

太白姿禀超妙，全得乎天，其至佳處，非其學力心力所能到，若天爲引其心力，助其學力。千載而下，讀其詩只得歸之無可思議，即其自爲之時，恐未必一準要好到如此地位。少陵則不然，要好到如此地位，直好到如此地位，惟不能於無意中增益一分，亦不欲於無意中增益一分。此二公大分判處。

新興陳雪漁在謙，南越詩人也。主講吾邑景行書院，因得與交。嘗觀余詩曰：「五言可矣，七言散漫，當少一『對』字。」余從此會意，真一字師也。

予初游郡中，得遇徐敬夫先生，謂余近體如屈翁山，古詩如吴淵潁，但須取柳柳州詩盡讀之。予因盡讀柳詩，并上追陶公，旁及王、韋，自覺稍有進益。

舊作中往往有自以爲佳者，一經明眼人點破，如一物碎于地，心固惜之，而終不能用之也。

白華山人詩説卷二

定海厲志心甫著

今人但曉古人文字有心血，不知心血亦不易有，平時不曾把心鋒用破，臨時那瀝得出血來！

蘇武詩四首，鍾竟陵謂俱是别陵；沈歸愚謂首别兄弟，次别婦，三四别陵。愚以首章前半實是比喻，「鹿鳴」以下明出正意，分明别友無疑。次章統就夫婦言，當是另爲一首。三四又是别友。如此似較二説稍妥。

依題闒貼，氣必至于庸俗。離題高騰，致每見其超佚。

思王《棄婦》詩，顛倒錯雜，隨觸而生，無語不轉，無意不佳，與靈均同一忠悃，故其構思著筆，不期似而適相似。

杜《咏鷹》詩，頗本孫馮翊一賦，要知用心到至好處，雖思力沈厚如少陵，亦不能再爲加益。

舍高古而就卑淺，期在明顯，于文氣自然條達。棄卑近而希高古，期在幽奥，於文氣須防斷塞。

終漢、魏、六朝之世，善學《三百篇》者，以淵明爲最。終唐之世，善學漢、魏、六朝，以少陵爲最。淵明之于《三百篇》，非即而取之，但遥而望之。望之而見，無所喜也；望而不見，亦無所愠。此其所謂淵明之詩也。少陵之于漢、魏，少陵猶土也，漢、魏猶糞壅也，糞壅入于土中，久之亦變爲土，則土之所以厚，土之所以大也。于六朝風格遒峻，音韵響切，可取法者，得十數家。下此猶繪畫之于丹碧，但取用色澤而已。

今人見略遵椝矱，謂摹擬漢、魏、三唐，殊有形跡。然其所自爲者，亦皆宋、元諸家面貌。夫摹擬漢、魏、三唐，固有形跡，彼摹擬宋、元人，豈獨無形跡耶？且自古文人，何一不有師承，要在善學而已。能在閒句上、淡句上見力量，能于無字外、無象外摹神味，此真不愧好手。

赤堇氏云：「古來詩人，如孟東野一生坎壈，可謂極矣。而後世之名，又被東坡『郊寒島瘦』一語論定，且讀孟詩，亦無甚許可。究之平心而論，郊、島何可同日語也？只如昌黎之于二公，亦已顯然。東野詩具在，并可細心一觀，何老髯之疎忽至此耶？」

古人作詩，因題得意，因意得象，本是虛懸無著，偶有與時事相隱合者，遂牽强附會，徒失真旨。不知古人之詩，如仁壽殿之鏡，向著者自然了了寫出，于鏡無與也。孫幼連云：「吾儕作詩，非有心去湊合人事，是人事偶然來撞著我，即以我爲人事而發亦可。」亦即此意也。

少陵近體，于雙聲叠韵極其講究，此即所謂「律細」也。赤堇氏云：「蓋其務在兩兩屬對者，無他，欲聲相和耳。」

六朝專事鋪陳，每傷于詞繁意寡。然繁詞中能貫以健氣行者，其氣大是可學。此即建安餘風，唐賢亦藉以爲筋力者也。

今人作詩，氣在前，以意尾之。古人作詩，意在前，以氣運之。氣在前，必爲氣使，意在前，則氣附意而生，自然無猛戾之病。

劉公幹詩，讀之亦無甚深意。意依情生，情厚則意與俱厚，衹覺纏綿悱惻，縈繞簡編，十日不散。其詩之勝人處，實其情之過人所致。

少陵多馬詩，昌黎愛之，變而爲文，亦見古人善學處。昌黎《送温處士赴河陽軍序》，實以少陵《送長孫侍御赴武威判官》詩作骨，此公輸服老杜，乃至于是。

嵇叔夜詩，幽鬱内積，因感遂發。如縛雛鳳投枳棘中，搶其羽毛，激其哀響，本無久活之理。文姬婦人，魏武英雄，兩人作詩，如出一手。至《薤露》與《悲憤》並觀，尤不可辨，真乃怪事。

樊榭老人詩，有精心密慮，結形構巧，此其上者。有工于造句，詞清意潔，此其次者。有逞情拈弄，隨手付發，此其下者。今人但取其下誦習之，遂沿爲風俗，名曰浙派。吾謂能取法其上，更探其淵源所從出，則流爲派別，當不至如是而已。

顔光禄問鮑明遠曰：「我與靈運如何？」以光禄才望之大，震乎一時，猶虛心折衷于後輩，古人不可及也。

鎮海姚梅伯云：「只如作書畫，似與讀書不相干。然亦要書味深醇者爲之，猶之糞壅在田土上，而種植之物自然穮嫩。」此論極明快。

川澮能益江河，江河不能益川澮，由川澮高，江河下也。川澮能下于江河，則江河之益川澮，盈科後進，豈有吝哉！

毘陵黄仲則，詩人也，而天獨不予以年，惜哉！蓋其氣詣之醇，實時下所罕覯耳。

李東川七古固是雄俊，五古如風行水上，幾莫測其自來。

學古人須要學得著古人情意極盡處，我的心思知慮，一直要追到古人極盡處，此方是學著。

唐人《落日》詩，有「古道少人行，微風動禾黍」之句，使易其題，爲晚步，爲郊行，便不大佳；因題是《落日》，遂覺神希味永，玩索不盡。古人製題之妙，後來有幾輩省得！

毘陵惲子居先生云：「乾、嘉諸文士，諱言一個『法』字，因怕死于法，乃竟至于無法，此又過也。」

學韓古詩，須要避韓用韵。

甚矣讀詩之難也！昔時觀杜、岑二公《慈恩寺塔》詩，覺杜不如岑。又數年，覺杜亦不下于岑。比來細視之，岑只極題中之妙，而杜之所包者甚廣。凡人平素鬱抱，每值登臨，輒欲抒寫。少陵胸中所積無盡，所歷又極高險，寫登望境界，祇題面耳。故其前半曰「翻百憂」，曰「追冥搜」，至「回首」以下，皆其「憂」也，皆其「冥搜」也。其生平皆于此而會也。「叫虞舜」者，觸于「蒼梧」也。其下若可解，若不可解，非解所能解，是即三閭大夫之苦衷也。中間用「羲和」、「少昊」，與「虞舜」隱隱相關動，讀之了若無意，吾恐其皆有苦心在也。若以嘉州之作方之，不誠有小大之殊乎？

到一名勝之所，似乎不可無詩，因而作詩，此便非真性情，斷不能得好詩。必要胸中本有詩，偶然感觸，遂一涌而出，如此方有好詩。

東坡云：「讀少陵詩，要知詩外尚有事在，如此方覺其味之厚。」

予嘗與徐晦廬先生偶然論列，竊以宋詩當推梅直講爲最，先生曰：「此謝山之説也。」又以國初推愚山爲最，曰：「此又謝山之説。」予頗喜所見有合于前人也。

陳伯玉《感遇》諸詩，實本阮步兵《咏懷》之什。顧阮公詩如玉温醴醇，意味深厚，探之無窮。拾遺詩横絶頽波，力亦足以激發，而氣未和順，未可同日語也。

張、王樂府，出語穉嫩，意少真誠，何足爲後人法！

喬知之詩，筆意清警，大似晉之石崇。而窈娘之見奪，與緑珠適相似，亦一奇事。

思王詩回環曲折，展轉相生，文章之道，燦然大備。後世學步，如何讓少陵一人，獨探其祕？

讀康樂詩，但學其整括，是從思王來也。

人謂我將學李，我將學杜。要知李、杜就古人學，而不能便爲古人，因而成爲李、杜。今人就李、杜學，必不能便爲李、杜，不能爲李、杜，將復爲今人矣。學李、杜，亦學其所學可乎？

求句調諧適，音韵鏗鏘，須多讀熟讀六朝詩。

凡人學詩，往往先作七律，到工夫進時，一首都不得佳。七律大難，不如從五律入手，其錯處還容易周防；且五律，衆詩之基也。

文中子論六朝人品，以淵明爲最，而詩亦獨推淵明。人品係於學問，有如是哉！

古人用意遠勝今人，人須學古人用意，非直用古人意。近時頗有學古人者，讀其詩竟是古人。此由極力摹古，但求逼似，當時本無己意，空襲古人之意，拈弄筆墨已爾。

看今人作詩，方寸間把此心尚未擺定，拈一題執筆便寫，滔滔數百言，頃刻了事，問其方寸間擺定否，仍茫然也。此種詩如何得佳？

陸士衡詩，組織工麗有之，謂其柔脆則未也。愚觀士衡詩，轉覺字字有力，語語欲飛。唐之詩人盈千累百，而其有真氣、有靈氣者，亦不過數十人。其餘特鋪排妥適而已。有明諸公皆力摹唐賢，但苦其概而學之，未能擇其有真氣、有靈氣者耳。蓋所謂真氣靈氣，以意見不以詞見，能師法古人用意之妙，何至有「優孟衣冠」之誚耶！

予家四莽之弟秀厓，十歲時隨兄讀書東城小庵，嘗得「雨勢壓山來」之句。年二十餘而卒。著有《秀厓吟稿》四卷，禀質清麗，于晚唐人中可置一座。平昔視予猶兄也，予常憫之，將欲選刻百篇，附《白華集》後。

宋人多不講音韻，所以大遜唐人也。要知離脱音韻，便不可謂之詩。

姚惜抱先生詩，力量高大，音韻朗暢，一時名輩，當無其匹。今人但重其文，而不知其詩，何耶？

有觀古人太難者，有觀古人太易者。太難者，到底或能成功；太易者，萬無一成也。

凡人作詩須求與古會，勿急與今通。急與今通，必絶與古會，而今終亦不通。

左太沖詩，精采獨饒，後之人能擷其一二分，便大覺出色。

凡作詩必要書味薰蒸，人皆知之。又須山水靈秀之氣，淪浹肌骨，始能窮盡詩人真趣，人未必知之。試觀古名人之性情，未有不與山水融合者也。觀今之詩人，但觀其游覽諸作，雖滿紙林泉，而口齒間總少烟霞氣，此必非真詩人也。

五七律結語兜得駐，統首皆振拔矣。

《史記·貨殖傳》，統篇文義拉雜至末，此皆誠之所致，一句揑定，便成大文。太史公篇法之妙，獨少陵常用之於詩。